Felice Picano ist der Autor von vierzehn Romanen, die in den USA teilweise Bestseller wurden. »Gefangen in Babel« wurde zu einem Kultroman. Felice Picano ist einer der wichtigsten Führer der modernen Schwulenliteratur und lebt in New York City.

Von Felice Picano sind außerdem erschienen:

Hypnose (Band 01804)
Die siebte Kraft (Band 03112)

Deutsche Erstausgabe Mai 1997
Copyright © 1997 für die deutschsprachige Ausgabe
Droemersche Verlagsanstalt Th. Knaur Nachf., München
Das Werk einschließlich aller seiner Teile ist urheberrechtlich
geschützt. Jede Verwertung außerhalb der engen Grenzen
des Urheberrechtsgesetzes ist ohne Zustimmung des Verlages
unzulässig und strafbar. Das gilt insbesondere für Vervielfältigungen,
Übersetzungen, Mikroverfilmungen und die Einspeicherung
und Verarbeitung in elektronischen Systemen.
Titel der Originalausgabe: »Like People in History«
Copyright © 1995 by Felice Picano
Originalverlag: Viking, New York
Umschlaggestaltung: Angela Dobrick, Hamburg
Umschlagfoto: Angela Bergling/Karsten Witte, Hamburg
Satz: Ventura Publisher im Verlag
Druck und Bindung: Elsnerdruck, Berlin
Printed in Germany
ISBN 3-426-60477-9

5 4 3 2 1

FELICE PICANO

DIESE EINE FREUNDSCHAFT

Roman

Aus dem Amerikanischen
von Helmut Splinter

Für Bob Lowe
1948–1991

DANKSAGUNGEN

Mein Dank gilt den vielen Menschen, die mir bei der Niederschrift dieses Buches beiseite gestanden haben: Malaga Baldi, die mich mit ihrer Ruhe und ihrem Glauben dazu ermuntert hat, das Buch zu beenden, auch wenn es bisweilen viel Kraft kostete. Ed Iwanicki für seine Vorstellungsgabe, sein Einfühlungsvermögen und seine große Auffassungskraft. Will Meyerhofer, David Drene, Jenifer Levin, Michelle Karlsberg und David Ankers für die Anregungen und Hinweise, die sie mir beim Lesen oder Vorlesen von Teilen des Manuskripts gegeben haben. Linsey Abrams, David Bergman und Don Larventz, die mich um die Veröffentlichung von Ausschnitten gebeten haben. Den vielen Menschen »auf der Straße«, die mir in den vergangenen zwei Jahren bei Lesungen aus dem Buch zuhörten und mir durch ihre Kommentare Mut machten. Paul Grady sen., der mir einige der wundervollen, von seinem Sohn verfaßten Gedichte zur Verfügung stellte. Und Edmund White, der mir gestattete, den Titel des von ihm geschriebenen und nicht veröffentlichten Romans zu verwenden.

*How many roads must a man walk down
before you call him a man ...?*

Bob Dylan

ERSTES BUCH

DIE GOLDSTAUB-ZWILLINGE 1991 UND 1954

Willst du das wirklich?«
»Hä?«
»Willst du das wirklich?« fragte Wally.
Ich muß ein ziemlich bescheuertes Gesicht gemacht haben.
»Da raufzugehen!« stichelte er weiter. »Jetzt? Heute abend?«
Das war endlich eine Frage, auf die ich antworten konnte. »Wir müssen da rauf. Es ist sein Geburtstag!«
Wir standen in der Eingangshalle des Hauses, in dem Alistair wohnte. Die letzten Strahlen der kirschroten untergehenden Sonne wurden vom Hudson reflektiert und schafften es irgendwie, indirekt auf diese eine Marmorwand zu treffen. Es ist weder das größte Haus, in dem Alistair bisher gewohnt hat, noch war der Mann in Uniform hinter dem Empfangstisch der Anspruchsvollste, mit dem ich wegen Alistair zu tun hatte, aber er war hochgewachsen, mit einer Haut wie eine Muskatnuß, und er sah in dieser grünen russischen, mit Serge gefütterten Uniform ziemlich stattlich aus. Es war eindeutig, daß er entweder höhnische Bemerkungen über uns loslassen oder den Hausmeister anrufen wollte, damit dieser uns hinausjagte.
»Wir gehen rauf!« sagte ich mit tonnenschwerer Pseudoentscheidungskraft in meiner Stimme.
»Name?« fragte der Mann in Uniform, obwohl ich ihm diesen schon dutzende Male in diesem Monat nennen mußte.
»Sansarc«, antwortete ich, »Roger.«
Er hob den Hörer des Tischtelefons ab, so ein Ding aus

falschem Marmor mit Tasten, die zu seinen Epauletten paßten, und ohne daraufzuschauen, wählte er, was schon sehr beeindruckend war, die richtige Nummer.

Ich zog Wally weit genug vom Schreibtisch weg, um ihm sagen zu können: »Wenn wir nicht an Alistairs fünfundvierzigstem Geburtstag auftauchen, wird er uns durch die Straßen der ganzen Stadt hinterherjagen, und durch die Gassen und durch die Abwasserkanäle und ...«

Hinter meinem Rücken hörte ich, wie der Mann in Uniform meinen Namen falsch aussprach, woran derjenige, der antwortete – zweifellos die Weiße Frau –, gewohnt war. Der Mann in Uniform legte auf und sagte, als ob ich es nicht schon wüßte: »16J.«

»Wenn *du* nicht auftauchen wirst«, verbesserte mich Wally.

Wir gingen zu den Aufzügen durch ungefähr vierhundert Meter postmodernes Innendekor, das nur schwer als Imitation von naturfarbenen Adobeziegeln zu erkennen war. Am anderen Ende hing ein wandhoher Spiegel, groß genug, um einen Blick auf das werfen zu können, was der Hausangestellte gesehen hatte und was er angekläfft hatte – zwei Homosexuelle in schwarzen Jeans mit schwarzen Patrick-Lederturnschuhen und ausgetragenen Armeejacken mit leicht unterschiedlichem Schnitt und einem Hauch von Braun. Wally hob sich natürlich durch seine vorbildliche Schulmädchenhaltung und kastanienbraune Haarpracht ab. Und durch seine Jugend. Und durch sein gutes Aussehen. Ich dagegen ...

Die Fahrstuhltür öffnete sich, und ein gemischtgeschlechtliches Paar in zueinander passender hautenger schwarzer Radfahrerbekleidung aus Lycra – ihre grellrosa gestreift, seine blaugrün – schob seine Achtzig-Gang-fahr-zur-Hölle-Maschinen auf uns zu, bis wir an der anderen Wand klebten. Sie übersahen uns ganz offensichtlich in ihrer perfekt koordinierten vierundzwanzigjährigen Blindheit.

»Teufelsbrut!« rief Wally ihnen nach.

»'tschuldigung?« Die männliche Person des Duos drehte sich um. Absolut blind.

Ich schob Wally in den Fahrstuhl, und Gott sei Dank schloß sich gleich darauf die Tür hinter uns.

Wally untersuchte seinen femininen, spitz zulaufenden Haaransatz im Spiegel in der Ecke, drückte mich dann gegen eine Wand und gab mir einen Zungenkuß, als ob er meine beiden Mandeln gleichzeitig vernaschen wollte. Damit beabsichtigte er natürlich, mir den Mund zu stopfen und alle Frauen mit purpurfarbenem Haar und einem tibetischen Terrier aufzuhetzen, die unglückselig genug waren, den Knopf für den Aufzug gedrückt zu haben.

Es hatte jedoch niemand den Knopf gedrückt, und Wally zog sich schmollend zur anderen Wand zurück.

»Bist du schon aufgeregt wegen der Aktion am Gracie Mansion?« fragte ich.

»Wirst du es ihm geben?« fragte Wally zurück.

Keiner von beiden war bereit, die Fragen des anderen zu beantworten. Also lächelten wir uns mit steinerner Miene an.

»Du hast es mitgebracht, oder?«

»*Sie!* Nicht *es. Sie.* Vierundsechzig! Ja, ich habe sie mitgebracht.

»Und worin? In so einer niedlichen kleinen Malachitdose in der Form der Vulva von Minnie Mouse?«

Die Tür öffnete sich im sechzehnten Stockwerk.

»Das ist nicht deine Angelegenheit.«

Wally stand vor der Tür, so daß sie nicht zugehen konnte, und hatte mich in der Falle.

»Du hast es während der letzten zwei Wochen zu meiner Angelegenheit gemacht mit deinem Jammern und Seufzen und ewigen Rumlaufen in dem verdammten Eß-, Schlaf- und Wohnbereich!«

»Du hast recht, Wals. Ich hab mich wie ein Scheißkerl deswegen benommen.«

Das Eingeständnis überraschte ihn, und er ließ mich hinaus. Ich entwischte den Flur entlang zum Lärm von 16J und klingelte.

»Ich werde nicht bleiben«, flüsterte Wally wie Hekate in mein Ohr, als die Tür von dem letzten aus der Serie, die Alistair liebevoll seine »Ammen« nannte, geöffnet wurde, einem gewissen James Orkney Downes, einem blassen, ziemlich dicken Mann irgendwo zwischen dreißig und Alzheimer, den Wally wegen seines Gesichts »Dorky« nannte und auf den wir uns zu Hause wegen Alistairs erster Beschreibung von ihm als »die letzte wahre weiße Frau in Amerika« bezogen.

»Ah, ihr seid's«, säuselte die Weiße Frau und trat beiseite, um uns einzulassen. Von irgendwo aus dem Innern hörten wir etwas, das wie Ustad Akbar Khans »Final Sunrise Raga« klang. »Er ist da drüben, in dem Gewühl.« Die Weiße Frau deutete hinüber.

Und dann, gesegnet mit jenem in Gedanken versunkenen Geist, der manchmal sogar in die Gosse hinabsteigt, sah die Weiße Frau auf Wallys T-Shirt – weiße Buchstaben auf schwarzem Hintergrund: TOD DEM YUPPIE-ABSCHAUM – und bemerkte: »Das ist süß.«

Bevor das Chaos ausbrach, zog ich Wally zu einer Gruppe fort, von der ich glaubte, daß sie unseren Gastgeber umzingelte.

Eine Hand suchte wie eine lebende Kreatur durch eine vor uns aufgebaute Phalanx von Rücken, bis die Fingerspitzen mein Kinn berührten. Zwischen den Rücken öffnete sich ein Spalt, und Alistairs Gesicht tauchte auf – fast nur Augen und Wangenknochen.

»Willkommen bei Mother Gin Sling!« rief er. Dann sah er Wally so verführerisch an, wie er konnte. »Mother Gin Sling schließt nie!«

Die anderen waren verschwunden, und wir beide wurden von Alistairs langarmiger und -beiniger Ausstrahlung umschlungen. Er fuchtelte in Richtung eines großen nachgemachten Louis-quinze-Sessels, auf den er sich fallen ließ.

»Mein liebster Cousin.« Alistair lächelte mich wohlwollend an und zeigte gleichzeitig auf zwei Stühle, die wir für uns heranziehen sollten. »Und du, Wallace, du erschreckend hübsches Kind, das von meinem Cousin zweiten Grades aus seiner glücklichen Korbwiege geraubt wurde. Wie süß von euch, daß ihr gekommen seid, um mit mir zu feiern. Das ist überaus süß.«

Ich war stets aufs neue überrascht, wie Wally in Alistairs Gegenwart nahezu mit offenem Munde dahinschwelgte, aber hinter dessen Rücken immer über ihn herzog. Hypnose, behauptete Wally, und es stimmte, daß er normalerweise, wenn auch nicht vollständig, erst nach fünf oder zehn Minuten wieder zur Besinnung kam.

»Das ist außerordentlich süß von euch«, fuhr Alistair fort, »da ich doch weiß, daß euch heute abend ernsthafte Geschäfte erwarten – die Demonstration. Und speziell du, mein lieber Wallace, mußt darauf brennen, dieser Rumpelkammer mit all dem leblosen Plunder zu entkommen, um mit deinen jungen und verärgerten kleinen Freunden dort hingehen zu können.«

Ich betrachtete Alistair etwas genauer. Er sah heute abend nicht schlimmer aus als neulich – nein, sogar noch besser. Ich schloß daraus, daß er sich schminkte.

»Wir können nicht lange bleiben«, sagte ich für uns beide.

»Natürlich«, gewährte Alistair gnädig. Dann nahm er Wallys Hand in seine und legte sie auf das, was ich als Ernsthafte Persönlichkeit Nummer Drei kennengelernt habe. »Spaß beiseite. Ich denke, es ist schrecklich wichtig, was ihr ACT-OUT-Leute da macht.«

»ACT UP«, korrigierte ich. Wally war wegen der Ernsthaften Persönlichkeit Nummer Drei zu gelähmt, um die Verunglimpfung zu bemerken. Oder um zu bemerken, daß die grauen Strähnen in Alistairs Haar verschwunden waren, ohne Zweifel aufgrund der freizügigen Anwendung von Loving Care Mousse Aschblond durch die Weiße Frau ... Nicht, daß ich mich nicht auch manchmal etwas »auffrische«.

»Wir schätzen das sehr. Ja, wirklich«, sagte Alistair. »Gelegentlich sind wir auf so etwas angewiesen, um den Tag überstehen zu können.«

Wally, der immer noch von den unwiderstehlichen Pheromonen betäubt war, die Alistair ausstrahlte, erwiderte: »Wir tun das auch für uns selbst.«

»Ich tu es für die Heilige Jungfrau«, sagte ich. »Weißt du, ich widme ihr die ganze Aktion. Ich trage ein blaues Hemd hier drunter, und im entscheidenden Moment ziehe ich mich aus und enthülle es.«

»Ist mein Cousin nicht ein Kotzbrocken?« fragte Alistair und legte eine Hand auf mein Knie. Ich spürte ein Zittern. Und plötzlich war mir klar, was anders mit ihm war. Der Tick, der Guillain-Barré-Tick, der Alistairs linke Gesichtshälfte wochenlang entstellt hatte, war weg – ersetzt, wie ich vermutete, durch dieses unaufhörliche leichte Zittern. Eine Form von Parkinson, nahm ich an.

Ich wollte Alistair deswegen gerade fragen und erfahren, welchen scharfsinnigen kleinen Namen er und die Weiße Frau ihm gegeben hatten, als wir alle durch die Klingel gerettet wurden. Jemand aus dem Showbusineß wurde eingelassen, und Alistairs sechster Sinn für Reichtum und Glanz war in voller Alarmbereitschaft. Er nahm seine Hand von meinem Knie, um sein überperfekt frisiertes Haar in Vorbereitung auf das Treffen zu richten.

Ich stand auf und griff nach Wally.

»Laß uns was trinken.«

»Ich will nicht, daß wir nach Schnaps riechen«, erklärte Wally. »Die Ordner bestehen darauf.«

»Ein Cream-Soda«, schlug ich vor, »und ein Cel-Ray.« Ich war sicher, daß er, der irgendwo in Montana aufgewachsen war, von beiden noch nichts gehört hatte.

»Ein Tonic und ein Limettensaft«, sagte Wally zum Barkeeper, der hinter einem zwischen Küche und Wohnzimmer aufgestellten Tisch mit drapierter Decke stand. »Wer zum Teufel ist Mother Gin Sling?«

»Eigentlich müßtest du dagewesen sein«, sagte ich.

»Noch so eine von deinen Alistair-Geschichten?« Ich fragte mich, ob er wußte, daß er einen Mitesser hatte. Wahrscheinlich nicht. Er hätte einen Schrei losgelassen, mich aufs Klo gezerrt und darauf bestanden, ihm beim Ausdrücken zu helfen.

»Vor einer Minute hätte dir Alistair ein lebendiges Baby in den Mund schieben können, und du hättest es ohne Salz hintergewürgt«, sagte ich hochnäsig. »Das ist keine weitere Alistair-Geschichte. Das ist aus einem Film von Josef von Sternberg, *Im Banne von Schanghai*.«

»Dietrich?« fragte Wally, und spätestens jetzt wußte ich, warum ich ihn liebte. Er versuchte, und das genau auch in diesem Moment, etwas darüber herauszufinden, was mich interessierte, obwohl es für jemanden in seinem Alter chronologisch ungefähr gleichbedeutend mit der Teilung des Roten Meeres sein mußte.

»Es war jemand mit Namen Ona Munson, von der niemand davor oder danach etwas gehört hat«, erklärte ich. »Sie saugte zu der Zeit wahrscheinlich an Sternbergs Stiefelspitzen. Aber sie machte einen wahnsinnigen Mother Gin Sling. Victor Mature spielte Dr. Omar. Sehr hübsch mit geöltem Haar und einem Fes. Ziemlich dekadent. Er verleitete Gene Tierney zum Spielen.«

»Tierney landete doch hinter Gittern, oder?«

Ich strahlte vor Freude. Wally konnte ich überallhin mitnehmen, ob er sich nun ständig angegriffen fühlte oder nicht.

»Nicht bis nach *Laura*. In diesem Film war sie unglaublich schön«, sagte ich. Ich erinnerte mich an die saubere neue Kopie auf Video, die ich neulich gesehen hatte.

Wally hatte mittlerweile bemerkt, daß er vom Barkeeper, einer Kombination aus Model, Schauspieler und Kellnerin ohne erkennbare Reize, beäugt wurde. Um mir gegenüber nett und dem Werbenden gegenüber gehässig zu sein, packte Wally mich und küßte mich mit vollem Profil zur Bar.

»Und wann wirst du ihm dein Geschenk geben?« fragte Wally.

»Ich dachte ... wenn wir gehen?«

»Du bist dir immer noch nicht sicher, ob du es ihm geben sollst oder nicht?«

»Natürlich bin ich nicht sicher. Das sind keine Pfefferminzbonbons.«

»Du hast sie besorgt. Du hast zwei Wochen unter den wider-

lichsten Schwulen verbracht, die je meine Augen erblickt haben, in Spelunken, denen ich mich nicht einmal nähern würde, zwei Wochen lang, um genug davon zusammenzubekommen. Und du wirst sie ihm nicht geben?«
»Ich weiß, Wally, du bist damit nicht einverstanden.«
»Ich hab dir vorher gesagt ...«
»Irgendeine Belanglosigkeit über Religion oder so was, was deine Großmutter einmal losgelassen hat, oder ...«
»Egal, was du tun willst, tu es, verdammt noch mal, ja?«
»... und ich kann dir nicht böse sein, weil du nicht damit einverstanden bist«, fuhr ich unbeirrt fort, »aber er ist zu mir gekommen. Er hat mich gefragt. Ich konnte es ihm doch nicht abschlagen. Oder?«
»Du hast ihm noch nie was abgeschlagen.«
»Das ist nicht wahr.«
»Wann?« fragte Wally.
»Das hab ich sehr wohl.«
»Wann?«
»Irgendwann erzähle ich dir, wann.«
Natürlich hatte er zu neunundneunzig Prozent recht.
»Ich hab das ewige Hin und Her satt«, sagte Wally. »Ich hänge hier nicht rum, damit ich es schließlich für dich tu. Ich gehe. Ich bin unten in der Chinahölle und esse Kolibrihoden in Austernsauce.«
Ich hätte ihn aufhalten können, aber die Wahrheit war, daß ich schon genug Probleme hatte und Wallys Anwesenheit und seine Vorhaltungen nicht auch noch ertragen konnte.
Und da war Alistair, immer noch auf dem Thron, umgeben von alten und neuen, gewöhnlichen und halb königlichen Bewunderern, und ich wußte nicht, wann oder ob ich sie ihm geben konnte oder überhaupt geben sollte, die vierundsechzig

stahlblau-roten Tuinal, mit denen er beabsichtigte, sein Leben in dieser Nacht zu beenden.
»Wie, findest du, sieht er aus?«
Ich konnte die Weiße Frau riechen, bevor ich seine Worte hörte – ein Duft, sehr ähnlich dem von nagelneuem Naugahyde-Kunstleder in einem Ford der späten sechziger Jahre. Eigentlich spürte ich ihn schon, bevor ich ihn roch. Er ist wie eines dieser schwarzen Löcher im Weltall – er absorbiert alles im Umkreis von etwa einem Meter. Moleküle versprühen ihre elektrische und magnetische Ladung, wenn er sich nähert. Es ist bedrückend und quälend wie die paar Minuten unmittelbar vor einem gewaltigen Gewitter. Außer daß in seinem Fall das Gewitter nie ausbricht.
»Er sieht aufgedonnert aus«, antwortete ich.
»Das wollte er so.«
»Wenigstens ist das Zucken weg.«
»Hast du seine Hände bemerkt? Er kann sie kaum benutzen. Ich muß ihm sein Essen schneiden. Manchmal auch füttern. Er hat dafür ein Medikament bekommen, aber er sagt, daß es ihn so schläfrig macht, daß er sich Parko der Narko nennt.«
Das war der scharfsinnige Name, auf den ich gewartet hatte.
»Du bist ein Heiliger, Dorky. Du wirst mitsamt deinen Schuhen in den Himmel kommen, mit deinen ochsenblutfarbenen Wingtips von Bally.«
»Das ist mir egal. Ich bin ...«
»... nichts. Alistair ist alles«, beendete ich den Satz.
»Du hast schlechte Laune«, schloß die Weiße Frau ohne Groll und bewegte seine Elektronenbeseitigungsanlage in einen anderen Sektor der Party.
Nun gut, wir hatten miteinander gesprochen, und ich war grob zu ihm gewesen. Wie immer.

»Jemand hat mir erzählt, dieser geile Typ ist dein Freund.«
Es war der Barkeeper, der das sagte und der bis dahin dankenswerterweise still gewesen war.
»Das kapier ich nicht«, fuhr er fort, dümmlich wie erwartet. »Du bist doch nichts Besonderes.«
»Ich habe einen großen Schwanz. So groß wie ein Kinderarm.«
»Du machst Witze«, erwiderte er und schaute mir auf die Hose.
»Hab ihn heute abend zu Hause gelassen. Echt«, sagte ich jetzt vertraulich und krümmte einen Finger nach ihm über die Flaschen, Gläser und Zitronenstücke, »ich habe eine Geheimwaffe.«
»Wirklich?«
»Ja, wirklich. Es scheint, daß Sokrates recht hatte: Tugend zieht Schönheit an.«
»Hä?«
Ich verzog mich in eine Ecke, wo ich mein wodkaloses Tonic schlürfen und Trübsal blasen konnte. Ich hatte dieses »Hä« und die Stichelei erwartet. Bis jetzt war alles an diesem Abend wie sonst gewesen. Ich griff in meine Tasche, um sicherzugehen, daß die zwei eingewickelten Plastikfläschchen mit den Tuinal noch da waren. Sie allein machten diese Nacht bedeutend und zu etwas Besonderem.
Dann, um es noch mehr wie sonst werden zu lassen, ging jemand zur Plattensammlung und legte Gloria Gaynors erste LP auf.
Wie sonst. Alles wie sonst.
Außer, daß ich Wally nicht angelogen hatte. Ich *hatte* Alistair etwas ausgeschlagen, was er unbedingt wollte. Mehr als nur einmal. Und einmal ganz am Anfang.

Dieser frühe Oktobertag des Jahres 1954 schien nicht anders zu sein als die anderen. Es war noch zu früh für ein Verfärben der Blätter, und die jüngsten Regenfälle hatten den Sommerstaub weggespült, der sich immer in den Rinnsteinen unseres sonst makellosen Viertels in Long Island ansammelte. Um drei Uhr nachmittags hatten wir Viertklässler eine Menge Zeit für Spiele und Dummheiten, bevor uns der Sonnenuntergang heimführte zu den Hausaufgaben, zum Abendessen und, wenn wir brav waren, zu *Captain Video* und anschließend zu *Deine Show der Shows* im Fernsehen.
Als wir aus dem Schulgebäude flohen, drehte sich Augie zu mir um und rief: »Bei mir zu Hause! In einer halben Stunde! Magneten!« Er stürmte sofort los, wobei seine mehr als vollgestopfte, alte Ledertasche, die er als Schulranzen benutzte, gegen sein Bein schlug, wo sie bereits an jeder seiner Cordhosen eine Stelle blankgerieben hatte.
August Herschel war mein Schulfreund, ein gedrungener Junge mit lockigem Haar wie Milchkaffee und trüben blauen Augen, die tief in seinem bereits erwachsenen Gesicht lagen. Er war zwar nicht das aufgeweckteste Köpfchen, aber gutmütig und loyal, immer neugierig und darauf erpicht, meinen eher geheimnisvollen Vergnügungsvorschlägen zu folgen. Und er war auch ein toller Werfer bei unseren Baseballspielen Samstag nachmittags auf den Plätzen in der Vanderveer Street. Augie mochte mich und hatte mir bereits in der zweiten Klasse unsterbliche Freundschaft geschworen, als ich, als Irokese verkleidet, bei den Erntedankaufführungen unserer Klasse in der Aula nicht ganz unabsichtlich fast den gesamten Inhalt eines Füllhorns aus Pappmaché – farbenfrohe, aber harte kleine Kürbisse – auf May Salonen, die Augie in unserer Klasse am wenigsten mochte, herabprasseln ließ. Und das passierte

genau in dem Moment, in dem sie zu ihrer großen Rede ansetzen wollte, weswegen sie ihren Text vergaß, in Tränen ausbrach und jedem trostspendenden Versuch unserer Lehrerin standhielt. Daraufhin mußte der Vorhang vor der blöden Aufführung heruntergelassen werden, und wir hatten den Rest des Nachmittags frei.

Wichtiger in diesen Tagen war, daß Augie ein festes und anerkanntes Mitglied bei den anderen Jungs der vierten Klasse war. Nicht, daß ich viel von diesem Gesindel hielt. Aber nach jahrelanger Vernarrtheit in Grace Del Verdi, die mich in ihrer und der Gesellschaft anderer Mädchen gefangenhielt, war das, was ich mehr als alles andere in der Welt brauchte, die Gesellschaft – und Anerkennung – von Jungs meines Alters.

Ich ging nach links und schloß mich planlos Ronny Taskin und seinen Freunden an, die denselben Heimweg hatten wie ich. Ronny war ein hochgewachsener, magerer Junge, der in Indianerclubs trainierte, eine Tradition, die noch aus den Tagen stammte, als sein Vater Zirkusakrobat war. Dieser Rest von Karnevalsglanz war alles an Ronny, soweit ich sehen konnte, was ihm einen Sonderplatz unter uns einräumte.

»Magneten? Was für Magneten?« Ronny drehte sich voll zu mir, als er das fragte.

»Diese Dinger, die Eisen an sich kleben lassen«, erklärte ich. »Augie und ich spinnen damit ein bißchen herum. Wir versuchen Sachen zu bewegen. Einmal haben wir eine Glühbirne zerbrochen.«

Der letzte Satz schien ihn dahingehend befriedigt zu haben, daß wir eine annehmbare Tätigkeit betrieben.

»Du solltest für Samstag Schlagen üben«, sagte Tony Duyckman.

»Ich werde immer ein lausiger Schläger sein. Ich seh mit dem linken Auge zu schlecht«, fügte ich hinzu und erwähnte damit einen Unfall, den ich als Baby hatte und der bei mir Astigmatismus zur Folge hatte. Beim Erzählen konnte ich zwar dramatisch genug sein, unglücklicherweise war aber keine Narbe zurückgeblieben, außer in meinem Augapfel, wo nur ein Augenarzt sie sehen konnte.

Die Jungs gingen zu zweit und zu dritt weiter, und ich schlenderte mit Kerry White, einem kleinen, dünnen Jungen mit übermäßig blondem Haar, der selbst ein Anhängsel der Gruppe war, in Richtung nach Hause. Wir schwiegen, bis wir den Weg zu unserer Tür erreichten, wo ich ihn mit einem knappen »Tschüs« zurückließ, worauf er mit einem sonnigen Lächeln und einer übereifrigen Verabschiedung antwortete.

Schlimm für Kerry, dachte ich, der ist noch weniger angesehen bei den anderen Jungs als ich. Ich öffnete die Fliegenschutztür und hoffte, daß ich niemals so tief fallen würde – mit fünf Mitschülern nach Hause gehen, ohne daß sie mit mir sprechen, und dann damit zufrieden sein, daß jemand tschüs sagt. Ich faßte nach dem Griff der Küchentür, und sie öffnete sich nicht. Sie klemmte – oder war verschlossen.

Kaffeebraune Vorhänge erschwerten die Sicht durch die Küchenfenster. Als ich hindurchspähte, sah ich meine Mutter nirgendwo in dem Raum. Also klopfte ich an der Tür. Als sich auch daraufhin nichts rührte, schleppte ich meine Schultasche zur Vorderseite des Hauses und versuchte es an dieser Tür. Auch verschlossen. Ich klingelte, klopfte, rief und lief über den Rasen zur Garagentür, die unterhalb der Wohnzimmerfenster lag. Kein Auto in der Garage. Und auch das Tor war verschlossen.

Ich setzte mich eine Weile verzweifelt hin und las aus diesen verschlossenen Türen und der leeren Garage das Schlimmste: Meine Mutter hatte uns verlassen. Oder ein schrecklicher Unfall ist meinem Vater und meiner Schwester zugestoßen, und sie ist schnell ins Krankenhaus gefahren. Ich war in letzter Zeit zu keinem aus der Familie nett gewesen, und ich fühlte mich schuldig. Schließlich stand ich auf und ging zum Nachbarhaus hinüber.

Mrs. Furst wußte nichts beziehungsweise sagte, sie wisse nichts. Sie war emsig damit beschäftigt, ein Rudel Frauen um die fünfundsechzig zu unterhalten, die alle Kaffee aus niedrigen Porzellantassen nippten und einen Biskuitkuchen mit orangefarbener Glasur beäugten. Nein, versicherte mir Mrs. Furst, sie habe meine Mutter nicht fortgehen sehen, und sie habe keine Nachricht für mich. Eigentlich schien sie nur einen Gedanken im Kopf zu haben, nämlich wie lange sie die alten, aufdringlichen Weiber von ihrem kulinarischen Meisterwerk fernhalten konnte.

Das erinnerte mich daran, daß auch ich Hunger hatte. In meinen Taschen befanden sich nur neun Cent, nicht einmal ausreichend für einen Marsriegel, aber ich wußte, daß meine Mutter in einem Lebensmittelgeschäft im Ort anschreiben ließ. Schamlos ließ auch ich ein Yoo-Hoo-Schokoladensoda, ein Stück Ananaskuchen und, bloß um es rechtmäßig aussehen zu lassen, ein Päckchen »Goldstaub«-Scheuermittel anschreiben.

Trübsinnig aß ich vor dem Laden meine Sachen, bis einige Frauen aus dem Ort vorbeikamen, von denen eine mich fragte, warum ich nicht zu Hause sei. Ich sah auf die 7-Up-Werbeuhr im Schaufenster. Ich war schon zu spät dran für Augie.

Er hatte sich seinen Arbeitsanzug angezogen und spielte im Hinterhof mit seinen Metallkippern. Er fragte sofort, warum ich noch meine Schulkleidung anhätte. Als ich ihm erklärte, daß meine Mutter nicht daheim und das Haus abgeschlossen sei, meinte er, ich könne mir einen seiner Overalls ausleihen. Das tat ich dann auch, und er war so groß, daß ich ihn leicht über meine Schulhose und das Hemd ziehen konnte.

Die nächste Stunde war das reinste Elend. Ich war zu niedergeschlagen, um an all die raffinierten Sachen zu denken, die ich zuvor geplant hatte und die wir mit dem großen Magneten anstellen wollten. Diesen hatten wir im Geräteschuppen seines Vaters gefunden. Hin und wieder mußte ich seufzen, und wenn Augie wissen wollte, was los sei, antwortete ich: »Oh, nichts!« Dann fragte ich geheimnisvoll, ob er glaube, daß seine Familie mich bei ihnen einziehen lassen würde, bis ich eine Arbeit gefunden hätte.

»Klar!« sagte Augie. Aber Augie hätte dieselbe Antwort gegeben, wenn ich ihn um sein eigenes Blut gebeten hätte. Schlimmer noch, er schien meine Misere auf die leichte Schulter zu nehmen, da er doch mit empörender Gelassenheit seine Metallspielzeuglaster auffüllte, hin und her schob und wieder entleerte.

In Augies Welt waren meine Ängste undenkbar. »Du bist bescheuert, dich darüber aufzuregen. Deine Mutter ist wahrscheinlich zum Friseur gegangen.« Plötzlich sah ich mich so, wie Augie mich sehen mußte – exotisch und nervenschwach. Und mit einmal sah ich auch Augie deutlich. Er war zu phantasielos und dumm, um erkennen zu können, daß es eine Zukunft gab, auch wenn sie möglicherweise nicht besonders schön war.

Dies rief neue Schuldgefühle in mir hervor, da ich auch darin versagte, ein guter Freund zu sein, und ich fing an, über Ronny Taskins Kameraden und das bevorstehende Spiel zu reden.

Schließlich ließ ich mir von Augie Bälle zuwerfen und versuchte, sie zu schlagen. Wir waren gerade mittendrin, als er hineingerufen wurde, um seine Hausaufgaben zu machen, und ich wurde heimgeschickt.

Ich rannte nicht den ganzen Weg. Ich bummelte an Straßenecken herum, starrte Raupen an, die auf den Bürgersteig gefallen waren, und zählte die Fahrräder, die kreuz und quer auf die Wiesen vor den Häusern gelegt oder in Reihen auf ihren Kippständern in die Einfahrten abgestellt worden waren. Ich fürchtete mich davor, in unserer Straße anzukommen. Widerwillig bog ich in sie ein, voller Angst, sehen zu müssen, daß die Küchentür immer noch verriegelt war. Ich wollte nicht eher aufschauen, bis ich direkt davor stehen würde.

Sie war immer noch verschlossen. Ich brach über meiner Schultasche zusammen und trug mich mit Selbstmordgedanken.

»Sein Hemd hing aus der Hose heraus. Seine Schuhe waren voller Dreck. Sein Mund war eine Mischung aus Ananas und so einem braunen klebrigen Zeug. Das Haar war den ganzen Tag nicht gekämmt worden. Er schaute aus wie ein Typ, den man vor irgendeiner Hütte in den Appalachen fotografiert hatte« – so hatte Alistair später seinen Eindruck unserer ersten Begegnung beschrieben.

Alistair dagegen sah großartig aus in seiner nagelneuen kompletten mitternachtsschwarzen und mit Silber abgesetzten Hopalong-Cassidy-Aufmachung, dem mit Blätterranken verzierten Lederhalfter und dem silberüberzogenen sechsschüssigen Revolver, den echten schwarzweißen Ponywesternstiefeln und dem riesigen cremefarbenen Cowboyhut mit schwarzer Stickerei.

Er kletterte vom Vordersitz unseres alten Roadmasters, ließ einen Koffer auf die Steinplatten fallen und wartete, bis meine Mutter, die einen noch größeren Koffer schleppte, zu ihm kam.
»Bei uns gab's auch immer Landstreicher in der Nachbarschaft. Meine Mutter schenkt ihnen normalerweise fünf Dollar und sagt, sie sollen zum Friseur gehen.«
Ebenso erstaunt über seine Unverschämtheit wie über die Gestalt, die die Worte hervorgebracht hatte, sprang ich nach vorn, weil ich ihn geradewegs zu Boden schlagen wollte.
»Du armes Ding!« Meine Mutter ließ plötzlich den Koffer fallen und riß mich mit einer Umarmung hoch. »Du mußt schon seit einer Stunde hier warten«, hauchte sie in mein Haar. »Und ich habe vergessen, dir zu sagen, daß ich zum Flughafen fahre.«
Zum Flughafen? Ich drückte mich von meiner Mutter fort. »Was für ein Flughafen?«
»Idlewild«, antwortete das Ungeheuer in der Kleidung meines Lieblingscowboydarstellers.
»Es ging alles so schnell«, sagte meine Mutter in einem Versuch, sich selbst zu verteidigen. »Ich wußte, daß er heute ankommen würde, aber nicht genau, wann. Dann rief seine Mutter an, und ich war mir nicht sicher, ob ich den Weg kannte, und ich hab mich zweimal verfahren ...«
»Du bist in einem Flugzeug geflogen?« fragte ich, vor Neid berstend.
»Vier Stunden«, antwortete er blasiert.
Meine Mutter schloß die Küchentür auf und ging zurück zum Koffer, den sie halb über die Türschwelle hob und halb zerrte.
»Übrigens, das ist dein Cousin, Alistair Dodge.«
»Cousin zweiten Grades, um genau zu sein«, korrigierte Alistair.

Meine Mutter konnte nicht widerstehen, mir erneut ihre Gefühle zu zeigen. Sie umarmte mich leicht, setzte mich dann an den Formica-Tisch in der Frühstücksecke und winkte Alistair zu uns. »Du mußt ja halb verhungert sein«, sagte sie zu mir. »Normalerweise ißt er eine Kleinigkeit nach der Schule«, erklärte sie Alistair, was mich noch mehr verwirrte. Ihm schien das gleichgültig zu sein, als er seinen cremefarbenen Filzhut abnahm und sich genau mir gegenüber hinsetzte. »Na, auch du mußt ja sterben vor Hunger.«
»Dodge ist ein Auto.« Das war alles, was ich sagen konnte.
»Wir sind nicht *diese* Dodges«, erwiderte Alistair. »Meine Großmutter sagt, *wir* sind bei weitem älter als diese Dodges. Sie nennt sie Neureiche.«
Meine Mutter werkelte hinter uns, um etwas zum Essen herzurichten.
Ich starrte Alistair an, und wenn ich ihn vom ersten Augenblick an gehaßt hatte, fielen mir jetzt mindestens drei Gründe ein, warum. Nein, vier – er sah aus wie ich. Na ja, nicht genau. Er war größer und schmaler in den Hüften. Sein Haar war heller als meins, im Unterschied zu meinem war es nicht ins Braun nachgedunkelt und würde es auch nicht. Aber selbst bei uns ungeformten Neunjährigen zeigten die unfertigen Gesichter die gleichen Wesenszüge. Das war mehr als unheimlich für mich. Ich war mir während der vergangenen Monate zwischen Grace und Dawn und Lois mit ihrer körperlichen Einzigartigkeit gerade erst meines Gesichts, meiner Wesenszüge und meines Ichs, so wie es war, bewußt geworden. Jetzt fühlte ich mich, als ob der Fremde, der eben aufgetaucht war, mir das gestohlen hätte, von dem ich dachte, es gehöre mir.
Meine Mutter stellte hohe Gläser mit Milch und eine Auswahl

von Snacks zwischen uns – Oreo-Doppelkekse und Gebäck mit Feigenfüllung, das sich als hausgemachter runder Marmorkuchen entpuppte.

»Nun schaut euch zwei doch mal an!« sagte sie, als sie sich zu uns an den Tisch setzte. »Ihr könntet eher Brüder sein, die irgendwann getrennt wurden, statt Cousins.«

Das Telefon klingelte. Sie hob ab und ging ins Eßzimmer, um mit Augies Mutter zu sprechen.

»Wie lange willst du bleiben?« fragte ich absolut ungeschickt.

»Solange die Scheidung dauert.«

»Scheidung« war ein Wort, das ich nie zuvor von einem Kind gehört hatte. »Was für eine Scheidung?«

»Die Scheidung meines Vaters und meiner Mutter«, antwortete er, wobei er vornehm am Rand eines Kuchenstücks entlangbiß. »Sie führen einen Streit um das Sorgerecht, darum, wer mich bekommt.«

Streit um das Sorgerecht? Was war das? Ich malte mir zwei Erwachsene aus, die sich mit Pistolen in ihren Halftern gegenüberstanden und gerade ziehen wollten. Wie im Fernsehen.

»Mein Vater denkt, daß er gewinnen wird, weil er meine Mutter erwischt hat mit einem ... einem Mitbeklagten.« Das letzte Wort flüsterte er.

»Und worüber hatte er sich beklagt?«

»Gott, bist du naiv!«

»Wo findet dieser Streit statt?«

»Grosse Pointe. Eigentlich ist das Gericht in Detroit. Aber wir sind von Grosse Pointe.«

Ich versuchte mir Detroit in Michigan vorzustellen. Auf der Landkarte in der Schule war die Stadt rosa und in der Mitte durch einen der Großen Seen zweigeteilt.

»Häuptling Pontiac«, sagte ich, »der Indianer.«

»Pontiacs werden oben in Flint hergestellt«, korrigierte er. Er stand auf und trug sein halbleeres Glas Milch zur Kaffeemaschine hinüber und goß sich geschickt etwas von der dunklen Flüssigkeit in sein Glas. »Flint ist ein langweiliger Ort.«
Meine Mutter kam in die Küche zurück.
Jetzt wird er sein Fett wegkriegen, dachte ich.
»Oh, das tut mir leid, Alistair. Ich wußte nicht, daß du ...«
»Ist schon in Ordnung, Cousine Eleanor, ich kann mich selbst bedienen.« Er zeigte ihr das Glas. »Ich trinke meinen normalerweise au lait!«
Sie verließ die Küche, und ich beobachtete, wie er tatsächlich seine Oreos ganz, ohne sie auseinanderzunehmen und die weiße Füllung abzulecken, in den Milchkaffee tauchte, er, der in meiner Küche saß und meine Sachen aß, meine Mutter »Eleanor« nannte, was nur den Erwachsenen vorbehalten war, Französisch sprach, in einem Flugzeug geflogen war, mit seinen in Scheidung lebenden Eltern, die sich um ihn stritten, und ich wußte: Ein Schicksal hatte mich ereilt, das schlimmer war als die Kindesaussetzung, die ich zuvor befürchtet hatte.
Als meine Mutter zurück in die Küche kam, um sich zu setzen, stieß sie gegen meine Schultasche, die sich öffnete.
»Was ist das?« fragte sie, als sie das Päckchen »Goldstaub«-Scheuermittel herauszog, das ich vorher gekauft hatte.
»Ich habe ein Päckchen aus dem Wallford's mitgebracht«, sagte ich. »Ich weiß, daß das bei dir immer leer ist.«
»Ich nehme das nicht mehr. Ich nehme jetzt Ajax. Goldstaub möge mir zu Füßen liegen«, fügte sie in Gedanken versunken hinzu.
»Hä?«
»Das seid ihr beide«, sagte meine Mutter und hielt das Päckchen hoch, »meine Goldstaub-Zwillinge!«

Ich stellte mir die folgenden Tage als reine Tortur vor. Ich hatte unrecht. Nun, es war eine Tortur, aber anders, als ich erwartet hatte.

Zunächst einmal hing Alistair nicht Tag und Nacht wie eine Klette an mir, wie ich zuerst befürchtet hatte. Eigentlich sah ich ihn kaum. Ich lebte mein Leben wie gewöhnlich, ging zur Schule, spielte mit Augie, erduldete an einem Spätnachmittag die Demütigung als Schläger bei einem Baseballspiel und trieb mit Ronny Taskins Bande auf verschiedene Weise mein Unwesen.

Und mein Cousin zweiten Grades war nirgendwo zu sehen. Er führte sich eher wie ein Invalide auf, als daß er eine Plage gewesen wäre. Er schlief noch jeden Morgen im Gästezimmer, wenn ich aufwachte, frühstückte und zur Schule ging. Er war zu der Zeit, als ich nach drei Uhr nach Hause kam, zwar wach, aber manchmal noch in seinem Zimmer, wo er einen Roman im Bett las, oder draußen im Hinterhof auf einer Chaiselongue, mit der Sonnenbrille meines Vaters, die ihm viel zu groß war, einer Filmzeitschrift meiner Mutter und einem Glas Milchkaffee auf dem Beistelltisch. Alistair blieb noch lange auf, nachdem ich ins Bett gegangen war – manchmal unterhielt er sich mit meinen Eltern, andere Male sah er sich *Studio Eins* oder sonstige 22-Uhr-Programme zusammen mit ihnen im Wohnzimmer an.

Eines Tages kam ich ins Haus gestürzt, um meine Rollschuhe anzuziehen. Alistair war am Telefonieren, machte sich mit dem Kugelschreiber meiner Mutter Notizen und stellte demjenigen am anderen Ende der Leitung Fragen. Eines Abends fand ich ihn im Schlafzimmer meiner Schwester Jennifer, wo er auf dem Rand ihrer Chenille-Bettdecke saß, die mit *Seventeen*-Ausgaben und Schminkfarbtafeln übersät war, und sagte:

»Ich würde das pfirsichfarbene Oberteil anziehen. Beige drückt die Farbe deiner Haare.« Er warf mir einen Blick zu, und meine Schwester sah zu mir auf den Flur raus und knallte mir unüberhörbar die Tür vor der Nase zu. Spät in jener Nacht wachte ich auf und mußte auf die Toilette. Ich war erstaunt darüber, daß sein Licht brannte, und dachte, er hätte es angelassen, damit er den Weg im Dunkeln findet. Aber als ich zurückkam, hörte ich deutlich unseren Fernseher, zwar leise, doch er war eingeschaltet. Ich warf einen Blick ins Zimmer und sah Alistair ganz allein. Er wirkte klein auf dem Sofa, der Nachtwind von dem einen Spaltbreit geöffneten Fenster hinter ihm strich leicht durch sein Haar, während er eine Tareyton-Filterzigarette meiner Mutter paffte. Auf dem Bildschirm waren Männer in Anzügen, die schnell redeten, und Frauen in hautengen schwarzen Kleidern zu sehen. Ich konnte mir keinen Reim darauf machen, wovon sie sprachen.

Er war Montag angekommen, und jetzt hatten wir Samstag. Zudem war es kein besonders milder Tag. Ich war gerade beim Frühstück und schaute mir Farmer-Gray-Zeichentrickfilme im Fernsehen an, als Alistair um halb elf aus seinem Schlafzimmer auftauchte, in die Küche trottete, meiner Mutter mit einem »Guten Morgen, Cousine Eleanor« einen Kuß auf die Wange drückte, sich sein Glas Café au lait schnappte, zum vorderen Garten hinausschlenderte, wo er meinen Vater begrüßte, der in großen, schmutzigen Gartenhandschuhen die widerspenstigen Rosen zurechtstutzte, und daraufhin ins »Familienzimmer« zurückwanderte.

Meine Mutter sprach die Worte aus, die ich schon die ganze Woche befürchtet hatte: »Warum macht ihr zwei heute nichts zusammen?«

»Zum Beispiel?« fragte ich und fügte dann schnell hinzu: »Es sieht nach Regen aus.«

»Geh doch mit Alistair ins Kino.«

Dies war eine Angelegenheit, die den ganzen Nachmittag dauern würde, beginnend mit Zeichentrickfilmen und den Weltnachrichten, den »Bevorstehenden Attraktionen« und endlosen Serien als Überleitung und dem Hauptfilm als Höhepunkt. Siebenhundert Jungs und ein paar unerschrockene Mädchen, Lärm und Chaos – genau das richtige für mich. Abgesehen davon hatte ich nicht die Absicht, mich zusammen mit Alistair von Augie oder Ronny Taskin oder irgendeinem anderen, den ich kannte, sehen zu lassen.

Bevor ich mir eine Lüge ausdenken konnte, sagte Alistair: »Ich habe gestern beim Einkaufen gesehen, daß ein neuer Film mit Joan Crawford im Bedlington läuft.«

Eher würde ich die chinesische Wasserfolter ertragen als mir diesen Schmalzfilm anschauen.

»Im Community läuft *Bwana, der Teufel*«, erwiderte ich. »Der ist in 3-D. Da springen Löwen auf dich drauf, und Speere fliegen auf dein Gesicht zu.«

»Wie reizend!« war Alistairs Entgegnung. Aber meine Eltern hatten vor, in einem kilometerweit entfernten Garten-Center einkaufen zu gehen und dann meine angeblich kranke Großtante June (die nicht in verwandtschaftlicher Beziehung zu Alistair stand) zu besuchen. Sie würden nicht vor dem Abend zurück sein, und es war klar, daß ich ihn den ganzen Tag am Hals haben würde.

Ich überlegte, wie ich mich verkleiden sollte, damit mich meine Freunde nicht erkennen würden. Aber wir wurden mit einem Dollar für jeden aus dem Haus geworfen, so daß ich mich plötzlich mehr oder weniger neben ihm den Spring

Boulevard hinunter in Richtung Filmtheater gehen sah. »Mehr oder weniger«, da ich uns zu der nächsten nicht ganz so belebten Straße dirigierte und von da ab einen gewissen Abstand zu ihm hielt, indem ich um Bäume herumlief, auf Wiesen und sogar auf der Straße ging, als ob sich meiner unwiderstehlichen Neugier unendlich viele Anziehungspunkte boten, während er in der Mitte des Bürgersteigs spazierte. Sollte irgendein Kind auf uns zukommen, könnte ich anhalten, um meine Schuhe zu binden, und Alistair weiterlaufen lassen.

Wir trafen niemanden. An der Ecke der Maxwell Avenue hielt ich an, um mich Alistair gegenüber als Autorität aufzuspielen, da er sich woanders hinsetzen sollte. Er aber sagte einfach: »Ich gehe in *Herzen im Fieber*. Bis später.«

»Warte!« Ich holte ihn ein. »Wenn wir nicht zusammen nach Hause kommen, werden sie's merken.«

»Keine Sorge. Ich werde mir was ausdenken«, erwiderte er und strebte Richtung Bedlington-Lichtspiele.

Kerry White wartete unter der riesigen Fläche der Markise der Community-Lichtspiele offensichtlich auf jemanden, den er kannte und mit dem er hineingehen könnte. Er kaufte nämlich in dem Moment, als ich ankam, seine Eintrittskarte und hängte sich an mich dran. Im großen, reich verzierten Kinogebäude erblickte ich Augie und Ronny, die gerade ihre Finger seitwärts über den Springbrunnen hielten und das Wasser direkt auf drei Mädchen in ihrer Nähe spritzten. Wir legten unser Geld zusammen und überfielen die Erfrischungstheke für Fruchtbonbons, Popcorn und Pez. Wir – eine Sechsergruppe mit Kerry im Schlepptau – betraten den Kinosaal, als die Lichter gerade ausgingen, und schmissen erst einmal ein paar Sechsjährige aus der Reihe, die es gewagt hatten, sich auf unsere Stammplätze niederzulassen. Dann setzten wir uns. Für selige drei Stunden vergaß ich Alistair vollständig.

Plötzlich wurde ich auf besonders schauderhafte Weise an ihn erinnert, irgendwann während der triefenden Liebesszene des Hauptfilms in ekelerregendem 3-D, als die fette Frau, die Platzanweiserin in der Samstagsmatinee, den Strahl der Taschenlampe zu unserem Gezeter »He, was soll denn das!« über uns gleiten ließ.

»Sind das deine Freunde?«

Mit tränenerstickter Stimme bejahte Alistair die Frage und dankte der Frau. Er setzte sich direkt neben mich! Ich sah die ganze Anerkennungsarbeit der vergangenen vier Monate in einem Augenblick dahinschwinden.

Sogar im Dunkeln, sogar mit diesen lächerlichen 3-D-Pappbrillen war mir klar, daß ich – wir – von einem Dutzend Augen beobachtet wurden. Ich wußte nicht, was ich tun sollte. Ihn ignorieren? Ihm sagen, er solle verschwinden?

Bevor ich mir ausdenken konnte, was zu tun war, setzte Alistair seine Brille auf und sprach mit einer Stimme, die sich ganz und gar nicht nach Tränen anhörte: »Hat hier jemand eine Zigarette?«

»Ich«, piepste ausgerechnet Kerry White und zog aus seiner oberen Tasche eine verknitterte, aber ganze Camel. Alistair nahm sie, zündete sie sich zu unserer Überraschung an und paffte.

»Ich wußte nicht, daß du hier reinkommen wolltest«, flüsterte ich wütend.

»Keine Sorge«, sagte Alistair laut. »Ich habe nicht bezahlt. Ich bezahle nie im Kino. Das war nur Theater. Du gehst zu einer dumm aussehenden Erwachsenen und sagst ihr, du würdest deinen Platz nicht finden.«

Nach der Geschichte mit dem Rauchen war dies hier verblüffend raffiniert. Ronny Taskin pfiff durch die Zähne.
»Nie?« fragte Tony.
»Nie. Oh oh, da kommt die Hexe.« Er drückte seine Zigarette gerade aus, als die Matrone hinter uns den Gang entlangdonnerte, um den Täter zu suchen.
Als der Film zu Ende war und wir alle aufgeregt das Kino verließen, konnten die anderen Alistair in aller Ruhe betrachten. Mir war klar, daß dies der Test sein würde. Aber wenn sie irgend etwas Seltsames an seiner Kleidung bemerkt hatten, ging das in ihrer Verwunderung darüber unter, wie ähnlich er und ich aussahen, eine Tatsache, die ich zu vergessen suchte.
Ich war gezwungen, zuzugeben, daß wir verwandt waren und daß Alistair bei uns wohnte. Wir lösten uns aus der Menge, die aus dem Kinogebäude strömte, und Alistair deutete auf eine Seitenallee, in die wir geduckt hineingingen, während von den Dächern das schmutzige Wasser der lang vermißten Regengüsse lief. Er lehnte sich gegen eine trockene Mauer, rauchte ruhig seine Zigarette zu Ende und gab quälende Auskünfte über sich an die – wie ich zugeben mußte – beeindruckte Gruppe von Jungs, die ich zuvor noch für annähernd intelligent gehalten hatte.
Kein Wunder, daß sie eingenommen waren. Wenn er sich bei uns zu Hause wie der nur etwas jüngere Kumpel meiner Mutter verhielt, so war er hier, zwischen Ronny Taskin und Guy Blauveldt, das perfekte Ebenbild eines Typen aus der Vorstadt. Ich konnte sehen, wie sie, besonders Kerry White, an jedem von Alistairs Worten hingen und sie kritisch mit dem unausgesprochenen Code unserer Altersgruppe verglichen.

Nur Augie schien nicht eingenommen zu sein. Er stellte die Schlüsselfrage: »Bringt dich Rog zu unserem Baseballspiel morgen mit?«

Wie ich bisher gesehen hatte, war Alistair genauso an Baseball wie an Raupen interessiert. Man stelle sich meine Überraschung vor, als er sagte: »Klar, um wieviel Uhr?«

»Bist du gut als Schläger?« fragte Tony Duyckman.

»Drei-vierzig letztes Jahr«, schockte mich Alistair.

»Welche Position spielst du?« fragte Ronny, der mißtrauisch wurde.

»Ich werfe gern«, antwortete Alistair, »aber seit ich Whitey Ford kennengelernt habe, bin ich lieber Fänger.«

Zwei weitere sensationelle Schocks. Niemand von uns war eigentlich gerne Fänger. Und er hatte tatsächlich Whitey Ford kennengelernt, der ihm erklärt hatte, wie wichtig gutes Fangen für erfolgreiches Werfen war.

Wir zogen voller Bewunderung in einer engen Gruppe den ganzen Spring Boulevard hinauf, wo die anderen Alistair beinahe auf den Schultern trugen, als wir bei mir zu Hause ankamen.

Nachdem sie gegangen waren, sagte ich zu ihm: »Es wäre besser, wenn du wüßtest, wie man schlägt. Und fängt.«

»Ich hab den ganzen Scheiß gelernt, als ich sechs war. Ich hatte einen Privatlehrer in Sport.«

»Ich hoffe, du weißt, was du tust, Alistair. Weil morgen mein Arsch auf dem Spiel stehen wird.«

»Beruhig dich, Cousin. Das sind nur Kinder. Wenn du so lange mit Erwachsenen Geschäfte getrieben hast wie ich, sind Kinder eine Leichtigkeit!«

Am nächsten Morgen war Sonntag – ein großes Frühstück und dann Kirche. Meine Schwester Jennifer hatte sich seit vergangenem Jahr geweigert, mit uns zu gehen, »aus Prinzip«. Alistair schloß sich ihr an und sagte: »Soll keine Beleidigung sein. Ich bin an meine eigene Gemeinde gewöhnt.«
Als wir nach Hause kamen, war Jennifer bei einer Freundin, »um beim Malen von Bühnenbildern zu helfen«, wie ihr Zettel besagte. Alistair legte in dem Moment den Hörer auf, in dem ich hereinkam, um meine guten Sachen auszuziehen. Meine Eltern blieben draußen und unterhielten sich mit Mrs. Furst und ihrem mürrischen Ehemann.
»Kommst du jemals vom Telefon weg?« fragte ich.
»Keine Sorge, das sind R-Gespräche«, antwortete Alistair und setzte sich niedergeschlagen.
»Wen rufst du die ganze Zeit an?«
»Anwälte. Den Anwalt meiner Mutter und den Anwalt meines Vaters. Der Streit um das Sorgerecht«, erklärte er und fügte dann hinzu: »Ich denke, ich nehme das Angebot ihres Anwalts an.«
Ihm muß klar gewesen sein, daß ich keinen Schimmer davon hatte, wovon er sprach.
»Na ja, beide wollen mich. Aus unterschiedlichen Gründen natürlich. Und da sie wissen, daß ich den Richter beeinflussen werde, wenn es zu einer Gerichtsentscheidung kommt, versuchen sie, die Sache außergerichtlich zu regeln.«
»Was bieten sie dir?«
»Den üblichen Kram«, sagte er unbekümmert. »Privatschule und College. Einen Alfa Romeo, wenn ich sechzehn bin. Natürlich hat mein Vater weit mehr Geld als meine Mutter. Aber das könnte sich ändern. Das hängt nämlich davon ab, mit wem sie ausgeht.«

Das klang alles so fremd, und ich stellte die nächste, natürliche Frage: »Wen von ihnen magst du lieber?«

»Meine Mutter ist ein Flittchen. Aber mein Vater ist ein Heuchler. Vielleicht sorgt er besser für mich, doch einmal hat er mir mit der Militärschule gedroht. Sie wird möglicherweise ihre Finanzen so lange durcheinanderbringen, bis sie mir die ganze Sache übergibt, aber sie wird mir nie weh tun.«

Ich war von seiner Einschätzung dermaßen überrascht, daß ich nicht wußte, was ich sagen sollte.

»Das Wichtigste ist«, erklärte Alistair zum Schluß, als das Telefon wieder klingelte, »daß sie sich weniger in mein Leben einmischen wird.«

Er nahm den Hörer ab. »Tom? ... Hm? Fein! Richt ihm aus, ich kann nicht viel über ihn sagen, außer, daß meine Großmutter ihm vertraut ... Das wird er? Dann ist's gut. Ach, und Tom, wenn die Sache geregelt ist, warum bringen Sie meine Mutter nicht mit Ihrem Anlageberater in Kontakt. Wenn's ums Geld geht, ist sie total unfähig.«

Sie sprachen ein paar Minuten, bevor ich mich umziehen ging.

Als ich in das Wohnzimmer zurückkam, saßen meine Eltern auf dem Sofa rechts und links von Alistair, und meine Mutter hielt seine Hand.

»Du wirst ihn doch sehen können, wenn du magst, oder?« fragte meine Mutter.

»Zweimal im Jahr, in der Woche des 4. Juli und der nach Weihnachten.«

»Wann, denken sie, wird der Papierkrieg beendet sein?« wollte mein Vater wissen.

»In einer oder eineinhalb Wochen. Kann ich noch ein bißchen

länger auf eure Gastfreundschaft zählen?« fragte er mit kleiner, bittender, trauriger Stimme.
»Natürlich.« Meine Mutter drückte ihn an ihre Brust. Sowohl mein Vater als auch meine Mutter schauten feierlich und traurig, so wie Erwachsene bei Beerdigungen schauen oder wenn der Wirtschaftsprüfer kommt.
»Vergiß nicht, daß wir um zwei ein Spiel haben!« rief ich.
»Willst du da heute mitgehen?« fragte meine Mutter.
»Er hat versprochen, als Fänger zu spielen«, erinnerte ich ihn.
»Das wird mir helfen zu vergessen«, sagte Alistair mit demselben falschen, melancholischen Ton in der Stimme.
Ich hätte kotzen können.

Das Spiel war keine Katastrophe, wie ich befürchtet hatte. Obwohl Alistair einen privaten Sportlehrer gehabt hatte, entsprach der Schlag nicht einem Durchschnitt von drei-vierzig, wie er behauptet hatte. Er landete allerdings ein paar aufregende Pop Flies und erzielte zwei Homerun. Er war besser als Fänger – ruhig, nahezu professionell und überhaupt nicht extravagant. Das heißt, bis Augie mit Werfen an der Reihe war.
Wir boten eine ganze Liste von Werfern: Augie, Ronny und Bob Cuffy standen an der Spitze. Wenn einer von ihnen nicht spielen konnte, waren Tony Duyckman, Randy McGregor, ich und sogar Kerry White die nächsten. Ich war ein fairer Werfer. Schließlich war mein Astigmatismus kein großes Problem, da ich diesen durch Ballkontrolle ausgleichen konnte. Uns wurde jedoch selten die Chance in einem wirklichen Spiel gegeben, und das war für die meisten von uns in Ordnung. Von den drei Besten war Augie das As. Da steckte etwas in dem zu groß

geratenen, vernachlässigten Jungen, der sich auf dem Wurfmal vom Nilpferd zur Gazelle verwandelte, das die Fremden, gegen die wir spielten, erschütterte und seine Freunde in Staunen versetzte.

Ich war ziemlich überrascht, als Alistair in der Mitte des achten Durchgangs eine Unterbrechung forderte, aufstand und zur Wurfplatte ging, um mit Augie zu reden. Obwohl das Spielfeld kaum die Standardmaße aufwies, war ich im hinteren Feld dennoch zu weit weg von ihnen, um zu verstehen, was sie sprachen. Ich sah aber, wie Augie anfänglich die Kritik akzeptierte, dann seine Überraschung und schließlich, wie er sein Kinn leicht nach links schob, als Alistair weitersprach. Ich wußte, dieses verschobene Kinn bedeutete: Nein! Absolut nein! Unter keinen Umständen!

Offensichtlich erkannte Alistair den schweigenden Protest nicht. Er redete noch eine Weile auf ihn ein und kehrte dann zurück auf das Schlagmal. Ich sah, wie seine Finger hinter dem Fanghandschuh so deutliche Zeichen formten, daß auch der Schlagmann sie gesehen haben mußte. Alistair bat um einen Curve Down. Augie warf einen geraden Ball. Der Schlagmann verfehlte. Alistair bat wieder um einen Curve Down. Augie warf einen Side Curve. Der Schlagmann verfehlte wieder. Alistair stieß fast Löcher in den Dreck unter seinen Fingern, als er einen Effetball verlangte. Ich konnte sehen, wie Augie seine Position änderte, was er immer machte, wenn er sich von jemandem bezwungen fühlte. Er warf einen Curve Down, den der Schlagmann genau richtig traf. Der Ball flog weit und niedrig genug für Augie, den Short Stop und mich, die mit Höchstgeschwindigkeit rannten, um ihn zu fangen – und ihn verfehlten. Er traf den Pfahl der Straßenlaterne an der Ecke der Vanderveer Street so heftig, daß das Glas sich löste, meterweit flog, aufschlug und zersplitterte und den Laternenpfahl wie eine klimpernde Stimmgabel stehenließ.

Augie stöhnte auf und übergab Ronny die Wurfplatte. Ronny warf gut, aber wir hatten nur noch einen Inning als Ausgleich für die drei Punkte, die Augie bei diesem Homerun vergeben hatte, und wir konnten es einfach nicht mehr schaffen.

Das Spiel war dennoch aufregend gewesen, und fast zu zwanzig zogen wir gutgelaunt ins White Castle auf eine Limo und einen Hamburger. Augie und ich blieben etwas zurück, so daß ich versuchen konnte, ihn in aller Stille zu trösten. Das funktionierte auch beinahe, bis Alistair sich von den anderen löste, als wir den Parkplatz vom White Castle erreichten, um zu sagen: »Du hättest einen Effetball werfen sollen, als ich dich darum gebeten hatte.«

Ein lautes »Genau!« kam von Kerry und Tony, bevor sie hineingingen und die anderen dabei unterstützten, den Typen mittleren Alters hinterm Tresen und seine Teeny-Tochter, die Kellnerin, mit einer langen Latte widersprüchlicher Bestellungen in absolute Verwirrung zu bringen.

Augie wollte nicht hinein.

»Ich weiß, er ist dein Cousin, Rog, aber ...«, stammelte er, »... er sollte nicht einfach rumgehen, weißt du ... und den Leuten sagen ... was sie ... zu tun haben.«

»Vergiß ihn, Augie. Er wird bald wieder weg sein.«

»Was ist, wenn er recht hatte?«

»Hatte er nicht.«

»Er hatte bei Whitey Ford Unterricht!«

»Er hat ihn kennengelernt!« korrigierte ich.

»Ich weiß nicht, Rog.«

»Laß uns reingehen, sonst bleibt für uns nichts mehr zum Essen übrig.«

Das motivierte Augie. Immerhin war klar, daß Alistair ihn vor den anderen bloßgestellt hatte. Augie und ich saßen allein, und nur Bob Cuffy kam, um mit uns zu reden.

Später zu Hause fing ich Alistair ab, als er sein Zimmer verließ, um ein Bad zu nehmen. Er hatte Handtücher für fünf dabei und trug eine kleine Ledertasche, die, wie ich von meinem Vater wußte, Toilettenartikel enthielt.

»Das war absoluter Mist heute, was du da gemacht hast!« sagte ich.

»Wovon redest du? Ach, das Spiel! Das sind alles nur Kinder, weißt du.«

Ich wollte ihn fragen, für was er mich oder sich selbst hielt.

»Um Kinder so unter Kontrolle zu haben, mußt du ein bißchen was über Psychologie lernen«, folgerte er scharfsinnig. »Glaub mir, das wird dir dein Leben um einiges erleichtern.«

Die Kluft zwischen uns Jungs der vierten Klasse schien sich in den darauffolgenden Tagen in der Schule noch zu vergrößern. Mir machte das nicht viel aus, aber Augie fühlte sich zum erstenmal in seinem Leben ausgestoßen, und das für etwas, was er noch nicht einmal getan hatte. Damit es ihm wieder besser ging, wollte ich versuchen, Alistair und ihn zusammenzubringen. Ich hoffte, damit zwei Dinge zu erreichen: Zum einen wollte ich Alistair zeigen, wie verletzt und verwirrt Augie aufgrund dessen war, was er ihm angetan hatte, und somit offenbar werden lassen, welche guten Eigenschaften in der Brust meines Cousins zweiten Grades schlummern mochten. Zum anderen wollte ich Augie zeigen, daß Alistair nicht ihn speziell zu verletzen beabsichtigte, sondern daß er bei der Angelegenheit ziemlich spontan gewesen war, jeden rücksichtslos übergangen hatte und von einem Schauplatz der Zerstörung zum nächsten geeilt war, ohne groß nachzudenken und sich Sorgen um die Auswirkungen zu machen. Vielleicht, ja vielleicht war ich verrückt genug zu denken, sie würden es schaffen, einander zu mögen und Freunde zu werden, um somit den gewaltigen Riß zwischen uns zu kitten.

Ich wählte Donnerstag abend dafür. »Donners-Tag«, erklärte Alistair. »Der Donnergott der alten Teutonen hieß Thor. Er brachte immer einen Sturm mit sich. Du kennst nicht zufällig irgendwas von Wagner? Nein? Das dachte ich mir.«

»Kommst du mit rüber zu Augie? Seine Garage ist voll mit allen möglichen tollen Sachen. Augies Vater ist Erfinder für die Bell Labs.«

»Nein, danke«, antwortete Alistair und ließ sich auf das Wohnzimmersofa plumpsen. »Es läuft ein Film im Fernsehen, den ich sehen möchte. *Shall We Dance*.«

Ich kannte ihn nicht.

»Der ist phantastisch«, versicherte er. »Astaire, Rogers, Gershwin.«

Mir war einer so fremd wie der andere.

»Ich werde nie aufhören, mich darüber zu wundern! Hier bist du, lebst keine fünfzig Kilometer vom Chrysler Building entfernt, und wegen allem, worüber du dir Sorgen machst, könntest du auch in … Paducah leben!«

Der Film fing an, und bereits in den ersten zehn Minuten konnte ich sehen, daß er genauso war wie alle anderen, die er sich seit seiner Ankunft angeschaut hatte – gut gekleidete Menschen in übertrieben schicker Ausstattung, die gescheite Sachen redeten und ab und zu tanzten oder sangen.

Ich wartete die Werbung ab, bevor ich sagte: »In Wirklichkeit sieht das dort anders aus.«

»Wo?«

»In Manhattan.«

»Woher willst du das wissen?«
»Weil ich in Manhattan war. In der Radio City Music Hall und im Roxy Theater und im Zirkus im Madison Square Garden und auf dem Broadway, wo ich *South Pacific* gesehen habe, und im Central Park und im Plaza Hotel und am Empire State Building. Und alles sieht anders aus als in diesen Filmen.«
»Das weißt du doch gar nicht, weil es das Manhattan einer Zeit ist, zu der du schon im Bett bist. Nämlich um neun«, rieb er mir noch unter die Nase.
»Ich bin in Manhattan lange aufgeblieben«, sagte ich. »Ich bin sogar um neun Uhr abends zum Essen gegangen.«
»Wann war das?« Natürlich glaubte er mir nicht.
»An Jennifers Geburtstag. Meine Eltern haben uns mitgenommen.«
Na ja, es stimmte, daß sie meine Schwester mitgenommen hatten. Ich hatte in jener Nacht bei Augie geschlafen. Und sie kam mit so viel Einzelheiten über das Ereignis zurück und erzählte sie so oft während der darauffolgenden Tage, daß ich das Gefühl hatte, ich sei dabeigewesen. Zugegeben, einige Einzelheiten fügte ich hinzu.
»Als Vorspeise gab's Schnecken. Sie sahen verbrannt aus, aber sie schmeckten ganz gut.«
»Escargots au beurre noir«, sagte Alistair.
»Ein Kellner war nur dazu da, um uns Wein zu bringen.«
»Der Sommelier.«
»Überall waren Kellner. Sie kamen und gingen während des Essens, leerten Aschenbecher, füllten unsere Wassergläser. Ein spezieller Kellner brachte uns den Nachtisch. Ich habe kalte Eiscreme in einem gebackenen Teig gegessen«, fügte ich hinzu und dachte, diese Unmöglichkeit würde ihn erledigen.

»Baked Alaska«, murmelte Alistair.
»Das weiß ich! Und es ist anders als in den Filmen.«
»Es hört sich genauso an wie in den Filmen.«
»Doch die Menschen leben nicht so.«
»Aber ich werde so leben. In einem Penthouse in Manhattan mit Chauffeur und Bediensteten und wundervollen, talentierten Freunden aus dem *Who is Who* und mit schönen Dingen überall um mich herum. Jetzt sei ruhig, die Werbung ist vorbei.«
Keine fünf Minuten später rückten Ronny Taskin und seine Bande auf ihren Rädern vor dem Haus an. Sie waren mindestens zu zehnt, doch Kerry White war dazu bestimmt worden, hereinzukommen und zu fragen, ob Alistair mit ihnen Fahrrad fahren wolle.
Um Alistair zu fragen – nicht mich.
»Ich habe kein Rad hier«, sagte er entschuldigend. Er war sichtlich hin- und hergerissen zwischen Film anschauen und mit den anderen hinausgehen, wobei er die erste oder wenigstens die zweite Hauptrolle spielen könnte.
»Was ist mit Rogs Rad?«
»Das brauche ich!« sagte ich.
»Du kannst mein zweites haben«, erklärte Kerry.
Wer hatte diesem Würstchen jemals soviel Aufmerksamkeit gezollt, um zu merken, daß er mehr als ein Rad besaß?
»Zu Hause«, sagte Alistair, »habe ich ein Black Phantom von Schwinn mit drei Gängen.«
»Ich auch«, erwiderte Kerry. Und dann, aus Furcht, Alistair könnte ihn für vorlaut halten, fügte er hinzu: »Das kannst du aber haben. Ich nehme das andere.«
Draußen riefen die Jungs nach Kerry, damit er etwas Dampf mache.

Alistair meinte: »Na gut, wenn ihr wirklich wollt.«
»Ich ja! Die anderen auch!«
Alistair sprang auf Kerrys Black Phantom, dessen Besitzer auf Tony Duyckmans Lenkstange, und alle fuhren los. Zehn Minuten später, als ich den Berg von der Spring auf die Watkins Avenue in Richtung Augies Haus runterrollte, sah ich die Gruppe mehrere Straßen entfernt. Kerry saß auf dem älteren Rad und fuhr zwischen Ronny Taskin und Alistair an der Spitze der Schar der anderen Jungs.
Das bedeutete das Ende meiner Friedensbemühungen.

Ich redete mir immer noch ein, daß Alistair nicht mehr lange da sein würde. Aber irgendwie schien das nicht zu wirken. Er hatte sich meines Platzes unter meinen Klassenkameraden bemächtigt – oder eines Platzes, den ich zu besetzen gehofft hatte –, ohne daß er mit ihnen zur Schule ging. Mit Ausnahme von Augie Herschel sprach praktisch keiner von ihnen mehr als ein oder zwei Worte mit mir.
Daheim war es genauso schlimm. Meine Mutter kam am späten Nachmittag ins Wohnzimmer. Ich kämpfte mit den Mathe-Hausaufgaben auf dem Teppich vor dem Fernseher. Jennifer saß auf dem Sofa und lackierte ihre Fußnägel in verschiedenen Farben, um zu sehen, welche ihr am besten gefiel. Alistair saß, angelehnt an Kissen, vor dem Kaffeetisch, spielte Solitaire und summte mit meiner Schwester und ihrem kleinen rosafarbenen tragbaren Plastikradio zu den Hits jener Zeit vor sich hin. Mom sagte: »Ich bin dabei, das Abendessen zu machen. Du magst doch Kalbsschnitzel, oder?«
Ich blickte auf, um zu antworten, Kalbfleisch sei in Ordnung, da sah ich, daß meine Mutter Alistair fragte und ihn dabei anschaute.

»Probierst du diese leicht gepfefferte Sauce aus, die wir im *Redbook* gesehen haben?« wollte er wissen.

Woraufhin sie irgendeine unklar bejahende Antwort gab und zurück in die Küche verschwand, um das Rezept auszuprobieren.

Normalerweise fragte sie mich immer.

Oder nach dem Essen. Ich war im Wohnzimmer und spielte mit meinen Bauklötzen. Ich baute nicht eins der doofen Blockhäuser nach, die auf der Außen- und Innenseite der Schachtel abgebildet waren, sondern meine Version einer Festung aus der Bronzezeit, wobei ich andere Klötze verwendete, die sich zusammenstecken ließen und mit denen ich, mehr oder weniger, Schiffe mit Sturmböcken nachbilden konnte, wie die gewaltigen Trieren, die ich zuvor in einem Film über die Römerzeit gesehen hatte. Mein Vater, der daneben saß und Zeitung las, fragte: »Was denkst du, werden die Dodgers dieses Jahr das Finale gewinnen?«

Bevor ich eine Antwort formulieren konnte, hörte ich Alistair – vom Sessel gegenüber, wo er gerade die Aktienkurse in einem anderen Teil der Zeitung meines Vaters überflog – sagen: »Die werden überschätzt. Die haben keine wirklich kräftigen Schlagmänner, und als Werfer sind sie nahezu Nullen. Die Giants werden ihnen zeigen, daß sie nur zweitrangig sind. Und ich wette, die Indians werden den Yankees kräftig den Arsch versohlen und das Finale gewinnen.«

Ich war während des Rests ihrer ausführlichen, mit Punktdurchschnitten und ERA- und RBI-Statistiken vollgestopften Unterhaltung unsichtbar.

Und das Allerschrecklichste war, Alistair hatte recht. Keine zehn Monate später war ich mit meinem Vater in Ebbets Field, um das dritte, das Entscheidungsspiel zu sehen, das

viel aufregender als jedes US-Meisterschaftsspiel war, das in dieser Saison folgte, und ich mußte erkennen, wie die Giants Alistairs Vorhersagen erfüllten und jegliche Hoffnung der Brooklyn Bums auf einen Meisterschaftstitel zunichte machten.
Aber ... normalerweise fragte mein Vater mich.
Was auch immer Alistair über Sport, Finanzen, Weltpolitik, die beliebtesten Fernsehpersönlichkeiten, den letzten Film, die neueste Frisur, den vielversprechenden Popsänger dachte, erfüllte unser Haus, meine Ohren und meine Gedanken tagaus, tagein, unaufhörlich. Jennifer erwähnte, die Familie ihrer Freundin Sue habe sich gerade einen Golden-Retriever-Welpen zugelegt, und Alistair ließ sich darüber aus, wie diese Rasse zu trainieren sei, was man ihr nicht zu fressen geben solle und für welche Krankheiten sie anfällig sei. Mein Vater erzählte, einer seiner Freunde habe gerade eine Stellung in einer großen Werbeagentur bekommen, und Alistair wußte nicht nur, mit wem die Spitzenpositionen der Agentur besetzt waren, sondern kannte auch einige der erfolgreichsten Werbekampagnen – und den Gesamtumsatz des vergangenen Jahres.
Weil sich die Kleidung, die Alistair mitgebracht hatte – obwohl es zwei Koffer voll waren –, für ihn als unpassend erwies, da er sich an den nachschulischen Freizeitaktivitäten für die Viertklässler beteiligte, borgte ihm meine Mutter meine. Als ich sie dabei erwischte, wie sie meinen Schrank und meine Schubladen durchsuchten, und mich beschwerte, sagte meine Mutter schnell: »Sei nicht so egoistisch. Das sind doch nur alte Sachen.« Unter anderem waren diese »alten Sachen« meine perfekt ausgetragene Lieblingsfreizeithose, die Alistair natürlich wie angegossen paßte, meine Stadionjacke mit grü-

nem Filz und weißen Lederärmeln, in der er wie ein junger Graduiertenstudent aussah, und sogar mein besonders bequemer Zopfmuster-Pullover.

Genau dies hatte Alistair eines Abends an, als er ein paar Minuten vor dem Essen mit meinem Fahrrad vor unserem Haus angerast und schleudernd zum Stehen kam. Er hatte sich nicht einmal die Mühe gemacht zu fragen, ob er es sich leihen könne. Ich war hinausgegangen, um an der Garage auf ihn zu warten und ihn, ohne die anderen zu stören, zur Rede zu stellen. Aber mein Vater hatte entschieden, dies sei genau der richtige Moment, seine überverwöhnten und unterentwickelten Rosen zu besprühen. Und meine Mutter war herausgekommen, um meinem Vater zu sagen, jemand habe für ihn angerufen. Und meine Schwester war genau in der Sekunde aus dem Haus aufgetaucht, um meiner Mutter mitzuteilen, das Nudelwasser koche auf dem Herd.

Ich beobachtete von einem leicht verborgenen, etwa einen Meter entfernten Platz aus, wie Alistair in einem Bogen vorfuhr, vom Rad abstieg und der versammelten und ihn bewundernden Mannschaft zulächelte. Es war unübersehbar für mich, wie er – auf meinem Rad und in meinen Sachen mir ähnelnd – vollständig für jedes Mitglied meiner Familie das erfüllte, woran ich mich nicht einmal annähern konnte. Es waren zutiefst verwirrende Momente, als er das Rad die Stufen hinaufzog und abstellte und die Wange meiner Mutter küßte, als mein Vater seine Sprühflasche hinlegte und einen Arm um Alistairs Schulter legte und als alle miteinander redeten und in vollkommener Eintracht hineingingen.

Erst als meine Schwester die Vordertür öffnete, um ihre Katze hinauszulassen, wurde ich bemerkt. Wegen ihres überraschten, leicht verwirrten Ausdrucks auf ihrem Gesicht kann ich behaupten, daß sie mich für den Bruchteil einer Sekunde nicht erkannt hatte.

Dann sagte sie: »Wenn du mit Herumschleichen fertig bist, werden wir in fünf Minuten essen.«

Wie sich herausstellte, aß Alistair nicht mit uns zu Abend, sondern zog sich etwas von seinen eigenen Sachen an und ließ sich von meinem Vater die paar Häuserblocks weiter zu Kerry White in der Hill Crest Lane fahren. Das war vermutlich eine riesige Sache, da Mr. White ein Börsenmakler mit einem großen alten Unternehmen in der Wall Street war. Das Haus der Whites und ihr Grundstück waren am größten und gepflegtesten in der Gegend, und die Whites selbst wurden als die Crème de la crème der Nachbarschaft betrachtet, die bis jetzt vollkommen außer Reichweite für uns Sansarcs gewesen waren. Deshalb war ich kaum überrascht, aber gänzlich empört, als sich meine Mutter um die Verspätung unseres Abendessens kein bißchen scherte, so daß sich Alistair auf sein Plauderstündchen mit den Whites vorbereiten konnte. Statt dessen summte sie die ganze Zeit fröhlich vor sich hin, als sie uns das Essen servierte, und als wir alle am Tisch saßen, schwärmte sie meinem Vater vor: »Abendessen im Hause der Whites. Vielleicht...«

Vielleicht was? Vielleicht, daß sie oder wir alle eines Tages bei den Whites zum Abendessen eingeladen werden, bloß weil wir Alistairs Verwandte waren?

Wenn sich das herausstellen sollte, würde ich nicht hingehen.

Samstag nachmittag trainierten Augie und ich auf dem Platz in der Vanderveer Street ein Stück abseits von den Jungs der Junior High School, die ein richtiges Spiel hatten, als Guy Blauveldt und Carmine DeRosa angeradelt kamen.

Ich hatte an diesem Tag besser geschlagen als je zuvor, und Augie probierte seinen neuen Curveball. Beide versuchten wir, Vertrauen für das Spiel am nächsten Nachmittag zu gewinnen, als Guy rief: »Nicht schlecht. Aber ihr vergeudet eure Zeit.«

»Ich weiß, ich werde nie so gut sein wie du, Guy, aber wie wär's, wenn du die Klappe hältst und mich trainieren läßt?«

»Ich habe nicht dich gemeint, Rog. Ich habe gemeint, Augie vergeudet seine Zeit«, sagte Guy. »Er ist für das morgige Spiel von der Liste gestrichen worden.«

»Von wem?« wollten wir beide wissen.

»Keine Ahnung.«

»Wann?«

»Heute morgen. Wir haben gerade Tony Duyckman getroffen, als er mit seiner Mutter aus dem Supermarkt kam. Da hat er's uns erzählt.«

»Wer war noch da?« fragte Augie.

»Warum hat man uns nichts von diesem Treffen gesagt?« bohrte ich weiter.

»He, woher soll ich denn das wissen? Ich war nicht dabei.«

Augie und ich nahmen ihn in die Mitte. Ich schob mein Schlagholz zwischen seine Vorderradspeichen, so daß er sein Fahrrad nicht bewegen konnte.

»Setz uns hier keine Scheiße vor!« rief ich. »Los, erzähl schon!«

»Frag Tony. Oder noch besser, frag deinen Cousin. Er ist derjenige, der das Treffen arrangiert hat.«

»Laß ihn gehen«, meinte Augie.

»Wer war noch da?« fragte ich.

»Tony, Ronny, ein paar andere Jungs.«

»Der Zwerg?« fragte ich und meinte Kerry White.
»Ich denke ja. Das Treffen war bei ihm zu Hause.«
»Der wird krepieren wie ein Hund!« Ich zog das Schlagholz aus den Speichen heraus, und Guy war nett genug, sich auf sein Rad zu schwingen, bevor ich es in tausend Stücke zerschlagen konnte. »Die werden alle krepieren wie die Hunde!« Ich schwang mein Schlagholz immer noch, aber jetzt waren Guy und Carmine außer Reichweite und blickten zurück. Ich bemerkte, daß sie auf Ronnys Haus zusteuerten.
Trotz Augies »Vergiß es, ja?« brachte ich ihn auf sein Rad, und auch wir fuhren zu Ronny Taskins Haus.
»Du stehst an der Spitze der Werferliste, oder jemand stirbt!« rief ich Augie so oft zu, bis auch er wütend war.
Wie erwartet, hatten Guy und Carmine ihre Räder auf die Wiese vor Ronnys hinterer Veranda geworfen. Wir legten unsere auf ihre und erkämpften uns den Weg durch das Dornengestrüpp, das die angeblich mit einem Vorhängeschloß verriegelte und unbenützte Seitentür der großen, alten, freistehenden Garage der Taskins umgab.
Sie warteten alle auf uns: Ronny, Tony, Kerry, Bob, mein Cousin zweiten Grades und die Boten, die, vom Radfahren immer noch außer Atem, unser Eintreffen angekündigt hatten.
Ich schwang meinen Schläger in der Hand hin und her. »Also los, Alistair, komm raus.«
»Warte eine Sekunde, Rog. Was soll die ganze Aufregung?«
»Das weißt du verdammt gut. Die Werferliste.«
Kerry hatte den Mut zu sprechen: »Wir haben darüber abgestimmt. Ehrlich und fair.«
»Wer hat dafür gestimmt? Du, du selbst und du? Das ist ein Team, erinnerst du dich?«

»Das macht überhaupt keinen Unterschied«, sagte Alistair. »Ihr beide wärt sowieso überstimmt worden.«
»Wer hat dich denn plötzlich zum Leiter des Teams gemacht? Du wohnst ja noch nicht einmal hier!« zischte ich.
»Ich bin der Leiter des Teams«, erklärte Ronny.
»Seit wann? Noch eine gefälschte Wahl heute morgen? Wir haben keinen Leiter. Und weil seinetwegen ein Kerl letzte Woche einen Homerun geschafft hat, ist das noch lange kein Grund, Augie von der Liste zu streichen.«
»Das ist sehr wohl ein Grund«, entgegnete Alistair. »Er kann die Vorschläge des Fängers nicht befolgen.« Der Fänger war natürlich er selbst. »Jetzt kann es allerdings jeder auf der Liste.«
»Ich habe bisher keine Regel gelesen, die vorschreibt, daß der Werfer das zu tun hat, was der Fänger sagt!« brachte Augie endlich in eigener Sache hervor.
»Al ist der beste Werfer, den wir je hatten«, meldete sich Ronny zu Wort. »Er hat letzten Abend zwei Jungs abgeschlagen, die auf dem Weg zum Home Plate waren.«
Also hatten sie ein Spiel ausgetragen, ohne uns etwas zu sagen.
»Sieh mal, Cousin.« Alistair hatte die Liste herausgezogen, die sie den ganzen Morgen ausgearbeitet hatten. »Augie steht da drauf.«
Ich schaute auf das Papier. »Fünfter. Nach Ronny und Tony und Bob Cuffy – und Kerry?« Ich warf dem kleinen Mistkerl einen verächtlichen Blick zu. »Der da könnte nicht mal mit einer Schaufel Pferdescheiße in einen Stall werfen.«
»Wir waren uns einig über diese Liste«, sagte Ronny.
»Du bist der Shortstop«, machte Alistair einen letzten Beschwichtigungsversuch.
»Vergiß es! Ich werde nicht den Shortstop und auch in keiner

anderen Position mit Schwindlern spielen. Weder morgen noch jemals wieder!«
»Ich auch nicht«, sagte Augie.
»Ich auch nicht«, bekundete Bob Cuffy, gefolgt von Carmine.
»Wir stellen unser eigenes Team zusammen«, erklärte ich.
Dies war nun eine unerwartete Wendung, die in jedem Fall eine Katastrophe für ihre Pläne bedeutete.
»Ich habe eine Idee«, sagte Alistair plötzlich versöhnlich. »Da ihr den demokratischen Weg nicht akzeptiert, warum werfen wir nicht eine Münze?«
»Wessen Bleimünze nehmen wir?« fragte ich. Wir hatten alle eine.
Schließlich kam Guy auf die brillante Idee, Murmeln zu schießen, um zu entscheiden, welche Liste gewinnen sollte. Dies beinhaltete sowohl Geschick als auch Zufall und würde Zeit brauchen, nicht nur ein paar Sekunden. Somit könnten wir alle nachempfinden, daß ein Wettkampf – und zwar ein echter – stattfand.
Wir vereinbarten, uns am selben Ort eine Stunde später zu treffen. Der Besiegte sollte die Niederlage mit Würde hinnehmen und die Liste der Gewinner akzeptieren. Zumindest für das morgige Spiel.
Augie war der beste Murmelspieler von uns vieren. Also fuhren wir zu ihm nach Hause und verbrachten eine halbe Stunde damit, aus seiner Murmelsammlung fünf weitere herauszupicken, die zu seiner großen Gewinnermurmel aus fast reinem schwarzem, völlig unfacettiertem Onyx paßte. Auf der Rückfahrt hielt ich bei mir zu Hause an, eilte in mein Zimmer und schnappte meinen Beutel mit den Murmeln.
Ronny hatte einen Platz im hinteren Teil der schmutzigen Garage saubergemacht und einen Kreis mit einem Stock ge-

zogen. Die Regeln wurden festgelegt – sechs Murmeln für jeden, bis alle Murmeln bis auf die Gewinnermurmel aufgebraucht waren.

Alistair hatte sich selbst zu ihrem Mitstreiter erwählt. Er saß bereits in der Hocke, mit sechs sorgfältig ausgewählten Murmeln aus den Sammlungen der anderen neben sich. Ich erkannte Guys Schildpattmurmel und Tonys blau-weißes Segelboot, so genannt, weil die Facetten danach aussahen, wenn man sie ins Licht hielt.

Ronny und Bob Cuffy zählten mit den Fingern aus, und Ronny gewann. Augie legte seine wertloseste Glasmurmel in den Kreis, die Alistair mit einem großen Katzenauge mit schlechten Farben weit über die Linie hinausschoß. Jetzt gehörte sie Alistair und wurde in den Kreis gelegt. Augie schnitt sie so an, daß sie genau zur anderen Seite der Kreislinie rollte. Alistair wählte einen rosafarbenen Achat, den Augie auch hinausschoß. Aber die Schildpattmurmel konnte er nur seitlich anschneiden, und er verlor zwei Murmeln an Alistair, bevor er einen weiteren Erfolg zu erzielen vermochte. Zu diesem Zeitpunkt war die Schildpattmurmel (zu Guys Erleichterung) zurückgenommen und durch das Segelboot ersetzt worden. Dieses erledigte Augie locker mit seinem großen Onyxgeschoß. Aber Alistair gewann es zurück. So ging das weiter, bis Augie einen Glückstreffer hatte und der Onyx das Segelboot beinahe in zwei Teile zertrümmerte, als es von diesem aus dem Ring geschlagen wurde. Alistair hatte nun eine Murmel übrig.

Er stand auf, um mit den anderen eine Ratsversammlung abzuhalten.

»Keine Sorge«, beruhigte ich Augie, »du wirst ihn fertigmachen und morgen als erster werfen.«

Sie kamen zum Ring zurück, und Alistair behauptete: »Es ist wohl klar, daß ich nicht gewinnen kann, solange ich keinen Stein habe, der so gut ist wie Augies Onyx.«

»Heißt das, du gibst auf?« fragte ich.

»Nein, das heißt, ich brauche einen Stein, der so gut ist wie der Onyx. Mir wurde gesagt, es gibt nur einen Stein hier in der Gegend, der so gut ist. Dein Turmalin.«

»Mein Turmalin?« japste ich.

Das stimmte allerdings. Während der vergangenen zwei Jahre hatte mein Turmalin die Murmelringe unserer Vorstadt terrorisiert, die Spiele beherrscht und sie erfolgreich beendet. Mein Turmalin war jedoch nicht einfach ein großer, dichter, schöner, mehrfarbiger Stein, er war ein Geschenk von meinem Onkel Ted, einem Marinekapitän, der ihn als großen, teuren Stein in Ceylon gekauft hatte, als er dort seinen Dienst tat. Und er wurde zu besonderen Geschenken verarbeitet: zu Ohrringen für meine Mutter, zu einem Talisman für das Armband meiner Schwester und zu einer Murmel für mich. Der Gedanke, daß eine andere Person, auch wenn es Alistair war, mit ihm spielte, erschien mir so unmöglich, daß er mir buchstäblich Übelkeit bereitete.

»Du hast ihn dabei«, sagte Ronny. »Das heißt, ihr wolltet ihn auch benutzen.«

»Wollten wir nicht!«

»Warum habt ihr ihn dann mitgebracht?«

»Niemand benutzt meinen Turmalin außer mir«, erklärte ich.

»Wenn das so ist, dann mußt du gegen Augie schießen«, meinte Alistair und hatte mich erfolgreich in der Falle.

»Nimm die Schildpattmurmel«, sagte ich. »Die ist noch übrig.«

»Jeder weiß, daß die nicht so gut ist«, erwiderte Kerry.

»Dann nimm deinen Kopf. Der hat ungefähr die richtige Größe.«
Wir befanden uns in einer Sackgasse.
Alistair stand auf. »Also, Jungs, ich habe alles getan, was ich konnte, um das hier zu einem fairen Spiel zu machen.«
Die logische Folgerung war, daß ich derjenige war, der sich unfair verhielt.
»Ich spiele nicht gegen Augie. Basta.«
»Dann gib mir den Turmalin«, sagte Alistair.
Ich wußte nicht, was ich tun sollte. Zu Augie schauen half nicht. Obwohl er so toll geschossen hatte, hatte er jetzt seine Armesündermine aufgelegt, die zeigte, daß er schon besiegt war – nicht durch das Murmelschießen, sondern durch die Schwierigkeiten, die mein Cousin zweiten Grades in das Spiel, in unsere Freundschaft und in das bisher paradiesisch unschuldige Leben Augies mit eingebracht hatte.
»Wir warten!« rief Kerry.
Ich schwor mir, daß ich diesem Widerling in der Minute, in der Alistair seine Rückreise nach Michigan antreten würde, auflauern und ihn zu Grießbrei schlagen würde.
Ich schielte zu Alistair hinüber. Er genoß es, er genoß die Zwangslage, in die er mich gebracht hatte, in vollen Zügen und beobachtete und wartete, was ich tun würde, um da wieder herauszukommen. Das machte mich wütend und entschlossen.
»Gut! Ich werde gegen Augie schießen!« erklärte ich.
Bevor einer von ihnen etwas erwidern konnte, ging ich zum Kreis, kniete mich hin, zog den Turmalin heraus und schoß ihn hart und direkt auf die glatte, polierte Oberfläche des Onyx, der in der Mitte des Ringes lag.
Er versetzte dem Onyx einen kräftigen Stoß und beförderte ihn

unter Drehen und Wirbeln aus dem Kreis hinaus und beförderte ihn unter Drehen und Wirbeln träge wieder in den Kreis hinein, wo er liegenblieb.
»Das ist unfair!« rief Alistair hinter mir.
»Das war ein guter Schuß!« riefen die anderen.
Es war ein guter Schuß gewesen, ein ehrlicher Schuß mit einem absurden Resultat. Jeder Murmelspieler, der etwas draufhatte, konnte sehen, daß ich wirklich alles gegeben hatte. Beim nächsten Schuß war Augie an der Reihe. Er schnappte sich meinen Turmalin im Handumdrehen. Ein paar Tage später wollte er mir jedoch die Chance geben, ihn zurückzugewinnen. Ich lehnte ab. Er solle ihn behalten.
Alistair allerdings war wild geworden, fuchsteufelswild, daß ich die ehrenhafte Angelegenheit auf ehrenhafte Weise erledigt und ehrenhaft eine wertvolle – und sogar legendäre – Murmel verloren hatte, wenn auch an einen Freund, aber niemand konnte sagen, daß ich mich davor gedrückt oder darüber beschwert hatte.
Er wartete, bis wir zu Hause waren. Dort schob er mich an die Wand hinter meiner Zimmertür. Während er mein eigenes Schlagholz quer gegen mein Genick drückte, bis ich dachte, ich fiele wegen Blut- und Sauerstoffmangels in Ohnmacht, sprach er mit der ruhigsten und gleichzeitig gehässigsten Stimme, die ich je von einem menschlichen Wesen vernommen habe: »Ich dachte wirklich, ich hätte dir was beigebracht. Aber du willst einfach nicht lernen, oder?«
Sein Gesicht war meins, allerdings fürchterlich verzerrt.
Ich griff nach dem Schlagholz und versuchte es wegzudrücken.
»Du glaubst wirklich, daß du so eine Art Held bist, weil du dich für diesen kleinen, fetten Kerl ins Zeug gelegt hast?«

Ich bekam seine beiden Hände zu fassen, aber er hatte mich im richtigen Winkel und saß am längeren Hebel.

»Vergiß das nie, Cousin, Einfaltspinsel wie der werden in deinem Leben kommen und gehen. Sie bedeuten nichts. Ich bin derjenige, der zählt. Ich bin derjenige, dem du gegenüberstehen wirst und mit dem du zu tun hast. Weil ich derjenige bin, der für lange, lange Zeit um dich herum sein wird. Kapiert?« erklärte er mit einem weiteren Stoß, der den Druck erhöhte, bis ich Flecken vor meinen Augen und dann gar nichts mehr sah.

»Gut!« sagte er. »Vergiß das niemals!«

»Vermißt du ihn schon?«

Ich war wieder ganz da. Alistair stand in der kleinen Nische hinter den riesigen nachgemachten Säulen, die er vor einem Jahr hatte aufstellen und als falschen Marmor bemalen lassen; damals als Trick, heute als Teil eines Rehabilitationsprogrammes, das von afghanischen oder marokkanischen Millionären zur »Unterstützung der Künste« gegründet worden war und einigen ihrer ehemaligen besten Kunden helfen sollte, sich vom jahrzehntelangen Drogenmißbrauch zu erholen.

»Wen ›ihn‹?« fragte ich.

»Wen wohl! Wallace den Roten. Der ist wie ein geölter Blitz durch die Menge gefahren und dann aus der Tür raus verschwunden.«

»Er hatte Appetit auf szetschuanisches Essen.«

»Sein Stoffwechsel sei gesegnet«, sagte Alistair mit weniger Ironie als sonst. »O ja, jeder, der noch einen Stoffwechsel hat, sei gesegnet. Ich hatte darüber nachgedacht, mir Pantoffeltierchen oder etwas anderes Prävertebrales in meine Eingeweide einsetzen zu lassen, um auch wieder einmal erkennen zu können, was Appetit ist.«

»Du siehst doch gar nicht so schlecht aus«, log ich.

»Du meinst, ich seh noch nicht so aus wie ›Donnerwetter, Jungs, ich war in Auschwitz und habe es geschafft, da rauszukommen‹. Die Herzogin von Windsor hatte unrecht. Man kann zu dünn sein. Hilf mir«, fügte er hinzu und ließ tatsächlich einen nahezu fleischlosen und folglich federleichten und zerbrechlichen Arm auf meine Schulter fallen.

»Wohin gehen wir?«

»Aufs Klo.«

»Was ist mit dem Dingsbums passiert?« fragte ich, als ich Alistair in den Flur folgte. »Dem Star?«

»Er ist gegangen.«

»Wie war er?«

»Er hat *es* nicht einmal erwähnt.«

»Ist das gut oder schlecht?« fragte ich; in diesen Tagen konnte man nie sicher sein, ob man sollte oder nicht. Die Epidemie scheint eine dauernd sich verändernde Konstruktion von Etikette entwickelt zu haben. Manchmal denke ich, es müßte ein Beratungstelefon für Probleme beim Umgang mit Kranken geben, um auch mit den schwierigsten Querköpfen fertig werden zu können.

»Gut für ihn«, erklärte Alistair. »Er hätte nur das Falsche gesagt.«

Wir kamen zum Klo. Ich klopfte laut genug, um jeden aufzuwecken, der dort ein Nickerchen hielt.

»Es steht dir zur Verfügung«, sagte ich und öffnete die Tür.

»Komm mit rein.«

»Ist es denn schon soweit?«

»Nein, du Dummer, du sollst mich schminken.«

Alistairs Badezimmer war groß, aber als er vor einem Jahr seine Wohnung während eines Ausbruchs unerwarteter Energie renovieren ließ, hatte er es durch die Hinzunahme von zwei Kammern erweitert und ist dann dem postmodernen architektonischen Thema des Gebäudes in eine Richtung gefolgt, die für mich in den Bereich des Unerlaubten ging. Der große Wohn- und Eßbereich war postpompejanisch, das Badezimmer dagegen spätes Mittelalter. Die Duschkabine – so geräumig, daß eine mittelgroße Färbergilde darin Platz hatte – war von der Farbe und der puddingähnlichen Struktur her wie Alabaster, wie man ihn nur in Klöstern findet. Die Fußbodenkacheln stammten von einer Mühle aus dem 12. Jahrhundert in der Normandie. Die Schiebetüren waren kunstvolle Stücke aus Bleiglasmosaiken aus derselben Zeit, aber aus einem schlesischen Kloster. Der Rest des großen Raums folgte dem Motiv: Die eingebauten Teile sahen aus wie Taufbecken, an den Wänden verteilt hingen griesgrämig dreinschauende Madonnen, die Jesuskinder mit Glotzaugen vor Flächen mit altem Blattgold hielten. Jede saß in ihrem eigenen Häuschen – einem Rahmen, der einem Kuhstall glich und hinter dem sich ein Schränkchen für Toilettenartikel versteckte. Neben den Madonnen schwebten mehrere antike Spiegel in verschiedenen Größen mit Horden schmollender, ziemlich knochiger Cherubime. In einem dieser Spiegel betrachtete Alistair sein Gesicht.

»Mach die Strahler an«, befahl er. »Die Schalter sind in dieser kleinen Abdeckung rechts von dir.«

Nach einigen Fehlgriffen fand ich den richtigen Knopf, und Alistairs Kopf erstrahlte in dem strengen weißen Licht.

Er hatte eines der Schränkchen geöffnet und zwei Fläschchen mit naturfarbener Flüssigkeit herausgeholt.

»Wo wären wir ohne Schminke?« seufzte Alistair und reichte mir die beiden kleinen Flaschen. »Mach du das für mich. So wie meine Hände zittern, werde ich hinterher aussehen wie Clarabelle.«

»Du hast das nicht nötig«, sagte ich. Aber in diesem Licht sah ich natürlich, daß es doch so war. Die Weiße Frau war allzu knauserig mit der Schminke gewesen, und es schimmerten bereits drei KS-Läsionen durch.

»Nimm die dunklere Farbe für vorne und die hellere auf meinem Nacken«, sagte Alistair, als ich eine Farbe heraussuchte und sie auftrug. »Altes Berufsgeheimnis der großen Stars! Macht Falten unter dem Licht in Hauseingängen unsichtbar.«

Seine Haut wirkte überall dort, wo ein Knochen hervorstand, als hätte sie die Konsistenz eines Wespennestes.

»Hat dir die Garbo gezeigt, wie das geht?«

»Eigentlich war es Bette Midler. Bevor sie sich geschminkt hatte, war ihre Nase wie das Straßenschild in Montgomery, das ›Kurven- und hügelreiche Fahrbahn auf den nächsten 120 km‹ anzeigt! Ich habe beobachtet, wie sie eine gerade Linie heruntergezogen und auf beiden Seiten schattiert hat. Nicht daß dadurch ihre Nase zu einem niedlichen Knopf geworden wäre, aber vom Aussehen her verwandelte sie sich in Esther, die wiederauferstandene Königin.«

»Wann war das?«

»Continental Baths. '72? '74?« Alistair schob langsam sein Gesicht in Richtung Spiegel. »Du bist in den kleinen Einfaltspinsel verliebt?«

»Halt still.«

»Ich merke das. Alle Zeichen deuten darauf hin.«

»Vielleicht weiß das die über viertausend Jahre alte Nofretete.

Ich meine, Wally lebt erst seit etwas mehr als einem Jahr mit mir zusammen.«

»Bist du je mitten in der Nacht aufgewacht und wolltest ihn im Schlaf strangulieren? Das ist die einzige Möglichkeit, bei der ich jemals sicher war, daß ich jemanden liebte.«

»Es gibt weniger mörderische Möglichkeiten.«

»Keine ist sicher«, argumentierte er. »Du bist nicht schlecht. Ich vermute, es waren deine vielen Pickel, die dich zum Meister des Schminktopfs gemacht haben.«

»Ich hatte nie Pickel«, entgegnete ich. »Du hast mir gezeigt, wie das geht.«

»Ich?« Alistair schien überrascht. »Wann?«

»In unserer Jugend. Wir haben an diesem hübschen Mädchen mit den vielen Schönheitsflecken geübt, die sie gehaßt hat. Judy Soundso. In Kalifornien.«

»Sie hat einen Maharadscha geheiratet«, sagte Alistair summend. »Oder sie wurde eine Maharischi. Ich erinnere mich nicht, was von beiden es war. Dann wirst du also mit dem kleinen Biest Ringe in der Sheep Meadow tauschen und den ganzen Homo-Kitsch veranstalten?«

»Wally würde die Sheep Meadow eher in die Luft jagen«, antwortete ich.

»Er erinnert mich irgendwie an mich in diesem Alter.«

»Hör doch auf. In Wallys Alter war alles, was du wolltest, daß dein Name auf Doppelglastüren in der 57. Straße und Fifth Avenue eingraviert steht.«

»Das reicht«, verkündete Alistair. »Ich möchte nicht aussehen wie die Dietrich.«

Ich kehrte mich für eine Sekunde ab. Dann hielt ich mein Gesicht neben Alistairs in den Spiegel. Schwer zu glauben, daß wir uns einmal so ähnlich sahen. Na ja, die Struktur war immer noch da – die identischen weiten Augenbrauen, die kleinen Beulen an jeder Schläfe und die lange, irgendwie aristokratische Nase. Aber der untere Teil meines Gesichts war eher rund – jedoch ohne dicke Backen –, seines dagegen spitz. Und seine Lippen, denen auch die Auszehrung seiner Krankheit nichts anhaben konnte, waren fleischiger.

»Genau!« sagte ich lauter als nötig. »Du siehst aus wie die Dietrich in den frühen Siebzigern in Paris, als man ihr mehrere Rippen brechen mußte, um sie in diese glänzenden Kleider hineinzustopfen, und sie ›Lilli Marlen‹ zum elftausendstenmal während einer ihrer unzähligen Abschiedsvorstellungen in der Pariser Oper sang.«

»Schamlose Schmeicheleien«, schniefte Alistair, aber er bildete sich doch etwas darauf ein.

Er war damit beschäftigt, für sich im Spiegel seine Lippen zu einem Kußmund zu formen und sich »Dar-ling« zuzurufen, als er plötzlich fragte: »Hast du mein Geschenk mitgebracht?« Ich drehte mich um, schob vorsichtig die kleinen Bürsten in ihre Tuscheflächchen zurück und schraubte die Deckel zu.

»Erinnerst du dich, als meine Mutter uns die ›Goldstaub-Zwillinge‹ nannte?« fragte ich.

»Deine Mutter war eine prima Frau, und sie hat Dinge gesehen, die sonst niemand sah.«

»Muß in der Familie liegen. Weißt du noch, wie Großtante Lilian dich in ihren Séancen benutzte?«

»Hast du mein Geschenk mitgebracht?« wiederholte er seine Frage ruhig, aber fest.

»Habe ich, doch ich denke immer noch nicht ...«

»Was du denkst, Cousin, gehört so spät nicht mehr zur Sache.«

»So spät ist es noch nicht.«

»Sei doch realistisch. Es funktioniert nichts mehr.«

»Nichts?«

»Dr. Jekyll sagt, er habe neulich eine T-Zelle entdeckt, und meine Billy-Reuben-Werte sind ungefähr so wie die einer arktischen Sardine.« Er drehte sich zu mir um. »Laß uns den Tatsachen ins Gesicht sehen. Das Fieber steigt alle zwei Tage auf vierzig Grad. Die Blut-Hirn-Schranke ist bereits überschritten und meine Kleinhirnrinde zerstört. Ich kann mich an nichts mehr erinnern. Orkney hat angefangen, kleine gelbe Notizzettel auf Dinge wie Salatgabeln und Nadeldöschen zu kleben, damit wir nicht allzusehr in Verlegenheiten geraten.«

»Das ist das Alter, mein eigenes Gedächtnis ist …«

»Halt die Klappe und hör zu, Rog. Meine Schiffe sind abgebrannt. Und ich bin schon ein Mädchen, das groß genug ist, um zu merken, daß die Zeit für die letzte große Wikingerschlacht gekommen ist. Erhebt die Schilder! Flammen bis an die Mastspitzen! Wir laufen mit dem Lied von Long Island aus!«

Halb setzte ich mich, halb brach ich auf der Toilette zusammen.

»Oh, komm schon! Tu nicht so!« sagte Alistair heiter. »Wir haben das wochenlang geplant. Verdirb es nicht.«

»Ich kann nicht glauben, daß es … vorbei ist.«

»Sieh das doch von der heiteren Seite. Bald wirst du die letzte Tunte in New York sein, die im Le Jardin mit dem Sohn eines amtierenden Präsidenten rumgeknutscht hat.«

»Das hab ich nie gemacht.«

»Und ob! Stephen Ford. Oder war es Jack Ford? Jedenfalls eines dieser Ford-Kinder.«

»Das war ich nicht«, erklärte ich.

»Doch. Mit einem großen, bulligen Blonden. Erinnerst du

dich? Fran Lebowitz saß am Tisch daneben, und als wir reinkamen, hast du gesagt: ›Ich will nicht, daß sie mich sieht‹, obwohl sie dich von King Kong nicht hätte unterscheiden können. Ultraviolett kam zu ihrem Tisch herüber mit Jack oder Steve oder welchem Ford auch immer im Schlepptau, und er hat sich in deine Nähe gesetzt und sie zu Fran, und das nächste, was ich weiß, ist, daß ihr zwei verschwunden seid. Ich habe euch später im Vorraum der Herrentoilette gefunden, wie ihr euch an die Tapeten gepreßt und das heißeste Petting in voller Kleidung abgezogen habt, das ich je gesehen habe.«
Ich erinnerte mich an die Geschichte und an den Jungen, aber ich glaubte immer noch nicht, daß es einer der Ford-Söhne gewesen war.
»Wenn es wahr ist«, und ich erlaubte ihm nicht, mich zu unterbrechen, »wer wird mich in Zukunft daran erinnern?«
»Du wirst dich selbst daran erinnern, wenn du dich mit einer Dom Pérignon Magnum hinsetzen und deine Memoiren schreiben wirst.«
»Ich habe nichts gemacht, und wenn ich etwas getan habe, dann brauche ich dich, um mich daran zu erinnern.«
»Das wäre lustig, wenn ich als winzige Stimme übrigbleiben würde. Wer war der hübsche Junge bei Ovid? Tithonus? Er wurde Auroras Liebhaber, und sie verschaffte ihm ewiges Leben, aber sie hatte vergessen, auch um ewige Jugend zu bitten, und er verschrumpelte auf die Größe einer Grille.«
»Tennyson«, sagte ich. »›Die Blätter welken, die Blätter welken und fallen‹. Nimm sie nicht, Alistair!«
»Natürlich werde ich sie nehmen. Und weißt du was? Ich habe diese kleinen raffinierten Dinger hier gefunden.« Er zog ein Plastikpäckchen mit hautfarbenen Pflastern in der Größe einer Fünf-Cent-Münze heraus. »Pflaster gegen das Lupe-Velez-

Syndrom«, sagte er. »Ich klebe jeweils eins auf die Schlagadern in meinem Genick, und dann wird mir nicht schlecht werden, und ich sehe nicht wie Scheiße aus, wenn sie meine Leiche finden.«

»Weiß die Weiße ... weiß Orkney davon?«

»Er wird sich in seiner großartigen Beschränktheit wie gewöhnlich schlafen legen und morgen früh aufwachen, um, wie ich glaube, nur eine Spur weniger beschränkt zu sein.«

»Was ist, wenn etwas schiefgeht? Sollte er das nicht wissen?«

»Sei ehrlich, Rog, er ist doch wie einer dieser weißen angelsächsischen Protestanten aus Vermont, die ihren Bauch aufschneiden, um ihre Kinder im Winter warm zu halten. Er würde nicht eine Sekunde akzeptieren, daß ich dem irdischen Leiden entfliehe.«

»Wally auch nicht. Wir haben die ganze Woche darüber diskutiert.«

»Na sieh mal einer an! Ich hätte eher gedacht, er will, daß ich aus dem Verkehr gezogen werde.«

»Er steckt in einem Konflikt«, manövrierte ich mich heraus.

»Keiner von denen hat so gelitten wie du und ich. Physisch oder moralisch.«

»Und keiner von denen hat je soviel Spaß gehabt.«

»Oder so bitter gekämpft.«

»Oder so hoffnungslos geliebt.«

»Oder ...«

Ich hing an Alistairs Atem.

»... so viele schlechte Filme gesehen!« explodierte er.

Wir beide lachten, bis ich sagte: »Oder so viele hübsche Jungs gebumst.«

»Oder ist so schlecht von so vielen hübschen Jungs gebumst

worden«, vervollständigte Alistair die Liste mit einem Glucksen. »Einer von ihnen war so aufmerksam gewesen, uns genau diesen glücklichen Moment beschert zu haben.«
Meine gute Laune sank.
»Weswegen die Sache wie geplant zu Ende geführt wird. Du wirst mir mein Geburtstagsgeschenk geben. Dann küsse meine gut geschminkte Wange und verlaß mich. Für immer.«
Er war jetzt ernst. Und erschöpft.
Ich stand auf, griff tief in die Tasche und reichte ihm das kleine Päckchen, umwickelt mit schwarzem Papier und einem schmalen schwarzen Band.
»Alles Gute zu deinem fünfundvierzigsten Geburtstag«, sagte ich. Und als er auf dem Toilettensitz zusammenbrach, den ich frei gemacht hatte, küßte ich eine der Wangen, die ich gerade hergerichtet hatte.
»Danke, Rog. Diese Verpackung! Hättest du nicht was finden können mit einem Totenkopf und gekreuzten Knochen drauf?« Er entfernte das Papier und hielt die handflächengroße ebenholzfarbene Sobranie-Zigarettenschachtel aus Metall in einer seiner Skeletthände, hob den Deckel und sagte mit einer Stimme, die ich nie zuvor von ihm vernommen hatte: »Ah, meine grellrosa und stahlblauen Lieblinge!«
Alistair schaute zu mir auf, als wäre er überrascht, daß ich noch da war. »Worauf wartest du? Geh.«
»Ich warte, daß du mir etwas zum Abschied sagst.«
»Sorge dafür, daß sie auf meiner Beerdigungsfeier Ravels ›Ma Mère l'oye‹ spielen. Die Version für vier Hände.«
»Oh, Alistair! Das meine ich nicht!«
Er lächelte sonderbar und mit schiefem Gesicht, das zweifellos von der gleichen Parkinsonschen Krankheit verzerrt wurde, die seine Hände zittern ließ. »Was bleibt zu sagen? Nein,

wirklich, Rog. Was haben wir einander noch nicht gesagt? Was haben wir einander noch nicht angetan?«
Ich verließ das Badezimmer. Verließ die Wohnung. Stieg in den Fahrstuhl und fuhr hinunter.
Als er im dritten Stockwerk wegen einer blauhaarigen alten Frau mit einem Dackel mit Schleifchen anhielt, kam diese in den Genuß des nicht alltäglichen Anblicks eines erwachsenen Mannes, der laut und systematisch seinen Kopf gegen die raffiniert auf alt getrimmte Holzverkleidung knallte.

ZWEITES BUCH

ZWEITER VERSUCH
1991 UND 1961

Wally saß im China-Restaurant an dem Tisch, der am nächsten zur Küche und am weitesten entfernt von der Fensterfront zum Broadway stand. Es verblüffte mich jedesmal, wie der Kerl seinen sechsten Sinn einsetzte, um sich weniger als einen Meter von dem Platz niederzulassen, wo das Personal aß. Da es fast neun Uhr und das Restaurant ziemlich leer war, machten sich schon drei junge Kellner und ein älterer Mann, den ich wegen seiner mit Essen bespritzten Schürze für den Küchenchef hielt, über eine riesige Schüssel Reisnudeln mit gemischtem Gemüse her.

Weniger überraschend als Wallys Instinkt dafür, mit der Arbeiterklasse auf Tuchfühlung zu gehen, war die Tatsache, daß er nicht allein war. Den einen Begleiter, Junior Obregon, erkannte ich beim Eintreten von hinten, der andere war mir fremd.

Ich setzte mich vor eine riesige Porzellanteekanne.

Die sonderbare Hängebeleuchtung im Restaurant ließ jeden leicht grün erscheinen, einschließlich Wally, der als übernatürliche Schönheit nicht wie wir anderen seekrank aussah, sondern an ein prächtiges, wildes Wesen aus dem Wald erinnerte.

Wie er es immer in der Öffentlichkeit tut – egal, ob wir an dem Tag miteinander sprechen oder nicht –, beugte er sich auch jetzt über den Tisch und küßte mich voll auf die Lippen.

Das hatte seine übliche Wirkung. Die beiden Kellner sagten

etwas, kicherten und gaben Wally damit die Möglichkeit, überlegen und gleichgültig aufzutreten.
»Du kennst meine wichtigste Bezugsperson«, sagte Wally zu Junior Obregon, der vor sich hin brummte: »Na, wie steht's?«
Ich wandte mich dem anderen Mann zu. Er war schlank und blaß und hatte glattes Haar, braun wie bittersüße Schokolade. Ein nettes Gesicht, sogar hübsch, abgesehen von seinen zusammengewachsenen Augenbrauen, die einen Schatten auf seine überraschend dunklen Augen warfen. Anstatt ihn wie einen Neandertaler aussehen zu lassen, gaben sie ihm seltsamerweise einen Anflug von Traurigkeit, ja geradezu von Tragik. Ich war ohne einen Beweis sicher, daß er und Junior es miteinander trieben.
»James Niebuhr«, stellte er sich selbst vor und streckte mir dabei seine große, starke Hand über die Nudelreste in kalter Sesamsoße entgegen. Ich bemerkte Papierschnitte an Daumen und Zeigefinger und vermutete, daß er als Designer oder Graphiker arbeitete. »Und übrigens, ich bin entfernt verwandt mit *dem* Niebuhr.«
»Ich muß pissen!« kündigte Junior Obregon lauthals an. Er blieb sitzen, kaute auf einem Eßstäbchen herum und blickte mich finster an.
Junior und ich haben eine gemeinsame Geschichte. Vor ungefähr zwei Jahren war ich gerade auf dem Weg nach Hause – ich hatte mir einen drittklassigen ausländischen Film in einem Kino in meiner Gegend angesehen –, als er mich in der Seventh Avenue ansprach. Junior ist hochgewachsen und sieht auf eine merkwürdige helle Latino-Art gut aus – das Haar etwas zu dick, die Augen etwas zu braun, das Gesicht etwas zu vernarbt. Seine Lederjacke trägt er immer offen, und das

Arbeiterhemd ist auch dann bis zum Bauchnabel aufgeknöpft, wenn es draußen so kalt ist, daß die schlafenden Spatzen wie Steine aus den Bäumen fallen. Als ich ihn sah, war mein erster Gedanke: Schwierigkeiten. Und ich ging weiter.
Junior Obregon ist nicht blöd, und er kapierte, was ich dachte. Also folgte er mir den ganzen Weg bis nach Hause, manchmal hinter mir, manchmal neben mir, einige Male sogar im Rinnstein, und sagte dreckige Sachen zu mir. Aber in Wirklichkeit forderte er mich heraus.
Als wir vor meinem Haus ankamen, hielt er meine Hand an der Haustür fest und sagte: »Ich brauch's ganz dringend!«
»Wenn du Geld willst, dann vergiß es«, erwiderte ich kalt wie Eis.
»Nee, Mann! Nur 'n bißchen Action.«
Ich dachte immer noch, er wäre in Schwierigkeiten, aber ich bin lange genug schwul, um zu wissen, daß auch der schlimmste Kerl gefügig wird, wenn er dicke Eier hat und du der Auserwählte bist, um ihn davon zu befreien.
Nachdem ich ihn reingelassen hatte, fuhr ich mit meinen Berechnungen fort. Ich war stark genug, um ihn auch ohne Waffen zu überwältigen, falls er ausflippte. Aber wenn er bewaffnet war ... Bevor Junior auch nur etwas denken konnte, wirbelte ich ihn herum, stieß ihn gegen die Flurwand und filzte ihn. Er beschwerte sich nicht. Er gab keinen Laut von sich. Ich fand keine Waffe, und die ganze Zeit sagte ich mir: Mein Schätzchen, du bist mir eine harte Tunte! und dachte daran, was für eine Mordsgeschichte das abgäbe, wenn ich Alistair davon am nächsten Tag am Telefon erzählen würde.
In der Wohnung zog sich Junior die Hosen aus, ließ sich auf mein Sofa fallen und rieb sich einen Steifen. Ich blies ihm einen, und er ging. Die ganze Angelegenheit dauerte höchstens

zehn Minuten. Ich fragte nicht nach seinem Namen, und er nannte ihn nicht.

Ein Jahr später tauchte er wieder auf, als er aus der Tisch Hall in Begleitung von Wally und Konsorten kam. Da wurde mir klar, daß er nicht der ehemalige puertoricanische Knacki war, der zu sein er vorgab, sondern auch bloß ein Student der Filmschule und der Sohn erfolgreicher und wohlhabender Eltern aus dem halbländlichen New Jersey.

Mich kümmerte es nicht. Aber offensichtlich kümmerte es Norberto Juan Maria Obregon den Dritten – das war Juniors voller Name –, besonders weil entdeckt worden war, daß er eine höchst rückständige Rolle in der Zunft der Latinos spielte. Er hatte es mir seitdem stillschweigend übelgenommen, obwohl ich weder Wally noch irgend jemand anderem ein Wort davon gesagt habe.

»Wally hat erzählt, du bist ... Was war es?« fragte Niebuhr.

»Rauschgiftdealer!« antwortete Wally.

»Ich bin der Killer mit dem Beil«, pflichtete ich bei und wühlte mich durch ihre Teller, um was Eßbares zu finden.

»Nein«, entgegnete James, »du bist Schriftsteller oder so was.«

Ich drehte mich zu Wally. »Um deine Frage zu beantworten: Ja, ich habe Alistair die Tabletten gegeben. Alle vierundsechzig.«

»Du wirst in der Hölle schmoren«, sagte Wally emotionslos. Er hatte eine Garnele entdeckt und steckte sie mir mit seinen Stäbchen in den Mund.

Junior Obregon stand auf, um pissen zu gehen.

»Du hast doch ein Buch geschrieben, oder?« fragte Niebuhr.

»*Die sexuelle Unterklasse.* Es steht auf der Bücherliste von Juniors Soziologieprofessor.«

»Er verliert sein Gedächtnis«, sagte ich zu Wally. Ich meinte Alistair. »Das Virus hat schon sein Gehirn erreicht. Ich habe gesehen, was es heißt, wenn sie schwachsinnig werden. Du nicht.«

»Warum nicht draußen vor seinem Haus warten und ihn abstechen?« fragte Wally.

»Er kommt kaum noch raus. Zu kaputt zum Gehen.«

Niebuhr überhörte unser Gespräch immer noch. »Junior hat gesagt, daß sein Prof es für die beste Studie über den Aufstand der schwulen politischen Minderheit nach Stonewall hält.«

Wally nervte das Gespräch. Er stand auf und fing an, Handzettel mit »Schweigen = Tod«-Parolen auf den Restauranttischen zu verteilen.

»Begleitest du uns zum Gracie Mansion, James?« fragte ich plötzlich.

Die Raupe auf seiner Stirn ging zweimal hoch und zeigte Überraschung an.

»Du meinst, du gehst auch hin?«

»Denkst du, ich bin zu alt?«

Er zuckte mit den Schultern.

»Ich hab schon demonstriert, als du noch nicht geboren warst«, erklärte ich und bedauerte im gleichen Moment, daß ich es gesagt hatte. »Ich bin schon ein ziemlich alter Hase bei dem ganzen Mist.«

»Ach ja?«

»Chicago '68 gegen Rassendiskriminierung in den Wohnvierteln, Washington, D.C., '64 gegen den Vietnamkrieg. Ein paar Jahre vorher mit den Bussen der Studentischen Komitees für Gewaltfreien Widerstand in die Südstaaten.« Sogar ich hatte es satt, mich ständig wie ein alter Anarchist davon reden zu

hören, der die Litanei seiner verpatzten Attentate und die Aufstände, die er beinahe initiiert hätte, herunterbetet.
»Kein Wunder ...« sagte James. Dann erklärte er: »Ich hab mir nie vorstellen können, warum so ein toll aussehender Kerl wie Wally in eine Transgen-Geschichte hineingerät.«
Lies: Transgeneration. Lies: Ich bin alt genug, um sein Vater sein zu können, aber weder sehe ich so aus, noch handle ich so. Lies: Ewiger Peter Pan. Lies: Weigert sich, erwachsen zu werden und zu akzeptieren, daß das Leben stinkt und die Menschen wertlos sind. Lies: Ich werde noch mit neunzig und im Rollstuhl Streikposten vor dem Weißen Haus beziehen. Lies: ...
»Fertig, Blaubart?« Wally hatte alle Flugblätter verteilt und stand neben mir.
»Warten wir nicht auf Junior?«
Wally deutete auf Junior, der schon draußen auf der Straße stand. Bei ihm waren vier andere Jungs, die ich von den beiden chaotischen Montag-abend-Sitzungen im neuen Zentrum der Gruppe her wiedererkannte.
Als wir rauskamen, zählte Junior die Köpfe für die Taxis ab, da Gracie Mansion mit öffentlichen Verkehrsmitteln von hier aus unerreichbar war, außer mit Umsteigen auf den Bus und anderem Zeug für alte Damen. Wally und ich blieben für ein Taxi übrig.
»Du läßt nach«, sagte ich, als er mich in den Wagen stieß.
Unser Taxifahrer war ein fettgesichtiger, junger, aber sehr nervöser indischer Muslim, der sichtlich erleichtert schien, als Wally ihm sagte, er solle Richtung Gracie Mansion fahren und nicht zu den verlassenen Lagerhäusern in Jersey City. Wally und ich machten es uns auf dem Rücksitz bequem, die Knie dicht beieinander. Ich sah aus dem Fenster, versuchte, nicht an

Alistair zu denken, wie er auf diese Tuinal starrte und sie wie die Eier eines Geliebten streichelte, als wir zum Central Park West kamen und Wally auf mein Knie tippte.
»Guck mal, wie der uns alle paar Sekunden im Spiegel anstarrt. Ich wette, der hat sich vor Schreck in die Hosen geschissen, daß er zwei echte Perverse in seinem Wagen hat.«
Wallys Vorliebe dafür, Heteros zu provozieren, müßte mittlerweile klar sein.
»Laß uns ohne Zwischenfall da hinkommen, ja?«
Wallys Antwort war, daß er einen Arm um meine Schulter legte und mich an sich drückte. Das gab mir nicht im geringsten die Sicherheit, auf sein gutes Benehmen zählen zu können. Ich sah im Rückspiegel, wie der Fahrer seine großen braunen Augen immer weiter aufriß.
»Welche Querstraße fahren Sie?« fragte Wally laut.
»Entschuldigung, wie bitte?« fragte der Fahrer zurück.
»Wenn Sie nämlich die 68. Straße fahren wollen, landen Sie im dicken Verkehr. Ich schlage die 84. oder 88. vor.«
Wally wurde mit der erwarteten Antwort belohnt: »Ich fahre dieses Auto.«
»In der Tat«, sagte Wally, nicht bereit, mit dem aufzuhören, was er nun einmal angefangen hatte. »Zufällig weiß ich, daß Sie spätestens in der Second Avenue im Verkehr landen.«
Der Blick der großen ruhelosen braunen Augen wanderte zum Rückspiegel hin und wieder weg. »Glauben Sie, ich bin noch nie dorthin gefahren?« fragte er. »Ich kenne die Gegend, und Dienstag abends um halb elf ist es ziemlich leer.«
»Heute abend wird es nicht leer sein«, schrie Wally. Und dann, zu mir: »Stimmt's, Häschen?«
»Es ist dort Dienstag abends um halb elf immer leer!« beharrte der Fahrer.

Wir kamen aus dem Central Park und an der Fifth Avenue auf die 68. Straße. Der Verkehr vor uns schien spärlich.
»Sehen Sie?« sagte der Fahrer.
Wally drehte sich zu mir und knabberte an meinem Ohr. Die großen Augen im Rückspiegel schauten weg.
Der Taxifahrer hätte an der Lexington Avenue fast die rote Ampel überfahren. Ich bemerkte, wie sich der Verkehr vor uns auf der 68. Straße verdichtete. Wally gab mir einen Zungenkuß. Der Taxifahrer konnte es nicht lassen, uns im Spiegel zu beobachten. Auf der Third Avenue standen zwei abbiegende Busse mitten auf der Kreuzung und kamen nicht weiter. Die braunen Augen blickten ohne Unterbrechung abwechselnd zu uns und dann vorn auf die Straße.
In der Second Avenue sah ich einige Dutzend Taxis mehr, als man hätte erwarten können. Vor uns erkannte ich das Taxi mit Junior Obregon und Reinholds entfernter Beziehung auf dem Rücksitz.
In der First Avenue ging plötzlich gar nichts mehr.
Wally ließ seinen Kopf in meinen Schoß sinken und fing an, sich an meiner Beule zu reiben.
Die Augen im Rückspiegel suchten Wally und fanden ihn nicht. Sie waren erschreckend groß.
Um uns herum hupte es laut. Vor uns war der Verkehr bis zum Franklin D. Roosevelt Drive dicht. Wally hob seinen Kopf, und obwohl ich sein Gesicht nicht sehen konnte, war ich sicher, daß er etwas unglaublich Lüsternes mit seinem Mund machte. Dann ließ er seinen Kopf wieder sinken. Ich dachte, die großen braunen Augen des Taxifahrers würden aus ihren Höhlen schießen.
Das Hupkonzert wurde plötzlich durch das elektronische Heulen eines Rettungswagens unterstützt. Das hatte zur Folge, daß

das Hupen noch zunahm und schreiende Köpfe aus den Fenstern gestreckt wurden. Offensichtlich fuhr der Rettungswagen die First Avenue rauf, genau auf uns zu.

Wir waren meterweise vorwärts gekommen, als der besorgte Fahrer plötzlich merkte, daß er zu drei Vierteln in die Avenue hineinragte, und jedes weitere Vorwärtskommen war unmöglich wegen der zentimeterweise in Querrichtung vorrückenden Wagen, jeglicher Rückzug wegen der hinter uns dicht aufgefahrenen Wagen blockiert. Das Gedröhne der Hupen und das Gebrüll der Fahrer und Fußgänger aus dem Umkreis, die darauf warteten, die Straße überqueren zu können, war wild und häßlich. Unser Taxifahrer saß in der Falle, und wenn er vorher nervös gewesen war, so war er jetzt vollkommen fertig. Er schrie zurück, er fluchte, er versuchte weiterzufahren – genau in den Kotflügel einer Limousine, was deren Besitzer auch prompt veranlaßte anzuhalten, aus seinem Auto auszusteigen und auf die Motorhaube unseres Taxis zu hämmern. Unser Fahrer drehte das Fenster hoch, fuhr rückwärts und berührte die Stoßstange des Wagens hinter uns leicht.

Wally lachte mit seinem Kopf in meinem Schoß.

Endlich zog der Rettungswagen vorbei, und schon nach ein paar Sekunden ging der Verkehr weiter. Die Leute stiegen wieder in ihre Autos ein und fuhren los. Unser Taxifahrer stürmte vorwärts, riß das Fahrzeug plötzlich herum und brachte es mit einem Quietschen aller vier Reifen neben den parkenden Autos zum Stehen. Er drehte sich um und schrie: »Das können Sie nicht machen! Das geht nicht! Wegen Ihnen hab ich fast einen Unfall gebaut!«

Als ich ihn weiterhin nicht beachtete, stieg er aus und öffnete die Hintertür. Wally hatte sich umgedreht, blieb aber über meine Knie gebeugt und legte beiläufig seine Hand an seinen Kopf.

»Und? Was hält uns jetzt auf?« fragte Wally.

»Sie müssen aussteigen«, schrie der Fahrer. Er machte den Fehler, nach vorne zu greifen, um Wally zu fassen, der nach ihm trat. Daraufhin zog er sich zurück, immer noch schreiend: »Das können Sie nicht machen! Das geht nicht!«

»Was machen?« fragte Wally total überheblich.

»Sie wissen ganz genau, was. Diese Schweinereien! Diese ekligen Schweinereien!«

»Die Schweinereien haben Sie in ihrem Kopf!« sagte Wally. »Jetzt steigen Sie ein und fahren uns da hin, wo wir hinwollen.«

»Niemals! Niemals! Mit diesen ganzen Schweinereien!« beharrte er. »Sie müssen aussteigen!«

»Nicht bevor Sie uns dahin gefahren haben, wo wir hinwollen«, beharrte Wally seinerseits in ruhigem Ton.

»Das werde ich nicht tun! Sie müssen aussteigen.«

»Nie im Leben!«

»Dann werde ich einen Pullen rufen.« So sprach er es aus.

Der Fahrer wirbelte auf der Straße umher und suchte nach einem Polizisten. Natürlich war keiner da, weil sie aus mehreren Revieren ein paar Straßen weiter nach Gracie Mansion abgezogen worden waren und dort alle Hände voll zu tun hatten. Er langte auf den Fahrersitz hinein, nahm die Wechselgeldkasse, stellte das Taxameter ab und zog den Schlüssel aus dem Zündschloß. Wir würden nirgendwo mehr hinfahren. Das war sicher. Der Fahrer machte inzwischen größere Ausflüge vom Taxi weg und suchte immer noch nach einem Polizisten. Jedesmal, wenn er zurückkam, wiederholte er, daß wir aussteigen oder »mit den Schweinereien aufhören« müßten.

Und Wally sagte immer auf aufreizend gleichgültige Weise Sachen wie »Verklagen Sie mich doch!«
Dieses lächerliche Herumstehen hätte die ganze Nacht dauern können, aber als ich so dasaß und ihnen zuhörte, kam mir plötzlich das Bild von Alistairs abgeschlossener Badezimmertür in den Sinn, Orkney auf der anderen Seite, der klopfte und klopfte und Alistairs Namen rief, und hinter der Tür Alistair auf dem Fußboden, den Kopf auf den Dielen, umgeben von einem Heiligenschein aus den vielen Tuinal.
Ich wußte, daß es nicht genau so passieren würde. Und ich wußte, es gab nichts, was ich jetzt hätte tun können, aber in Anbetracht des von Wally verursachten Ärgers – er hatte sich genauso mit dem Taxifahrer angelegt, wie ich es befürchtet hatte – war das schreckliche Bild zuviel für mich.
Ich wand mich unter Wallys Körper hervor und öffnete die Tür auf der anderen Seite des Wagens.
»Wohin gehst du?« schrie Wally fast.
»Ich muß ein Telefon finden«, antwortete ich.
»Rog!« Er schnappte mich am Kragen meiner Sauvage-Lederjacke. Offenbar fühlte er sich verraten: »Das ist wichtig!«
»Du hast ihn provoziert, seit wir in das Taxi eingestiegen sind.«
»Aber ...« Wally machte immer ganz große Augen, wenn er etwas Entscheidendes zu sagen hatte, so als ob ihm die Natur durch Steigerung der hypnotischen Eigenschaften seiner Augen aus der Patsche helfen wollte, nachdem ihr gewahr wurde, was sie mit ihm angerichtet hatte. »... Er diskriminiert uns.«
Ich stand halb draußen, halb stützte ich mich unbequem mit dem Knie auf den Sitz.

»Wir sind zwei Straßen von einer gewaltigen Demonstration entfernt. Kannst du nicht warten, politisch zu sein, bis wir dort sind?«

»Rog, wir müssen, egal wann und wo wir sind, Stellung beziehen«, blieb er dabei.

»Na schön. Du beziehst hier Stellung. Ich werde zur Demonstration gehen und dort sehen, was ich tun kann.«

Wally hatte meine Jacke losgelassen. Er packte jetzt mein Knie. »Warte!«

Ich konnte den Taxifahrer sehen. Er rüttelte, um seine Münzen zurückzubekommen, an einem öffentlichen Telefon, das keine Funktion hatte außer Geld zu schlucken. Es war kaum zu erwarten, daß er mit besserer Laune zurückkommen würde.

Unvermittelt sagte Wally: »Warum weiß ich plötzlich nicht mehr genau, was richtig ist?«

Ich war erstaunt über diesen qualvollen Schrei, der aus der sonst apollinisch kühlen Seele hervorbrach.

»Ich weiß, daß ich recht damit habe«, fuhr er fort. »Und trotzdem werde ich irgendwie verrückt, wenn ich hier nicht gleich rauskomme und am Gracie Mansion bin!«

Ich sah, wie der Taxifahrer auf das Telefon eintrat, eine echte sportliche Leistung angesichts seines Gewichts und seiner Rundungen.

»Ro-ger! Hilf mir!«

»Wie kann ich dir helfen, Wals? Ich bin ein Teil deines Problems!«

Genausowenig konnte Wally mir bei Alistairs anzunehmendem Selbstmord helfen.

»Und dieser arme Fiesling von einem Taxifahrer«, fuhr ich fort und erkannte allmählich, wie alles zusammenpaßte, »ist wahrscheinlich überzeugt davon, daß er einen Standpunkt bezieht, weil du und ich eine Art geheimer Rassisten sind, die ihn diskriminieren, da seine Haut braun ist.«

Wallys Kinn fiel nach unten.

»So wie diese Köche in der Hunan-Hölle vorher wahrscheinlich dachten, wir würden sie diskriminieren oder mindestens beleidigen, weil wir uns in der Öffentlichkeit geküßt haben.«

»Aber, Rog ... wenn das alles wahr ist ... wo ... hört das auf?« fragte Wally.

Was sollte ich sagen? Was die Humanisten jahrhundertelang von sich gegeben haben? Daß das nur durch Brüderlichkeit aufhört? Durch Liebe? Er würde sich totlachen über mich, wenn ich so was auch nur andeuten würde.

Ich weiß es nicht, Wals, wollte ich antworten, änderte den Satz dann aber. »Es hört bei dir und mir auf. Zusammen im Bett.«

Das war etwas, was Wally nicht nur verstand, sondern darüber würde er sich auch nicht lustig machen. Wenigstens hoffte ich uns zuliebe, daß er es nicht tun würde.

Er wirkte nicht überzeugt, also stieg ich aus dem Taxi aus. Der Taxifahrer kam zurück. Sein Haß schien sich auf seinem finsteren Gesicht noch verstärkt zu haben. Er hatte mit seiner fetten Hand die metallene Wechselgeldkasse am hinteren Griff gepackt, hielt sie wie Messingschlagringe nach vorne und stapfte auf mich zu, als wäre er das Jüngste Gericht.

Das war's. Er würde auf mich einschlagen. Wally würde auf ihn einschlagen. Wir würden nie zur Demonstration kommen, sondern statt dessen wegen Rauferei im Rinnstein eingesperrt werden.

Dann stieg Wally aus dem Wagen und schleuderte dem Taxifahrer einen Zehn-Dollar-Schein zu. Ich wußte, daß Wally heute abend sein Geld schon ausgegeben hatte, das mußte sein absoluter Notgroschen sein. Ein wahres Opfer.

»Behalten Sie den Rest!« sagte Wally strahlend zu dem plötzlich verwirrten Mann. Ich konnte nur noch mit den Schultern zucken und folgte Wally, der schon die 86. Straße hinaufstiefelte.

An einem Telefon hielt er an und wedelte mit dem Hörer in meine Richtung.

Als ich es schaffte, durch den Verkehr hindurch dorthin zu gelangen, wo Wally stand, sagte er: »Wolltest du nicht Alistair anrufen?«

Ich nahm den Hörer und hängte ihn ein. »Du findest wohl nie ein Ende! Du bist unverbesserlich!«

Wally war nicht im mindesten aufgebracht. Er nahm meine Hand und zog mich weiter.

»Los, du Lahmarsch. Die Demo ist sonst vorbei.«

»Aber ich muß ihn davon abhalten, die Tabletten zu nehmen!« sagte ich. »Ich muß Orkney erreichen.«

»Nein.« Wally packte mich an der Schulter, führte mich den ansteigenden Gehweg hinauf zur Promenade und wiederholte: »Nein. Du hast schon getan, was du tun mußtest.«

»Aber ... wenn Orkney wüßte ...«

Wally führte mich rüber zur Uferpromenade. Jenseits des aufgewühlten Wassers lagen Long Island, Queens und Sunnyside. Ich dachte: die Sonnenseite der Straße. Goldstaub an meinen Füßen. Aufziehende Wolken verhängten den Nachthimmel. Ich konnte die Lichter dreier Brücken erkennen, die wie Perlenketten aussahen.

»Wenn ich jetzt anrufe, kann ich ihn davon abhalten«, erklärte ich.

»Du mußt geschehen lassen, was auch immer geschieht«, entgegnete Wally. »Es liegt jetzt nicht mehr in deinen Händen, Rog.«

Er machte keine Witze und provozierte mich nicht mit irgendeinem moralischen Scheiß. Das war Wally, wie er war. Der wahre Wally. Der Wally, dem ich vertrauen konnte, auf den ich mich verlassen konnte. Der Wally, der manchmal – nicht oft, aber eben manchmal – Dinge mit absoluter Klarheit zu sehen vermochte und es mich wissen ließ.
»Dann wird er sterben«, sagte ich.
»Er wird sterben«, bestätigte Wally.
Ich riß mich los. Das war zuviel. »Das hat er nicht verdient!«
»Hat er nicht?« fragte Wally. »Er hat dir schreckliche Dinge angetan.«
Ich starrte auf Wallys unnachgiebiges Gesicht, dann ließ ich zu, daß er meinen Arm nahm und mich in Richtung Gracie Mansion führte. Er hatte natürlich recht, Alistair hatte mir schreckliche Dinge angetan. Er hatte mehreren Leuten schreckliche Dinge angetan.

Ich hatte Diana, die Cousine meiner Mutter, noch nie zuvor gesehen, so daß ich, als das Flugzeug an jenem Tag Ende Juni kurz vor Sonnenuntergang endlich auf dem Flughafen Burbank landete, keine Vorstellung davon hatte, wer oder was mich erwarten würde. Auf der Grundlage des wenigen, was ich aus Gesprächen zwischen meinen Eltern und meiner Schwester über die Geschichte der Cousine Diana herausgehört hatte – Scheidungen, Neuvermählungen, Reisen an sonderbare Orte –, erwartete ich jemand absolut Glamouröses, eine Kombination aus Barbara Rush und Dagmar.
Was ich statt dessen vorfand, war eine etwas schickere Version meiner Mutter. Cousine Diana hatte eine dunkle Brille auf und ein Seidentuch um die Mitte ihrer langen, dicken Haare mit

den unnatürlich blonden Strähnen gebunden. Sie trug eine Seidenbluse, die vorne weiter aufgeknöpft war, als ich es bei einer Frau ihres Alters erwartet hätte, enganliegende gelbbraune Freizeithosen, die von ihr mehr freigaben, als wenn sie nackt gewesen wäre, und hochhackige Sandaletten, durch welche die leuchtenden karminroten Nägel ihrer großen Zehen durchschimmerten. Sie wartete bei der »Ankunft« auf mich, und sie erkannte mich sofort – von den Fotos, die meine Mutter ihr geschickt hatte, vermutete ich –, nahm mich an ihren nach Moschus riechenden ziemlich großen Busen (der durch keinen BH behindert wurde, wie ich feststellte) und begrüßte mich mit einer Umarmung und einem flüchtigen Kuß.
»War der Flug auch nicht allzu schrecklich?« fragte sie mit einer Stimme, die an eine beginnende Kehlkopfentzündung erinnerte.
Ich hatte meinen ersten Flug hinter mir, und er war voller Wunder gewesen. Ich antwortete: »Es war ganz gut gewesen.«
Sie hatte sich schon einen Gepäckträger geschnappt, der meine beiden Koffer ausfindig machte und sie zum Parkplatz brachte. Als ich das hangarähnliche Gebäude verließ, spürte ich, daß ich einen Ort betrat, der vollkommen anders war als die Orte, die ich bisher kannte – trockenes, warmes Wetter, und doch mild, mit einem leichten Wind, einem erstaunlich wolkenlosen blauen Himmel, einer leuchtenden Sonnenscheibe, die sich langsam einem Horizont entgegensenkte, der durch eine entfernte Gebirgskette klar bestimmt war. Die höchsten Gegenstände in der Nähe waren Palmen. Zahllose Reihen davon standen überall. Aber was mich am meisten beeindruckte, war die riesige Verschwendung an Platz, die mir überall ins Auge stach.
Cousine Diana hatte einen sechs Jahre alten Chrysler Kombi,

ein schwerfälliges Fahrzeug mit Holzverkleidung, außer an der grünen Motorhaube aus Metall und am Dach.

In den späten fünfziger und frühen sechziger Jahren entstanden die meisten Freeways in L.A. Als wir nach Süden aus dem Flughafen Burbank herausfuhren, entlang der Vineland Avenue in Richtung auf die Berge vor uns, war ich in einer Tour erstaunt über die riesigen kreuz und quer laufenden Auffahrten in Kleeblattform, die dort einfach so mitten in der Luft hingen, ohne Verbindung zu einer passenden Straße.

Die Konversation von Cousine Diana bestand aus einem ständigen Geplapper, das angefüllt war mit Namen und spanisch klingenden Orten, von denen ich nur wenige verstand. Ihre endlose Unterhaltung ging mehr oder weniger so: »Ich habe Dario gesagt, daß sich der Kundendienst letzte Woche in der Werkstatt mit diesem Auto nicht besonders viel Mühe gegeben hat. Ich hätte den Bentley nehmen sollen, auch wenn er ihn gerade gewaschen und poliert hat!« – Ich fand, der Chrysler lief gut. Aber einen Bentley? Sie hatten einen Bentley? Ich hatte noch nie einen außerhalb der Autoshow gesehen. Wer war Dario?

Und: »Ich habe gehofft, dein Cousin würde mit mir kommen, um dich abzuholen. Er ist den ganzen Tag weg. Ich weiß, er hatte heute früh eine Tanzstunde, und wahrscheinlich ist er nach Topanga zum Surfen gefahren. Oder rüber zu Judith. Trotzdem hätte ich gern, daß er ab und zu vorbeischaut.« – Was für ein Cousin? Alistair? Eine Tanzstunde? Wo war Topanga? Wer war Judith? Sahen sich Mutter und Sohn jemals?

Und: »Du sagst dann Inez, ob es was Besonderes gibt, was du gerne ißt. Und natürlich alles, was du nicht essen willst oder kannst. Bist du gegen irgendwas allergisch? Alfred ist gegen fast alles allergisch. Dein Cousin ist Vegetarier. Lacto-ovo natürlich. Das sind wir fast alle, außer Dario, was Inez verrückt macht. Sie hat sonntags frei, dann essen wir normalerweise auswärts. Oder machen selber was. Kannst du kochen? Dario kann total gut grillen. Grillst du gerne?« – Lacto was? Inez war ihre Köchin, vermutete ich. Aber wer war Alfred? Und wer war Dario?

Und: »Wir fahren nicht direkt nach Hause. Wenn wir das tun würden, müßten wir den Ventura Boulevard fast bis zum Stone Canyon fahren. Was sag ich da? Du würdest Beverly Glen nicht vom Mulholland Drive unterscheiden können, oder? Wir sollten wirklich bei dem Projekt anhalten. Alfred müßte da sein. Und dein Cousin auch, obwohl das unwahrscheinlich ist. Ich werde von dort aus zu Hause anrufen. Dario weiß vielleicht, wo er ist.« – Was für ein Projekt? Wer war dieser Alfred? Und, vor allem, wer war dieser allwissende Dario?

Wir waren schon in die Berge hineingefahren auf einer Straße, die sich bog und wand und anstieg und immer enger wurde.

Dann kamen wir zu einer längeren, aber nicht geraderen Straße, dem Laurel Canyon Boulevard, und nachdem wir ein paar Kilometer gefahren waren, bogen wir wieder ab und erreichten eine zweite breite Straße, die, wie sie mir versicherte, Coldwater Canyon hieß, obwohl sie für mich genau gleich aussah. Ein paar Dutzend Abzweigungen weiter waren wir auf einer langen schmutzigen Straße, die tief in das trockene Dornengestrüpp hinaufging.

»Ich hasse diesen Teil«, sagte Cousine Diana, als wir näherkamen und hart über einen rauhen Buckel holperten. Ich sah, daß unser Weg geradeaus unvermittelt auf einem weiten Streifen einer Halbinsel mündete, der sich, vollkommen seines Laubwerks beraubt, über seine Umgebung hinweg erhob und auf dem ein Dutzend unregelmäßiger Fundamente und drei halbwegs fertige Häuser thronten, die mehr oder weniger um einen ungefähren Halbkreis eines schmutzigen Weges gruppiert waren. Traktoren, Löffelbagger, Kipplaster, Transporter und Pickups verschandelten die Gegend. Mindestens zwanzig mit verschiedenen Aufgaben beschäftigte Arbeiter waren zu sehen. Ich nahm an, dies war das »Projekt«, das sie erwähnt hatte, als wir vom Flughafen wegfuhren, aber am meisten fiel mir auf, wie hoch und abgeschieden das Ganze war, mit einem Blick über die Landschaft wie bei einer mittelalterlichen Burg, deren Bewohner sich über ihren Grundbesitz als Herren aufspielten.

Der imposante Blick nahm mich gefangen. Während Cousine Diana parkte und umherlief, um jemanden zu suchen – Alfred? Dario? –, ging ich so nah wie möglich bis zum Rand der Spitzkuppe, vorbei an einem gigantischen Loch, das offensichtlich für einen zukünftigen Swimmingpool gegraben worden war. Da, wo ich am Abhang stand, mußte es wohl zweihundert Meter weit nach unten gehen. Tief unten bahnte sich eine zweispurige Straße ihren Weg durch noch mehr trockene, bewaldete Berge, die sich in knorrigen Hügeln immer weiter in alle Richtungen zum Horizont fortzupflanzen schienen.

»Ich wette, so was wie hier habt ihr im abgelegenen Osten nicht«, sagte eine Stimme mit britischem Akzent.

Wirklich erstaunlich, diese Oxford-Stimme, vor allem, weil die Person, von der sie kam, aussah wie alle anderen Arbeiter auf dem Grundstück, die gerade ihr Tageswerk beendet hatten und wegfuhren. Groß, breitbeinig, mit einem dreckigen Overall und ohne Hemd, das seinen üppig behaarten Oberkörper hätte verdecken können, aber mit einer zerknitterten, verwaschenen taubenblauen Baseballmütze, lächelte der Mann

gaunerhaft durch einen zerzausten Bart, und als ich nichts erwiderte, fragte er: »Lieg' ich da richtig? Du bist der Cousin?«
Ich stand auf, um ja zu sagen und mich vorzustellen und seine Hand zu schütteln, aber die war so dreckig, daß er es nicht getan hätte und ich nicht tun wollte.
»Alfred Descoyne, zu Ihren Diensten, Sir!« Er machte eine Geste, was eine Verbeugung hätte sein können. »Benannt nach dem alten Hofdichter. Oder nach dem König aus dem angelsächsischen Westen, der die Weizenkuchen der alten Ladys zu Crisps brennen ließ. Bin nie sicher, nach wem. Al für meine Freunde und die Männer hier. Aber zu Hause Alfred, mit Alfred und Alistair und zu viele ›Als‹ auf einmal, wenn du verstehst, was ich meine.«
Hinter uns hörten wir den heiseren Ruf von Cousine Diana.
»Ihre Hoheit«, sagte Alfred und nickte gleichgültig nach hinten, wo sich Cousine Diana ihren Weg zu uns durch verschiedenes Gerät bahnte. Alfred musterte mich von oben bis unten und sagte: »Du siehst fit genug aus. Wenn du jemals deine Hände schmutzig machen willst, bist du herzlich willkommen, uns hier zu helfen. Wir sind im Rückstand und immer knapp mit den Leuten, und wir bezahlen gut. Aber du bist in Ferien hier. Ich nehme an, du wirst lieber herumliegen und auf Itsi-Bitsi-Teeny-Weeny machen und das Zeug, was alles Mode geworden ist.«
»Da bist du ja, Alfred.« Cousine Diana hatte uns erreicht. »Halt!« befahl sie vergeblich, als er sie mit einem muskulösen, schmutzigen Arm ergriff und sie zu einem stürmischen Kuß herüberzog. »Ihr zwei habt euch schon bekannt gemacht, wie ich sehe«, sagte sie und entzog sich ihm.
»Was ist das?« fragte ich.

»Unsere Baulanderschließung«, antwortete sie. »Vierzehn Häuser mit Swimmingpool und Ausblick.«
Gern hätte ich gewußt, worauf sich »unser« bezog.
»Asphaltring«, antwortete Alfred und lächelte verschmitzt über seinen eigenen Witz.
»Es heißt Chaparral Point!« korrigierte sie.
»Alistair hat das Land gekauft und einen Architekten angestellt, und sie haben die Pläne ausgearbeitet. Aber, wie üblich, sobald es lief, hat er mich mit all der harten Arbeit allein gelassen.«
»Sie ist ein wahrer Teufel hinter dieser Erdbewegungsmaschine!« witzelte Alfred.
»Hör nicht auf ihn!« sagte sie zu mir. Und zu Alfred: »Ich hab ihn telefonisch nicht erreicht. Ist er heute hier gewesen?«
»Er hat einmal angerufen. Hab selber nicht die Ehre gehabt.«
Sie gingen ein Stück weg, um privatere Dinge zu bereden, hinter denen ich bestehende Probleme vermutete. Ich war immer noch beeindruckt. Mein Cousin, der Unruhestifter, war ein Unternehmer in Sachen Baulanderschließungen!
Innerhalb von zehn Minuten nach unserer Ankunft war kein Arbeiter mehr auf dem Platz zu sehen. Auch wir fuhren weg, Diana und ich im Kombi, Alfred, der sich ein T-Shirt übergezogen hatte, in einem Pickup. Als wir die Hochebene verlassen hatten, war die untergehende Sonne besser zu sehen. Während der nächsten Viertelstunde fuhren wir durch Abschnitte eines tiefliegenden, fast schmerzhaft-intensiven orangefarbenen Sonnenlichts, das sich mit tiefen, kühlen Schatten abwechselte. Es war dunkel, als wir durch ein Tor fuhren und parkten.
Mir wurde mein Zimmer – eine wahre Suite – am Ende eines langen Korridors gezeigt, dessen Glastüren auf einen Balkon führten, von dem aus man den riesigen Hinterhof, die Terrasse

und den Swimmingpool überblicken konnte. Ich duschte und zog mich um, und nachdem ich das Haus mit den eigenartigen Zwischengeschossen durchwandert hatte, fand ich meinen Weg zu der großen Weltraumzeitalter-Küche, in der eine rundliche Frau mit pechschwarzem Haar – Inez, nahm ich an – hofhielt und gleichzeitig schnell und mit einem breiten Akzent sprach, vier oder fünf Gerichte kochte und Getränke mixte für Cousine Diana, Alfred (der zwar irgendwie gesäubert, aber deswegen nicht weniger schmuddelig war) und, zu meiner Überraschung, für mich. Wir drei aßen ungefähr eine Stunde später, mit Kerzen auf dem Tisch, im von Fenstern umgebenen Speisezimmer mit Blick auf den mittlerweile blau beleuchteten Swimmingpool, und ich war dermaßen erschöpft, daß ich ab und zu beim Western einschlief und mir schließlich den Weg ins Bett zeigen ließ.

Alles in allem, dachte ich während der paar Sekunden, bevor ich ganz wegkippte, hatte mein Besuch verheißungsvoll begonnen. Ich mochte Cousine Diana, Alfred, Inez, und vor allem mochte ich Kalifornien. Aber bis jetzt hatte ich Alistair noch nicht gesehen. Und Dario hatte ich auch nicht kennengelernt.

Meine Augen sprangen auf. Durch russischgrüne Rollos fiel die Morgensonne schräg ein. Stützbalken aus Rotholz kreuzten die Decke. Ich war in einem fremden Zimmer. Dann erinnerte ich mich: Kalifornien.

Draußen vor dem Fenster – alle Geräusche schienen nur Zentimeter entfernt – hörte ich plötzlich, wie ziemlich laut mit Wasser herumgespritzt wurde.

Ich sprang aus dem Bett und hinüber ans Fenster, wo ich sah, wie eine schlanke Person unter dem Wasser zur gegenüberliegenden Seite des Pools glitt. Sie tauchte auf und glitt dann unter Wasser wieder in die entgegengesetzte Richtung. Am anderen Ende hob der junge Mensch seinen Kopf kurz aus dem Wasser, tauchte wieder unter und fuhr mit seinen Bahnen unter der Oberfläche fort, hin und zurück, immer wieder, wobei er manchmal schon nach einer Bahn Luft holte, öfter erst nach zwei. Ich war von dem Rhythmus so gefesselt, daß ich die andere Person beinahe nicht gesehen hätte, die inmitten des ausgedehnten Beetes unterhalb des Eßzimmers kniete, wo sich feixende Paradiesvögel drängten. Von meinem Winkel aus konnte ich von der zweiten Person nur ihre starken, gebräunten Knie in kurzen beigen Hosen, einen breitkrempigen Sonnenhut und große Hände in schmutzigbraunen Handschuhen erkennen. Daß ich die zweite Person beobachtete, kam wohl daher, daß sie, anstatt zu arbeiten, aufmerksam die erste Person beobachtete. Ich folgerte, daß der Mann mit Hut und den kurzen Hosen Dario war und der Delphinjunge im Swimmingpool mein Cousin Alistair.

Unten winkte mir Inez mit einem Tonbecher zu.

»Kaffee!« rief sie. »Aber bleib von meinem Fußboden weg. Ich hab gerade erst gewischt.«

Ich wurde auf die Terrasse hinausgeschickt, wo sie mir den Kaffee durch ein kleines Fenster herausreichte und sich auf den Sims lehnte, um meine Bestellung für das Frühstück aufzunehmen, als wäre sie eine Bedienung. Ich ließ mich an dem Gartentisch nieder, schlürfte meinen Kaffee und versuchte mich zu orientieren.

Das war nicht die leichteste Aufgabe. Wie der Rest des Hauses war die Terrasse auf mehreren, nicht vollständig unterscheidbaren Ebenen angelegt und befand sich inmitten einer üppigen Pracht einer sehr sonderbaren Mischung aus Blumen und

Bäumen. Da waren Kerzenblumenstauden, die neben den Zypressen verkümmert wirkten, Schraubenkakteen und große, fast schwarze Schwertlilien sowie Pflanzen, die wie Puderquasten auf langen Stengeln aussahen. Aufgrund ihrer Tarnung und meiner Schwierigkeit, die langen, fast identischen Flügel mit Wänden aus Glas und den davor gepflanzten Zedern voneinander zu unterscheiden oder zu raten, was sich hinter den unvermittelt auftauchenden Granitwänden verbarg, konnte ich den wirklichen Plan des Hauses nicht erfassen, auch nicht, als es mir später gezeigt wurde.
Ich hatte mit meinem Kaffee etwa fünf Minuten dagesessen, als der Schwimmer die Stufen heraufkam und seinen nassen Kopf wie ein Hund schüttelte.
»He! Paß auf!« Ich sprang von meinem Stuhl.
»Tut mir leid!«
Er hörte sich weder so an, noch sah er so aus, als täte es ihm leid. Nein, groß und sonnengebräunt und verwirrt sah er aus.
»Gib mir den Frotteebademantel.«
Es war klar, daß er nicht wußte, wer ich war. Dies freute mich seltsamerweise. Ich setzte mich. Er zog ein Päckchen Tareytons heraus und zündete sich eine an. Nachdem er den Qualm ausgeblasen hatte, wollte er etwas sagen, besann sich aber eines Besseren, zog statt dessen noch einmal und schaute weg.
Ich folgte seinem Blick auf die nächste Ebene jenseits des Pools, wo sich jetzt der Mann in kurzen Hosen und mit Handschuhen und Sonnenhut in einem Beet röhrenförmiger orangefarbener Blumen zu schaffen machte. Da er seinen Kopf gebeugt hatte, konnte ich sein Gesicht nicht sehen.
Inez kam mit meinem Frühstück auf einem Tablett aus dem

Haus, und vorausschauend, wie sie war, mit einem zweiten Becher Kaffee für ihn.
»Oh!« Er schien plötzlich zu verstehen. »Ich dachte, du wärst hier, um Mutter zu besuchen.«
»Dies ist dein Cousin aus Nueva York«, sagte Inez und befahl: »Alles aufessen!«
Als sie gegangen war, aß ich. Alistair rauchte und schaute weg.
»Ich habe dich ganz anders in Erinnerung«, meinte er nachdenklich. »Du warst kleiner oder ... anders.«
Ich sagte, wir hätten uns beide verändert, zumindest physisch, und obwohl man uns nicht mehr für Zwillinge halten konnte, wie wir so nebeneinander saßen, teilten wir doch einige Eigenschaften. »Natürlich, du bist größer«, versicherte ich ihm. Ich bemerkte eine halbmondförmige Narbe über einer Augenbraue. »Woher hast du die?«
»Die?« Er berührte sie leicht, als ob sie noch frisch wäre. »Als ich von einer Klippe in Acapulco in Mexiko gesprungen bin. Zwölf Stiche. Ich brauchte irgendwas. Du weißt schon, für meinen Paß, wo die Narben oder unveränderlichen Merkmale stehen. Eine ziemlich hohe Klippe«, sagte er, an seiner Zigarette ziehend. »Wie lange bleibst du hier?«
»Hab keinen Schimmer.«
»Ich verstehe. Na ja, es ist ziemlich trist hier, mit der mexikanischen Mama und Alfred Engels und Mutter Courage, die alle herumsausen und versuchen, fleißiger und tugendhafter zu sein als die heilige Agatha. Ich glaube«, jetzt sah er mich zum erstenmal direkt an, »du bist einigermaßen vorzeigbar, so daß wir dich mitnehmen können. Du surfst nicht, oder?«
Ich hatte ein bißchen in Gilgo Beach gesurft, was ich ihm erzählte.
»Na ja, das ist ein Pluspunkt für dich.« Er schien wieder

verwirrt, als er zum Gärtner sah. Dieser hatte es überraschenderweise geschafft, in den paar Minuten unseres Gesprächs näher an uns heranzurücken. Vielleicht war er wie ein Frosch gesprungen, da ich nicht gesehen hatte, wie er aufgestanden war. »Kümmer dich nicht um den. Der ist irgendwie hirnkrank. Ganz zu schweigen davon, daß er auf mich fixiert ist!«
Alistair drückte energisch seine Zigarette aus, griff in die Tasche seines Bademantels nach einer Flasche Bräunungslotion und ging zur tieferen Ebene der Terrasse hinunter, ein kurzes Stück entfernt vom Gärtner. Dort legte er sich mit dem Gesicht nach unten auf die warmen Steinplatten und hielt die Flasche von sich gestreckt direkt in den riesigen Canna, wo der Gärtner zuletzt gesehen worden war. Er mußte die Flasche schwenken und mehrere Male winken, bevor ein Handschuh durch die Stengel nach der Flasche herauslangte.
»Pronto, pronto«, hörte ich Alistair murmeln.
Die Handschuhe wurden ausgezogen, und zwei braungebrannte, starke Hände tauchten hervor und verteilten die fettige Flüssigkeit auf Alistairs Schultern und Rücken.
»Anche le gambe«, sagte Alistair, und die Hände bewegten sich nach unten, um auch die Rückseite von Alistairs langen Beinen einzuschmieren.
»Anche qui.« Alistair zog seine Badehose herunter. Sein Hinterteil leuchtete blaßrosa gegenüber dem braungebrannten Rücken. Die Hände entfernten sich von Alistairs Körper, als ob sie sich verbrannt hätten. Ich sah, wie der Sonnenhut in den hintersten Teil des Gartens schnellte.
»Du Wichser!« sang Alistair ihm nach.
In diesem Moment öffneten sich die Schiebeglastüren, und ein hübsches dunkelhaariges Mädchen trat auf die Terrasse heraus und rief: »Du läßt nach!« Sie trug eine Ray-Ban, ein blaßblau-

es Sommerkostüm und weiße Söckchen mit elfenbeinfarbenen, hochhackigen Espadrillos.

Alistair hob seinen Kopf. »Park deinen Arsch irgendwo, Judy. Ich bin beschäftigt«, sagte er mit gelangweilter Stimme.

Doch sie schien nicht beleidigt, eher noch amüsiert. Sie hob ihre Ray-Ban, um mir einen verführerischen Blick zuzuwerfen, machte einen Kußmund, ging aufreizend vorbei und setzte sich so nah zu mir, daß sich unsere Beine berührten.

»Du mußt Mr. Prachtvolls Cousin sein«, säuselte sie und sah mich mit verblüffend grauen Augen an. »Ich hoffe, du bist nicht so komplett pervers wie Stairs.«

»Das ist Judas«, sagte Alistair. »Beachte es einfach nicht, es geht wieder vorbei.«

»Heute nicht, du Köter«, erwiderte sie. »Wir haben ernsthafte Geldschiebereien vor. Und zieh deine Hose hoch. Deinen müden alten Mond hat doch schon jeder gesehen!«

»Was für Geldschiebereien?« fragte Alistair.

»Du hast versprochen, mir heute etwas Teures zu kaufen.«

»Aber keinen Verlobungsring.« Er stand auf und kam zu uns auf die Terrasse. Zu mir sagte er in einem Ton kompletter Ungläubigkeit: »Sie lehnt es ab, Fellatio zu machen. Sie wird als alte Jungfer sterben.«

»Ich dachte, den langweiligen Sizilianer zu verhöhnen würde dich in gute Laune versetzen«, entgegnete sie. Plötzlich kreischte sie mich an, als ich mit dem Tablett aufgestanden war: »Stell das wieder hin!« Das tat ich. »Schau dich an!« Auch das tat ich und erwartete, meinen Hosenladen offen oder die Huevos Rancheros in meinem Schoß zu sehen. Nichts dergleichen.

»Stairs!« schrie sie panisch. »Schau dir sein Gewand an!«

»Das Hemd ist eine Beleidigung für das Auge«, stimmte er

finster zu. »Die Hose ist ein Verrat! Hast du keine Shorts? Und diese Turnschuhe! Das reinste Brechmittel! Die kann man nicht schnell genug vernichten!«

»Stairs, wir können ihn so nicht einfach an die Öffentlichkeit lassen!«

Sie packten mich unter den Armen und zogen mich nach oben in mein Zimmer, wo Alistair mich gegen meinen Protest bis auf meine Unterhosen auszog und beide sich durch meine Klamotten wühlten, um etwas Passendes zu finden. Nur ein T-Shirt – »weiß und ehrenhaft«, erklärte Alistair – und eine enganliegende Badehose wurden »auf jeden Fall als brauchbar« erachtet; der Rest wurde in eine Ecke geworfen.

»Zieh dich aus«, sagte Judy. »Oh, sei nicht so steif, Schätzchen. Ich habe mehr Schwänze gesehen als du Haare auf dem Kopf hast. Schöner Hintern«, schwärmte sie. »Muß erblich sein. Stairs schwört auf seine Arschbacken.«

Ich wurde in Alistairs Suite und in sein Ankleidezimmer gezerrt, wo sie in seinen abgelegten Sachen herumsuchten – die meisten schienen ungetragen zu sein –, bis eine Kombination für mich zusammengestellt war, die ihre Gefühle nicht allzusehr beleidigte. Danach zog Alistair sich an, und in wenigen Minuten waren wir draußen und gingen in Richtung ihrer himmelblauen Corvette. Plötzlich erinnerte ich mich an meine Brieftasche in meinem Zimmer.

Als ich die Treppe herunterkam und zur Vordertür hinauswollte, öffnete ich diese direkt vor der sich nähernden Gestalt des mysteriösen Gärtners. Er blieb stehen. Ich blieb stehen.

Ich hatte von ihm bisher so wenig gesehen, daß ich ihn eine ganze Weile mit offenem Mund angestarrt haben muß. Ich war erstaunt, daß er nicht der häßliche Mensch war, den ich aufgrund Alistairs Geschwätz erwartet hatte, sondern bemerkens-

wert hübsch, mit einem perfekten, makellos gebräunten Gesicht, das mit seinen breiten, mandelförmigen grauen Augen wie modelliert aussah. Die ganze Überraschung wurde umrahmt von beneidenswert gedrehten pechschwarzen Locken.
»Signore«, sagte er schließlich und machte eine leichte Verbeugung.
Durch seine unerwartete Erscheinung in irgendeiner Weise, die ich nicht verstand, verwirrt, bewegt und gerührt, gleichzeitig durch meine Verwirrung erschreckt und absolut unfähig zu antworten, schaffte ich es, mir meinen Weg um ihn herum zu bahnen, und stolperte zum Kiesweg hinaus, wo Alistair mir ein Zeichen gab, hinten aufzuspringen.
»Ciao, Dario«, rief er fröhlich, als wir über den unter uns wegspringenden Kies losstürmten.

Alistair kaufte an diesem Tag nichts Teures für Judy. Auf dem Beverly Drive erspähte sie zwei Cabrios voller Teenager, die Seite an Seite parkten und den Verkehr blockierten. Ihre Insassen plauderten aufgeregt mit Judy und Alistair, und es wurde entschieden, daß wir gemeinsam zum Strand fuhren. Judy bog nach rechts ab und begann eine lange Jagd über den San Diego Freeway, der noch nicht voll bepflanzt war, durch Westwood und Bel Air bis dorthin, wo der Sunset Boulevard höher wurde und sich noch mehr durch ein Gebiet schlängelte, das sich Pacific Palisades nannte und von wo aus ich endlich die Brandung sehen konnte, dann hinunter zum Meer selbst und die Küste entlang, durch Städte mit merkwürdigen Namen wie Malibu, bis wir die anderen Wagen verloren und sie wieder gefunden hatten, als sie vor einem baufälligen Restaurant mit offenen Fenstern parkten, das eher wie eine Tankstelle aussah.

»Wir sind schon so nah dran«, rief Alistair Judy zu. »Dann könnten wir genausogut ...!«
Ohne daß Judy fragte, was er meinte, schoß sie mit ihrem Corvette trotz der Rufe der anderen, die uns gesehen hatten, hinter das Restaurant. Fünf Minuten später fuhren wir um die lange Küstenbiegung herum. Die allgegenwärtigen Gebirgshänge gaben plötzlich den Blick frei, und ich sah ein trockenes Tal, das sich diagonal zur Straße erstreckte, und Sand. Ein paar Geschäfte und Hütten lagen über das Tal verteilt, ein paar mehr befanden sich auf dem Strand. Niedliche Straßenschilder wiesen nacheinander auf die Gefahr hin, daß Felsen und Schlamm ins Rutschen kommen könnten und daß noch weitere dreißig Kilometer kurviger Straße vor uns lagen.
»Topanga«, rief Alistair gegen den vorbeibrausenden Wind.
Hinter den Hütten bremste Judy auf verantwortungslose Weise und hielt an.
»Endstation! Alles aussteigen!« rief sie. »Keine Überfahrt!«
Ich folgte ihnen durch den Sand zu einem entfernten Gebäude, einer fast umfallenden Bruchbude mit einem schief geformten Dach, die von allen Häusern am Strand am nächsten zur Gezeitenlinie stand. Es wurde von Palisaden beschattet, die aussahen, als stützten sie nicht nur die auffallend großen Blüten der Purpurwinden, sondern das Haus selbst. Als wir näher kamen, drehten Judy und Alistair zur Meerseite ab, wo wir von einem nahezu stabilen Zaun aus grob zusammengebundenen, gebrauchten Surfbrettern empfangen wurden, zwischen denen wie zufällig ein Gummifloß steckte. Quer über zwei Brettern hing ein großes, von Sand und Wind abgeschliffenes Schild, auf dem mit Hand geschrieben war: »Vorsicht! – Verrückte Frau! – Draußen bleiben!«
Als wir die einzige offene Seite des Platzes erreichten, hörten

wir wie zur Bestätigung eine weibliche Stimme, die versuchte, über die laute Popmusik hinweg zu schreien – oder zu singen? Die beiden gingen hinein, aber ich blieb draußen, zwischen den verstreuten, gebleichten, mit Entenmuscheln übersäten Ankern und seltsamen Blumentöpfen, die kaum die üppigen weißen, karmin- und fuchsienroten Geranien halten konnten. Sechs nicht zueinander passende Möbelstücke vervollständigten die unkonventionelle Ausstattung der Veranda.

Ich blieb stehen, weil ich ein paar surfende Jungs gesehen hatte, vielleicht sechs, einer vollkommener als der andere. Ich bemerkte auch, wie gut die Jungs sein mußten. Diese Wellen waren der Traum eines Surfers – oder ein Alptraum: riesig, so hoch, daß man durch die Tunnel, die sie bildeten, einen VW hätte durchfahren können, so regelmäßig wie die Uhr eines Bankangestellten und doch so kraftvoll, daß sie auch noch weit entfernt vom Strand große Flächen von Sand freilegten, wenn sich die Flut zurückzog.

»Kannst du mit dem Thundering Appaloosa surfen?« hörte ich eine kratzige, jedoch junge Stimme fragen.

Ich sah mich um und erblickte, rittlings auf dem Fensterbrett des geöffneten Bogenfensters sitzend, einen schlanken Jugendlichen, der die ausgebleichteste und fleckigste Jeans trug, die ich je gesehen hatte. Er war barfuß, mit langen, fast zum Greifen geeigneten Zehen, und hatte den flachen, scheinbar muskulösen Oberkörper und die starken, sehnigen Arme von jemandem, der schon von Kindesbeinen an surft. Sein Gesicht war schmal und dunkelbraun gebrannt mit auffallend buschigen, albino-bleichen Augenbrauen und Wimpern und dem Schnurrbart eines Exerziermeisters. Es wurde fast vollständig durch die sonnengebleichten blonden Haare verborgen, die so geschnitten waren, als hätte man dem

Jungen einen Topf aufgesetzt, sie dann aber doch wild wachsen lassen.
»Entspricht der Name auch der Wirklichkeit?« fragte ich.
»Nee!« krächzte er und sprang aus dem Fenster auf einen dattelfarbenen Ledersessel, den er als Sprungbrett benutzte, um mit einem Purzelbaum auf seinen Füßen zu landen.
»Tschüs«, krächzte er wieder, rannte um die Surfbretter herum und entschwand meinem Blick.
»Wo ist der kleine Hurensohn?« rief eine Frau, die aus der Tür hinter ihm hergejagt kam.
Ich zeigte in die Richtung, in die er geflohen war. Sie rannte hinter die Blumentöpfe und die Anker, blieb im Sand stehen und rief ihm nach: »Das nächstemal schneid ich dir die Eier ab!«
Sie drehte sich zu mir. Was ich zuerst wegen ihrer Stimme, ihrer Haltung, ihres Umfangs und ihres sackartigen Hauskleides für ein häßliches Weib mittleren Alters hielt, entpuppte sich als junge, ziemlich fette und nicht besonders hübsche Frau mit einem Wuschelkopf voll ungekämmter rötlicher Haare.
»Wer bist du?« fragte sie.
»Ich bin mit Alistair gekommen.«
»Oh«, erwiderte sie, »ich dachte, du wärst noch so ein Taugenichts.«
Sie schleppte sich an mir vorbei in das baufällige Haus.
»Worauf wartest du? Auf den Diener? Los, komm rein.«
Der größte Raum enthielt noch weniger echte Möbel, als draußen standen – ein halbes Dutzend Matratzen auf dem Boden, entlang derer teilweise abgebrannte Kerzen in bizarren Haltern standen, und ein halb aufgerollter Schlafsack. Eine angelehnte Tür führte in ein Badezimmer, eine andere in ein Schlafzimmer mit einem richtigen Doppelbett, wahrscheinlich

ihres. Ein dritter Raum war kahl bis auf weitere Matratzen. Die Küche war altmodisch, groß und mit einem runden Eichentisch und zehn Stühlen nahezu voll. Judy, Alistair und die Frau saßen an der Rundung, die am nächsten zum Fenster war, und schlürften Kaffee aus nicht zueinander passenden Bechern. Als ich mich setzte, schenkte mir die Frau eine Tasse aus einer verdellten, alten Kaffeemaschine ein, während sie die ganze Zeit über mit ihrer Tirade fortfuhr.

»... die denken, die kommen bei Mord ungestraft davon, die kleinen Bastarde! Hab ihnen meinen Verstand, meine Fotze, Essen und Aufputsch- und Beruhigungsmittel gegeben, alles, was sich ein Junge wünscht, aber frag einen, daß er dir einen mickrigen Gefallen tut ... die kleinen Scheißer!«

»Jewel ist hier die Heimmutter«, sagte Judy. Dann zeigte sie nach draußen, ich glaube, zu den jugendlichen Surfern.

»Letzte Woche hab ich diesen Kühlschrank von Harry Calpard bekommen ... Ihr kennt den alten Harry, den geilen alten Stecher. Umsonst! Na ja, vielleicht nicht ganz umsonst, aber fast, und wie lange, glaubt ihr, hab ich gebraucht, um genug von diesen Spechtköpfen zusammenzukriegen, damit sie mir beim Tragen helfen? Drei Tage! Drei verdammte Tage! In der Zwischenzeit ist der Käse sauer und der O-Saft zu Motoröl geworden. Hätt ihn immer noch nicht, wenn ich nicht Druck gemacht und gesagt hätte, kein Schwanz wird mehr gemolken, bis ich diesen verdammten Kühlschrank kriege. Wie heißt du denn, Süßer? Bist 'n Homo wie Stairs hier? Dieses Früchtchen bringt meine Jungs mehr in Schwung als ich. Und was hat er zu bieten? Eine Fahrt in einem Alfa Romeo. Die doofen Spechtköpfe.«

Jewel setzte ihren Monolog fort, ohne mir Gelegenheit zu einer Antwort zu geben. Sie hielt mehr zotige Reden und drückte

mehr Verdruß aus, als ich bei solch einer jungen Frau für möglich gehalten hatte. Alistair und Judy lehnten sich zurück, lachten und stachelten sie an. Ich blieb still und lernte in zwanzig Minuten mehr obszöne Redewendungen, Tatsachen und Meinungen, als ich in meinem ganzen Leben je gehört hatte. Natürlich war sie den beiden ein Vorbild für den leicht witzigen Gebrauch ihrer schlechten Sprache.
Soweit ich verstanden hatte, war Jewel mit sechzehn mit jemandem aus dem Pionierbataillon der Marine verheiratet gewesen – »Du hast noch nie so einen Mistkerl von einem Lügner und Dieb gesehen, aber der war behängt wie ein Esel und schön wie aus dem Bilderbuch!« –, und als er zwei Jahre später von der Bildfläche verschwunden war, bekam sie das Haus, das jetzt entlang der Küste allgemein als »Jewel's Box« bekannt war. Direkt davor lag die Topanga Pipeline, die von der surfenden Bevölkerung fünfzig Kilometer die Küste hinauf bevorzugt genutzt wurde. Es hatte damit angefangen, daß zwei oder drei auf ein »Glas O-Saft« Pause machten, und da Jewel faul und einsam war, waren sie mit ihr in die Kiste gesprungen. Immer mehr Jugendliche besuchten sie, schleppten ihren Krempel herüber, brachten Matratzen mit, trieben sich hier herum und übernachteten bei ihr, wenn es zu Hause schwierig wurde, bis Jewel für sie nach und nach gnadenlos, ohne daß sie eigentlich wußte, wie, ihren eigenen Worten nach eine »funktionierende Betreuerin, Bettgenossin und Beichtmutter« geworden war.
Obwohl sie sich beschwerte, war klar, daß Jewel sich von einem fetten, unattraktiven Teenager und einer abgelehnten Frau zu einer lokalen Persönlichkeit entwickelt hatte – »scheinbar schon zu meinen Lebzeiten«. Ihr neugegründeter Ruhm, die ganze Aufmerksamkeit, die ihr zuteil wurde, die

Jungs, die sie ständig unter ihrer Fuchtel hatte, und der ausgiebige Sex mit ihnen waren weit mehr, als ein Mädchen aus Covina mit ihrem Aussehen jemals hätte erwarten können.
»Nicht, daß einer von ihnen zu irgendwas taugen würde, außer zum Wellenreiten und um seinen Schwanz in was Feuchtes zu schieben«, endete sie bissig.
Wie auf ein Stichwort kamen die Surfer an, die alle wie leichte Abwandlungen des Jungen wirkten, den ich zuerst gesehen hatte. Sie schrien, steckten ihre Bretter tief in den Sand, stießen und schoben sich gegenseitig, fielen über die Verandamöbel, erstürmten das Haus durch Türen und Fenster, füllten die Küche, verlangten Essen und Trinken, küßten, kniffen und befummelten Jewel, begrüßten Alistair und Judy mit einem Händeklatschen hoch in der Luft – bis sie so ziemlich alles zertrümmert und die Kaffeekanne und mehrere Fächer im Kühlschrank geleert hatten und Jewel genug bekam und schrie: »Raus, raus, raus!« Wir wurden alle hinaus auf die Veranda geschmissen – außer einem Jungen, Sandy, der gebieterisch von seiner Gastgeberin zurückgerufen wurde und wie ein zahmes Lamm wieder hineinging, begleitet von dem Chor der anderen aus Gejohle, Murren und nachgemachten Orgasmen.
Judy, ihr Auto und Alistairs Geld wurden für eine Fahrt die Straße hinunter zu Granny Pizza beschlagnahmt. Ich begleitete sie und »Crash«, einen rothaarigen Jungen, um die Leckereien zu holen. Die ganze kurze Fahrt über zu dieser Pizzeria und zurück saß Crash hinter uns rückwärts auf dem Rand des Corvette, so daß seine Beine quer über den Rumpf des Autos gespreizt und sein Kopf in meinem Schoß lagen – Judy griff ab und zu seine Nase anstatt den Schaltknüppel und sagte: »Hups!«

Während wir auf die Pizzas warteten, erzählte uns Crash, er sei der beste Rückwärtssurfer im Land, wenn nicht gar auf der Welt, was ich für eine fragwürdige Kategorie des Besten hielt.
»Ich mach alles rückwärts oder auf dem Kopf«, sagte Crash auf seine langsame und bedächtige Art und legte uns seine Theorie von »auf dem Kopf« und »rückwärts« näher dar.
»Wißt ihr, wenn alles auf dem Kopf wäre, würde dich niemand mehr nerven können, weil niemand wissen würde, welche Seite oben ist, kapiert?«
Woraufhin Judy fragte: »Heißt das, Jewel muß deine ekligen alten Füße riechen, während du sie vögelst?«
Ich war überrascht, Alistair bis auf seine Badehose ausgezogen und mit den anderen auf den hohen Wellen reiten zu sehen, als wir zurückkamen. Was mich eigentlich überraschte, war, wie gut er zu den anderen paßte, die ihn foppten und anscheinend als einen der ihren akzeptierten.
Nachdem wir alles aufgegessen hatten, anschließend im Sand herumlagen und uns darüber beschwerten, daß wir zuviel gegessen hatten, wurde auch ich ins Wasser gelockt. Eins der Bretter aus dem Zaun wurde für mich herausgezogen, und Sandy, der zu seinen Freunden zurückgekehrt war – »He, Lahmarsch! Du bist dran mit ›Schieb deinen Wiener‹«, hatte er einem anderen zugerufen –, surfte neben mir hinter den Brechern. Während er auf einem Stück Pizza kaute und gleichzeitig bemüht war, sein Glied wieder an die richtige Stelle zu rücken, versuchte er mir zu erklären, wie ich »den Arsch einer Welle« nehmen müsse, ohne mich umzubringen.
Nachdem ich etwa hundertmal ins Wasser gefallen und am Ertrinken gewesen war, schaffte ich es, mich lange genug auf dem Brett zu halten, um gekonnt auf einer Welle bis zum Strand zurückzusurfen, wobei ich genau wie die anderen auf

trockenem Sand vom Brett stieg – unter Applaus und Jubel der Jungs und Judy.

Dies war das Zeichen für uns zum Aufbruch. Judy stand bereits am Wagen, und ich war überrascht, als ich sah, daß die Sonne fast untergegangen war. Die anderen waren immer noch auf ihren Brettern draußen bei den Sturzwellen, als wir abfuhren.

»Hat's Spaß gemacht?« fragte Judy, als sie uns zu Hause aussteigen ließ.

Ich bildete mir ein, sie habe trotz der vielen Jungs, von denen sie umgeben gewesen war, an diesem Nachmittag mir ihre besondere Aufmerksamkeit geschenkt. Sie war von ihrem Handtuch aufgestanden, um mich anzufeuern, als ich oben auf einer Welle ritt, sie hatte meinen Mut und meine Entschlossenheit gelobt, als ich schließlich eine gepackt hatte.

»Klar«, antwortete ich. »Und dir? Du bist kaum naß geworden.«

»Ich habe meine eigene Art, mich zu vergnügen«, sagte sie geheimnisvoll. »Morgen?«

»Okay«, stimmte ich zu.

Alistair legte einen Arm kameradschaftlich um meine Schulter, während wir zum Haus gingen. »Verlier nicht die Kontrolle über dich, ja?« sagte er, als der Corvette beim Anfahren den Kies hinter sich aufwirbelte.

Bevor ich ihn um eine Erklärung bitten konnte, waren wir im Haus, und Cousine Diana stand da mit einer Hand über dem Telefonhörer.

»Wann immer Sie Zeit haben, Mr. Dodge.«

Alistair ließ mich los. »Was ist denn?« Seine Stimme hatte sich merklich verändert.

»Ich möchte mit dir über Dario sprechen«, sagte sie.

»Was ist mit ihm?«
»Möchtest du nicht duschen und dich umziehen, Schätzchen?« fragte Cousine Diana mich.
Ich faßte dies als Befehl auf. Trotz des Lärms der Dusche in meinem Zimmer am anderen Ende des großen Hauses konnte ich hören, wie sie sich gegenseitig anschrien.
Jener erste Tag schien den Ablauf der folgenden Wochen festzulegen. Wir standen auf und frühstückten am Pool, Judy kam vorbei oder rief an, und nachdem Alistair Inez geärgert und mit Dario das gespielt hatte, was sie immer spielten – was es auch sein mochte –, verbrachten wir den Rest des Tages fernab des Hauses. Wir lungerten zusammen mit einem Haufen Studenten und Teenys in den Einkaufsvierteln von Westwood's herum oder machten halt im Malibu-Strandhaus eines ehemals berühmten deutschen emigrierten Schriftstellers, um seine beiden erwachsenen Kinder zu besuchen, oder fuhren nach Hollywood und Vine und vertrödelten die Zeit oder sonnten uns und spielten mit Siggie und Marie-Claude und anderen Freunden von Judy Volleyball im Will Rogers State Park. Öfter noch landeten wir in Jewel's Box, die ich bald als bevorzugten Platz erkannte, weil er am weitesten entfernt von störenden Eltern lag.
Bevor ich gefahren war, hatte mir meine Mutter erzählt, daß Alistair nicht mehr der gemeine kleine Besserwisser sei, der er mit neun Jahren gewesen war. Während meiner ersten Wochen in Südkalifornien mußte ich ihrer Einschätzung zustimmen. Vielleicht, weil er kein Fremder war, sondern sich in seinem eigenen Umfeld befand, war Alistair weit freundlicher zu mir und weit angenehmer im Umgang mit mir, als ich das Recht hatte zu erwarten. Er stellte mich Fremden vor, ohne jemals dieses erzwungene Zucken anzudeuten, das zwischen

Jugendlichen sofort als »Ich mag ihn auch nicht, aber ich muß!« erkannt wird.

Alistair ließ mich und Judy ohne Bedenken zusammen, während er mit den anderen wegging. Nie fuhr oder schrie er mich an. Er erklärte ruhig und detailliert, welche Leute ich gerade getroffen hatte oder gleich treffen würde und in welcher Beziehung sie miteinander standen.

Doch das alles bedeutete längst nicht Vertrautheit. Alistair erzählte mir nie etwas auch nur annähernd Privates, natürlich auch nicht seine Hoffnungen und Träume, und er fragte nie nach meinen oder ließ zu, daß solch ein Gesprächsthema aufkam. Ich wußte, daß Judy Tänzerin am Broadway werden wollte – eine Zigeunerin, wie sie es nannte. Oder Kinderärztin. Sie schwankte von Tag zu Tag. Ich erzählte ihr während des Sommers meine eigenen Schwierigkeiten mit meiner Familie, wie ich dazu gekommen war, alles in meinem Leben zu hassen, und es geschafft hatte, sie alle zu verärgern und zu deprimieren, so daß sie mich schließlich hierher verfrachtet hatten, in dieses Paradies, damit ich bessere Laune bekäme und, so hofften sie, meine Einstellung änderte. Ich glaubte nicht, zu dem Zeitpunkt bereits meine Meinung über meine total hoffnungslose Situation, die mich im darauffolgenden Herbst erwartete, geändert zu haben. Es war nämlich bestimmt worden, mich auf ein staatliches College zu schicken, um wer weiß was zu studieren und eventuell weiß der Himmel was für eine Karriere zu machen. Wie schweinisch sich alle mir gegenüber benahmen!

Nein, Alistair sprach nie von seiner Zukunft, von seiner Mutter oder von Alfred. Ebensowenig erwähnte er seinen Vater. Sie hatten sich scheinbar immer weniger getroffen, je älter Alistair wurde. Und das eine Mal, als ich zum Ausdruck brachte, wie

großartig ich sein Geschäftsvorhaben fand, sagte Alistair: »Wer möchte schon sein ganzes Leben lang arbeiten? Dieses Projekt müßte mir eine halbe Million bringen. Die werde ich investieren, und wenn ich meinen Treuhandfonds mit einundzwanzig ausbezahlt bekomme, sollte es mir möglich sein, alles zu tun, was ich will.« Natürlich ließ er sich nicht dazu herab, mir zu sagen, was das war.
Zuerst hatte ich gedacht, er und Judy würden miteinander gehen. Hatte er mich nicht deswegen am ersten Abend gewarnt? Als aber die Tage ins Land zogen, wurde ich hinsichtlich ihrer Beziehung immer unsicherer. Nie hielten sie Händchen oder schmusten miteinander oder verschwanden plötzlich, um es miteinander zu treiben wie die anderen, die ich bisher kannte. Wenn wir irgendwo ankamen, schien Alistair Judy auf sich allein gestellt zu lassen. Sie zog dann ein Taschenbuch oder ein Modemagazin hervor und las oder unterhielt sich mit Jewel, Marie-Claude oder mir. Gleich vom ersten Moment an, an dem wir uns begegnet waren, hielt ich Judy sowohl für unglaublich hübsch als auch für überkandidelt. Je mehr Zeit ich mit ihr verbrachte, desto mehr wurde mir klar, wieviel davon nur oberflächlich war. Darunter war Judy genauso wie andere Mädchen, die ich auf der High-School kennengelernt hatte – ein bißchen ängstlich, ein bißchen durcheinander und bedacht darauf, daß man sie mochte, vielleicht auch liebte. Als ich sie fragte, ob es ihr etwas ausmache, daß Alistair sie so oft nicht beachtete, meinte sie bloß: »Er ist doch nicht mein Wachhund.«
Ein andermal, als ich Sonnencreme auf die samtweiche Haut oben auf ihrem Rücken verteilte, sagte ich: »Wenn du und mein Cousin verheiratet seid ...«
Sie setzte sich auf. »Verheiratet? Machst du Witze?«

»Ich dachte ...«
»Wenn ich jemanden heirate, dann wird es Tab Hunter sein. Oder Troy Donahue.« Plötzlich lachte sie. »Nun ja, einer von uns beiden wird Tab Hunter oder Troy Donahue heiraten.«
»Einer von euch beiden?«
»Stairs oder ich«, sagte sie, als ob ich das längst wissen müßte. »Meine Oberschenkel bitte, Stodge.« Sie verwendete den Spitznamen, den sie und Alistair für mich erfunden hatten und der mir ganz gut gefiel.
Ich hätte Judy gleich in dem Moment fragen müssen oder sollen, was sie genau meinte. Ich dachte, ich wüßte es, aber ich war gleichzeitig durcheinander und verängstigt wegen der Erklärung.
Zu Hause, in der Schule, unter meinen Freunden wurden Jungs, die weiblich oder schwächlich oder manchmal nur häßlich oder ärmlich gekleidet waren oder ein Pickelgesicht hatten, oft Tucke oder Trine genannt. Alle hatten sich darauf verständigt, keine Erklärungen waren nötig. In der Junior-High-School waren wir offener und freier. Wir hatten ein Spiel in der Klasse und quer durch die Säle gespielt, bei dem wir es, nein alles darauf angelegt hatten, die Aufmerksamkeit irgendwie auf die Stelle zwischen unseren Schenkeln zu lenken, und wenn jemand darauf hereingefallen war und hingesehen hatte, hatten wir freudestrahlend gerufen: »Erwischt!« Und normalerweise setzten wir ihm zu und schrien: »Los, schluck's runter! Mit einem Strohhalm.«
Zuerst schien es bei der Bande von Jugendlichen in Jewel's Box genauso zu sein. Sie nannten sich immer gegenseitig »Homos«, und wenn einer von ihnen zu zärtlich oder gierig war, entblößte ein anderer schnell seinen Hintern und sagte:

»Küß mich, du Tunte.« Jewel, Alistair und Judy nannten die verschiedensten Leute – darunter auch meinen Cousin selbst – »Perverse und Pervertierte«. Bei einem Spaziergang entlang der Strandpromenade von Venice war ich überrascht zu hören, wie Sandy über einen Mann, der auf einer Bank saß, sagte: »Der Kerl ist hmmersexuell.«
»Homosexuell«, korrigierte ich ihn.
»Bei uns heißen die hmmersexuell, weil sie, wenn du an ihnen vorbeigehst, hmmmmmmm machen.«
Es war klar, daß der Mann, als wir an ihm vorbeigingen, »hmmmmmmm!« machte.
Außerdem sah ich manchmal, als ich in das Haus in Topanga ging, um mir einen O-Saft oder ein Sodawasser zu holen, zwei oder mehr Jungs auf einer Matratze in dem verdunkelten, kleineren Schlafzimmer, wie sie zusammen ein Nickerchen hielten, ohne Kleidung, mit ineinandergeschlungenen Armen und Beinen und ihre Hände um das Glied des anderen gelegt. Und immer, wenn Alistair mit einem oder mehreren Jungs in das Schlafzimmer ging, um »Bier zu trinken und ein bißchen rumzualbern«, wie Crash es nannte, wurde die Tür fest verund alle anderen ausgeschlossen, was darauf hindeutete, daß mehr im Spiel war als nur Bier trinken. Eines Abends, als viele Leute da waren, hatten wir um ein improvisiertes Strandfeuer herum eine Diskussion, nachdem Sandys älterer Bruder Cryder eine Nacht im Gefängnis verbracht hatte, weil er sich auf dem Santa Monica Boulevard »angeboten« hatte.
»Angeboten? Wozu?« hatte ich gefragt.
»Für Geld, Dummkopf«, sagte Stevie.
Ich hatte Cryder, einen mageren, aggressiven Jungen, auf der Topanga Pipeline surfen sehen. Er schaute nicht aus wie der Typ, der an einer Straßenecke um Geld bettelt.

»Das kapier ich nicht«, gab ich zu und erwartete schon ihr Gegröle.
Stevie übernahm die Aufgabe, es mir zu erklären. »Nehmen wir an, du brauchst ein bißchen Bargeld, und zwar schnell. In unserem Alter bekommst du keine Arbeit, oder? Also gehst du einen Block nördlich vom Hollywood Boulevard, wo die Treppen fast bis zur Straße reichen, und du sitzt da und wartest, bis irgendein Kerl in seinem Auto vorbeifährt. Wenn er anhält, redest du ein bißchen mit ihm, und er fragt, ob du mitfahren möchtest. Du sagst ›klar‹, steigst ein und erzählst ihm, deine Mutter habe ihren Monatslohn nicht bekommen und du würdest zwanzig Mäuse brauchen, und er sagt: ›Klar, in Ordnung‹.«
»Er gibt dir einfach so Geld?«
»Na ja, normalerweise mußt du ihn rausholen.« Stevie betonte das letzte Wort. »Wir haben das alle ab und zu gemacht.«
»Das ist ganz einfach«, stimmte Spencer zu. »Ich warte nie länger als fünf Minuten.«
»Ich hab mal fünfzig Mäuse gemacht«, prahlte Crash, war dann allerdings gezwungen zuzugeben, daß dafür zweimal Fahrer anhalten mußten.
All das verwirrte mich noch mehr. Was haben sie herausgeholt? Was haben sie oder die Fahrer gemacht? Wenn es das war, was ich dachte – nein! Das konnte nicht sein! Ich ließ das Thema fallen.
Schließlich brauchte ich kein Geld. Schließlich war ich an Judy interessiert, die an mir interessiert schien. Zwar schlug sie meine Hand weg, wenn ich ihren Körper einölte und versuchte, in ihren Badeanzug vorzudringen, stand jedoch nie auf oder ging weg. Und einmal, als sie auf dem Bauch lag und las und ich beobachtete, wie der heruntergerutschte Träger

ihres Badeanzugs drohte, eine ihrer Brüste freizugeben, drehte sie sich plötzlich zu mir um und bemerkte, wohin ich starrte. Zu meiner Überraschung zog sie das blaue Baumwollkörbchen ganz beiseite und entblößte eine rote Spitze.
»Hier! Glücklich?« fragte sie.
»Ich möchte sie anfassen.«
»Oh! In Ordnung.«
Dies dauerte etwa fünf Minuten, während derer sie die *Seventeen* weiterlas – oder zumindest so tat, bis jemand vorbeikam, sie meine Hand wegschlug und die Brust zurück in ihren Badeanzug verschwinden ließ.
Am nächsten Morgen sagte Alistair auf der Terrasse beim Pool bei einem großen Stück Crenshaw-Melone und starkem dominikanischen Kaffee: »Stodge, Judas, ihr müßt heute morgen ohne mich spielen.«
»Warum?«
»Ich muß mir ein Jackett und eine Krawatte und so'n Scheiß anziehen und mit *denen* (er meinte Cousine Diana und Alfred) irgendeinen schrecklichen Kerl von der Bank besuchen. Das müßte bis zum Mittag erledigt sein. Ich werde später zu euch stoßen.«
Alistair stieß an jenem Nachmittag nicht zu uns. Er lag auf einer Chaiselongue nahe dem Pool und telefonierte, als ich zurückkam.
»Stört's dich?« fragte er, als ich mich in seiner Nähe niederließ. »Anwälte.«
Dies war der Alistair von früher, an den ich mich erinnerte. Ich ging.
Ein paar Stunden später kam er jedoch in mein Zimmer, setzte sich, beobachtete, wie ich meine Kleidung inspizierte – er und Judy hatten mich gedrängt, mehr in den Geschäften zu kaufen,

die sie bevorzugten –, entschuldigte sich halbherzig und erklärte etwas genauer: »Es handelt sich um das Projekt. Entweder habe ich die Finanzen zu niedrig angesetzt, oder Mutter und Alfred geben zuviel aus. Was auch immer es sein mag, wir müssen refinanzieren. Der Kerl, den wir neulich getroffen haben, war ein totaler Hai. Er pulte sich noch das Fleisch von dem letzten Idioten, den er in die Pfanne gehauen hat, aus seinen Zähnen. Ich hab ihn flach auf die Erde gelegt. Die haben gemeckert und gejammert, aber … Also müssen wir uns nach einem besseren Geschäft umsehen. Die geh'n mir auf die Eier! Bänker!«

Während er so sprach, erinnerte ich mich an das Gefühl als Neunjähriger, als Alistair über Sorgerecht und Scheidung geredet hatte. Das schien mir alles so erwachsen und ich so zurückgeblieben. Auch bei diesen Klagen, oder vielleicht wegen ihnen, fühlte ich mich nicht dazugehörig, sondern zurückversetzt in die Vergangenheit, wie ein Kind.

»Ich meine, du hast dich schon ganz gut hier eingelebt, oder?« fragte Alistair. Dann, bevor ich antworten konnte, fuhr er fort: »Mit dieser ganzen Hühnerkacke kann es nämlich ein paar Tage dauern, bis es mir möglich ist, zu meiner Jugend zurückzukehren.«

»Klar, wenn du meinst, Stairs.« Ich dachte, jetzt könnten Judy und ich zusammensein, weit fort von der Bande der Jewel's Box oder Siggie und Marie-Claude, und ich könnte, na ja, wer weiß, was …

»Warum nimmst du nicht den Chrysler? Er ist zwar eine runtergekommene alte Karre, aber sie wird dich schon überall hinbringen«, sagte Alistair.

An diesem Abend fand ich, als ich ins Bett ging, die Wagenpapiere und Schlüssel auf meinem Nachttisch. Ich wollte mich bei Alistair bedanken, aber ich wachte am anderen Morgen spät auf, und Inez erklärte, daß alle schon das Haus verlassen hätten.

»Armer Stairs!« sagte Judy, als ich später das gesamte Oberteil ihres Badeanzugs entfernte. »Er ist gezwungen, normal zu sein.«

Wir lagen an einem sandigen kleinen Platz in einem verborgenen Wasserlauf im Norden von Jewel's Box, wohin ich uns an jenem Tag gefahren hatte. Ich murmelte irgendeine Erwiderung und fuhr fort, sie zu küssen und zu streicheln, während sie mit meiner Erektion spielte.

»Oooh, das ist nett! Aber Stodge …«

»Hm?« fragte ich in einem Zustand extremen Abgelenktseins.

»… wenn du versuchst, dieses Ding in mich hineinzustecken«, sagte sie schwer atmend, »bist du ein toter Mann!«

Die Entdeckung, daß Judy Jungfrau war und beabsichtigte, dies noch einige Zeit zu bleiben, verwirrte mich in beträchtlichem Maße. Ich hatte nicht nur wegen ihres und Alistairs Gerede angenommen, sie sei bereits weit erfahrener als ich, ich hatte auch gehofft, sie sei die Auserwählte, mir dabei zu helfen, diese grausame, diese absolut notwendige Erfahrung zu machen.

Ungalant, wie ich war, glaubte ich ihr einfach nicht. Deshalb machte ich mich sofort, als ich an diesem Nachmittag zum Haus zurückkam, auf die Suche nach Alistair. Sicherlich, dachte ich, würde er mir erzählen, ob sie die Wahrheit gesagt hatte. Und wenn nicht, warum nicht.

Seltsamerweise war er nirgendwo zu finden. Seltsamerweise, weil sein Alfa Romeo draußen auf dem Parkplatz stand. Vielleicht war mit dem Auto etwas nicht in Ordnung, und er war mit *ihnen* im Bentley irgendwohin gefahren (ich hatte schon halb akzeptiert, daß sie, wie alle Erwachsenen, Feinde waren). Ich wußte, daß man ihn nicht lebendig in einen Pickup hineinbrachte, auch wenn dieser direkt vom Fließband käme, ganz zu schweigen von Alfreds verlotterter Klapperkiste. Vielleicht konnte Inez das Ganze erklären?

Sie war in der Küche und summte eine Melodie aus dem Radio mit, als ich sie nach Alistair fragte. »Biiite, stören Sie mich nicht. Ich habe Kopfschmerzen«, sagte sie.

Er schien nirgends zu sein.

Dies führte zu weiteren Erkundungen derjenigen Teile des Hauses und des Grundstücks, die sich bisher meinem Zugriff entzogen hatten. Das Ganze war seit seiner ursprünglichen Planung in beträchtlichem Maße erweitert worden, jedoch immer vom selben Architekten und im passenden Stil, wodurch sich die verschiedenen Ebenen im Innern und um das Haus herum sowie die plötzlichen Ecken erklären ließen, um die man gehen mußte, wollte man bestimmte Anbauten erreichen. Das machte das Gelände, obwohl es nicht groß war, auf gewisse Weise mysteriös. Was ich beispielsweise zuvor für eine künstlerisch gestaltete Natursteinmauer hielt, entpuppte sich eines Tages als Heizungsraum; die Pumpenanlage für den Swimmingpool war unter grauen Felsplatten versteckt, welche die Treppe hinunter zum Blumengarten bildeten. Und dieser spezielle Nachmittags-Streifzug führte zu zwei Entdeckungen – erstens, daß die freistehende Holzkonstruktion, die zur Hälfte von Buchsbäumen verdeckt war und die ich immer für einen Gartenschuppen gehalten hatte, die Behausung von Dario, dem italienischen Gärtner war, und zweitens, daß dies Alistair durchaus bekannt war.

Er befand sich nämlich im Zimmer, als ich an die fensterlose

Tür klopfte. Ich hörte ein »Pronto« und dachte, es sei Dario. Also öffnete ich die Tür und trat ein. Alistair lag im Bett, nackt, rauchte eine Tareyton und las das *Wall Street Journal*.
»Was machst du hier?« fragten wir gleichzeitig.
Alistair sprach zuerst. Er zog mich zu sich aufs Bett. »Ist das nicht hübsch? Schau, wie gemütlich er es sich gemacht hat.« Zuerst erkannte ich nicht, was er meinte. Außer dem großen, niedrigen Bett waren die einzigen Möbelstücke eine abgenutzte Rattan-Kommode und das, was ich für den dazu passenden Sessel hielt.
Alistair zeigte auf eine nackte Wand, deren weit heraussstehender Sockel am Fußboden als niedriges Regal umfunktioniert worden war. Auf ihm befanden sich eine übertrieben geschmückte Mandoline, eine billige Vase, gefüllt mit staubigen Stoffrosen, und ein gelbliches Foto in einem barocken Rahmen aus irgendeinem unbekannten Metall, das eine alte Frau in einem dunklen Kleid zeigte. An der Wand über dem Bett war eine sepiafarbene, schauerlich verzerrte Darstellung einer Kreuzigung mit einer Reißzwecke befestigt worden, verziert mit einem ehemals frischen Lorbeerkranz, jetzt vertrocknet und verschrumpelt.
»Ich glaubte, du wärst er«, sagte Alistair. »Ich brauche deine Hilfe, Stodge.«
Das ist ja was ganz Neues, dachte ich. Wenn jemand meine Hilfe braucht, dann er am wenigsten. »Wie? Wofür?«
»Um Dario zu verführen. Na ja, eigentlich habe ich ihn schon verführt. Jetzt muß ich ihn nur noch lang genug und oft genug in die Kiste bekommen, um ihn durch Ketten an mich zu binden, die leichter als Luft und fester als Stahl sind.«
Wovon zum Teufel redete er?
»Dich brauche ich dazu, für uns Schmiere zu stehen.«

Bevor ich eine der vielen Fragen stellen konnte, die mir auf den Lippen lagen, fuhr er zu reden fort.

»Wie die meisten südeuropäischen Männer ist er sehr, sehr sinnlich. Und zickig. Wenn du also Wache stehst, während wir hier drin sind, wird das seinen Kopf für das freihalten, was wir tun wollen.«

Dies erklärte er so rational, daß sich die Hälfte meiner Fragen erübrigte.

»Und das Schöne daran ist«, sagte Alistair aufgeregt, »daß du nichts tun mußt. Nur um den Pool herumlungern oder dich oben in deinem Zimmer aufhalten. Wenn du siehst, daß einer nach Dario sucht, warnst du uns einfach.«

»Wie?«

»Klopf an die Tür. Dreimal kurz. Oder ans Fenster. Es ist hinter den Zypressen versteckt.«

So, als ob ich sofort getestet werden sollte, hörten wir, wie die Tür aufging. Dario schaute herein.

»Geh! Geh!« drängte Alistair und schob mich fort. »Vieni, amorino«, sagte er zu Dario, der verblüfft auf der Türschwelle stehenblieb. Ich schaffte es, mich an dem Gärtner vorbeizuschlängeln. Wenn er mich sah, ließ er es sich nicht anmerken. Sein Blick war starr auf Alistair gerichtet, der sich im Bett auf seine Knie erhoben und seine Arme einladend ausgestreckt hatte. Dario stand dort eine Minute in seinen Shorts, wobei er einen nicht unangenehmen Geruch aus Lehm, Schmutz, Lilien und Schweiß verströmte. Alistair sagte etwas auf italienisch, was ich nicht verstehen konnte – wahrscheinlich, aus seinem beruhigenden Ton zu schließen, daß sie ungestört seien, jetzt, da ich Wache schob. Dario überging mich immer noch, als er sich langsam, wie in Trance, schien mir, dem Bett näherte. Ich verließ das kleine Haus und zog die Tür hinter mir zu.

»Wo steckt er denn?« beschwerte sich Cousine Diana.
Inez klopfte die Steaks auf der Arbeitsplatte in der Küche so fest, daß sie damit auch die Knochen hätte zart machen können. Sie sah nicht auf.
»Warum ist er nie da, wenn ich ihn brauche?« schimpfte sie weiter.
Alfred döste vor sich hin. Eine Dose Bier auf seinem festen Bauch hob und senkte sich rhythmisch. Er bemühte sich nicht einmal vorzutäuschen, daß er ihr zuhörte.
»Ich habe überall gesucht. Macht der sich zwischen den Bäumen unsichtbar oder was?« murrte sie.
Ich versuchte *The Possessed* zu lesen, ein Buch, das Judy mir ein paar Tage zuvor untergeschoben hatte und durch das ich mich unserer Freundschaft zuliebe durchquälte.
»Ist denn niemand da, der mir eine Antwort gibt!« Cousine Diana schlug auf Alfreds Arm.
Die Bierdose wackelte und drohte umzukippen, aber obwohl er kaum ein Auge öffnete, konnte er sie fangen und brummte: »Verdammtes Balg!«, bevor er wieder seiner Schlafsucht verfiel.
»Roger?« Sie drehte sich zu mir um.
»Ich dachte, daß deine Frage rhetorisch war.«
Ihre Augen verengten sich. »Du fängst an, wie er zu reden.«
Das bedeutete, daß sie bemerkt hatte, daß ich mich nach fünf Wochen in L.A. wie ihr Sohn kleidete, wie er sprach und dieselben Orte wie Alistair besuchte – mit seinen Freunden. Was doch nur natürlich war.
»Nun, sie ist nicht rhetorisch, sie ist ... Was ist sie, Alfred?«
»Verhörend«, murmelte er.
»Ich verhöre ihn doch nicht. Ich stelle einfach eine Frage. Sie ist ... informatorisch«, wand sie sich geschickt heraus.

»Steak auf dem Grill! Abendessen in zehn Minuten!« verkündete Inez.

Alfred ließ sich dadurch mehr oder weniger wieder zum Leben erwecken. »War er nicht im Asphalttal?« fragte ich, wobei ich meine Version des Spitznamens verwendete und Alfred deswegen hinter seiner Bierdose blinzelte.

»Das war schon vorher«, meinte sie. »Hast du ihn nicht gesehen? Wo bist du den ganzen Tag gewesen?«

»Bei den Slumbergs«, sagte ich unter Verwendung des Namens, den wir für den ehemals berühmten emigrierten Schriftsteller erfunden hatten. »Mit Judy.«

Das gab Anlaß für neuen Alarm. »Weiß dein Cousin, daß du jeden Tag mit Judy zusammen bist?« Bevor ich antworten konnte, fuhr sie fort: »Du machst doch nicht ernst mit ihr, oder? Weil, wenn ja ... Was soll ich deiner Mutter erzählen, wenn ...«

»Beruhig dich«, befahl Alfred barsch. »Laß ihnen doch ihren Spaß.«

»Ich decke den Tisch«, erklärte Inez mit einem drohenden Ton in der Stimme.

Natürlich hätte ich sagen können, wo Alistair war, und es machte mich wahnsinnig. Er war in Darios Zimmer und tat etwas absolut Widerwärtiges mit dem Gärtner. Er wußte ganz genau, um welche Zeit es Essen gab, und es schien immer mehr, daß er sich nicht nur keine Gedanken darum machte, was er tat, sondern auch mich mit hineinzog.

Zwei Tage zuvor waren einige Nachbarinnen auf einen kurzen Besuch vorbeigekommen und mit Cousine Diana im Garten aufgetaucht. Plötzlich, von einem Moment auf den anderen, hatte sie Dario gebraucht, um ihnen etwas zu zeigen. Ich war in meinem Zimmer gewesen und hatte mit Judy am Telefon geplaudert, als ich die vier Frauen unten sah und hörte. Ich legte auf, schob mich aus der Tür auf den kleinen Balkon, huschte, knapp einer Entdeckung entgangen, auf die Terrasse hinunter, schnitt und schlitzte mir Arme und Beine auf, als ich durch den Buchsbaum zwischen die Zypressen schlich, wo ich verzweifelt an das Fenster des Gärtners klopfte. Dann stand ich da – in nichts als meinen Unterhosen – und betete, als sich die Frauenstimmen näherten, bis ich dachte, ich würde vor Verzweiflung schreien. Gerade als sie die Hütte erreichten, kam Dario heraus und beklagte sich über eine kleine Grippe. Ich wartete, bis sie außer Sichtweite waren, und stürmte selbst hinein. Alistair war – natürlich – nackt und rauchte erschöpft eine Zigarette. Als ich ihn zusammenstauchte, sah er mich bloß an und meinte: »Was kann ich machen? Er ist solch ein Tier, er läßt sich nicht aufhalten.«

Ich hätte zu Alistair nein sagen können. Ich hätte nein sagen sollen. Aber man kann es auch so sehen: Als Gegenleistung für diese kleine Sache, die ich für ihn tun sollte, hatte er mir sein Auto gegeben, sein Haus, seine Freunde, seinen wunderbaren Lebensstil, den Strand und Sport und Spaß bei diesem verschwenderisch herrlichen Sommerwetter. Er hatte mir eine neue, erwachsenere Art gegeben, mich zu benehmen und zu kleiden. Vor allem hatte er mir seine Freundin gegeben, um mit ihr zu tun, was auch immer möglich war. Er hatte mir dies alles nicht nur gegeben, sondern mir haarklein gezeigt, wie ich es zu schätzen und zu genießen hatte.

Ja, das war Bestechung. Ich wurde rot bei dem Gedanken. Aber was wäre in diesem Sommer aus mir geworden, wenn ich all das nicht gehabt hätte?

»Wenn du willst, gehe ich nachschauen«, sagte ich. »Vielleicht ist er in der Garage?«

»Zweifellos wird er die Benzinleitungen vom Bentley wechseln«, war Alfreds Kommentar aus dem Hintergrund.
Ich kicherte bei der grotesken Vorstellung. Aber ich ging trotzdem.
Vom Eßzimmer aus hätte man mich sehen können, wie ich an die Tür des Gartenhäuschens klopfte. Deshalb benutzte ich meine Hände als Machete, um mich durch den Buchsbaum zu schlagen, strich dann büschelweise die Ranken beiseite, die locker zwischen den im Weg stehenden Zypressen hingen, und klopfte an das mit einer Gardine verhängte Fenster. Während ich auf eine Reaktion wartete, hatte ich das Gefühl, daß, obwohl es beinahe Nacht war, die gesamte Pflanzenwelt um mich herum einige Zentimeter in der Sekunde wuchs. Ich klopfte noch einmal.
Nach einer scheinbar sehr langen Zeit bemerkte ich, daß das Fenster offen war. Ich faßte unter den Rahmen, schob es hoch und die Vorhänge auseinander.
Die geplante Warnung erstarb auf meinen Lippen.
Vor mir im Zimmer, untermalt durch Wellen orangefarbenen Lichts in der Dämmerung, kniete Alistair auf dem Bett und vollführte eine Art polynesischen Fruchtbarkeitsritus. Er warf seinen Kopf vor und zurück, streckte seine Arme in die Luft und ließ sie wieder fallen, schaukelte mit seinem Körper hin und her und stöhnte tief aus seiner Brust heraus.
Ich sah, daß er über Darios dahingestrecktem Körper kniete. Dieser lag unter ihm, die Arme hinter seinem Kopf verschränkt, und sein ganzer Körper wand sich auf der Matratze im gleichen ekstatischen Rhythmus.
Ich weiß nicht, wie lange ich, verblüfft/beschämt/hingerissen durch den Anblick, so dastand und sie beobachtete. Meine Nasenlöcher waren angefüllt mit dem nächtlich aufsteigenden

Geruch von Humus, den abgestorbenen Blättern um meine Füße herum und, von drinnen herauswehend, einem anderen Geruch, von Moschus, der schärfer, unbestreitbar biologisch war. Plötzlich hörte ich Stimmen auf der Terrasse.
»Stairs!« flüsterte ich böse und heiser.
Er drehte sich zu mir. Seine Augen waren geöffnet, schienen aber nichts zu sehen, und er schickte mich mit einer seelenlosen Geste wie der einer balinesischen Tänzerin fort.
»Stairs! Sie kommen!« flüsterte ich. »Schnell!«
Er jedoch beugte sich nach vorn, in die dunklen Locken von Darios Kopf. Die beiden sich orange abzeichnenden Körper wanden und drehten sich, bis Dario oben lag.
»Stairs!« rief ich. »Du mußt aufhören!«
»Was geht da vor?« Das war die Stimme von Cousine Diana, nur ein paar Schritte entfernt.
Ich schloß das Fenster und schob mich zwischen dem Buchsbaum hervor.
»Roger? Was machst du da? Was geht hier vor?«
Hinter ihr tauchte Alfred auf und grollte, weil sein Steak am Verbrennen war.
»Nichts«, log ich.
»Was machst du da? Was ...« Ihr schien etwas klar zu werden. Sie drehte sich um und eilte zur Tür des Gartenhäuschens. Noch ehe ich sie aufhalten konnte, zog sie sie auf und wippte auf der Schwelle, bevor sie beinahe in Alfred hineinfiel, der hinter ihr hergelaufen war.
Er warf einen Blick ins Zimmer und murmelte: »Verdammtes Balg!« Dann zog er sie fort, hob sie mit einem Ausbruch an Kraft auf seine Arme und trug sie quer durch den Garten und über die Terrasse ins Haus, wo ich sie schließlich mit einer unnatürlich hohen Stimme kreischen hörte.

Im Eßzimmer war für vier gedeckt. Ich setzte mich wie betäubt, und sofort servierte mir Inez Steak, Bratkartoffeln und Spinatsoufflé, was ich zu meiner Überraschung mit großem Appetit aß. Meine Aufmerksamkeit war zweigeteilt zwischen den Geräuschen von Alfreds tiefer Stimme und Cousine Dianas Wimmern ein halbes Stockwerk höher und der erschreckenderen Stille aus dem Gartenhäuschen.

Alfred kam die Treppe herunter, schmiß sich auf seinen Stuhl, und Inez stand auf und servierte auch ihm. Er aß mit Genuß. Ein paar Minuten später öffnete sich die Glastür, und Alistair trat so lässig ein, als käme er gerade von einem Nachtspaziergang. Er setzte sich. Inez bediente ihn, und auch er aß, trotz seines verträumten Blicks, mit großem Appetit.

Keiner von uns sprach ein Wort. Einmal, kurz nachdem Inez Apfelstrudel mit Eis gebracht hatte, schnaubte Alfred plötzlich laut und wütend. Ich machte einen Satz auf meinem Stuhl, auf einen Ausbruch gefaßt, der nicht erfolgte. Alistair aber schien nichts zu bemerken. Er verschlang seinen Apfelkuchen, trank sein Glas Milch wie ein braver kleiner Junge, entschuldigte sich und ging hinauf in sein Zimmer.

Als er den Treppenabsatz erreichte, sagte Alfred mit leiser Stimme: »Und, glücklich?«

Alistair drehte sich herum, mit dieser einmaligen, flüssigen Geste, wie wir sie bei Loretta Young gesehen hatten, als sie im Fernsehen einen Raum betreten und sich umgedreht hatte, und er lächelte.

Dario wurde am nächsten Morgen, bevor wir aufwachten, festgenommen. Niemand verlor im Laufe des Tages ein Wort über den Vorfall, auch zwei Tage danach nicht, als Cousine Diana beim Frühstück verkündete: »Ihr zwei müßt mit uns zum Gericht runter wegen der Vernehmung. Zieht eure besten Sachen an.« Ich drehte mich zu Alistair, aber alles, was er sagte, war: »Die braun-blaue Krawatte?« Seine Mutter nickte zustimmend.

Alistair und ich saßen allein auf der Rückbank des Bentley, als wir in die Innenstadt von L.A. fuhren. Ich versuchte herauszufinden, was er zu tun oder zu sagen beabsichtigte. Aber er wich mir nur knapp aus, wie er mir die ganze Zeit seit dem verhängnisvollen Abend ausgewichen war.

Als wir das Vorzimmer betraten, waren dort zwei Männer in Nadelstreifenanzügen mit dicken Aktentaschen aus Leder.

»Er hat einen gerissenen Itaker-Anwalt, der behauptet, es sei Verführung durch den Jungen gewesen«, sagte einer von ihnen, »aber er weiß, daß es nicht funktioniert. Das ist nur zu seiner Ehrenrettung, wenn er zurück in seine Heimat fährt.«

Sie redeten weiter und entfernten sich von uns. Als Alistair nach der Herrentoilette fragte, faßte ich mir ein Herz und folgte ihm.

Er kämmte sein Haar vor den Waschbecken, wobei er sehr sorgfältig und genau war.

»Du wirst doch nicht zulassen, daß sie ihn ins Gefängnis werfen, oder?«

»Er kommt nicht ins Gefängnis. Er geht nach Sizilien zurück.«

»Aber ... aber wirst du denn gar nichts sagen?«

»Wenn sie nach Einzelheiten fragen, werde ich sagen, er hätte mich in den Arsch gefickt.«

»Das hast du dir so vorgestellt!« protestierte ich.

Er sah mich an und meinte lapidar: »Ich bin minderjährig.«

»Aber du hast das Ganze angezettelt!«

»Sei kein Trottel, Stodge. Ich habe nicht die Absicht, meinen Namen oder meinen Ruf zu beschmutzen. Wenn du beabsich-

tigst, irgend etwas zu sagen ... Nun, es wird dir sowieso keiner glauben. Die denken, das tätest du nur, um Judy für dich zu behalten. Das verstehst du doch, oder?«
Ich verstand das alles nur zu gut. Die Bestechung war zu Alistairs Versicherung für mein Schweigen geworden war.
Was ich vorher jedoch nicht verstanden hatte, war, daß ich in den Zeugenstand gerufen werden sollte. Oh, das war keine richtige Gerichtsverhandlung, nur ein Richter, die Rechtsanwälte, wir und der arme Dario – verwirrt und unrasiert – am Verteidigertisch. Dennoch hatte ich Angst. Als mich Cousine Dianas Anwalt aufrief und um die genaue Schilderung dessen bat, was ich in jener Nacht durch das Fenster des Gartenzimmers gesehen hatte, war ich voller Scham über meine Rolle bei Darios Sturz und Schande, daß ich errötete und stotterte, und nachdem ich alle Arten des Aufgeregtseins demonstriert hatte, sagte ich schließlich nur noch ja und nein – meistens ja – zu den vernichtenden, völlig verdrehten Fragen der Anwälte.
Alistair war weit ruhiger. Mit seiner Aussage, er sei so entsetzt gewesen, schaffte er es, das meiste abzublocken. Als er den Zeugenstand verließ, war ich über Judys Erscheinen überrascht. Auch sie wurde in den Zeugenstand gerufen, und der Staatsanwalt erzählte uns, daß gewisse Behauptungen über ihren Freund aufgestellt worden seien, und fragte, ob sie diesen widersprechen würde. Daraufhin antwortete sie mit glasklarer Stimme: »Alistair ist ein ganz normaler Junge, auch wenn er«, und hier sah sie mich wütend an, »mehr von einem Gentleman hat als manch anderer seines Alters.«
Genau das hatte mich geärgert – Judy, die dermaßen log, und wir, die Alistair schützten, während wir doch wußten, daß es sein Fehler war. Sogar Alfred war mit seinem Schweigen ein Komplize. Ich würde niemandem mehr ins Gesicht sehen,

wenn man uns auf den Flur schickte, um auf das Urteil zu warten.

Alistair und Judy wurden ins Richterzimmer zurückgerufen, um einen Punkt für den Richter zu klären. Ich studierte geschäftig das Muster des Marmorbodens, bis ich dachte, ich würde schielen. Die Anwälte kamen alle auf einmal aus dem Amtszimmer des Richters, und es war vorbei. Dario war zur Abschiebung verurteilt.

Als wir später am Nachmittag zum Haus hinaufgingen, blieb ich mit Alfred, der vor sich hin bummelte, hinter den anderen zurück.

»Steht das Angebot noch?« fragte ich. »Du weißt, im Asphalttal zu arbeiten?«

»Sicher, wann immer du willst, Kumpel.«

»Morgen?«

»Klar.«

Alfred weckte mich früh am nächsten Morgen, und wir fuhren in seinem Pickup los. In den folgenden vier Wochen arbeitete ich neben schmutzigen, fluchenden, ungebildeten, oft ziemlich dummen Jugendlichen und Männern. Ich arbeitete gut und hielt meinen Mund, und ich verdiente so viel Geld, daß ich, als ich in den Osten zurückkehrte, klammheimlich aus dem Haus meiner Eltern ausziehen und meinen Mietanteil für eine Wohnung mit zwei anderen Jungs auf der Lower East Side bezahlen konnte.

Ich fuhr den Alfa Romeo oder den Kombi nie wieder. Ich ging nie wieder zu den Slumbergs oder zu Jewel's Box. Ich telefonierte nie wieder mit Judy und traf sie auch nicht. Alistair sah ich nur selten, was uns beiden gut zu passen schien.

Am Tag vor meinem Rückflug nach New York saß ich in dem schuppenähnlichen Büro von Alfreds Baufirma und trank schlechten Kaffee aus einem Pappbecher, als Alfred von Cousine Dianas Anwalt angerufen wurde. Die Abschiebeformalitäten seien endlich erledigt, und Dario solle am nächsten Tag das Land verlassen. Er habe nach ein paar Dingen gefragt, die noch im Haus zurückgeblieben seien. Alfred sagte widerwillig: »Klar, klar, der arme Hund!« Als er auflegte, berichtete er mir über das Gespräch.

Am folgenden Tag, nach der Arbeit auf dem Baugelände, ging ich mit ihm in das kleine Gartenhaus und sammelte die paar Sachen zusammen, auf die Alistair hingewiesen hatte – die Mandoline, das Foto und die Kreuzigungsdarstellung. Dann fuhr ich mit Alfred hinunter ins Kreisgefängnis von Los Angeles, in dem Dario die ganze Zeit eingesperrt war.

»Ich will ihn nicht sehen!« sagte Alfred, während er auf das Lenkrad hämmerte. Also erklärte ich mich bereit, die Sachen hineinzubringen.

Ich wußte nicht, was mich erwarten würde, irgend etwas aus einem Cagney-Film, glaube ich. Aber ich traf Dario in einem großen, hellen Besucherzimmer. Wir waren allein, die wenig pflichtbewußte Wache unterhielt sich draußen mit dem Sekretär. Dario hatte keinen gestreiften Anzug an, und er schaute gut aus, gesund, sauber, vielleicht zum erstenmal, seit ich ihn gesehen hatte, entspannt, möglicherweise auch mit sich im reinen.

Er öffnete den Pappkarton, nahm jeden Gegenstand einzeln heraus und grüßte ihn wie einen alten Freund. Es tat mir gut, ihn so zu sehen – ohne Wut oder Bitterkeit. Er hatte im Gefängnis etwas Englisch aufgeschnappt und konnte ein bißchen reden. Er freue sich, im September nach Enna wegen der Ernte zurückzukehren. Ich streckte ihm meine Hand hin, um ihm viel Glück zu wünschen, aber er sagte: »Bitte!«

Ich wußte nicht, was er von mir wollte. Er drehte mich mit seinen Händen herum, und ich mußte über meine Schultern zu ihm schauen, um ihn danach zu fragen.
»Bitte. Nur einmal!« bettelte er. »Die Hosen runter. Nicht berühren. Nur sehen!« Er sagte das letzte Wort so merkwürdig.
»Was?« fragte ich, obwohl ich jetzt wußte, was er wollte. Ich war zwar von der Arbeit staubig und verdreckt, aber drunter war ich sauber. Ich drehte mich um, knöpfte meine Jeans auf, ließ sie hinunter, dann meine Unterhosen, und stand da.
Nach, wie mir schien, einer Ewigkeit, sah ich über meine Schulter. Dario blieb sitzen und starrte, als ob er sich an etwas zu erinnern versuchte, das sich schon vor langer, langer Zeit ereignet hatte.
»Reicht das?« fragte ich.
Er kam wieder zur Besinnung. »Das reicht!«
Als ich das Zimmer verließ, sagte er: »Weißt du, so werde ich mich immer daran erinnern, wie es war, als ich in die Hände des Pericoloso Eroë fiel.«
»Wer?«
»Eroë! Er schießt die Pfeile in die Herzen.« Dario zeigte es an sich selbst.

»Eros meinte er«, erklärte ich Wally, der mich einholte und auf eine Bank mit Blick auf den East River drückte. »Wie bei Amor. Einige Jahre später, als ich in dem Buchladen arbeitete, schaute ich in dem großen italienisch-amerikanischen Lexikon nach, das wir verkauften. ›Gefährlicher Eros‹ wurde erklärt mit: ›So genannt, weil die Griechen und Römer Eros für den grausamsten und mächtigsten Gott im gesamten Pantheon hielten.‹ Seltsam, nicht wahr?«

»Warum sollte Eros der mächtigste und grausamste Gott sein?« fragte Wally.
»Ja, weißt du, Wals, das hatte ich auch mal jemanden gefragt, und er hatte geantwortet: ›Weil Eros, wenn er schießt, kein Ziel hat, sondern nur die Absicht. Und weil sein Pfeil nie danebengeht.‹«
»Wer hat dir das erzählt?«
»Ich weiß nicht mehr«, log ich.
Wir waren jetzt nahe genug am Gracie Mansion, um singende Stimmen, einen plötzlichen Beifallssturm und Gejohle zu hören. Die Wolken brachen über dem Fluß auf, und der Mond gab sein Debüt.
»Laß uns gehen!« sagte ich.
»Bist du in Ordnung?« fragte Wally.
»Ich weiß nicht, Wals.«
»Komm. Das wird dich von ihm ablenken«, versuchte er mich zu überzeugen.
Er nahm meine Hand und führte mich fort. Zwei Jogger, gefolgt von einer Dogge, schossen an uns vorbei. Ansonsten sah die Promenade leer aus. Durch die Bäume des Carl Schurz Parks sah ich sich bewegende Lichter. Verschiedene Medienvertreter waren eingetroffen. Gleichzeitig testete jemand ein Mikrofon. Wally führte mich eine Auffahrt hinunter und sagte, ich könne dort meinen Ärger und meinen Frust sinnvoll einsetzen, zwischen anderen, die gleichermaßen frustriert und verärgert seien. Plötzlich hielt er an.
»Es war der Dichter, oder?« fragte Wally. »Du weißt schon, das über Eros.«
Matt. Er meinte Matt Loguidice. Ich konnte mich nicht erinnern, jemals mit Wally über Matt gesprochen zu haben. Wer dann? Es mußte Alistair gewesen sein.

»Ich hab dir doch gesagt, daß ich mich nicht mehr erinnere.«
»Ich bin sicher, daß er es war«, erklärte Wally mit einem entschiedenen Ton in der Stimme.
Wir kamen zu einer anderen Telefonzelle. Ich warf eine Münze ein und wählte.
»Was tust du?« fragte er, aber er versuchte nicht, mich abzuhalten.
Es klingelte zweimal. Dann: »Sie müssen aus der Leitung, wer auch immer Sie sind«, sagte Alistair und sprudelte über vor Lachen. »Ich telefoniere nach draußen.«
»Stairs?« fragte ich, erstaunt und ein bißchen beleidigt darüber, ihn so fröhlich zu hören. Fast zur gleichen Zeit bedauerte ich, daß wir unsere alten Spitznamen verwendeten.
»Stodge?« fragte er zurück. »Warum rufst du an? Du mußt aus der Leitung. Ich telefoniere nach draußen.«
Ein Moment der Panik, trotz des offensichtlich nicht panischen Klanges seiner Stimme.
»Uns ist der Schnaps ausgegangen. Kannst du das glauben? Der Untergang einer jeden Gastgeberin. Aber wir haben die Anzahl der Leute unterschätzt, die den alten Kerl besichtigen wollten. Der Saal ist ausverkauft. Laß das, du Tier!« rief er zu jemandem im Zimmer. »Stodge? Hast du was vergessen?«
»Hä?« Was ich da mitbekam, machte mich sprachlos. Es schien so völlig anders zu sein als das, was ich bisher von Alistair wahrgenommen hatte.
»Ich habe gefragt, ob du was vergessen hast.«
»Nein. Nein. Ich ...«
Wally schnitt Grimassen, mit denen er, während er dauernd auf die Uhr schaute, totale Langeweile ausdrückte.
»Ist schon okay«, sagte ich mit gespielter Begeisterung. »Alles Gute zu deinem hundertunddritten Geburtstag.«

»Danke, Arschilein!« sagte er und legte auf.
»Das hört sich an, als wäre die Party noch lange nicht zu Ende«, war Wallys Kommentar.
»Das ist die Party schlechthin«, stimmte ich zu. »Ein gesellschaftlicher Triumph.«
»Genau das, was Alistair sich vorgestellt hat.«
»Ich werde ihn doch noch davon abbringen, diese Pillen zu schlucken«, sagte ich.
»Okay, aber laß uns zuerst die Sache hier erledigen. Dann gehen wir zurück.«
»*Wir?* Du gehst mit mir zurück?«
»Interpretier da nicht zuviel rein«, antwortete er.
»Wirst du wirklich mit mir zurückgehen?«
»Hab ich doch gesagt, oder? Jetzt beweg dich. Wir verpassen noch die ganze Aktion.«

DRITTES BUCH

UND WOHIN JETZT?
1991 UND 1969

Die Demonstration war beeindruckend.
Als Wally und ich die Auffahrt heruntergekommen und zur Vorderseite des Gracie Mansion herumgegangen waren, war sie voll im Gange. Übertragungswagen dreier Sendergruppen, zweier lokaler Sender und eines Kabelsenders, der etwas anspruchsvoller sein wollte, hatten so nah am Geschehen wie möglich Stellung bezogen – einige ihrer Scheinwerferlichter hatten wir von der Promenade aus gesehen. Ihre Kamera- und Tonleute, ihre Ausrüstungen und ihr endloses Schlangenwirrwarr der schweren Drähte füllten die Rinnsteine, umwickelten die Feuerhydranten und brachten die in erster Reihe aufgestellten Polizisten beinahe zu Fall. Hinter ihnen standen quer über der Straße Mannschaften der Bereitschaftspolizei aufgereiht mit Helmen, Schildern und dem ganzen Kram, der zu ihrer vollen Montur gehörte. Offenbar war aber noch nicht entschieden worden, ob sie eingesetzt werden sollten – besonders angesichts all der anwesenden Medien und der Würdenträger, die im Gracie Mansion beim Bürgermeister saßen.
Zu unserem Erstaunen war die Demonstration irgendwie geheimgehalten worden, obgleich doch Hunderte von uns seit Tagen davon wußten. Die erste Welle von Demonstranten war, wie geplant, genau in dem Moment am Vordereingang angekommen, als die Bürgermeister aus sechzehn Weltstädten zu ihrem unvergeßlichen Abendessen mit unserem eigenen Bürgermeister hineingegangen waren.
Ebenfalls wie geplant hatten sich anschließend neunundsieb-

zig Demonstranten bis auf eine Art Leinenbekleidung ausgezogen und sich durch andere Gruppen entlang des Zauns um das Rathaus herum in Stellungen anketten lassen, die an die Kreuzigung Jesu erinnerten.
Im grellen Licht der Fernsehscheinwerfer sahen sie ziemlich schrecklich aus. Ich erfuhr später, daß zwei Drittel dieser freiwilligen Märtyrer wirklich krank waren. Die übrigen waren die dünnsten, knochigsten Männer und Frauen, die man finden konnte und deren Körper und Gesichter dermaßen stark geschminkt waren, um sie wirklich schlimm ausschauen zu lassen. Alle neunundsiebzig waren an Gesichtern, Armen und Beinen und am Oberkörper mit Hunderten von KS-Läsionen übersät, die, wenn man näher herantrat, als aufgemalt zu erkennen waren. Die meisten hatten einen Blutbeutel dabei, der vom Zaun herunterhing und an ihren Handgelenken befestigt war. Auf jedem Plastikbeutel stand »Verseucht!« Und jeder trug ein Schild um den Hals mit der Aufschrift »Infiziert – am Sterben«. Hin und wieder stöhnte einer lauter als sonst oder kreischte und sackte in sich zusammen – immer nach einem bestimmten Signal, das ich aber nicht ausmachen konnte. Auf dieses Zeichen hin gingen andere Demonstranten, die am Zaun in voller medizinischer Montur entlangpatrouillierten, zu den Kranken, überprüften ihren Puls und drehten die um ihren Hals hängenden Schilder herum. Jetzt war zu lesen: »Tot – durch unterlassene Hilfeleistung!«
Hunderte anderer Demonstranten hatten eine Menschenkette gebildet und marschierten mit den üblichen »Schweigen = Tod«- und »Unwissenheit = Angst«-Schildern vor dem Rathaus. Diese Sprechchöre wurden von Männern und ein paar Frauen angeführt, welche ich aufgrund ihrer gelben Armbinden als Ordner erkannte, die im Bereich »ziviler Ungehor-

sam« unterrichtet worden waren, um, wenn nötig, mit der Polizei und, bei etwas mehr Glück, mit den Medien zu verhandeln.

Eine andere Gruppe hatte sich an den Gittern des vorderen Eingangs, die von den Rathauswachen bereits bei der ersten Invasion des Platzes panisch verschlossen worden waren, zusammengekettet. Meist saßen oder knieten sie vor dem Eingangstor, über dem ein großes Stofftransparent mit der Aufschrift »Gebt die Fonds frei und rettet Leben!« hing. Ein Mikrofon war aufgestellt worden, und Reihen von Demonstranten warteten davor, um feierlich einen Namen hineinzusprechen – vermutlich den eines Verwandten oder Freundes, der gestorben war.

Als Wally und ich uns durch die hölzernen Absperrungen schoben, die überall kreuz und quer herumstanden, wollte uns jemand in Bereitschaftsuniform aufhalten. Aber ein blau gekleideter Polizist winkte uns durch und sagte zum anderen mit echtem New Yorker Zynismus: »Zwei mehr. Was macht das für einen Unterschied?«

In meiner wachsenden Begeisterung fühlte ich, wie Wally mich umarmte. »Ist das nicht riesig?« rief er lauter als der Lärm um uns herum in mein Ohr.

»Phantastisch! Wohin sollen wir gehen?«

»Wir müssen Junior und die anderen finden.«

Jemand legte eine Hand auf meine Schulter. Ich dachte, es sei noch ein Bulle, doch es war ein Ordner.

»Gehört ihr zu einer Bezugsgruppe?« fragte er.

»Wir suchen unsere Leute!« schrie Wally ihm ins Ohr.

Irgendwie kam der Mann mir bekannt vor.

»Ihr bleibt besser dicht an mir dran. Der Arm des Gesetzes ist von alldem hier überrascht worden, und er wird etwas nervös«, entgegnete der Ordner. Er drehte sich zu mir. »Kenne ich dich nicht?«

»Du kommst mir auch bekannt vor«, stimmte ich zu.

Wie viele schwule Männer zwischen vierzig und fünfzig waren eigentlich in der Stadt noch übriggeblieben? Weiß Gott nicht viele. Nur ein paar Tage zuvor war ich in der Upper West Side mit einem Freund aus meiner Zeit als Redakteur in einem Lehrbuchverlag herumgezogen, der in den Norden von Michigan gegangen war und dort die letzten Jahrzehnte über gelebt hatte. An der Ecke 72. Straße und Amsterdam Avenue war er plötzlich stehengeblieben und hatte gesagt: »Ich bin jetzt schon eine Woche hier. Wo sind alle die Männer aus unserer Generation?«

»Tot!« hatte ich geantwortet.

»Ach komm, hör auf!«

»Sie sind tot. Das ist eine Tatsache. Nur etwa sechs von uns sind übriggeblieben.«

Da das also eine Tatsache war, sollte ich wissen, um wen es sich hier handelte.

»Wie heißt du?« rief ich in das Ohr des Ordners.

»Ron Taskin.«

»Doch nicht der Ronny Taskin aus der Vanderveer Street?« fragte ich.

»Jetzt weiß ich, wer du bist«, sagte er und riß mich mit einer Umarmung an sich. »Ich hab meinem Freund Coffee erzählt, daß ich dich kenne, als dein Buch herauskam.«

Ronny Taskin! Ich konnte es nicht glauben.

»Gehst du immer noch in die Indianerclubs?« fragte ich.

Er riß seinen Mund vor Überraschung über mein Gedächtnis weit auf. »Seitdem der letzte von ihnen in der Notaufnahme von meinem Hintern operativ entfernt werden mußte,

nicht mehr!« Wir lachten beide. Ich faßte nach Wally, stellte ihn Ron vor und wollte erklären, wer er war, aber Wally war abgelenkt, weil er nach Junior und den anderen Ausschau hielt.
»Hier sind Hunderte von Menschen«, sagte ich zu Wally. »Wir können uns jeder Bezugsgruppe anschließen.«
»Wir müssen Junior und die anderen finden. Ich hab's versprochen.«
Er zog in die Menge fort, und Ron fand einen etwas leiseren Platz zwischen den Kabeln eines CBS-Lasters, wo wir uns unterhalten konnten.
»Als Junge warst du ein Einzelgänger und Grübler. Ich dachte, du würdest als Serienmörder enden«, sagte Ron.
»Und ich kann nicht glauben, daß du schwul bist«, erwiderte ich. »Siehst du noch jemand von den anderen? Guy? Wie hieß noch das kleine Arschloch? Kerry White?«
»In Vietnam gestorben.«
Meine Laune sank. »Kerry? Sag bloß.«
»Geschlossener Sarg. Seine Mutter ist bei der Beerdigung ausgeflippt. Sie wollte, daß der Sarg geöffnet wird. Als sie das taten, fand sie nur Dreck und ein paar verkohlte Knochen. Sie ist danach übergeschnappt. Von den anderen habe ich jede Spur verloren. Was ist mit deinem Cousin? Der unbeschreibliche Alistair Dodge? Wenn der nicht so ein kleiner Schwuler auf Übungspfaden war, weiß ich nicht, wer sonst.«
»Er ist tatsächlich schwul geworden. Er lebt hier in der Stadt.«
Und weil es sich um Ronny Taskin handelte, fügte ich hinzu: »Er ist krank.«
Rons Gesicht bekam diesen unbewegten Ausdruck, den wir inzwischen alle aufzulegen wissen, wenn wir schlechte Nachrichten empfangen oder weitergeben. »Wie geht's ihm?«

»Nicht gut«, antwortete ich mit dem üblichen Euphemismus, um zu sagen, er liege im Sterben. »Wie steht's mit dir?«
Ron ahmte jemanden nach, der Pillen schluckte. »Fünfmal am Tag«, sang er.
Er meinte, auch er sei krank. »Verdammt!«
»Und du?« fragte er besorgt.
»Erzähl es niemandem, aber ich bin negativ.«
»Du brauchst dich nicht zu schämen.«
»Ich weiß nicht, wieso. Ich habe all die falschen Dinge mit all den falschen Leuten an all den falschen Orten zu all den falschen Zeitpunkten getan wie alle anderen.«
»Jemand muß dem Ganzen entkommen.«
»Ich weiß. Aber es ist manchmal, na ja, peinlich. Wenn nicht gar, existentiell ausgedrückt, höchst unangenehm.«
Ein anderer Ordner kam, weil er nach Ron suchte. Als sie etwas abseits standen und miteinander sprachen, sah ich, wie Rons Gesicht genauso dunkel wurde wie damals, wenn er als Kind zornig wurde. »Scheiße!« rief er. »Ich hatte ihn gewarnt, aber er hat darauf bestanden!« Als der andere Ordner gegangen war, sagte Ron: »Einer, der wirklich krank ist, ist am Zaun zusammengebrochen. Sie versorgen ihn mit Sauerstoff, aber ...«
Zwei andere Ordner kamen zu ihm. Ich hörte ihn schreien: »Sag ihnen, er wird sterben, wenn wir nicht sofort einen Notarztwagen kriegen!«
»Es ist besser, wir treffen uns später«, meinte ich.
»Laß uns ein andermal zusammenkommen«, stimmte Ron zu. »Ich stehe im Telefonbuch. Tom! Wo steckt der Bezirkslieutenant? Der werde ich jetzt mal gründlich die Meinung sagen!«
Ich war mir sicher, daß Ron dies tun würde.
»Ich hab sie gefunden!« rief mir Wally ins Ohr und fügte

finster hinzu: »Ich glaube, da ist jemand gesundheitlich in ernsten Schwierigkeiten.«

Junior Obregon, James Niebuhr und ihre Kumpel standen in der Reihe und warteten darauf, ihren speziellen Namen ins Mikrofon sagen zu können. Zwei von ihnen stritten sich über den Namen eines Freundes, den beide nennen wollten. James versuchte sie zu beruhigen. Ich sah die Lösung.

»Wenn ihr Namen braucht«, unterbrach ich sie, »hab ich ein paar.«

»Mach keine Witze«, entgegnete Junior.

»Hast du ein Stück Papier? Ich werde die ersten zehn oder so aufschreiben, die mir einfallen.«

Das ernüchterte sie etwas.

Der Notarztwagen traf mit einer Polizeieskorte ein, die von allen Orten in der Stadt hier am wenigsten benötigt wurde. Es war allerdings nicht so einfach, den angeschlagenen Demonstranten abzutransportieren, da ein Grundsatz beim Anketten war, daß keiner von ihnen verraten sollte, wo der Schlüssel zu seinem Schloß sei. Deshalb versuchten die Notärzte, während ein bulliger Kerl mit Plastikmaske damit beschäftigt war, die Kette aufzuschweißen, den kranken Mann auf eine Rolltrage zu legen und an die lebensrettende Geräte anzuschließen. Ich sah Ron Taskin in der Gruppe der ACT-UP-Rechtsberater, ACT-UP-Ärzte und hochrangigen Polizeibeamten, die den armen Kerl umringten.

Ich wunderte mich immer noch darüber, daß er gesagt hatte, ich sei als Kind ein Grübler und Einzelgänger gewesen. Ich dachte, ich hätte mir den Arsch aufgerissen, nur um einer von ihnen zu sein. Ein Serienmörder, auch das noch! Seit ich Buddhist geworden war, waren die einzigen Lebewesen, die ich töten konnte, Küchenschaben.

»Weißt du, welchen Namen du nennen wirst?« fragte James.
Genau in dem Moment sagte eine mir unbekannte Frau den Namen Cleve Atchinson in das Mikrofon, was mir einen Schock versetzte. Ich hatte mit Cleve, einem süßen Jungen aus Kentucky, in den siebziger Jahren herumgefickt und vor Jahren seine Spur verloren. Ich erinnerte mich daran, daß Cleve mir in jenen zehn oder zwanzig Minuten, die zwischen unserem Sex und dem Moment lagen, als er sich anzog und fortging, erzählte, er sei Künstler und versuche an der Schule für Bildende Künste aufgenommen zu werden, um seine Ausbildung fortzusetzen. Obwohl er nicht darum gebeten hatte, organisierte ich einen mir bekannten Grafiker, der ihm ein komplett gefälschtes Empfehlungsschreiben ausstellte. Ich hatte nie eines von Cleves Bildern gesehen und fand nie heraus, ob er jemals angenommen worden war.
Eine weitere Seite aus meinem Leben ist gelöscht worden, dachte ich.
Ich mußte jemandem von Cleve erzählen. Ich mußte etwas Typisches und Wichtiges über ihn finden und jemandem erzählen. Was war das Herausragende, das Besondere an Cleve gewesen? Und wem konnte ich es erzählen? Wally?
»Nun, weißt du schon, welchen Namen du nennst?« wiederholte Wally James' Frage in mein Ohr.
»Laß mich doch einen Moment in Ruhe, ja?«
»Besser, du wüßtest ihn schon. Du kommst nämlich gleich nach mir.«
Er trat hinaus zum Mikrofon, nahm es in die Hand und sagte mit seinen großen braunen traurigen Augen den Namen eines Studenten, der ihn betreut hatte, und fügte ein paar Worte über den Mann und dessen Geburts- und Todestag hinzu.

Ich war der nächste. Als ich von hinten von Junior Obregon angerempelt wurde, ging ich zum Mikro, gab meinem plötzlich deprimierten Geliebten einen dezenten Klaps auf den Arsch – und erstarrte.

Nun, ich erstarrte nicht so sehr deswegen, weil ich nicht wußte, was ich sagen sollte. Einige der vor mir angeketteten Knienden und Sitzenden hatten mich erkannt. Ich hörte, wie ein paar meinen Namen zu anderen sagten: »Sssanssssarc!« Ich fragte mich gerade, warum zum Teufel sie mich kannten – mein Buch hatte sich nicht so gut verkauft und war nicht so umfangreich rezensiert worden –, als Junior mich von hinten antrieb und flüsterte: »Sag den Namen, los!«

Also nannte ich den ersten Namen, der mir einfiel: »Matt Loguidice, Dichter, 1950 bis 1985.«

Dann ließ ich mich von Junior beiseiteschieben.

Der Ausdruck auf Wallys Gesicht verriet mir, was ich gerade getan hatte. Als es einrastete und ich mich Wally näherte, drehte er sich um und verschwand in der Menge. In meinem Bemühen, hinter diesen Menschenhaufen zu gelangen, stieß ich beinahe Reinholds entfernte Beziehung um, die gerade an das Mikrofon getreten war.

Die nächste Viertelstunde verbrachte ich damit, Wally zu suchen, und dachte, wenn ich seiner nur habhaft werden, ihn aufhalten könnte, könnte ich ihm erklären, daß ich seinetwegen Matts Namen genannt hatte, da er selbst diesen zuvor erwähnt hatte.

Das war Unsinn, und ich wußte es. Die Wahrheit war: Wenn mir je die Nennung eines Namens, die Erinnerung an eine Person aus meinem Leben und deren Ehrung ewigen himmlischen Frieden bescheren konnte, dann war es Matts Name.

Schließlich gab ich die Suche auf und ging dort hinüber, wo

Junior, Niebuhr und jemand Neues sich von ihrer eigenen Suche ausruhten.
»Hast du ihn gefunden?«
»Er ist hier nirgends!« versicherte mir James.
»Was hast du mit ihm gemacht?« fragte Junior Obregon.
»Nichts.«
»Du mußt irgend etwas gesagt oder getan haben«, widersprach er.
»Das geht dich nichts an«, sagte ich und dachte im stillen: Leck mich am Arsch!
Der ewig launische Schicksalsengel erwählte diesen Moment meiner Verzweiflung für einen Reporter einer der Fernsehsender, der daraufhin entschied, daß ich und nur ich sein Interview-Partner für die Sendung über das Ereignis sein könnte.
»Entschuldigen Sie, Dr. Sansarc.« Der Nachrichtenreporter schob Junior und die anderen selbstsicher beiseite und mir ein Mikrofon vor das Gesicht.
»Ich bin kein Doktor«, erwiderte ich, überrascht von seinem plötzlichen Auftreten mit zwei Kameramännern, zwei Leuten für das Licht und einer Frau für den Ton, die mich bat, das zu wiederholen, was ich gesagt hatte.
Ich hatte den Typen schon gesehen. Wally und ich spekulierten immer über die sexuelle Neigung dieses jungen Halb-Adonis, wenn wir uns die Elf-Uhr-Nachrichten anschauten, und malten uns schändliche Perversionen aus – bestialischer Anilingus oder Nötigung von Kindern zu Fellatio –, die nur jemand ungestraft ausführen konnte, der so hetero aussah wie er. Aus der Nähe war er kleiner und blonder, und, alles zusammengenommen, unbeschreiblich sauber, daß ich jetzt bezweifelte, daß er sich jemals beim Pinkeln berührte, geschweige denn

etwas derartig Ungeheuerliches und Vulgäres wie Masturbieren getan hatte.

Unbeeindruckt von dem unfreundlichen Ton in meiner Stimme rief er jemandem aus dem Team zu: »Das können wir löschen.« Er stellte sich mir in den Weg, sah in die Kamera und sagte mit ankündigender Stimme: »Wir befinden uns am Gracie Mansion, dem Ort, an dem die große Aids-Demonstration stattfindet, und wir sprechen mit dem bekannten Autor und Sozialgeschichtsforscher Roger Sansarc, der an der Demonstration teilnimmt.« Als ich mich fragte, von wem er all das hatte (von Ron? Oder von einem sonst eigentlich nicht gehässigen Wally?), wirbelte der Reporter zu mir herum und schob mir das Mikrofon unter das Kinn. »Sagen Sie uns, Professor Sansarc, was war der Auslöser für diesen ungewöhnlichen Ausbruch in einer Nacht, die ausgewählt wurde, um den Bürgermeister zu blamieren?«

Unter all diesen Schwulen hier, warum ausgerechnet ich? dachte ich. Hinter mir hörte ich Junior Obregon flüstern: »Los, Mann! Jetzt darfst du!« Ja, warum zum Teufel nicht?

Und ich legte los: »Zweimillionensechshunderttausend Dollar zweckgebundener Gelder für nicht konfessionsgebundene Hospize und Pflegewohnheime für Aids-Patienten wurden in diesem Jahr von der Stadt bis jetzt nicht verwendet. Wir sind hier, um zu fragen, warum nicht, wohin die Gelder verschwunden sind und ob und wann diese Gelder freigegeben werden, so daß unseren Kranken und Sterbenden auf angemessene Weise geholfen werden kann.«

Das war's. Er dankte mir, wobei er mich immer noch mit dem Phantasietitel »Professor« anredete, und trabte in Richtung seines Lkws, während er seinen Ton- und Kameraleuten gleichzeitig Befehle und Fragen zurief.

Ich nahm an, daß ich ganz gut gewesen war und daß sie mich später für die Nachrichten verwenden würden.

Woher ich die Höhe des Geldbetrags wußte, werde ich nie herausbekommen. Ich vermute, ich hatte sie ebenso wie die verschiedenen Gerüchte auf einem der Treffen Montag abend im Community Center gehört. In dem Moment, als ich sie nannte, hatte ich das komische Gefühl – wie bei der Nennung von Matt Loguidice –, auch sie würde auf mich zurückfallen und mich verfolgen.

Allerdings nicht sofort.

»Du warst megageil-toll!« Junior sprang in die Luft und umarmte mich. Reinholds entfernte Beziehung stand mit vor Staunen offenem Mund da, schien dann zu sich zu kommen und sagte: »Weißt du, ich dachte, du hättest Scheiße erzählt mit dem, was du alles früher getan hast.«

Sogar Ron Taskin kam, um mir auf die Schulter zu klopfen und mir für die gute Arbeit zu danken. Er hatte vor der offenen Tür des Übertragungswagens gestanden, als ich plötzlich auf dem Monitor erschienen war.

Natürlich war ich erfreut. Aber das war alles unbedeutender Mist. Ich mußte immer noch Wally finden und versuchen, ihm zu erklären, was ich in einer Million von Jahren nicht würde erklären können. Ich mußte immer noch zu Alistair und ihn davon abhalten, die vierundsechzig Tuinal zu schlucken. Und aus irgendeinem Grunde mußte ich jemandem von Cleve Atchinson erzählen. Warum ich? dachte ich, als die Gruppe um mich herum mit ihren Glückwünschen fortfuhr.

Ich bemerkte, daß Junior versuchte, die anderen von etwas zu überzeugen. Er mußte Erfolg gehabt haben, denn ich wurde plötzlich aus der Menge heraus zu einem weniger bevölkerten Bereich des Zauns gezogen, wo zwei angekettete Märtyrer von einem Freiwilligen etwas mit dem Löffel gefüttert bekamen, was wie getrocknete Nudeln mit Shrimps aus der Packung aussah.

»Ich habe ihnen mitgeteilt, daß wir Wally nicht brauchen. Du wirst uns dabei helfen«, erklärte Junior. »Jetzt sag nicht, du willst nicht.«

»Helfen wobei?«

Junior trat beiseite, um das sehen zu lassen, was der dritte Kerl versteckt hielt. Es schaute aus wie eines der vielen Transparente.

»Das ist Paul Sonderling.«

»Natürlich helfe ich euch. Wo wollt ihr es aufhängen?«

»Dort.« Junior zeigte zum Gracie Mansion. »Es soll am Dach aufgehängt werden.«

»Warum nicht gleich am Schwanz vom Bürgermeister?«

»Nein, wirklich!« beharrte Junior. »Wir haben alles geplant. Allerdings sollte Wally helfen.«

»So?« Komisch, daß ich nichts davon wußte.

»Paul kennt jemanden, der schon alles für uns arrangiert hat«, sagte Junior.

»Dieser Typ, den ich öfter im Jacks getroffen habe«, erklärte Paul, wobei er einen bekannten Wichsclub meinte, der sich einmal wöchentlich traf, »arbeitet für die Firma, die das Dach hier repariert. Als ich ihm erzählte, was wir vorhaben, meinte er, er würde uns helfen.«

»Die Homintern«, murmelte ich.

»Was?« fragten Junior und Paul.

»Homintern«, wiederholte ich. »Internationaler Geheimbund der Homos. So hat uns Auden genannt, weil wir überall sind und uns nur dann zu erkennen geben, wenn wir es wollen.«

»Richtig so«, schwärmte Junior.

»Nun, jedenfalls hat mein Kumpel Haken dort oben angebracht«, fuhr Paul fort. »Acht Stück, um das Transparent aufzuhängen. Schau mal.« Er zeigte mir die an das obere Stoffende angenähten Metallringe. »Wir brauchen nur noch da hochzukommen.«

»Nur?«

»Er hat auch ein aufgewickeltes Seil dagelassen, damit wir hochklettern können.«

»Schwule Ninja-Aktivisten«, höhnte ich.

Dies nahmen sie besser auf, als ich beabsichtigt hatte. Junior und Paul schlugen begeistert ihre Hände hoch in der Luft zusammen. »Genauso werden wir uns nennen.«

»Hat er euch auch gesagt, wie wir reinkommen?« fragte ich.

»Er hat einen Firmen-Lkw um die Ecke geparkt.« Paul zeigte mir die Schlüssel. »Die Wachleute sehen hier dauernd Firmen-Lkws an- und abfahren. Wenn wir das Transparent aufgehängt haben, werden wir ihn hinausfahren.«

»Wenn wir nicht vorher abgeknallt werden.«

»Ich hab euch doch gesagt, er würde nicht mitmachen«, meinte James.

»Sollte Wally euch wirklich helfen?« wollte ich wissen.

»Machst du Witze? Der war bei der Planung dabei. Und wir brauchen vier Mann!«

»Vier einsatzbereite, engagierte Leute, die sich nicht gegenseitig verraten«, fügte Junior hinzu.

»Wir werden vom Dach wieder runter sein, noch bevor das Transparent entrollt ist«, sagte Paul. »Wir werden schon zurück im Lkw sein, wenn es von allen bewundert werden kann.«

Ich dachte, daß ich, wenn ich mitmache, ihnen helfen und für Wally einspringen würde, sein Engagement bestärken könnte – und unser Engagement füreinander. Mir war klar, daß dies die falsche Argumentationsweise war, eine Scheinlogik, obwohl ich auch wußte, daß ich Wally etwas schuldig war, weil ich Matts Namen genannt hatte. Vielleicht, ja vielleicht würde dieser Pennälerstreich alles wiedergutmachen, bevor es sich in seinen Gedanken festsetzte und ernsthaft das gefährdete, was wir miteinander teilten.

Als ob er lesen könnte, was ich dachte, sagte Reinholds entfernte Beziehung: »Wally wird sich schwarz ärgern, wenn es nicht aufgehängt wird. Er war der Drahtzieher hinter dem Ganzen.«

Oh, der Drahtzieher?

Aber die Idee, eine Seite des Gracie Mansion mit unserem Transparent zu verhängen und zu sehen, wie all diese wichtigtuerischen Politiker herauskommen, um sich das anzuschauen, hatte ihren Reiz. Dies würde die Menge sicherlich aufheizen und Gesprächsstoff für die kommende Woche liefern. Und da ich bereits die Rolle eines Sprechers vor der Fernsehkamera eingenommen hatte, warum sollte diese falsche Rolle nicht durch eine Tat gefestigt werden?

»Ich bin dabei!« Wir schlugen bestätigend unsere Hände aufeinander.

Der Lkw stand dort, wo Paul gesagt hatte. Noch besser war, daß es zwei Sitzreihen im Führerhaus gab, so daß sich James und Junior verstecken konnten. Wir wurden selbstverständlich angehalten, als wir in die abgesperrte Straße einbogen, aber Paul meisterte die Situation.

»O Gott! Schauen Sie sich mal die ganzen Schwuchteln an!« beschwerte er sich bei dem diensthabenden Polizeibeamten.

Der Polizist zeigte ein schwaches Lächeln. Aber es war offensichtlich, daß ihn etwas an der Demonstration – vielleicht der Typ, der mit dem Notarztwagen weggefahren worden war –

betroffen gemacht hatte. »Behalten Sie das für sich, ja?« Dann fügte er hinzu, als bedürfte seine Aussage einer Erklärung: »Der Captain möchte hier keinen Ärger.«

»Ist in Ordnung«, sagte Paul. »Wir müssen bloß das Zeug hier abladen.« Er wies mit einem Nicken auf die halbvolle Ladefläche. »Der Chef will das so, bevor er morgen früh kommt. Sonst muß ich morgen um drei Uhr aufstehen.«

Eine halbe Minute lang sah es aus, als beabsichtigte der diensthabende Polizist, bei einem Vorgesetzten die Erlaubnis einzuholen.

»Wir werden in zehn Minuten drin und wieder draußen sein«, versprach Paul. »Höchstens fünfzehn!«

»In Ordnung! Los!« erklärte der Polizist schließlich.

Wie Paul gesagt hatte, kannten die Sicherheitsbeamten des Rathauses den Lkw und winkten uns durch. Wir fuhren in einem Bogen um den Parkplatz, der mit Daimlern und Lincolns vollgestellt war. Die Chauffeure der verschiedenen Bürgermeister stammten fast alle aus der Dritten Welt. Sie schliefen auf den Lenkrädern oder lasen auf den schwach beleuchteten Vordersitzen. Drei von ihnen standen auf dem Dach einer Limousine, um die Demonstration besser verfolgen zu können.

»Wir sind drin!« rief Paul jubelnd zu Junior und James, die sich hinten versteckt hatten.

Er parkte so nah am Gebäude wie möglich, wendete dann, um eine Seite zu verdecken, falls einer der Chauffeure uns beobachten sollte. Wir schlüpften alle aus dem Wagen. Junior trug das Transparent. Wir versuchten gelassen zu bleiben. Ich erinnerte mich an etwas, das Goethe in *Dichtung und Wahrheit* geschrieben hatte: Drei Männer, die gehetzt miteinander sprechen und sich heimlich durch die Nacht bewegen, bedeuten immer, daß sie etwas Böses im Schilde führen. Wie üblich hatte Goethe recht.

Niemand hielt uns an, als wir uns dem Gebäude näherten. Ich war überrascht, wie groß es war. Ich hatte gehofft, die mehrsprachigen Klänge der sechzehn Bürgermeister zu hören, die darin miteinander redeten, aber alles in unmittelbarer Nähe war ruhig.

»Hier!« flüsterte Paul. Er hatte den Weg zum Dach gefunden. Eine wacklige Konstruktion notdürftig zusammengenagelter winziger Stufen war in eine Ecke des Gebäudes gezwängt, doch nach Beendigung der Dachdeckerarbeiten halb abgebaut worden und reichte nicht mehr bis auf das Dach. Paul kletterte als erster, und die Bretter wackelten unter ihm, als er Junior die Hand hinstreckte. Ich reichte das Transparent hinauf und folgte ihnen mit James.

Sie fanden das zusammengerollte Seil. Ich konnte ihre Körper kaum erkennen, als sie zum Dach hinaufkletterten. Neben mir auf dem Gerüst schien James zu wackeln, oder waren es die Bretterstufen? Ich war es sicher nicht. Da ich mein Schicksal bereits in die Hände der Götter gegeben hatte, war ich die Ruhe selbst. Eine Minute später dankte ich meinem Sinn für Eitelkeit für die zwanzig Jahre Oberkörpertraining. Obwohl ich älter als zwei meiner Unruhe stiftenden Kollegen zusammen war, kletterte ich dermaßen leicht und mit einem halben Überschlag über den vorstehenden Dachsims. Ich befand mich auf dem erstaunlich breiten Rand des Dachs.

»Wo ist James?« flüsterte Junior.

Ich schaute hinunter. Er klammerte sich noch immer an das Gerüst. Ich wollte ihn gerade dazu drängen, seinen Arsch zu bewegen, als zwei Polizisten miteinander schwatzend dort entlangschlenderten, wo Reinholds entfernte Beziehung ver-

suchte, sich unsichtbar zu machen. Ich konnte ihr Gespräch hören. Ein etwas älterer Polizist erklärte dem jüngeren, was dieser nie sagen dürfe, wenn er eine Polizistin aufreißen wolle. Als sie außer Sicht waren, kletterte James zum Dach hinauf, ziemlich ungeschickt, wie ich fand. Ich hatte ihn für einen Athleten gehalten, was er nicht war. Die Hand, die ich ergriff, um ihn über den Rand zu ziehen, war groß, kalt und klamm.
Paul hatte das andere Ende des Dachs bereits erreicht. Er hatte das Transparent in Längsrichtung entrollt, aber es war noch zusammengefaltet, so daß gerade der obere Teil der Botschaft auf dem schrägen Dach zu sehen und nur von unter Schlaflosigkeit leidenden, gebildeten Vögeln und vorbeifliegenden Hubschrauberpiloten zu lesen war. Wir müßten es herumdrehen, an dem Dach durch Einhängen der Ösen in die Haken befestigen, die Pauls Wichskumpel dort angebracht hatte, und anschließend – immer noch zusammengefaltet – über den Dachsims und die ganze Seite herunterlassen. Erst dann würden wir uns hinlegen und es mit einer Zugleine an jeder Seite vollständig entrollen können.
Natürlich paßten die Metallösen trotz vorheriger endloser Berechnungen nicht in die Haken. Da entdeckte oder entschied Junior Obregon einfach, daß er unter ernsthafter Höhenangst leide. Ihm wurde so schwindlig, daß er sich auf das Dach legen mußte, während James gleichzeitig versuchte, uns zu helfen und ihm Mut zu machen, bis Paul meinte: »Ihr geht besser. Wir erledigen das hier.«
Er hängte die Ösen von dem einen Ende des Dachs aus in die Haken, ich vom anderen. Dadurch hatte ich einen ausgezeichneten Blick über die Umgebung einschließlich der Demonstration, die sehr beeindruckend war. Als Paul und ich uns bei unserer Arbeit einander näherten, war James schon dabei,

Junior zu helfen, zu der Ecke des Dachs zu gelangen, an der wir heraufgeklettert waren, und sagte: »Ich geh jetzt als erster runter und paß auf, daß du nicht fällst. Sieh nicht nach unten, egal, was du tust. In Ordnung?«

Es muß Juniors Ehre zugerechnet werden, daß er nur mit »in Ordnung« antwortete, obwohl die gewürgte Art, in der er die Zustimmung aus seiner vor Panik zusammengeschnürten Kehle hervorpreßte, darauf schließen ließ, wie ängstlich er wirklich war.

Ich schaute zu Paul hinüber und stöhnte: »Das sind mir vielleicht ein paar Ninja-Schwuchteln!«

»Ich hab irgendwo gelesen, daß der, der die Bombe auf Sarajewo abgeworfen hat, Angst vor lauten Geräuschen hatte«, kommentierte Paul. Wir kicherten, als wir uns damit abmühten, die letzte widerspenstige Öse in den letzten unbeugsamen Haken zu hängen. Als wir Juniors Kopf nicht mehr an der Dachkante sehen konnten, krabbelten wir die Dachschräge etwas hinauf und hoben die unhandliche Flagge hoch. Wir versuchten so leise wie möglich zu sein, doch plötzlich kam ein Wind auf und ließ das lange Tuch wie ein großes Dreiecksegel eines Schoners mitten auf dem Ozean flattern. Paul wurde beinahe vom Dach heruntergefegt, aber der Wind legte sich für ein paar Sekunden, so daß wir das Transparent über die Seite schieben konnten.

Begeistert über unseren Erfolg, schlugen wir unsere Hände leise aneinander. Dann warfen wir die beiden Zugseile an jeder Seite hinab, warteten etwa eine Minute und wollten dann nach unten. Als wir über den Rand blickten, war weder Junior noch James auf dem Gerüst zu sehen.

Ich konnte nicht glauben, daß sie so schnell geklettert waren. »Wo sind sie?«

»Schon am Lkw?« fragte Paul zurück.
Wir kletterten am Seil hinab und hatten Mühe, unser Gleichgewicht zu halten, als wir an dem mittlerweile wirklich wackligen Gerüst ankamen. Wo waren die beiden Polizisten? Drehten sie ihre Runden? Oder waren sie nur vorbeigegangen? Wir mußten vorsichtig sein und uns vielleicht zwischen den Büschen verstecken. Paul zeigte mir den kürzesten Weg zum Lkw und sagte: »Kriech da entlang, wenn es nötig werden sollte.« Er schleuderte das aufgewickelte Seil, das wir zum Hochklettern benutzt hatten, auf das Dach. »Bin ich nicht gut?«
Jetzt die Zugseile. Die beiden mußten gleichzeitig gezogen werden. Uns würde nur etwa eine Minute bleiben, nachdem das Transparent entrollt war, um wie der Teufel von hier zu verschwinden. Die Bullen müßten wegen der Befestigung an den Metallhaken auf das Dach klettern, was eine Stunde dauern könnte, lange genug für die Demonstranten, um die Botschaft zu erkennen, und für die Medien, um sie zu filmen und zu kommentieren.
Ich hielt meinen Atem an, als ich entlang der niedrigeren Backsteinmauer hinüber zum Zugseil glitt. Dort baumelte sie. Alles klar. Wally, sagte ich zu mir, ich hoffe, du weißt zu schätzen, was ich für dich tue. Ich nahm das Seil, schaute zurück zu Paul, sah, wie seine Hand nach dem Seil faßte – und spürte, wie etwas sehr Kaltes, sehr Metallisches und sehr Rundes gegen meine Halsschlagader stupste.
»Nicht bewegen!« hörte ich eine nervöse Stimme nur Zentimeter hinter meinem linken Ohr. »Oder ich schieße.«
Nun wußte ich, wo James und Junior waren – geschnappt. Wie ich.
»Nicht schießen. Ich ergebe mich«, sagte ich.
»Was machst du hier?« fragte er. »Los! Stell dich an die

Mauer.« In die andere Richtung rief er: »Ich hab noch einen, Dak.«

Ich dachte: O Gott, nach alldem werde ich das hier jetzt nicht in die Binsen gehen lassen. Als ich mich zur Mauer hin bewegte, zog ich das Seil mit mir.

Oben gab es einen Klick, und meine Seite des Transparents sauste mit einem lauten, bebenden Schlag wie eine ganze Tonne Segeltuch hinab.

»Was zum Teufel soll das!« rief der Polizist und ließ sich in meine Richtung fallen. Er bohrte mit seiner Pistole fast ein Loch in meinen Hals. »Runter! Auf den Boden! Was zum Teufel geht hier vor? Runter! In den Dreck mit deinem Gesicht!«

Als ich nach unten gestoßen wurde, sah ich das halb abgerollte Transparent und betete, daß Paul das gleiche tun würde. Nur Sekunden vergingen, dann kam die andere Hälfte heruntergekracht. Paul hatte es getan. Noch einmal spürte ich, wie der Polizist quer über meinem Körper bei dem plötzlichen Krach zusammenzuckte.

In der Zwischenzeit dachte ich, von all den erniedrigenden Momenten in meinem Leben – der Rauswurf aus dem Keller's, weil ich eine Ledertunte niedergeboxt hatte, von der ich den ganzen Abend bedrängt worden war, der Überfall dreier Verrückter, die mich zwischen parkenden Autos zusammengeschlagen, mir die Turnschuhe ausgezogen und meine Jeans buchstäblich in zwei Teile gerissen hatten, um an meine Brieftasche zu kommen – war dies hier die absolute Obergrenze.

»Es ist ein gottverdammtes Transparent, Joe!« Der andere Polizist kam zu uns herüber. »Die haben ein gottverdammtes Transparent am Dach des Gracie Mansion aufgehängt!« Seine

161

Stimme war voller Erstaunen und Bewunderung. »Los, Joe, durchsuch ihn und dann zurück.«
Ich spürte die Pistolenmündung nicht mehr an meinem Hals, dafür aber, wie ich gekonnt gefilzt wurde.
»Der ist sauber«, sagte Joe, mein Bulle, mit einer, wie ich glaubte, enttäuschten Stimme.
»Wie die anderen beiden. Bloß Demonstranten. Du kannst jetzt aufstehen.«
Ich stand auf und putzte mich ab. Dak war der Polizist, der mir gegenüberstand. »Ihr habt das Gelände unrechtmäßig betreten und so. Deswegen müssen wir euch festnehmen«, sagte er. »Ihr kennt die Prozedur, oder? Ihr dreht euch um, damit wir die Handschellen anlegen können. Wie zum Teufel seid ihr hier reingekommen?«
Ich zuckte zusammen.
»Es ist besser, wir erzählen das dem Captain«, meinte Joe, der jüngere und nervösere Polizist.
Dak lachte. »Glaubst du, der kann das verdammte Ding nicht von dort aus sehen, wo er ist? Das ist halb so groß wie das Gebäude. Das kann man aus einem Kilometer Entfernung sehen! Ihr seid mir ja so welche!« Er schüttelte seinen Kopf in widerstrebender Bewunderung.
Zehn Minuten später wurde ich in einen Polizeitransporter geschubst. Paul hatte es bis zum Laster geschafft, ohne geschnappt zu werden, und ihn bereits hinausgefahren.
Das von uns aufgehängte Transparent hatte genau die Wirkung, die wir bezweckt hatten. Die Demonstration war doppelt so laut und lebhaft geworden. Einige anscheinend ranghöhere Polizeibeamte hatten ihre Köpfe zusammengesteckt und berieten offensichtlich darüber, wie sie mit den neuen Kopfschmerzen, die wir ihnen bereitet hatten, umgehen sollten.

Ich hätte wissen müssen, daß derselbe blonde Nachrichtensprecher, der mich zuvor »interviewt« hatte, sofort bereitstehen würde, um zu filmen, wie ich, die Hände in Handschellen, zu einem Polizeitransporter abgeführt werde, und mich mit perfekter Naivität fragen würde: »Professor Sansarc, warum haben Sie geholfen, das Transparent aufzuhängen?«

»Richten Sie die Kamera nicht auf mich!« rief ich. »Richten Sie sie dorthin! Das ist die Geschichte heute abend!« Ich nickte zum Gracie Mansion zurück, dessen oberes Stockwerk durch das Transparent verdeckt wurde, auf dem stand: »GEBT DIE GELDER FREI!«

Zu meiner Überraschung drehte sich der Nachrichtensprecher tatsächlich um und ließ die Kamera auf das Transparent richten. Er sagte irgendeinen Scheiß darüber in das Mikrofon, als der nervöse junge Polizist, der mich geschnappt hatte, seine Chance sah und mich mit einem Genickschlag in den Transporter beförderte. Zugegebenermaßen tat er es nicht besonders überzeugend, aber es war hart genug, um mich zu Boden zu strecken.

»He, Mann, bist du in Ordnung?« fragte mich Junior Obregon im Innern des Transporters. »Du Drecksau!« schrie er den Polizisten an.

Obwohl auch Junior und James mit Handschellen gefesselt waren, halfen sie mir wieder auf die Beine.

»Die haben uns gekriegt, als wir runtergeklettert sind«, bestätigte James meine Vermutung.

»Paul ist entwischt«, erzählte ich ihnen.

»Das ist einer von vier«, meinte James.

»Es ist meine Schuld, oder?« fragte Junior.

»Ach komm, June, wir haben doch alle von dem Risiko

gewußt, das damit verbunden war«, sagte James gelassen, aber er klang immer noch verärgert über sich und uns.
Ich setzte mich in dem Transporter auf die Bank ihnen gegenüber. »Das Transparent hängt doch, oder?« fragte ich und dachte daran, wie stolz und überrascht Wally sein würde. »Also hört auf mit dem Gerede.«
Eine Minute lang sprachen wir kein Wort. Dann sagte Junior: »Mein Vater wird mir kräftig in die Eier treten deswegen!«
Wir lachten und wurden wieder still.
Die Tür des Transporters ging auf, und da stand Ron Taskin zusammen mit einem Polizisten und einem ACT-UP-Rechtsberater, der sich gerade beschwerte: »Niemand hatte mich informiert, daß es noch eine andere Aktion gibt außer der mit den Opfern am Zaun. Warum könnt ihr mir so was nicht vorher sagen, damit ich den Papierkram vorbereiten und die Sache geradebiegen kann? Ist denn das zuviel verlangt? Hä?«
Ron ignorierte ihn, sah mich an und flüsterte: »Saugut gemacht, Rog!«
Ich verbeugte mich dankend.
»Ich werde das als eine ungenehmigte Aktion einstufen müssen«, fuhr der Rechtsberater fort. »Das ist die Basis, auf der wir mit der Geschichte umzugehen haben.«
»Herzchen, du kannst es Jane Wyman erzählen, wenn du willst«, sagte Ron.
»Es wäre leichter, wenn ihr euch einen Rechtsanwalt nehmt«, meinte der besorgte Rechtsberater und sah gezielt zu mir herüber.
»In Ordnung. Anatole Lamarr. Er wohnt in K-Y Plaza. Kips Bay.«
Der Rechtsberater meckerte und murrte immer noch darüber, daß alles nicht genehmigt war, als er die Namen und Adressen

und andere scheinbar relevante Angaben von Junior und James notierte. Er erzählte uns, ein Rechtsberater stünde bereit, egal, wo man uns vernehmen würde, damit dieser uns zu unserer Verteidigung beraten könne.

»Nicht schuldig!« riefen wir alle.

»Er oder sie wird das alles dort besprechen!« sagte der Rechtsberater.

Ein paar Minuten später wurden er und Ron von einer Polizistin von der Tür weggeschoben und der Transporter zugemacht und verschlossen.

»Wohin fahren wir?« fragte Junior unseren Rechtsberater durch das Gitter zum Vordersitz.

»Weiß ich noch nicht. Aber das kriegen wir raus«, rief er nervös zurück. »Paßt auf, ihr«, warnte er dann die beiden Polizisten, die auf die Vordersitze des Transporters kletterten – ein jüngerer Mann und die Frau, die uns eingeschlossen hatte. »Ich hab eure Namen und Dienstnummern notiert.«

»Kümmert euch nicht um den«, sagte ich zu den beiden Polizisten durch das Gitter. »Das AZT macht ihn ein bißchen fertig. Bei mir hat das Zeug aber keine Auswirkungen. Und bei euch, Jungs?« fragte ich James und Junior, der den Witz fortführte: »Ich weiß nicht, mich macht das Zeug die ganze Zeit geil.«

Die beiden Polizisten sahen sich eine Sekunde lang an, dann schien die Frau etwas erwidern zu wollen, als James hinzufügte: »Keine Angst, wir beißen nicht.«

»Wir fahren bloß ein paar Blocks bis aufs Revier«, sagte der Fahrer schließlich zum Fenster hinaus, wo ich immer noch den wartenden Rechtsberater vermutete. »In Ordnung? Und für euch da hinten, ist das auch in Ordnung?« rief er zu uns.

»Danke, Officer Krupke!« antwortete ich.

Abweichend von dem, was der Fahrer gesagt hatte, saßen wir länger im Wagen. Ich beobachtete James und Junior, die aneinander rummachten. Ich vermute, es mit auf den Rücken gefesselten Händen zu tun war eine Herausforderung für sie, der es sich zu stellen galt. Schließlich lehnte sich James auf der Bank zurück, und Junior versuchte, mit den Zähnen den Reißverschluß von James' Jeans zu öffnen.

Das hier, in diesem Moment, dachte ich, ist eine Szene, die Alistair in all ihren Einzelheiten und mit ihrer ganzen Ironie gefallen würde. Alistair, der ... Ah, aber das war der wunde Punkt!

Meine Gedanken wanderten zu Alistair, wie er alle Partygäste nach Hause schickte und die Weiße Frau in sein Bett steckte, ihm ein Glas Milch und ein paar Kekse brachte und noch etwas blieb, um eine oder zwei Seiten von Anne Beattie zu lesen, bis die Weiße Frau anfing zu schnarchen. Alistair würde ihm einen Abschiedskuß zuhauchen und auf Zehenspitzen hinausschleichen, in sein eigenes Schlafzimmer gehen und die Tür hinter sich schließen, dann die Tuinal ausbreiten und vielleicht jede von ihnen mit dem Namen eines Abenteuers oder eines Jungen, den er besessen hatte, anreden, wenn er eine nach der anderen hinunterschluckte, alle vierundsechzig.

Anatole mußte auf das Revier kommen. Er mußte mich heute abend aus dem Gefängnis holen. Dann würde Alistair nicht sterben.

Maria und Debbie bewegten ihre Lippen nach dem Lied und tanzten und gestikulierten von einer niedrigen Mauer herab, die das reflektierende Wasserbecken umgab. Natürlich hatten sie die volle Aufmerksamkeit der Leute auf sich gezogen, die zur Mittagszeit vor dem vierzigstöckigen Gebäude bummelten. Es war Mitte August des Jahres 1969, ein schöner, heißer Nachmittag in Manhattan kurz vor zwei Uhr, und meine beiden Mitarbeiterinnen gaben die Worte des Liedes mimisch zum besten, das aus einem Kofferradio ertönte, während ich mich leicht zur Seite drehte, meine Hände wölbte und einen tiefen Zug von einem Joint nahm, den ich in die leere Hülle einer Salem Long gesteckt hatte. In ein paar Minuten müßten wir diesen Platz städtischer Sinnes- und Sonnenfreuden verlassen und nach oben in die kleinen, sauerstofflosen, dünnwandigen Kabinen zurückkehren, die sich unsere Büros in dem großen, unpersönlichen Verlag nannten, bei dem wir als Redakteure für High-School- und College-Lehrbücher angestellt waren. Es waren trübe Aussichten, die ich solange wie möglich umgehen und soviel wie möglich im voraus durch empfindungsändernde Drogen mildern wollte.

»Mr. Sansarc!«

Ich wußte sofort, wer da nach mir rief, und kam augenblicklich aus der durch den Marihuanarauch verursachten Halluzination zurück. Es war Frank Kovacs, mein direkter Vorgesetzter, ein Mann, dessen bloße Stimme – ganz abgesehen von seiner Gegenwart – es aus keinem genau erklärbaren Grund schaffte, in mir den instiktiven, absolut primitiven Kampf- oder Fluchtreflex hervorzurufen, den wir wohl alle irgendwo in den geheimen Winkeln unseres Wesens verborgen halten.

»Entschuldigen Sie, daß ich Sie in Ihrer Mittagspause störe«, sagte Kovacs, der nicht im mindesten klang, als wollte er sich tatsächlich entschuldigen. »Aber sie wird ja bald zu Ende sein, nicht wahr?« Wie sehr ich diesen Mann verachtete, der sogar Spaß an der Vorfreude darauf hatte, wenn der Spaß aufhörte. »Um etwas Zeit zu sparen«, fuhr er fort, »warum schauen Sie

nicht einfach in meinem Büro vorbei, sobald Sie nach der Mittagspause zurückkommen? Das ist sowieso in ein paar Minuten.« Er wartete auf eine Antwort.
Hä? Was fragt er da? Die Sätze hatten sich einer nach dem anderen wie Ziegel aneinandergereiht, die von einem Dach vornüberhängen, und keiner von ihnen war durch seinen Sinn oder seine Betonung besonders hervorgehoben. Konnte ich von so einem kleinen Joint so bekifft sein?
Ich lächelte über Debbie und Maria, die hinter Kovacs herumkasperten, was diesen sofort Verdacht schöpfen ließ. Er wirbelte herum, um nach den beiden zu sehen, die augenblicklich aufhörten. Plötzlich verstand ich, was er gefragt hatte. Es war gar nichts Bedrohliches und Schreckliches gewesen, nur eine einfache Frage.
»Natürlich!« sagte ich. »Ich werde in Ihr Büro kommen. Wann?«
Kovacs war über seinen eigenen Verfolgungswahn verärgert, als er sich zu mir drehte. »Wenn Sie zurückkommen«, antwortete er und fügte mit seltener Güte hinzu: »Wann immer Sie die Möglichkeit sehen.« Dann war er gegangen. Als das Lied zu Ende war, meinte Carl: »Das war's, Leute!« Er schaltete das Kofferradio aus und gab das Zeichen zum Weltuntergang – oder war es nur für das Ende der Mittagspause?
»Was wollte das alte Warzengesicht?« fragte Debbie mit dem Taktgefühl und der Phantasie, die ihr eigen waren, als wir im Aufzug standen.
»Rogs Körper«, sagte Maria. »Nackt, mit allen vieren von sich gestreckt auf Toast.«
»Nein, nein!« stöhnte ich. »Lieber tot als in Unehre fallen.«
Alle im Aufzug lachten. Als wir im sechsundzwanzigsten Stockwerk ankamen, marschierten wir vier – Maria, Carl,

Debbie und ich – wie ein Trupp aneinandergeketteter Sträflinge oder wie beim kubanischen Conga hinaus und wanden uns zwischen den Kabinen hindurch. Einer nach dem anderen scherte aus der Linie. Ich war der letzte und ließ mich auf meinen Stuhl fallen.

Ich rief Carl sofort an. »Was soll ich mit meinem Leben anfangen?« fragte ich ihn. »Warum bin ich hier?«

»Du bezahlst die karmischen Schulden eines großen Verbrechens zurück, das im 13. Jahrhundert begangen wurde«, antwortete er in perfekter Parodie einer hohen, flink sprechenden Stimme aus Zentralindien. »Du warst Burt-an, der in einer Jurte hauste, ein Massenmörder, und hast Hühnerfarmen angezündet. Dein Leben besteht nur aus Leiden, Leiden, Leiden!«

»Du bist auch keine Hilfe!« stöhnte ich und legte auf.

Warum war ich nun hier? Zunächst einmal war ich in diesem Büro, weil fünf Monate zuvor ein College-Freund, der ursprünglich die Arbeit hier gemacht hatte, zum Friedenskorps gegangen war und sowohl mich als auch den Verlag dazu überredet hatte, daß ich seinen Platz einnahm. »Du bist hochgradig überqualifiziert«, hatte er zu mir gesagt. »Es wird ein Kinderspiel sein.«

Er hatte so ziemlich recht behalten. Bisher hatte meine Arbeit darin bestanden, erstens an endlosen Redaktionsversammlungen teilzunehmen, die die Projekte anderer betrafen, zweitens für zweihundert Fotos, Illustrationen und Landkarten für eine erneut verbesserte Auflage eines viel verwendeten Geschichtsbuchs für die High-School Bildunterschriften zu verfassen und drittens das Manuskript eines neuen Buches über amerikanische Geschichte zu lesen und es mit drei anderen, schon auf dem Markt erhältlichen zu vergleichen.

Ich hatte einmal ausgerechnet, daß ich für den Verlag weniger als drei Stunden pro Tag arbeitete. Die restliche Zeit verbrachte ich an der Kaffeemaschine oder am Telefon mit Carl, Maria und Debbie oder auf der Herrentoilette, wo ich las und endlose Kreuzworträtsel löste. Als mir mein Freund die Arbeit empfohlen hatte, hatte er mir gesagt, daß ich sehr viel Zeit für mich hätte. »Egal, was du tust, sei nicht schnell, und vor allem sei nicht tüchtig. Die sind alle so doof, daß sie glauben werden, du seist nur oberflächlich.«

Als Ergebnis seiner Warnung hatte ich ganze drei Wochen damit verbracht, besagtes Manuskript zu lesen und zu begutachten und es mit drei konkurrierenden Büchern zu vergleichen. Eigentlich hätte es nicht mehr als eine Woche dauern müssen. Warum vergeudete ich meine Zeit in Kovacs' Büro, in dem ich mich eine halbe Stunde später befand?

»Ich habe Ihr Gutachten über das Rainey/Schachter-Manuskript gelesen«, sagte Kovacs, der vorsichtig den zwölften von zwölf nagelneuen Bleistiften anspitzte, den er gerade aus einer offenen Schachtel auf seinem Schreibtisch genommen hatte. Er bezog sich auf mein letztes Gutachten. »Genaugenommen ...« Kovacs unterbrach sein Anspitzen, um die anderen elf Bleistifte in eine Reihe zu legen und ihre Länge zu prüfen. »Chas und ich haben über Ihr Gutachten geredet«, fuhr er mit einem Ton in der Stimme fort, den ich als Ehrfurcht oder Wichtigkeit einstufte, da »Chas« Charles Knoxworth war, Kovacs' eigener Chef, der Kopf der gesamten Abteilung, ein Mann, den ich nur einmal getroffen und natürlich allein vom Anblick her verachtet hatte.

»Oh!« sagte ich. Ich hatte nie zuvor jemanden gesehen, der seine Bleistifte nach dem Anspitzen mißt, und ich genoß dieses seltene Vergnügen.

»Chas denkt, Sie sind ein guter Autor. Chas denkt nicht, daß Sie damit zufrieden sein werden, ein Redakteur zu bleiben. Chas denkt, Sie werden selbst ein Autor.«

»Wirklich?« fragte ich und überlegte, ob die häufige Verwendung der Formulierung »Chas denkt« als Sprachmasturbation bezeichnet werden könnte.

»Genaugenommen denkt Chas, daß Sie Ihren kreativen Geist unterdrücken, und dies könnte erklären, warum Chas denkt, daß Sie das Gutachten über das Rainey/Schachter-Manuskript zu schnell erstellt haben.«

»Zu schnell?« wiederholte ich erstaunt. Es hatte drei Wochen gedauert!

Einer von Kovacs' Bleistiften war offensichtlich einen halben Zentimeter zu lang und mußte umgehend korrigiert werden.

»Bestimmte Umstände müssen berücksichtigt werden«, sagte Kovacs, der mit dem tackernden Anspitzer beschäftigt war. »Wenn diese Lehrbücher einmal auf dem Markt sind, müssen sie dem Dauertest standhalten«, fügte er hinzu, wobei er sein Lieblingsklischee benutzte, eines, das in diesen Tagen ziemlich wertlos war, da jeder im Universum seine Lehrbücher ändert, was eigentlich auch erklärte, warum ich das Gutachten erstellt, ja, warum ich diesen Arbeitsplatz hatte.

»Hätte ich länger brauchen sollen?« fragte ich. Ich hätte ihm sagen können, daß er die zwölf Bleistifte niemals auf gleiche Länge bringen würde. Warum sich damit abmühen, wenn sie nach dem ersten Benützen sowieso wieder unterschiedlich lang sein würden?

»Es ist weniger der Zeitfaktor, der zu einer Entscheidung dieser Art führen sollte, als vielmehr der Umfang der Abwägung, des Nachdenkens, des bloßen Grübelns darüber.«

Er betrachtete die ungleichen Bleistifte und versuchte, nicht allzu entrüstet über deren Länge zu wirken.

Nun, es stimmte, ich hatte den Bericht mit dem Hinweis beendet, daß das Manuskript zwar gut, mir aber aufgefallen sei, daß kein besonderer Bedarf daran bestand. Der Markt sei schon voll mit Büchern über dieses Thema, einschließlich eines besseren aus unserem eigenen Hause. Konnte dies der taktische Hauptfehler meinerseits gewesen sein? Falls mein Gutachten abgelehnt werden sollte, bedeutete dies, daß Chas – oder noch jemand über ihm – wollte, daß das Manuskript veröffentlicht wird? Ich brauchte Einzelheiten.

»Sagen Sie mal, Frank«, versuchte ich es auf die freundliche Tour, »hat der Verlag das Rainey/Schachter-Buch schon bezahlt?«

»Einen Vorschuß«, erwiderte er ohne weiteres. »Keinen hohen. Und es gibt eine Vereinbarung. Aber keine, die nicht gebrochen werden könnte.«

Wir beide wußten, daß das echte Geld bei den Lehrbüchern, im Gegensatz zu den kommerziellen Büchern, nicht durch Vorschüsse zu verdienen war, sondern durch die jahrelange Auszahlung von Tantiemen. Ich versuchte einen anderen Schachzug. Mein Freund hatte mir das Manuskript zwar vererbt, aber vielleicht war auch er nicht der erste, der es zu sehen bekommen hatte.

»War das vielleicht eins von Chas' Lieblingsprojekten, als er in Ihrer Situation war?«

Kovacs hatte es mit seinen Bleistiften aufgegeben und schob sie in die Schachtel zurück. Ganz schön dumm. Man konnte jetzt viel leichter sehen, daß sie nicht gleich lang waren. Er ließ sie wieder herausrutschen.

»Nein, ich glaube nicht.«

»Ich sag Ihnen was, Frank, da Sie und Chas sich einig sind, warum lassen Sie mich das Manuskript nicht noch einmal durchsehen?« Ich nahm das Gutachten in die Hand. »Vielleicht war ich etwas zu voreilig.«

Wie ich vermutet hatte, war Kovacs erleichtert. Offensichtlich hatte er keine Ahnung, wo das Problem überhaupt lag, und wenn doch, konnte er sich nicht dazu durchringen, es mir mitzuteilen.

»Ich wußte, Sie verstehen das«, sagte er, stand auf und legte die ungleich gespitzten Bleistifte achtlos in eine Schublade.

Von Debbie erfuhr ich, was ich als nächstes tun sollte.

»Nichts. Oder vorerst fast nichts.« Wir traten aus dem Gebäude und gingen in Richtung unserer gemeinsamen U-Bahn-Haltestelle. »Und auf jeden Fall nichts Neues. Du brauchst nichts davon noch einmal zu lesen. Und müh dich ja nicht damit ab, irgend etwas neu zu schreiben. Warte etwa einen Monat, dann tippe dasselbe Gutachten auf anderem Papier noch einmal ab. Du solltest vielleicht die Seitenränder oder die Zeilenlänge ändern, so daß sie denken, es sei total neu.«

»Du machst Witze.«

»Unterschätze nicht ihre Intelligenz. Und wenn sie von einem Manuskript nicht überzeugt sind, wollen sie bloß eine gute Entschuldigung dafür. Sagen wir mal, zwei negative Gutachten über einen längeren Zeitraum hinweg ... Dann sind sie aus dem Schneider.«

»Was mache ich in der Zwischenzeit im Büro?«

»Frag mich doch nicht. Ich lese alles von Proust. Im Original. Ich lerne sogar Französisch, um das zu lesen.«

Debbie sah ihre Uptown-Bahn und rannte, um sie zu erreichen. Ich schlenderte die andere Seite des Bahnsteigs hinunter zur

Downtown local. Eigentlich war ich nicht scharf darauf, nach Hause zu gehen.

Als ich Carl angerufen hatte, um ihn zu fragen, was mit meinem Leben nicht stimmt, hatte ich mehr als nur die Arbeit gemeint. Ich hatte alles gemeint. Hier stand ich, vierundzwanzig Jahre alt, ohne Richtung und Ziel, außer mit der vagen Vorstellung, eines Tages Autor zu werden, auch wenn ich keinen Schimmer hatte, worüber und wie ich schreiben sollte. Ich hatte nicht nur kein Ziel, wenn ich es richtig betrachtete, hatte ich auch nichts Eigenes geschaffen. Ich hatte die unbedeutende Arbeit von einem College-Freund geerbt. Ich hatte meine Wohnung von einem anderen Freund geerbt, der glaubte, daß durch Mieten kontrollierte Wohnungen an eingeschworene Feinde weitergegeben werden sollten, bevor Fremde dort einziehen würden. Eigentlich hatte ich auch die Frau, mit der ich zusammenwohnte, irgendwie geerbt.

Allerdings nicht von einem College-Freund, sondern von Little Jimmy. Little Jimmy hatte ich auf einer Fete sechs Monate zuvor kennengelernt und danach in regelmäßigen Abständen zufällig getroffen. Vielleicht, weil er genausooft wie ich in derselben lockeren Clique herumhing, die sich im Umfeld eines städtischen Gemeindezentrums in West Village traf. Jimmy kam aus North Carolina, und obwohl er körperlich klein und hager war, wurde er zu einem großen Mann, sobald es um Frauen ging. Eigentlich hatte er immer eine toll aussehende Frau dabei, wenn ich ihn sah, die meisten von ihnen blond und gewöhnlich sehr kühl. Die letzte, Jennifer, war aus Minnesota und so blond, daß sie im hellen Licht unsichtbar wurde, dennoch so ehrlich, daß ich mich sehr wunderte, als sie mir ihre Pläne für eine neue »Szene« anvertraute, zu der ein riesiges Spinnennetz, schwarz lackierte Ketten und zwanzig

Zentimeter hohe Stöckel gehörten. Ich brauchte eine Weile, bis ich herausfand, daß die stille kleine Jennifer keine Unschuld vom Lande, sondern eine Stripperin auf Volksfesten war.

Jedenfalls hatte mich Jimmy ein paar Wochen zuvor aus dem Nichts angerufen und gefragt, ob ich ihm einen Gefallen tun könne. Geld, dachte ich. Ich dachte verkehrt.

»Ich hab zu viele Blondinen«, beschwerte sich Jimmy, war aber offensichtlich erfreut darüber. »Eine bin ich gerade losgeworden. Ich lebe mit Jennifer und ihrer Schwester zusammen. Jetzt ist meine alte Freundin Michelle wieder in der Stadt. Du erinnerst dich an Michelle?«

Ich erinnerte mich nicht. Aber ich dachte, wenn man eine von Jimmys Freundinnen kennt ...

»Michelle ist großartig!« sagte Jimmy ganz enthusiastisch. »Sie ist einzigartig! Weißt du, was ich meine? Sie braucht jedenfalls was, wo sie eine Weile wohnen kann. Und mir ist es nicht möglich, sie hierzubehalten. Du hast doch noch das zusätzliche Zimmer und das zweite Bett, oder? Es wäre nicht für lange. Sie weiß noch nicht genau, was sie will, ob sie bleiben oder wieder gehen soll.«

All das bestätigte sich, als Michelle später an diesem Tag mit ihren zwei großen Satteltaschen aus Leder aufkreuzte.

Michelle war anders als Jimmys sonstige Frauen, eher ein Hippie in ihrer schlichten, aber doch bezaubernden Kleidung, mit ihren sehr hellblond gefärbten Strähnen im Haar, ihrem kleinen süßen Gesicht – ernsthafte, große blaue Augen, perfekte Nase, perfekter Mund –, ganz zu schweigen von ihrem stattlichen, dynamitgeladenen Körper.

»Ich werde versuchen, nicht zu sehr in deinen Bereich einzudringen«, sagte Michelle, nachdem wir ihre Taschen hineingeschleppt hatten. »Ich werde nähen und mich mit meiner Kunst beschäftigen, während du arbeitest, und werde weg sein, wenn du nach Hause kommst.«

Na ja, ein bißchen kannst du ja in meinen Bereich eindringen, wäre mir fast rausgerutscht.

Michelle kam wirklich jede Nacht erst spät zurück, lange, nachdem ich eingeschlafen war – genauso, wie sie es am ersten Tag gesagte hatte –, und ich bemerkte kaum, daß sie da war.

Die Hauptanzeichen ihrer Anwesenheit waren die halb aufgerauchten Joints in den Aschenbechern im Wohnzimmer und eine Ausgabe des *I Ging,* das, aufgeschlagen auf der Seite mit dem Hexagramm Nr. 56, »Der Reisende«, auf dem Wäschekorb im Badezimmer lag. Einmal spähte ich in ihr Zimmer und entdeckte eine ziemlich umfangreiche Nähausrüstung in einer eigens dafür vorgesehenen, gut aufgeteilten Ledertasche, daneben einen großen Malblock und einen Kasten mit vierzig »Caran-d'Ache«-Stiften.

Am zweiten Wochenende, nachdem Michelle bei mir eingezogen war, kam ein Junge namens Leighton vorbei, um sie abzuholen. Er hatte alle Accessoires und die ganze Ausrüstung, die zu einem Hippie jener Zeit gehörten, aber ich weiß nicht warum, für mich war es ein Schwindel.

Es ging mich nichts an, mit wem Michelle ihre Abende verbrachte, solange sie ihre Miete bezahlte und ihren Teil der Wohnung sauberhielt. Das sagte ich mir immer wieder, und das sagte ich auch Michelle eines schönen Sommermorgens am Ende des Monats, als wir uns zu einem Tee und etwas Gras zusammensetzten, um über ihre Zukunft zu reden.

»Das ist toll, daß du so denkst«, erwiderte sie auf meine Erklärung mit ihrer dunklen, gedämpften Stimme, anscheinend unfähig zu Enthusiasmus. »Weil ich gerne noch etwas länger bleiben würde.«

»Wirklich?« Ich glaube, ich war gleichermaßen erfreut und erstaunt.

»Jimmy hatte recht. Du bist ein prima Kerl. Mit dir kann man gut auskommen. Ohne Reibereien.«

Es stellte sich heraus, daß Michelle während des vergangenen Jahres, seitdem sie die Stadt verlassen hatte und durch das Land zog, um sich in verschiedenen Kunst- und Handwerksszenen umzusehen, von denen sie gehört hatte, auch in anderen Wohnungen Unterkunft gefunden hatte. Sie wollte hier so lange bleiben, bis sie einige Arbeiten angefertigt hatte, die sie herumzeigen und verkaufen konnte, wenn sie wieder durch die Straßen ziehen würde. In der Zwischenzeit wollte sie in meinem Gästezimmer bleiben, den Teil der Miete bezahlen, den wir vereinbart hatten, und nicht in meinen Bereich eindringen. »Du hast dein Leben, ich hab meins«, schloß sie.

Da hatte sie unrecht. Ich hatte nichts, was auch nur annähernd wie ein Leben aussah, und wäre sie abends oder am Wochenende dagewesen, hätte sie es selbst herausgefunden. Was ihr Leben betraf, vermutete ich, daß es Leighton einschloß, und darum kümmerte ich mich wenig.

Michelle rückte mit ein paar mehr Informationen heraus. Ihre Familie kam von der Küste, aus Massachusetts, und Michelle hatte ihre Großmutter dort besucht, teilweise, weil sie sie sehen wollte, aber auch, weil sie beabsichtigte, von ihr eine besondere neuenglische Stickerei zu erlernen, an der sie interessiert war, und weil sie Geld brauchte.

Das einzige, was ich noch über ihre Familie erfuhr, war, daß sie »sonderbar und gleichzeitig irgendwie langweilig« war. Ein anderes Mal, als wir einen Tee zusammen getrunken hatten, kam heraus, daß sich Michelle mit ihren Eltern wie so viele Gleichaltrige verkracht hatte und daß sie, was weit überraschender war, auf der Suche nach einem speziellen Mann war – das soll einer verstehen! –, um sich von ihm ein Kind machen zu lassen.

»Nicht, daß ich heiraten möchte oder so etwas Konventionelles vorhabe, weißt du. Ich möchte noch nicht mal mit dem Mann zusammenleben. Nur schwanger werden von ihm. Ich werde das Kind selbst aufziehen. Dieser medial veranlagte Astrologe und ich haben die besten Zeitpunkte herausgearbeitet, wann ich schwanger werden sollte, und er hat mir die besten Sternzeichen der Männer gesagt, mit denen ich es machen soll.«

Dieser Gedanke war mir absolut unverständlich, da er das höchste an Abgebrühtheit darstellte, was mir bisher begegnet war, und ich spürte, daß Michelle alles in allem zu gut für mich – ganz zu schweigen von Little Jimmy – war, als sie fragte: »Wann hast du übrigens Geburtstag?« und sie, nachdem ich es ihr gesagt hatte, erwiderte: »Na ja, du scheinst zu passen. Aber Leighton auch.« Der Junge, mit dem sie sich immer traf. Das war die Erklärung, warum sie mit ihm schlief. Eine andere konnte ich nicht finden.

Die nächsten Wochen waren seltsam. Wenn Michelle ein Junge gewesen wäre, ja, wenn sie auch nur annähernd irgend jemand anders gewesen wäre, als sie tatsächlich war, wäre ich zufrieden gewesen, etwas Miete für einen Raum zu erhalten, den ich sowieso nicht nutzte. Ich bemerkte immer sehr deutlich, wenn sie im Zimmer war, ganz gleich, ob sie alleine war und, wie meistens, arbeitete oder ob sie telefonierte oder ob, viel seltener, jemand bei ihr war, eine Freundin, manchmal auch Leighton, bevor sie am Abend ausgingen.

Dies war unzweifelhaft mein Fehler. Durch Michelles Anwesenheit waren meine eigenen Probleme noch deutlicher geworden. Das läßt sich folgendermaßen zusammenfassen: Es war zwei Jahre her gewesen, daß ich mit einer Frau, die zudem ein Fehlgriff war, ein Verhältnis gehabt hatte. Na ja, vielleicht kein Fehlgriff, sondern eher ein Fehlschlag. Nach fast einem ganzen Jahr, in dem wir uns getroffen hatten und in dem die meisten unserer Treffen mit Küssen an ihrer Wohnungstür oder seltener mit Rumknutschen auf dem Sofa geendet hatten, während ihre Mitbewohnerin am Telefon hing, waren wir immer noch nicht zur Sache gekommen. Nicht, daß ich Angst gehabt hätte oder unerfahren gewesen wäre. Ich war einfach nicht daran interessiert, Janet zu bumsen. Ich wollte eine Beziehung, in der Sex eventuell inbegriffen war, aber nicht, daß er alles andere umschloß. Das wollte Janet allerdings auch nicht. Was sie eher wollte, war ihre eigene Vorstellung davon, wie das alles miteinander vermischt zu sein hatte.

Der Höhepunkt kam eines Abends, als wir auf ihrem Sofa saßen und miteinander knutschten und rumfummelten. Unsere Kleidung war total durcheinander, als sie schließlich aufstand und keuchte: »Ins Schlafzimmer.« Ich protestierte: »Was ist mit Helena?« Und sie sagte: »Helena ist nicht hier.« Na ja, ich war geil, und mehr oder weniger waren wir dabei, miteinander zu schlafen, aber Janet war nicht überrascht, als mein Feuer im Gegensatz zu vorher, auf dem Sofa, etwas erloschen war.

Danach sagte Janet zwischen zwei Zügen aus ihrer Kent mit Menthol: »Es muß an mir liegen. Du warst vorhin noch heißer als eine Pistole.«

»Es liegt nicht an dir, es liegt an mir. Ich bin mir nicht sicher, ob wir dies hier tun sollen.«

»Warum sollten wir nicht? Jeder tut es. Sogar Helena.«

»Ja. Aber ich empfinde es wie ... ich weiß nicht ... eine Art Bindung, zu der ich nicht bereit bin.«
»Ich verlange keine Bindung«, sagte Janet schnell. Doch dann gestand sie: »Ach was, das ist Quatsch. Ich wäre gern gebunden. Aber ich weiß jetzt, das werde ich nicht mit dir haben können.«
Damit war unsere Unterhaltung beendet und unsere Beziehung überschattet. Ich rief noch ein- oder zweimal an, um mich mit ihr zum Ausgehen zu verabreden. Janet vertröstete mich zweimal – das war Zeichen genug, und ich meldete mich nicht mehr. Halbherzig dachte ich, Janet sei nur nicht die Richtige für mich gewesen. Aber in mir schlummerten ganz andere, dunklere Gedanken. Was war, wenn ich mir überhaupt nichts aus Mädchen machte? Natürlich konnte ich bei ihr einen Steifen kriegen, aber ich war jung. Ich bekam einen Steifen, wenn ein Hund bellte, wenn ein Zug pfiff, wenn der Wind in einer bestimmten Stärke blies. Was war, wenn ich überhaupt nicht heterosexuell war, wie alle anderen um mich herum, sondern ...?
So weit ging ich nicht. Als ich vom Besuch meines Cousins in Kalifornien zurückkam, sah ich sofort in meiner Enzyklopädie nach und ging zur städtischen Bücherei, um auch dort das Wort »homosexuell« nachzuschlagen und alles zu lesen, was ich darüber finden konnte. Es war nicht viel, und es war durchweg negativ, und ich wußte, so etwas konnte ich nicht sein, das ging einfach nicht. Und doch hatte mich alles, was ich las, jedes Wort, erregt, anders als das, was ich je über regulären Sex zwischen Mann und Frau gelesen hatte.
Nein, das wahre Problem lag darin, daß ich keinem dieser Autoren glaubte. Zumindest so lange nicht, bis ich zur Einleitung des *Kinsey Reports* von 1949 kam, die ich in der Hand-

bibliothek gelesen hatte und die mehr oder weniger das zusammenfaßte, was ich von Alistairs Surfkameraden gehört hatte, nämlich daß alle Jungs irgendeine Art von Sexualkontakt mit einem anderen hatten und daß es nicht notwendigerweise etwas bedeutete. Zumindest nicht, daß man selber schwul war. Keiner von Jewels Jungs in dem Haus am Topanga Beach hatte laut Jewel, Judy oder Alistair soviel Kontakt mit Mädchen gehabt, wie sie untereinander gehabt hatten, und keiner von ihnen war ... Ich konnte noch nicht einmal das Wort aussprechen.

So lautete eines meiner Argumente. Ich hatte einfach noch keine junge Frau gefunden, die ich liebte, und wenn ich sie fände, würde ich sie tagaus, tagein bumsen wollen, und ich würde nie wieder an die Surfer denken oder daran, wie sehr mich andere Jungs anzogen.

Nun schien es, daß das Schicksal mir solch eine junge Frau direkt in meine Wohnung geschickt hatte. Alles, was ich jetzt tun mußte, war, meinen Nutzen daraus zu ziehen. Denn wenn ich es nicht tat, wer wußte, welch schreckliche Zukunft mich erwartete? Wie sich zeigte, hatte ich im Grunde genommen keinen Einfluß. Das Schicksal tat seine Arbeit, und jeder um mich herum hatte seine Rolle zu spielen.

Einschließlich Debbie. An dem Abend, als mir Debbie den Rat hinsichtlich meiner Arbeit gegeben hatte, rief sie mich später an. Ich hatte zu Essen eingekauft und war kaum durch die Tür, als Debbie fragte, ob ich Radio gehört habe.

»Nein, warum?« Ich wollte wissen, welches neue Unglück sich in diesen Jahren der schrecklichen politischen Katastrophen nun wieder ereignet hatte.

»Na ja, die reden über all die Rock-Gruppen, die sich an diesem Wochenende irgendwo im Norden von New York zu

einem großen Open-Air-Konzert versammeln«, sagte sie. »Es hört sich an, als gingen alle da hin. Weißt du nichts darüber?« Ich wußte nichts. Telefonate mit unseren Arbeitskollegen ergaben mehr oder weniger dasselbe. Maria hatte mehr erfahren. »Es heißt, die würden alle kommen. The Mamas and the Papas, Janis Joplin, sogar die Beatles!«
»Das wär total abgefahren, wenn wir auch da hingehen würden«, sagte Carl. »Die haben Eintrittskarten per Post verschickt, aber alle können sie nicht verkauft haben.«
So erfuhr ich von dem Konzert im Norden. Aber als wir einen Plan aushecken wollten, um dort hinzugehen, schien es ein ziemlich aussichtsloses Unterfangen, vor allem ohne Auto.
An diesem Abend war ich auf einer Party von einem Freund von einem Freund von einem Freund. Mir gefiel sie überhaupt nicht, ich fand sie langweilig und sonderbar und war schließlich ziemlich high und betrunken. Ich schlief schlecht, natürlich in meinem eigenen Bett, natürlich allein, und wachte zweimal während der Nacht auf, weil ich etwas Wasser trinken mußte. Beim drittenmal, als ich aufstand, war das Badezimmer verschlossen. Ich hörte das Wasser in der Dusche. Michelle mußte nach Hause gekommen sein. Na klar, es war sechs Uhr morgens.
In der Küche war es heller. Ich nahm mir was zu trinken, aber vermied das hellere Licht der Fenster im Wohnzimmer. Ich ging zurück ins Bett und schlief nach einer Minute wieder ein. Zuerst war ich mir nicht sicher, ob es ein Traum war oder nicht. Zu viele meiner Träume begannen ebenso trügerisch: Ich liege in meinem Bett, in meinem eigenen Schlafzimmer, dann ... Aber ich war wach, oder ziemlich wach. Nein, ich mußte wach sein. Alles in allem war mir warm, obwohl ich nackt war, das obere Laken war spärlich um den Mittelteil meines Körpers

gewickelt. Und da stand Michelle. Sie stand in der Schlafzimmertür, lehnte am Türpfosten und hatte ihre Arme über ihren Kopf erhoben, um sich die Haare mit einen Handtuch zu trocknen. Plötzlich verschwammen alle ihre Körperteile ineinander. Sie trug nur einen Slip in einem sehr blassen Blau – sonst nichts.

»Du bist zu Hause?« fragte ich dümmlich. Meine Stimme war trotz des vielen Wassers, das ich getrunken hatte, undeutlich.

»Lange weg gewesen?« fragte sie zurück. Auch ihre Stimme hörte sich belegt an.

Ich sagte etwas, woran ich mich schon nicht mehr erinnerte, als ich es ausgesprochen hatte, und sie antwortete etwas, was ich nicht begriff. Dann sagte sie etwas, was ich auch nach ein paar Sekunden des Schweigens nicht verstand. »Das sieht interessant aus.« Sie blickte auf meine Erektion, die sich schwerlich unter dem Laken verstecken ließ. Auch ich sah sie mir an, ziemlich sachlich, und fragte mich, was sie da mache. Dann kam Michelle näher. Sie hatte aufgehört, ihre Haare abzutrocknen, und ich übergab ihr irgendwie meine Erektion, die sie berührte. Sie sagte etwas mit leiser Stimme. Plötzlich war sie auf dem Bett, saß mit gespreizten Beinen über meinem Körper, mit meinem erigierten Penis in ihr, und ihr Haar breitete sich über meinem Gesicht und Oberkörper aus. Wir schaukelten zusammen und jeder für sich und taten, ich weiß nicht wie, wie die Ponys in den russischen Zeichentrick-Märchenfilmen, die ich immer als Kind im Fernsehen gesehen hatte, die so weiß und elegant und ungezähmt gewesen waren und absolut synchron über schneeweiße Felder und riesige Eisfelder flitzten.

»Ich dachte, es sei in Ordnung, da du auf der Liste mit den möglichen Sternzeichen stehst«, sagte Michelle nach dem donnernden Orgasmus, der mir bestätigte, daß der scheinbar traumartige Vorfall kein Traum war. Ihre prosaische Erklärung war ein weiterer Beweis, wenn einer gebraucht wurde.
»Ich zieh mich jetzt an«, erwiderte ich und hoffte, sie würde mich aufhalten. »Ich muß zur Arbeit.«
»Das ist dumm.« Michelle drehte sich halb zur Seite und hielt eine Brust so, als wollte sie prüfen, ob sich die Masse als Folge des Geschlechtsverkehrs verändert habe. »Ich dachte, vielleicht wolltest du mit zu dieser Wochenendgeschichte fahren.«
»Das Konzert, von dem sie im Radio gesprochen haben? Klar! Und wie?«
Wir schmissen unser Geld zusammen. Es war nicht viel – einen Wagen zu mieten stand außer Diskussion. Ich könnte den Nachmittag wegen Krankheit frei nehmen. Das erntete zwar offizielles Mißfallen, da es ein sonniger Freitag nachmittag im Sommer war, es war aber nicht unmöglich.
Wichtiger als jedes bloße logistische Problem war die hervorragende Tatsache, daß ich gerade zum erstenmal seit Monaten flachgelegt worden war. Dies allein würde, da war ich mir sicher, jedermanns Denkweise beträchtlich ändern. Ich war mir auch ohne Worte sicher, daß ich in Michelle verliebt war und sie in mich. Wir brauchten von nun an einfach nur zusammenzubleiben. Deshalb dachte ich, in Ordnung, wir gehen nach ihrem Plan vor, auch wenn er ziemlich naiv und fast undurchführbar schien.
Wir wollten uns in der Wohnung wieder treffen, die Taschen packen – ein Laken, Handtuch, Thermosflaschen mit Wasser, etwas zu essen, Unterwäsche zum Wechseln – und bis zur

vorletzten Haltestelle am nördlichsten Ende der Bronx mit dem Zug fahren. Michelle hatte das vorher schon einmal gemacht. Sie wußte, daß die Haltestelle in der Nähe eines Highway lag, der nach Norden führte. Dort würden wir dann per Anhalter weiterkommen. Wenn dieses Konzert so riesig werden sollte, wie alle sagten, und wenn es von so vielen Hippies besucht werden sollte, wie die Radiosprecher versicherten, müßte das ohne Probleme per Anhalter klappen.
Ich hatte kurz daran gedacht, meinen Freunden vom Verlag von dem Plan zu erzählen. Aber eigentlich wollte ich mit Michelle zusammensein, sie für mich allein haben, einmal, weil es mir jetzt möglich war, und auch, weil ich noch nicht an diese plötzliche Beziehung glaubte – das wollte ich für mich herausfinden. Deshalb erzählte ich Debbie und Maria nicht, daß ich zum Konzert ging. Carl gegenüber erwähnte ich, daß ich eventuell später am Abend oder am nächsten Morgen von Freunden von Freunden mitgenommen werden würde, aber ich tat alles, damit auch diese Pläne so unkonkret klangen wie diejenigen, über die wir am Abend zuvor am Telefon gesprochen hatten.
Michelle hatte bereits gepackt, als ich nach Hause kam, und ihre Begeisterung war noch größer als am Morgen, so daß sie sofort loswollte. Sie hatte den ganzen Vormittag über die Radioberichte verfolgt und erfreute mich mit Tatsachen: Menschen versammelten sich bereits auf dem Konzertgelände; Crosby, Stills, Nash & Young, Joan Baez, Joni Mitchell, Dr. John, Janis Joplin und die Jefferson Airplane hatten ihre Teilnahme an dem Konzert zugesagt; Dylan könnte noch in letzter Minute auftauchen; noch kein Wort über die Wunderbaren Vier, aber es sah aus, als kämen alle anderen aus der Rock- und Folkmusikszene.

Ich zog meine Arbeitsklamotten aus und Jeans und T-Shirt an, um in Stimmung zu kommen. Zur Mittagszeit betrug die Außentemperatur bereits um die dreißig Grad, aber ich wußte, was die Nächte in den Bergen bedeuten können, und packte meinen großen Wollpullover aus Bolivien ein. Was Michelle betraf, konnte ich mir außer ihrem Enthusiasmus für unsere Reise absolut nicht vorstellen, was sie empfand – sagen wir zum Beispiel für mich, oder für uns. Das war entscheidend, da ich aufgrund dessen, was in der vergangenen Nacht geschehen war, meine ganze Zukunft in ihre Hände legte.
Die Fahrt mit dem Zug dauerte ewig. Endlich erreichten wir die vorletzte Haltestelle und stiegen aus.
»Ist das die Bronx?«
»Hab ich dir doch gesagt«, antwortete Michelle stolz.
Trotz der Hitze war der kurze Weg bis zum Highway nicht unangenehm. Wir gingen um den Eingang zum Van Courtlandt Park herum und entlang eines kurzen Blocks aus quadratisch gedeckten, zweistöckigen Gebäuden mit Geschäften im Erdgeschoß.
»Was für eine Straße ist das?« fragte ich.
Auf den Schildern in der Nähe stand »Van Brunt Blvd.« und »212. Straße«.
»Ich bin an einem Ort wie diesem aufgewachsen, allerdings im östlichen Queens«, erzählte ich Michelle und deutete nach Südwesten. »Und sie hießen Vanderveer Street und 220. Straße.«
Wir waren auf der Seite des Highways. Autos huschten vorbei. Wir hatten unsere Taschen gerade abgestellt, als ein Wagen anhielt.
»Das ging aber schnell«, meinte ich und fragte mich, ob es nicht tatsächlich zu schnell ging.

»Da scheint 'n geiler Typ am Steuer zu sitzen«, sagte Michelle. »Los!«

Auf jeden Fall war es ein älterer Typ, mindestens sechsundzwanzig, mit einem kastanienbraunen Vollbart, einem mit Dreck verspritzten T-Shirt, und, das sahen wir, als er die Tür seines Pickups öffnete, engsitzenden Jeans, genau wie wir sie trugen, sowie toll aussehenden alten Cowboystiefeln.

»Wollt ihr nach Norden hoch?« fragte er und sah uns teilnahmslos an.

Ich war gerade im Begriff, ja zu sagen, als Michelle antwortete: »Wir wollen zu dem Konzert in der Nähe von Woodstock. Weißt du was darüber?«

»Es ist eher in der Nähe von Bethel«, erwiderte er, wobei er mich jetzt völlig ignorierte. »Oben bei Yasgurs Farm. Und du hast ganz schön Glück, hübsche Lady. Genau dort will ich hin.«

»Ist es weit?« fragte ich, da ich nicht ausgeschlossen sein wollte. Eigentlich mochte ich weder die Art, in der er Michelle ansah, noch die Art, wie sie zurücksah.

»Nicht mehr weit, wenn wir einmal über die Hudson und die Tappan Zee Bridge sind. Nur eine Stunde oder so. Ihr fahrt zusammen?« Natürlich mußte er danach fragen. »Gut, dann werft euer Zeug hinten auf die Ladefläche.« Er lächelte – es war ein Killerlächeln.

Ich dachte angestrengt über einen Grund nach, der uns abhalten könnte, in diesen Wagen einzusteigen. Aber ich wußte, ich hätte damit keinen Erfolg, weil er uns genau zu unserem Ziel bringen würde. Und es war Platz vorhanden. Was zum Teufel konnte ich also dagegen einwenden?

»Ach, übrigens, ich heiße Edgar«, stellte er sich im gleichen Moment vor, in dem er einen muskulösen Unterarm ausstreckte, um Michelle hinaufzuhelfen. Ich mußte unsere Taschen hinten neben einen Fünfzig-Kilo-Zementsack werfen. Der Wagen rollte schon auf den Highway zurück, bevor ich noch richtig einsteigen und die Tür schließen konnte.

Michelle zündete bereits eine Pfeife an. Mir fiel auf, daß sie schrecklich nah bei Edgar saß, da der Schaltknüppel genau gegen ihr Bein drückte und er seine Hand immer daraufhielt, egal, ob er schaltete oder nicht.

»Ihr zwei habt vor, das Wochenende gemeinsam zu verbringen?« Ziemlich platte Frage, dachte ich. So offensichtlich.

Michelle dachte wohl nicht so. »Wir haben vor, zu diesem Konzert zu gehen«, erwiderte sie, was für mich furchtbar zweideutig klang.

Ich beobachtete mit unbetäubtem Schmerz, wie Michelle während des Rests der Fahrt langsam, aber sicher ihre gesamte Aufmerksamkeit von mir weg auf Edgar lenkte. Es war subtil, untrüglich, geprägt von den kleinsten Aufmerksamkeiten und Zeichen. Aber es war klar, und es war gnadenlos. Sie zeigte uns beiden, daß sie ihn bevorzugte, obwohl sie mit mir gekommen war. Und trotz der Tatsache, daß Edgar, wie er uns erzählt hatte, bereits seiner »alten Lady ausgeliefert« war – Sarah, die sich zu dem Zeitpunkt in ihrem Haus in der Nähe des Ashokan Reservoirs aufhielt, wohin uns unser Weg führte. Michelle hatte ihm diese Information entlockt, ebenso seine astrologischen Daten (ich war mir nicht sicher, ob er in ihr Vaterschaftshoroskop paßte oder nicht), wobei sie eine Reihe von Fragen stellte, deren Antworten sie entsprechend interpretierte.

Meine Zukunft sah so düster aus, daß ich immer stiller wurde, auf die Landschaft entlang des Governor Dewey Thruway starrte, wegen Michelles Treulosigkeit schmollte und mich fragte, ob es das wirklich war oder ob einfach meine Besitzansprüche zu hoch waren. Eigentlich hatten wir nur einmal miteinander geschlafen. Es machte überhaupt keinen Sinn. Michelle war einfach sie selbst und daher unabhängig, und ich war lächerlicherweise eifersüchtig und daher überhaupt nicht ich selbst. Was in der vergangenen Nacht zwischen uns geschehen war, war Zufall, ein Fehler. Es bedeutete nichts. Als Antwort auf meine Zukunft konnte ich mich nicht darauf verlassen.

Aber wenn es stimmte, als was würde sich dieses Wochenende herausstellen?

Da ich nichts aus meinem Hirn wringen konnte, was annähernd wie eine Antwort aussah, schmollte ich noch mehr. Als Michelle sich einmal zu mir drehte, um mir die Pfeife zu geben – endlich erinnert sie sich, daß ich auch noch da bin, dachte ich –, mußte sie mir zweimal auf die Schulter tippen, bevor ich Anstalten machte, sie zu nehmen.

Hinter Kingston wurde der Durchgangsverkehr dünner. An der nächsten Abzweigung wurde er wieder dichter, da sich uns Autos aus verschiedenen anderen Richtungen anschlossen. Dann fuhren wir von der Hauptstraße ab auf einen zweispurigen Highway durch die Catskills.

Die Stadt von Woodstock selbst schien klein und eine Art Notbehelf zu sein, aber es war auch für Fremde wie mich und Michelle klar, daß sie normalerweise nicht derartig mit Autos und Menschen zugepflastert war. Edgar blieb in etwas stecken, was er einen noch nie dagewesenen Stau auf der Main Street nannte, und mußte eine Abkürzung durch mehrere Gassen finden, während er die ganze Zeit fragte: »O Gott, wo kommen die alle her?«

Als wir uns endlich auf der Straße stadtauswärts befanden,

kündigte ein Schild das Konzert an. Inzwischen herrschte auf allen Straßen und in allen Richtungen dichter Verkehr, und die Menschen ließen ihre Autos einfach am Straßenrand zurück und gingen zu Fuß zum Platz. »Das glaub ich nicht«, sagte Edgar. Wir taten es, da wir die aktuellen Berichte über das Konzert im Radio verfolgt hatten.
Der Vierradantrieb von Edgars Pickup machte sich bezahlt. Edgar fuhr, solange er konnte, an den parkenden und anhaltenden Autos vorbei. Dann, als kein Durchkommen mehr war, zog er über das Gelände durch Büsche hindurch und einen Hügel hinauf auf eine schmutzige Straße und fuhr eher vom Konzertgelände weg als darauf zu, wie mir schien. Als wir eine Apfelplantage erreichten, verlangsamte er das Tempo. Die Äpfel, die an ihren Ästen wegen der Vibrationen des Wagens heftig geschüttelt wurden, prasselten auf das Dach und die Motorhaube. Schließlich hielt er an. Wir marschierten durch die Bäume, polierten und verdrückten ein paar Äpfel und gingen auf einen Felsen zu, der dem Konzertplatz gegenüberlag.
Edgar war überrascht, wie sich alles verändert hatte. Obwohl es erst vier Uhr nachmittags war, müssen sich etwa hunderttausend Menschen versammelt haben. Von dort aus, wo wir standen, senkte sich das Gelände abrupt und stieg dann rundherum wieder an. Ton- und Lichtanlagen waren auf einer entfernten Anhöhe bereits aufgebaut.
»Das glaub ich nicht«, sagte Edgar immer noch.
»Ich schon«, meinte Michelle, als wir eine Viertelstunde später mitten in der Menge standen. Es war super – einfach unglaublich.
»Wer sind die ganzen Menschen?« fragte Edgar.
»Wir«, antwortete Michelle.

»Wir«, wiederholte ich und zitierte Jerry Garcias Satz: »›Wir sind die, vor denen eure Mütter euch gewarnt haben.‹«
Mein Ärger über Michelle war verflogen. Ich kümmerte mich nicht mehr darum, wie sie sich benahm, was sie sagte, was sie dachte, wen sie bevorzugte oder was sie als nächstes tat. Es war mehr als nur bekifft sein von dem ganzen Marihuanaqualm, der in der Luft hing. Ich wußte einfach, daß ich viel Spaß an diesem Wochenende haben würde. All die Leute, ihr unbeschwertes und lustiges Verhalten und die starken Schwingungen um uns herum gaben mir die Bestätigung dafür.
Wir gingen weiter, vorbei an schönen, jungen, bekifften, zu Kofferradios tanzenden Männern und Frauen, Jungs und Mädchen. Sie hatten langes Haar oder Afro-Locken, trugen Nickelbrillen oder Sonnenbrillen mit blaßblau, rosa oder gelb gefärbten Gläsern, kurze Hosen und rückenfreie Oberteile, T-Shirts und Jeans. Ob hellhäutig, sonnengebräunt, olivenfarbig, kreolischgelb oder nigerianischbraun, sie tanzten und küßten sich, sie kifften, standen einfach herum und erfreuten sich an der wachsenden Schar Gleichgesinnter.
Weiter vorne wurden an der Tonanlage die Lautsprecher getestet, und es schien, als ob wir hier überall einen guten Platz finden würden, da niemand den anderen bedrängte und jeder mehr Luft zum Atmen übrigließ als nötig.
Edgar sagte noch immer: »Das glaub ich nicht.«
Er hatte laut darüber nachgedacht, ob er nicht nach Hause gehen und seine alte Lady und das andere Paar, das zu Besuch da war, holen sollte, als er auf einige Freunde stieß, die ihm erzählten, seine Frau und die Gäste seien schon da, dort bei den Musikern.
Als wir näher herangekommen waren, konnten wir die Bühne und alle, die darauf zu tun hatten, gut erkennen. Pickups,

Wohnmobile und andere Fahrzeuge, die den Musikern und Technikern gehörten, waren auf einer Seite des Geländes zusammengestellt worden, und das Lautsprechersystem, das ursprünglich nur für den Bereich vor der Bühne vorgesehen war, wurde weiträumig ausgebaut, um einen viel größeren Platz abzudecken. Es spielte noch keine Musik – die ersten Vorstellungen sollten bei Sonnenuntergang beginnen.

Michelle, Edgar und ich ließen uns mit Edgars alter Lady und ihren Gästen auf deren Decke nieder, als sie erklärten, wie und warum sie hierhergekommen seien. Sie wollten die Lage sondieren und waren geblieben, als sie hörten, wer alles spielen und singen würde. Sie hatten einen Krug mit Wein und Gras dabei. Uns ging es ziemlich gut, als sich jemand trotz ausgeschaltetem Mikro auf einer elektrischen Gitarre einspielte.

Ein paar Sekunden später hörten wir über die Lautsprecher eine Stimme. »Herzlich willkommen zum Woodstock Music Festival. Unser erster Gast von den vielen in den nächsten zwei Tagen ist Richie Havens.«

Weit um uns herum und hinter uns dröhnte und brauste der Applaus, was zeigte, daß noch viel mehr Menschen nach uns gekommen waren. Havens setzte mit seinen typischen Improvisationen auf der Gitarre und seinem unverwechselbaren lispelnden Baß ein – das Konzert hatte begonnen.

Es dauerte an jenem Abend bis etwa zwei Uhr nachts, mit Janis Joplin als Abschluß.

Wir markierten unseren Platz mit ein paar Decken und gingen durch das Gewimmel dorthin, wo Edgar seinen Pickup geparkt hatte. Es wurde um die vielen mitgebrachten Kofferradios und Tonbandgeräte herum getanzt. Das Konzert sollte nicht enden. Einige richteten sich für die Nacht ein. Niemand wußte, wie lange die Scheinwerfer brennen würden, aber sie beleuchteten das Gelände sowieso eher schlecht als recht.

Ich war froh um meinen dicken bolivianischen Pullover, als wir den Pickup erreichten. Noch dankbarer aber war ich dafür, daß wir zu Sarah und Edgar eingeladen worden waren. Eine halbe Stunde später hatten wir Edgars und Sarahs Haus erreicht.

Ich weiß nicht, was ich erwartet hatte, wahrscheinlich eine Holzhütte. Es war aber ein einstöckiges Farmhaus mit einem Gästezimmer und einer Galerie über den Schlafzimmern, die zum Wohn- und Eßraum hin offen war. Dort könnten wir schlafen, sagte Sarah zu Michelle. Eine spärliche Matratze befand sich bereits dort oben, und Sarah gab uns ein paar Bettücher.

Ich wusch mich und kletterte die Leiter zur Galerie hinauf. Auch Edgar und Tom gingen zu Bett. Es war kühl in dem Haus, und ich blieb so lange angezogen, bis ich die Bettücher und die Matratze zu meiner Zufriedenheit hergerichtet hatte. Dann streifte ich meine Kleider ab und schlüpfte ins Bett. Dort lag ich eine Zeitlang, zitterte, um warm zu werden, und hörte auf die Stimmen von Sarah, Francine und Michelle, die sich ruhig in der Küche unterhielten.

Während des Tages hatte ich Michelle beobachtet, um ein Zeichen zu erkennen, wie ich mich ihr gegenüber verhalten sollte. Was ich allerdings erkannte, war absolut widersprüchlich. Sie hatte zum Beispiel kurz zuvor keinen Einspruch gegen die Schlafplatzverteilung erhoben, was deutlich zeigte, daß sie und ich zusammen waren, so zusammen wie Sarah und Edgar oder Francine und Tom. Allerdings schien sie es so lang wie möglich hinauszuzögern, nach oben zu kommen, um nicht bei mir sein zu müssen. Während des Konzerts selbst war sie

großartig gewesen, tanzte neben mir mit einem Arm über meiner Schulter. Als Joni Mitchell sang, saßen wir still nebeneinander, und Michelle hielt meine Hand in ihrem Schoß. Aber wieviel davon war einfach aus der Stimmung heraus, die der Moment und die Musik zu diktieren schienen? Ich konnte immer noch nicht vergessen, wie sie sich während der Fahrt an diesem Nachmittag gegenüber Edgar verhalten hatte. Dies schien mehr als alles andere zu sagen, daß Michelle nur insoweit mit mir zusammen war, als sie einen Nutzen von mir hatte.
Brachte das nicht treffend meine Beziehungen zu Frauen auf den Punkt?
In der Wärme meines Notbettes versuchte ich Einzelheiten aus den weiblichen Stimmen herauszuhören, weil ich dachte, sie könnten vielleicht über Michelle und mich reden. Ich erwartete einen Hinweis darauf, was ich als nächstes zu tun hätte, doch plötzlich schlief ich ohne Vorwarnung ein.

Soweit ich es mitgekriegt hatte, war Michelle in jener Nacht überhaupt nicht ins Bett gekommen. Sie war am folgenden Morgen bereits vor mir wach, und zusammen mit Francine und Sarah bereitete sie eifrig das Frühstück vor.
Und sie backten, wie sich herausstellte.
»Wir haben uns gefragt, ob ihr Kerle jemals aufwachen würdet«, sagte Michelle. Sie hatte etwas mit ihrem Haar gemacht, vielleicht gewaschen, auf jeden Fall auf eine Weise zusammengesteckt, die ich bisher an ihr noch nie gesehen hatte. Jedenfalls war sie bester Laune.
»Ist das nicht alles toll!« schwärmte Michelle, wobei sie die Küche und den grob gezimmerten Tisch mit einschloß, an den ich mich, wie sie mir mit einem Wink andeutete, setzen sollte,

während sie Kaffee aus einer zerbeulten Blechkanne in einen großen, handgetöpferten Becher goß. »Genau hier wollte ich dieses Wochenende verbringen!«

»Das war totales Glück, daß uns Edgar aufgegabelt hat«, meinte ich zwischen zwei Schlucken.

»So etwas passiert nicht durch Zufall«, sagte Francine rätselhaft lächelnd. Sarah drehte sich am Herd um, und die drei Grazien in Schürzen standen nur zentimeterweit voneinander entfernt und sahen mich mit einer Mischung aus Befriedigung und Geheimnistuerei an.

»Es war *vorherbestimmt*«, sagte Sarah. »Es war *vorherbestimmt*, daß Michelle hierherkam.«

Für mich war es noch zu früh an diesem Morgen, um über Schicksal, Glück und andere ontologische Themen zu diskutieren. Ein großes Frühstück mit hausgemachtem Brot und Schinkensteaks war für mich in den nächsten zehn Minuten eine willkommene Ablenkung.

Der Duft von Kaffee und Essen weckte Tom und Edgar. Wir waren gerade beim letzten Bissen, als Sarah verlauten ließ: »In der ganzen Stadt gibt es nichts mehr zum Essen zu kaufen. In den anderen Städten herum auch nicht.«

»Da werden eine Menge hungriger Leute rumlaufen«, meinte Michelle, womit sie nur allzu recht hatte.

»Dann backen wir eben für die Leute auf dem Konzert Brot«, schlug Francine vor.

»Wir werden ihnen zu essen geben«, bestimmten die drei Frauen.

»Im Radio sagen sie, es seien schon eine Viertel Millionen Menschen da«, meinte Edgar. »Wieviel Brot wollt ihr backen?«

Um zehn Uhr morgens hatten sie an die vierzig fette, dicke

Brote gebacken, die in Scheiben geschnitten und mit Butter und Honig bestrichen und in alle Arten verschieden großer Körbe und offener Behälter gepackt wurden. Wir drei Männer und zwei der Frauen wurden dazu bestimmt, sie auf Yasgurs Farm zu verteilen. Wir rechneten aus, daß etwa vierhundert Leute jeweils eine dicke Scheibe dieses frischen Brotes abbekommen würden.

Der klare frühe Morgen hatte Platz für Wolken gemacht, und es war schwül. Auf die Ladefläche von Edgars Pickup, der am Abend zuvor in dem Obstgarten gestanden hatte, waren so viele Äpfel gefallen, daß Sarah begeistert ausrief: »Passen die nicht gut zu dem Brot?« Sie beantwortete ihre eigene Frage damit, daß sie die Taschen ihres Kleides und ihrer Schürze mit Äpfeln vollstopfte.

Wir machten es ihr nach, legten auch in die Brotbehälter einige Äpfel und pflückten im Obstgarten, zu dem Edgar gefahren war, noch mehr.

Nur ein paar Schritte von der Baumgruppe entfernt befanden wir uns mitten in der Menge. Trotz der Schwüle an diesem Morgen schienen die Menschen bester Laune zu sein. Sie lachten, tanzten und schmusten miteinander unter und halb auf den Decken. Kleine Kinder spielten; entweder hatten wir sie letzte Nacht übersehen, oder sie waren erst angekommen. Lange Schlangen standen vor den tragbaren Toiletten, und einige Leute hatten Quellen an verschiedenen Stellen auf dem Grundstück entdeckt, von denen sie tranken und wo sie sich wuschen. Das Essen, das wir angeschleppt hatten, war für einige vielleicht das einzige, was sie heute bekamen – es wurde lauthals und dankbar angenommen, so daß wir gutgelaunt zum Pickup zurückkehrten und wieder zum Haus fuhren, um noch mehr zu holen.

Als wir in die Küche gingen, hielt Michelle mich zurück und sagte mit ruhiger Stimme: »Edgar und Sarah haben mich gefragt, ob ich bleiben will, wenn Tom und Francine wieder gehen.«

Sie sagte es mit einer derartigen Entschiedenheit, auch mit einer derartigen Ausschließlichkeit, daß ich als Krönung zu all dem Gewäsch über ihr »Bestimmtsein« an diesem Morgen dachte, ich sollte mich geohrfeigt oder zumindest auf weniger spektakuläre Weise getroffen fühlen. Aber ich fühlte mich absolut nicht getroffen. Im Gegenteil, ich war ruhig, befreit, froh, von der ganzen Geschichte weg zu sein, sogar ein bißchen erlöst, obwohl sich die Begleitumstände und die charakteristische Bedeutung ihrer Entscheidung in meinem Leben noch als schwierig erweisen würden.

Ich war auch neugierig.

Ich fragte mich, wer von beiden – Edgar oder Sarah – sich Michelle genähert hatte und sie gefragt hatte, ob sie bleiben wolle, zuerst Edgar oder zuerst Sarah, und wann sie während unseres kurzen Besuchs die Zeit gehabt hatten, sich miteinander zu verständigen und sich über die Ménage à trois einig zu werden, das doch keine alltägliche Angelegenheit sein konnte. Und ich fragte mich auch, wie Michelle es Leighton erzählen wollte, der doch anscheinend auf sie in Manhattan wartete. Und vor allem fragte ich mich, wer ihr Kind zeugen könnte – Leighton, dessen astrologische Daten den Erwartungen entsprachen, oder Edgar, bei dem dies nicht zutraf?

Zu ihr sagte ich bloß: »Willst du, daß ich dir deine Sachen herschicke, oder wie sollen wir's machen?«

Zum erstenmal konnte ich tatsächlich erkennen, daß Michelle über etwas nachdachte. Ich konnte buchstäblich ihr Gesicht denken sehen: Mein Gott, das ist alles so verwickelt, und

er denkt nur *an das*. Natürlich war es nicht das allein, woran ich dachte, aber ich wollte mir keine Empfindlichkeit nachsagen lassen. Sie antwortete seufzend: »Ich geb dir Bescheid.«
Eine Stunde später waren wir wieder in der Menschenmenge und verteilten die zweite Runde des Backwerks und der großzügigen Gabe der Apfelbäume, als plötzlich eine sehr laute, sehr britische männliche Stimme gebieterisch rief: »Junge! He, Junge, dich mein ich! Würdest du das mal hierherbringen?«
Ich drehte mich herum, um die Quelle der Stimme auszumachen. So ungleichmäßig, wie die Menge war, hatte mich mein Weg in die Nähe des äußeren Randes unweit des ersten ausgezeichneten Parkplatzes geführt. Zunächst konnte ich nicht sagen, wer genau mich gerufen hatte, dann erkannte ich einen blonden Kopf und einen Arm, der aus dem Sonnenverdeck einer großen mitternachtsblauen Limousine winkte, die am Rand der Menge angehalten hatte.
»Hier herüber! Ja, genau!« rief er, als wäre ich ein Kellner in irgendeinem großen Straßencafé.
Als ich näher kam, sah ich, daß er ein Langhaariger war, was den ärgerlichen Befehlston in seiner Stimme und seine allgemein herablassende Art überflüssig machten, ebenso wie die sehr große Limousine, in der er mit seinem schwarzen Chauffeur saß ... Irgendwie war alles überflüssig. Es half aber auch dabei, daß ich in sagenhafte Laune geriet, da ich von dem Gras in der Luft um mich herum ein bißchen bekifft und absolut willig war, mich unterhalten zu lassen.
»Was hast du da?« fragte er. Er hatte sich auf das Dach der Limousine gesetzt, und seine Beine hingen am Seitenfenster herunter. Jetzt war klar, was er war – ein großer, reicher

Hippie, fünf Jahre älter als ich. Seine Kleidung war ebenso wie sein Auto teuer.
»Brot«, sagte ich. »Selbstgebackenes Brot mit Honig und Butter. Und Äpfel.«
»Das klingt ja absolut himmlisch.«
Ich hielt meinen Korb zu ihm hinauf, so daß er hineinfassen konnte.
»Darf ich auch etwas für meinen Freund hier im Auto haben?« fragte er.
»Klar.«
Er reichte es durch das Dach in den Wagen.
»Wir waren den ganzen Morgen auf der Straße«, erklärte er beim Kauen. »Hm, ausgezeichnet. Sind gerade erst angekommen. Erstaunlich, die Menge Leute hier, findest du nicht?«
Jetzt, da ich so nah zu ihm hinaufsehen konnte, empfand ich sein Gesicht als auf besondere britische Art attraktiv – zugleich häßlich und ansehnlich, mit zuviel Charakter und zu übertriebenem Ausdruck, um wirklich hübsch zu sein. Sein kräftiges dunkelblondes Haar hing glatt bis auf seine Schultern herab, und die Koteletten wanden sich bogenförmig über seine Wangen, um teilweise das von Akne zerstörte Gesicht zu verdecken. Am erstaunlichsten aber waren seine mandelförmigen Augen mit den herrlich langen Wimpern, die nicht, wie es zu erwarten gewesen wäre, dunkel, sondern hell waren. Seine schmale Adlernase und sein schmaler Mund verliehen ihm eine aristokratische Note, vor allem, wenn sich seine Unterlippe zu einem schalkhaften und bezaubernden Lächeln verzog.
»Geh noch nicht«, sagte er schnell, als ich mich umdrehte, um in der Menge zu verschwinden.
»Ich muß. Da sind noch mehr hungrige Leute.«

»Bist du so eine Art Engel?« fragte er und fixierte mich mit seinen blassen Augen.

»Natürlich nicht.« Ich lachte, und mir war bewußt, daß ich aufgrund seiner extravaganten Anmache rot wurde. »Danke diesen drei Frauen.« Ich zeigte zu Sarah, Francine und Michelle, die in der Ferne Brot austeilten. »Sie haben das gebacken.«

»Die sind mir scheißegal«, entgegnete er rüde. Sanfter fügte er hinzu: »Aber ich möchte dir gerne danken.«

»Bitte«, sagte ich, und da ich plötzlich ein zu starkes Interesse an mir, an meinem Körper und meinem Gesicht spürte, ging ich von der Limousine fort in die Menge hinein und verteilte Brot und Äpfel. Die ganze Zeit über spürte ich seinen Blick in meinem Nacken.

»Ich würde gerne etwas Nettes für dich tun«, rief er mir hinterher.

»Das mußt du nicht«, rief ich zurück. »Hier«, sagte ich zu den Leuten, »nehmt auch Äpfel! Frisch von den Bäumen in dem Obstgarten da hinten.«

»Das würde ich aber wirklich gern«, drängte er.

Die Limousine fuhr neben mir, mit ihm auf dem Dach, und der Fahrer hielt überall an, wo auch ich anhielt.

»Etwas ganz Besonderes«, fügte er in einem derart frivolen Ton hinzu, daß ich wieder rot wurde. Ich fühlte mich absolut unwohl. Um nichts auf der Welt wollte ich, daß er aufhörte, mich zu bedrängen.

»Nein danke!«

»Ich kenne ein paar Leute aus den Bands von heute«, sagte er. Das überraschte mich nicht im mindesten. Ich hatte bereits aufgrund seines Akzents, des Wagens und seiner Kleidung darauf geschlossen, daß er mit einem von ihnen in Verbindung stand.

»Willst du einen von ihnen kennenlernen?« fragte er.
»Lennon und McCartney!« schoß ich zurück.
»Die kommen nicht. Jemand anderen?«
Woher konnte er mit dieser Sicherheit sagen, daß sie nicht kommen würden? »Grace Slick?« fragte ich.
»Und Marty und Jorma? Klar. Noch jemanden?«
Er heuchelte mir was vor. Ich zog weiterhin durch die Menge, hielt an, um die Leute in den immer leerer werdenden Korb nach dem greifen zu lassen, was sie dort noch finden konnten. Die Limousine war da, wann immer ich nach ihr schaute, mit meinem Kumpel in seinen teuren Klamotten, der auf dem Dach saß und sein Frühstück mit einem Glas Scotch pur hinunterspülte.
»Wie wär's mit ... äh ... Stephen Sills?«
»Okay«, gab ich nach und dachte, dies würde ihn zum Schweigen bringen.
»Und Nash und Gwynne?«
Das waren die beiden besten Gitarrenspieler, die es in dem Geschäft gab.
»Großartig! Toll!« Ich war amüsiert. Daß er sie alle kannte, schien immer unwahrscheinlicher.
»Wirklich? Du willst sie kennenlernen? Nash und Gwynne?«
»Natürlich.«
»Na dann los. Ist denn der Korb immer noch nicht leer?«
»Fast.«
»Danach wirst du in den Wagen einsteigen, um Julian Gwynne kennenzulernen?«
»Ich weiß nicht. Ich muß mit meinen Freunden zurück nach Hause, um noch mehr zum Essen zu holen.«
»Das würdest du lieber tun, als Julian Gwynne kennenzulernen?«

»Ich kann doch beides machen«, entgegnete ich als Kompromiß. Der Korb war bis auf einen Apfel leer. Diesen hielt ich nach vorn und bot ihn der Allgemeinheit an, als ich plötzlich seine Hand in einem festen Griff um meine spürte. Er hob sie zu seinem Mund und biß kräftig und schmatzend in den Apfel, so daß es knackte und ihm der Saft an den Bartstoppeln hinunterlief. Er bot mir den Apfel an.
»Iß du ihn auf«, sagte ich.
»Wie kann ich dich in Versuchung führen, wenn du nicht einmal abbeißt?« fragte er mit so offensichtlich verführerischer Stimme, daß es gleichzeitig lustig und ernst klang.
Ich biß in den Apfel.
»Wie wär's, du kommst jetzt ins Auto, und ich blase dir einen?«
Ich wich zurück, was er aber vorhergesehen hatte. Sein anderer Arm schnellte nach vorn und hielt mich fest.
»Willst du keinen geblasen kriegen?« fragte er.
Ich wollte immer noch zurückweichen. Seine Arme waren wirklich stark. Ich hatte keine Chance, loszukommen.
»Möchtest du nicht Julian Gwynne kennenlernen und dir von mir einen blasen lassen?« wiederholte er.
»Ist er da drin?« fragte ich und versuchte wegzukommen und in die Limousine zu sehen.
»Das wird er.«
»Gut, ich möchte ihn kennenlernen. Aber nicht ... du weißt, das andere.«
»Wie wär's dann, wenn Julian Gwynne dir einen bläst?«
Die Chancen standen gut dafür. Aber wenn er mich ziehen lassen würde ... »Klar, in Ordnung.«
»Wirklich?« fragte er.
»Hab ich doch gesagt! Jetzt laß los!«

»Hast du gehört?« rief er durch das offene Dach der Limousine. »Er hat ja gesagt.«
Verwirrt fragte ich: »Ist Julian Gwynne wirklich da drin?«
»Besser als das.« Er hielt meine Hand immer noch fest.
»Wer dann? Wer ist da drin?«
»Komm hoch«, sagte er mit Blick in den Wagen. »Die Wette kann bezahlt werden.«
»Wette? Was für eine Wette? Wer ist da drin?« Ich versuchte zu erkennen, wer es war.
Ich war immer noch dabei, mir einen Reim darauf zu machen, was er erzählte, als, was ich am wenigsten erwartet hatte, Alistair Dodge aus dem Dach auftauchte.
»Ich habe um deine Unschuld gewettet«, sagte mein Cousin zweiten Grades. Sein Haar war länger und dunkler, als ich es in Erinnerung hatte, und er war ebenso teuer und flippig wie der andere Typ gekleidet, wenn er sich auch sonst, seit ich ihn das letztemal in Beverly Hills gesehen hatte, nicht verändert hatte.
»Ich habe meine Unschuld schon vor Jahren verloren«, erwiderte ich.
»Ich meinte deine homosexuelle Unschuld«, klärte mich Alistair auf, »die du gerade eben Julian versprochen hast.«
»Das war ein Witz«, gab ich zurück. »Und übrigens ist er gar nicht da.«
»So?« fragte der reiche Hippie auf dem Autodach.
»Lieber Cousin, Roger Sansarc«, Alistair schwang seine Beine über die Seite des Autos, »erlaube mir, daß ich dich meinem berüchtigten Freund vorstelle, Julian Gwynne.«
»Du?« fragte ich den Hippie.
»Ich!« antwortete er. »Komm und gib uns einen Kuß.«

»Was tust du hier?« wollte ich wissen und hielt ihn mir vom Leibe.
»Was denkst du denn? Ich spiele in der Band.« Julian versuchte immer noch, mich auf das Dach neben sich hochzuziehen.
»Nein, ich meinte dich, Alistair!«
Er glitt hinunter, stellte sich hinter mich und hob mich zu Julian hinauf, der meine Hände nur kurz losließ, um mich um die Hüfte zu packen.
»Ich war mit Julian unten in D.C., als die anderen Bandmitglieder anriefen und sagten, sie kämen hierher. Also haben wir uns auch auf den Weg gemacht.«
Ich wollte Alistair alle möglichen Fragen stellen, aber er lief einfach fort, um, wie er sagte, einen Platz zum Pinkeln zu suchen. »Ich werde ein paar Büsche finden. Ich stehe doch nicht Schlange. Da unten treffe ich euch wieder.«
Die Limousine bewegte sich langsam vorwärts. Das einzige, was ich tun konnte, war, mich festzuhalten, als wir über den holprigen Untergrund Richtung Bühne fuhren.
Jeder mögliche Zweifel darüber, daß dieser reiche Hippie Julian Gwynne war, wurde in der Sekunde beseitigt, als wir in den Künstlerbereich kamen, der von der Menge erfolgreich abgezäunt worden war. Die Veranstalter und die Wachen, die hier arbeiteten, kannten ihn. Der Rest seiner Band war vor weniger als einer Stunde in einem großen Lkw eingetroffen, und sie und ihre Freundinnen waren augenblicklich zum Kern einer allgemeinen Fete geworden, der wir uns anschlossen. Ich wurde allen von Julian vorgestellt. So, wie ich mich fühlte, muß ich ziemlich geglotzt haben. »Ist das deine neue Puppe?« wurde Julian von Jimi Hendrix gefragt, und obwohl ich es energisch verneinte, fühlte ich mich allein aufgrund

meiner Anwesenheit hier so, als wäre ich gestorben und im Himmel.

Alistair kam etwas später zu der Fete, und auch er schien den verschiedenen Künstlern bekannt zu sein. Einige erwähnten eine verschwenderische Party, die er in L.A. gegeben hatte und bei der bestimmte Sachen von verschiedenen Gästen gemacht worden waren, die zu pervers für eine gemischte Gesellschaft gewesen waren. Sie sprachen auch von einer anderen, eher ruhigen öffentlichen Party, die anscheinend von allen aus der Musikszene in London besucht worden war. Als die anderen aus dem Gefolge mitbekamen, daß ich Alistairs Cousin war, stieg mein Ansehen. »Der scheffelt nur so!« versicherte mir ein Mädchen mit einem über eines ihrer Augen gemalten silberfarbenen Pentagramm. »Sieht gut aus, hat Geld zum Verbrennen, wahnsinnige Verbindungen, immer gute Drogen. Eine Schande, daß er nichts mit Mädchen macht«, endete sie mit einem Seufzer.

Aus all dem folgerte ich, daß sich erstens die zehn Jahre zuvor in Angriff genommenen Grundstücksgeschäfte besser als erhofft bezahlt gemacht hatten und daß er sich zweitens von seinen heimlichen Treffen in Gartenhäuschen mit dem Personal distanziert hatte, um offen homosexuell zu werden und sich anderen Homosexuellen anzuschließen – wie Julian Gwynne, der nicht nur ein berühmter Rockmusiker, sondern auch sehr interessiert an mir war.

Ich fühlte mich zwar durch seine Aufmerksamkeit geschmeichelt, befand mich aber meines Erachtens aufgrund einer Vortäuschung falscher Tatsachen auf dieser Fete, und je länger ich bleiben würde, desto schlimmer würde dieses Empfinden werden.

»Ich muß zurück zu den Leuten, bei denen ich übernachte«,

sagte ich zu Julian. Wir standen an der Tür des Wohnwagens, die fast ganz geöffnet war und vor der sich eine Siamkatze auf der obersten Stufe ausstreckte. Draußen hatte es angefangen zu regnen.

»Warum?« fragte Julian.

»Ich weiß nicht«, antwortete ich. »Weil ich eben bei diesen Leuten bin.«

»Wir sind die Leute, bei denen du jetzt bist. Dein Cousin und ich«, entgegnete Julian.

»Ja, sicher, doch gekommen bin ich mit ...«

»Würdest du nicht wirklich lieber bei uns bleiben? Bei mir?« fragte er traurig.

»Schon, aber ...«

»Ich weiß, woran es liegt. Du bist etwas verwirrt wegen der kleinen Wette zwischen mir und Alistair. Du glaubst, es war leichtfertig.«

Ich wollte ihm sagen, daß die Leichtfertigkeit kaum der Grund war.

»Alistair erzählte mir, ich würde dich von dem Moment an haben wollen, in dem ich dich das erstemal erblicke«, kam mir Julian zuvor. »Das war vor ein paar Monaten, als er und ich uns darüber unterhalten haben, warum wir niemals Liebhaber werden würden.«

»Und warum seid ihr keine Liebhaber geworden?« mußte ich folgerichtig fragen.

»Wir sind uns zu ähnlich«, antwortete Julian, der die Wohnwagentür ganz öffnete und mich hinunterzog, so daß ich auf der Stufe zwischen ihm und der schnurrenden, unbeweglichen Siamkatze saß. »Alistair hat mir in seinem typischen Ton einen Vortrag gehalten«, fuhr Julian fort, »›Was du brauchst, ist jemand, der aussieht wie ich, aber nicht so ist wie ich. Roger, mein Cousin zweiten Grades, wäre perfekt, wäre da nicht die unumgängliche Tatsache, daß er hetero ist und du ihm erst die Unschuld nehmen müßtest.‹«

»Das hast du dir ausgedacht«, sagte ich und stieß seinen Arm fort. Er hatte ihn während des Sprechens über meine Schulter gelegt.

»Pfadfinder-Ehrenwort.« Julian hielt in altertümlicher Pose drei Finger hoch. »Warum sollte ich so was erfinden? Bloß um die Freuden und mannigfaltigen Geheimnisse deiner Unterwäsche zu erforschen? Vielleicht würde ich gern. Aber ich tu's nicht.«

Hinter uns war die Fete in vollem Gange. Neben mir tat die Katze so, als würde sie unseren Worten nicht lauschen.

»Du bist nicht etwa, oder?«

»Nicht was?« fragte ich, obwohl ich genau wußte, was er meinte.

»Das wäre zu grotesk, wenn du es wärst.« Julian hatte beide Arme um mich geschlungen, und ich mußte jeden einzelnen seiner Finger wegnehmen und aufpassen, ihn dabei nicht auf die Katze zu schubsen, die uns jetzt mit jener Mischung aus Ärger und Verachtung ansah, die Katzen so gern an den Tag legen.

»Du weißt natürlich, daß es niemand mehr ist. Oder aber wenn sie es sind, tun sie so, als wären sie es nicht.«

»Meinst du nicht, du hast da was durcheinandergebracht?« fragte ich und lachte über die Grimassen, die er schnitt. Es machte mir Spaß, von ihm unterhalten zu werden.

»Nein, Herzchen, *du* bist ein bißchen durcheinander. Los, gib's zu. Du findest mich umwerfend attraktiv, und du weißt, du wirst alles tun, damit ich dir deine Klamotten vom Leibe reiße und deinen jungen, geilen Körper vom Kopf bis zu den

Zehen ablecke. Du wirst aber immer noch von irgendwelchen Vorstellungen über Sexualität aus dem 19. Jahrhundert zurückgehalten. Stimmt's oder hab ich recht?«
»Beides«, gab ich zu.
»Gut, welch eine Erleichterung!« Er griff wieder nach mir, obwohl ich es gerade erst geschafft hatte, seine Hände von mir fernzuhalten. »Ich befürchtete schon, du wärst so unvernünftig und würdest die Wahrheit nicht zugeben. Glaub mir, Herzchen, ich werde am Morgen danach noch genausoviel Achtung vor dir haben wie jetzt.«
»Und die ist nicht besonders hoch«, sagte ich.
»Wie kommst du darauf? Geh und such deinen Cousin und frage ihn, ob ich nicht in der Minute, als ich dich erblickt habe, völlig dahingeschmolzen bin wie alte Pflaumenmarmelade in der Sonne. Los, geh. Da warst du, liefst mit nacktem Oberkörper im Morgennebel durch die Menge, hast Freude versprüht, ganz zu schweigen von den herrlichen Pheromonen, und du warst so gütig. Du hast ausgesehen wie ein Apostel, der Brot und Fisch verteilt. Ja, mein Lieber, so war das. Genau das habe ich zu deinem Cousin gesagt. Wo ist er? Alistair! Habe ich nicht zu dir gesagt, daß der junge Rog aussieht wie auf der Lithographie vom Heiligen Philipp, die ich aus meiner alten, zerfledderten Bibel herausgerissen und an die Wand meines Schlafzimmers in Southwark gehängt habe, damit ich sie jeden Tag ansehen und mir dabei einen runterholen konnte?«
»Du bist so ein Lügner!« sagte ich.
»Bin ich nicht. Ich hatte auch Hunger und wollte von dem Essen haben, das du verteilt hast. Gib uns einen Kuß, Herzchen.«
Ich wich zurück. »Nein.«

»Komm schon, sei nicht so. Diese bescheuerten Typen scheren sich einen Dreck darum, was wir, du und ich, tun. Nur einen kleinen ...«
Er schaffte es, sein Gesicht über meines zu schmieren, bevor ich es zurückziehen konnte.
»Na ja, das ist nicht sehr professionell. Ich nehme an, du brauchst auf dem Gebiet etwas Übung.«
»Brauche ich nicht.«
»Gut, dann zeig uns einen professionellen.«
»Nein.«
»Vielleicht später«, schlug er vor, »wenn da nicht mehr so viele Typen rumhängen?«
»Vielleicht«, räumte ich ein. »Ich muß jetzt wirklich zum Haus zurück und ihnen sagen, daß ich nicht von Außerirdischen geklaut wurde.«
»Der Tag hat erst angefangen«, sagte Julian, während seine Hände über meinen ganzen Körper strichen.
»He, hör auf damit«, protestierte ich.
»Ich laß dich unter einer Bedingung gehen, nämlich unter der, daß Alton, mein Chauffeur, dich fährt, wohin und solange du willst. Und du versprichst, mit ihm zurückzukommen.«
»Ich möchte deine Vorstellung nicht verpassen. Wann macht ihr weiter?«
»Wir wurden als fünfte für diesen Abend festgesetzt. Aber wer weiß, unter diesen Umständen.«
Es regnete jetzt nämlich stärker, und ab und zu rollte ein Donner. Während ich im Wohnwagen war und durch Julian abgelenkt wurde, hatte ich keinen Gedanken daran verschwendet, was der Regen für die riesige Menge draußen im Freien bedeutete. Als der Chauffeur aus dem für die Künstler reservierten Gelände heraus und um die Menschenmassen herum-

fuhr, war ich nicht überrascht zu sehen, wie sich einige Leute unter ihren Decken und provisorischen Dächern kauerten. Ebensowenig war ich über die anderen überrascht, die im Regen und Schlamm nackt und Händchen haltend sangen und tanzten.
Die Straßen waren verstopfter als am Tag zuvor. Es kamen immer noch Leute an, blieben aber wegen des peitschenden Regens und der häufigen Blitze in ihren Autos.
»Es wird nicht lange dauern«, prophezeite Alton. »Wird in einer Stunde vorbei sein. Bloß ein Sommergewitter.«
Er passierte den schwierigen Abschnitt zur Straße und folgte meinen schwammigen Beschreibungen bis zu Edgars und Sarahs Haus in guter Laune.
Ich erwartete, sie alle zusammen anzutreffen, wie sie um die auf Böcken gelegte Tischplatte saßen. Ich hatte mich eigentlich darauf gefreut, wenn sie mich in der Limousine ankommen sehen würden und ich ihnen erzählen könnte, daß ich zu meinem Millionärs-Cousin und Julian Gwynne zurückgehen würde. Besonders aber hatte ich mich darauf gefreut, Michelles Reaktion auf diese Nachricht zu sehen. Sie war vielleicht von Edgar und Sarah eingeladen worden zu bleiben, aber ich wurde von Gwynnes Fahrer chauffiert und würde zu seiner Fete zurückgehen, und könnte die ganze Nacht bei ihm bleiben, wenn ich wollte – die Nacht in einem Hotel in Rhinebeck mit Julian und Alistair und der ganzen Band und dessen Gefolge verbringen. Ich dachte, dies sei eine Rache von ziemlich hohem Range. All das hatte ich mir vorher so schön ausgemalt.
Als wir vor das Haus fuhren, stellte Alton den Motor ab. »Der Chef hat gesagt, ich darf ohne dich nicht zurückkommen«, erklärte er.

»Es kann eine Weile dauern«, entgegnete ich, da ich mich noch nicht entschieden hatte, was ich tun würde.
»Er wird ohne mich diesen Ort nicht verlassen. Und außerdem kann ich hier ebensogut ein Nickerchen machen.«
Ich ging ins Haus und fand es leer vor. Doch dann bemerkte ich, daß beide Schlafzimmertüren geschlossen waren. Vorher waren sie offen gewesen. Das bedeutete ... Die Kaffeekanne aus Zinn war noch warm, und ich goß mir eine Tasse voll ein. Ich hatte während der letzten Stunden Gras mit Julian geraucht und war jetzt am Verhungern. Glücklicherweise war noch etwas Brot übrig, und ich bestrich ein paar Scheiben mit Butter und Honig. Es war das beste Essen meines Lebens.
Vielleicht schliefen sie gar nicht, sondern waren unterwegs. Nein, Edgars Pickup und Toms senffarbener Datsun standen noch draußen.
Nun, wahrscheinlich schliefen sie doch.
Wie viele in einem Bett? Wie viele in welchem Bett?
Der Gedanke an die möglichen Kombinationen brachte mich zum Kichern. Dann dachte ich an Michelle. Ich konnte leicht ohne sie leben, mußte es schon seit wie vielen Jahren? Damit sie nicht den Eindruck bekäme, ich könnte es nicht, schrieb ich eine kurze Nachricht:
»Hallo! Es war niemand zu Hause, und ich dachte, es wäre nicht nett, Julian Gwynnes Fahrer in der Limousine warten zu lassen. Also verschwinde ich. Wir sehen uns hoffentlich mal. Ich weiß nicht, wann ich nach Manhattan zurückkomme. Am besten schickst du den Schlüssel per Post.«
Dann konnte ich nicht widerstehen und fügte einen kleinen Hinweis hinzu, ein Postskript für Michelle:
»PS Ich glaube, es war einfach vorherbestimmt!«
Später am Abend, bei den Vorstellungen, erzählte ich Julian,

was ich geschrieben hatte. Ich erklärte nicht, wer Michelle war, nur, daß wir zusammen hergekommen waren. Als er von all den vor mir verschlossenen Schlafzimmertüren hörte, meinte er: »Es ist gut, daß ich dich von diesen Leuten weggeholt habe.«

Er hatte im Rhinebeck Hotel endlich ein Zimmer mit abschließbaren Türen ausfindig gemacht und es schließlich geschafft, mich von der riesigen, lärmenden, unangenehmen Fete mit den Künstlern und deren Gefolge zu befreien, die sich auf dem gesamten Platz einige Stunden zuvor entwickelt hatte. Er hatte auch ein freies Bett ausfindig gemacht, in dem wir jetzt zusammenlagen, ich ziemlich high, aber längst nicht so high, wie ich vorgab. »Warum?« fragte ich unschuldig.

»Warum?« fragte Julian zurück. »Warum? Denk bloß an die fürchterlichen Ausschweifungen, denen sie dich hätten aussetzen können. Zieh die aus«, forderte er mich auf und zerrte an meinen Jeans. »O mein Gott, ihr amerikanischen Kerle tragt egal in welcher Situation Unterhosen, nicht wahr?«

»Stopp!« protestierte ich und schlug seine neugierigen Finger fort, so daß er den Gummizug meiner Unterhose mit seinen Zähnen packen mußte. Seine Haare kitzelten auf meinem Bauch, und ich mußte lachen und wälzte mich auf dem Bett. »Ja, wer weiß, welchen Perversionen ich zum Opfer gefallen wäre«, sagte ich. »Hör auf, du gemeiner Schänder!«

»Sei nicht dämlich«, entgegnete er. Er hatte meine Unterhose fast ganz runtergezogen. »Du weißt verdammt gut, daß es total geschmacklos gewesen wäre, aber hier ... mit mir ...« Julian besah mich von oben bis unten, als wäre ich ein besonderer Begrüßungsimbiß, der zu später Stunde vom geheimnisvollen Zimmerservice des Hotels serviert worden war. »Hier sind die Perversionen absolut harmlos, wie ich dir beweisen werde.«

»Was meinst du mit ›Wie läuft's mit Julian‹?« fragte ich. »Es ist vollkommen unmöglich, wie du ganz genau weißt.«
Alistair seufzte und reichte mir die Pfeife, damit ich noch einen tiefen Zug von dem Michoacán-Gras nehmen konnte.
Wir saßen auf der Terrasse von seinem Penthouse in Chelsea, nicht weit weg von meiner eigenen Wohnung in West Village, aber in bezug auf Miethöhe, Einrichtung und Glanz noch Lichtjahre entfernt, ganz zu schweigen von dem Haufen Zeit und Geld, die hier verschwendet wurden.
Es war ein warmer Abend Mitte Oktober, zwei Monate nach Woodstock. Jedes der Fenster der riesigen Terrasse gab den Blick auf ein Dutzend Leute im Innern frei, die noch am Eßtisch saßen oder sich auf im Wohnzimmer aufgestellten Diwanen ausstreckten. Der Eßtisch war noch nicht abgeräumt, die Reste des großen indischen Festessens lagen auf dem Tisch verstreut, trotz der Anwesenheit von Kenny, Alistairs sogenanntem Houseboy, der gerade mit einem Gast knutschte.
Ich sah Julian, der zwei Leute zwischen Eßzimmer und Küche eingekeilt hatte.
»Soll das heißen …?« Alistair wußte nicht, wie er fragen sollte. »Seid ihr zwei denn getrennt?«
»Ich habe Julian schrecklich gern«, begann ich. »Ich bin ihm auch dankbar. Für alles!« Ich wollte mit einem einzigen Wort ausdrücken, wie sehr sich mein Leben geändert hatte, seit ich den Rockstar kennengelernt hatte.
Rein äußerlich bestanden die wirklichen Änderungen in meinen Zeiten und meinen Freunden. Ich wohnte immer noch offiziell in den vier hübschen Zimmern in West Village, und ich arbeitete immer noch offiziell für denselben Verlag wie zuvor. Aber ich war nur noch selten zu Hause, bloß wenn ich

mich umziehen oder die Post holen wollte. Mein wirkliches Zuhause schienen die verschiedenen Hotelsuiten zu sein – das Sherry in New York oder das Biltmore in L.A., seit wir aus der Dependance des Beverly Hills rausgeschmissen worden waren. Manchmal dachte ich, ich verbrachte den größten Teil meines Lebens auf einem Flugzeugsitz, unterwegs zwischen zwei Orten. Im Verlag blieb ich selten länger als ein paar Stunden – und auch das war nie mehr als ein oder höchstens zwei Tage in der Woche zwischen den Auftritten von Julian und der Band. Seltsam daran war allerdings, daß das in Ordnung war. Eines Nachmittags hatte mich Frank Kovacs beiseitegenommen und gefragt: »Stimmt das über Julian Gwynne?«
»Stimmt was?« Was hatten Maria und Debbie den anderen erzählt?
»Na, Sie wissen schon. Daß Sie mit ihm immer dann zusammen sind, wenn Sie nicht hier sind.«
Ich dachte, okay, jetzt ist es soweit, ich werde gefeuert, weil ich schwul bin.
»Es stimmt. Ich begleite ihn und die Band überallhin«, antwortete ich.
»Ich glaube, Gwynne ist der Beste, den es jemals gab. Sogar besser als Clapton«, sagte er in dem nüchternen Ton, in dem gewöhnlich Todesfälle und Beschneidungen verkündet werden. »Machen Sie sich keine Sorgen. Ich werde Sie decken. Halten Sie Gwynne einfach nur bei Laune und stellen Sie sicher, daß er weiterspielt.«
Dies waren Worte, die am besten die Art schilderten, wie sich mein Leben geändert hatte. Ich war umgeben von, bedeckt mit und durchdrungen von der überwältigenden Aufmerksamkeit und den unumschränkt verlangenden Bedürfnissen von

Gwynnes riesenhaftem Ego und absolut unfähig, mich davon zu befreien.

»Ich glaube, ich verstehe dein Problem«, sagte Alistair. Er kannte Julian länger als ich. Natürlich sollte er mich verstehen. »Aber du weißt«, fügte er düster hinzu, »vielleicht ist das Problem nicht Julian. Vielleicht ist es ...«

»Was?«

»Na ja, schwul zu sein.«

»Um solche Kleinigkeiten machst du dir Sorgen?«

»In punkto Sexualität bist du doch jahrelang auf der Leitung gestanden.«

»Wer? Ich? Machst du Witze? Ich habe alles getan, um ein Mädchen zu bekommen.«

»Bitte! Mädchen umschwirren mich wie die Motten das Licht. Ich muß sie mir vom Leibe halten und bin geschickter dabei als Oscar Wilde.«

»Vielleicht hast du etwas, worauf sie stehen? Einen Namen. Geld. Da, wo bei mir nichts zu holen ist.«

»Nein, die Sache ist die, daß auch die dümmste Frau Intuition besitzt. Und wenn ihr Radar erkennt, daß du nicht weißt, was du willst, halten sie gewöhnlich Abstand, scharenweise.«

»Vielleicht ist das nur eine Phase«, sagte ich, und als ich seinen fragenden Gesichtsausdruck sah, fügte ich hinzu: »Ich meine, ich habe noch nicht entschieden, ob's das jetzt ist oder nicht. Ich könnte mich doch noch mit Frauen treffen wollen. Ich könnte! Es gibt einen Haufen Bisexuelle, weißt du. Jungs, die mit Frauen und Männern gehen.«

»Fein! Dann zieh deine Sache durch, Mann! Aber ich will dir noch einen Tip geben. Heb dir diese Scheiße für deine Mom und deinen Dad auf. Was? Die wissen es schon?«

»Meine Schwester hat über Julian gesprochen, und mein Vater

hat gesagt: ›Hört sich für mich an wie ein kleiner Kommunistenschwuler.‹ Er hat sie natürlich provoziert, aber eigentlich wollte er genau das sagen. Also habe ich erklärt: ›Er *ist* ein Kommunistenschwuler. Ebenso wie ich!‹«
Dieses Ereignis hatte nur ein paar Tage vor unserer Unterhaltung auf der Penthouse-Terrasse stattgefunden.
»Wie hat er darauf reagiert?« fragte Alistair.
»Na ja, nachdem er sich an seinem Stück Lamm verschluckt hatte, sagte meine Mutter so etwas wie: ›Das geschieht dir recht, Richard, dafür, daß du deinen Sohn so provoziert hast.‹«
»Sie hat dir nicht geglaubt!« Alistair war erstaunt.
»Bis dahin noch nicht. Nicht, bis ich mich über das Bett beschwert habe, das Julian und ich uns im Drake in San Francisco geteilt hatten. Ihr Gesicht wurde ziemlich blaß, aber sie riß sich zusammen und wechselte das Thema.«
»Stell dir vor, die wüßten, daß ich die ganze Geschichte eingefädelt habe.«
»Sie würden das nicht glauben. Für die bist du immer noch der brave kleine Junge«, entgegnete ich. »Und außerdem überschätzt du deine Rolle.« Wie immer, dachte ich.
»Du gibst zu, daß ich entscheidend dazu beigetragen habe?«
»Als du mich gesehen hattest, klar. Du wirst aber kaum wissen, warum ich in Woodstock war. Nun, egal, wer es arrangiert hat, oder auch, was zwischen mir und Julian passiert ist, ich werde ihm immer dankbar dafür sein, daß er dich und mich wieder zusammengebracht hat.«
Und das meinte ich auch so, da Alistair Dodge sich so verändert hatte, wie er laut den Erwartungen meiner Mutter mit sechzehn hätte sein sollen, es aber nicht war. Ich war nicht so närrisch zu glauben, daß dies das Ergebnis von Liebe, Frieden und Drogen war. Vielleicht war es einfach der Erfolg, der

Alistair schließlich zur Ruhe gebracht hatte und ihm ermöglichte, er selbst zu sein – reizend, strahlend und lustig, und bar aller Sorgen um Geld. Was auch immer dafür ausschlaggebend war, ich entdeckte es nur zögernd und widerstrebend während des Spätsommers und des Frühherbstes.

»Er hat uns zusammengebracht«, stimmte Alistair zu.

Die Terrassentür öffnete sich, und jemand starrte uns an.

»Komm raus! Es ist genug Platz hier.«

Drei neue Gäste waren eingetroffen. Alistair erhob sich, um sie zu begrüßen und sie herumzuführen. Er rief den Houseboy.

»Kenny? Lebst du noch?« Da er keine Antwort erhielt, ging er mit einem der drei jungen Männer hinein. Die beiden anderen schlenderten über die Terrasse und boten mir einen Zug aus ihrer Pfeife an. Sie setzten sich, und es folgte das übliche Geschwätz darüber, wie groß die Terrasse und wie herrlich der Ausblick sei. Als wir aufstanden, damit ich auf mehr Einzelheiten deuten konnte, stellte ich fest, daß der junge Mann, der nichts sagte, bei weitem interessanter aussah als der andere. Im Gegensatz zu den meisten, mit denen ich ihn verglich, war sein Haar gerade abgeschnitten wie der Pilzkopf der Beatles, und seine Haut war ziemlich blaß, elfenbeinfarben, als wäre er den ganzen Sommer über nicht draußen gewesen. Seine Augen boten einen weiteren Kontrast – kohlrabenschwarz, mit auffälligen Wimpern, forschend und ruhelos. Sein Gesicht ist, dachte ich, fast zu perfekt geschnitten – schmale Nase, dünne Lippen, geteiltes Kinn, tiefe kleine Grübchen –, und was ich von seinem Körper in seinen schwarzen Cordhosen und dem kurzärmligen Batisthemd erkennen konnte, schien er nahezu perfekt proportioniert zu sein.

»Cord Shay«, stellte er sich selbst vor. Der andere hieß Christopher Soundso. Ihr Freund Alan gesellte sich zu uns. Er

brachte die Haschischpfeife mit, die wieder mit starkem, süßem Michoacán-Gras gefüllt war und die Cord anzündete.
»Weißt du, wer da drin ist?« schwärmte Alan.
»Hab ich gesehen!« antwortete Cord mit einem Hauch von Bitterkeit in seiner Stimme.
»Julian Gwynne«, fuhr Alan fort.
»Hab ich gesehen!« wiederholte Cord. »Und ich habe mich entschieden, auf der Terrasse zu bleiben.«
»Magst du Gwynne nicht?« fragte ich. Wenn nicht, wäre es etwas Neues.
»Hab ihn nie kennengelernt. Wollte ich auch nicht.«
Seine Sätze waren kurz, konkret und irgendwie endgültig. Wenn er einen ansah, dann mit einem schnellen Blick an der Seite vorbei – nicht weit, nur zwei oder drei Zentimeter. Direkte Einschätzungen schienen seine Vorliebe zu sein.
»Kennst du Gwynne gut?« fragte Christopher.
»Nicht gut. Wir bumsen miteinander«, sagte ich so beiläufig wie möglich und langte nach der Haschischpfeife zu Alan hinüber, der an dem Zug fast erstickte – ich hoffte, wegen meiner Antwort. Aus dem Augenwinkel sah ich, wie Cord Shay mich anstarrte. Glaubte er mir?
»Woher kennst du Alistair?« fragte Alan. Er erwartete wohl, daß wir ebenfalls miteinander bumsten.
Er war erstaunt, als ich sagte, wir seien verwandt und würden uns seit unserer Kindheit kennen.
Genau in diesem Moment kam Alistair auf die Terrasse, um die Pfeife zu überprüfen, noch etwas Gras hinzuzufügen, einen Zug zu nehmen und die Pfeife weiterzugeben. Drinnen spielten die Turtles.
»O nein!« rief ich. »Wer hat *das* aufgelegt?«
»Mach es aus!« Alistair eilte hinein, und die Platte wurde mit

einem lauten Kratzen vom Teller genommen und durch Dr. Johns »Gris-Gris« ersetzt.

»Julian läßt jeden wissen, welchen Musikgeschmack er hat«, erklärte ich.

»Noch ein Grund ...« murmelte Cord. »Diese Stars ... egoistisch!«

»Wir sind alle egoistisch«, meinte ich. »Einige von uns haben eben mehr Grund dazu.«

Cord zuckte mit den Schultern und ließ sich zu meiner Überraschung von seinen Freunden hineinbegleiten. Beinahe hätte ich mich ihnen angeschlossen, weil ich sehen wollte, ob er seinen Ton änderte, sobald er einem aktuellen Rockstar gegenüberstand. Ich vermutete nein.

Nun allein mit der Nacht, überlegte ich, wie ich mit Julian Schluß machen könnte. Er merkte das bereits – er war für mich der Auslöser dafür gewesen, mein Interesse an Männern als Objekte romantischer Gefühle oder sexueller Begierde zu akzeptieren –, und zu meiner Überraschung und meinem Ärger umklammerte er mich um so stärker.

Ich hatte gehofft, Alistair würde mir bei meinem Problem mit Julian helfen, aber seine Bereitschaft, über alles außer darüber zu reden, sobald ich es ansprach, war so stark, daß ich es für aussichtslos hielt. Warum? Natürlich weil er zwischen uns stand. Aber war das wirklich die einzige Antwort? Könnte er ein romantisches Interesse an Julian hegen?

Ich versuchte die Einzelteile dessen zusammenzubringen, was mir mein Cousin seit unserem letzten Treffen über sein Leben erzählt hatte, und hoffte, etwas Aufschluß aus dem Mosaik zu erhalten. Alistair hatte eine Privatschule mit siebzehn abgeschlossen, nicht mit hervorragendem Ergebnis, aber auch nicht schlecht. Er hatte zwei Jahre lang die Universität von Los

Angeles in Westwood besucht. Als das Grundstücksprojekt verkauft worden war, zog er nach Palo Alto und Stanford um. Er besuchte eine Reihe von Wirtschafts- und Jura-Grundkursen, und auch die schloß er gut, aber nicht hervorragend ab. Er knüpfte Verbindungen zu den Kindern wohlhabender Eltern, um an ein anderes Grundstücksprojekt in Fairfax heranzukommen, einem »aufblühenden« Vorortbezirk, der Bay Area nördlich von San Francisco.

Alistair machte Russian Hill zu seinem Zuhause, als er das College verließ. In der Zwischenzeit hatten Diana und Albert geheiratet und sich scheiden lassen, und jeder ging danach seinen eigenen Weg. Alistair ließ sich mit einer gutsituierten Schwulengruppe in Russian Hill ein, in der er einen Freund hatte, Michael. Die beiden machten zusammen Geschäfte, wieder Grundstücke, diesmal an der Küste hinunter in Santa Clara. Auch als Alistair und Michael ihr Verhältnis beendet hatten, redeten sie noch oft miteinander, da das Projekt noch nicht abgeschlossen war. Beim Zurückrechnen dachte ich, daß dies der Zeitraum gewesen sein muß, als Alistair zum erstenmal Julian Gwynne getroffen hatte. Meines Wissens hatten sie eine kurze Affäre miteinander und waren über die vergangenen Jahre hinweg Freunde geblieben. Wer von beiden hatte wohl Schluß gemacht?

»Er fragt nach dir«, sagte Alistair und meinte Julian.

»Eine Sekunde. Erzähl mir was über den Dunklen.«

»Cord Shay? Recht appetitlich, nicht?«

»Spuck's schon aus. Ist er ein Homo?«

»Wer weiß?« Alistair zuckte mit den Schultern. »Er und Alan machen viel bei der Anti-Wehrpflicht-Bewegung mit.«

»Ist das einer dieser wohltätigen Vereine?«

»Ich vermute. Alan wollte, daß ich zu einem Gruppentreffen

gehe. Kannst du dir mich mit all den mageren Ultra-Machos vorstellen, die sich Plastikbomben um die Eier kleben?« fragte Alistair. »Das einzige, woran ich zu denken vermochte, war, was ich anziehen könnte. Und was passiert, wenn einer was von mir will.«
Wir lachten.
»Setzt sich Cord für die Vernichtung des Universums ein?« fragte ich.
»Nur der Wehrpflicht.«
»Ich hoffe, es wird bald soweit sein.«
Alistair hörte etwas aus meiner Stimme heraus. »Besteht die Gefahr, daß du eingezogen wirst?«
»Etwa nicht? Die Wahrheit ist, ich war schon immer 2-A, aber sie müssen herausgefunden haben, daß ich endlich den Abschluß gemacht habe, weil ich letzte Woche ein ›Glückwunschschreiben‹ mit der Post erhalten habe, zusammen mit zwei U-Bahn-Münzen für die Fahrt zur Musterung.«
»Machst du dir Sorgen?«
»Ich bin eben wieder eingestuft worden.«
»Ich habe gehört«, Alistair versuchte, nicht alarmiert zu klingen, »daß es in dem Moment, in dem man wieder eingestuft wird, ab nach Fort Dixie zur Grundausbildung geht.«
»Ich bin vierundzwanzig Jahre alt«, warf ich ein. »Die Gegend ist voll mit Achtzehnjährigen. Die werden sich nicht mit mir herumplagen.«
»Von Fort Dix geht's ab direkt nach Südostasien, hat Cord gesagt.«
»Die wollen Jungs, die ihren Namen nicht schreiben können!« protestierte ich und wurde immer nervöser. »Nicht jemanden, der mit der Methode der Sokratiker unterrichtet wurde. Kannst du dir mich mit einer Meckifrisur vorstellen, wenn ich frage:

›Aber, Sergeant, warum um alles in der Welt sollte ich *Töte, töte, töte* schreien?‹«
»Ich hoffe, du hast recht«, erwiderte Alistair, und trotz meiner Witzigkeit verspürte ich ein plötzliches Frösteln. Auch wenn ich es schaffen sollte, nicht nach Südostasien gehen zu müssen, würde man mich dennoch einziehen, mich aus meinem bequemen Leben herausreißen, mich zwingen, Befehle von Kretins anzunehmen, mich zwingen, mit Hunderten von Widerlingen zu schlafen, zu scheißen und zu duschen! Igitt! »Und du?« fragte ich Alistair.
»Ich habe mich so schnell auf den Tunten-Paragraphen berufen, daß dem Musterungsbeamten die Schweißperlen nur so heruntergelaufen sind.«
»Ich dachte, du wolltest nicht, daß es eingetragen wird.«
»Falls ich mich für die Wahl zum Senator aufstellen lasse?«
»Ich wiederhole nur, was du mir vor ein paar Jahren erzählt hast.«
Alistair zuckte mit den Schultern. »Ein Mädchen hat das Recht auf Veränderung …«
»Auf jeden Fall glaubte ich, du hast das alles gemacht, um die Beziehung deiner Mutter zu Albert zu zerstören«, sagte ich und dachte, mein vages »das alles« könnte auch so verstanden werden, daß es die schicksalhafte Beziehung meines Cousins zum Gärtner beinhaltete.
»Möchtest du den lustigen Teil der Geschichte hören? Solange ich Ärger gemacht habe, blieben sie zusammen. In dem Moment, in dem ich gegangen bin, haben sie sich getrennt.«
Mir fiel auf, daß sich Alistair zumindest in einem Punkt im Vergleich zu früher geändert hatte, nämlich daß er sich nahezu weigerte, über seine Familie zu reden, wohl, weil er sie jetzt langweilig fand, aber auch, weil er, wie Julian und eigentlich

jeder heutzutage, sui generis betrachtet werden wollte, das heißt als vollständiges, von anderen unterscheidbares Individuum. Das Ergebnis war Demut und Bescheidenheit.
»Entschuldigung!« Kenny, der Houseboy, stand in der Tür. »Unsere Gäste fragen nach dir.«
Das hieß, Julian wollte etwas von mir.
»Sag ihm, er soll seine Schaumstofftitten drin behalten«, plärrte ich, was den dummen, dürren, unschönen Kenny in freudiger Erwartung eines Zwischenfalls erzittern ließ.
»Wann gehst du zur Untersuchung?« fragte Alistair. Als ich ihm sagte, sie sei in ein paar Wochen, meinte er: »Wir machen dich am Abend vorher so bekifft, daß die nicht im Traum daran denken, dich zu nehmen.«
Drinnen saßen einige am Tisch, tranken Wein und zogen an der Haschischpfeife, unter ihnen Julian. Als ich meinen Platz gegenüber von ihm wählte, starrte er mich an, dann gab er nach und warf mir eine Kußhand zu.
Die Haschischpfeife kam zu Julian zurück, der sie neu füllte. Sobald er Zuschauer hatte, spielte er. Auch ohne Musikinstrument.
»Dieses Michoacán-Gras«, fing er in seinem durch Whisky verschwommenen Südlondoner Akzent an, »wächst nur an einem Ort der Welt.«
»In der Provinz von Michoacán!« sagte jemand respektlos.
Unbeirrt fuhr Julian fort: »Aber wo in dieser großen und wilden Provinz? Ich verrat euch, wo. Es wächst in einem Tal, verborgen in einer riesigen unterirdischen Höhle, bewässert durch Gebirgsströme und belichtet durch Luftschlitze, die das Kalksteindach der Höhle gefährlich durchlöchern.«
Er schaute, ob ihm jemand zuhörte. Die meisten hatten angebissen.

»Nur hundert Leute auf der Welt kennen diese einen Hektar große, unterirdische wunderbare Farm. Sie gehört zwei Familien, den Figueras und den Modestos. Die Figueras und Modestos machen alles selbst. Sie pflanzen das Gras an und ernten, wiegen, verpacken und transportieren es aus dem verborgenen Tal heraus. Sie verkaufen nur sauberes Zeug. Die Stengel werden an die Packesel verfüttert oder im wärmenden Feuer verbrannt. Ich habe das Zeug kiloweise gekauft und nie mehr als ein Dutzend Samen gezählt. Als ich mein erstes Kilo ausgepackt habe«, hier machte er eine Pause, »war es so pudrig, so voller Knospen und Blüten, daß mich der Nebel aus Blütenpollen ganz blind gemacht hat. Ich war in Sekundenschnelle total bekifft, ohne geraucht zu haben. Schließlich schaffte ich es, daß mich mein Dealer an die Quelle dieser wundersamen Mildtätigkeit führte. Eines Nachts nahm er mich dorthin mit. Wir fuhren vier Stunden mit dem Jeep, dann ritten wir auf Eseln weiter. Als wir ankamen, wurde mir die Augenbinde abgenommen, und ich befand mich an einem dunklen Ort, umgeben von erstaunlichen Menschen mit Gesichtern wie die der Olmeken-Statuen aus Stein.«

Julian erzählte, wie er die Figueras und Modestos umgarnte, nicht, damit sie ihr Gras abgaben oder den geheimen Ort verrieten, sondern bis sie ihn zum Ehrenmitglied ihres Clans gemacht hatten.

»Zuerst wollten sie mir den Sack aufschneiden und einen Hoden herausnehmen«, erzählte Julian, »da eineiige Männer bei den Modestos normal sind, aber ich überzeugte sie davon, daß Aderlaß schon genügte.«

Er zeigte uns eine Narbe an seinem rechten Daumen, die von Gott weiß was hätte stammen können, auch von einem Unfall mit der Milchflasche.

»Ich bin jetzt Mitbesitzer. Ich pflanze und ernte mein eigenes Zeug.«

Ausrufe wie »Erstaunlich!« und Ähnliches ertönten.

Ich stand auf, um zum Pinkeln zu gehen.

Die Geschichte war typisch für Julian. Weit über die legendären Geschichten hinaus, die Kiffer gewöhnlich erfinden oder zu sehr ausschmücken, endete sie im Reich des seltsam Phantastischen. Aber in Julians Leben war alles phantastisch, einzigartig, noch nie dagewesen. Nichts war oder möglicherweise ist allgemein oder gewöhnlich.

Einschließlich der Geschichte, wie er mich kennenlernte, die ich ihn so erzählen hörte: »Da war er, fast nackt im Regen, reichte Obst und frisch gebackenes Brot an Hunderte hungernder Kinder in Woodstock. Und er war eine Jungfrau!«

Hätte sich Julian mit mir abgegeben, wenn wir uns an einem gewöhnlicheren Ort kennengelernt hätten?

Das hätte ich gerne gewußt.

»Siehst du es wirklich nicht?« fragte mich Cord, als ich vom Klo kam und einen Blick in die Küche warf.

»Was sehen?« fragte ich zurück.

»In ihm! Ach, vergiß es!«

Ich hielt Cord an. »Was?«

»Er ist so ...« Cord suchte nach einem Wort.

»Falsch?« fragte ich. »Nein. Er ist nur ein großes Kind. Ein großes, benachteiligtes Kind, das sich zum erstenmal in seinem Leben freut.«

Cord zuckte mit den Schultern. »Du bist viel verständnisvoller.«

»Friede. Liebe. LSD, Bruder!« Ich machte das Victory-Zeichen.

»Ich glaube aber, du kannst dir das leisten«, sagte Cord.

225

»Und was soll das bedeuten?«
Anstatt zu antworten, ging er ins Eßzimmer, wo sich die Gruppe um den Tisch auflöste. Das nächste, was ich mitbekam, war, daß fast alle gingen.
»Du magst diese alte Mieze, nicht wahr?« hauchte Julian eine Sekunde später in mein Ohr.
»Der ist netter als du!« provozierte auch ich ihn.
»Viel zu ernst«, urteilte er. »Er wird noch mal Schwierigkeiten bekommen, wenn er so ernst bleibt, besonders weil er so einen kleinen Schwanz hat.«
Ich war es wirklich satt, daß Julian alles wußte. »Wer sagt, daß er einen kleinen Schwanz hat?«
»Hat er. So groß.« Julian krümmte seinen kleinen Finger.
»Hat er nicht!«
»Hat er doch. Und es tut weh, wenn er ihn an dir ausprobiert«, entgegnete Julian, »weil er nicht weiß, wie er ihn zu benutzen hat. Dieser Typ von Mensch weiß so was nie.«
»Sollen wir wetten?«
»Das würdest du? Du würdest dich von ihm ficken lassen, nur um mir das Gegenteil zu beweisen?«
Als ich bemerkte, wie verwirrt er war, sagte ich: »Ich würde mich von ihm ficken lassen, um dich durcheinanderzubringen.«
»Das würdest du nicht wagen!« Er sah zwar noch so aus, als amüsierte ihn das, aber in seiner Stimme war ein bestimmter hysterischer Ton, den ich jetzt bemerkte.
Andere bemerkten ihn auch. Die ganze Gruppe hatte sich zu uns umgedreht.
»Das würde ich nicht wagen? Paß auf!«
»Du verdammte kleine Hure!« rief Julian und griff nach mir – beides so, wie ich es schon geahnt hatte.

Ich konnte gerade noch Cord Shays Gesicht unter den Zuschauern erkennen, die beobachteten, wie ich ausholte, um Julian mit der rechten Faust einen Aufwärtshaken zu verpassen, der ihn niederstrecken, seitenweise und wochenlang die Klatschspalten mit Vermutungen füllen und erfolgreich unsere Romanze beenden würde.

»Du kommst doch später rüber, oder?« fragte Alistair am Telefon.
»Ich war schon die ganze Woche über bei dir zu Hause«, entgegnete ich.
»Vielleicht ist Cord Shay auch da«, lockte er.
Cord war fast jeden Abend dort gewesen, seit er das erstemal aufgetaucht war.
»Du mußt wirklich nicht das Kindermädchen für mich spielen, Alistair. Ich werde es überleben.«
In Wirklichkeit war mir Alistairs Rolle als Kindermädchen sehr recht. Es war dreizehn Tage her, daß ich Julian Gwynne niedergestreckt hatte, und fast eine Woche, seit er und seine Band zu ihrer Europa-Tournee aufgebrochen waren, eine Tournee, bei der ich hätte dabeisein sollen.
Statt dessen steckte ich wieder fünf Tage die Woche acht Stunden lang in diesem winzigen Würfel aus Pappkarton. Das einzige Manuskript, das ich bewerten sollte, blieb unberührt. Um ehrlich zu sein, ich hatte es, bis auf das schwachsinnige Vorwort, noch nicht einmal gelesen. Natürlich machte ich mir Vorwürfe, fragte mich, ob ich mein Leben dadurch, daß ich Julian abserviert hatte, vollkommen zerstört hatte. Es hatte ihn zuerst hart getroffen, dann hatte er wie vermutet so weitergemacht, als hätte es mich nie gegeben. Das tat weh. Schlimmer noch – nun, da Julian gegangen war, gab es wenig,

was mein sonst farbloses Leben erheiterte, unterhielt oder erhellte. Nichts außer vielleicht am späteren Abend nahe genug an Cord Shay heranzukommen, um eine zögernde Hand auf eine seiner perfekten Hüften zu legen.

Alistair erwiderte: »Ich weiß, daß du überleben wirst. Ich dachte nur, dir liegt was an Cord.«

»Natürlich liegt mir was an ihm. Ich frage mich nur, ob ich am falschen Baum hochklettere.« Bevor Alistair etwas darauf entgegnen konnte, fragte ich: »Was hat Alan gesagt, als du wegen Cord gefragt hast? Du hast doch gefragt, oder?«

»Ich habe gefragt, und ebenso wie Christopher vor ihm hat sich auch Alan bedeckt gehalten.«

Ich seufzte. Ich stöhnte.

»Aber keiner von ihnen ist so süß wie du«, fügte Alistair schnell hinzu, »und Cord mag dich. Er kommt heute abend, nur weil ich erwähnt habe, du seist hier.«

»Sagte Alistair Dodge, der Kuppler aus der Hölle.«

Aber warum wollte er mich mit Cord verkuppeln? Versuchte er bloß, mich aufzuheitern? Das paßte zu dem, was ich bisher von dem neuen Alistair gesehen hatte. Wieso konnte ich ihm nicht glauben? Weil ich, rückständig wie ich war, den alten, zu allem fähigen Alistair noch nicht vergessen hatte?

Nein, das wirkliche Problem war Cord Shay selbst. Ich mußte zugeben, daß ich ihn wollte, physisch wollte, und dies hatte ich bisher noch bei keinem Mann oder Jungen zugegeben. Klar, ich war auch an dem interessiert, was er dachte. Immer, wenn wir zusammen waren, redeten wir stundenlang miteinander, meistens über Politik.

»Mach, was du willst«, sagte Alistair. »Bleib weg. Aber beschwere dich nicht hinterher bei mir, wenn sich jemand anders mit ihm zwischen den Laken wälzt.«

Damit hatte er meine Hoffnung und meine Angst mit der Präzision eines Scharfschützen aus Kentucky getroffen.
Maria tauchte plötzlich in der Tür auf und wedelte mit einem Blatt Papier.
»Ich muß gehen«, sagte ich in den Hörer. »Alistair, ich werde dasein!«
Ich legte auf, als Maria mir ein Memo unter die Nase hielt, doch ich war derart benommen, daß ich auch nach zweimaligem Lesen nicht wußte, wovon es handelte. Maria sagte, ich müsse unterschreiben, bestätigen, daß ich es gelesen hatte. Ich wurde allein gelassen, um über Cord Shay zu grübeln.
Für eine Sekunde dachte ich tatsächlich daran, Carl DeHaven in seiner Kabine anzurufen und ihn zu fragen, ob dies möglicherweise mein wirkliches Leben sein könnte. Und wenn ja, womit ich es verdient hätte.
Dann erinnerte ich mich daran, wie sich Carl seit kurzem mir gegenüber benahm, und mir verging die Lust zum Anrufen. Wir hatten kurz und für mich unbefriedigend über diese Veränderung in seinem Verhalten gesprochen. Es hatte sich herausgestellt, daß Carl dachte, ich hätte ihn all die Jahre vernachlässigt, da ich nichts von meinem Schwulsein erzählt hatte.
Also war ich auf Alistair angewiesen, der wohl oder übel zum zerstreuten Direktor seines eigenen nächtlichen Zirkus wurde. Es gab Augenblicke, in denen ich vermutete, daß jeder mit langen Haaren und Schlaghosen, der »Groovy!« sagen konnte, bei ihm eingelassen wurde. Nach und nach konnte die Masse an Menschen, die als »Penthouse Perdu« bekannt geworden war (benannt nach dem Frühstück oder dem Roman von Proust – das war nie klar), in mehr oder weniger drei Gruppen eingeteilt werden.
Zuerst gab es die Aktivisten, Leute wie Alan und Christopher,

die durch Änderung des Systems etwas speziell Politisches erreichen wollten und Alistairs Wohnung als Stammlokal nutzten.

Die zweite Gruppe waren die Musikleute. Oder eher diejenigen, die alles außer Musik machten. Sie waren mit Julian Gwynnes Erscheinen aufgetaucht und nie wieder verschwunden.

Die dritte Gruppe war so allgemein definiert, daß auch ich, Alistair und Kennys schnelle Nummern zu ihr gehörten, weiterhin Geschäftsbeziehungen, neuere Bekanntschaften, Models beiderlei Geschlechts und Freunde von der Westküste, die zufällig vorbeikamen.

Dann gab es Cord Shay, der im Penthouse Perdu abseits stand und der für mich, wie Alistair oder jeder mit Augen im Kopf sehen konnte, jedesmal, wenn ich ihn traf, unwiderstehlicher wurde. Es war, als ob meine nun befreite Seele, nachdem meine Sexualität endlich geklärt war, ein grenzenloses Verlangen entwickelte.

An diesem Abend, das nahm ich mir fest vor, würde ich nicht hingehen. Oder ich würde hingehen und mich von Cord fernhalten. Ich würde alles versuchen, um zu vergessen, wie sehr ich mich nach ihm sehnte.

Ich hatte nicht damit gerechnet, daß der Dolomiten-Zahnarzt mit einem neuen Spielzeug zugegen sein würde.

Der Zahnarzt hieß, was unwahrscheinlich war, Arthur Dalmatian. Ebenso unwahrscheinlich war, daß er sich als Abkömmling der slowenischen Aristokratie bezeichnete, was uns dazu verleitete, ihm oben erwähnten Spitznamen zu verleihen. Arthur hatte einige Monate zuvor Zugang zum Penthouse Perdu erhalten, da er Alistair in seiner Praxis in Gramercy Park zuerst oral untersuchte und sich anschließend oral befriedigen ließ, wobei er für beide Vorgänge eine Kombination von Drogen, aber hinterher keine Erklärung gab.

Arthur war viel größer und dünner, als es absolut nötig gewesen wäre, und hatte eine gewaltige Hakennase, stechende, fast gelbe Augen, die in übergroßen Augenhöhlen steckten, eine tiefe, breite Stirn, aus der ölige, dicke Haare mit einem widerlichen Braunstich wuchsen, als wären sie dort seit ihrer Kindheit angeklatscht. Und dann waren da noch ein Mund wie der eines Fuchses und die bloße Andeutung eines Kinns. Und ebensowenig anziehend wie sein Gesicht war sein Körper.

Ungeachtet seiner Erscheinung fand ich Arthur ab dem Moment lieb und lustig, in dem ich ihn bei Alistair kennengelernt hatte. Arthur war liebenswürdig und nett. Arthur war großzügig mit seiner Zeit, seinem Lachen und vor allem seinem Geld und seinen Drogen. Unter seinen Drogen befand sich an diesem Abend eine Entdeckung für uns, jedoch nicht für einen Kieferorthopäden wie Arthur: salpetrige Säure oder Lachgas.

Die meisten von uns waren bereits durch den Wein nach dem Essen und das Gras high, als dies aufgetischt wurde.

Das Chaos folgte auf dem Fuße.

Etwa eine Stunde später fand ich mich in Alistairs Gästebett mit Arthurs Lustknaben, dem Houseboy Kenny und Cord Shay wieder. Als sich der Nebel mehr oder weniger gelichtet hatte, küßten Cord und ich uns. Danach lachte Cord, offensichtlich verlegen, wenn auch nicht allzusehr, und meinte: »Wir lassen ihnen lieber etwas mehr Platz.«

Wir konnten nicht den Blick voneinander abwenden, bis wir aus dem Schlafzimmer waren. Das Wohnzimmer schien mit sich windenden Körpern gepflastert zu sein. Wir stiegen behutsam über sie hinweg und gingen hinaus, wo ein leichter Nebel die Terrasse in ein Netz verschwommener Lichter verwandelt hatte.

Ich wollte Cord wieder küssen. Sein Atem war so süß und sein Mund so zart.

Statt dessen zündete er à la Paul Henreit Zigaretten für uns an und sagte: »Alistair meinte, du hättest noch ein freies Zimmer in deiner Wohnung.«

Überrascht von dieser Wendung, bejahte ich das.

»Wo ich gerade wohne, ist es ein bißchen riskant geworden.« Cord machte eine Pause, bis ich den Ton in seiner Stimme kapiert hatte. Seine Worte verstand ich nicht so ganz, aber ich dachte … »Meinst du, ich könnte ein paar Tage bei dir wohnen?« Wieder erfolgte eine Pause, damit ich Gelegenheit hatte, das zu verstehen, was er zwischen den Zeilen gesagt hatte.

»Alistair hat seine Wohnung angeboten, aber wir glauben, sie könnte schon beobachtet werden.«

Beobachtet werden? Vom FBI?

Cord machte keine näheren Angaben, und so, wie er die Angelegenheit als Tatsache hinstellte, empfand ich es als unangebracht, wenn nicht gar ausgesprochen gefährlich, nach Einzelheiten zu fragen. Also sagte ich nur, er könne mein freies Zimmer haben. Er solle am nächsten Abend in mein Büro kommen, um das zweite Paar Schlüssel abzuholen. Und Cord versprach, kein gefährliches Material – so drückte er sich jedenfalls aus – anzuschleppen oder in meiner Wohnung zu lagern.

Aufgrund des Tenors des Gesprächs und des Wetters hatte ich plötzlich das Empfinden, in eine unausgesprochene Intrige verwickelt zu sein. Das Gefühl war besonders in dem Moment stark, als jemand durch die Glastüren auf die Terrasse hinausspähte, im gleichen Augenblick verschwand und Cord sagte: »Ich geh jetzt besser. Wir sehen uns morgen.«

Er war bereits fort, als ich ihm fünf Minuten später folgen wollte. Ich fand Alistair allein in seinem Schlafzimmer, wo er so bedächtig, wie er nur konnte, in den Telefonhörer sprach. Es schien mir ein Überseegespräch zu sein. Er legte auf, als er mich im Türrahmen erblickte.

»Hamburg!« Wie bereits vermutet, hatte er mit Julian geredet. Ich widerstand der Versuchung zu fragen, wie oft sie miteinander telefonierten und ob Julian sich nach mir erkundigt habe.

»Die Vorstellung war gut«, berichtete Alistair. »Aber er konnte die ganze Nacht nicht schlafen.«

»Hat er die ganze Nacht gehustet und sich im Bett gewälzt?« fragte ich unschuldig.

»Sei nicht so grausam«, entgegnete Alistair scharf.

»Tränen in der Nacht?« fragte ich sarkastisch.

»Ihm tat das Herz so weh«, versicherte mir Alistair.

»Das ist doch eine Schande!«

»Du allein!« spottete er.

»O ja«, feixte ich zurück, »er ist ein großer Heuchler!«

»Er weiß, was sich gehört«, verteidigte ihn Alistair.

»Du kannst jedes Mädchen fragen!« Ich zuckte mit den Schultern und fügte raffiniert hinzu: »Sie sitzt weinend in der Kirche.«

»Warum verlieben sich Verrückte?« wollte Alistair wissen.

»Hast du Rauch in den Augen?«

»Liebestrank Nummer neun?« meinte er. Dann: »Grüne Zwiebeln?«

»Genau das ist der Tag.« Philosophisch fügte ich hinzu: »Liebeskummer lohnt sich nicht.« Und setzte noch eins obendrauf: »Wir sehen uns im September.«

»Partypüppchen!« warf er mir vor.
Wir fielen uns um den Hals und brüllten vor Lachen.
»Siebzehn«, sagte ich schließlich, als ich wieder sprechen konnte.
»Wie bitte?
»Ich habe die Liedertitel gezählt, die wir benutzt haben«, sagte ich. »Siebzehn.«
»Du machst Witze. Das muß ein Weltrekord sein!«
»Achtzehn, wenn du ›Siebzehn‹ dazuzählst«, meinte ich. »Oder eher ›Sie ist siebzehn, sie ist schön, und sie gehört mir!‹«
Wir mußten noch mehr lachen.
Wir fanden Arthur in der Küche. Er saß auf einem Hocker und aß Eiscreme aus einem riesigen Becher. Er ließ uns probieren. Ich schob mir seinen Löffel in den Mund und sprang fast an die Decke, als das gefrorene Metall hinten im Mund anstieß.
»Prrrobleme mit dem Backenzahn, mein Lieber?« fragte Arthur mit Bela-Lugosi-Akzent.
»Weisheitszähne«, antwortete ich. »Drei sollten kommen, aber noch kein einziger hat es geschafft.«
»Ah ja, Alistair hat etwas darüber gesagt. Laß mich mal sehen!« Arthur reichte Alistair die Eiscreme und griff nach meinem Kinn, um mir in den Mund zu schauen.
»Kein Platz!« erklärte der Dolomiten-Zahnarzt und schloß meinen Mund. »Ich schlage vor, du kommst in meine Praxis, und ich buddle dir entweder den Weisheitszahn oder den angrenzenden Backenzahn aus, oder einer der Zähne oder beide werden eingekeilt werden.«
»Arthur wird dich in salpetrige Säure, Zuneigung und Schmerzfreiheit tauchen«, sagte Alistair. Ich nahm an, daß alle drei Sachen zutrafen.

»Ich hoffe, es war nicht allzu unangenehm«, sagte der Dolomiten-Zahnarzt zuversichtlich.

Ich kam langsam von meiner Lachgasreise in die Realität zurück. Die Maske war von meiner Nase genommen worden. Die Luftmoleküle hatten aufgehört, vor meinen Augen Twist zu tanzen, und beruhigten sich. Die meisten Teile des Werkzeugs, die Augenblicke zuvor noch in meinem Mund waren, lagen nun auf der kleinen, beweglichen Ablage, die er beiseite schob, als er die Sprechstundenhilfe hinausbugsierte und sich setzte.

Ich versuchte meinen Mund zu Worten zu formen. »Ist es vorbei?«

»Eigentlich habe ich noch gar nicht richtig angefangen.«

Ich starrte auf die kleinen glitzernden Instrumente – waren einige von ihnen nicht blutbefleckt? Vielleicht nicht.

»Das Problem ist etwas ernster, als ich gedacht hatte«, sagte Arthur. »Aber mach dir keine Sorgen. Es ist nichts, was ich nicht in den Griff bekommen könnte.«

Er erklärte, daß mein unterer linker Weisheitszahn nicht gerade, sondern schief herauswuchs und dabei den letzten Backenzahn direkt in den Kieferknochen hineindrückte. Natürlich mußte einer von beiden gezogen werden. Aber trotz der Röntgenbilder und der vielen Untersuchungen konnte er nicht mit Bestimmtheit sagen, ob sich die beiden entzündet hatten. Nur um sicherzugehen, verschob er den Eingriff um ein paar Tage und verschrieb mir große Mengen Penicillin.

»Ich möchte keine bösen Überraschungen erleben, wenn ich den Kiefer schließlich aufschneide«, sagte Arthur, ohne zu erklären, was er meinte. Lauerte etwa Godzilla unter meinen Zähnen? Oder Herbert Hoover junior? Oder der Geist von Che Guevara?

Er verschrieb auch ein schmerzstillendes Mittel, das ich zuvor noch nie benutzt hatte, Kodein, und schob mir eine Tablette in den Mund, solange ich noch auf dem Stuhl saß. Sie wirkte in dem Moment, als ich seine Praxis verließ. Ich spürte, wie die Sohlen meiner Stiefel fast einen Zentimeter weit neben den Gehsteig rutschten.

Cord Shay war nicht zu Hause, als ich ankam. Ich war nicht überrascht, daß ich ihn bisher kaum gesehen hatte, obwohl er schon drei Tage zuvor eingezogen war. Er war nicht da, wenn ich abends vom Verlag zurückkehrte, und schlief normalerweise noch tief und fest in meinem Gästezimmer, wenn ich morgens zur Arbeit ging. Seit er die Schlüssel von mir bekommen hatte, war er nicht mehr bei Alistair aufgetaucht, und als ich Alistair einmal geradeheraus fragte, was da vor sich gehe, antwortete er: »Irgendeine Operation, die in der Entwicklung steckt. Das war's, was Alan so eingeschüchtert hatte.«

Ich wollte warten, bis die »Operation« abgeschlossen war, um dann meinen Angriff zu starten.

An diesem Abend aß ich während des Fernsehens lauwarme Hühnersuppe, Joghurt und Kodeintabletten. Ich putzte mir gerade vorsichtig die Zähne, weil ich zu Bett gehen wollte, als Cord mit Alan und drei anderen Jungs hereinkam, die ich nie zuvor gesehen hatte. Er stellte mich ihnen nicht vor, sondern führte sie sofort in sein Zimmer, kam ins Badezimmer und fragte, ob sie etwas »unter sich« bleiben könnten. Cord sah großartig aus und roch nach frisch gebügelter Wäsche.

»Die Sache ist die«, erklärte er, »daß ich nicht möchte, daß du irgend etwas weißt, was du nicht zu wissen brauchst.«

»Würde man mich sonst foltern?«

»So ähnlich«, meinte er mit einem leisen Lächeln.

Er fragte, wie meine Verabredung mit Arthur gelaufen sei, und

als ich ihm erzählte, ich müsse noch warten, bis der Weisheitszahn gezogen werden könne, erwiderte er: »Pech!«
Dann – ich dachte gerade: Rog, Herzchen, du verhältst dich absolut unkorrekt und bist darüber hinaus wegen dieses totalen Heteros nicht ganz bei Sinnen! – tat er etwas Unerwartetes: Er tätschelte meinen Hintern. Im Spiegel sah ich, wie er auf seine Hände schaute. Er blickte plötzlich hoch, und seine normalerweise anthrazitharten Augen wurden auf einmal weicher. Dann küßte er meinen Nacken. Eine Sekunde später huschte er aus dem Badezimmer und machte mir ein Zeichen, von dem ich glaubte, es bedeutete echtes Interesse, wenn nicht gar ein direktes Versprechen auf zukünftige Lust.
Ich lauschte ihren leisen und konspirativen Stimmen, bis ich einschlief.
Am nächsten Tag rief Arthur im Verlag an, um zu fragen, wie es mir gehe. Nicht schlecht, sagte ich, aber ich könne nur weiche Nahrung zu mir nehmen, und als ich am Morgen aufgewacht sei, hätte ich mich so unwohl gefühlt, daß ich die Kodeintabletten weiter eingenommen hätte.
Er meinte, ich solle so viele nehmen, wie ich brauchen würde. Er würde, wenn nötig, in der Apotheke anrufen, damit ich noch mehr bekäme, und in der Zwischenzeit solle ich die Entzündung bekämpfen.
Der Tag im Büro schien eher als sonst wie im Traum zu vergehen. Ebenso der Abend. Ich hatte bis dahin meine Kodeindosis verdoppelt, und ausgestreckt auf dem Sofa und Gras rauchend gefiel mir Mahlers *Auferstehung* wie nie zuvor. Ich war aufgestanden, weil ich einen Stimmungswechsel brauchte und was von den Stones auflegen wollte, als Cord eintrat.
»Keine Schmerzen«, versicherte ich ihm.

Überraschenderweise mußte er nirgendwo hingehen und niemanden anrufen und hatte auch sonst nichts anderes vor, so daß er an nichts Schöneres denken konnte, als mit mir auf dem Sofa zu sitzen, zu rauchen und Jagger & Co zu hören.
Nach zwei Stücken fühlte ich mich wie wahnsinnig. Vor Leidenschaft und unerfüllter Lust zitternd, setzte ich mich auf, drehte mich um und knöpfte vorsichtig Cords kurzärmliges Hemd auf.
Er wehrte sich nicht. Aber er half mir auch nicht. Er öffnete nicht einmal seine Augen.
Ich küßte seinen zarten, fast haarlosen Oberkörper überall, nuckelte leicht an seinen Nippeln und glitt mit der Zunge in seinen Nabel. Auch in seinen Achselhöhlen, die fast süß nach Moschus schmeckten, waren kaum Haare. Als ich aufschaute, waren seine Augen noch immer geschlossen, und seine Lippen bewegten sich stumm.
Ohne meinen Mund von ihm zu lassen, öffnete ich langsam, aber unerbittlich seine Gürtelschnalle, was er kaum bemerken konnte, anschließend den oberen Metallknopf seiner Cordjeans, wobei mein Mund tiefer und tiefer glitt, als ich vorsichtig den Reißverschluß herunterzog. Cord trug schneeweiße Shorts. Ich dachte, er wollte etwas sagen, mich bei dem aufhalten, was ich gerade tat, und so küßte ich schnell die Beule in seiner Hose, bis sie hart und dick wurde. Sekunden später schlüpfte er aus seinen Shorts. Ich ließ meinen Mund die ganze Zeit über auf seinem Körper, bis er ausgezogen war.
Ich bedeckte seinen Unterkörper mit meinem nackten Oberkörper. Julian Gwynne hatte einen kleinen Schwanz vorhergesagt, und er hatte nicht so unrecht. Der von Cord war nicht groß, aber wie alles von ihm hatte er eine weiche Haut und war sehr schön mit seinem blaßweißen Schaft und der tiefroten

Eichel – perfekt proportioniert, passend, ein Teil von ihm. Ich blies ihm zweimal hintereinander einen ohne Pause. Cords einziger Kommentar während der ganzen Zeit erfolgte bei seinem ersten Orgasmus. Er setzte sich auf, strich behutsam die Haare aus meinem Gesicht, so daß wir Augenkontakt hatten, schaute, als wollte er mich etwas fragen, seufzte leicht überrascht ein »Oh!« und ließ sich wieder flach nach hinten fallen.

Physisch war ich befriedigt. Ich war gekommen, ohne mich zu berühren. Psychisch war ich außer mir. Ich hatte Cord besessen. Wir gingen zu Bett, um schnell und tief einzuschlafen.

Das war Freitag abend. Am folgenden Samstag merkte ich, daß zwei Kodeintabletten auf einmal nicht mehr reichten. Ich brauchte drei, dann vier – und öfter als vorher. Es schien unmöglich, irgend etwas zu essen, noch nicht einmal Joghurt. Ich blickte etwa jede halbe Stunde in den Badezimmerspiegel und war mir sicher, daß mein Gesicht auf einer Seite anschwoll. Als ich im Spiegel in meinen Mund schaute, sah die Stelle roh und rot aus.

Ich hatte den Dolomiten-Zahnarzt zweimal angerufen, und sein Telefondienst teilte mit, daß er nicht da sei, aber daß er meine Notfall-Anzeige erhalte, sobald er sich melde.

Das war am Mittag. Um sechs hatte ich immer noch nichts von ihm gehört. Ich rief Alistair an.

»Weißt du vielleicht, wohin Arthur am Wochenende immer fährt?« fragte ich.

»Natürlich! Natürlich! Wenn ich nur wüßte, wo ich's aufgeschrieben habe ... Irgendwo in New Jersey.«

»New Jersey!« Dies schien so weit weg zu sein wie Nepal oder Kamtschatka.

»Bei Arthur in New Jersey ist es sehr hübsch. Es ist in der Gegend von Montclair. Ziemlich geeignet für Pferde«, sagte Alistair.

»Ich fühle mich, als galoppierte ein Pferd durch meinen Kopf, besonders über ein paar Zähne!«

»Hast du Fieber?« fragte er.

»Natürlich, liebe Mutter.«

»Nun, wenn das Penicillin seine Dienste versagt, liebe Tochter, schlage ich einen hausgemachten Umschlag vor.«

Als Alistair aber mitbekam, daß ich noch nicht einmal die Anleitung, wie ich ihn zu machen habe, aufschreiben konnte, versprach er, Kenny herüberzuschicken.

Cord hatte einige Zeit nach dem Frühstück die Wohnung verlassen. Vor Einbruch der Dunkelheit war er immer noch nicht zurück. Das war für mich in Ordnung, da ich sehr wohl wußte, daß ich für niemanden ein guter Gesellschafter war.

Kenny traf mit den Zutaten für den Umschlag ein, aber ein Blick überzeugte ihn, daß es nichts nützen würde. Statt dessen verabreichte er mir Nembutal aus seinem Privatvorrat und blieb bei mir, bis ich weggeschlummert war.

Der nächste Tag war ein Sonntag. Ich erwachte mit Schmerzen, noch ganz benommen von den Nembutal, und von da ab war alles zu spät. Ich schaffte es irgendwie, fast eine Achteltasse lauwarmen Kaffee, den ich am Tag zuvor schon gemacht hatte, langsam und in kleinen Schlucken zu trinken. Ich wollte es mir auf Kissen auf dem Sofa bequem machen, um von dort aus meinen, wie ich mir sicher war, letzten Morgen auf Erden zu betrachten. Zweieinhalb Takte von Vogelgezwitscher vor meinem Fenster weckten in mir die Lust, den gefiederten Bösewicht zu hängen und die gesamte Vogelwelt auszulöschen. Derjenige, der mich einen Block entfernt mit seinem

Motor im Leerlauf nervte, spielte unwissend mit seinem Tod. Musik, Licht, Gerede, Essen – alles, was auch nur annähernd menschlichen Aktivitäten oder Freuden ähnelte, stand vollständig außer Frage.
Um etwa zwei Uhr nachmittags rief Alistair an.
»Du hörst dich schrecklich an!«
»Du solltest mich erst mal sehen«, versuchte ich zu scherzen.
»Ich habe die Adresse und die Telefonnummer gefunden und angerufen. Arthur wird nicht vor Dienstag in seiner Praxis sein.«
Das wußte ich schon. »Bis Dienstag werde ich die Todesrate erhöht haben.«
»Arthur hat auch eine Praxis in Jersey. Sie ist primitiv, nicht so gut ausgestattet und ...«
»Ich kann nicht warten. Ich gehe!«
»... es wird niemand da sein, der ihm assistiert und ...«
»Ich gehe«, erklärte ich.
Ich hatte ihn etwas voreilig heiliggesprochen. Es waren mehrere Telefonate und einige Stunden nötig, bis Alistair mit einem Auto vorbeikam. Mittlerweile war es später Nachmittag. Neue beißende Schmerzen hatten eingesetzt, die sich in zwei verschiedene Typen einteilen ließen. Ich nannte sie »Feuerwehrautosirene« und »Blitz aus heiterem Himmel«, und beide waren nicht angenehm. Wie Alistair später berichtete, hatte ich auf dem ganzen Weg in das halbländliche Montclair gestöhnt und gejammert.
Als wir Arthurs Landbehausung erreichten, war ich ziemlich im Delirium. An das, was anschließend passierte, erinnere ich mich kaum, außer daß sie mich in seine Praxis schafften und auf einen Stuhl setzten, der wie ein alter Friseurstuhl aussah. Ich erinnere mich auch daran, wie Arthur etwas, was wie die

größte Nadel der Welt ausschaute, mit einer milchigen Flüssigkeit füllte. Zu der Zeit machte es kaum einen Unterschied, was es war, da ich während der ganzen Prozedur immer wieder das Bewußtsein verlor.

Es war halb dunkel, als ich aufwachte. Ich lag auf einem riesigen, mit Quasten verzierten Chesterfield-Sofa mit hoher Rückenlehne, das, so schien es, in Arthurs Arbeitszimmer stand. Als ich mich herumdrehte, hörte ich aus einem angrenzenden Zimmer ohne bohrende Schmerzen Arthurs und Alistairs Stimmen, obgleich sie sie sehr gemäßigt einsetzten, zweifelsfrei zu meinem Wohl. Ich war immer noch benebelt, aber ich konnte mich ein wenig erheben. Erst da bemerkte ich, daß mein Mund vollgestopft und mein Kopf in ein Tuch mit Eis eingepackt war. Ich spürte eine plötzliche und völlige Erleichterung. Ich weinte.

»Da ist er ja!« Es waren Alistair und Arthur. »Hast du noch Schmerzen?«

»Ch fll mmch vvll bbbsssrrr«, gab ich von mir und schüttelte meinen Kopf zu einem energischen Nein.

Arthur löste den Kopfverband und berührte mein Gesicht. Die Schwellung sei schon ein gutes Stück zurückgegangen. Er schaute mir in den Mund, entfernte daraus eine halbe Tonne Gaze, drückte seine Zufriedenheit aus und stopfte alles wieder hinein. Er sagte, ich hätte drei Stunden geschlafen. »Wegen des Morphiums, das ich dir gegeben habe.«

»Mrrffmm?«

»Ein starkes Derivat. Was anderes hatte ich nicht. Normalerweise benütze ich diese Praxis nicht. Nur in Notfällen.«

»Dnnk, mmnn Rrrtrr«, versuchte ich meine Dankbarkeit auszudrücken.

Er berichtete, der Weisheitszahn sei schneller gewachsen, als

er's gedacht habe, und habe den hinteren Backenzahn ziemlich weit gegen den Kieferknochen gedrückt. Die stechenden Schmerzen seien darauf zurückzuführen gewesen, daß Nervengewebe auf Knochengewebe getroffen war. Er habe den Weisheitszahn herausgenommen und alle Nervenenden, die er gefunden habe, verätzt. Ich hätte ein Loch in meinem Mund, das groß genug sei, um meine Daumenspitze hineinzustecken. Ich solle mich drei Tage lang ins Bett legen.
»Nnnmmglllch!« erklärte ich. »Mrrrgnn frrhh zzrrr Mmsstrrng!«
»Er hat gesagt, daß er morgen früh zur Musterung muß«, übersetzte Alistair. »Er muß hin. Die veranstalten eine Fuchsjagd mit einem, wenn man dort nicht erscheint. Wann ist das? Halb acht?«
»Er ist absolut nicht in der Lage, eine Musterung über sich ergehen zu lassen!« protestierte Arthur. »Abgesehen davon würde ein Bluttest zeigen, wieviel Morphium in seinem Körper steckt. Ich werde eine Mitteilung schreiben und ihn entschuldigen, bis es ihm bessergeht.«
Während Arthur in seiner Praxis war, bot Alistair an, mit mir am nächsten Morgen in die Rector Street zu fahren, den Brief vorzuzeigen und mich wieder nach Hause zu bringen.
»Hier! Ich habe das Briefpapier von der Uniklinik genommen«, sagte Arthur und gab mir das Schreiben. »Ich hab da einen Posten. Das könnte dir etwas fürs Prestige nützen!«
Mein Autofokus versagte immer noch, weswegen er den Text laut vorlas. Darin stand, daß ich mich einem größeren Eingriff im oralen Bereich hätte unterziehen müssen, viel Blut verloren hätte und noch unter medikamentöser Behandlung stünde. In den nächsten Tagen könne ich das Bett nicht verlassen. Arthur sei jederzeit unter einer der drei genannten Telefon-

nummern erreichbar, um die Angaben zu bestätigen, obwohl jeder Zahnchirurg, der in meinen Mund schaue, sehen könne, wie schlecht es mir gehe. Am Anfang und am Ende des Briefes betonte er, daß ich unter seiner Beobachtung stünde und man mit mir wie nach einem chirurgischen Eingriff umgehen müsse.
»Gib ihnen das, wenn du reingehst«, instruierte mich Arthur. »Setz dich dann hin und warte, bis du einen anderen Termin erhältst.«
Ich dankte Arthur noch einmal, obwohl ich wußte, daß die Musterung bloß verschoben werden würde. Alistair führte mich zum Wagen, und ich döste die ganze Heimfahrt über. Er mußte mich fast in meine Wohnung tragen und brachte mich zu Bett. Am nächsten Morgen um sieben stand Alistair wieder auf der Matte, um mir beim Anziehen und auf dem Weg von der Wohnung in die Rector Street zu helfen.
Ich stellte mir vor, wir würden nur kurz hineingehen und in fünf Minuten wieder draußen sein. Allerhöchstens würde es eine halbe Stunde dauern.
Noch mehr hätte ich mich nicht täuschen können.
Zuerst ließen sie Alistair nicht durch die Eingangstür. Ich nehme an, es gab Übergriffe oder Drohungen zu Demonstrationen von seiten der Aktivisten. Deswegen durften nur Leute rein, die ein »Glückwunschschreiben« in der Hand hielten.
Alistair erklärte vorsichtig dem Militärpolizisten an der Tür, daß bei mir ein oraler Eingriff vorgenommen worden sei und ich einen Brief vom Arzt hätte. Der Militärpolizist bewegte seinen Kopf in einer Weise, die sicherlich Verständnis bedeutete, aber er antwortete nicht, bis Alistair wieder um Zutritt bat, worauf der Polizist sagte: »Ich paß auf ihn auf!«

Seine Art, auf mich aufzupassen, bestand darin, mich eintreten und sofort allein zu lassen. Ich befand mich in einer großen Halle. Weiter hinten nahm jemand jenseits eines hohen Fensters in einer Mauer unsere »Glückwunschschreiben« entgegen, suchte unsere Namen auf einer Liste und gab uns Umschläge, in die wir unsere medizinischen Datenblätter stecken sollten. Uns wurde gesagt, wir sollten in Zimmer eins gehen.

Da ich trotz der Gazemassen in meinem Mund etwas besser sprechen konnte, sagte ich: »Ich habe eine Mitteilung von meinem Arzt.«

»Zeigen Sie die in Zimmer eins.«

Zimmer eins war lediglich ein Sekretariat mit einem Schreibtisch.

»Ich habe eine Mitteilung von meinem Arzt«, erklärte ich.

»Zeigen Sie die in Zimmer zwei«, wurde mir gesagt.

In Zimmer zwei wurde nach dem gegenwärtigen Einberufungsstatus gefragt.

»Ich habe eine Mitteilung von meinem Arzt«, wiederholte ich jetzt zum zweitenmal und zeigte den Umschlag.

»Gehen Sie damit in Zimmer drei.«

Zimmer drei befand sich in einem anderen Teil des Gebäudes, einen Korridor entlang mit Pfeilen auf dem Boden, in denen eine rote, fette Drei stand und die geradeaus zeigten. Eine lange Schlange von Jungs wartete vor mir. Ich sah mich vergebens nach einem Stuhl um.

Als ich endlich an der Reihe war, stellte ich fest, daß ich beim Augentest war. »Ich habe eine Mitteilung von meinem Arzt«, erklärte ich erneut und hielt den Umschlag der medizinisch aussehenden Person unter die Nase.

»Wozu?«

»Oraler Eingriff. Letzte Nacht. Hier.« Ich versuchte immer

noch, sie ihm zu geben, aber er sperrte sich. »Nehmen Sie das!« bestand ich darauf.
»Eingriff an den Augen?« fragte er.
»Oraler Eingriff!« wiederholte ich und öffnete meinen vollgestopften und blutigen Mund.
»Hier ist die Augenuntersuchung. Hatten Sie einen Eingriff an den Augen?«
»Natürlich nicht. In meinem Mund ...«
»Dann können wir den Augentest ja machen.«
Was auch geschah.
»Ich sollte zu Hause sein, im Bett. Der Eingriff war letzte Nacht«, sagte ich, als er die Ergebnisse über meine Sehfähigkeit in mein Datenblatt eintrug und es mir wieder aushändigte.
»Wem gebe ich das hier zu lesen?«
»Versuchen Sie's in Zimmer vier.«
Zimmer vier, am anderen Ende des Gebäudes, durch noch mehr lange, gut beschilderte Korridore hindurch zu erreichen, war für den Hörtest. Natürlich fand ich keinen Stuhl, dafür aber wieder eine lange Schlange, und erneut war ich gezwungen, stehenzubleiben, zu warten und den Test über mich ergehen zu lassen. Von dort aus wurde ich in Zimmer fünf geschickt. Ungefähr in Zimmer sieben, ein Stockwerk höher und halb um den Block herum, kam ich schließlich beim Bluttest an. Noch einmal wurden mein Protest und mein Umschlag vollkommen ignoriert, als ein Mediziner meinen Blutdruck maß und dann die Stirn runzelte.
»Leiden Sie unter rhythmischen Herzstörungen?«
»Bei mir wurde letzte Nacht ein oraler Eingriff vorgenommen. Ich sollte eigentlich im Bett sein«, versuchte ich ein weiteres Mal zu erklären. »Hier. Das steht in der Mitteilung meines Arztes.«

»Seit wann haben Sie dieses Herzleiden?« fragte er.
Daraufhin schilderte ich zum x-tenmal meine Situation. Doch er löste nur die Gummimanschette von dem einen Arm und legte sie um den anderen. »Sind Sie sicher, daß Sie nichts von einem Herzleiden wissen?«
»Ich bin letzte Nacht im Mund operiert worden«, sagte ich. »Ich habe Blut verloren. Könnte das nicht erklären, warum Ihre Blutdruckmessung zeigt, daß ich fast tot bin?«
Er zuckte mit den Schultern und schrieb ein paar Zahlen auf mein Datenblatt.
In Zimmer acht unten im Erdgeschoß, einen ganzen Straßenblock von Zimmer sieben entfernt, sollte ich einen halben Liter Blut abgeben. Es war mittlerweile halb zwölf. Ich hatte seit der Achteltasse Kaffee am Tag zuvor nichts mehr gegessen oder getrunken. Ich war schon den ganzen Morgen auf den Beinen, ohne daß ich mich auch nur einmal hätte setzen können. Ich hatte mich von einer Stelle zur anderen geschleppt und insgesamt etwa acht Kilometer zurückgelegt. Nun war ich total erschöpft, und es gab noch nicht einmal eine Wand zum Anlehnen. Ich wartete mit anderen zusammen in einer langen Schlange, als jemand zu mir kam und mich aufforderte, einen Ärmel hochzukrempeln, damit ich für die Blutabnahme bereit sei.
»Ich kann nicht«, sagte ich. »Ich habe schon letzte Nacht Blut während meiner Operation im Mund verloren.« Ich hielt ihm meinen Brief unter die Nase. Auch er ignorierte ihn.
»Warum können Sie kein Blut geben? Religiöse Gründe?«
»Das habe ich Ihnen gerade erklärt.« Ich versuchte noch einmal, ihm den Brief zu geben.
»Also weigern Sie sich nicht aus religiösen Gründen?«
»Das ist egal«, sagte ich. »Mein Blut ist voller Morphium.«

»Sie sind drogenabhängig?« fragte er.
Ich dachte, dies würde mich zu einem Arzt bringen, der meinen Brief endlich lesen würde.
»Mein Blut ist voller Morphium«, wiederholte ich.
»Seit wann sind Sie drogenabhängig?«
»Seit Jahren«, antwortete ich, weil ich immer noch nicht die Hoffnung aufgegeben hatte. »Seit meiner Geburt.«
Er machte nur ein Zeichen in mein Datenblatt und ging zum nächsten.
Als ich mich weigerte, mir Blut abnehmen zu lassen, wurden zwei Militärpolizisten gerufen, die mich während der Blutabnahme festhielten. Ich war so schwach, daß ich nur symbolisch Widerstand leistete.
»Na also! Das war doch nicht so schlimm, oder?« meinte der Arzt, als er mir den halben Liter Blut aus meinem Arm abgezapft hatte. »Sie können jetzt aufstehen.«
Ich setzte mich auf und fühlte mich äußerst seltsam.
»Ich verstehe nicht, warum Sie herumlaufen und jedem erzählen, Sie seien morphiumabhängig«, fuhr er fort, als ich versuchte, auf die Beine zu kommen. »Egal, so eine Sache läßt sich jedenfalls in den Griff kriegen, das wissen Sie ja.«
Er bedeckte meine neue Wunde mit einem Schwall Alkohol und einem Stück Gaze. Mein Ellbogen wurde umgebogen, mein Datenblatt unter den anderen Arm und ich durch den Vorhang nach draußen geschoben.
Nach sechs Schritten schienen sich die Holzgeländer gegeneinander zu neigen und wieder aufzustellen. Das kam mir seltsam vor. Nach ein paar weiteren Schritten betrachteten mich die anderen vorsichtig, als ob sie mich kennten. Merkwürdig, ich kannte keinen von ihnen. Jetzt winkelten sich die Wände bizarr ab und bekamen ein schwarz-gelbes Schach-

brettmuster, welches sich so schnell drehte, daß ich meinen Gleichgewichtssinn verlor. Ich hielt Arthurs Brief immer noch fest, benützte ihn als Stütze ... und es gab ein großes Hurra, als ich auf den Boden aufschlug und ohnmächtig wurde.

Als ich aufwachte, war Alistair da. Er hatte seinen besten Anzug an und eine Krawatte, trug eine Hornbrille und sprach mit gepreßter Stimme zu einer Reihe von Militärärzten, die ihm mit rotem Gesicht gegenübersaßen und sich sichtlich unwohl fühlten. Andere Männer kamen und gingen schnell wieder aus dem Zimmer. Ich lag auf einem Feldbett, um dessen Matratze eine rauhe Wolldecke gewickelt war. Ein Krankenpfleger stand an meiner Seite.
»... wir werden natürlich hinsichtlich aller langfristigen Folgen auf Schadensersatz klagen, sowohl was die davon betroffenen Personen als auch die Musterungsbehörde ...« Ich hörte Alistair und ich dachte, er hat es gut in der Hand, was auch immer es sein mag. Dann schlief ich wieder ein.
Jemand protestierte so laut, daß ich davon aufwachte. »Wir können unmöglich einen Krankenwagen vorfahren lassen.«
»Er wird hier keine Minute länger unter ihrer falschen ärztlichen Behandlung bleiben«, sagte Alistair bestimmt. »Ich verlange einen Krankenwagen.«
Man mußte telefonieren. In der Zwischenzeit trat Alistair an mein Bett, lächelte zu mir herunter, meinte, es komme alles in Ordnung, und erzählte mir, daß man, als ich in Ohnmacht gefallen sei, Arthurs immer noch ungeöffneten und ungelesenen Brief in meiner Hand gefunden habe. Die gesamte Belegschaft sei in Panik geraten. Sie hätten Arthur angerufen, der wiederum Alistair als meinen nächsten Verwandten angerufen habe.

Nach weiteren Telefonaten, von denen eines Alistair führte, wurde entschieden, daß kein Krankenwagen kommen, sondern ein Polizeiauto mit einer Rolltrage vor dem Seiteneingang der Musterungsbehörde warten solle. Ein Militärsanitäter stünde mindestens vierundzwanzig Stunden zu meiner Verfügung. Alistair war einverstanden und erklärte: »Das ist das Mindestmaß an humanitärer Hilfe, welches wir erwarten angesichts der Tatsache, daß diese Situation aufgrund Ihrer medizinischen Inkompetenz entstanden ist.«

Mein Feldbett hatte Räder, und nachdem eine Menge Papiere gelesen, besprochen und unterschrieben worden waren, wurde ich schnell durch Korridore in einen Teil des Gebäudes gerollt, in dem ich tatsächlich noch nicht gewesen war.

Als sich die Türen nach draußen öffneten, befanden wir uns in einer Art rückseitiger Ladezone. Ich mußte von dem Feldbett auf die Rolltrage gehoben werden, die dann in das Polizeiauto geschoben wurde. In den wenigen Minuten, die dieser Vorgang dauerte, vernahm ich eine mir bekannte Stimme über ein Megaphon: »Da ist er! Noch ein Opfer der bürokratischen Barbarei der Musterungsbehörde!« Ein Sprechchor zahlreicher Menschen ertönte mit Rufen wie »Stoppt den Krieg jetzt!« Zwei Männer mit Kameras sprangen auf mich zu und machten Fotos von mir, bevor Militärpolizisten sie zum Rand zurückdrängten. Und wieder hörte ich Cord Shays Stimme: »Ihr könnt nicht davonlaufen! Ihr könnt die Opfer nicht verstecken!« Dann befand ich mich zusammen mit dem Militärkrankenpfleger im Innern des Wagens. Die Türen wurden geschlossen und abgesperrt, und wir fuhren los.

Ich traute meinen Ohren nicht. Ich mußte mich aufsetzen und durch die vergitterten Fenster sehen. Tatsächlich, da war er, Cord Shay, mit einem Megaphon. Und eine Unzahl Demon-

stranten. Wegen mir kleinem Kerl! Ich war gerührt. Es war so ... Aber halt! Wie konnten die alle so schnell hier sein? So organisiert und ...?
Wenn nicht ... Wenn nicht ...
O nein!
»Jetzt verlier nicht gleich die Fassung«, sagte Alistair eine halbe Stunde später verteidigend.
Er war bereits in meiner Wohnung, als ich dort eintraf. Der Krankenpfleger telefonierte im Wohnzimmer, um seine Ankunft zu melden.
»Es war doch bloß eine günstige Gelegenheit, das mußt du verstehen«, beschwor mich Alistair. »Es war nicht im mindesten persönlich gemeint. Das ist eine größere Angelegenheit. Diese Aktionen werden im ganzen Land durchgeführt. Viele Gegner machen gleichzeitig Stunk, damit sich das System endlich ändert. Begreifst du?«
Ja gut, das begriff ich.
Und jetzt kapierte ich auch, daß Arthur vergangene Woche eigentlich hätte operieren und nicht warten sollen. Und daß Cord Shay nicht das geringste persönliche Interesse an mir hatte, sondern bei mir eingezogen war und zugelassen hatte, daß ich mich selbst erniedrigte – wahrscheinlich war er nicht einmal schwul –, nur damit sie ihren Plan ausführen konnten. Schließlich kapierte ich auch, daß Cord und Alistair diese »Operation«, die in jener Nacht in Alistairs Küche in Gang gesetzt worden war, schon Wochen vorher geplant hatten. Ich hatte unter unerträglichen Schmerzen gelitten und hätte größeren Schaden davontragen können, aber das war ihnen egal. Ich war für sie nur eine Schachfigur. Kein Wunder, daß ich in meiner Halluzination ein Schachbrett gesehen hatte.
»Das verstehe ich«, sagte ich zu Alistair mit der ruhigsten

Stimme, die ich aufbringen konnte. »Das und die ganzen Folgen. Ich möchte, daß du gehst. Sofort!«
»Ich werde auf dich aufpassen.«
»Mach dir keine Sorgen!«

Ich erhole mich ebenso wie mein Mund.
Für die Medien waren die landesweiten Aktionen ein gefundenes Fressen und zeigten ihren beabsichtigen Erfolg. Innerhalb weniger Monate hatte der Kongreß der Vereinigten Staaten eine Gesetzesänderung vorgenommen und eine Lotterie für Wehrpflichtige eingeführt, um den schlimmsten Mißbrauch der Musterungsbehörde zu beseitigen.
Natürlich verklagte ich sie nicht. Aber ich wurde neu eingestuft: 4-F. »Herzkrank« hieß es. Ich mußte den ganzen Tag lachen.
Arthur oder Cord Shay sah ich nie wieder. Zu der Zeit, als ich bereit war, Alistair zu verzeihen, war er von Manhattan fort und zurück an die Küste gegangen.

VIERTES BUCH

OHNE RÜCKSICHT AUF VERLUSTE
1991 UND 1974

Sie brachten uns nicht auf das nächste Polizeirevier, sondern zu den Tombs in Downtown, was gleichzeitig ärgerlich und beängstigend war. Uns stand eine ACT-UP-Rechtsberaterin, eine magersüchtig aussehende Lesbe namens Therry Villagro, zur Verfügung, die etwa zehn Minuten nach uns eintraf. Sie schien sich mit dem System auszukennen.

Eine halbe Stunde später, nachdem uns ordnungsgemäß die Fingerabdrücke abgenommen und wir von zwei Seiten fotografiert worden waren, teilte uns Therry mit, man bringe uns in unsere eigene Zelle, »in einem netteren Bereich dieses Höllenlochs«.

Netter und abgeschiedener. Der Wärter brauchte fünf Minuten, um diese Abteilung, und weitere fünf Minuten, um den Schlüssel zu dem entsprechenden Gang zu finden. Als wir die Zelle betraten, schaute er sich um, als hätte er sie noch nie zuvor gesehen.

»Sollte ich wissen, wer ihr seid?« fragte er.

»Nur Ihre alltäglichen Stadtterroristen«, antwortete Junior Obregon. »Warum?«

»Das ist unsere VIP-Lounge«, meinte der Polizist respektvoll.

Die Lounge entsprach zwar nicht meinen Vorstellungen vom Himmel, aber sie war ordentlich und neu eingerichtet, mit einem nicht allzu durchgesessenen Sofa, einem Beistelltisch und einem Fernseher. In einer Ecke standen Süßigkeiten, Zigaretten und eine Kaffeemaschine, die, wie sich herausstellte, sogar funktionierte. Die drei Zellen, die von der Lounge ausgingen, machten einen bequemen, jedoch nicht sauberen Eindruck.

»Besser als ein paar der Motels, in denen ich übernachtet habe«, sagte James Niebuhr und sprang auf das obere Bett in der am nächsten gelegenen Zelle. »Wenn ich müßte, könnte ich's hier eine Nacht aushalten.«

»Ich auch«, meinte Junior. Sie fingen an, aneinander rumzufummeln, während ich mich am Fernseher zu schaffen machte, um einen Sender einzustellen.

Wir waren kaum zehn Minuten eingesperrt, als die Tür aufgeschlossen wurde und mein Anwalt Anatole Lamarr eintrat. Er sah sich um, wartete, bis der diensthabende Wärter hinausgegangen war, stellte dann seinen Aktenkoffer auf den Beistelltisch und sagte: »Nicht schlecht! Habt ihr dem stellvertretenden Bürgermeister auch einen geblasen?«

»Wir sind dir sehr dankbar, daß du gekommen bist«, erklärte ich.

»Dankt nicht mir. Es muß eure Lesbenberaterin gewesen sein. Ein paar dieser Damen haben echt gute Beziehungen«, sagte er bewundernd. Er setzte sich neben mich auf das Sofa. »Jetzt zu dir. Was soll das? Hast du dich, weil du nur ein Leben hast, dazu entschlossen, dieses als Revoluzzer zu verbringen?«

Bevor ich antworten konnte, fuhr Anatole fort: »Tucker hat dich in den Elf-Uhr-Nachrichten gesehen und mich vorgewarnt, daß ich noch von dir hören würde.«

Tucker war schon seit Jahren Anatoles Liebhaber.

Junior Obregon war vom Bett heruntergehüpft und zu uns herübergekommen. Er stand da und starrte Anatole an, als wäre dieser eine Berühmtheit.

»Willst du ein Autogramm?« fragte Anatole ihn.

»Nein, ich ... wir ... Hast du zufällig ein Kondom dabei? Sie haben uns unsere Brieftaschen abgenommen, und wir konnten nicht fragen, weißt du!«

Anatole sah von Junior zu mir mit seinen für ihn typisch zugekniffenen Augen. »Wo findet ihr sie sonst? Über Anzeigen oder was?«

Ich stellte sie einander vor. James kam hinzu und erklärte, daß er sich normalerweise nicht bumsen lasse, aber die Aufregung der Demonstration und der Protest und das Transparent und die Festnahme und die Handschellen und ... bis Anatole seine Hand hochhielt, um ihn zu stoppen, und ihm versprach, ein Kondom ausfindig zu machen, wenn die beiden sich sofort zurückzögen, während er sich mit mir unterhalte.

»Also, was bedeutet das alles? Du wurdest wegen Hausfriedensbruch eingesperrt. Die Frage bleibt offen, ob deine Stellungnahme im Fernsehen verleumderisch war. Sie wird dich im Rathaus jedenfalls nicht beliebt machen oder es mir erleichtern, eine Anklage zu verhindern.«

»Ist Hausfriedensbruch ein Verbrechen?«

»Ein Vergehen.«

»Du mußt einen Richter finden, der den Bürgermeister nicht leiden kann, und ihn dazu bringen, daß er die Anklage fallenläßt.«

»Vielleicht«, sagte Anatole. Wahrscheinlich war dies genau das, was er zu tun beabsichtigte, und er zählte in Gedanken schon die potentiellen Kandidaten auf. »Die wirkliche Frage ist: Was tust du dabei, Rog? Dieses Markisen-Gespringe hätte ich von Wally erwartet, nicht von dir. Wo ist Wally überhaupt?«

»Er war bei der Demonstration. Ich habe ihn verloren. Deswegen habe ich es getan«, antwortete ich und erklärte, was geschehen war.

Während meiner Ausführungen sah ich, wie Anatoles Augen glasig wurden. Er hatte bereits mehr als genug gehört und schüttelte langsam den Kopf. »Also ist das kein früher Alzheimer oder ein Anzeichen von Schwachsinn, und ich kann das als Einzelfall betrachten?«

»Ach komm, Anny! Das ist Politik! Das hat was mit Selbsterhöhung zu tun.«

»Vielleicht.«

»Wir haben das für all die armen Tunten getan, die in der Gosse sterben. Das muß doch auch dir etwas bedeuten.«

»Ich sagte: vielleicht!« wiederholte er so energisch, daß er auch hätte nein sagen können.

Ich kannte Anatole fast ein ganzes Jahrzehnt, und ich weiß, daß er sich nicht einschüchtern läßt. Außerdem weiß ich, daß er ein paar tiefsitzende Vorbehalte gegen sein eigenes Schwulsein hat. Wohlgemerkt, nichts Persönliches oder gar Psychologisches, und meistens leugnet er es. Sie existieren auf einer einfachen, praktischen Ebene. Anatole glaubt, daß ihn sein Schwulsein aufgehalten und ihm den Zugang zu seinen vollen gesellschaftlichen Möglichkeiten unter den Reichen und Mächtigen dieser Welt verwehrt habe. Und so übernimmt er hin und wieder einen Fall gegen jemanden mit Macht oder Stellung, der kurz zuvor geschwächt wurde. Und Anatole greift kraftvoll, präzise und hartnäckig an, bis sein Gegner ausgeblutet ist. Genau darauf zählte ich im Augenblick.

»Du mußt mich hier raushauen, Anatole. Du *kannst* mich doch hier raushauen, oder?«

»Es wird eine oder zwei Stunden dauern.«

»Gut. Weil ich heute nacht hier raus muß.«

Anatole blickte mißtrauisch.

»Ich werde nicht zur Demo zurückgehen. Du darfst mir die

Eier quetschen und hoffen, daß sie verfaulen, wenn ich lüge. Es ist nach Mitternacht. Die Demo wird in einer halben Stunde vorbei sein.«
»Warum dann die Eile?«
»Wegen nichts.«
»Ro-ger!« Anatole hörte sich plötzlich wie meine Großtante Lillian an.
»Okay, okay. Es ist wegen Alistair, meinem Cousin. Erinnerst du dich an ihn?«
Anatole erinnerte sich. Aufgrund der Art, wie er schaute, fragte ich mich, ob ich mich auf wackligem Boden befand.
»Hattet ihr was miteinander?« Es war unwahrscheinlich, daß ich davon nichts wußte. Oder doch?
»Wir hatten nicht ›was‹ miteinander. Jedenfalls ist es ein ganzes Jahrhundert her. Was ist mit Alistair?«
Jetzt war ich wirklich verwundert. Sollte ich Anatole davon erzählen? Lieber nicht. Er war schon wegen meiner Verrücktheit ins Grübeln geraten.
»Er feiert heute nacht seinen Geburtstag. Eine große Party. Ich habe versprochen zu kommen.«
Anatole entspannte sich. »Ich werde sehen, was ich tun kann.« Er stand auf und nahm seinen Aktenkoffer. »Was ist mit denen?« Er meinte James und Junior.
»Mit denen wird es schon in Ordnung gehen.«
Als Anatole an die Tür klopfte, um hinausgelassen zu werden, erinnerte Junior ihn an das Kondom.
Ich legte mich aufs Sofa und grübelte: Wann hatten Anatole und Alistair etwas miteinander gehabt? Sie hatten, das war jetzt offensichtlich. Aber es muß gewesen sein, bevor Tucker ins Spiel kam.
Laß mich nachdenken. Es muß wann gewesen sein? Ungefähr

1976 war ich wieder in New York und arbeitete bei der Zeitschrift. Haben sie sich vielleicht in jenem Jahr in den Pines getroffen? Nein, Alistair war noch mit Doriot in Europa. Es muß allerdings vor 1979 gewesen sein, weil wir danach jahrelang nicht mehr miteinander gesprochen hatten. Wann hatte ich Anatole kennengelernt? Herbst '78! Oben am Cape! Natürlich! Alistair hatte seine Frau in Italien verlassen und war zu der Zeit kurz zu Besuch gekommen und …

»Überbacken, gegrillt oder gekocht?« wollte Patrick wissen.
»Warum fragst du mich?« Ich war gerade dabei, die Crudités zu hacken.
»Weil du derjenige bist, der auf Meeresfrüchte steht«, antwortete Luis.
»Ich mach eine Pause!« sagte ich und ging um die Theke herum, um mehr Eiswürfel zu holen. Patricks Bloody Marys waren vorzüglich, aber stark. Wir hatten an diesem Abend nicht allzuweit bis nach Hause zu fahren, doch die Nacht war noch jung, und Truro kann Mitte September völlig vernebelt sein. Ich traute den anderen hinterm Lenkrad nicht, wenn sie versuchten, das Haus zu finden, das wir gemietet hatten.
»Lu hat gesagt, du kennst dich in Biologie aus«, meinte Patrick.
»Ich weiß ein bißchen was über Tiere. Biologie klingt so … na ja, wie Pantoffeltierchen.«
»Tiere also. Dann weißt du sicher, wie Hummer am schnellsten getötet werden. Unter den geringsten Schmerzen und der geringsten Abscheidung schlechter Chemikalien.«
»Hummer haben kein Gehirn«, erklärte ich. »Sie haben vier zusammengeballte Nervennetze. Hier, hier und … entlang

dieser Achse.« Ich zeigte die Stellen mit der Messerspitze. Als Antwort sah ich Patricks und Luis' nahezu leere Blicke und versuchte es noch einmal. »Waren sie im Gefrierschrank?«
»Vier Stunden.«
»Koch sie!«
»Schlagen sie nicht gegen die Topfwand und stoßen schrille Schreie aus?« fragte Patrick.
»Manchmal. Es muß ein Reflex sein. Du hast nach der schnellsten Art gefragt.«
Patrick öffnete das Gefrierfach und stocherte an den mit mehreren unbeweglichen Schalentieren gefüllten Tüten herum. Er kaute schwer an einer Karotte und ließ uns seine beste Bogie-Imitation hören: »You're gonna take the fall, angel!«
Luis zog mich aus der großen Küche auf die Seitenterrasse, wo Patrick uns nicht mehr hören konnte.
»Nun, was denkst du?« fragte Luis.
»Wie ich schon sagte: Koch sie!«
Er klopfte mir leicht auf die Wange. »Tunte! Ich meinte Patrick!«
»Er ist göttliches Karamel.«
»Das sagst du nur, um nett zu sein.«
»Gut! Er ist Quasimodo in Badehose. Zufrieden?«
»Was denkst du wirklich?« bohrte Luis.
»Luis, mein Kätzchen, ich bin von der Sonne verdorrt, vom Ficken ganz matt und vom Haschisch und den Bloody Marys neben der Spur. Die Wahrheit ist, ich bin völlig fertig und kann über niemanden mehr ein Urteil abgeben!« Da Luis damit aber nicht zufrieden war, beruhigte ich ihn: »Ich denke, er ist hübsch und lieb und nett.«
»Das ist alles, was ich hören wollte.«
»Schwes-tern!« stöhnte ich.

»Da du gerade davon sprichst«, sagte Luis, »ich habe eben von unserer allereigensten Schwester der Ewigen Sonnenbräune gelesen. Ein langer, detaillierter und ziemlich toller Brief.«
»Von Miss Ritchie? Nein! Den möchte ich auch lesen.«
»Später. Sie schreibt davon, wie sie in den Jaguar Bookshop gekommen sind, und über Mike Mulettas Wochenendpartys auf dem Embarcadero. Weißt du, diese Westküstenmädchen bringen's voll.«
»Das wird auch Zeit. Das letztemal, als ich da war ...«
»Ja?« Luis unterbrach mich in halb professionellem Ton und trat gleichzeitig beiseite, um zwei Gäste die Treppe hinunter in Richtung Küche vorbeizulassen. »Braucht ihr eine neue Füllung?«
Einer hielt sein Glas hoch. »Ich werde den heiraten, der diese Bloody Marys macht!«
»Zu spät, Roy-Jean«, sagte Luis strahlend. »Schon besetzt!«
Die anderen Gäste versammelten sich auf der Hauptterrasse, die vom Wohnzimmer mit Kathedraldecke im zweiten Stock aus zu drei Vierteln um das Haus herum verlief. Von hier aus hatte man die wahrscheinlich beste und weiteste Aussicht von allen hier verstreuten teuren, phantasievollen Häusern, die wir »Siedlung an der Maishöhle« (eigentlich hieß sie »am Maishügel«) nannten, eine der feudaleren Gegenden am Upper Cape. Ich suchte und fand Matt auf der Seite der Terrasse, die einen phänomenalen Blick auf P-Town freigab. Er hatte das heterosexuelle Vorzeigepaar aus Wellfleet mitgebracht und unterhielt sich mit ihm (so etwas muß man wirklich ihm überlassen!). Er zeigte dabei dieses starke Interesse, das ihm manchmal zu eigen war und das einem das Gefühl gab, man sei das letzte menschliche Wesen auf Erden.

Um ihn nicht mit meinem dauernden nackten Bedürfnis nach Zuneigung zu belästigen, hielt ich den Krug nur hoch, damit sie ihn sehen konnten, stellte ihn auf den Tisch und drehte mich in die andere Richtung, um zu beobachten, wie die Unterseite der Sonne fett und rot wurde, als sie in das orange gesprenkelte Silber der Cape Cod Bay eintauchte.

»Werden wir jemals etwas zum Essen bekommen?« fragte eine Stimme.

Es war Alistair, der neben mir auf der Terrasse erschien. Er war den ganzen Nachmittag am Strand gewesen.

»Crudités und Aïoli kommen schon«, kündigte ich an und füllte sein Glas.

»Ich habe Crudités und Aïoli satt!« Die scharlachrote Flüssigkeit nahm er jedoch an und nippte. »Das tut gut! Nun, was denkst du?«

»Gekocht. Auch wenn sie schreien.«

Alistair drehte sich verwirrt zu mir. »Die Hummer! Natürlich werden die gekocht.«

Ich beugte mich über die Terrasse und rief hinunter: »Luis! Patrick! Es ist beschlossen. Gekocht.«

»Nur die Brasilianer wissen, wie sie richtig überbacken werden«, sagte Alistair.

»Du bist ein gescheiter Kerl. Egal, wie geheimnisvoll ich bin, du verstehst mich immer.«

»Wenn ich das nach all der Zeit nicht täte, wer zum Teufel sollte das sonst? Aber nein, mein Lieber, ich meinte nicht die Hummer. Ich meinte, was denkst du über das Männerfleisch auf der Terrasse hier? Abgesehen von deinen tollen Miezen und dem Hetero, für den hier eigentlich der Zutritt verboten und der schon deswegen interessant ist, stellt sich die Frage: Wen soll ich zum Dessert vernaschen?«

»Ich dachte, du hättest dich heute schon am Strand ausgetobt«, entgegnete ich.
»Du weißt, wie es ist – manchmal regt es nur den Appetit an.« Ich drehte mich herum, um die anderen sechs auf der Terrasse zu inspizieren. »Domingo, der Kubaner, hat eine Haut wie Seide, und er kann nicht genug gebumst werden.«
»Hmmmm!« schnurrte Alistair. »Was weißt du über den hageren, athletisch wirkenden Kerl in den heißen rosa Shorts?«
»Das ist Nils Adlersson, der Schriftsteller. Ein brillanter, aber launenhafter Schreiber. Über sein Sexleben weiß ich gar nichts.«
»Was spricht man im Verlag über ihn?«
»Es scheint, als wäre unser vielgehaßter Chefredakteur in Nils verliebt, so daß auch nicht ein I-Tüpfelchen über ihn in Umlauf gebracht wurde. Das ist unnatürlich!«
»Wenn die Belegschaft von New Yorks erstem Schwulenmagazin nichts über sein Sexleben weiß, hat er wahrscheinlich keins. Aber ich wette, der andere dort hat einen Schwanz, so dick wie ein Bierglas. Siehst du die querliegende Beule in seinen Shorts?«
»Wer?« fragte ich.
»Der einigermaßen hübsche, einigermaßen pedantische Typ im Madrashemd und den cremefarbenen Shorts. Er ist etwas untersetzter, als ich es normalerweise mag ...«
»Er ist Rechtsanwalt, hat mir Luis erzählt. Aus der Stadt. Er ist mit Ian und Phillip in P-Town.«
»Er hat da drin etwas zum Schwingen gebracht. Vielleicht ist er einer dieser großen, fetten Osteuropäer ...« Alistair umarmte sich selbst. »Genau, was der Arzt verordnet hat.«
»Ich wußte nicht, daß Sie kränkeln, Miss Scarlett.«
»Bloße Schwermut, mein Kind, bloße Schwermut. Nur ein

gutes Stück Hengstfleisch könnte Heilung bringen. Laß uns etwas näher rangehen, damit ich seine Wölbung besser sehen kann. Mutter läßt sich heute abend gerne überraschen.«
Matt, der mit Al und Muffy Weisberg in ein Gespräch vertieft war, sah auf und zwinkerte mir zu. Ich strich verstohlen über seinen Rücken, als ich an ihm vorbeiging. Alistair hielt seine Hand an der Seite nach unten und winkte mich näher zu der kleinen Gruppe, in der Luis gerade eine Beschreibung von Nils Adlerssons Buch mit den Worten beendete: »Es ist wirklich traumhaft!«
»Wirklich?« fragte Phillip. »So gut wie *The Persian Boy?*«
»Oh, Herzchen! Dieses Buch ist Schrott«, warf Ian schnell ein.
»Du mußt Lip verzeihen«, sagte er zu dem Anwalt und Nils.
»Was meinst du mit Schrott? Ich fand *The Persian Boy* wunderbar!« beharrte Phillip. »Ich habe es zweimal gelesen und mußte beide Male weinen.«
»Er denkt auch, Belva Plain sollte den Nobelpreis erhalten«, spottete Ian.
»Lip kann einfach nicht verstehen, warum den immer die Farbigen aus der Dritten Welt bekommen.«
»Was denkst du, Anny?« fragte Phillip den Anwalt, an dem Alistair interessiert war.
»Ich lese keine Romane. Belletristik ist … Nun ja, da geht's nicht um Tatsachen.«
Nils' Gesicht erstarrte, aber sein Mund formte sich zu einem gaunerhaften kleinen Lächeln.
Phillip und Luis sahen zu Nils, weil sie Widerspruch erwarteten und, da dieser nicht kam, stotterten sie: »Oh, Anatole, das sagst du nur so. Das kannst du nicht so meinen.«
»Das meine ich so! Gott weiß, ich habe einen Haufen nicht belletristischer Bücher gelesen. Vielleicht zwanzig oder drei-

ßig im Jahr. Meistens Geschichte und Biographien. Dann die Zeitschriften. Außer denjenigen, die ich für meine Arbeit brauche, habe ich Abonnements für (man kann sich leicht vorstellen, welche) ... Ihr könnt nicht sagen, daß ich nicht über alles auf dem laufenden bin. Und was macht das für einen Sinn, Belletristik zu lesen?«

»Um andere Sichtweisen zu entdecken!« mischte Alistair sich ein und ging näher zu Anatole hin. »Um herauszufinden, wie andere Menschen leben, welche Erfahrungen sie machen, was sie über ihre Erfahrungen denken. Ich nehme an, daß Detailreichtum und abgerundete Erfahrungen für einen Anwalt unschätzbar sind.«

Alle hatten sich zu Alistair umgedreht.

»So habe ich die Sache noch nie gesehen«, räumte Anatole mit einem nachdenklichen Blick ein.

»Vielleicht hast du als Junge die falschen Romane in die Finger bekommen«, fuhr Alistair mit dem gleichen ausdrucksvollen Ton in der Stimme wie zuvor fort, als er sich zwischen Phillip und Nils schob, um an Anatoles Seite zu stehen. »Vielleicht erzählst du mir einfach, was du als Junge gelesen hast, und ich könnte ...«

Die VIP-Lounge ging mit einem metallenen Geklapper auf und zerstörte meine Träume. Anatole stand fordernd und mit in die Seiten gestemmten Armen da. Die Tür wurde hinter ihm klappernd geschlossen.

»Wally sagt, die Party bei Alistair sei seit einer Stunde vorbei. Und er sagt, ihr zwei seid vorher schon dort gewesen.«

Ich setzte mich auf.

»Wirst du mir also erklären, was hier vor sich geht?«

»Hat dir Wally das nicht erzählt? Ist er da draußen?«

»Er ist da draußen. Und nein, er hat es mir nicht erzählt! Und was hätte er mir ›erzählen‹ sollen?«

Ich wog die Möglichkeiten ab und verglich sie mit dem, was ich über Anatoles Menschlichkeit oder deren Mangel wußte beziehungsweise zu wissen glaubte.

Ich ließ es heraus: »Alistair ist krank.«

Anatole wollte fragen, wie krank, aber er tat es nicht. »Weiter.«

»Ich dachte, in seinem Zustand könnte er deprimiert sein, wenn er so allein ist, nachdem alle gegangen sind. Deshalb habe ich gesagt, ich käme zurück.«

Eine Minute lang fragte ich mich, ob Anatole mir das abkaufte oder ob ich doch auspacken mußte.

»Das ist nicht gerade eine Diagnose, aber er ist krank«, klärte er für sich selbst. »Wie krank?« Genau die richtige Frage.

»Er war zweimal im Krankenhaus.« Dann, um dem Ganzen noch eins draufzusetzen: »Er wiegt noch sechzig Kilo.«

Verständnis und Zorn waren bei Anatole schnell da. Sein Gesicht wurde rot und erstarrte. »Hat er niemanden bei sich?«

»Immer. Aber du weißt, wie nahe wir uns stehen. Seit wir neun waren.«

Ohne etwas von seinem Zorn, seiner Röte oder seiner Starre in seinem Gesicht zu verlieren, ließ er sich erweichen.

»Ich werde tun, was ich kann, um dich heute nacht hier rauszubekommen.«

»Ist Wally wütend auf mich?«

Anatole zuckte mit den Schultern.

»Er ist wütend auf mich, ich weiß es. Wir haben uns vorher gestritten.«

Anatole drehte sich um und klopfte nach der Wache.

Ich ging zu ihm hin. »Anny, wie erkläre ich es Wally?«
»Was erklären? Alistairs Krankheit?«
»Nein. Er will alles über Matt wissen. Was erzähle ich ihm, Anny?«
Anatole wurde plötzlich nervös. »Woher soll ich das wissen?«
Er schlug noch kräftiger gegen die Tür. Dann sagte er mit seltsam ruhiger Stimme: »Du weißt, als ich Matt Loguidice das erstemal sah, glaubte ich, er sei nicht echt. Ich hatte nie gedacht, daß jemand so schön sein kann.«
»Sogar mit seinem Bein!« fügte ich hinzu.
»Sogar das. Er war so schön ... Ich hatte mich gefragt, wie du es wagen konntest, mit ihm Liebe zu machen«, sagte Anatole. Sein Gesicht rötete sich, als er in seinen versteckten Erinnerungen kramte. »Ich dachte, jeder, der ... jemanden wie ihn ... auch nur berühren würde, müßte ... wie vom Blitz getroffen umfallen oder ...«
Ich hatte zuerst keine Idee, was ich erwidern sollte. Der Wärter kam, und Anatole griff hart nach meiner Schulter, tröstete mich wortlos oder bedrängte mich oder ... irgendwas! Dann drehte er sich um und ging.
Ich fand meine Stimme wieder. »War ich nicht wie vom Blitz getroffen, Anny? Waren wir das nicht alle?«
Allein gelassen, mußte ich an Matt denken, auch wenn ich es nicht wollte.

»Ich hab's!« rief Calvin aus. »Wir werden *Agnes von Hohenstaufen* vorschlagen.«
»*Agnes von* wo?« fragte ich.
»Willst du damit sagen, du hast noch nie von *Agnes von Hohenstaufen* von Gasparo Spontini gehört?« fragte Calvin,

der sich über sein 1:0 für ihn freute. Ich wußte, er war in seinem Büro in der Sutter Street, keine zehn Blocks entfernt. Trotzdem hörte er sich mit unserer Bell-West-Verbindung an, als wäre er auf den Antipoden-Inseln oder auf Oakland! Würden die jemals mit dem Bauprojekt fertig werden und aufhören, um die Market Street herum zu baggern?

Wir diskutierten über die neue Opernproduktion, die der Intendant der San Francisco Opera plante. Er hatte uns nach Vorschlägen gefragt, da wir zur Belegschaft des sachkundigsten Magazins, zum örtlichen Fanclub und zum gemeinen Volk der Operngänger und Claqueure gehörten. Wir waren zwischen zehn und fünfzehn Leute, und jeder kam mit einem anderen Vorschlag, den er bei einem Belegschaftstreffen in ein paar Wochen vorstellen wollte. Der Intendant hatte versprochen, die Produktion eines unserer Vorschläge auf die Bühne zu bringen. Ich schrieb für den Verlag nur auf Teilzeitbasis, aber aufgrund meiner Freundschaft mit Calvin Ritchie, dem neuen Redakteur und Mädchen für alles, wurde ich in die Entscheidung genauso eingebunden wie die anderen.

»Nie davon gehört«, mußte ich zugeben.

»Sie war bloß Spontinis größter Erfolg«, betonte Calvin. »Du kennst natürlich Spontinis *La Vestale*.«

»Natürlich«, sagte ich halb gelogen. Ich hatte von ihr, aber nicht sie gehört.

»*Agnes* war der größte Hit in jenem Jahr. Siebzig Vorstellungen! Von Bellini wurde gesagt, er habe bei der Premiere in Parma geweint. Der junge Verdi verpfändete als Student die Partitur seiner *Missa Solemnis,* um *Agnes* zu sehen.«

»Miss Ritchie!« warnte ich ihn mit meiner gekonntesten schulmeisterlichen Stimme. »Wenn du das alles erfindest, wirst du öffent-lich ge-gei-ßelt.«

Ich selbst befand mich im Pozzuoli's – wo ich arbeitete –, der schicksten Buchhandlung und Kunstgalerie von San Francisco, einem wirklich kulturellen Warenhaus mit zwei atemberaubend teuren und reich dekorierten Etagen im erstklassigen Gebäude des neuesten Hotels in Downtown, mit einem Eingang auf den Embarcadero. Es war Ende Juli 1974, und die nationalen Schlagzeilen des *Chronicle* berichteten über Richter Sirica, Senator Sam Ervin und den Mist, der schließlich für die Nixon-Regierung die Kacke zum Dampfen brachte.

»Du wirst *Agnes* mögen. Ebenso Miss Thing drüben an der Oper«, sagte Calvin. »Sie ist einfach sensationell!«

»Gibt es eine vollständige Partitur dieses unbekannten Meisterstücks?« fragte ich, fegte den Katalog von meinem Schreibtisch auf einen Stuhl und ging zum nächsten über, der etwas mehr Titel enthielt, aber Holly sollte ihn später durchsehen. Sie wußte mehr über Kunstbücher, als ich jemals in meinem Leben trotz meiner Anstellung lernen würde.

»Nicht nur eine vollständige Partitur«, antwortete Calvin, »sondern, du göttliches Engelsgesicht, eine Aufnahme!«

»Leontyne!« schwärmte ich. »Das ist beeindruckend!«

»Und ich habe tatsächlich eine Tonbandaufnahme gehört!« fuhr Calvin fort. »Es war eine italienisch-französische Produktion des großen Impresario de Bailhac aus dem Jahre 1936.«

»Wer war der Dirigent? Der liebe Gott?«

»Nahe dran. De Sabata!«

»Kann ein menschliches Wesen diese Aufnahme hören?«

»Wenn das bedeutet, daß dieses menschliche Wesen sie empfiehlt.«

»Netter Versuch, Dalmatia. Ich muß sie zuerst hören.«

»Du Saftarsch!«

»Sei nicht so frech, Miss Ritchie! Wir sind nicht mehr in Oakland.«

»In Ordnung, du kannst sie hören.« Calvin machte eine Pause. »Und worauf, wenn ich mir die Freiheit erlauben darf, dich zu fragen, ist deine Wahl gefallen?«

»Donizettis *Emilia di Liverpool*. Es gibt eine Partitur, aber die einzige Aufnahme, die ich kenne, sind die von Delia de Martis und Aureliano Pertile in den frühen Dreißigern gesungenen Duette und eine Baritonszene von Apollo Granforte. Abscheulicher Klang und zehn Sekunden Ausfall.«

»Ich werde mich umhören, ob davon noch mehr existieren.«

»Danke, Cal.« Ich hörte auf mit Ankreuzen und warf die beiden letzten Kataloge beiseite. Mein Treffen mit meinem Chef sollte in zehn Minuten stattfinden. Nur Gott allein wußte, wie lange sich die unfehlbaren Äußerungen Pierluigis über seine Ausbaupläne hinziehen würden.

»Wenn allerdings *Emilia* ausgewählt wird«, sagte Calvin kichernd, »muß die Szene im Hintergrund die ›Berge von Liverpool‹ darstellen, genauso, wie es die Tenorarie vorgibt. Sehen wir uns wie üblich in der Toad Hall?« Er meinte unser bevorzugtes Stammlokal in der Castro Street, dem aufstrebenden Schwulenviertel der Stadt.

»Ich weiß nicht, wann ich heute abend hier wegkann.«

»Du arbeitest zuviel. Oder ist es das Verlangen nach dem ›großmächtigen Italiener‹?«

»Pierluigi? Sei kein Kindskopf! Heilige Jungfrau! Ich muß aufpassen, daß ich in seiner Gegenwart nicht kotze.«

»Bist du dir da sicher? Ich stelle fest«, sagte Cal, »daß du, seitdem du diese eine Farbige kennengelernt hast, nicht einen einzigen Freund gehabt hast – nicht einen einzigen Mann, mit dem du öfter als eine Nacht zusammen warst. Und das fast ein

ganzes Jahr lang! Das ist für einen Kerl, der von vielen nicht für unattraktiv und von einigen, wenn auch verrückten, sogar für scharf gehalten wird, zumindest verwunderlich.«
»Während du ständig zwei Liebhaber gleichzeitig hast. Ich weiß, ich weiß. Viele Männer und wenig Geschmack. Laß uns das Thema wechseln, ja?«
»Gut. Aber ich werde an deinem Lieblingsbillardtisch warten«, lockte er mich. Er wußte, wie sehr ich es mochte, ihn beim Spiel zu schlagen.
»Ich versuche, es bis sieben zu schaffen. Und Cal, *Agnes* hört sich wie ein absoluter Gewinner an. Man wird sie mögen.«
»Es wäre großartig, wenn sie sich dafür entscheiden würden.«
»Also dann in der Toad Hall.«
Mein Chef, Pierluigi Cigna, marschierte mindestens zehn Minuten zu früh durch das Zwischengeschoß der Kunstgalerie. An seiner Seite befanden sich der kriecherische Kunsthändler Vincent Faunce und mein Cousin Alistair. Die drei sahen aus, als hätten sie gerade einen Plan ausgeheckt, was bedeutete, daß ich die meiste Zeit des Treffens mit Cigna damit verbringen mußte, ihm zu erklären, wie und warum der Plan absurd war. Ach ja, Alistair. Ich hatte ihm die Unverschämtheit mit der Musterungsbehörde verziehen. Ich hatte ihm verziehen und war in seine auserwählte Stadt gezogen, wohin er Anfang '71 zu dem Versuch zurückgekehrt war, sein Grundstücksgeschäft vor seinem skrupellosen Exfreund zu retten. Dazu bedurfte es mehrerer Jahre, vieler Rechtsanwälte und eines Haufen voller Geldes, mit dem Ergebnis, daß Alistair die volle Partnerschaft behielt. Die übriggebliebenen Vermögenswerte aber wurden während der Zeit, in der die Gesellschaft das letzte Projekt beendete, gerichtlich auf Eis gelegt. Es konnte nur verwendet werden, um die Gläubiger zu bezahlen. Natürlich war es nicht

ganz so einfach, man könnte noch mehr ins Detail gehen. Gott weiß, daß Alistair bezahlt hatte und es immer noch tat. Ich erzähle nur die Grundlagen, die ihn dazu brachten, sich für die Stelle in der Kunstgalerie zu bewerben.

Damals hatte Pozzuoli's seit fast einem Jahr geöffnet. Das heißt, der Buchladen mit den Fremdsprachenabteilungen, der Zeitschriften- und der Plattenabteilung. Übrig geblieben war der reizend kahle Raum oben, der zu den Büros führte. Zu der Zeit war ich eingetroffen. Ich war in Manhattan die Karriereleiter im Hauptgeschäft von Pozzuoli's schnell hinaufgeklettert, und als die Genuesergans (*cigna* heißt eigentlich Schwan, aber ...) mir die Stelle des Geschäftsführers des größten und neuesten und schönsten ... Also bin ich letzten November nach San Francisco umgezogen, wo ich absolut niemanden außer Alistair kannte, mit dem ich in den vergangenen Jahren kaum Kontakt hatte, und marschierte in das neue Geschäft in der Mitte dieser unglaublichen Hotellobby und tat, was jeder mit Geschmack und einem noch vorhandenen Baubudget täte: Ich dekorierte.

In dem knappen Jahr, in dem ich hier war, hatte ich die Stadt ein wenig lieben und die psychotischen Wetterwechsel hassen gelernt (ein Temperatursturz von fünfundzwanzig Grad in zehn Minuten ist kein Vergnügen!). Ich hatte in dem Laden Personal angeheuert und gefeuert, bis ich eine mehr oder weniger nützliche Belegschaft zusammenhatte, auch wenn sie kaum meinen Wünschen entsprach. Ich hatte den Laden durch Empfänge unter Anwesenheit von Autoren bekannt gemacht, was hier scheinbar eine neue Idee war.

In den zehn Jahren in New York, den zwanzig Jahren in Rom und in dem halben Jahrhundert in Florenz hatte noch kein Geschäft von Pozzuoli's schwarze Zahlen geschrieben.

Die Geschäfte waren lediglich ein Aushängeschild für das große Verlagsimperium der Gesellschaft (Zeitschriften, Bücher, Zeitungen). Gewinn schien eher außer Frage zu stehen. Aus diesem Grunde war jeder einigermaßen überrascht, als mein Geschäft Gewinne abwarf. Italiener in teuren grauen Anzügen, mitgenommen durch die Zeitverschiebung, trafen plötzlich zu dritt in unserem Büro ein und blieben mit unseren Buchhaltern zwei Tage allein, bis sie immer noch kopfschüttelnd wieder abfuhren.

Nach ihrem vorletzten Besuch hatte Cigna der Eröffnung der Kunstgalerie zugestimmt. Wie im Laden in Manhattan sollten Lithographien, Radierungen und Zeichnungen angeboten werden, jedoch keine Plastiken und Gemälde.

Alistair war bei der »Buch«-Signierstunde gewesen, auf der ich formal ankündigte, daß wir die Kunstgalerie auf dem nächsten Empfang eröffnen würden. Danach hatte er mich zum Essen in seinem Viertel mitgenommen – Pacific Heights am Broadway – und mich wegen der Kunstgalerie dermaßen gelöchert, daß ich schließlich sagte: »Das hört sich an, als hättest du gerne die Stelle.«

»Gerne hätte? Dafür könnte ich jemanden töten!«

»Du machst Witze! Alistair Dodge arbeitet für seinen Lebensunterhalt?«

Es war nicht sehr nett, so etwas zu sagen. Aber die Antwort war perfekt.

»Ich bin nicht verzweifelt, du verstehst ... Das Steuerkonzept der ›Geschäftsunkosten‹ ist wie ein großer Schirm und deckt viele Sünden ab. Aber ich muß zugeben, ich bin durch die vergangene Partnerschaft ausgebrannt und habe ernsthaft über andere Dinge, über andere Interessengebiete nachgedacht.«

»Hast du bei der Hure von Bari Unterricht gehabt?«

»Ich habe Giuseppina getroffen«, sagte Alistair. »So schlecht kann sie auch nicht sein.«
»Wenn irgend jemand ihre latente Menschlichkeit zum Vorschein bringen kann, dann sicherlich du.«
»Wie sich gezeigt hat, weiß ich eine Menge über zeitgenössische Kunst. Das mußte ich schnell lernen, als mein Zeug für den Verkauf aus der Wohnung geschafft wurde.«
»Armer Alistair!« bedauerte ich ihn. »Soll ich das Abendessen übernehmen?«
»Laß es von Pozzuoli's bezahlen. Du hast heute abend Überstunden gemacht.«
»Ich mache jeden Abend Überstunden.«
»Wie kannst du da noch ein Privatleben führen?«
»Das ist mein Privatleben.«
»Wie furchtbar! Was ist mit ...«, Alistair schaute sich um, »– Jungs?«
»Ich geh manchmal zum Baden! In die Ritch Street Baths.«
»Oh!«
»Und gelegentlich in eine Bar. Ein paar interessante haben südlich der Market Street aufgemacht.«
»Du meinst ... Sind Lederbars nicht gefährlich?« fragte Alistair.
»Sei nicht dumm! Früher bin ich in New York die ganze Zeit ins Kellers und ins Eagle gegangen. Die Kneipen sind alle gleich.«
»Wirklich? In der Nähe von Hamburger Mary's in der Seitenstraße der Folsom Street? Wir sind letzten Monat daran vorbeigefahren und ...«
»Es ist nicht so, wie du denkst, Alistair.«
»Ich bin schuld an deinem Ruin«, dramatisierte er.
»Sei kein Kindskopf, Mädch...« Ich hielt mich zurück.

»Sei kein Kindskopf, Alistair. Das ist doch alles gar nicht so schlimm. Das ist hauptsächlich Einstellungssache und Gewohnheit.«

»Du hast eine nette Wohnung und eine gute Arbeit. Du brauchst einen Liebhaber.«

»Ich will aber keinen Liebhaber.«

Die Art und Weise, in der er auf dem Thema beharrte, brachte mich plötzlich auf einen Gedanken – ich weiß, es ist lächerlich, nahezu unverzeihlich absurd, aber trotzdem: Könnte mich Alistair vielleicht anmachen? Nein! Unmöglich! Doch, es war möglich! Zwar seltsamer als seltsam, aber möglich. Er war jung und attraktiv. Ich war jung und attraktiv. Er war wohl kaum eine »Schwester« für mich, wie Calvin plötzlich eine geworden war, trotz der Umstände, in denen Cal und ich uns kennengelernt hatten. Und ja, zwischen Alistair und mir war der Abstand und die Spannung groß genug ... Ich wurde nicht oft rot, in dem Moment aber doch.

»Da muß etwas sein, wovor du dich schämst«, sagte er plötzlich.

»Laß uns das Thema wechseln.«

»Oder ist es eine stark in dir wachgerufene Erinnerung?«

»Ich stehe auf und gehe, Alistair!«

»Themawechsel! Themawechsel!« versicherte er mir.

Wir saßen ein paar Minuten da, bis meine Farbe nachließ, und ich stopfte alle Gedanken an Sex mit Alistair tief in einen Karteikasten mit der Aufschrift »Noch einmal durchsehen – vielleicht auch nie!«

»Es ist doch alles meine Schuld. Ja, das stimmt. Ich habe dich damals mitgenommen, ich habe alles angeleiert. Gut, genaugenommen nicht ich, aber weil der, der es war ... ich meine, wenn es wirklich jemand auf Erden gewesen wäre außer ...«

Er brachte den Namen Julian Gwynne nicht über die Lippen, der es nicht geschafft hatte, mit dem Rest von uns in das neue Jahrzehnt zu wechseln. Zu seiner Verteidigung muß ich sagen, daß mein erster Liebhaber wenigstens eine etwas ungewöhnliche Art gewählt hatte, aus dem Leben zu scheiden. Er hatte auf einem Überseeflug eine Überdosis genommen.
Ich hatte von seinem Tod in den Zeitungen gelesen. Selbstverständlich hatte ich daran gedacht, Alistair wegen Einzelheiten anzurufen. Er war zu der Zeit nach Kalifornien zurückgekehrt, hatte aber selbst in einem Tief gesteckt.
Ich war erwählt worden, ihm da rauszuhelfen.
War ich zu naiv gewesen, ihn für die Stelle in Betracht zu ziehen? Oder gar nachsichtig? Wohl von beidem etwas. Und edelmütig. Aber ich hatte auch praktisch gedacht. Zu der Zeit hatte ich angefangen, mich mit Tao-Philosophie zu beschäftigen und I Ging zu machen, und alle Zeichen schienen deutlich darauf hinzuweisen, daß Alistair und ich zusammenkommen würden. Abgesehen davon hatte ich einen Verbündeten im Laden gebraucht, jemanden, der mir in brenzligen Situationen den Rücken decken könnte.
Also hatte ich ihn als Leiter der Kunstgalerie engagiert.
Und jetzt war es sechs Monate später. Alistair befand sich im Bunde mit der Genuesergans und dem albernen Faunce. Nicht direkt gegen mich, aber auch nicht mit mir.
Die drei hatten angehalten, um auf der Treppe, die von der Galerie zur gegenüberliegenden Ebene führte, zu plaudern.
Ich sammelte die Kunstbuchkataloge und Papiere zusammen und heftete eine Nachricht daran: »Holly! Hilfe!« Sie würde verstehen, was ich meinte.
Dann zog ich meine Jacke an und die Krawatte fester, kontrollierte meine Schuhe, um sicherzugehen, daß sie einiger-

maßen geputzt ausschauten, sah in den Klappspiegel, den die Frauen in meiner Schreibtischschublade aufbewahrten, und marschierte los in Richtung der drei Verschwörer.

Auf halbem Weg hielt ich an. Dort, unter mir, keine zehn Meter entfernt in der Dichterabteilung, mit einem Buch in der einen großen, ausgestreckten Hand, während er mit der anderen umblätterte, stand – ich hätte es schwören können – der Erzengel Ariel höchstpersönlich, mit zusammengefalteten Flügeln in einem rostfarbenen Hemd und einer Hose mit dreizehn Knöpfen und Vorderklappe der US-amerikanischen Matrosen.

Ich spürte ein plötzliches Brennen in meiner Brust und erinnerte mich daran, daß die heilige Theresa von Avila beschrieben hatte, wie sie vom flammenden Pfeil der göttlichen Liebe ins Herz getroffen worden war und wie sie den süßen Schmerz ertragen konnte. So schockiert, wie ich war, mußte ich mich gegen das Geländer lehnen.

Der Seemann muß meine plötzliche Bewegung aus dem Augenwinkel gesehen haben. Er schaute herauf, und sein direkter Blick war dermaßen intensiv, als hätte plötzlich jemand den brennenden Pfeil durch meinen Oberkörper hindurch und durch die Harnröhre wieder herausgezogen.

Ich schaffte es, zur nächsten Wand zu gelangen, wo ich einen Stuhl vorfand, meinen Kopf zwischen die Knie sinken ließ und vor mir Visionen seiner einzelnen Gesichtszüge auftauchten.

»Hast du deine Tage?« Es war Alistair.

»Geh weg. Verpiß dich. Krepier von mir aus«, sagte ich emotionslos.

»Du würdest dich in einer Sekunde erholen, wenn du wüßtest, was das Schicksal gerade auf den Boden des Geschäfts fallen ließ. Unten bei den Dichtern. Den allerschönsten jungen Mann. Ein Matrose ... Du hast ihn gesehen!« rief Alistair plötzlich aus. »Wie reizend ist doch der Grund für diesen Anfall.«

»Das Mittagessen«, korrigierte ich. »Ich nehme an, eine leichte Lebensmittelvergiftung.«

»Wenn ich du wäre, würde ich dem Matrosen nachsteigen. Oder *ich* steige ihm nach.«

»Auf dein Risiko«, drohte ich.

»Ich weiß nur, daß das Leben allzu ungerecht wäre, wenn der Typ zwei absolut guten Tunten entwischen würde, ohne auch nur irgendwie belästigt worden zu sein«, meinte Alistair.

»Ich habe ein Treffen mit Pierluigi.«

»Ich werde ihn hinhalten. Los!« drängte Alistair. »Steh auf, und nichts wie ran an den Kerl.«

»Was ist, wenn er nicht ...«

»Ich sage Pierluigi, da seist für kleine Jungs.« Alistair schob mich in Richtung Treppe. »Gehst du wohl endlich?«

Ich stolperte die Treppe zum Hauptgeschoß hinunter, stieß mich an der Kante von der Ebene, auf der Alistair zu Faunce und der Gans zurückgekehrt war, scharwenzelte herum und brachte hier und dort ein paar Gartenbücher und ähnlich ausgefallene Lektüre wieder auf eine Linie. Dabei schlich ich mich immer näher an den Matrosen heran und umkreiste ihn, bei dem leisesten Anzeichen von Desinteresse bereit zur Flucht.

Aus der Nähe betrachtet, war er größer, als ich erwartet hatte, einsachtzig, wenn nicht einsfünfundachtzig, hatte breite Schultern, unglaubliche Muskeln, Bizepse, und die Pobacken und Hüften wurden von dem engen Schnitt seines Matrosenanzugs geformt und gleichzeitig gefesselt. Er hielt das Buch immer noch in seinen Händen und las darin. Er veränderte seine Haltung – oh, dieses Gesicht! Wie von Michelangelo!

Gerade in dem Moment, als ich dachte, ich könnte es unmöglich tun, schielte er über den Buchrand zu mir herüber. Nahezu unmenschlich silberfarbene Augen lagen in einem Beet schwarzer Wimpern.

»Hallo«, sagte ich, hielt meinen Atem an, stellte mich an seine Seite und brachte Bücher in Ordnung, die überhaupt nicht in Ordnung gebracht werden mußten.

Er lächelte leicht und zeigte überraschend kleine Zähne.

»Sie können ruhig stehenbleiben«, sagte ich und wollte vorbeigehen. Die Untertreibung des Jahrhunderts.

»Ich sollte das Buch wohl kaufen«, entschuldigte er sich in gleichmäßigem Bariton, »und nicht hier herumstehen und alles lesen.« Er sprach ganz ohne Akzent. Sicher war er nicht aus dem Westen oder Süden. Auch nicht aus der Bay Area.

»Kein Problem«, erwiderte ich und versuchte fortzukommen. Ich wurde aber durch seine Anziehungskraft magnetisch festgehalten. Mir war klar, daß ich auch »kein Problem« gesagt hätte, wenn er dort stehengeblieben wäre und vorbeigehende Kunden geköpft hätte. Dann fügte ich in einem Anflug von Gelassenheit hinzu, als ich das Buch betrachtete, das er las: »Die Anthologie soll ziemlich gut sein.«

»Ja?« fragte er äußerst naiv und aufgeschlossen, so daß meine Zappelei ungefähr um ein Zehntel nachließ.

»Sie soll sogar besser sein als das *Oxford Book of American Poetry*. Diese hier enthält selbstverständlich auch englische Dichter.«

»Was ist mit diesem Auden? Gilt er als Engländer oder Amerikaner?«
Er hielt mir das Buch hin, und ich las: »›Leg deinen schlafenden Kopf, meine Liebe, in meinen treulosen Arm.‹«
Ich muß rot geworden sein, weil er »Was?« fragte, das Buch wegzog und selber las. Fast prustete er vor Lachen. »Das ist ziemlich gut. Aber das hier mag ich lieber.« Er zeigte mir »Fisch im glatten See«. »Möchten Sie?«
»›Das Schicksal ist dunkel und tiefer als jede Kluft im Meer ...‹«, zitierte ich aus dem Gedächtnis.
»›...wo hinein der Mensch im Frühling fällt‹«, führte er fort. »Finden Sie nicht, daß es seltsam klingt?«
»Ich hielt es auch immer für seltsam. Zum Beispiel hier«, zeigte ich nervös auf das Buch. Ich war ihm jetzt ganz nah, vollständig von seiner Ausstrahlung in Bann gezogen. Er roch wie getoastetes, noch leicht warmes Weizenbrot. »In der zweiten Strophe, wo er schreibt, daß er davon träumt, nach Hause zu gehen und seine Frau unter der Bettdecke zu küssen. Statt dessen wacht er auf und sieht ›Schwärme ihm unbekannter Vögel; durch Türen hört er Stimmen / Von neuen Männern, deren Liebe anders ist ...‹ Oh!« Ich hatte zum erstenmal bemerkt, was Auden hier eigentlich sagte. »Oh, er muß gemeint haben ...« Ich hörte auf zu reden und wurde wieder rot.
»Was gemeint?« fragte der Matrose und las laut: »›... von neuen Männern, deren Liebe anders ist.‹«
Er sah auf und blickte in mein errötetes Gesicht. Auch er mußte plötzlich die Bedeutung der Worte erkannt haben, da er ebenfalls Farbe bekam.
Das bedeutete, daß der Matrose entgegen aller Erwartungen, aller Möglichkeiten, aller statistischen Wahrscheinlich-

keit und aller Befürchtungen, es nicht zu sein, doch auch schwul sein *mußte!*
Ich konnte es nicht glauben. Ich hob fast vom importierten rosafarbenen Marmorboden aus Albanien ab.
In diesem Moment spürte ich eine Verbindung zwischen uns. Es war, als hätte sich ein Doppelhaken tief in unser beider Brust gerammt, sich fest in die Knochen gebohrt und sich in die Organe verbissen.
Ich beruhigte mich etwas. Der Rest der Unterhaltung wurde bruchstückhaft geführt. Ich versuchte ihn langsamer zu umkreisen, als ich die Regale und Auslagen immer noch in Ordnung brachte.
Er klappte das Buch zu und hielt es an seiner Seite, als er meine Fragen beantwortete, mir erzählte, er habe gerade so etwas wie Urlaub und wohne hier in San Francisco im Presidio. Die meiste Zeit des vergangenen Jahres habe er im Südchinesischen Meer und um das Mekongdelta herum als Geschützoffizier an Bord eines Zerstörers verbracht, um den »freundlichen Beschuß weiter im Landesinnern zu unterstützen«, wie er sich geheimnisvoll ausdrückte. Er sei auch bei ein paar »landgestützten Aktionen« dabeigewesen. (Ich zitterte bei dem Gedanken, daß er hätte getötet werden können.) Er leiste zwei Dienstzeiten in der aktiven Pflicht ab und habe noch ein paar Wochen vor sich, wisse aber nicht, ob er sich noch einmal verpflichten solle oder nicht. Irgendwie sei er gerne bei der Marine, da er viel Zeit für sich habe und Gedichte lesen und schreiben könne. Er schreibe Gedichte, wiederholte er zweimal, obwohl er dies niemandem an Bord verraten habe. Er habe darum gebeten, zur Entlassung in die Bay Area kommen zu dürfen, da er nie zuvor hiergewesen sei und denke, hier vielleicht wohnen zu können, wenn er nicht bei der Marine

bleibe. Ursprünglich sei er aus dem Osten, sagte er. Seine Verwandten lebten in Westchester County, aber wo genau, erwähnte er nicht. Er sei Einzelkind gewesen. Er heiße Matthew Loguidice, ursprünglich ein sizilianischer Name. Er sei halb Italiener und halb Finne.
Auch ich erzählte ihm ein paar Dinge von mir, einschließlich der Tatsache, daß ich Gedichte lesen, aber nicht schreiben würde, dies am College studiert hätte und seine Gedichte gerne lesen würde (dagegen legte er Einwände ein) und daß ich in ungefähr einer Stunde Feierabend hätte und mich freuen würde, mich noch weiter mit ihm unterhalten zu können, wenn er mir Gesellschaft beim Abendessen leisten wolle. Und dann sagte ich, er könne den Gedichtband nehmen und bis zu meinem Feierabend in einer halben Stunde oben in der Kunstgalerie warten, wo es Stühle gebe.
Matthew hielt dies für eine gute Idee, da er den ganzen Tag auf den Beinen gewesen sei, die Stadtbesichtigung ihn etwas ausgelaugt und auch die Schuhsohlen stark beansprucht habe. Er dankte mir, und unsere Augen trafen sich zu einem intensiven Blick.
Als er die eine Treppe hinaufging, kamen mein Chef, Faunce und Alistair die andere herunter.
»Schau nicht so, als wärst du von einem Sattelschlepper gestreift worden«, war Alistairs Kommentar.
»Tu ich das? Wir sind zum Essen verabredet. Nach meinem Treffen mit Pierluigi.«
»Mit Apollo höchstpersönlich? Wie konntest du!«
»He, Alistair, du hast mich dazu gedrängt.«
»Ich hab doch nicht im Traum gedacht, daß du es auch tatsächlich tun würdest.«
»Nun gut, ich hab's getan.«

»Oder daß er sich darauf einlassen würde.« Alistair biß sich auf die Lippe und sah zur Plattenabteilung, wo Matthew stehengeblieben war. »Für ein offensichtlich schüchternes Wesen bist du ... Dein Mut ist mir unbegreiflich! Wie hast du es fertiggebracht, mit ihm zu sprechen?«
»Der reinste Alptraum! Es wäre ein Alptraum, wenn er einfach weggehen würde. Ein Alptraum, wenn ich ihn nie wiedersehen würde.«
»Die Sache scheint sich bezahlt gemacht zu haben«, gab Alistair sauer zu. »Abendessen?«
»Abendessen«, antwortete ich.
»Wer bezahlt?«
»Das haben wir nicht ausdiskutiert. Ich vermute, jeder für sich.«
»Bei Typen wie dem solltest du nicht allzuviel vermuten. Die sind es gewohnt, daß man für sie bezahlt.«
»Das weißt du bestimmt aufgrund deiner reichhaltigen Erfahrung mit Trade«, konterte ich.
Alistair wollte etwas sagen, hielt sich aber rechtzeitig zurück, um unserem Chef zuzulächeln, der das Hauptgeschoß des Geschäfts erreicht hatte.
Pierluigi sah sich mit einem rasch prüfenden Blick um und sprach mich dann an: »Mees-ter Sannns-arcc!«
»Ich bin soweit, wenn Sie soweit sind.«
»In mein Büro!« befahl er und begab sich zum Fahrstuhl. Alistair und Faunce verabschiedeten sich und gingen in die andere Richtung.
Als Pierluigi und ich die Treppe zur Kunstgalerie ins Zwischengeschoß hinaufstiegen, sah ich kurz durch das achteckige Fenster Matthew.
Ich dachte: Lieber Gott, wenn er immer noch da ist, wenn ich

zurückkomme, werde ich nie mehr in meinem Leben ein schlechtes Wort sagen. Niemals! Das verspreche ich!

Pierluigi erzählte mir von seinen Expansionsplänen, als wären sie bereits beschlossene Sache – ich dachte jedenfalls, daß dies so sei.

Ich sah dieses Gespräch allerdings auch als Chance, meinen eigenen Fisch zu braten, besonders den speziellen mit dem großen Maul, Vincent Faunce. Ich wußte, daß dabei Vorsicht geboten war. Obwohl die Galerie ein Teil des Ladens war und somit rechtlich unter meine Kontrolle fiel, wurde sie praktisch von Faunce und Pierluigi als getrennte Domäne geführt und befand sich damit hinsichtlich aller praktischen Absichten außerhalb meines Einflußbereichs.

»Womit werden Sie in den neuen Geschäften die Galerien der Modernen Künste füllen?« fragte ich und beantwortete die Frage schnell selbst: »Sagen Sie nichts. Faunce wird alles liefern?«

»Nicht alles«, versuchte Pierluigi Zeit zu gewinnen.

»Aber das meiste?«

»Sie sind damit nicht einverstanden?« fragte er, was auf der Hand lag.

»Mir wäre es recht. Es sei denn, er hat einen Haufen Mist.«

Das Wort schien Pierluigi zu beleidigen. »Mees-ter Sanns-arcc!«

»Na ja, für einen guten Teil davon gibt es keine Echtheitsbescheinigung. Und einige der Sachen, die ich gerahmt in seiner Wohnung hängen sah, wirken so, als hätten er und seine Frau einen Vormittag damit zugebracht, sie aus den Skira-Büchern herauszureißen und die Nummern mit Kuli draufzuschreiben.«

Er schien ernsthaft neugierig. »Glauben Sie?«

»Ich würde es ihm glatt zutrauen. Oder ihr!«
»Welch zynische Sichtweise für einen so jungen Menschen wie Sie.«
»Vielleicht«, gab ich zu.
»Ihr Alistair zum Beispiel scheint zu denken, daß wir einen guten Preis bekämen, wenn wir mehr von Faunce kaufen würden.«
Der Gebrauch von »zum Beispiel« war eine von Pierluigis Vorlieben. Er benutzte den Ausdruck immer, ob er Sinn machte oder nicht.
»Wenn Sie mehr Mill-Valley-Handel anziehen wollen«, sagte ich, »sollten Sie die Kunst aufwerten. Kaufen Sie teurere Stücke. Schicken Sie Alistair auf Privatauktionen.«
»Nein, nein, nein, nein, nein«, sagte Pierluigi schnell.
»Sie haben gefragt.«
»Warum schauen Sie die ganze Zeit auf Ihren Wecker?«
Er meinte meine Armbanduhr. »Ich bin zum Essen verabredet«, gestand ich.
»Dann gehen Sie!« Gebieterisch gestikulierte er mit seiner Hand.
Ich haßte es, so verabschiedet zu werden. Aber natürlich wollte ich gehen.
»Ich werde Sie informieren, bevor ich die Sache entscheide.«
Das bezweifelte ich. Ich wurde gewöhnlich darüber informiert, nachdem die Entscheidungen gefällt worden waren. Ich eilte zum Fahrstuhl und hinunter zur Galerie, voller Furcht, daß ...
Aber Matthew war da.

Wir gingen nicht zum Essen. Nicht an dem Abend. Wir verließen den Laden und liefen die paar Blocks in Richtung

China Town, zogen verschiedene Restaurants in Betracht, offensichtlich aber nicht ernsthaft genug. Matthew hatte eine schwarze Reisetasche bei sich und sagte, sie enthalte Sachen zum Wechseln. Ich fragte ihn, ob er sich ohne seine Matrosenkleidung wohler fühle? Mir wäre es recht, wenn ich meine Arbeitsklamotten mit Jeans und einem Flanellhemd tauschen könnte. Wir könnten ein Restaurant in meinem Viertel in der Ashbury oder Masonic Street suchen, das uns beiden zusagen würde. Er stimmte zu, und ich rechnete aus, wie lange wir für den Heimweg mit dem Bus einschließlich Umsteigen brauchten, und stellte mir das Gefühl vor, den ganzen Weg über neben Matthew zu sitzen und nicht zu wissen, ob … An der Ecke Montgomery und Market Street erblickte ich ein leeres Taxi. Spontan stieg ich ein.

Matthew folgte mir ohne ein Wort. Nebel hatte sich von der Bucht aus breitgemacht und kam geradewegs die Market Street heraufgekrochen. Trotz Scheinwerfern und Straßenlaternen wurde es plötzlich dunkel. Ein Hauch von Kühle und – Intimsphäre.

Ich war überrascht, als Matthews Hand herüberlangte und mein Knie berührte.

»Du zitterst ja«, sagte er.

Ich konnte es nicht leugnen. »Ich werde mich an diese plötzlichen Wetterwechsel nicht gewöhnen«, erwiderte ich. Er hatte seine Hand nicht von meinem Knie genommen. Ich bedeckte sie mit meiner eigenen. »Letzte Woche habe ich bei offenem Fenster und nur mit einer leichten Decke geschlafen, und ich bin frierend aufgewacht.« Er zog seine Hand heraus, die zwischen meiner und meinem Knie lag, und ließ sie an meiner Hüfte entlangwandern. »Erst mit zwei Steppdecken ist mir wieder warm geworden.« Ich bewegte meine Hand zu seinen Knien und von dort zu seiner Hüfte.

Auf der Fahrt in die Fell Street befühlten und streichelten unsere Hände nahezu jeden Zentimeter des Unterkörpers des anderen. Als ich bezahlte und bevor wir aussteigen konnten, mußten wir unsere Erektionen in den Hosen zurechtrücken.

Die Ordnung hielt nicht lange an. Im Foyer preßten wir uns wild fummelnd und knutschend gegen die Mauer. Endlich erinnerte ich mich daran, die Tür zu öffnen. Und nichts wie die Treppen hinauf in den zweiten Stock und rein in die Wohnung, auch wenn ich zwei Schlösser öffnen mußte. Trotz der vielen Hindernisse wie Schranktürgriffe schafften wir es endlich bis in mein Schlafzimmer, wo wir uns gegenseitig die Jacken und Hemden vom Leibe rissen und die Gürtelschnallen öffneten und an unseren Hosen zogen. Dann fielen wir, nahezu nackt, übereinander her wie Leoparden über frisches Fleisch.

Etwa zwei Stunden später bat ich um eine Zigarettenpause. Wir lagen inmitten der Ruinen meines Bettzeugs und unserer Kleidung. Bestimmte Bereiche meines Körpers schmerzten, weil sie so fest angepackt und gedrückt worden waren. Andere brannten, weil sie stark von seinem Bart gekratzt worden waren. Wir lagen quer übereinander, seine größeren Körperteile bedeckten meine mehr als zur Hälfte.

»Der ist besser!« Ich machte Rauchringe, die Matthew mit seinem Finger durchstach.

»Willst du etwas Gras? Aber du mußt drehen.«

»Glaubst du, daß wir das nötig haben?« Wir kicherten beide. Natürlich hatten wir das nicht.

Zehn Minuten später unterbrachen wir den Dauerkuß, und ich fragte: »Wie hungrig bist du wirklich?«

»Ich weiß nicht. Wie lange haben die Restaurants geöffnet?«

»Noch eine Stunde oder so.«

Matt rollte auf mich drauf. »Das werden wir nie schaffen«, stöhnte er.

»Eins ist direkt um die Ecke. Fünf Minuten von hier. Wenn wir uns sofort anziehen …« Statt dessen ließ ich mich von ihm in andere Gefilde mitnehmen. Als ich wieder nach Luft schnappen konnte, meinte ich: »Du hast recht, das schaffen wir nie.«

In der nächsten Pause sagte ich: »Im Kühlschrank ist auch noch was zum Essen.«

»Hört sich gut an«, stimmte Matt zu. Dann ging es wieder los, und Matt meinte: »Auch das werden wir niemals schaffen.«

Einige Zeit später gelang es mir tatsächlich, Matts unaufhaltsamen Händen und seiner forschenden Zunge zu entkommen, um ein paar Brote mit Schmelzkäse und Tomatenscheiben zu belegen. Zu zweit tranken wir mit Strohhalmen aus der einzigen Flasche Kräuterlimonade.

»Dnn Ffßßß sskkt nnch nnn dddrrr Hhss«, sagte ich, als er mich herüberrollte und mir ein Kissen in den Mund stopfte.

»Was?« fragte Matt.

»Dnn Ffßßß sskkt nnch nnn dddrrr Hhss.«

»Was?« fragte er noch einmal und nahm das Kissen aus meinem Mund.

»Dein Fuß steckt noch in der Hose!« wiederholte ich und zeigte dahin, wo seine Seemannshose um den schuhlosen Fuß baumelte. »Die kannst du doch ausziehen.«

»Das ist in Ordnung so«, wischte Matt das Problem vom Tisch.

»Ich werde sie später ausziehen.«

»Zieh sie aus. Ich hoffe doch, daß du über Nacht hierbleibst.«

Ich bemerkte einen unerwartet harten Klang in seiner Stimme. Vielleicht mochte er keine Befehle. Vielleicht mochte er keinen Widerspruch.

»Ich ergebe mich!« Mit erhobenen Händen alberte ich: »Make love, not war.«

Er lachte und wollte mit mir kämpfen. »Du wagst es, so etwas zu sagen?« fragte er. »Zu mir? Einem Mann, der im Einsatz war?«

Ich wehrte mich. »Du bist in den letzten Stunden wahrscheinlich mehr im Einsatz gewesen als in den vergangenen zwei Jahren.«

»Meinst du?«

»Meine ich.«

Eine Stunde später betete ich: »Lieber Gott, ich habe den wundervollsten Mann kennengelernt, abgesehen von einer Sache, die er zum Fetisch macht: Er besteht darauf, ein Hosenbein anzulassen, wenn wir im Bett sind. Was soll ich tun?«

Matt langte hinüber, verschob die Nachttischlampe und warf mein Hemd darüber, so daß alles in blasses Blau getaucht war. Dann streifte er das andere Hosenbein ab.

»Zufrieden?«

»Werde ich das jemals sein?«

»Willst du, daß ich die Hose aufhänge, damit sie keine Falten bekommt?«

Gleichzeitig antworteten wir: »Nein! Das werden wir niemals schaffen!«

Wir lagen nebeneinander, das Radio war leise gestellt, aber jetzt, ohne Ablenkung, hörten wir die Musik.

»Das klingt gut«, sagte Matt.

»Die dritte Symphonie von Saint-Saëns. Zweiter Satz. Jetzt kommt die Orgel. Man nennt sie manchmal …«

»Sag's nicht.« Matt pumpte seinen armen, ausgelaugten Schwanz auf. »Die Orgel-Symphonie!«
Wir lachten und lauschten noch eine Weile.
»Ich wünschte, ich würde von solcher Musik etwas verstehen«, meinte Matt. »Die letzten paar Male, als ich im Raketenraum war, hat der wilde Jerry eine Tonbandaufnahme abspielen lassen, die er von irgendeinem Kerl in Bangkok bekommen hatte. Sie war wunderschön. Einfach wunderschön. Von Strauss. Richard Strauss. Aus irgendeiner Oper. Ich weiß nicht mehr genau, aus welcher. Aber Jerry hatte die Geschichte dazu erzählt. Die verlassene Frau ist nach dem Schiffbruch auf dieser Insel gelandet und will sterben. Sie ist aber nicht allein. Sie ist mit diesem Theaterensemble da. Seltsam, nicht? Ich hab das nie so richtig verstanden. Nur die Lieder darüber, wie gerne sie sterben würde...« Matts Stimme zitterte leicht. »Du weißt, weil dieser Mann, den sie liebte, sie verlassen hat und so.«
»*Ariadne auf Naxos.*« Ich glaubte einfach nicht, was er da beschrieb.
»Genau. Das ist sie.«
»Die Arie heißt ›Es gibt ein Reich!‹«
»Hast du sie?«
Ich stand auf, fand das Album und suchte nach dem Text. Es war fast der Anfang der dritten Platte. Ich legte sie auf und ging ins Schlafzimmer zurück, wo Matt auf dem Bettrand saß und zuhörte.
»Komm«, sagte ich und zog ihn mitsamt den Steppdecken hinaus ins Wohnzimmer. Wir ließen uns vor dem Sofa nieder.
»Spiel es noch einmal«, bat er. »Findest du das nicht auch wundervoll?«
Was konnte ich sagen? So schön wie er.

»Und das habt ihr auf dem Schiff laufen lassen?« Mir fiel es schwer, das zu glauben. »Während ihr Raketen abgefeuert habt?«

»Ja. Wir waren alle mit Amphetaminen vollgepumpt und hatten seit einer Woche Opium gefuttert. Wir steckten in so einer Art großem runden Geschützturm, nur daß alles elektronisch war, tief im Innern des Vorderdecks vom Schiff. Wir waren schon eine Stunde da drin und drückten fleißig ab, als Jerry das Tonband herauszog und in das Gerät einlegte, mit dem wir normalerweise Blues und Soul hörten. Zuerst haben sich alle beschwert. Das sei verrückte Musik. Aber er bestand darauf, es laufen zu lassen. Als wir dann zuhörten und die Blinklichter auf unseren Bildschirmen beobachteten, die uns anzeigten, wohin wir flußaufwärts zur Unterstützung eines Zuges schießen mußten, mochten wir das Stück auf einmal. Ziemlich sogar. Jerry hatte drei Bänder davon. Und wir ließen sie alle laufen. Aber meistens das mittlere, und immer, wenn das Stück drankam, haben wir die Amphetamine genommen und sind voll abgedreht, und dann haben wir den Vietcong-Ärschen ordentlich den Marsch geblasen!«

Das Bild, das er gezeichnet hatte, war so ... war es tragisch-lustig oder absurd-traurig? Ich würde einiges dafür geben, wenn ich es sagen könnte.

»Wann war das?« fragte ich.

»Vor ein paar Monaten.«

Ich wollte fragen: War es, als du verwundet wurdest?, da ich jetzt sicher war, daß auf dem unteren Teil seines linken Beins Narben waren. Deswegen hatte er das Hosenbein und die Socke nicht ausgezogen, deswegen hatte er sein Bein in die Decke gewickelt, und deswegen wollte er vielleicht die Marine verlassen – weil er wahrscheinlich keine andere Wahl hatte.

Statt dessen sagte ich: »Scheint so, als hättest du dort einige Zeit verbracht.«
Ich erwartete wohl, daß er mehr erzählen würde, doch er meinte nur: »Es ist vorbei.«
»Der Krieg?«
»Der Krieg auch«, antwortete er. »Laß uns jetzt nicht reden, ja? Nur dieser Musik zuhören.«

»Rossinis *Torvaldo e Dorliska!* Hätte ich mir so was ausdenken können?« fragte Calvin.
»Natürlich hättest du.«
»Nutte!« erwiderte er gefühllos. »Ich hab's mir aber nicht ausgedacht. Das war die Wahl von Miss Smith. Los, sag's schon.«
»Was soll ich sagen?« fragte ich.
»Daß das nicht wahr sein kann.«
»Wer weiß? Was anderes, bist du bereit, Leontyne? Weil du Glück hast und gleich etwas Köstliches serviert bekommst.«
»Ich bekomme etwas serviert?« fragte Calvin mißtrauisch.
»Ich habe tatsächlich heute morgen mit Estelle geredet und ihr ihren Vorschlag aus der Nase gezogen.«
Estelle Thunneman war Redakteurin bei der Zeitschrift gewesen, bevor Calvin den Posten übernommen hatte. Sie blieb der Star der Belegschaft beim Magazin und wurde von den anderen immer noch geliebt und respektiert.
»Und?« fragte er.
Ich spuckte es aus: »*Der Vampyr* von Marschner.«
»Waaas?«
»*Der Vampyr* von Marschner«, wiederholte ich.
»Bleib bei der Wahrheit, Hildegarde. Das ist doch nur was für große Mädchen.«

»Das ist die Wahrheit. Sie hat sogar eine Aufnahme davon.«
»Herzchen, Miss Estelle hat bestimmt wieder Bananenblätter geraucht.«
»Und darüber hinaus gibt es einen Sopranpart in einer Stimmlage, die genau im Bereich von Leonie Rysanek liegt. Es versteht sich von selbst, daß Miss Thing in der Oper alles tun wird, die Rysanek zurückzuholen. Alles! Wenn sie Wind vom *Vampyr* kriegt und mitsingen will, kannst du dir denken, daß die Oper genommen wird. Mir ist es egal, was sonst ...«
»Sanitäter!« rief Calvin. »Hallo, Sanitäter! Beeilung! Hier ist jemand übergeschnappt!«
»Erzähl niemandem, was ich dir gesagt habe, Calvin-Schätzchen, oder du wirst deine Brathähnchen aus deinem Ohr essen können wie der widerwärtige Dr. Phibes. Hast du kapiert?«
»Mit dem heimischen Geflügel hast du Wunder vollbracht, Vulnavia«, zitierte er Vincent Price falsch aus dem gleichnamigen Film. »Verstanden«, stimmte er widerwillig zu. »Übrigens, ich habe Billard gespielt, bis meine Finger krumm waren. Wo zum Teufel warst du?«
Es war einen Tag, nachdem ich Matt getroffen hatte.
»Habe ich dir das nicht erzählt?« fragte ich.
»Mir was erzählt?« fragte Calvin zurück. »Und wenn es noch eine Geschichte über einen Jungen ist, der dich an diesen toten Rockgitarristen erinnert, von dem nur sechs weiße Menschen gehört haben ...«
»Besser als das. Ich habe einen Engel kennengelernt und mich nageln lassen.«
»Nageln lassen? Du hast dich seit Monaten nicht nageln lassen.«
»So lange ist's nun auch nicht her. Ja, nageln lassen! Mich reparieren lassen! Und mich erneuern lassen!«

»Wow! Erzähl mir alles!«

Ich erzählte ihm alles.

»Wenn ich du wäre, Mädchen«, sagte Calvin, als ich einmal nach Luft schnappte, »würde ich diesen Engel von jeder lebenden Tunte in dieser Stadt fernhalten. Und besonders von deinem Cousin.«

»Ich weiß, du fliegst nicht gerade auf Alistair...«

»Ich *hasse* Alistair ganz einfach!«

»... aber du glaubst doch nicht, daß er sich ernsthaft einmischen wird, oder?«

»Ich glaube nicht nur, daß er sich ernsthaft einmischen wird, ich denke auch, er wird dir deine Augen aus dem Kopf fressen! Ungewürzt«, stellte er klar.

»Bisher haben wir beide angenommen, daß er besser aussieht als ich. Aber gestern ist Matt zweimal an ihm vorbeigegangen, ohne daß er Alistair auch nur *bemerkt* hätte!«

»Hm!« machte Calvin. »Dein Cousin ist eine Schwuchtel, die es faustdick hinter den Ohren hat. Und was erzählt uns die Geschichte, abgesehen von den Opern, darüber, wie solche Menschen handeln? Schätzchen, halte deinen Engel nah bei dir. Ohne Spaß!«

Ein Angestellter, André, stand unter meinem Balkon mit einem Hundeblick, der ihn als Bittsteller zu erkennen gab.

»Gut, ich kann Matt aber nicht einfach einsperren. Cal, ich muß auflegen. Einer der Sträflingsarbeiter fordert schon wieder mehr Großzügigkeit. Wir reden später weiter.«

»Siehst du ihn heute abend?« fragte Calvin.

»Alistair? Ich sehe ihn jeden Tag. Warum?«

»Den Engel.«

»Er ist heute an die Küste gefahren. Wir treffen uns bei mir.«

»Ich hoffe wirklich, daß es der eine ist«, wünschte mir Calvin. Ich legte auf – und dankte innerlich Calvin dafür, daß er mich so liebte.

Pierluigi hatte offensichtlich seine Entscheidung bereits getroffen – zugunsten von Faunce, der noch mehr in die Kunstgalerie eingebunden werden sollte, und zwar, ohne es mir mitzuteilen, obwohl ich Geschäftsführer war und er es mir, man erinnere sich, versprochen hatte.

Aufgrund der ungeschickten Übersetzung Andrés klagender Beschwerde stürzte ich zum Fahrstuhl und wollte in den Lagerraum, wo angeblich eine ganze Abteilung von Andrés französischsprachigem Lagerbestand von einer Invasion sogenannter Kunst »belästigt und entmaterialisiert« worden war (so die exakte Übersetzung seiner Worte).

Ich wartete eine Ewigkeit auf den Fahrstuhl, der ständig auf und ab fuhr. Aber erst als ich fest an das kleine Fenster der Fahrstuhltür klopfte und zu Faunce hineinrief, daß er anhalten und öffnen solle, bekam ich einen vollen Überblick dessen, was wirklich vor sich ging.

Faunce steckte tief zwischen irgendwelchen gerahmten und in Pappkarton und Packpapier eingewickelten Sachen. (Ich werde sie nicht damit aufwerten, daß ich sie als Kunst bezeichne.) Für mich gab es keinen Platz.

»Wie Sie sehen«, sagte Faunce, »ist er voll.«

»Dann machen Sie ihn leerer«, entgegnete ich. »Sie wissen ganz genau, daß dieser Fahrstuhl die einzige Möglichkeit ist, von hier in die Büros und ins Lager zu gelangen, und er kann nicht blockiert werden.«

Ich warf bereits Sachen aus dem Fahrstuhl auf den Boden.

»Warten Sie! Sie können doch nicht …«

Als er sich nach vorn bewegte, um nach den Sachen zu greifen, sah ich meine Chance. Er war halb aus dem Fahrstuhl herausgetreten, und ich schob ihn ein Stück weiter, schloß die Türen und fuhr ins Lager hinab.

Dort herrschte ein fürchterliches Durcheinander von noch mehr eingepackten und gerahmten Sachen. Weiter hinten, am Ende einer Reihe von Metallregalen, sah ich Alistairs Rücken inmitten dessen, was einmal das Inventar an französischen Büchern gewesen war.

»Lassen Sie sie dort!« sagte er, ohne sich umzudrehen. »Ich brauche noch eine halbe Stunde, bis ich da drankomme.«

Ich näherte mich ihm.

»Meine französische Abteilung wird wohl gerade geschlossen?«

Alistair wirbelte herum. Er hatte seine Jacke ausgezogen, und sein Hemd zeigte unter den Armen Schweißflecken, die offensichtlich von Arbeit herrührten, was einen äußerst ungewöhnlichen Anblick seiner Person darstellte.

»Alistair, ich leite einen internationalen Buchladen, für den ich eine französische Abteilung benötige. Ich benötige keine Kunstgalerie.«

»Pierluigi hat gesagt, ich könne etwas von diesem Platz in Anspruch nehmen.«

»Etwas ist nicht alles.«

»Nun, wie du siehst, hatte Faunce mehr Zeug, als ich dachte.«

»Ich brauche meine französische Abteilung. Wo ist sie?«

»Ich habe nur diese alten in Leder gebundenen Sachen weggeschafft. Die liegen schon ewig hier rum.«

»Okay, da hast du recht, und vielleicht kann ich André irgendwie entschädigen, aber es ist trotzdem kein Platz da für den ganzen ... Schrott!«

Alistair setzte sich deprimiert hin und wischte mit einem Tuch über seinen Nacken. »Stimmt.«
Seltsamerweise tat er mir leid. »Gut, dann konzentrier dich darauf, das wegzuschaffen, was du hier hast, weil jetzt nichts mehr herunterkommt. Der Fahrstuhl kann nicht den ganzen Tag blockiert werden.«
Alistair seufzte tief. »Er hat noch tonnenweise Zeug davon.«
»Er wird es später bringen müssen.«
»Also heute abend!«
Das war Faunce. Er hatte die wacklige Treppe zum Lager gefunden.
»Heute abend paßt mir nicht«, sagte ich. »Ich werde sofort gehen, wenn ich abgeschlossen habe.«
»Wir können das runterschaffen, während Sie das Geld zählen«, schlug Faunce vor. »Oder müssen Sie heute kein Geld zählen?«
»Wie Sie selbst sehen«, versuchte ich ihn zu überzeugen, »ist für Ihren Kram kein Platz.«
»Wir können bis heute abend Platz schaffen«, beharrte Faunce.
»Heute abend paßt mir nicht«, wiederholte ich, »ich habe eine Verabredung.«
»Rufen Sie an und verschieben den Termin«, sagte Faunce.
»Das geht nicht.« Ich versuchte, trotz meiner wachsenden Verärgerung ruhig zu bleiben. »Wenn ich wenigstens vorgewarnt worden wäre, hätte ich vielleicht ...«
»Warum hätte man es ihnen sagen sollen?« fragte Faunce naserümpfend.
Das reichte.
»Faunce, daraus wird nichts! Finden Sie sich damit ab!«
Er sah aus, als wäre er geohrfeigt worden.

»Die Welt tanzt nicht immer nach unserer Pfeife«, fuhr ich fort. »Und der spezielle Teil meiner Welt tanzt nicht nach *Ihrer* Pfeife. Ist das klar? Sie lassen Ihre sogenannte Kunst bis morgen früh, bevor wir öffnen, aus meinem Fahrstuhl draußen. Und belästigt mich nicht«, ich drehte mich zu Alistair, »ich wiederhole, belästigt mich nicht mit noch mehr von dem Zeug. Oder es wird Blut fließen!«
Hinter mir hörte ich ein Murmeln, als ich auf den Aufzug wartete.
Einige Stunden später kam Alistair zu mir an den Schreibtisch.
»Sehr eindrucksvoll!«
»Fang nicht damit an, Alistair!«
»Nein, wirklich! Ich bin beeindruckt! Wer hätte je im Traum daran gedacht, daß gerade du die Rolle von Margo Channing spielen würdest.«
»Das war kaum die Rolle von Margo Channing.«
»Als du gegangen warst, hat Faunce an seinen Nägeln gekaut! Finde dich damit ab, Kind, du bist keine Prinzessin mehr.« Alistair zündete sich eine Tareyton an und inhalierte tief. »Du trägst die volle Regentschaft auf deinen Schultern.«
»Alistair, hör auf!« sagte ich, aber im stillen glaubte auch ich, daß er recht hatte mit der Szene, die ich abgezogen hatte.
»Du hast dir einen Feind geschaffen, das weißt du«, sagte Alistair, und dann, mit verändertem Ton: »Jetzt erzähl. Diese Verabredung – ist das der Schöne von letzter Nacht?«
Das Gespräch mit Calvin hatte mich vorsichtig gemacht.
»Genau der.«
»Wir machen was Ernstes draus?« säuselte Alistair.
»Wir haben uns noch einmal verabredet.«
»Wir sprechen von einer Hochzeit im September?« fragte Alistair.

»Er ist Matrose!« sagte ich.
Er zuckte mit den Schultern. »Häuslichkeit gibt es in allen Varianten.«
»Ich werde dafür sorgen, daß wir uns öfter treffen.«
Wir redeten ein bißchen über Matt, wobei mir Alistair mehr Informationen entlockte, als mir lieb war. Aber während des Gesprächs zeigte er ernsthaftes Desinteresse und war wirklich froh für mich und keineswegs gehässig und neidisch, wie Calvin es vorhergesagt hatte.
»Vielleicht solltest du dich auch nach einem Liebhaber umschauen«, schlug ich vor.
»Von der Liebe hab ich genug!« erwiderte Alistair theatralisch und drückte seine Zigarette dermaßen heftig im Aschenbecher aus, daß nur wenig von ihr übrigblieb. »Nach dem, was dieser Hurensohn mir angetan hat, werde ich keinen Mann mehr in mein Leben lassen.«
Ich wußte nicht, daß er so verbittert war. Er hatte es gut verborgen.
»Das war keine Liebe, Alistair. Das war ein Geschäft. Ein *schlechtes* Geschäft!«
»Geschäfte«, entgegnete er mit spröder Stimme, »sind das einzige, worauf ich mich in Zukunft konzentrieren werde.«
»Das hast du wie Roz Russell gesagt. Du wirst Nadelstreifenanzüge mit breitem Revers tragen müssen.«
»Du beliebst zu scherzen, Rog. Das werde ich nicht. Warum, glaubst du, mache ich das alles mit Faunce?«
»Das habe ich mich auch schon gefragt.«
»Um mir ein Nest zu bauen. Ein sicheres. Vielleicht kann ich mit ihm später sogar ins Geschäft kommen. Aber ich habe meinem Anwalt gesagt, er soll sich eine Auflösungsklausel

ausdenken, die jeden, der versucht, mich übers Ohr zu hauen, austrocknen läßt wie die Wüste von Arizona.«
»Glaubst du wirklich, daß da Geld zu holen ist?«
»Einiges. Vincent und seine Frau Elena kennen die richtigen Leute hier in der Stadt, was seltsam genug ist. Und genau das will ich von ihnen – mir die richtigen Verbindungen schaffen.«
»Reden wir von neuen Kapitalquellen oder reichen Ehemännern?«
»Neues Kapital! Stille Partner! Reiche Ehemänner! Reiche Ehefrauen!«
»Frauen? Hör auf.«
»Ich hatte ein paar Geschichten mit Frauen«, verteidigte sich Alistair.
»Judy Soundso vor einer Million Jahren!«
»Danach auch noch. In den Kreisen von Nob Hill bin ich ein bekannter Bisexueller.«
»Fein. Ich werde auf deiner Hochzeit tanzen.«
»Und bis dahin versuche, mit Faunce zurechtzukommen, auch wenn ich mein Bestes tun werde, ihn dir vom Hals zu halten.«
»Abgemacht«, sagte ich, und wir reichten uns die Hände.
Siehst du, Calvin, dachte ich bei mir, du hast unrecht mit Alistair.

»Wenn ich so nah daran wohnen würde, käme ich wahrscheinlich jeden Tag hierher«, sagte Matt. Wir verließen gerade den japanischen Teegarten und gingen zur Vorderseite des de-Young-Museums.
»Ich komme hierher, wann immer ich kann«, meinte ich.
»Dazu hatte ich allerdings noch öfter Gelegenheit, bevor ich,

vielleicht unglücklicherweise, erwerbstätig wurde. Aber jetzt bin ich kaputt. Laß uns eine Pause machen.«

Es war später Sonntag nachmittag und ziemlich beständig sonnig und warm für San Francisco. Wir waren schon vorher im Museum gewesen und hatten uns hauptsächlich die Sammlung der orientalischen Kunst angesehen. Ich ließ meine Jacke auf den Rasen fallen und mich darauf. Matt schaute zögernd, bis ich nach ihm griff und ihn zu mir herunterzog.

»Was ist das?« fragte er, als er ein anderes Gebäude durch die Bäume erblickte.

Ich erzählte ihm, es sei die Akademie der Wissenschaften von Kalifornien, »die kein menschliches Wesen jemals willentlich betreten hat.«

Matt lachte. »Du bist lustig.«

Er legte seinen Kopf neben meinen und sah zu den wenigen kleinen Wolken hinauf. Wenn man Wolken betrachten will, ist San Francisco jämmerlich. Während Matt die Wolken beobachtete, beobachtete ich Matt.

Ich konnte immer noch nicht glauben, daß er hier mit mir zusammen war, neben mir, konnte immer noch nicht glauben, daß er schon fast eine Woche mit mir zusammen war oder daß er so erstaunlich gut aussah. Ich entdeckte jedesmal, wenn ich ihn anschaute, ein neues Detail seiner Schönheit.

»Weißt du, woran mich diese kleine Pagode in dem Garten erinnert?« fragte Matthew und setzte sich plötzlich auf.

Es war sinnlos zu raten. In den wenigen Tagen hatte ich schon mitbekommen, daß er praktisch alles nach einer Einleitung wie dieser sagen könnte.

»An dieses ›Wat‹, einen Buddhistentempel in Danang«, erklärte Matt. »Als ich da hineingegangen bin, ist mir die lustigste Sache der Welt passiert.«

»Und?«

»Na ja, nicht gerade lustig, ha ha, aber ...« Matt sah mich an. »Das willst du sicher nicht hören.«

Ich packte ihn am Hals. »Ich murkse dich ab und freß dich!« drohte ich.

»Gut, in Ordnung, ich erzähl's dir. Aber ich habe dich gewarnt, die Geschichte ist wirklich dumm ... Als wir dort stationiert waren, ging ich oft nach Danang. Weißt du, wie ein Tourist, mit der Kamera und so. Ich hätte eigentlich Angst haben müssen. Die Vietcong waren überall in der Stadt, wie wir nach der Wiedereroberung herausgefunden hatten.

Eines Abends hatte ich mich halb verlaufen und irrte durch die eher abgeschiedenen Hintergassen des Einkaufsviertels der Stadt, und dann sah ich es ... Es schaute aus wie eine Löwin. Nicht mit einer Mähne und so. Aber es war eine riesige Katze. Die lief einfach so rum. Ich konnte es nicht fassen. Also folge ich ihr, mit Abstand. Und sie geht weiter, schnüffelt hier und da. Niemand sonst ist in der Gasse. Ich gehe um eine Ecke, und sie ist verschwunden. Dann sehe ich ihren Schwanz, wie er in einem Eingang verschwindet, ein paar Stufen hinauf, sehr alt aussehende Stufen, bedeckt mit ... Wie nennt man das? Grünspan. Ich denke, das muß ein wirklich altes Gebäude sein. Ich kann immer noch nicht glauben, daß hier ein Löwe lebt, also gehe ich die Stufen hinauf und rein in den dunklen Gang. Dann bin ich in dem Tempel. Ein Gong nach dem anderen ertönt, in dem ganzen Raum riecht es nach Weihrauch, überall stehen Kerzen und Statuen herum, und es ist dunkel da drin. Ich brauche eine Weile, um zu erkennen, daß da gar kein Löwe ist.

Ich will gerade umkehren, als ich einen alten Kerl in einem gelben Umhang sehe. Diese gelben Umhänge gibt's natürlich

in der ganzen Stadt, und da sie gegen uns sind, sind wir nicht gerade erfreut, wenn wir ihnen begegnen. Dieser Kerl allerdings ist ziemlich alt und besteht nur aus Haut und Knochen. Als er mich sieht, steht er auf und kommt rüber, fragt mich irgendwas und hat Schwierigkeiten beim Gehen. Ich bemerke, daß seine Gelenke entzündet sind. Seine Arme und Beine sind gekrümmt und die Gelenke geschwollen. Er schaut und geht sehr pathetisch. Trotzdem lächelt er und ist glücklich, und seine alten Augen glänzen.
Also frag ich ihn, ob er die große Katze gesehen hat. Mein Vietnamesisch ist beschissen, aber soviel kann ich sagen: ›Wo ist die große Katze?‹ Er lacht. Ich erzähle, daß ich einer großen Katze hier herein gefolgt sei. Er lacht noch lauter und hält sich seinen zahnlosen Mund mit dem gelben Stoff zu. Doch als ich mich umdrehte, um zu gehen, sagt er, er sei's. Er sei die Katze! Offensichtlich ist er verrückt. Aber das bin ich genauso, wenn ich einen streunenden Löwen in den Hintergassen von Danang gesehen habe, oder? Also sage ich ›in Ordnung‹, gebe ihm ein paar Piaster und will zurück, raus aus dem Raum. Plötzlich spüre ich etwas hinter mir. Ich drehe mich um und ... Ich weiß nicht, vielleicht war es Einbildungskraft oder Hypnose oder der Rauch und die Dunkelheit, aber ich schwöre dir, Rog, ich hab den Löwen in diesem Tempelraum gesehen. Und der Mönch war verschwunden.
Ich natürlich nichts wie raus! Aber in den nächsten Wochen mußte ich immer wieder daran denken. Diese Mönche, weißt du, sollen bestimmte Kräfte haben. Was ist, wenn dieser wacklige alte Mann sich durch die Kraft seines Geistes in diesen Löwen verwandelt hat und in diesen kräftigen, gesunden Körper, mit dem er durch die Gassen von Danang gewandert ist? ... Du denkst, ich spinne, oder?«

»Ich bin völlig geplättet«, antwortete ich.

Er sah mich aus dem Augenwinkel an und schien sich zu fragen, ob ich es ernst meinte oder nicht.

»Ich glaube, das ist die beste Geschichte, die mir jemand erzählt hat.«

Er entspannte sich. »Na ja, sie ist passiert.«

»Die ist toll«, erklärte ich und meinte eigentlich, er sei toll. Ich war aber noch nicht soweit, ihm so etwas zu sagen. »Die ist wunderschön«, erklärte ich und meinte eigentlich, er sei wunderschön. Auch das traute ich mich noch nicht zu sagen.

»Ich habe nur einem Menschen außer dir davon erzählt. Diesem Kerl aus Hawaii, den ich im Veteranenkrankenhaus unten in San Diego kennengelernt habe.« Plötzlich sah er niedergeschlagen aus, obwohl ich ihm dazu keine Veranlassung gegeben hatte. »Ich mußte wegen einiger Tests dorthin, als ich aus Vietnam zurückkam. Wir haben jedenfalls über allen möglichen Scheiß geredet, und ich habe erzählt, was mir passiert ist. Weißt du, was er gesagt hat? Er hat gesagt, man habe mir ein Zeichen gegeben. ›Was für ein Zeichen?‹ habe ich gefragt. Er wußte es nicht, aber er war sich verdammt sicher, daß es ein Zeichen sein mußte, einen Mönch in seiner Tierform zu sehen und auch noch zu erkennen, welche es war. Er erklärte, es sei ein Zeichen der Macht. Er glaubte, ich hätte eine spezielle Aufgabe. Er benutzte ein Wort ... wie Karma, aber ...«

»Dharma«, sagte ich.

»Richtig! Ich hätte eine besondere Aufgabe in diesem Leben zu erfüllen.«

»Das ist wundervoll.«

Matt sah nachdenklich aus. »Voller Wunder, ja. Aber vielleicht nicht wundervoll im Sinne von ›gut‹. Was ist, wenn ich etwas Schlimmes zu tun habe?«

»Es müssen deine Gedichte sein.«
»Es kann bedeuten, Menschen kennenzulernen und mit ihnen in Verbindung zu treten. Es kann bedeuten, dich kennenzulernen«, sagte Matt.
Es war, als würden weit entfernt hundert Gitarren zärtlich angeschlagen werden. Ich schmolz dahin.

»Das soll ein Seurat sein?« stieß Holly aus. Sie hatte die Arme verschränkt. Zwei rote Flecken flammten über ihren dünnen rotbraunen Augenbrauen. Ich hatte sie noch nie so gesehen. »Wenn das ein Seurat ist, bin ich die verdammte Aretha Franklin!«
Hollys Nasenflügel flatterten, ihre Schultern strafften sich, ihre kleinen, aber gutgeformten Brüste kämpften darum, durch ihren melierten Pullover dringen zu können. Sie war ganz Frau! Sie war prächtig! Sie war stocksauer!
Ich nahm die kleine, beleidigende, zugegebenermaßen gut gerahmte Lithographie von der Wand und klemmte sie mir unter den Arm.
»Siehst du! Alles vorbei«, sagte ich.
Es war Mittwoch der darauffolgenden Woche, kurz vor dem Mittagessen. Wir befanden uns auf der Hauptebene des Geschäfts, an der Stelle, die exakt die geographische Mitte sein mußte. Natürlich starrte uns jeder an.
»Ich glaube, der hängt Fälschungen auf«, fuhr Holly fort. »Er könnte zumindest mir – und der Kunstabteilung – den Gefallen tun, sie überzeugend zu bringen!«
»Holly ...«, versuchte ich zu beschwichtigen.
»Wenn er wenigstens ein bißchen was von Kunst verstehen würde ... Aber warum sollte sich ein Kunsthändler auch sein Hirn mit Fakten über Kunst vollstopfen?«

»Holly ...«
»Was will er damit erreichen? Mich und meine Abteilung lächerlich machen? Ist es das?«
Ich drückte aus, was auf der Hand lag: »Holly, du wirst hysterisch.«
»Es ist besser, wenn du glaubst, ich sei hysterisch. Wo ist der Wichser überhaupt? *Faunce!*« kreischte sie zur Empore der Kunstgalerie hinauf. »*Faunce!* Bewegen Sie sofort Ihren fetten Arsch hier runter!«
Nach ein paar Sekunden tauchte Alistair am Rand der Empore auf und rief mit einer verabschiedenden Handbewegung: »Könnt ihr Mädchen nicht etwas leiser sein? Wir versuchen hier oben Geschäfte zu machen!«
Sechs Personen mußten Holly festhalten. Glücklicherweise war eine Ärztin in der Nähe, die ihr etwas zur Beruhigung gab. Einige Stunden später hatte ich Pierluigi am Telefon in Manhattan. Einer seiner Spione – André oder die Hure von Bari – hatten ihm von dem Ausbruch berichtet, aber nicht den Grund dafür genannt. Ich war froh, mich über das Problem auslassen zu können. Besonders, weil es teilweise Pierluigis Verschulden war, und besonders, weil ich ihn zuvor gewarnt hatte.
»Wenn Sie dieser Sache nicht bald ein Ende setzen«, sagte ich, »wird Ihr albanischer rosaroter Marmor in Kürze blutrot sein.«
»Sie sind der Geschäftsführer«, protestierte er. »Es ist Ihre Aufgabe, für Ordnung zu sorgen.«
»Daran hätten Sie denken sollen, bevor Sie so viele Angestellte zu kleinen Fürsten ernannt haben und sie gebeten haben, für Sie KGB zu spielen«, entgegnete ich kühl.
Totenstille folgte. Ich hatte das Unaussprechliche vollbracht. Ich hatte die Wahrheit über Pierluigis sogenannte »Führungsprinzipien« angesprochen. Zum Teufel mit ihm, dachte ich.

Ich kann immer eine andere Arbeit bekommen. Dennoch hielt ich es für besser, das Gesagte etwas abzuschwächen.

»Können Sie nicht verstehen, daß sie auf die Barrikaden gehen?« scherzte ich. »Vor allem Faunce.«

Pierluigi seufzte so schwer, daß er, hätte er neben meinem Schreibtisch gestanden, alle Papiere heruntergeblasen hätte.

»Sie sehen, wenn ich in die Enge getrieben werde, wenn ich es jedem recht machen will?«

Ich tat mein Bestes, die verdrehte Logik dieses grammatikalischen Alptraums zu überhören und fragte: »Was ist, wenn jemand eins von diesen Dingern kauft und denkt, es sei ein Seurat? Und es zurückbringt?«

»Ich werde mit ihm sprechen.«

Das bezweifelte ich. Aber wir hatten alle unsere kleine Rolle in dieser Scharade zu spielen, und ich spielte meine.

Wie auf Kommando erschien Alistair in dem Moment in meinem Büro, als ich aufgelegt hatte.

»Du mußt mir ganz dringend einen Gefallen tun. Ich brauche dich für eine doppelte Verabredung am Samstag.«

»Tut mir leid, ich treffe mich mit Matt.«

Er schaute überrascht. »Das läuft immer noch?«

»Klar.«

»Es wird früh am Abend sein. Spätestens um elf bist du zu Hause.«

»Eine doppelte Verabredung?« fragte ich. »Wir befinden uns im Jahre 1974, oder?«

»Na los, Rog. Ich habe es Doriot versprochen. Ihre Cousine ist in der Stadt und …«

»Doriot?« unterbrach ich ihn. »Wer ist Doriot? Und wer ist ihre Cousine?«

»Du kennst Doriot«, sagte er, als wollte ich ihn aufziehen. Er

nannte ihren Nachnamen, der irgendwie ähnlich klang wie Hearst, Coit oder van Ness. »Ihre Cousine heißt Joy Kirkham. Sie ist hier aufgewachsen, war aber jahrelang weg, weil sie auf eine Schule in Florenz gegangen ist und ...«
»Mädchen?« fragte ich hoffentlich mit genügend Unglauben in der Stimme. »Du sprichst über eine doppelte Verabredung mit ... mit ... zwei Mädchen? Was sollen wir denn mit denen anstellen? Ihnen die Höschen auszuziehen oder ihnen die BHs klauen und damit Drachen fliegen lassen?«
»So schwul mußt du deswegen auch nicht tun.«
»Alistair, die Sache ist die, daß ich schwul bin. Auch wenn du für dich entschieden hast, es nicht zu sein. Und ich habe mit jemandem eine Verabredung. Mit jemand Besonderem und Nettem und Hübschem ... Mädchen?« Ich mußte einfach noch einmal nachfragen.
»Nun, ich bin sicher, Paolo wird nicht beleidigt sein«, entgegnete Alistair und marschierte murmelnd davon.
Gute Arbeit, Rog, sagte ich zu mir selbst. Du hast es geschafft, sowohl deinen Chef als auch deinen Cousin zutiefst und ohne Zweifel unwiderruflich in einer Viertelstunde zu beleidigen. Und das ohne Zigarettenpause. Das muß ein Rekord sein.

Bei Morgengrauen erwachte ich und mußte zum Pinkeln. Als ich ins Schlafzimmer zurückkam, sah es dort mit den Kissen und Decken wie auf einem Schlachtfeld aus. Die Luft war ruhig und drückend, auch etwas kalt. Zitternd ließ ich die Rollos weiter herunter. Ich wollte die Sonne noch ein wenig aussperren. Nach der letzten Nacht, wie nach jeder der letzten Nächte, war ich dermaßen erschöpft, daß ich Schlaf dringend nötig hatte.
Matts großer, fester Körper lag in der Mitte des Bettes. Oh,

dieser Körper, dieses Gesicht! Als wäre er sich meiner Bewunderung bewußt, bewegte er sich, drehte sich halb herum – und zeigte seinen linken Knöchel und das linke Bein.
Den Knöchel und *das* Bein!
Ein Sonnenstrahl bohrte sich durch meine schlampig montierten Rollos und traf den Knöchel und das Bein.
Zuerst konnte ich nichts erkennen. Dann sah ich so etwas wie eine leichte, nicht verfärbte Beule und auf der anderen Seite Einstiche vom Nähen um eine große, eckige Fläche. Das muß verdammt weit aufgerissen gewesen sein. Ich konnte mir Matts plötzlichen Schmerz vorstellen, seine Angst, daß die Sehne durchgeschnitten und er gelähmt sein könnte und zukünftig sein Bein wie ein totes Ding hinter sich herziehen müßte. Ich küßte die Wunde.
Dann sah ich die andere Narbe. Ich hatte sie nicht bemerkt, weil sie kleiner war, weniger sichtbar, weiter oben am Bein, halb auf der Wade. Das mußte auch eine ernsthafte Sache gewesen sein. Und vielleicht war sie es noch immer. Hatte es seinen Ischias getroffen? Ich verbannte den Gedanken und die Möglichkeit nicht endenden körperlichen Leidens aus meinem Kopf und schlüpfte wieder ins Bett.

»In Ordnung, Lucia«, sagte Calvin, »ich habe die gesamte Bande hier beim Magazin unter die Lupe genommen, und ich verrate dir, was ich herausgefunden habe, wenn du mir erzählst, was du herausgefunden hast.«
»Ich habe nur mit zwei Leuten gesprochen«, erwiderte ich, »mit Estelle und Jeffrey. Hör mal, Calvin, ich bin bis über beide Ohren verliebt.«
»Wir alle wissen, wo deine Ohren letzte Nacht waren, Herzchen. Was hat Miss Madness empfohlen?« fragte er und

überging den zweiten und für mich einzig schrecklich wichtigen Teil meiner Erwiderung.

Jeffrey Teller und Mrs. Estelle Lambert-Duchesne waren die beiden anderen freiberuflichen Schreiber beim Magazin, von denen am meisten gedruckt wurde. Ich sollte hinzufügen, daß ich meine Artikel unter dem Pseudonym »Henrici« verfaßte, dem Namen des Mannes, der die Libretti für die meisten Kantaten und Passionen von J.S. Bach schrieb.

»Jeffrey schielt nach Paer oder Mayr. Hast du jemals von ihnen gehört?«

»Natürlich«, antwortete Calvin. »Frühes 19. Jahrhundert. Paers *Leonora* ist angeblich der Vorläufer von Beethovens *Fidelio*.«

Calvin war als Estelles Assistent aufgestiegen und hatte ihren Posten übernommen, als sie aufgrund von Inkompetenz – sprich: Alkoholismus – gefeuert worden war.

»Du hörst nicht zu«, sagte ich. »Ich habe dir gerade erzählt, daß ich verliebt bin. Und jeder Homosexuelle mit Selbstachtung würde das Thema, das Geschirr oder das verdammte Waterford-Kristall fallen lassen, um darüber zu reden.«

»Nun, dieser Homosexuelle mit Selbstachtung hat zu tun. Er muß ein Magazin herausbringen. Und Ärger machen.«

»Wie der Teufel!«

Ich vermutete, daß sein eigenes Liebesleben, das nie sehr gut war, derzeit besonders schlecht verlief oder, noch schlimmer, nicht existierte, was sein jetziges Zögern erklären würde. Also griff ich zu meiner letzten Waffe.

»Wenn wir nicht jetzt darüber reden, Calvin, werde ich nie, nie, nie, nie wieder zuhören, wenn Harold oder Bernard oder Rastus oder mit wem du dich auch immer triffst etwas Schreckliches, Furchtbares und Unaussprechliches tut.«

Ich wußte, daß er hier nicht widerstehen konnte. Obwohl Calvin in der schwarzen oberen Mittelschicht aufgewachsen war, war er nicht einem netten weißen Jungen verfallen, noch nicht einmal einem süßen Schokokeks, sondern einem schwarzen Heroinhändler in Oakland, der auf beiderlei Geschlechter, aber nicht auf Calvin stand. Ein jahrelanger Wechsel zwischen fester und wieder aufgelöster Beziehung folgte. Calvin war nie von Drogen abhängig gewesen oder hatte auf andere Weise mit ihnen zu tun, war aber gefühlsmäßig abhängig von afroamerikanischen, bisexuellen Schlägertypen, deren wunderschön modellierte Körper mit Narben von Messerstichen übersät waren.
»In Ordnung, Miss Borgia, du hast gewonnen.« Calvin hatte mein Ultimatum überdacht. »Erzähl mir alles über die eintausendeinhundertsechsundsechzigste angebliche ›Liebe deines Lebens‹.«
»Ich werde es noch besser machen. Ich werde dir nämlich erlauben, diesen Inbegriff an Schönheit – ganz zu schweigen vom guten Geschmack – höchstpersönlich zu sehen und zu sprechen. Zum Brunch morgen. Du wählst das Lokal.«
»Ins Chile! Das muß was Ernstes sein, wenn du willst, daß Semiramide erscheint, um ihn zu begrüßen und, das weißt du genau, ihr Urteil abzugeben.«
»Ich habe nichts zu befürchten«, sagte ich großmütig.
Dann ließ er mich ungefähr zwanzig Minuten über Matt erzählen.

Calvin mußte den Besitzer kennen. Das Restaurant war nett, mit drei Tischen am Fenster, von denen wir den mittleren bekamen.
»Na, das ist doch was!« Matt war begeistert, als eine große

junge Frau uns die Plätze zuwies. Ich wollte ihr sagen, sie solle ihre Augen zurück in ihren Kopf stecken. Der Raum war überfüllt, aber sie blieb an unserem Tisch, hantierte mit unserem Besteck und den Serviettten herum und versuchte Blickkontakt mit Matt herzustellen. Sie war schließlich gezwungen, ihre Selbstbeherrschung mit »Cocktails?« aufzugeben.
Matt sah sie nicht an. »Was schlägst du vor?« Er legte seine große Hand auf meine und sah mir direkt in die Augen.
»Zweimal Kir!« sagte ich zu ihr und fühlte, wie sie innerlich starb und sich sofort entfernen mußte. »So! Was willst du über Calvin wissen?«
Matt zuckte mit den Schultern. »Egal, was du mir erzählst.«
»Nun, er ist mein bester Freund. Er kommt aus Michigan. Seine Mutter aus Detroit Downtown war schwarz, sein Vater aus dem Villenviertel weiß. Calvin war das dritte Kind. Er war kränklich, verwöhnt und lebhaft, ein fetter, dunkelhäutiger kleiner Junge, der von vornherein Verhaltensprobleme aufwies und mit zehn Jahren schon eine totale Schwester war. Das«, fügte ich hinzu, »habe ich aus zuverlässiger Quelle, nicht nur von Calvin selbst.«
»Toll!« war alles, was Matt sagte.
»Wir haben uns eine Woche nach meiner Ankunft hier kennengelernt, in den Ritch Street Baths. In einem großen Raum, der wie eine Sporthalle aussieht, lagen überall Kissen auf dem Boden. Ich hatte mich gerade ausgeruht, als zwei Kerle reinkamen. Zehn Minuten später waren wir mitten in einem Dreier. Dann gesellten sich noch andere zu uns, und es gab eine Orgie.«
Unsere Getränke kamen, und ich sagte der Kellnerin, daß wir warten würden, bis der Rest der Party eintreffe.
»Das war eine total scharfe Sache. Einmal hob ich kurz den

Kopf und erblickte diesen Typen ein paar Meter entfernt in ein Handtuch gewickelt, der uns anstarrte. Ich dachte, er sei ein Voyeur. Als ich richtig hingesehen habe, bemerkte ich, daß er traurig ausschaute. So, ich weiß nicht, hungrig! Ich habe ihm ein Zeichen gemacht, daß er näher kommen soll. Er zögerte. Ich machte wieder ein Zeichen. Als er nah genug war, daß ich ihn greifen konnte, wollte ich ihn in die Masse von Körpern ziehen, aber er hat sich geweigert. Ich wurde selbst in die Mangel genommen, und als ich wieder nach Luft schnappen konnte, war er weg. Als ich später auf das Dach gegangen bin, um mich zu sonnen, traf ich ihn wieder.
Er kam zu mir rüber und dankte mir dafür, daß ich versucht habe, ihn in die Gruppe zu integrieren. Dann hat er gesagt, er mag nur Schwarze.«
»Meine Leute haben dafür gesorgt, daß ich als jemand aufwuchs, der gegenüber allen tolerant ist, egal, was oder wer sie sind.«
»Das ist toll.«
»Na ja, sie haben selbst gegen Vorurteile kämpfen müssen«, sagte Matt. »Du weißt, damals war es noch nicht so wie heute, da war es noch eine knifflige Sache, wenn Angehörige verschiedener Volksgruppen heirateten.«
Mir gefiel es, daß er so ernst wurde. Es war das erstemal, daß er von seiner Familie sprach. Und ich war froh, daß Mrs. und Mr. Loguidice geheiratet haben. Man sehe nur, was ihr einzigartiger Genmix zustande gebracht hatte: fjordweiße Haut und kohlrabenschwarzes Haar.
»Also, um zu unserem Kennenlernen zurückzukehren«, fuhr ich fort, »Calvin hat sich bei mir bedankt, und wir haben noch ein paar Worte gewechselt, dann habe ich meinen Kopfhörer rausgezogen und ihn aufgesetzt. Plötzlich hat mir jemand auf

den Bauch getippt. Es war Calvin. Er wollte mithören. Schon bald war er ... ekstatisch! Ich weiß nicht, wie ich es sonst ausdrücken soll. Ekstatisch!
»Scharzkopf sang *Ariadne?*«
»Nahe dran. Die Sutherland hat *Norma* gesungen. Es stellte sich heraus, daß er genauso verrückt mit Opern ist wie ich. Er arbeitet bei diesem Opernmagazin, und wir haben uns unterhalten, bis die Sonne untergegangen war. Dann fuhren wir zu ihm nach Hause, um noch mehr Opern zu hören und darüber zu reden. So hat unsere Freundschaft begonnen, und ich glaube, mittlerweile wissen wir alles voneinander.«
Zum Beispiel wußte ich, daß Calvin mit der Arbeit und seinem Liebesleben nicht glücklich war und auch nicht mit seinem Körper, der rundlich blieb, egal, welche Diät er machte oder wieviel er trainierte.
»Dieses Taxi hat ja ewig gebraucht!« Calvin war eingetroffen. Er zog seine Wildlederjacke aus. »Die Fahrtkosten sind genauso hoch wie das Bruttosozialprodukt eines mittelgroßen ostafrikanischen Landes, und darüber hinaus waren die Sitze versaut!« Und zu Matt gewandt, fuhr er fort: »Rog ist ein pathologischer Lügner. Ich bin sicher, du hast nur schreckliche Dinge über mich gehört.«
Er setzte sich, während er sich den endlos langen, mehrmals um seinen Hals gewickelten Schal abnahm, und rief: »Hal-lo!« Die große Tänzerin, die uns bediente, kannte ihn. Sie kam lächelnd an unseren Tisch.
»Ihr Kinder braucht noch einen.« Calvin blickte herum. »Ich denke, ich nehme einen Sidecar. Genau, einen Sidecar. Und bring uns Speisekarten. Wir verhungern. Obwohl es bei näherer Betrachtung anders aussehen mag.«
Als sie gegangen war, sagte er zu Matt: »Der Hühnchenauflauf

mit Erbsen und Pommes frites, glaube es oder nicht, wird wahre Freudentaumel hervorrufen. Was hältst du von der Aussicht, Matt? Sieh doch die Farben im Nebel, der um die Brücke wirbelt. Man sollte wirklich Armani hierherschleppen und sie ihm zeigen. Die Teufelskrabbe aus Alaska ist frisch eingeflogen. Wenn es dich nicht stört, etwas aus einem langen, harten, röhrenförmigen Gegenstand zu saugen, dann ist das genau das richtige. Wir werden nicht, ich wiederhole, wir werden heute abend nicht über Oper oder das Magazin oder das Geschäft reden. Abgemacht? Matthew, so heißt du doch? So biblisch! Du bist dazu beauftragt, uns auf die Finger, ins Gesicht oder auf den Po zu hauen – du hast freie Wahl –, wenn wir es doch tun. Nun ... Was ist los? Habt ihr vergessen, wie man sich unterhält? Sagt doch was!«
»Gib mir ein Brecheisen, und ich werd's versuchen!«
Als die Aperitifs serviert wurden – »Oh, ich wette, ihr Kinder braucht jeder ein Dutzend Austern!« –, hatte Calvin Matt bereits vollkommen verzaubert und benebelt. Wie sonst auch, war ich belustigt. Als unsere Vorspeisen kamen – zwei Fleischpasteten; wir trauten uns nicht an die Krabbenbeine heran –, sprach Calvin über seinen bei ihm wohnenden Liebhaber, dessen Schwächen und Familie.
»Antria – so heißt sie wirklich«, wandte er sich an Matt, »ist die Frau meines Mannes. Ist das zu verwirrend? Antria ruft mich vorgestern an. Sie sagt, sie suche Bernard. Brauche seine Sozialversicherungsnummer für das Sozialamt. Ich entgegne, er schlafe. Sie solle später anrufen. Sie beharrt darauf, daß ich in seiner Brieftasche nachschaue. Ich weigere mich, und da fragt sie: ›Mädchen, wenn du nicht in seiner Brieftasche nachsehen willst, warum steht er dann bei dir an erster Stelle?‹«

Als wir auf drei verschiedenen Nachspeisetellern herumstocherten, die in der Mitte des Tisches standen, flirtete Calvin schamlos mit Matt.
»Oh, das sagt ihr Männer alle. Aber dann geht ihr und macht etwas Böses. Du bist bestimmt auch böse, Matt! Nein, ich sehe schon, das bist du nicht.«
»Doch«, protestierte Matt, »sehr böse.«
»Scheiße! Ich meine verdammt saumäßig böse! Und so böse bist du nicht.«
»Bin ich gewesen.«
»Du bist zu weiß, um verdammt saumäßig böse zu sein. Du siehst nicht annähernd gut aus«, überging Calvin Matts Protest und lehnte sich gegen eine von dessen Schultern, »und du bist einfach verdammt noch mal zu weiß! Meine Männer müssen schwarz wie Teer sein und wenigstens einen Klacks Erfahrung in den Knochen haben. Keine Scheiße.« Er ergötzte sich an Matts Reaktion und sagte dann: »Warum gehst du nicht auf die Toilette oder rufst jemanden an oder so, damit wir hinter deinem Rücken über dich herziehen können?«
»Ich sollte wirklich den Stützpunkt anrufen«, sagte Matt.
»Was hält dich auf?« Calvin schubste ihn vom Stuhl. »Oh, sei nicht so widerlich«, sagte er, als ich nach Matts Hand griff, um sie zu berühren, bevor er ging. »Er verschwindet doch nicht nach Sansibar!«
»Und«, fragte ich, »was denkst du?«
»Rog, Mäuschen, du bist offensichtlich in den Mann verliebt. Warum fragen? Wenn du ihn nur so treffen oder dich von ihm trennen würdest, wäre ich knochenbrecherisch aufrichtig.«
»Komm schon, sag's.«
Calvin schüttelte den Kopf. »Deine Miss wird sicherlich von

Zeit zu Zeit gute Chancen beim Ministerium für Aussehen haben.«

»Bring doch das nächstemal Bernard mit.«

»Die würden ihn hier nicht durch die Tür lassen. Und ich wär deswegen nicht sauer auf sie.«

»Du und Antria, werdet ihr Schwestern?«

»Genau das hätte sie gern, aber ...« Calvin starrte plötzlich geradeaus, ohne den Satz zu beenden.

Ich drehte mich um und folgte seinem Blick – zu Alistair, der in Begleitung einer großen, schlanken, wirklich hübschen jungen Frau war. Sie hatte dieses lange glatte englische Haar in fünf Naturblond-Schattierungen, das wie ein Tuch herunterfällt, und ein perfekt ovales Gesicht mit großen blauen Augen, einer Stupsnase und einem Schmollmund. Ihre Kleidung war so einfach, daß man hätte glauben können, sie hätte ein Vermögen gekostet. Sie wurden zu einem Tisch am anderen Ende des großen Raums geführt. Er setzte sich, und sie entschuldigte sich, da sie sich ihre Nase pudern gehen wollte.

»Doriot Spearington«, sagte ich.

»Mein Gott! Dein Cousin erzählt keinen Quatsch, wenn er sich entscheidet, Zuchtbulle zu spielen. Aber er erzählt niemals Quatsch, nicht wahr?«

»Wovon redest du?«

»Er hat uns gesehen. Er kommt rüber.«

»Calvin, was weißt du über Alistair?«

Alistair erreichte in dem Moment unseren Tisch und machte eine Antwort unmöglich.

»Ich hätte mir denken können, daß ihr zwei dieses Lokal nicht nur kennt, sondern es sogar so gut kennt, daß ihr den besten Tisch bekommt«, sagte Alistair herzlich. »Darf ich?« fragte er und setzte sich auf Matts Stuhl. »Genau, das ist der Ausblick aus der Werbung!«

»Baseball! Bier in Dosen! Muschi!« sagte Calvin mit seiner schroffsten Stimme.

Alistair ignorierte ihn. »Schade, daß du gestern abend nicht mit uns drei gekommen bist. Wir sind schließlich auf dem Segelboot der Spearingtons gelandet, das dort im Yachtclub liegt.« Er zeigte in die Richtung, als wüßten wir nicht, wo er war. »Es hat sich herausgestellt, daß wir alle drei gute Segler sind. Wir sind den ganzen Abend gegen den starken Ostwind gesegelt.«

»ERAs. Vaginalduschen!« fuhr Calvin fort.

In dem Moment kehrte Matt an den Tisch zurück. Es war eine etwas unangenehme Situation, als Alistair ihn kommen sah. Er stand auf, und sie begrüßten sich mit einem Handschlag. »Ich glaube, wir sind uns schon begegnet.«

Matt wurde für mich noch liebenswerter. »Tut mir leid, ich erinnere mich nicht.«

Matt setzte sich.

»White Sox! Chicago Bears! Fotzentauchen!« sagte Calvin.

»Die Bears sind ein Football-Team!« korrigierte ihn Alistair. »Laßt die Finger weg von den Cocktails hier«, warnte er mich und Matt, »oder ihr werdet rumlallen wie der hier. Komm, ich stell dich Doriot vor.« Er zog mich an der Schulter hoch.

Als wir durch das Lokal gingen, meinte er: »Dein neuer Freund erinnert mich irgendwie an den Gärtner meiner Mutter. Entsinnst du dich noch an ihn?«

»Matt? Wirklich?«

»Dieselbe Augenfarbe«, sagte Alistair. »Dieselbe ... Ah, sie kommt zurück. Doriot Spearington, mein Cousin zweiten

Grades und Freund aus meiner Kindheit, Roger Sansarc. Setz dich eine Sekunde.« Er bot mir seinen Stuhl an und suchte sich einen anderen.

Doriot hatte das Gesicht eines Fotomodells, doch es war auch freundlich und intelligent.

»Schade, daß Sie gestern abend nicht mitkommen konnten. Wir hatten viel Spaß auf dem Boot.«

»Ich bin kein guter Segler«, erwiderte ich. »Der Verstand sagt ja, der Bauch nein.«

»Oh, dann war es vielleicht besser so. Es war ein bißchen stürmisch.«

»Roger ist Geschäftsführer im Pozzuoli's!« erzählte ihr Alistair und erklärte dann: »Doriot hat sich damit einverstanden erklärt, uns bei der Wunderlich-Sache zu helfen. Jetzt sag bloß nicht, Pierluigi hat dir nichts über unseren Coup mitgeteilt! Wunderlich ist damit einverstanden, daß wir seine erste Ausstellung außerhalb Europas durchführen. Du kommst doch selbstverständlich. Und bring Matt mit, wenn er noch in der Gegend ist, und auch Calvin.«

Als er sprach, betrachtete ich abwechselnd ihn und Doriot und versuchte etwas zu erkennen, was auch nur im mindesten nicht zu passen schien. Sie beobachtete ihn und zeigte intensive Reaktionen auf das, was er sagte, wie jede junge Frau sie zeigt, die an einem Mann interessiert ist. Und er spielte ihr etwas vor – und ein bißchen auch mir. Doch es war keine Überraschung. Ich habe nie wirklich kapiert, wie sehr Judy in ihn verliebt gewesen war, wie sehr er auf diese Liebe gezählt hatte und wie hoch der Preis für ihre Unbescholtenheit in dieser Gerichtssache gewesen war.

Es war etwas, was Alistair tat, nein, sagte.

Seine Sprache war etwas weniger farbenfroh als sonst, aber

nicht viel. Er hatte sich nie als so offene Tunte verhalten wie zum Beispiel ich, wenn ich mich mit Calvin unterhielt. Alistair war nie überzogen gewesen. Sein Verstand war ausgereifter, gewürzt mit Ironie und gegründet auf Sarkasmus. Aber es war mehr als Schlauheit. Er hatte immer einzigartig schräge Lebensansichten und, was noch wichtiger war, eine ausgeglichene Selbsteinschätzung an den Tag gelegt. In den vergangenen Jahren hatte er sich im Reden immer stärker kontrolliert und schonungslos die wilden Anmaßungen und Ansprüche seiner Jugend über Bord geworfen. Zuerst hielt ich dies für ein Zeichen von Reife. Aber diese Geschichte mit der Musterungsbehörde einige Jahre zuvor hatte mich eines Besseren belehrt. Nein, Alistair war so arrogant und egoistisch geblieben wie immer, er hatte nur gelernt, es mehr zu verbergen. In den Monaten, seit ich ihn hier in Kalifornien wiedergetroffen hatte, war er im Reden deutlich zurückhaltender, fast verschlossen geworden. Und hier saß er mit mir und Doriot und war das, was ich mir niemals im Traum gedacht hatte – ein bißchen ironisch, ein bißchen lustig und gefallsüchtig. Er hatte den Wunsch, seine kleinen Projekte voranzutreiben – allerdings nicht zu stark –, und war vorsichtig, um niemanden zu beleidigen. Kurz gesagt, er war wie jeder andere auch.

Bei dieser Erkenntnis packte mich ein dumpfer Schrecken, obwohl ich lächelte, ja fast lachte und die passenden Antworten gab.

Als ich endlich die Chance sah fortzukommen, hatte Calvin Matt bereits zur Bar gezerrt, damit dieser den Barkeeper kennenlernte, und ich saß allein am Tisch.

»Nun! Es ist offiziell!« sagte Calvin, als er zurückkam. Er versuchte, seine verschwitzte Schönheit mit Matts längeren,

leichteren Ausmaßen zu schmücken. »Du stehst auf dem Abstellgleis, und wir sind das Gesprächsthema!«
Ich prüfte Matts Augen, die ich bis jetzt schon gut zu kennen glaubte. Sie erinnerten überhaupt nicht an die des Gärtners. Dessen waren grau mit dunkleren Streifen gewesen, fast grün. Und stumpfer. Diese hier …
»Schlechter Witz, hä?« meinte Calvin, der meine Erregung wahrnahm und sie falsch interpretierte. Er setzte sich schnell hin. »Ach komm, so schlimm war's nun auch nicht.«
»Es ist nicht der Witz, Calvin. Warum haßt Alistair dich?«
»Nicht er haßt mich, sondern ich ihn.«
»Warum? Was hat er dir angetan?«
»Mir nichts. Jemandem, der mal ein guter Freund von mir war. Doch hier ist kaum die richtige Zeit und der richtige Ort, um darüber zu sprechen.«
»Aber das werden wir irgendwann einmal.«
»Okay, okay. Das geht auf mich«, sagte er und langte nach der Rechnung. »Ich bestehe darauf. Vor allem, weil ich einen beachtlichen Rabatt bekomme. Freie Getränke. Ich glaube, der Barkeeper ist interessiert. Er ist ein bißchen blaß im Gesicht, aber süß, heißt Luis, liest jede Ausgabe des Magazins und kennt die Libretti aller Mozart-Opern.«
»Wie alt ist deine Slipeinlage?«
»Wie unverschämt!«
»Hepatitis A oder B? Welche habe ich?«
»Sind wir heute abend nicht Mr. Mean-Jean? Aufgeben? Mit welchem Nixon-Arschloch würdest du es machen? Du weißt, Ehrlichmann, Haldemann und so weiter.«
»Und ich dachte, Polenwitze seien schlecht.«
»Ehrenwort eines Schwarzen.« Calvin machte etwas mit seinen Fingern, was einen Schwur andeuten sollte. »Du weißt,

was Bernard sagte, als ich ihn fragte? Charles Colson! Ist das nicht perfekt?«
»Perfekt«, stimmten wir zu.

»Erinnerst du dich, worüber wir beim Abendessen gesprochen haben?« fragte Matt.
»Ich weiß nicht, was du meinst.«
»Als ich Calvin erzählt habe, ich sei böse gewesen. Ich *bin* böse gewesen.«
Wir waren im Bett – natürlich! Eigentlich hatten wir in den zwei Wochen, die wir uns kannten, nur prä- oder postkoitale Gespräche geführt.
»Ich bin froh, daß du und Calvin euch mögt«, sagte ich. »Ihr mögt euch doch, oder?«
Matt spielte eifrig den Teil für die linke Hand aus Rachmaninows zweiter Sonate auf meinem Bauch.
»Das tust du doch?« fragte ich noch mal.
»Natürlich. Willst du meine Erklärung anhören oder nicht?«
»Nicht anhören«, gab ich schwach zu und stoppte seine Hand. »Ich möchte nichts Böses über dich erfahren.«
»Du erinnerst dich an den Telefonanruf heute zum Stützpunkt?« Matt schien das Thema zu wechseln. »Ich muß für ein paar Tage weg. Vielleicht für länger.«
Ich setzte mich auf. »Bestraf mich nicht. Ich werde mir die bösen Sachen anhören.«
»Ich bestrafe dich nicht. Ich muß wirklich weg.«
»Wohin?« fragte ich und hörte – und haßte! – das Schmollen in meiner Stimme.
»Nach San Diego. Zum Stützpunkt«, antwortete er, und als er sah, wie meine Augen weiter wurden, fügte er hinzu: »Ins Veteranenkrankenhaus. Es wird schon alles in Ordnung sein.

Nur Tests über ein paar Bakterien, die ich mir eingehandelt habe.«

Ich wußte, daß er log und mich vor der Wahrheit schützte. Ein Teil in mir sagte, er müsse wegen seines Beins dort hin, aber der andere Teil sagte: Nein, es ist viel schlimmer, Krebs, Leukämie. Er wird in einem Jahr tot sein.

»Hör auf, Rog. Sei nicht so.«

»Wie ›so‹?« fragte ich. »Erschrocken?«

»Glaub mir, es wird alles in Ordnung sein.«

Ich umfaßte ihn, als würde ein starker Wind ihn meinen Armen entreißen wollen. »Du kommst doch wieder, oder? Und bleibst bei mir?«

»Natürlich komme ich wieder«, beruhigte er mich. »Was das Hierbleiben angeht, nun, das hängt von denen ab. Von den hohen Tieren. Nicht von mir.«

Ich dachte: Ich werde ihn verlieren. Und ich kann nichts dagegen machen.

»Deine Phantasie geht mit dir durch«, sagte Matt.

»Tut sie das?«

»Wirst du mich die bösen Sachen erzählen lassen, die ich getan habe?«

»Es ist doch keine Greueltat, oder? Von Greueltaten will ich nichts wissen.«

»Leg dich hin und hör zu.«

Ich tat, worum er gebeten hatte. Er ließ mich nicht los, was mich ruhiger stimmte.

»Es war in Saigon. Ich war dort ein paarmal auf Landurlaub, aber ich wurde nie so verrückt wie die anderen Typen. Und es ist nicht so, wie du denkst.«

»Was denke ich denn?« fragte ich.

»Du weißt, mit Jungs zusammensein anstatt mit Mädchen.«

»Gab's denn so was?«

»Machst du Witze?« Matt lachte. »Und wie! Nicht, daß ich viel damit zu tun gehabt hätte. Ehrlich nicht! Aber es gab Orte, zu denen man gehen konnte. Bestimmte Hotels, wo man ein Sechser-Pack oder eine Flasche Scotch, vielleicht ein bißchen Opium oder Gras kaufen und eine Party feiern konnte. Und außerdem gab es noch ein paar Schwulenbars in Saigon. Eine davon hatte ein Hinterzimmer. Zutritt nur für Soldaten. Keine Schlitzaugen. Ich ging ein paarmal hin, aber in besagtes Zimmer habe ich nur hineingeschaut. Die meisten dieser Bars sind wie normale Bars für Soldaten, bloß eben ohne Frauen.

In einer von ihnen habe ich diesen Vorbeiflieger kennengelernt. So werden in Vietnam die Düsenflugzeugpiloten der Luftwaffe genannt, weil sie das normalerweise in dem Moment machen, wenn du sie erblickst – einfach vorbeifliegen, ohne auch nur hallo zu sagen.

Dieser Vorbeiflieger hieß Todd Griffes, und er war so eine Armygöre. Seine Familie kam ursprünglich aus dem Südzipfel von Florida, aber aufgewachsen ist er auf Stützpunkten auf der ganzen Welt, vor allem im Osten, als sein Vater bei der Marine war. Nun, Todd nahm mich öfter in so ein Hotel mit. Das war in Ordnung so, wenn auch nichts Besonderes. Aber er ›flog‹ nie an mir vorbei. Er hielt immer an und versuchte mich in die Kiste zu kriegen. Das war irgendwie nett.

Weniger nett war, daß er ständig blank war. Er hatte nie genug Geld und war immer am Schnorren. Einmal, als ich in einem USO herumhing und versuchte, ein paar kostenlose Ferngespräche nach Hause zu meinem Grandpa Loguidice zu erledigen, sehe ich, daß Todd Griffes auf mich zukommt. Ich denk mir, er will mich wieder anpumpen. Statt dessen lädt er mich zu einem Getränk ein. Er war vier Tage auf Urlaub gewesen und wollte am nächsten Morgen nach Manila zurück. Ich warte drauf, daß er mich anpumpt, und als er es nicht macht, frag ich ihn, warum nicht.

Todd erzählt, er habe in Saigon Geld verdient. Viel. Und womit? Mit Tanzen. Eigentlich hat er einen Striptease in dieser Schlitzaugen-Schwulenbar, die Bubbles Dao's heißt, hingelegt. Todd erzählt mir alles darüber. Man tanzt auf der runden Bühne in der Mitte des Lokals, und die ganzen Schlitzaugen lehnen am Zaun, der einen umgibt, und versuchen dich zu begrabschen. Aber man tanzt nicht nur, sondern holt sich auch einen runter. Wofür man im Bubbles Dao's hundert Dollar pro Minute kriegt!«

»Du machst Witze«, unterbrach ich ihn.

»Ich war mir auch sicher, daß Todd Witze machte, daß er bloß angab, weil ich ihn mal zurückgewiesen hatte. Also frage ich ihn, wie man zu dem Lokal kommt, wie man mit dem Besitzer Kontakt kriegt und ob ich dort auch Geld verdienen könnte und so. Ich wartete bloß darauf, daß Todd zugeben würde, daß er mich verarscht hatte. Er war standhaft. Er bot sogar an, mir das Lokal zu zeigen und mich Bubbles Dao vorzustellen.

Es wurde spät, und ich dachte, es könnte nett sein, die Nacht mit Todd zu verbringen. Mit ihm war der Sex nicht so großartig, aber zumindest wußte ich, was mich erwartete. Also hab ich Todd angemacht, aber er sagt nein, er würde seine nächste Ladung über einen Haufen Schlitzaugen im Bubbles Dao's verspritzen und dreizehn- oder vierzehnhundert Kröten für das Vergnügen kassieren. Wenn ich wolle, könne ich mitkommen. Ich also mit. Das Haus war als Spielkasino in den Vierzigern gebaut worden und lag abseits der Hauptstraße. Die meisten Gäste trugen Anzüge, einige Uniformen, und die Uniformen, die wir in den dunklen Sitzgruppen erkannt haben,

waren hochrangige Militärs. Todd führte mich zur Bar, wo er mir einen billigen, halb angefummelten Typen vorstellte – du weißt schon, Schminke, Frisur und Bluse, aber es ist eben ein Typ!
›Du bringst mir einen neuen Jungen!‹ sagt er als erstes, als er mich sieht. Todd verneint das und erklärt, daß wir Kumpel seien und er mir nur das Lokal zeige. Bubbles Dao will, daß ich die Show mache. ›So hübsch. Wie Tony Curtis!‹ sagt er.«
»Du siehst überhaupt nicht aus wie Tony Curtis!« protestierte ich.
»Ich weiß. Jedenfalls, als ich mich umdrehe, ist Todd verschwunden. Fünf Minuten später taucht er auf der runden Bühne auf, die sich langsam durch ein Loch im Boden in der Mitte der Tanzfläche erhebt. Der Zaun geht auch hoch. Noch rechtzeitig, weil jedes Schlitzauge in der Bar ihn belagert. Das Licht wird dunkler, und die Scheinwerfer schwenken auf Todd. Die Musik wechselt plötzlich zu ›Candle in the Wind‹ von Elton John. Todd trägt so eine Art Kampfanzug mit allem drum und dran, außer einem geladenen Gewehr. Er beginnt sich zu drehen und auszuziehen. Unter dem Hemd hat er ein verschwitztes hautenges Armeeunterhemd, und alle Schlitzaugen stöhnen. Als er seine Hosen aufmacht, seufzen sie. Als er sie herunterzieht und seinen Schwanz packt, ächzen und jubeln sie. Als das dritte Lied von Elton John gespielt wird, ist er nackt bis auf seine Stiefel und seine Mütze, und er fängt an, sich einen runterzuholen. Stell dir vor, die kleine Bühne dreht sich langsam, und sogar durch den Zaun schaffen sie es manchmal, ihn mit ausgestreckten Armen zu berühren.
Ich hab dir gesagt, Sex mit Todd war langweilig, aber im Bubbles Dao's war er Marilyn Monroe und Paul Newman

und Sally Rand und Elvis in einem. Ich hatte noch nie so eine scharfe Nummer gesehen. Ich krieg sofort einen total Steifen, als ich ihn beobachte. Und ich bemerke kaum, daß Bubbles Dao mich die ganze Zeit befummelt, während er von Todds Show erzählt und mich bekniet, auch eine zu machen.

Als Todd kommt, schreit er wie ein Typ bei einem Rodeo, und alle Schlitzaugen schreien mit ihm, und er macht, was er gesagt hat. Er bespritzt sie mit seinem Saft, und sie strecken die Arme danach aus. Das ist einfach tierisch und die schärfste Sache, die ich je gesehen habe. Die Schlitzaugen betteln nach mehr, als die Bühne sich senkt, mit Todd in der Mitte. Der ist auf seine gespreizten Knie gesunken und sitzt auf seinen Arschbacken wie ein Rockgitarrist, der seine wildeste Show abgezogen hat, nur daß Todd seinen Schwanz in der Hand hält anstatt eine Baßgitarre.

Ich bin zu ihm in den Umkleideraum gegangen und war so scharf, daß ich gleich dort mit Todd eine Nummer gemacht habe, auch wenn ich sicher war, daß uns Bubbles Dao und ein paar andere Typen durch die wacklig konstruierten Bambuswände beobachteten.

Als wir die Bar verließen, meinte Bubbles Dao, ich solle wiederkommen, jederzeit, und für ihn arbeiten. Er habe sich schon eine Szene für mich ausgedacht.«

»Und, bist du wieder hingegangen?« fragte ich, obwohl ich die Antwort schon wußte.

»Ich bin nicht nur wieder hingegangen«, sagte Matt, »ich wurde auch Bubble Daos Star. Bei jedem Urlaub habe ich zwei, manchmal drei Shows am Tag hingelegt. Ich habe Szenen als Soldat, als Cowboy, als Bauarbeiter und als Surfer gespielt, und ich hab sie alle in die Tasche gesteckt. Er mußte mir zweihundert Dollar in der Minute bezahlen. Und manchmal hab ich's für besondere Gruppen gemacht, kleinere Gruppen, wo auch Frauen dabei waren, für dreihundert in der Minute. Menschen, die stehengeblieben sind, nachdem ich sie vollgespritzt hatte, und die stehengeblieben sind, als ich über sie drübergepißt habe.«

»Das muß dir gefallen haben«, sagte ich, war mir aber nicht sicher, ob er das bejahte.

»Manchmal … Mir gefiel das Geld. Mir gefiel die Aufmerksamkeit, im Scheinwerferlicht zu stehen. Die kleineren Spezialshows waren mir nicht so wichtig, auch wenn ich dafür mehr bekommen habe. Mir gefiel das Tanzen, Strippen und Wichsen für die ganzen Typen. Und mir gefiel es, ihre Hände und Gesichter und Münder zu sehen, manchmal hundert oder mehr von ihnen vor mir zu haben, fünf oder sechs Reihen, die zu einer Person, zu einem Sexpartner verschmolzen sind, mit dem ich spielen konnte wie auf einem Instrument.«

»Aber du hast damit aufgehört?«

»Sobald ich zwanzigtausend Dollar zusammen hatte.«

»Zwanzigtausend Dollar! Das ist ein Jahresgehalt für mich.«

»Und mehr, als mir die Marine bezahlt«, gab er zu. »Nein, ich habe gelogen. Ich habe noch eine Show danach gemacht. Mit Todd. Rücken an Rücken und Seite an Seite mit ihm auf dieser kleinen Bühne. Meine Abschiedsvorstellung.«

»Scharf?«

»Wahnsinnig! Sie haben den Zaun niedergerissen, um an uns ranzukommen. Aber weißt du, die Typen haben uns nichts getan. Die haben sich bloß hingekniet und zu uns raufgeschaut. Glaubst du, Amerikaner hätten das gebracht?«

»Die hätten euch ein Körperteil nach dem anderen abgerissen.«

»Das hat Todd auch gesagt.«

»Du kannst das ganze nächste Jahr frei machen und ... ein Dichter werden!«

Matt lächelte. »Genau das hatte ich auch beabsichtigt.«

»Warum sagst du dann, es sei böse gewesen?« fragte ich.

»Sex für Geld ist unmoralisch und illegal.«

»Das ist kompletter Quatsch!« protestierte ich. Aber etwas anderes interessierte mich mehr. »Das waren alles Vietnamesen? Und die hatten alle für Amerikaner geschwärmt?«

»Bubbles hat es niemals zugegeben, aber ich bin sicher, daß ein paar hochrangige Vietcong zu diesen Spezialshows von mir gekommen waren.«

»Was für ein verrückter, verdammter Krieg.«

»Was ist so lustig?«

Ich mußte lachen. »Ich habe nur nachgedacht. Das muß eine tolle Sache sein, wenn du deine Memoiren schreibst. Weißt du, wenn du fünfundachtzig und ein berühmter alter Dichter bist, ganz großväterlich und weise, und das aufschreibst. Die Leute werden schreien.«

Wir lachten, und ich bat ihn, für mich zu tanzen.

Das tat er, aber nur kurz und schlecht auf dem Bett, zu den letzten zehn Minuten von Strauss' *Salome*. Bis wir beide nicht mehr aufhören konnten zu lachen.

»Hast du sie angehört?« wollte Calvin wissen.

»Habe ich.«

»Und, was denkst du?« fragte er weiter, als ich mich nicht sofort dazu äußerte. »Fandest du nicht, daß Journet und Pinza fabelhaft waren?«

»Was ich von ihnen *hören* konnte. Es war, als stünden sie am Ende eines zwei Kilometer langen Tunnels. Und die Qualität der Aufnahme war auch nicht gerade berauschend. Es hat auf dem Band mehr geknistert, geknackst und geknallt als in einer Tüte Popcorn.«

»Miss Smith behauptet, sie habe noch eine Piratenaufnahme von *Agnes* gefunden«, sagte er ernüchtert. »Moderner. Fünfundvierzig.«

»Wann wird die Entscheidung fallen?« fragte ich.

»Nächsten Mittwoch. Wir treffen uns in unserem Hotel und kommen dann direkt rüber zum Wunderlich-Empfang. Die gesamte Gruppe.«

»Einschließlich Miss Thing an der Oper?«

»Sehen und gesehen werden. Nächsten Mittwoch muß man einfach in der Galerie von Pozzuoli's sein. Hast du die Klatschspalten heute gelesen?«

»Und gestern und vorgestern! Ist der *Chronicle* Doriots Daddy zu Dank verpflichtet oder was? Hör zu, Cal, ich brauche mir diese Piratenaufnahme nicht anzuhören. Ich werde für *Agnes* in der ersten Runde stimmen.«

»Weißt du, wer noch zum Empfang kommen will? Halte deine Eierstöcke fest! Mr. und Mrs. Bernard.«

»Antria? Du machst Witze!«

»Pfadfinder-Ehrenwort. Antria möchte in die Gesellschaft eingeführt werden. Wenn sie kommen, habe ich vor, mich so fern wie möglich zu halten. Ich meine, Bernard ist mein Schatz, Dorabelle, aber wir sprechen hier von farbenfroh angezogenen Negern aus dem südlichen Chicago.«

Ich malte mir aus, wie sie in einem mit roten Pailletten besetzten, schulterfreien Kleid und Pfennigabsätzen ankam. Es wäre grausam.

»Du mußt ihr beim Anziehen helfen!« sagte ich.

»Hm!«

»Calvin! Wir reden über ein möglicherweise noch unvollendetes Desaster.«
»Wir werden sehen, in welcher Stimmung ich sein werde.« Calvin war entzückt.
Ich entschied mich zum Themawechsel. »Ich bin gestern abend ausgegangen, in die Bars auf Polk Gulch, rein und wieder raus. Ich habe jeden Moment gehaßt.«
»Ich dachte, du sprichst jeden Tag mit Matt?«
»Ich konnte ihn vorgestern nicht erreichen. Als gestern abend endlich jemand am Telefon geantwortet hat und sagte, Matt schlafe und sei ziemlich fertig gewesen, als er zurückgekommen sei von ... Er wollte nicht sagen oder wußte nicht, woher. Ich bin sicher, er hatte eine Untersuchung, Calvin. Ich habe heute morgen am Empfang vom Veteranenkrankenhaus angerufen und ihnen was vorgelogen. Hab behauptet, ich sei sein Bruder und wolle Informationen. Die haben mir nichts erzählt.«
Ich hörte über die Telefonleitung, wie Calvin plötzlich tief Luft holte. »Willst du heute bei mir übernachten?«
»Was ist, wenn Matt aufwacht und anruft? Nein, ich muß hierbleiben. Cal, ich mach mir seinetwegen Sorgen.«
»Ich werde eine Kerze anzünden.«
»Danke.«
Ich muß zugeben, daß ich um die Mittagszeit nicht bei bester Laune war, als ich meinen Pflichtrundgang durch das Hauptgeschoß des Ladens machte.
Da ich die Plattenabteilung von meinem Büro aus im Blick hatte, hielt ich mich im allgemeinen von ihr fern. Jetzt wurde ich aber durch das plötzliche Verstummen der Musik dorthin gezogen. Als ich da war, setzte die Musik wieder ein, ein Konzert für zwei Oboen von Albinoni, allerdings etwas laut.

Wo war Justin, mein Verkäufer? Nicht da, obwohl die Abteilung voller Kunden war. Das war seltsam. Wenn Justin allein war und fort mußte, bat er normalerweise Monika oder Barbara, ihn zu vertreten.
Ich wendete mich an die Kunden. »Kann ich jemandem behilflich sein?«
Ich hätte allen helfen können. Fünfzehn Minuten später hatte ich auf ein Dutzend Fragen geantwortet und etliche Platten verkauft und war fast am Kochen. Ich wollte schon Monika anrufen, da erschien Justin, in sein Sportjackett schlüpfend und die Krawatte geradeziehend. Hatte er sich unwohl gefühlt?«
»Sind Sie in Ordnung?«
»Tut mir leid. Ich wußte nicht, daß er mich so lange aufhalten würde«, entschuldigte sich Justin. Und als ich immer noch nicht verstand, nannte er den magischen Namen: »Faunce.«
Er sagte noch mehr, aber ich hörte nicht mehr zu. Ich marschierte bereits in die Kunstgalerie, wo Faunce mit einem großen grauhaarigen Paar sprach – unglückselige Touristen – und ihnen einige Informationen zu den drittklassigen Simbari-Aquarellen lieferte, die er in den Schaukästen verteilt hatte.
Kochend vor Wut, winkte ich Faunce zu mir.
»Wo ist Alistair?« fragte ich mit sanfter Stimme.
»Beim Mittagessen mit Wunderlichs Vertreterin. Sie ist gestern in der Stadt eingetrof...«
»Tonia?« – Alistairs Assistentin.
»Bei mir zu Hause. Sie geht ein paar Sachen mit meiner Frau durch. Sie war da, als Wunderlichs Vertreterin angerufen hat und ...«
»Die Angestellten von Pozzuoli's sind nicht Ihre Dienstkräfte. Weder Tonia noch Justin noch irgend jemand sonst.«

»Das war nur für eine Minute. Ich brauchte Hilfe mit dieser Broschüre über Aqua...«
»Sie sind ein Lügner und krimineller Betrüger! Ich habe zwanzig Minuten in der Plattenabteilung zugebracht!«
»Es war nur dieses eine Mal.«
»Nicht nur dieses eine Mal. Jeden Tag ist irgend etwas. Ich versichere Ihnen, wenn Sie jemals wieder einen meiner Angestellten aus welchem Grund auch immer von seinem Arbeitsplatz wegholen, werden Sie nie mehr einen Fuß in diesen Laden setzen. Ist das klar?«
»Es war nur...«
»Darüber hinaus sind Sie hier nicht beschäftigt. Sie sind lediglich Lieferant. Verlassen Sie jetzt bitte die Galerie.«
Bevor er noch ein Wort sagen konnte, ging ich an ihm vorbei zu dem Paar und stellte mich als Geschäftsführer vor.

Eine Stunde vor Beginn des Empfangs kam Holly zu mir ins Büro. Sie verhielt sich seltsam.
»Ja?« sagte ich, doch mit meinen Gedanken war ich bei Matt, von dem ich gerade einen Anruf erhalten hatte. Er wollte kurz darauf ein Flugzeug von San Diego nach San Francisco besteigen, um zum Empfang zu kommen, weigerte sich aber weiterhin, jegliche von mir an ihn gerichtete Frage zu beantworten.
»Ich zieh mich jetzt für den Empfang um«, erklärte Holly.
»Hast du bemerkt, ob jemand vom Radio und vom Außenministerium da ist?«
Sie überhörte das. »Ich dachte, ich sollte es dir sagen. Ich kann Alistair nicht finden.«
»Ist er nicht in der Galerie?«
»Tonia hat ihn den ganzen Abend schon nicht gesehen.«

»Du kennst nicht zufällig den Grund für seine Abwesenheit?« fragte ich und ahnte irgendwie, daß sie ihn kannte.

»Nun ja ... ich habe heute morgen gehört, wie er und Doriot sich gestritten haben.«

»Jaaaa?«

»Er hat sich davongeschlichen. Sie hatte etwas nach ihm geworfen.«

Wie sollte ich ihr sagen, daß ich jeglichen Streit heterosexueller Liebhaber, in den mein Cousin verwickelt war, absurd fand? »Er wird rechtzeitig zum Empfang zurück sein.«

»Hm, sieh mal, genau da liegt der Hase im Pfeffer ...« Holly klang merkwürdigerweise zweideutig. »Vielleicht hätte er nicht ... Ich habe da so etwas ... gemacht!«

»Was meinst du mit ›so etwas‹? Die Canapés abbestellt? Oder den Laden mit Plastikbomben übersät, damit er auf dem Höhepunkt des Empfangs hochgeht?«

»Irgendwo dazwischen. Du weißt, wie wütend ich auf Faunce war. Eine meiner Freundinnen kam in die Galerie und hat einen von diesen falschen Vuillards gekauft. Natürlich habe ich ihr gesagt, daß es eine Fälschung ist, und wir sind aufs Gericht gegangen, und sie hat eine Anzeige gemacht. Betrug!«

»Ich sehe schon, wir könnten was übers Radio zu hören bekommen.«

»Ich dachte, na ja, ich dachte, die würden Faunce an den Kragen gehen. Aber es ist so, daß mehr als einer vorgeladen wird. Als Leiter der Kunstgalerie ist Alistair einer davon. Und ...«, hier wurde ihre Stimme sehr dünn, »ebenso der Geschäftsführer ...«

Das erzählte sie alles mir, dem Geschäftsführer.

»Ich war dabei, Faunce aufzuhalten.«

»Ich weiß, Holly, und danke für die Warnung. Ich werde mich daran erinnern, wenn die Leute anrufen und Referenzen über dich einholen.«

»Du schmeißt mich raus?« Sie besaß doch tatsächlich die Unverschämtheit, sich aufzuregen.

»Nicht ich. Und ich werde auch nichts erzählen. Aber Italiener neigen dazu, etwas hitzköpfig, um nicht zu sagen rachsüchtig zu sein. Sobald rauskommt, wer die Beschwerde eingereicht hat, wird Signor Cigna mit Sicherheit ...«

Ich wurde vom Klingeln des Telefons unterbrochen – es war der Teufel höchstpersönlich! Pierluigi war gerade aus New York zurück und befand sich in seiner Suite im Drake. Ich sprach ein paar Minuten mit ihm, dann hielt ich die Hand über den Hörer und sagte: »Mach dich auf die Suche nach Alistair. Sofort!«

Alistair saß im Café der Hauptlobby des Hotels ein Stockwerk tiefer. Als ich hinkam, spülte er seinen Kummer gerade mit schwachem Kaffee und pappigem Ananaskuchen hinunter.

»Wenn du nicht mit mir zur Kunstgalerie zurückkommst, werde ich dich auf der Stelle umbringen«, erklärte ich. Diese Sprache verstand Alistair. »Es ist mir egal, wieviel Zeugen zusehen.«

»Wenn du darauf bestehst«, erwiderte er niedergeschlagen.

Nachdem dies einfacher als erwartet gewesen war, erzählte ich ihm von der Vorladung und sagte, er solle seinen Namen nicht nennen. Ich mußte zugeben, daß das nicht die einfachste Sache auf einem derartigen Empfang war. Diese Nachricht schien seine bereits bestehende düstere Laune ganz und gar nicht zu ändern.

»Hör auf, Alistair, ich kann nicht glauben, daß du wegen irgendeinem ... Rock Trübsal bläst!«

»Ich habe Doriot gefragt, ob sie mich heiraten will«, sagte er.
»Du bist krank!«
»Sie hat abgelehnt. Ich hatte mir noch nie in meinem Leben etwas mehr gewünscht als das, Rog.«
»Vielleicht solltest du Urlaub nehmen, wenn die Ausstellung eröffnet ist, und wegfahren? Vielleicht nach ...«
»Ich bekomme nie, was ich will, Rog.«
»Du wirst ein paar hübsche Jungs kennenlernen, dich mit Drogen wieder auf Vordermann bringen ...«
Er faßte mich hart am Arm. »Ich habe noch nie das bekommen, was ich wollte, Rog. Nie!«
»Du hast immer genau das bekommen, was du wolltest, Alistair. Was ist mit Dario? Was ist mit Judy? Was ist mit ...?«
»Ich meine, was ich *wirklich* gewollt habe. Das hier will ich wirklich, Rog!«
»Was willst du? Bist du in Doriot verliebt? Oder ist es – entschuldige, daß ich so vulgär bin, aber andere werden dasselbe fragen – ihre Familie? Ihre Beziehungen? Ihre gesellschaftliche Stellung? Ihr Geld?«
»Ich liebe alles an ihr. Du weißt, wie ich bin, Rog. Ich mache da keine Unterschiede.«
»Aber sie liebt dich nicht?«
»Wie verrückt! Wie wild! Es ist nur ... na ja, sie ist erst zweiundzwanzig. Ihre Familie hat etwas anderes erwartet ... für ihre erste Heirat.«
»Schau, Alistair, Doriot ist liebenswürdig, und ihr Lebensstil ist bezaubernd, aber ... vielleicht ist das nicht das richtige für dich. Hast du einmal an diese Möglichkeit gedacht?«
»Sie liegt mir wirklich am Herzen. Vielleicht nicht so, wie anderen Jungs ihre Mädchen am Herzen liegen, aber ... Das ist es nicht, Rog. Ich hab es *satt,* immer nur außen zu stehen

und hineinzuschauen. Auf all die guten Dinge im Leben verzichten zu müssen.«

Ich traute meinen Ohren nicht. Alistair verzichten? Alistair?

»Rog, was ist, wenn ...? Für sie habe ich keine Wurzeln. Eltern geschieden, Mutter zweimal wieder verheiratet. Ich habe vorher nie daran gedacht, aber *du* bist meine Familie.«

Oje! Ich trat vom Stuhl zurück.

»Ich kenne dich seit Ewigkeiten.«

»Kaum ...«

»Aber jahrelang. Du mußt ein Wort für mich einlegen. Erzähl ihnen, wer ich wirklich bin. Sie werden heute abend hier sein. Bei der Ausstellung. Sagst du ja, Rog? Ich weiß, wenn das von dir kommt, wird es ein riesiger Unterschied sein.«

»Ich bin nicht so sicher.«

»Aber ich! Wirklich! Du bist so ... gefestigt, so gesetzt. Bitte, Rog. Sag, daß du sie kennenlernen willst. Sag, daß du mit ihnen reden wirst.«

Er ging vor der Achtzehn-Uhr-dreißig-Teegesellschaft in dem Hotelcafé auf die Knie.

»Würde ich mich so erniedrigen, wenn ich nicht dermaßen verzweifelt wäre?« fragte Alistair.

Er hatte den Nagel auf den Kopf getroffen. Der Alistair Dodge, den ich kannte, würde nicht im Traum daran denken, mich um etwas anzubetteln. Natürlich hatte er wegen der Stelle in der Kunstgalerie gefragt, aber auf seine übliche Art – als täte er mir und Pozzuoli's einen Gefallen.

Also hatte ich keine andere Wahl, als ja zu sagen.

»Was ist ... hinterher?« fragte ich. »Wenn du heiratest? Mit der Galerie? Und mit Faunce?«

»Ich werde kündigen. Wir haben schon darüber gesprochen,

nach den Flitterwochen unsere eigene Galerie zu eröffnen. Ohne Faunce.«

Wir fuhren mit dem Panoramafahrstuhl hinauf in das Zwischengeschoß, einen Stock über der riesigen, offenen Eingangshalle, die einen direkten Zugang zur Kunstgalerie ermöglichte.

»Du gehst besser hier durch und ziehst dich um«, wies ich ihn an. Ich hatte ihn kaum durch die Tür zum Zwischengeschoß geschoben, als jemand meinen Namen rief. Ich sah hinunter und erblickte Calvin inmitten der bereits eingetroffenen Gäste. Alle waren da, Calvins Chef, dessen Frau, der Rest der Belegschaft, dann die Verwaltung der Oper von San Francisco einschließlich ihres neuesten und jüngsten Dirigenten samt Frau *und* Freund ... Aber nicht Calvin hatte mich gerufen. Es war Miss Thing an der Oper höchstpersönlich gewesen.

Ich winkte hinunter. »Die Türen werden in einer Sekunde geöffnet«, rief ich.

Nach innen gestikulierte ich wild zu André, der herumstand und Fliegen zählte. Nachdem ich meine Botschaft hinter die ansehnliche Barriere gebracht hatte, die seinen Geist blockierte, sperrte André auf, und die Gäste traten ein.

Ich huschte gerade noch rechtzeitig die Vordertreppe runter, um Calvin den anderen wegzuschnappen.

»Du siehst fabelhaft aus in diesem Smoking«, sagte ich.

Er sah mich an, und seine Lippen zitterten. Plötzlich begriff ich, warum er so niedergeschlagen war. Das Treffen war gerade zu Ende gegangen. Sie müssen *Agnes von Hohenstaufen* abgelehnt haben.

»Das Wort ›Arschloch‹,« fing ich an, »wurde geschaffen, um genau diese Person zu beschreiben!«

Calvins Lippen zitterten noch immer. Sein Gesicht verzerrte sich in einem Wutanfall.

»›Brennendes Arschloch‹!« korrigierte ich mich und drückte seinen stattlichen und teuer gekleideten Körper an meinen. »Holly hätte in diesem Laden wirklich Plastikbomben auslegen und ungefähr hundert Arschlöcher auf einmal in die Luft jagen sollen!«

Nach einer Minute entzog sich Calvin meiner Umarmung. Er hatte wieder die Kontrolle über sich. »Die Wahl fiel auf ... auf eine Oper aus dem 20. Jahrhundert von irgendeinem Tschechen, von dem niemand zuvor etwas gehört hatte.«

»Janáček?« fragte ich und bedauerte es im gleichen Moment. »Ich habe etwas gelesen und ...«

»*Jenufa.*« Calvin konnte den Titel kaum aussprechen und überging meinen oralen Treuebruch.

»Nein! Verdammt!«

»Ich kündige beim Magazin«, sagte Calvin.

»Was machst du?«

»Cherkin hat meine Kündigung akzeptiert.«

»Der Bastard! Wie konnte er?«

»Genau das hatte er im Sinn gehabt. Ich habe es jetzt erkannt. Er hat die ganze Sache inszeniert!« fuhr Calvin fort. »Eine reine Verschwörung! So verrückt, wie ich war, habe ich ihm auch noch die von ihm gewünschte Gelegenheit gegeben.«

»Mees-ter Sannns-arcc!« Die Baßklänge der Genueser gans kamen näher. »Wann im-mer Sie fer-tig sind! Ih-re Kleidunggg!«

»Momentino!« trällerte ich. »Cal, darüber müssen wir später ausführlich reden.«

Vincent Faunce und seine Frau betraten in diesem Moment Arm in Arm den Laden, und ich war voll mörderischer Gelü-

ste, bis ich mich daran erinnerte, daß er seine wohlverdiente Strafe gegen Ende des Abends bekommen würde. Ich mußte jetzt nur noch nach dem Prozeßbevollmächtigten Ausschau halten. Und mich umziehen. Und mit Doriots Eltern sprechen, damit sie ihrer geliebten Tochter die Zustimmung geben, meinen verrückt gewordenen homosexuellen Cousin zweiten Grades heiraten zu dürfen. Und Calvins Karriere wieder geraderücken. Und vermeiden, daß ich selbst vorgeladen werden würde. Und ... noch etwas? Matt. Wer wußte, was mit Matt los war? Ihn mußte ich dazu bringen, mir zu vertrauen und mich zu lieben und ewig mit mir zusammenzubleiben.
Eine Leichtigkeit.
»So, jetzt hoch zum Empfang, Calvin. Und wenn Matt kommt, schnapp ihn dir. In Ordnung? Und Cal, bleib ruhig. Nichts ist endgültig, außer der Tod. Und auch das ist zu bezweifeln. Denk dran. Und ... Ich finde wirklich, du siehst in diesem Smoking großartig aus«, ermunterte ich ihn, als ich ihn in das Gedränge schob und zur Herrentoilette hinunterging.
Natürlich sprang der Knopf meiner Smokinghose in dem Moment ab, als ich ihn schließen wollte, und mußte wieder angenäht werden. Nachdem ich mit ihm gekämpft hatte, als wäre ich Laokoon, gab ich beim Kummerbund schließlich auf. Ich betrachtete mich im Spiegel des kleinen Angestelltenklos und dachte: Du siehst gar nicht so schlecht aus, Junge. Bist in einem guten Alter. Matt könnte eigentlich auf dich stehen. Dieser Naaarr! Offensichtlich war ich dabei, durch den ganzen Druck aus dem Gleichgewicht zu geraten.
Ich lachte noch in mich hinein (oder lachte ich mich aus?), als ich mit dem Fahrstuhl nach oben fuhr. Es kamen immer noch Gäste, die von André und der zur Unterstützung herbeigeeilten Holly begrüßt wurden.

»Jemand war da und hat Sie gesucht«, sagte André.
»Oh?« Ich sah zu Holly hinüber, die ihren Blick abwendete.
»Wer war es?«
André zuckte mit den Schultern. Holly betrachtete die Holzpflöcke an der Treppe mit der Aufmerksamkeit eines Archäologen, der eine Scherbe untersucht.
Ich ging zur Plattenabteilung hinauf, wo mir unbekannte Menschen Schampusgläser in der Hand hielten und miteinander redeten. Dann bog ich um die Ecke und hechtete die zwei Treppen zur Kunstgalerie hinauf.
»Daaa sssind Sie jaaa, endlich!« Die Genuesergans hatte ihre Stellung verlassen und meine Ankunft allzu laut verkündet, die ich mir unter den gegebenen Umständen etwas leiser erhofft hatte.
Ich war überrascht, ihn in guter Laune zu sehen. Er schwatzte viel mehr mit den Leuten als üblich. »Jemand hat sie vorherrr gesucht, Mees-ter Sannns-arcc!«
Kein Zweifel. Auch wenn ich nur flüchtig hinsah, wirkte die Menge schrecklich groß. Der Empfang schien alles in allem verdammt toll zu sein.
»Mr. Sansarc?« fragte eine Stimme hinter mir. »Roger?«
Ich drehte mich um, wollte fliehen, wollte meinen Namen leugnen, wollte … Der Mann war mir vertraut. Schon älter, etwas korpulent, lockiges Haar, das sein aufgedunsenes Gesicht umrahmte – es war … es war …
»Budd Cherkin! Wir sind uns nur einmal über den Weg gelaufen. Associated Publishing.«
Calvins Chef. Hier war meine Chance, um …
»Cals Ausscheiden wird ein Verlust für unser Magazin sein«, sagte Cherkin, und seine kecken Gesichtszüge wurden feierlich. Hatte er meine Gedanken gelesen? »Aber ich möchte

Opera Quarterly eine neue Richtung geben, und dies scheint der geeignete Augenblick dafür. Ich weiß, daß Sie über grundlegende Erfahrungen als Schriftsteller und Redakteur verfügen, und wir brauchen einen neuen Chefredakteur.«
»Nicht wirklich. Ich habe für einen Buchverlag in New York gearbeitet. Das waren aber Geschichtsbücher. Lehrbücher.«
»Drei Jahre. Und nur ein Jahr hier, und man kann sehen, wie gut sie damit zurechtkommen. Mein Plan ist, Roger, das Magazin auszubauen. Zu einem Monatsheft. Von Buchlänge auf ungefähr sechzig, siebzig Seiten kürzen. Es ausdünnen und in der Größe für Zeitungskioske herausgeben, mit Fotos, Nachrichten, Illustrationen, Hochglanzumschlag. Präzise Artikel über den Zustand der Oper im Land, ach Quatsch, auf der ganzen Welt! Ich bin bereit, weiteres Kapital in beträchtlicher Höhe aufzubringen. Und ich bin bereit, Ihnen fünfunddreißigtausend im Jahr zu zahlen. Was sagen Sie?«
Ich streckte meine Hand nach etwas Festem aus. Statt dessen griff Cherkin danach.
»Großartig!« sagte er. Er interpretierte mein Greifen als Handschlag. »Einzelheiten werden wir morgen besprechen. Rufen Sie mich an, und wir machen einen Termin aus.«
»Warten Sie! Ich ...«
Er hatte sich bereits umgedreht und sprach mit seinen Freunden.
»Läch-eln, Mees-ter Sannns-arcc! Es ist ein Erfolg. Jeder in San Francisco mit Rang und Namen ist da. Los. Mischen Sie sich unter die Leute!« Pierluigi schob mich in die Menge.
Ich landete zwischen zwei Ladys in den Sechzigern mit nahezu gleichen Frisuren. Ich lächelte so wenig falsch, wie ich konnte, und raste davon. Warte! War das nicht Doriot?
»Genau dich suche ich«, sagte sie.

»Wo ist Alistair?«
»Ich wollte dich gerade dasselbe fragen. Er ist in dem Moment verschwunden, als ich hereingekommen bin.«
»Ich werde ihn aufhängen.«
»Was hat er angestellt?«
»Wenn das jemand wissen müßte, dann du. Er ist spät dran. Er verhält sich wie ein totaler Trottel.«
»Warum?«
»Warum? Wegen dir! Ich hätte nie gedacht, daß ich das einmal über Alistair sagen würde, aber es scheint so, als wäre sein Herz gebrochen.«
Ihre Augen wurden ganz groß.
»Sein Herz ist wegen dir gebrochen, Doriot. Weil er dich nicht heiraten kann.«
»Mich heiraten?« keuchte sie.
»Klar! Etwas Schreckliches ist zwischen Alistair und deinen Eltern darüber geredet worden und ...«
»Er hat bei meinen Eltern um meine Hand angehalten?«
»Und sie haben abgelehnt. Jetzt ist er voll durchgedreht.«
»Natürlich haben sie abgelehnt! Sie würden den lieben Gott ablehnen, wenn er fragen würde. Aber ich habe nicht gedacht, daß er es so ernst meinte.«
»Er hat mein Leben hier unmöglich gemacht.«
»Roger.« Sie legte eine Hand auf meinen Smokingärmel. »Du kennst Alistair schon seit Jahren. Seit ihr kleine Jungs wart. Wie ist er? Ich meine, wie ist er wirklich? Das ist wichtig.«
Ich wußte, ich mußte sie um Alistairs willen anlügen, und ... Ich konnte mich nicht dazu durchringen.
»Normalerweise ist er ehrlich. Und er ist immer lieb. Und er reißt Babys keine Arme aus, aber er kann sich total beschissen verhalten! Er ist arrogant, herrisch und selbstsüchtig, doch

selten gewalttätig. Wenn du ihm in die Quere kommst, bist du tot. Aber diejenigen, die er liebt, beschützt er und sorgt für sie wie eine Löwin für ihre Jungen.«

»Genauso habe ich ihn mir vorgestellt. Danke!«

»Und was deine Eltern denken, ist nicht wichtig?«

»Ich muß mit Alistair zusammenleben, nicht sie. Nochmals danke.« Sie drehte sich um, um zu gehen.

»Versuch es im Lager«, schlug ich vor. »Zwei Stockwerke runter mit dem Fahrstuhl. Oder im Café draußen, ein Stockwerk runter.«

Ich beobachtete sie noch immer, wie sie sich ihren Weg durch die Menge zum Fahrstuhl bahnte, als mir jemand auf die Schulter tippte. Es war Justin aus der Plattenabteilung.

»Jemand sucht Sie.«

Ich blickte umher, konnte aber niemanden ausmachen, der vertraut oder zu sehr nach einem Prozeßbevollmächtigten aussah. Ich ging in die entgegengesetzte Richtung von dort, wo laut Justin jemand auf mich wartete, der mir immer noch Ärger machen wollte, und lief genau in Calvins Arme.

»Du hast ihn verpaßt«, sagte dieser.

»Wen verpaßt?« fragte ich und wurde rot vor Schuldgefühl, daß ich auch nur daran gedacht hatte, die Stelle anzunehmen, die er gerade gekündigt hatte.

»Dein sexy weißer Junge. Er war hier, und jetzt ...« Calvin faßte mich am Arm und zog mich fort. »Das wirst du nie erraten!« Er war nicht mehr deprimiert, sondern lächelte schelmisch. »Greg Herkimer geht.«

Wer? Was?

»Greg Herkimer, der Assistent von Miss Thing an der Oper!« erklärte Calvin. »Er geht nächsten Monat. Und ... na ja ... mir wurde die Stelle angeboten.«

Ich hatte mich verschluckt. Beinahe war ich am Ersticken.
»Wann?«
»Vor zehn Minuten. Miss Thing hat herausbekommen, daß ich bei dem Käseblatt gekündigt habe, und hat mich auf der Stelle engagiert.«
Wir hielten uns gegenseitig an den Schultern und schrien unsere Freude lautlos in das Gesicht des anderen.
»Jetzt kann ich es dir ja sagen! Dein Chef hat mir deine Stelle angeboten. Natürlich nehme ich sie nicht.«
Calvin keuchte: »Nimm sie! Man soll mich erstechen und in einen Kanal werfen, wenn ich zulasse, daß er dir weniger zahlt und die Stelle qualitativ abwertet. Sie ist dem Tode geweiht und muß vollständig überholt werden. Du wirst Wunder vollbringen!«
»Calvin, ich könnte das nicht!«
»Du wirst. Aber denk daran, Gilda«, flüsterte er grimmig in mein Ohr, »ich werde bei der Auswahl des Programms in den nächsten ... fünf ... ver ... dammten ... Jahren mitreden!«
»Und wir sind juristisch abgesichert, daß wir jeden Tag miteinander telefonieren können«, sagte ich.
»Mees-ter Sannnsss-arcc!« Die Genueserganns tauchte hinter Calvin auf, der Pierluigi ansah, dann zu mir hin die Augen verdrehte und abhaute.
»Ich hatte gehofft, Mees-ter Sanns-arcc, Sie würden sich auf die Art eines Geschäftsführer etwas mehr unter ihre Gäste mischen.«
»Ich tu, was ich kann.«
»Hm! Ich nehme an, darin sind die Beleidigungen, die Sie regelmäßig Mr. Faunce zufügen, inbegriffen.«
»Faunce«, sagte ich, »ist ein totaler Saftsack!«

»Nein, nein, es tut mir leid, aber dies ist nicht die richtige Einstellung«, ermahnte mich die Genuesergans.

»Ich schau, daß ich unters Volk komme«, sagte ich und wollte mich davonstehlen, als ich einen Griff an meiner Schulter spürte. Das große quadratische Gesicht der Genuesergans kam nahe an meines heran. Er lächelte nicht. Er schob mich statt dessen in eine Ecke aus dem Blickfeld der Menge heraus.

»Ich hatte gehofft, Mees-ter Sannns-arcc, daß wir dieses Gespräch nicht zu führen brauchten. Wenn ich für das Geschäft weitreichende Entscheidungen treffe, erwarte ich von meinen Angestellten, daß sie diese auch umsetzen. Eine dieser Entscheidungen betraf Mr. Faunce. Ich habe nichts als Klagen über die schlechte Behandlung Ihrerseits gehört.«

»Faunce ist ein Lügner, ein Dieb und ein Betrüger, und möglicherweise schlägt er auch seine Frau.«

»Von welcher Art Mr. Faunce möglicherweise ist, geht Sie nichts an. Ich erwarte von Ihnen, daß Sie mit ihm respekt- und rücksichtsvoll zusammenarbeiten.«

»Das werde ich nicht. Meine Selbstachtung verbietet mir dies.«

Er sah wegen meiner Worte sehr erstaunt aus. So erstaunt, daß er im gleichen Augenblick zurückwich.

Ich entzog mich seinem Griff und brachte etwas Abstand zwischen uns.

Mit weniger drohender Stimme fuhr er fort: »Das ist Ihre Sache, aber solange Sie hier arbeiten ...«

»Dann nehme ich an, ich sollte hier nicht mehr arbeiten. Ich kündige!«

»Ich erwarte von Ihnen, daß Sie meinen Anordnungen folgen«, redete er weiter.

Also wiederholte ich meine Worte.

Er warf seinen Kopf zurück und erstarrte. »Oh, was denn, Mees-ter Sannns-arcc!«

Nachdem ich meine Kündigung ausgesprochen hatte, fühlte ich mich seltsam in Hochstimmung.

»Wenn ich darüber nachdenke, werde ich, da ich gekündigt habe, nach Hause gehen. Ich bin müde, und mir ist die ganze Sache hier lästig!«

Er versperrte mir den Weg. »Sie können nicht kündigen.«

»Danken Sie Faunce für mich«, sagte ich und schlüpfte unter Cignas Arm hindurch, hinaus in die Galerie und in die Menge.

»Entschuldigen Sie, sind Sie der Geschäftsführer?«

Ich schaute den Kerl an – dunkler Anzug, ungefähr fünfunddreißig, untersetzt. Auf seinem Körper stand überall »Prozeßbevollmächtigter« geschrieben.

»Ich arbeite hier nicht mehr. Vielleicht möchten Sie den großen Typen dort drüben sprechen.« Ich schob ihn in die Richtung meines Exchefs.

Budd Cherkins kam vorbei, stellte mich seiner Frau vor und sagte: »Wir werden genau so einen Empfang veranstalten, wenn wir das neue Magazin auf den Markt bringen.«

»Budd, ich ...«

»Achtunddreißigtausend ist mein letztes Angebot«, sagte er.

»Ich rufe Sie morgen früh an«, erwiderte ich und ging weiter.

»Du hast es getan!«

Ich wurde von Alistair in Beschlag genommen.

»Ich wußte, du würdest es schaffen. Wenn ich daran denke, wie ich in all den Jahren mit Lob über dich geknausert habe.«

Ich hatte Alistair schon sehr oft in guter Laune gesehen, aber niemals in solcher Hochstimmung wie jetzt. Ich glaube, es war ansteckend.

»Ich habe lediglich die Wahrheit gesagt«, erklärte ich. »Also sei zufrieden.«
Er umarmte mich. Alistair umarmte mich tatsächlich vor Hunderten von Menschen, einschließlich seiner zukünftigen Schwiegereltern und der gesellschaftlich wichtigsten Persönlichkeiten der Stadt. »Ich werde nie vergessen, daß du das für mich getan hast.«
Er fand Doriot, und Hand in Hand bewegten sie sich tiefer in die Menge hinein. Ich fragte mich natürlich, wie und wann ihn die Wirklichkeit wieder einholen würde.
»Roger. Jemand sucht dich.«
Diesmal war es Holly, die das sagte.
»Er hat mich gefunden.« Ich zeigte dahin, wo Pierluigi auf die Vorladung starrte, die ihm ausgehändigt worden war.
»Nicht er. Irgendein verträumter großer Kerl in Marineuniform.«
Matt!
»Wo?«
»Ich habe ihn ungefähr vor zehn Minuten unten warten lassen. Vielleicht auch vor einer Viertelstunde. Er hat gesagt, er will nach Büchern schauen.«
Ich hechtete die Treppe zum Hauptgeschoß des Geschäfts hinab.
Wo war Matt?
In der Kinderbuchabteilung stand ein kleines Ledersofa, eingebaut in einer Ecke mit einer gebogenen, indirekt leuchtenden Lampe darüber. Dort saß Matt und las.
Ich blickte auf sein Bein. Nichts Besonderes – kein Gips, kein sichtbarer Verband – war durch die Hose zu erkennen. Er trug Marinekleidung. Auf dem kleinen Sofa wirkte er sehr groß.
Er sah hoch, erblickte mich, legte das Buch beiseite und wollte

aufstehen, doch ich war schon bei ihm und drückte ihn aufs Sofa zurück.

Ich kniete zu seinen Füßen und schaute ihn an. Sein Gesicht sah ein wenig abgespannt aus. Er hatte etwas abgenommen. Seine Augen leuchteten wie polierte Glasmurmeln.

»Erzähl mir eine Geschichte«, bat ich ihn.

»Diese Geschichte?« Er hielt das Buch hoch.

»Nein ... diese Geschichte.« Ich berührte sein linkes Bein.

Er war nicht lahm. Mit ihm war alles in Ordnung. Und er war zurück. Ich dachte, er sei jetzt fähig, darüber zu reden, mir etwas Gutes darüber zu erzählen.

»Es fing vor etwa sechs oder sieben Monaten an«, begann er.

Ich ließ einen kurzen Moment verstreichen und fragte dann: »War das, als du verwundet wurdest?«

Er sah mich plötzlich mit einem Funkeln in den Augen an, das Angst und das Gefühl, entlarvt worden zu sein, ausdrückte. Für eine Sekunde dachte ich, er würde aufstehen, an mir vorbeigehen und aus meinem Leben verschwinden.

Er blieb, wo er war, und atmete tief durch.

»Mir war langweilig. Ich meldete mich freiwillig. Es war mein eigener Fehler. Ich hatte es satt, so beschützt mitten auf einem Zerstörer zu sitzen und Raketen auf weit entfernte Menschen zu schießen, die nur von der Elektronik erkannt wurden. Ich hörte von diesem Einsatz von ein paar Leuten der Anti-Terror-Einheit an Bord, mit denen ich oft was rauchte. Nur eine Überprüfung und Aussöhnung an der Küste. Es sollte bloß ein kleinerer Auftrag werden. Ich hab mich dahintergeklemmt, und sie ließen mich gehen. Aber die Sache war von der Sekunde an verschissen, in der wir aus dem Wasser gestiegen sind. Ich wurde von Splittern getroffen. Minensplitter. Ich hatte noch Glück. Die zwei Jungs vor mir haben die Explosion

abgefangen. Die haben die ganze Scheiße abgekriegt. Da blieb nicht mal genug übrig, um sie zurück aufs Floß zu schaffen ... Wir bekamen alle einen Orden!
Es war nicht allzu schlimm für mich«, sagte Matt in überraschend gleichmütigem Ton. »Der Schmerz und so. Außer das hier.« Er führte meine Hand hinunter zu der leicht verbundenen, tiefen Wunde. »Der Splitter hat meinen Ischias durchtrennt. Das ist der Nerv, der zur Wirbelsäule hochgeht. Sie haben schon zweimal versucht, ihn zusammenzunähen. Deswegen war ich jetzt im Veteranenkrankenhaus in San Diego. Aber es hat nicht gehalten. Ich spüre in diesem Bein überhaupt nichts. Ich muß vorsichtig sein, damit ich nicht anstoße. Beim Laufen habe ich keine Schwierigkeiten, weil die Muskeln und Knochen nicht beeinträchtigt sind. Bis jetzt nicht. Doch das kann schnell gehen, und ich merke es noch nicht einmal. Das Bein kann brandig werden und muß dann abgenommen werden. Wahrscheinlich wird das sowieso passieren. Früher oder später. – Tu das nicht«, sagte Matt und streckte seine Arme zu mir hinunter. »Mir macht das nicht soviel aus. Wirklich. Irgendwie bin ich froh, daß ich nicht mehr so ... weißt du, perfekt bin. Ehrlich. Es ist besser so, wenn ich Dichter werden will. Komm schon, Rog, das sollst du nicht ... Denk daran, daß es hätte viel schlimmer sein können. He! Ich hab eine Idee. Ich hab dieses Gedicht im Krankenhaus geschrieben, nachdem sie mir Morphium gegeben hatten. Ich zeig's dir. Jetzt gleich. In Ordnung?«

FÜNFTES BUCH

AUF IRRWEGEN
1991 UND 1979

Schuldig?« Ich traute meinen Ohren nicht.

»Aber das bist du, Blanche! Du bist schuldig!« sagte Anatole in der schlimmsten Bette-Davis-Imitation, die ich je gehört hatte.

»Das weiß ich. Doch es ist eine Prinzipiensache!«

»Gönn doch deiner Rhetorik etwas Ruhe, wenn es dir nichts ausmacht«, schlug Therry Villagro, die Rechtsberaterin, vor.

»Wir sind auf deiner Seite«, stimmte Anatole zu.

Vielleicht war ich nervös, weil wir in einem der schäbigsten Büros saßen, das ich je gesehen hatte. Es gehörte einem niederen Angestellten, war dem Büro des öffentlichen Verteidigers angeschlossen und konnte nur über lange, dunkle, häßlich gestrichene Korridore erreicht werden. Anatole erzählte mir, es sei einem der vielen kleinen Nachtgerichte angegliedert, die wiederum mit den Tombs verbunden seien. Obwohl ich selber nach den nächtlichen Aktivitäten nicht der Sauberste war, ekelte mich dieser Raum an, mit seinen jahrealten, unberührten Dreckschichten, seinem Gestank nach vollgepißten Katzenklos und den Kakerlaken, die in der Vertäfelung raschelten. Anatole saß auf Zeitungen, die er vorsichtig auf dem aus Holzlatten zusammengenagelten Stuhl ausgebreitet hatte. Therry hatte ihren Stuhl umgedreht und saß rücklings darauf, aufgestützt auf der Rückenlehne. Sie schien das Hygieneproblem überhaupt nicht wahrzunehmen. Ich fragte mich nicht zum erstenmal heute abend, wie kurzsichtig sie war.

»Das Angebot lautet folgendermaßen«, sagte Therry. »Du

bekennst dich wegen Hausfriedensbruchs schuldig, was ein minderes Delikt darstellt, und du bezahlst eine Kaution von hundert Dollar. Der Richter läßt die Anklage wegen krimineller Handlung und Gefährdung der Öffentlichkeit fallen, und du bist frei. Niemand in der Stadt kann dir jemals deswegen wieder an den Kragen.«

»Ist der Richter ein naher Freund von einem Freund von der Mutter des Exfreundes seiner Schwester?« fragte ich Anatole.

»Besser, er ist eine Schwuchtel.«

»Und eine Klemmschwester dazu!« erklärte Therry.

»Bis jetzt!« sagte Anatole zu dessen Verteidigung.

»Was ist mit den Kleinen?« Ich nickte irgendwohin ins Innere des Gebäudes. »Junior und James?«

»Gleiches Angebot für alle«, antwortete Therry.

Und als ich immer noch zögerte, meinte Anatole: »Ein besseres Angebot bekommst du nicht!«

»Wo liegt das Problem?« fragte Therry.

»Wally, mein Freund.«

»Wally findet das in Ordnung. Wir haben es mit ihm durchgesprochen.«

»Tatsächlich?« Ich war überrascht. »Wo steckt er eigentlich?«

»Er sitzt in der letzten Reihe des Nachtgerichts und schnuppert Atmosphäre«, antwortete Anatole.

»›Jahre zukünftiger Entrüstung schnuppern‹ ist treffender«, meinte ich. Die Entrüstung, die ich kannte, würde ich in den nächsten Wochen über mich ergehen lassen müssen.

Aber Wally war nicht im Gerichtssaal, als wir diesen eine Viertelstunde später betraten. Und der Richter war nicht nur eine Schwuchtel und Klemmschwester, sondern ich kannte ihn auch. Ich war ihm in den letzten zwanzig Jahren früher oder später in den meisten, wenn nicht gar allen weniger geschmackvollen schwulen Verstecken über den Weg gelaufen, die die Stadt zu bieten hatte. An einem späten Sommerabend im Jahre 1981 ließ ich mir von ihm aus Langeweile einen blasen. Seitdem hatten wir uns die wenigen Male, die wir uns begegnet waren, gegrüßt. Jetzt, auf dem Richterstuhl, sah er mich an, als würde er mich nicht wiedererkennen.

Während der nächsten Minuten beredeten die Anwälte die ganze Angelegenheit, und es bestand für den Richter keine Notwendigkeit, mich direkt anzusprechen.

Am Ende der Verhandlung nannte er genau die Bedingungen des Angebots, denen ich vorher widerwillig zugestimmt hatte. Therry sagte, was gesagt werden mußte – und es war vorbei.

Ich wurde in einen anderen Bereich des Gerichts geschoben, zu einem Schreibtisch, an dem Therry ein Schriftstück ausgehändigt wurde, dann hinaus in ein kleineres Büro, wo Anatole vortrat und eine Bürgschaft für die Kaution hinterlegte und mir auf die Schulter klopfte.

»Solange du nicht als Dachdecker arbeiten willst, solltest du dich von den politischen Dächern fernhalten, ja? Richte Alistair was von mir aus.«

Anatole ging, bevor ich ihn fragen konnte, was genau ich Alistair ausrichten sollte. Und dann stand plötzlich Wally hinter mir. Ich spürte es, ohne daß ich mich umdrehen mußte. Ich vermutete, daß ein großer Teil davon abhing, wie ich in der nächsten Minute agieren und reagieren würde, aber da ich wußte, daß Wally wütend auf mich war, auch wenn ich den Grund nicht kannte, war ich nicht sicher, wie meine Aktion und Reaktion aussehen sollten. Und dann entschloß ich mich. Ohne mich umzudrehen, langte ich nach hinten und packte ihn im Schritt. Nicht fest, eher freundlich, fast forschend.

Er trat nicht weg und nahm meine Hand nicht fort, und

plötzlich wurde mir klar, daß es mehrere der Anwesenden sowohl bemerkt hatten als auch darüber schockiert waren. Eine klerikale Person händigte mir meine ausgefüllten Papiere aus, und ich griff nach Wallys Gürtel, den ich als Stütze benutzte, um mich um die eigene Achse zu drehen und ihn anzusehen.

Ich blickte ihm in die Augen und erklärte: »Frei. Endlich frei! Endlich frei!« Gleichzeitig bemerkte ich, daß mittlerweile alle Anwesenden in dem kleinen Seitenzimmer aufgehört hatten zu reden und uns ansahen.

Auch Wally bemerkte das. Er tat, was er am besten konnte – er spielte den Leuten was vor. Ein Kuß voll auf den Mund und eine feste Umarmung.

Ich versuchte leidenschaftlich zu sein, war aber das Gegenteil. Dies war keine Romanze, sondern ein notwendiges öffentliches Schauspiel, das in dem Moment beendet werden mußte, in dem es die beabsichtigte Wirkung zeigte.

»Wir gehen jetzt besser«, sagte Wally mit einer Stimme, die die viktorianischen Schriftsteller mit »gemäßigt« bezeichnet hatten. Er schob mich an den Schultern hinaus, vorbei an Therry, vorbei an der Bezirksstaatsanwältin, die mit offenem Mund dastand, vorbei an dem Schreibtisch, vorbei an allen.

Draußen auf dem Flur wollte ich etwas sagen, aber zu meinem Glück legte Wally seine Hand auf meinen Mund, da es etwas Dummes war.

Wir schwiegen auf dem ganzen Weg durch die vielen Gänge bis zum Fahrstuhl. Und wir schwiegen, als wir dort warteten, hinabfuhren, aus einer Seitentür des Gebäudes hinaus und auf die Straße traten. Es war inzwischen halb vier morgens.

Plötzlich ließ mich Wally los. »Jetzt suchen wir ein Taxi und fahren zu Alistair.«

Genau das wollte ich auch, aber zuerst hatten Wally und ich noch eine Sache zu klären.

»Bist du sicher, daß du nicht vorher etwas zu sagen hast?« fragte ich.

Ich meinte, warum er so wütend war. Nun, da wir allein waren, war es aufgrund seiner königlichen Gleichgültigkeit noch deutlicher, daß es ihn wirklich ankotzte.

»Was ich auch immer zu sagen oder nicht zu sagen habe, wir tun zuerst das, was wir vorher besprochen haben«, beharrte Wally mit einem kleinen Lächeln.

»Wally, erinnerst du dich, wie wir uns kennengelernt haben?« Er drehte sich um und begab sich auf die Mitte der Lafayette Street. Sie war leer, weit und breit kein Taxi und kein Auto.

»Es war im Pines Pantry«, fuhr ich fort und folgte ihm. »In dem Lebensmittelgeschäft. Da sah ich zufällig auf und bemerkte die zwei Vertiefungen unten auf deinem nackten Rücken.«

»Entweder wir gehen in die Canal Street und sehen, was von der Williamsburg Bridge kommt«, sagte Wally, meine Worte ignorierend, »oder wir gehen hinunter zur Park Row und sehen, was von der Brooklyn Bridge kommt.«

»Du hattest nur eine waldgrüne Badehose mit einem weißen Streifen an der Seite an.«

»Canal Street! Die ist näher!« entschied Wally und marschierte mitten auf der leeren Straße stadtaufwärts.

»Ich hatte eine schwere Einkaufstasche, weil ich zu Gast war und dachte, ich könnte meinen Anteil dadurch bezahlen, indem ich den Kühlschrank meiner Gastgeber auffüllte«, setzte ich meine Erinnerungen fort. »Trotzdem bin ich dir aus dem Geschäft in die andere Richtung, in die ich mußte, gefolgt, um den Hafen herum und den Fire Island Boulevard entlang. Ich

ging barfuß auf dem Bürgersteig und der Promenade. Die hatten nachmittags an diesem späten Augusttag bestimmt fast fünfundvierzig Grad.«
Wally legte einen Zahn zu und streckte spontan seinen Daumen zum Trampen hinaus, als ein pastellgrüner Plymouth, ein Nachkriegsmodell, vorbeifuhr, der bereits mit anscheinend aus Guatemala stammenden Arbeitern vollgepackt war.
»Ich hatte nicht eine Sekunde lang daran gedacht, dich auf der Promenade zu überholen«, fuhr ich fort. »Ich war in Trance, folgte diesen Vertiefungen auf dem unteren Teil deines Rückens, der wellenartigen Bewegung deiner Rückenmuskeln, dem Hin- und Herwiegen deines göttlichen Hinterns in den Badehosen.«
Der Fahrer einer Limousine hupte, um Wally aus dem Weg zu scheuchen. Wir näherten uns der Canal Street.
»Ich war von diesen Vertiefungen unten auf deinem Rücken in Trance versetzt worden. Nein, mehr noch, ich war total hypnotisiert. Ich konnte an nichts anderes denken und nichts anderes sehen. Ich wollte meine Zungenspitze in jede gleichzeitig stecken, obwohl das physisch unmöglich war. Jemand, den ich kannte, wollte mich auf der Promenade anhalten und mit mir reden, aber ich bin an ihm vorbeigegangen. Er war hinterher monatelang beleidigt.«
Wir hatten die Canal Street erreicht. Wally drehte sich zum East River und suchte Anzeichen ankommender Taxis.
»Es war ein strahlender, wolkenloser Augusttag, Wally. Erinnerst du dich? Ich bin den ganzen Weg bis dahin, wo du schließlich gewohnt hast, hinter dir hergetrottet.«
Wally drehte sich um und murmelte: »Vielleicht die Bowery ...?«
»Ich blieb auch in Trance stehen, als du in das Haus gegangen

warst, wo du gewohnt hast. Ich blieb wer weiß wie lange auf der Promenade – zwanzig Minuten? eine halbe Stunde? –, ohne dein Gesicht gesehen zu haben oder gar die Vorderseite deines Körpers, unfähig, mich zu bewegen. Bis du einen Mitbewohner herausgeschickt hast, der gefragt hat, was ich wolle.«

»Ich dachte, dies sei die Stadt, die nie schläft«, sagte Wally verärgert. »Wo sind die ganzen Taxis? Es ist erst drei Uhr morgens!«

»Erinnerst du dich, was ich deinem Mitbewohner geantwortet habe?«

»Auf dem Bowery fahren immer Taxis«, sagte Wally zu sich selbst.

»Ich antwortete ihm, ich wisse nicht so genau, was ich wolle, aber daß ich keine Minute länger ohne die Vertiefungen auf dem unteren Teil deines Rückens leben könne. Erinnerst du dich, Wally? Und du mußtest herauskommen und mit mir reden. Erinnerst du dich?«

»Ich erinnere mich!« rief er zurück. »Ich erinnere mich sehr genau daran, daß meine Mitbewohner überzeugt waren, du seist ein bescheuerter Psychopat. Martin Gernsen wollte die Bullen von Pines anrufen und dich ins Islip State Hospital einliefern lassen, damit sie dich dort untersuchten.«

»Aber du hast es nicht getan. Du bist herausgekommen und hast mit mir geredet.«

»Ich hätte mich selbst ins Islip State Hospital einweisen lassen sollen.«

Ich folgte ihm die Canal Street entlang zur Bowery. Kein Auto.

»Ich muß das schlimmste Taxi-Karma aller Menschen der modernen Welt haben«, sagte Wally nachdenklich. »In einem meiner vergangenen Leben habe ich bestimmt das Fahrgeld nie gezahlt und Droschkenkutscher zusammengeschlagen oder getötet, bei dem ganzen Glück mit Taxis, das ich habe.«

»Werden wir miteinander reden?« fragte ich.

»Wir gehen zu Alistair. Wir werden tun, was du tun wolltest, bevor wir zum Gracie Mansion gegangen sind und dieses ... herunterkam ...« Er machte eine verschwommene Handbewegung. »Das heißt, wenn du immer noch denkst, daß es wichtig ist, Alistairs Leben zu retten.«

»Natürlich ist das wichtig.«

»Angesichts deiner Mätzchen heute abend habe ich mich das selbstverständlich gefragt.«

»Was soll das heißen?«

Wally hielt mir ein Geldstück vor die Nase. »Willst du ihn anrufen? Wenn Alistair die vierundsechzig Pillen bis jetzt nicht geschluckt hat, könnten wir ihm noch helfen.«

»Was ist, wenn die Frau in Weiß uns nicht glaubt und auflegt?«

»Warum sollte er uns nicht glauben?« fragte Wally. »Ach, du meinst, Alistair hat vorher erzählt, daß er sich umbringen will?«

»Du weißt, wie melodramatisch er sein kann.«

»Was soll unsere Anwesenheit denn tatsächlich ändern?« versuchte er zu ergründen.

»Keine Ahnung! Sie wird einfach etwas ändern.«

»Ich habe nicht die Absicht, da hinzugehen und ...«

»Wir werden selbst nachsehen, ob mit Alistair alles in Ordnung ist. Wir werden verlangen, reingelassen zu werden. Und wenn alles in Ordnung ist, gehen wir wieder.«

»Glaubst du wirklich, Dorky wird uns so spät ohne Grund aufmachen?«

»Ich werde ihm schon einen Grund geben. Ich werde damit

drohen, die Polizei zu rufen, wenn er uns nicht reinläßt! Meinst du, wir sollten anrufen und sagen, daß wir kommen?«
Wally sah mich mit einer Mischung aus Erstaunen und Unverständnis an, drehte sich um und setzte seinen Weg fort.
»Noch nicht mal ein Zigeunerwagen! Scheiße!« schimpfte er. »Wir nehmen die U-Bahn!«
»Morgens um zehn vor vier?«
»Hier muß irgendwo ein U-Bahnhof sein. Welche Linie brauchen wir?«
»Eine West-Side-Linie.«
Wir fanden einen U-Bahnhof für die F-Linie Ecke Essex und Delancey Street. Dies waren vielleicht die fünfzig schlimmsten Quadratmeter in Lower Manhattan, was Kriminalität anging. Alle sechs Ausgänge an den vier Ecken waren verschlossen.
»Wo sind wir hier? In London?« fragte Wally.
Wir trotteten den Weg zurück, den wir gekommen waren, und an der Grand Street erspähten wir einen IRT-Bahnhof, von dem drei Eingänge vergittert und einer offen war. Unten, auf der Zwischenebene, war das gesamte Areal wie leergefegt bis auf ein verrammeltes Verkaufshäuschen für U-Bahn-Marken. Im Innern sahen wir eine Markenverkäuferin, eine untersetzte schwarze Frau. Sie war in ihr Käseblatt so vertieft, daß sie uns nicht hörte. Nachdem wir festgestellt hatten, daß ein geschlossenes Fensterchen eigentlich zum Durchsprechen diente, klopften wir, um ihre Aufmerksamkeit zu erregen. Sie warf die Zeitung widerwillig hin und öffnete ein ganz anderes Fensterchen auf der ganz anderen Seite des Häuschens.
»Muß ziemlich interessant sein«, sagte ich, als ich das Geld hineinschob.
»Häää?« fragte sie.

»Das muß eine interessante Geschichte sein!« schrie ich.
Zu meinem Erstaunen holte sie das Heft und hielt es hoch, so daß ich den Titel lesen konnte.
Wir warteten eine Weile, und dann fuhr zu unserer größten Überraschung ein Zug in den Bahnhof ein.
Noch überraschender war, daß er anhielt und die Türen lange genug offenblieben, daß wir einsteigen konnten.
Der Zug war leer.
Ich ging zu einer mit Graffiti verschmierten Scheibe, hinter der ich einen großen Teil eines Linienplans erkennen konnte.
Der Zug ruckte zweimal und fuhr los.
»Wir können an der 14. Straße aussteigen und die L-Linie nehmen, aber besser ist, wir fahren zum Grand Central und schnappen uns den Pendelzug.«
Auf einem Schild im Zug stand »Local«, aber er fuhr an Spring vorbei, quietschte an Bleecker vorbei, blieb an keiner Haltestelle stehen. Und er wurde immer schneller.
Als der Zug ohne ein Anzeichen, seine Geschwindigkeit zu reduzieren, in die Grand Central Station hineinschoß, sie durchbohrte und hinten wieder hinausjagte, bekam ich Panik.
»Das war unsere Haltestelle!«
»Ich weiß!«
»Alle Züge halten in Grand Central.«
»Ich weiß, ich weiß!«
Der Zug legte noch einmal einen Zahn zu und schoß wie eine Pistolenkugel durch weitere Bahnhöfe.
»Wo ist die nächste Expreß-Haltestelle?« Wally klammerte sich mit beiden Händen an den Sitz, um nicht herunterzufallen.
»Auf diesem Planeten? Ich glaube, die 86. Straße.«
Plötzlich wurde der Zug langsamer und hielt schließlich an –

ausgerechnet an der 77. Straße! Ich sprang auf und drückte die Türen auseinander, bis Wally aussteigen konnte.

Oben in der Lexington Avenue sagte ich: »Von jetzt ab gehen wir!«

»Durch den Central Park?« fragte Wally. »Um ... vier Uhr dreizehn in der Frühe?«

»Hast du etwa die Absicht, ein Taxi zu suchen?«

Ein kurzer Blick um uns herum bestätigte, daß die Lexington Avenue und die 77. Straße so gottverlassen waren wie Downtown. Wir marschierten Richtung Park. Ich ging neben Wally und legte einen Arm um seine Schulter. Er schüttelte ihn ab.

»He, Wally, sei doch nicht so!« sagte ich bei meinem erneuten Versuch, mich ihm zu nähern. Aber er wich wieder aus. Also kehrte ich zum Boden zurück.

»Du hast den Witz noch nicht erklärt, den du unten in der Stadt gemacht hast. Den, ob ich immer noch glaube, daß es mir wichtig ist, Alistairs Leben zu retten.«

»Was gibt's da zu erklären?« fragte Wally in dem lässigen Ton, der mich an meine ältere Schwester als Teenager erinnerte und in mir immer die Lust geweckt hatte, sie zu würgen.

»Erklärungsbedürftig ist der Zusammenhang mit meinen ... Wie war das Wort noch genau? Mätzchen?«

»Die meisten Leute würden das Mätzchen nennen, wenn sich jemand auf dem Dach des Gracie Mansion herumprügelt.«

»Außer natürlich, wenn du einer derjenigen gewesen wärst, die das gemacht hätten.«

»Und vor allem deswegen, weil ich genau weiß, warum du das getan hast«, sagte Wally.

»Wirklich? Würdest du vielleicht dem Rest der Welt dein Geheimnis verraten?«

»Aus demselben Grund, aus dem du die Sache mit den Elf-Uhr-Nachrichten gemacht hast.«
»Wovon redest du?«
»Glaubst du wirklich, ich bin so naiv und sehe nicht, daß das Ganze geplant war?«
»Geplant? Geplant? Die Sache mit dem Fernsehreporter war total überraschend für mich. Absolut spontan. Du warst doch da. Du hast gesehen, wie es passiert ist!«
»Ich habe gesehen, wie dein alter Kumpel aus deiner Kindheit alles arrangiert hat. Erst mit dir, dann mit dem Reporter. Das habe ich gesehen.«
»Ronny Taskin? Du bist verrückt!«
»Ich weiß, was ich gesehen habe«, beharrte Wally. »Zuerst hat er mit dir gesprochen, gleich darauf mit dem Reporter, und nicht lange danach hat dir der Reporter das Mikrofon vors Gesicht geschoben, und die Kamera lief.«
Ich hatte vermutet, daß Ronny eine »besonders tüchtige Tunte« war, aber so tüchtig?
»Ich hatte damit nichts zu tun, Wally. Ehrenwort!«
»Und der Beweis deiner Behauptung liegt darin, wie lahm deine Zunge war, sobald du vor der Kamera standest.«
»Meinst du etwa, ich wußte vorher, was ich sagen würde? Daß ich es geübt hatte?«
»Oder daß es dir von deinem dicken Freund eingehaucht wurde.«
»Das stimmt nicht. Es kam einfach ... so raus.«
»Mit jedem Komma und jedem Punkt, gerade im richtigen Moment«, spottete Wally.
»Nun, ich stehe oft in der Öffentlichkeit als Sprecher. Ich bin daran gewöhnt, weißt du.« Es gibt wenige Dinge, die ich mehr hasse, als mich wegen meiner Fähigkeiten verteidigen zu

müssen. »Und ich unterrichte manchmal. Ich stehe oft vor ... Egal, wenn du recht damit hättest, daß das Interview vorher abgesprochen war, wie könnte das mit der Tatsache zusammenpassen, daß ich gefangengenommen und verhaftet wurde? Das kann doch unmöglich zu dem Bild passen, das ich offenbar abgebe.«

»Weißt du, Rog, bloß weil ich halb so alt bin wie du, heißt das noch lange nicht, daß ich von gestern bin! Du weißt verdammt gut, daß etwas zu sagen und etwas zu tun zwei verschiedene Dinge sind. Keiner erinnert sich daran, was du gesagt hast. Aber ich verwette mein Geld, daß ein Haufen Nachrichten auf deinem Anrufbeantworter von Zeitungsredakteuren, Zeitschriftenreportern und Radio- und Fernsehleuten sind, wenn du nach Hause kommst. Und alles bloß wegen deines Lausbubenstreichs auf dem Gracie Mansion heute abend.«

Wally hatte recht. Daran hatte ich nicht gedacht. Die Medien würden wie eine Heuschreckenplage sein. Was dann? Ja klar, ich würde mich einschließen und kein Wort sagen.

Wir hatten die Fifth Avenue erreicht, dort, wo die mannshohe Backsteinmauer, die den Central Park umgab, von Straßenlaternen angestrahlt wurde. Ich packte Wally an den Schultern. »Vielleicht hast du recht, Wally. Vielleicht hast du mit allem, was du gesagt hast, recht, und vielleicht habe ich unbewußt oder unterbewußt oder ohne mir darüber im klaren zu sein wie ein Scheißkerl, wie ein Esel gehandelt, wie jemand, der darauf aus war, die Situation für sich auszunutzen. Aber zu dem Zeitpunkt, als ich so gehandelt habe, habe ich es offen und bewußt getan, weil ich geglaubt habe, du wolltest es.«

»Ich?!«

»Das haben mir James und Junior und dieser Paul gesagt. Daß

du die ganze Sache mit dem Transparent und so angezettelt hast ...«
»Ich hab davon doch gar nichts gewußt!«
Jetzt war ich an der Reihe, skeptisch zu sein.
»Komm, hör auf. Die haben gesagt, du hättest die ganze Sache ausgedacht. Sie haben mir erzählt, wie enttäuscht du sein würdest, wenn das Ding nicht am Gracie Mansion aufgehängt werden würde. Deswegen habe ich es getan. Um bei dir wieder was gutzumachen. Um etwas zu tun, worüber du glücklich ... froh sein würdest ... wenigstens dieses eine Mal.«
Wally schüttelte seinen Kopf. »Ich habe zu keinem Zeitpunkt etwas davon gewu... Willst du etwa sagen, die haben ...?«
»... mich reingelegt, damit ich es mache.« Ich hatte die Situation erkannt. »Sie haben damit gerechnet, gefangengenommen und eingesperrt zu werden. Vor allem damit, daß ich eingesperrt werde!«
Ich war in Sekundenschnelle alles durchgegangen. Das Thema mit dem Transparent war so lange nicht angesprochen worden, bis sie sicher waren, daß Wally die Demonstration verlassen hatte und nach Hause gegangen war. Sie hatten mit meinem dummen Stolz über meinen früheren Aktivismus gespielt, möglicherweise hatten sie auch etwas mit Ronny Taskin arrangiert, so daß ich interviewt wurde. Und Paul hatte es geschafft, am Schluß fortzukommen. Junior und James hatten die Ruhe weg, als sie eingesperrt wurden. Sie hatten versucht, mit der faulen Geschichte über Juniors Höhenangst früher abzuhauen. Was für ein Idiot ich gewesen war. Ich stöhnte.
»Weißt du, Wally, ich würde all das akzeptieren, wenn diese Bastarde es nicht geschafft hätten, einen Keil zwischen uns zu treiben.«

Als ich aufblickte, war Wally niedergeschlagen, sein hübsches Gesicht regungslos, in Gedanken versunken.

»Sie wollten mich aus dem Weg haben«, dachte er laut mit leiser Stimme. »Ich habe eine Ewigkeit gebraucht, um sie zu finden, als wir zum Gracie Mansion gekommen waren.«

»Also glaubst du mir.«

»Ich weiß nicht. Es ist möglich.« Er klang nur halb überzeugt. Wir überquerten die leere Straße und gingen über die unebenen Steine entlang der Mauer des Central Park. Ich erzählte ihm genau, was ab dem Moment geschehen war, in dem sie zu mir gekommen waren, und beleuchtete diejenigen Aspekte, die die Verschwörertheorie bestätigten.

»Verzeihst du mir?« fragte ich und legte zaghaft eine Hand auf seine Schulter.

»Ich will noch mit ihnen reden. Oder ... vielleicht nicht. Vielleicht will ich nie wieder mit ihnen reden.«

»Sie haben einfach wie gute Revolutionäre gehandelt und alles benutzt, was ihnen zur Verfügung stand, um die größtmögliche Wirkung zu erzielen.«

»Alles, was ich weiß, ist, daß der Kurs über die europäischen Filmregisseure morgen nachmittag ziemlich unangenehm werden wird.«

»Wenn sie da sind. Nach einer Nacht im Gefängnis kommen sie vielleicht nicht.«

Wally schien seinen Standpunkt geändert zu haben, um die Situation von meinem Blickwinkel aus zu betrachten. Die Art, wie er mich um die Hüfte hielt, als wir über das Kopfsteinpflaster dahinstolperten, schien ein Zeichen dafür zu sein.

Wir hatten den Eingang zum Central Park an der 78. Straße erreicht. Auf dem Weg durch den Park achteten wir darauf, daß wir einigermaßen innerhalb der beleuchteten Bereiche blieben. Ich hatte erwartet, viele Obdachlose anzutreffen, die dort schliefen oder auf den Wegen wüst schimpfend herumliefen, aber vielleicht war es zu kühl. Wir begegneten keiner Menschenseele.

»Warum hast du wissen wollen, Wals, ob ich immer noch glauben würde, daß es mir wichtig sei, Alistairs Leben zu retten?« fragte ich nach einer Weile.

»Du mußt zugeben, du hast heute nacht mindestens zwei verschiedene Ansichten darüber geäußert. Vor diesem Anruf warst du bereit, zu Alistair zu rennen. Hinterher ... Was wäre, wenn du heute nacht nicht freigekommen wärst?«

»Aber ich bin frei.«

»Es ist doch logisch anzunehmen, daß es auch hätte anders sein können.«

»Ich verstehe nicht, warum du das sagst. Ich ...«

»Und da es Sinn macht, macht es ebenso Sinn zu fragen, warum du die Möglichkeit zuläßt, daß du es heute nacht nicht schaffst, zu Alistair zu gehen. Es sei denn, du hattest gar nicht die Absicht.«

»Willst du damit sagen, ich habe eingesperrt werden wollen?«

»Nein. Aber da wir vorher über das Unbewußte gesprochen haben ...«

»Dann sagst du damit, daß ich mich durch meine Verhaftung selbst reingelegt habe, so daß es mir unmöglich war, Alistair davon abzuhalten, die Tabletten zu nehmen?«

»Das könnte der Fall sein.«

»Das hab ich jetzt noch nicht ganz kapiert. Du meinst, ich hasse Alistair so sehr ...«

»Ich meine, du hast dir etwas gesucht, was deine frühere Entscheidung unterstützt hat. Und die lautete, wie du dich sicher erinnern kannst, Alistair bei seinem Selbstmord zu helfen, ja, den Selbstmord heute abend erst möglich zu machen.«

»Nein, du sagst, ich hasse Alistair.«

»Was ja auch stimmt. Manchmal – so wie du ihn manchmal liebst.«

Das konnte ich nicht leugnen. Wir gingen weiter, nicht mehr Arm in Arm, sondern nur noch Händchen haltend, mit etwas mehr Abstand.

»Aber du kennst nicht die ganze Geschichte«, verteidigte ich mich. »Ich meine von Alistair und mir.«

»Mit Sicherheit nicht«, erwiderte Wally.

»Wie kannst du das so bestimmt sagen?« fragte ich.

»Weil ich schon soviel gehört habe und es offensichtlich Lücken gibt.«

»Lücken?«

»Offensichtlich gewaltige Lücken. Eine Lücke insbesondere.«

Wir bewegten uns auf gefährlichem Terrain. Ich ließ seine Hand los und setzte mich auf eine niedrige Granitmauer. Wally setzte sich daneben.

»Bis heute abend«, fuhr er fort, »war ich mir nie sicher, wie gewaltig diese Lücke war. Jetzt habe ich erkannt, daß sie entscheidend ist.«

Ich hatte nicht die Absicht, etwas dazu zu sagen, besonders nicht in Erinnerung daran, wie sich Wally am Abend bei der bloßen Erwähnung von Matts Namen verhalten hatte. Ich hätte gerne das Thema gewechselt, wußte aber nicht, wie. Ich wünschte mir nichts sehnlicher, als von ihm geküßt zu werden, jetzt und hier. Dann hätten wir uns geliebt, hier und später in unserer Wohnung, in unserem Bett.

»Natürlich hatte ich früher schon Fetzen davon aufgeschnappt«, fuhr Wally fort, »aber etwas, was Dorky heute gesagt hat, gab mir die Bestätigung.«
Ich hatte Angst zu fragen, was er gesagt hatte.
»Ich gebe zu, daß ich mit meiner Reaktion, als das herauskam, einen Fehler gemacht habe. Das war mein Fehler, Rog. Ich war noch verletzt, noch getroffen von dem, was Dorky gesagt hatte.«
Ich biß mir auf die Zunge, doch dann hielt ich es nicht mehr aus.
»Was hat Dorky heute abend gesagt?«
»Was er heute abend gesagt hat, oder eher, was ihm rausgerutscht ist, war ein besonderer Satz. Ich erinnere mich überhaupt nicht mehr an den Kontext, aber ich zitiere wörtlich: ›Du weißt, dieser wunderbare Dichter, der für Roger die Liebe seines Lebens war.‹«
»Es muß schrecklich für dich gewesen sein, als du das gehört hast.«
Wally war regungslos.
»Du meinst, du leugnest es nicht?« Seine Stimme zitterte, klang ungläubig.
»Wie kann ich das?«
Wally stand auf. Ich griff nach seinem Arm, aber er zog ihn weg.
»So, dann kannst du also verstehen«, sagte er mit veränderter Stimme, »wie unangenehm die Situation auf der Demonstration für mich war, als der Mann, der mein Freund sein will, aufgestanden ist und sich öffentlich zur Liebe seines Lebens bekannt hat.«
»Du hattest auf jeden Fall das Recht, dich aufzuregen. Wegzulaufen. Nie mehr mit mir reden zu wollen.«

Zum erstenmal überhaupt vernahm ich ein Betteln in seiner Stimme: »Du wirst nicht ...«
»Was?«
»Ich weiß nicht ... deine Aussage ändern? Hinterfragen?«
»Nein, das werde ich nicht. Matt Loguidice war die große Liebe meines Lebens. Der Liebhaber, den das Schicksal für mich bestimmt hatte. Keine Frage.«
Ich kann trotz des schlechten Lichts beschwören, daß sich in seinen Augenwinkeln Tränen bildeten.
»Ich habe nie ... nie geglaubt, daß du so grausam zu mir sein könntest.«
»O Wally, ich bin nicht grausam, ich sage nur die Wahrheit.« Ich schaffte es, ihn zu mir herunterzuziehen.
»Ich sage nicht, daß Matt der einzige Liebhaber in meinem Leben war oder der beste, auch nicht, daß er der Liebhaber war, an dem mir am meisten gelegen war. Das bist du, Wally. Wenn du dich mit mir abfinden kannst, würde ich gerne mit dir zusammenbleiben, bis einer von uns stirbt.
Aber Matt Loguidice ... So jemand oder so etwas wie Matt passiert einem nur einmal im Leben. Manche Menschen, oder eigentlich die meisten, machen diese Erfahrung nie. Shakespeare hatte sie gemacht. Die ›Dark Lady of the Sonnets‹, über die er schreibt – so war Matt Loguidice. Eine Laune des Schicksals, eine Kraft der Natur. Du lebst dein Leben so vor dich hin, und die ›Dark Lady‹ kommt – männlich oder weiblich, gut oder schlecht, jung oder alt –, und du bist auf immer verändert. Ich war es. Alistair war es. Jeder in unserer Clique war es. Nach einer Weile hatte es kaum mehr etwas mit Matt zu tun, besonders nachdem er angefangen hatte, sich fotografieren zu lassen und in all den Zeitschriften erschienen war. Siehst du, Wally, das hat nichts mit Konkurrenz zu tun. Du

könntest mit Matt nicht konkurrieren. Niemand könnte das. Er war von einer anderen Art. Aus einer anderen Ära. Einige haben hinterher sogar behauptet, er selbst sei diese Ära gewesen. Ich wollte gar nicht, daß du mit ihm konkurrierst. Du bist dafür zu … zu sehr Wally. Matt dagegen … Manchmal frage ich mich, was Matt war. Und ich kannte Matt am besten, weil ich ihn von seiner menschlichsten, seiner schwächsten und seiner verwundbarsten Seite erlebt habe!«
Man hätte einen Lkw durch die darauffolgende Stille schicken können. Ach was! Man hätte ein ganzes Autorennen hindurchjagen können.
Ich fragte mich, ob ich einen großen Fehler begangen hatte. Ich hatte schon vorher am Abend gewußt, daß Wally und ich uns darüber aussprechen mußten. War es klug von mir, meine Karten voll auf den Tisch zu legen? Jetzt war es zu spät.
Ich wartete auf Wally. Ein Wind kam auf und verwandelte die glatte Oberfläche des Sees vor uns zu einem gekräuselten Muster. Matt hätte daraus ein Gedicht gemacht. Aber Matt war tot.
»Nun … ich habe gefragt.« Wallys Stimme klang verletzt.
»Du darfst das nicht so sehen. Schon vor mehr als zehn Jahren haben Matt und ich Schluß gemacht. Was hast du 1979 getan? Dich in der fünften Klasse mit Sozialgeschichte beschäftigt? Am Computer gespielt? Denk doch mal nach, Wals. Denk doch mal, wie weit weg das ist. Wieviel seitdem geschehen ist.«
»Und du hast Schluß gemacht.«
Das war schon besser so. Manchmal muß der Zahn gezogen werden, bevor er ganz verfault ist.
»Eine komplette Scheidung.«
»Weil ihr euch nicht mehr gemocht habt?« fragte Wally.

»Das ist eine lange Geschichte.«

»In die Alistair verwickelt ist?«

»In die eine Menge Leute verwickelt sind«, antwortete ich etwas zu schnell. »Und in die Alistair verwickelt ist«, gab ich dann zu.

»Dorky sagte, ihr zwei hättet danach jahrelang nicht mehr miteinander geredet.«

»Sechs Jahre!« Da ich jetzt an Alistair erinnert wurde, stand ich auf. »Es wird spät. Gehen wir lieber.«

Als wir die Stufen vom Platz mit dem Brunnen hinaufstiegen, meinte Wally: »Wenn du Alistair sterben läßt, ist es wegen dem, was damals passiert war, oder? Mit Matt? 1979?«

»Ich weiß nicht. Ich glaube, ich habe Alistair verziehen. Das habe ich ihm jedenfalls gesagt.«

»Weil er dir Matt geklaut hat?«

»O Wally, wenn das nur so einfach wäre.«

»Gut! Dann erzähl's mir!«

Wir gingen in der Mitte der Straße, die von der 72. Straße auf der East Side hinunter in Richtung Westen verlief.

»Du müßtest die ganze Situation kennen. Der ganze Scheiß, der zwischen mir und Sydelle und Harte beim *Manifest* ablief. Was zwischen Patrick und Luis, unseren Mitbewohnern in der Wurmhöhe, in dem Sommer ablief. Die Art, wie wir alle ...«

»Wurmhöhe?«

»So haben wir unser Haus genannt. Zum einen, weil es nicht so besonders aussah, zum anderen wegen uns in dem Haus. Matt war natürlich Heathcliff. Ich war normalerweise Cathy Earnshaw. Marcy und Luis haben sich mit der Rolle von Nelly, dem Hausmädchen, abgewechselt. Alle Häuser hatten damals Namen. Manchmal bezogen diese sich auf den Stil des Gebäudes, manchmal wurden sie nach ihren Besitzern oder Bewoh-

nern benannt, und manchmal haben die Leute eigene Namen erfunden. Wir waren eine kleine, homogene Gemeinde. Jeder kannte jeden oder wußte etwas über den anderen. Die Leute hatten Spitznamen. Mrs. B. war Trude Hellers Freundin und wurde manchmal Isadora genannt, weil sie oft nackt die Brandung entlanglief und einen Gazeschal hinter sich herzog. Oder ...«
»*Manifest* ist das Magazin, für das du gearbeitet hast?« fragte Wally.
»Eigentlich hieß es *MANN-i-fest,* bis Sydelle kam, mit der Betonung auf ›Mann‹. Du hast ein paar Ausgaben gesehen. Erinnerst du dich? Ich hab sie rausgekramt, als Martin Landesberger aus Michigan hier war.«
Wally erinnerte sich. »Habe ich *ihn* gesehen?«
Er meinte Matt.
»Du konntest ihn nicht übersehen. Er war Fotomodell für die bekannteste Agentur. Seine Fotos waren überall.«
»Der geklonte Sexprotz, richtig? Der mit der schwarzen Ledermontur und dem lockigen schwarzen Haar und dem Bart.«
»Das war Matt.«
»Ich hatte nicht geglaubt, daß es ihn wirklich gibt. Ich hatte gedacht, er sei zusammengesetzt oder so.«
»Es gab ihn wirklich.«
Wally schwieg eine Zeitlang, dann sagte er: »Da hast du Schluß gemacht?«
»Letztendlich ja«, korrigierte ich. »Wir haben einige Male versucht, Schluß zu machen.«
»Wegen anderen Jungs?«
»Nein. Wegen ... Ich weiß nicht, weswegen. Weil Matt Matt und ich ich war. Ich war nicht immer so, wie ich jetzt bin, Wals. Ich war nicht immer gelassen und unbekümmert und nach-

denklich und erwachsen. Ich war ... temperamentvoll ... hatte etwas von einer Nutte.«
»Erzähl mir darüber. Erzähl mir alles darüber.«
»Wirklich?«
»Ich möchte alles wissen, was in dem Sommer damals passiert ist. Alles!«

»Ungenügende Antwort von Teilnehmer Nummer drei!« sagte Patrick.
»Immer mit der Ruhe«, erwiderte ich. »Ich schau ja schon.«
»Wonach?« fragte Luis. »Nach dem Lindbergh-Baby?«
»Nach etwas zum Ablegen«, antwortete ich. Von der Sorte hatte ich nicht viel auf der Hand, nur Müll, was möglicherweise das Ende des Spiels bedeutete. Und bis jetzt war es mir unmöglich gewesen, irgend etwas auch nur annähernd Interessantes aufzunehmen. Ich war schlecht dran, ich hatte eine Serie mit niedrigen Kreuzen.
»Um Rommé zu spielen, benötigt man keinen ausgesprochen hohen IQ!« stichelte Marcy. »Man benötigt allerdings die Überreste eines Gedächtnisses.«
»Oh, bitte! Ich habe die Überreste meiner Erinnerung 1976 auf dem Gehweg vor Les Mouches liegenlassen, als ich mir zum hundertstenmal Acid eingeworfen hatte. Ich hasse meine Karten«, beschwerte ich mich und warf ein Herz ab.
Natürlich nahm Luis die Karte, schob sie zu seinen, legte eine Serie mit vier niedrigen Herzen vor sich auf den Tisch und warf einen Kreuzbuben ab. »Ich klopfe!«
»Ich klopfe dir gleich aufs Hirn«, versicherte Patrick. Aber er schnappte sich den abgeworfenen Buben.
»Wann werde ich denn den ›Unglaublichen Koloß‹ zu sehen

bekommen?« fragte Marcy. Sie hatte ein Bein hochgehoben und untersuchte ihre Moskitostiche.

»Du kennst ihn doch schon, oder?« fragte ich, wobei ich das Thema auf Marcy wechseln und vorübergehend von mir ablenken wollte, denn das letzte, was ich an diesem Tag beabsichtigte, war, einen Hinweis auf meine Gefühle hinsichtlich meines Freundes zu geben, die derzeit mehr als sonst durcheinander waren.

»Hab ich nie kennengelernt«, antwortete Marcy.

»Wo steckt er denn, Rog?« fragte Patrick. »Wie spät ist es? Halb acht? Der Tanztee muß schon vorbei sein! Besonders bei diesem Wetter.«

»Du weißt, wie Matt beim Tanztee ist«, sagte ich und verbarg meinen Ärger hinter einem übertriebenen Seufzer. »Und danach!«

»Der hängt im Hard-Wear rum«, meinte Luis, »und ist unfähig, sich von seinem bewundernden Publikum loszureißen.«

»Eher oben im Crow's Nest, wo er bei Ralph versucht, die Preise runterzuhandeln«, entgegnete ich.

»Es wäre besser, er würde den Weg zum Pantry finden«, sagte Luis, »und was zum Essen kaufen. Ihr Jungs habt versprochen, heute Abendessen zu machen.«

»Ich weiß, ich weiß.«

Es hatte seit dem Morgengrauen geregnet. Anstatt uns wie normalerweise anzuziehen, etwas aufzuputschen und mit Matt und vierhundert anderen Schwulen beim Tanztee in den Pines zu vergnügen, hatten Luis Narvaez, Patrick Norwood und ich uns dazu entschieden, am Nachmittag und frühen Abend in der Wurmhöhe zu bleiben, die Vielfalt der Regenfälle zu beobachten und zu hoffen, daß sie irgendwann einmal enden würden. Als Marcy Lorimer zu uns gekommen war, wurde daraus eine ganz andere Sache – eine Nachmittagsparty. Wir hatten die ganze Zeit gelacht, uns abgeküßt und gegenseitig Julep-Gesichtsmasken aufgelegt, im Eßzimmer herumgesessen und uns Aufnahmen angehört und dabei Bier und von Patrick zubereitete Cocktails getrunken. Wir waren unsere eigene Garderobe und die der anderen durchgegangen und hatten uns für den Abend Kombinationen zusammengestellt – eine für den Ice Palace drüben in Cherry Grove, falls der Regen nachlassen sollte, und eine komplett andere Aufmachung für den Sandpiper hier in den Pines, wenn er nicht nachlassen sollte. Und dann haben wir Karten gespielt.

»Patricia, wann gedenkst du eine Karte abzuwerfen?« fragte ich. »Wir wissen genau, daß du deine Buben fertig zum Marsch aufgereiht hast.«

»Habe ich nicht!« bestritt Patrick. »Und du weißt genau, mein Künstlername ist Isadora, nicht Patricia.« Er legte drei Buben auf den Tisch und ließ ein As auf den Haufen zum Abwerfen fallen.

»Den nehme ich, danke!« sagte Marcy. »Friß oder stirb!«

»Du böse Möse!« rief ich, aber eigentlich kam mir die Dame gerade recht, die sie abgeworfen hatte.

»Ich hab gehört, du warst im Westen. Für das Magazin?«

»Ein Artikel über homosexuelle Schriftsteller. Die meisten von ihnen schon senil.«

»Ich dachte, alle schwulen Schriftsteller sind jung«, erwiderte sie.

»Sprichst du von Andrew Holleran, Edmund White und dieser Bande? Gut, ja, die sind alle zwischen dreißig und vierzig. Aber jeder läßt sich über die aus. Ich dachte, ich könnte über ein paar ihrer Vorfahren schreiben, die weniger berühmten schwulen Schriftsteller.«

»Patrick-Schatz, mach schon!« drängte Luis.
»Zum Beispiel?« fragte Marcy.
»John Rechy war der jüngste. Obwohl offenbar alles relativ ist. Er war wirklich süß. Er hat solche wandgroßen Fotos von James Dean und Marilyn Monroe in seinem Eßzimmer.«
Endlich warf Patrick eine Karte ab. Wir applaudierten.
»Diese Karte wollte ich nicht, Schätzchen!« trillerte Luis und gab vor, es Patrick übelzunehmen. »Ich klopfe immer noch.«
»Lutsch mir doch meinen Fünfzehn-Zentimeter-Lümmel!« sagte Patrick und drehte sich zu mir und Marcy. »Wie habt ihr zwei Kinder euch noch mal kennengelernt?«
»Wir haben Ende der Sechziger im selben Büro gearbeitet«, antwortete Marcy.
»Als Lehrbuchredakteure«, sagte ich. »Welch trübseliger Ort! Wir haben uns damals noch nicht richtig gekannt.«
»Ja. Rog hing immer bei der Schickeria herum. Er war damals hetero.«
»Unsere kleine Rogina? Hetero? Hältst du wohl deinen Mund, Mädchen«, witzelte Luis.
»Er trieb sich immer mit diesen beiden scharfen Mädchen herum, und da dachte ich, er sei hetero. Jeder dachte das.«
»Einschließlich er selbst«, gab ich zu. »Was ist eigentlich aus meinem Chef geworden? Wie hieß er noch? Kovacs?«
Marcy ließ ihre Karten beinahe fallen. »Willst du damit sagen, du weißt das nicht? Du wirst tot umfallen! Einfach tot umfallen, wenn du das hörst!«
»Spuck's schon aus«, forderte sie Luis auf.
»Kovacs hatte sich auf einer Party LSD reingeschmissen. Ich glaube, es war '71. In den Wochen danach haben die Leute ganz allmählich Veränderungen an ihm bemerkt. Und eines

Tages hat Tom McQuill, als er aufs Männerklo gegangen war, Kovacs in rosa Seidenunterwäsche erwischt.«
Luis und Patrick jubelten gleichzeitig.
»Kurz darauf begann er sich zu schminken. Dann ging er in Urlaub, und als er zurückkam, war er nicht mehr Frank, sondern ...«
»Francine!« riefen wir im Chor.
»Habt ihr das schon gewußt?« fragte sie enttäuscht.
»Geraten«, antwortete ich. »Und, hat er die Sache durchgezogen? Sich operieren lassen?«
»Ich vermute. Ich habe dann beim Book Club gearbeitet und seine Spur verloren.« Sie sah in die Runde. »Wer ist dran?«
»Du!« sagten wir alle gleichzeitig.
Marcy nahm eine Karte vom Stapel und legte eine Dreierserie auf den Tisch. »Warst du alleine im Westen, oder hast du Matt mitgenommen?«
»Matt hat ihn mitgenommen«, sagte Luis.
»Das stimmt«, gab ich zu. »Er mußte wegen ein paar Aufnahmen hinfliegen, und ich bin notgedrungen mitgegangen. Dann habe ich von Harte die Zustimmung erhalten, die Interviews mit den Schriftstellern zu machen, so daß ich auch ein paar Rechnungen bezahlen konnte und mir nicht wie eine Konkubine vorkam.«
»Matt ist derjenige, der das ganze Geld verdient«, sagte Patrick.
»Matt ist derjenige, der die ganze Aufmerksamkeit auf sich zieht«, sagte Luis.
»Nein!« protestierte Marcy.
»Das stimmt, Marce. Ich könnte jemanden umbringen, wenn ich in einer Menschenmenge neben Matt stehe, und es gäbe

keinen einzigen Zeugen. Man beachtet mich gar nicht neben ihm.«

»Armer Roger!« säuselte sie. »Für mich bist du hübsch.« Sie umarmte mich halb. »Aber ich dachte, Matt sei Dichter. Ein ernsthafter Dichter.«

»Das ist er auch! Und das ist der springende Punkt, meine Liebe!« erwiderte ich mit der besonderen Betonung, die ausdrückte, daß ich über nichts mehr reden wollte, was Matt betraf, der sich für den vergangenen Monat dazu entschlossen hatte, unter der Woche in den Pines zu bleiben, während ich in die Stadt zurück mußte.

»Wen hast du sonst noch im Westen getroffen?« fragte sie.

»Er hat nicht Patricia Nell Warren getroffen!« sagte Patrick und schmollte.

»Patrick kann ganz hübsch sein«, sagte Luis zu Marcy, »aber er hat den sprichwörtlichen Geschmack einer Hausfrau. Ich habe versucht, ihm das auszutreiben. Gott weiß, ich hab's versucht!«

»Samuel Steward in San Francisco«, antwortete ich. »Er war recht interessant.«

»Wer?«

»Phil Andros. Unter diesem Pseudonym hat er geschrieben.«

»Da fällt mir gerade ein, hat dir Rog schon über die neue Lesbe erzählt, die jetzt beim Magazin arbeitet?« fragte Patrick.

»Marcy kennt sie. Sie scheint in Ordnung zu sein«, sagte ich unverbindlich. Sydelle Auslander war erst seit einigen Wochen beim Magazin. Und in dieser Zeit hatte sie einen »interessanten« Eindruck hinterlassen. Sie war auf die Weise dünn, nervös, elegant und attraktiv, wie es die hageren, modernen Tänzerinnen sind. Sie war sich bewußt, daß sie neu und eigentlich fehl am Platze war, ließ sich davon aber nicht abschrecken, sondern versah ihre Einstellung dazu mit einer Portion Ironie, die sie wiederum noch beliebter machte.

»Eins kapier ich nicht«, meinte Patrick. »Was macht eine Lesbe bei einem Männermagazin?«

»Harte beabsichtigt, das *Manifest* von einem Männermagazin zu einem Magazin für alle Schwulen und Lesben werden zu lassen.«

»Du machst Witze, oder? Mit dem ganzen Männerfleisch darin?«

»Ich wiederhole nur, was Harte mir erzählt hat. Luis, du bist dran.«

»Nein, du bist dran«, entgegnete Luis.

»Wirklich?« Ich hatte während des Gesprächs den Überblick verloren. Was brauchte ich für mein Blatt? Oder eher, was für eine Karte konnte ich nicht gebrauchen? »Tut mir leid!« entschuldigte ich mich und zog eine Dame vom Stapel. Dann berichtete ich weiter: »Ich habe auch Isherwood getroffen. Er war der netteste von allen.«

»Ich muß es tun!« erklärte Luis plötzlich mit äußerst kubanischer Leidenschaft.

»Der nimmt ja alle Karten!« schrie Patrick.

»Wenn ich es nicht tue, sterbe ich vor Langeweile«, erwiderte Luis und nahm wirklich alle Karten auf, die wir abgelegt hatten, außer zwei. »Ich hasse es zu warten.« Er machte sich sofort an die Arbeit und sortierte die Karten auf seiner Hand.

»Don Bachardy ist Isherwoods Geliebter«, fuhr ich fort. »Ein feiner Künstler. Na ja, er hat angerufen und gesagt, er wolle mich abholen, weil ich ihr Haus eventuell sonst nicht finden würde. Sie wohnen in Pacific Palisades.«

»Und das darf nicht mit Pacific Heights in San Fancisco verwechselt werden«, ergänzte Luis.

»Sprich das r aus, Luis«, sagte Patrick.
»Er hat es nie ausgesprochen, auch nicht, als er dort gelebt hat«, erklärte ich. »Ihm ist es zuzuschreiben, daß wir uns kennengelernt haben. Er war Barkeeper. Ein Freund von meinem Freund Calvin Ritchie. Habe ich dir jemals von Calvin erzählt?« fragte ich Marcy.
»War das, bevor du die Catering-Firma gegründet hast?« wollte sie wissen.
»Wir haben sie dort gegründet, und ich habe sie hierher verlegt«, sagte Luis, der immer noch seinen Haufen Karten sortierte. »Als ich mich von meinem Partner getrennt hatte.«
Marcy wendete sich an mich. »War das nicht zu der Zeit, als du Matt kennengelernt hast, Rog?«
»Dort und damals«, gab ich zu und fragte dann, um das Thema zu wechseln: »Wovon habe ich vorher geredet?«
»Von Isherwood«, erinnerte mich Patrick.
»Richtig! Also, Bachardy kommt in dieser grauen Ford-Limousine an. Und als ich mich vorne reinsetze, höre ich, wie jemand von hinten »hallo« zu mir sagt. Und da liegt der fünfundsiebzigjährige kranke Isherwood, gebettet auf so eine Art Schaumstoffpolster, mit Kissen in rauhen Mengen.«
»Hat er ein gutes Interview gegeben?« fragte Marcy.
»Ja, es war nicht schlecht.«
»Wirst du zur großen Party in den Pines da sein, Marcy?« erkundigte sich Patrick.
»Ich weiß nicht …« Sie sah mich an.
»Es wird fabelhaft werden«, sagte Patrick. »Wir machen alle auf Kinostars aus den Dreißigern und Vierzigern.«
»Ich würde immer noch gerne wissen, was diese junge Lesbe beim *Manifest* macht«, meinte Luis.

»Sie ist nicht mehr so jung«, sagte ich. »Vielleicht ... dreißig?«
»Mindestens«, stimmte Marcy zu. »Und sie ist schon ein bißchen herumgekommen, war Rechtsanwaltsgehilfin, Sozialarbeiterin und hat für lokale Tageszeitungen in White Plains, Scarsdale und Albany gearbeitet.«
»Und getanzt?« fragte ich.
»Das tut sie immer noch. Sie wollte, wie so viele von uns, eine richtige Tänzerin werden.«
»Beim Ballett ist's immer nett.«
In dem Moment erhielt ich die einzig wahre Karte. »Rommé!« sagte ich so ganz nebenbei und zeigte meine leere Hand.
»Nein!« schrie Luis. Er hatte noch mehr als zehn Karten. »Das kannst du nicht machen. Du hast nicht geklopft.«
»Ich kann und ich habe. Ich muß nicht klopfen.«
»Sanitäter! Oh, einen Sanitäter!« rief Patrick, der einen Ohnmachtsanfall simulierte.
»Marce, zähl bei mir fünfundsiebzig Punkte dazu«, sagte ich voll Freude über ihren Schmerz. »Ich glaube, ich gewinne.«
»Ich habe Hunderte von Minuspunkten«, stöhnte Luis. »Ich bin verloren! Dem Untergang geweiht!«
Patrick zählte bereits nach, wieviel er abziehen mußte.
»Gut, daß ich diese Asse losbekommen habe«, meinte Marcy.
Natürlich wählte Matt genau diesen Moment, um nach Hause zu kommen.
»Hallo, schaut mal, was die Katze euch anschleppt«, sagte er, schüttelte den großen Regenschirm draußen vor der Fliegentür aus und spannte ihn auf.
»Wir hoffen, die Katze hat auch etwas zum Essen mitgebracht«, erwiderte Luis.

»Hab ich, hab ich.« Matt zeigte auf eine braune Papiertüte und stellte sie auf die Theke. »Komm rein«, drängte er jemanden. Aufgrund der Dunkelheit konnte ich nicht erkennen, wer hinter Matt war, bis beide ins Licht traten. Matts Stimme klang fröhlicher als vorher, als er fortgegangen war.

»Wer ist das?« fragte Patrick, und dann: »Ist das nicht …? Er ist es! Seht mal, Kinder! Das ist Alistair Dodge!«

Der Regen ließ bei Einbruch der Dunkelheit nach. Um uns herum stieg der Dampf sanft von der Terrasse des Blue Whale auf. Jenseits des weißen Geländers hatte sich schnell ein Nebel auf dem schwarzen und seidigen Wasser zwischen den Bootsstegen zusammengezogen, der die Lampen an den Masten der gegenüber festgemachten Yachten, Jollen und Ketschen in ein Karnevalsleuchten verwandelte.

»In Nächten wie dieser würde ich die Pines nie mit Saint-Tropez tauschen wollen«, sagte ich und versuchte gleichzeitig ironisch und ernsthaft zu sein.

»Ja, es ist bezaubernd«, stimmte Alistair zu und zerdrückte eine Sobranie Filter in seinem kreolischen Reis, den er nicht angerührt hatte, und goß sich den Rest des '74er Saint-Emilion ein. »Der hübsche Kerl hinter der Bar?« Er zeigte mit seinem Glas Richtung Theke.

»Martan. Schweizer. Riesiger Schwanz. Steht auf schlaksige zwanzigjährige Knaben«, berichtete ich.

»Mein Cousin ist unbezahlbar«, erklärte Alistair und beobachtete Matt, der die ganze Zeit in das Restaurant starrte. »Ich sagte gerade, mein Cousin sei unbezahlbar. Er kennt jeden hier und weiß alles über sie. Hallo?« trällerte er.

»Entschuldigt.« Matt kam wieder zu sich. »Ich wollte sehen, ob Thad schon frei hat.«

»Das ist der große, hübsche, dünne Blonde«, erklärte ich. »Unser Oberkellner.«

»Derjenige, der dir den rechten Nippel gequetscht hat, als wir reingekommen sind?« fragte Alistair.

»Genau der.«

»Er hat seinen Freund vor ein paar Wochen verloren«, setzte Matt die Erklärung fort. »Er sagte, er sei deprimiert und brauche jemanden zum Reden.«

»Na sieh mal an, Matthew! Du bist ja ein richtiger Altruist!« sagte Alistair.

»Jetzt oder nie!« Matt stand auf, entschuldigte sich und ging hinein.

»Erinnerst du dich an das große Fotomodell, Jed Billingsly?« fragte ich Alistair. »Er war Thads Freund. Ist nach einer Überdosis Angel Dust ausgeflippt und aus dem Fenster im dreizehnten Stock gesprungen.«

Ich wollte Alistair schockieren. Und ich hatte Erfolg.

»Du meinst, er hat seinen Freund … verloren, ihn nicht nur irgendwo verlegt …, sondern richtig verloren … Nicht, daß Fusel besser wäre. Allerdings ist man mit Schnaps schon in dem Moment, in dem man paranoid wird, zu fertig, um sich was anzutun.«

»Du sprichst wie jemand, der das erlebt hat.«

»Wie jemand, der genug gesehen hat«, korrigierte Alistair.

Dann herrschte eine Weile Schweigen.

Plötzlich sagte Alistair: »Matt sieht gut aus, besser als gut, wirklich. Man vergißt da drüben, wie absolut schön amerikanische Männer sind. Natürlich trifft man dort auch Atemberaubendes – einen jungen Alain Delon zum Beispiel, der aussieht, als wollte er ein Verbrechen begehen, oder einen alpinen

Adonis, der so kräftig ist, daß er seine Lederhosen zum Platzen bringt. Aber hier! Hier findet man sie überall, wohin du dich auch drehst und wendest! Der Tanztee war ...« Die Worte sprudelten nur so aus ihm heraus. »Und du, Roger, du siehst besonders ausgeglichen aus. Als ob all das hier mit dir übereinstimmte.«

Ich wünschte, ich könnte dasselbe über ihn sagen. Aber mein Schweigen drückte genug aus.

Dann erzählte er Einzelheiten über seine Fahrt durch das Bermuda-Dreieck von den Turks- und Caicos-Inseln in einer Zwanzig-Meter-Yacht mit Tom und Juerg.

Als er geendet hatte, fragte ich: »Ein Spaziergang?«

Ich stand auf und machte dem Kellner das Zeichen für die Rechnung. Paolo zeigte auf Matt und Thad an der Bar. Einer der beiden hatte sich schon darum gekümmert.

Da ich nicht wußte, wie vollgetankt Alistair war, aber ziemlich genau wußte, wie tückisch ein nasses Deck sein konnte, faßte ich ihn am Arm, als wir die Stufen vom Deck hinuntergingen und uns in Richtung auf die innere Biegung des kleinen Hafens der Pines bewegten.

Mit einem Seitenblick auf Alistair dachte ich: Er ist doch kein Dickwanst geworden. Ich war nämlich überzeugt gewesen, daß er genau das werden würde, als er San Francisco verlassen hatte. Statt dessen war er fast wieder er selbst – auf seine eigene Art lustig, zynisch und ungehemmt. Aber wo war Doriot?

Am Fährenanlegeplatz, wo die einzige Straßenlaterne der Pines genug Licht ausstrahlte, um sichtbar zu machen, daß jede Planke auf den Decks mit Wasser vollgesaugt war, hatte sich der Nebel zusammengezogen.

Alistair breitete seine Windjacke auf der Bank aus, die am

Anlegeplatz stand. Wir setzten uns. Hinter uns tropfte und tropfte es von den Pinien.

»Das Haus«, fing Alistair an, »ist das deins?«

»Schön wär's. Das haben wir gemietet. Matt und ich und Luis und Patrick.«

»Aber ihr seid dort offiziell angemeldet, oder? Wenn ich mir etwas schicken lassen möchte, könnte ich dann eure Adresse angeben?«

»Ich denke, ja. Doch hier tragen sie keine Post aus. Man muß sie in dem kleinen Postamt abholen. Warum?«

»Macht es dir was aus, wenn ich mir was auf deinen Namen schicken lasse?«

»Post wird nur sporadisch geschickt, dienstags, donnerstags und samstags. Wieso?«

»Das ist in Ordnung. Ich habe vor, eine Weile hierzubleiben. Mit Tom und Juerg.«

Da er nicht erzählte, warum, sagte ich: »Klar, schick es auf meinen Namen, 420 Sky Walk.«

»Sky – Himmel!« schwärmte Alistair. »Aber ihr nennt es nicht so?«

»Wir nennen es Wurmhöhe. Der Name entstand irgendwie letzten Sommer im Ozone Beach Club.«

»Die Adresse«, erklärte er, »brauche ich, um mir die endgültigen Scheidungspapiere schicken zu lassen.«

»Das tut mir leid, Stairs.«

»Nicht so leid wie mir.«

Es war nicht absolut unerwartet gekommen. Und doch auch wieder. Ich war einen Moment lang in Schrecken versetzt und fragte mich, ob er hier vor mir zusammenbrechen würde, hier in den öffentlichsten zwei Quadratmetern der Pines.

Ich wußte, daß ihre Ehe nicht leicht gewesen war. Nach

endlosen Flitterwochen in Europa waren sie in die Bay Area zurückgekehrt, als ich immer mehr Zeit in San Francisco verbrachte. Sie hatten dort ihre Kunstgalerie auf der Sutter Street eröffnet, und ich hatte die ersten Vernissagen besucht. Aber dann war ich an die Ostküste zurückgezogen und sah sie nur noch auf ihren häufigen Reisen. Ich hatte gehört, daß sie die Galerie ein Jahr gehalten und dann abgestoßen hatten, nach Europa gezogen und von hier nach da gereist waren und an Orten gewohnt hatten, die ich nicht kannte und mir nicht leisten konnte. Ich hatte angenommen, daß jegliche Probleme, die ich in der Beziehung zwischen Alistair und Doriot für möglich gehalten hatte, unter Unmengen von Geld und hinter den Ablenkungen des Lebens in der schicken europäischen Gesellschaft versteckt worden waren.

Nicht ganz. Ein paar Jahre waren vergangen, dann tauchte Alistair plötzlich wieder in Amerika auf. Er und Doriot befanden sich versuchsweise in Trennung, die er als ausgedehnte Soloferien und Fickfete betrachtete. Er war ein paar Tage mit mir und Matt in das tolle kleine Haus gefahren, das wir in Truro am Cape gemietet hatten. Nach dem ersten Abend hatten wir wenig von Alistair gesehen. Er war darauf aus gewesen, mit allem, was männlich war, halbwegs annehmbar aussah und ihm hinterherlief, eine Nummer zu schieben. Er war nach Frankreich zurückgekehrt, zu Doriot, um, wie ich annahm, sein Eheleben fortzusetzen.

Jetzt erinnerte ich mich an ein Telefonat, das ich mit Doriot acht Wochen zuvor spät in der Nacht geführt hatte. Mehrere Jahre hatten wir nicht miteinander geredet oder uns getroffen, und ich war erstaunt, als sie sich am anderen Ende aus dem Château meldete, in dem sie außerhalb von Paris wohnten.

»Du kennst Alistair besser als jeder andere«, hatte sie mit

gepreßter Stimme gesagt und hatte sich kaum unter Kontrolle. »Was soll ich nur tun, damit er ... hier bei mir ... ein Mensch bleibt? Er ist ... zum Monster geworden.«

Wenn sie nicht so verzweifelt geklungen hätte, hätte ich sie zum Teufel gejagt. So aber riet ich ihr: »Schick ihn für ein Wochenende nach Paris. Schick ihn in die Sauna.«

Ihre Frage war langsam gekommen: »Bin ich nicht ... genug?«

»Du denkst falsch. Es hat nichts mit dir zu tun. Mach, was ich dir sage, und laß ihn aus seinem System ausbrechen. Er wird monatelang davon profitieren.«

»Das kann ich nicht«, hatte sie erwidert und schnell zu belanglosen Themen gewechselt. Bevor ich aufgelegt hatte, hatte ich ihr noch einmal geraten: »Schick ihn für ein Wochenende nach Paris.«

Das hatte sie nicht getan. Sie hatte sich nicht dazu durchringen können. Und jetzt ließen sie sich scheiden.

»Doriot war alles, was ich mir jemals wünschte«, sagte Alistair mit tragischer Stimme. »Über diese Niederlage werde ich nie hinwegkommen! Nie!«

»Hör auf, Stairs. Du bist doch auch über den Bruch mit diesem – wie hieß der noch? – Michael, nicht wahr, hinweggekommen. Es ist hart, ich weiß, aber auch das wird vorbeigehen.«

»Da du gerade von ihm sprichst – an dem Tag, als ich Sainte-Anne-en-Haute verlassen habe, habe ich erfahren, daß Michael gestorben ist. Ist mit der Cessna abgestürzt, die er von meinem Geld gekauft hat. Und weißt du was? Ich bekomme das Grundstück zurück, das wir zusammen an der Küste besessen haben.«

»Also bist du nicht mittellos?«

»Im Gegenteil, denn mit den Anwälten von Doriots Familie haben wir eine Vereinbarung ausgearbeitet. Ich werde besser dastehen als jemals zuvor. Ich wollte es nicht, aber ihr Vater bestand darauf. Es hat sich herausgestellt, daß er mich mag, der verrückte Bastard. Er will, daß wir in Kontakt bleiben.«
»Na siehst du. Es schaut schon so aus ...«
Er griff nach meinem Arm. »Was macht es für einen Unterschied, wieviel es ist oder wer mich mag, Stodge? Mein Leben besteht aus einer Serie endloser Fehlschläge. Bis jetzt habe ich keine einzige Sache erfolgreich durchgezogen.«
Auch in der Dunkelheit konnte ich sehen, daß Tränen aus seinen Augen quollen.
Ich sprach mit ruhiger Stimme und gab alle möglichen dummen, belanglosen Dinge von mir, von denen ich hoffte, sie würden ihn ablenken.
Schließlich sagte er: »Ist schon gut! Das reicht! Hör auf! Du gibst eine schlechte Figur dabei ab, mich aufzurichten, du hast einfach nicht den Dreh raus.«
Mittlerweile wurde das »Geschäftsviertel« der Pines belebter. Vier Kellner, die gerade aufgehört hatten zu arbeiten, plauderten miteinander. Ein Trio von Nutten hatte seine Taschen unter der hinteren Terrasse des Sandpiper verstaut und stellte sich in Position.
Alistair und ich standen auf, und er legte einen Arm um meine Schulter und strich zu meiner Überraschung seine Wange über meine.
»Danke, daß du mir zugehört hast. Ich schwöre, ich werde dir in Zukunft keinen weiteren Sturm und Drang aufhalsen, auch wenn ich befürchte, daß es davon noch einigen geben wird.«
»Ist schon gut«, sagte ich.

Wir gingen den Hafenweg entlang an den Kellnern vorbei. »Ich bin betrunken und möchte ins Bett. Bringst du mich nach Hause?« fragte Alistair.
Also begleitete ich ihn bis zu der Stelle, wo Tom und Juerg festgemacht hatten.
Als ich ihm aufs Boot half, wirkte Alistair plötzlich so seltsam, wie man nur durch Alkohol werden kann, aber er schaffte es dennoch unter Deck.
Ich ging bis zur Spitze des Gehwegs weiter, der in die Great South Bay hineingebaut war. Dieser Fleck war mir gut bekannt. Wasserflugzeuge landeten und starteten hier. Genau an dieser Stelle war ich gestern abend angekommen, und in weniger als vierundzwanzig Stunden würde ich wieder hier sein, um ein Flugzeug zurück nach Manhattan zu nehmen. Matt und ich waren in den ersten Jahren, in denen wir den Sommer auf der Insel verbracht hatten, oft hierhergekommen. Wir waren selten allein. Heute abend allerdings war ich das – allein in der schnell trocken werdenden Luft beobachtete ich den Nebel, wie er von der Insel fortgeblasen wurde. Allein, zurückgelassen mit dem, was Alistair alles gesagt hatte.
Es mußte eine ganze Weile vergangen sein, als meine Nase plötzlich die sonderbare und zugleich typische Mischung aus Körpergeruch, Leder und leicht verflogenem Rasierwasser wahrnahm, die nur von ... und in genau diesem Augenblick spürte ich das suchende und zur selben Zeit besitzergreifende Streicheln von unten nach oben über meinen Rücken und meine linke Brust ...
»... ist dunkel und tiefer als jede Kluft im Meer / wo hinein der Mensch fällt ...«, zitierte Matt unvollständig, aber passend, da er von dort aus, wo er stand, seine Hand zwischen meinen Arm und den Ärmel meines Polohemds schob, um zu

meiner rechten Brustwarze vorzudringen, die er festhielt und leicht knetete. Er hatte sich so dicht an mich gepreßt, daß er mich vor dem leichten Wind aus der Westbucht schützte.
»Bist du mit Thaddeus schon fertig?« fragte ich.
»Kaum«, antwortete Matt mit leichtem Glucksen. »Für heute nacht ja.«
Wer weiß, was das genau bedeutete. Ich nicht – und wollte es nicht wissen.
»Ich habe ihn zum Boot gebracht«, sagte ich und meinte Alistair. »Er wird ein paar Tage hierbleiben. Du doch auch, oder? Ich weiß, dir ist er egal, aber versuch einfach, es ihm nicht zu zeigen.«
Matt knabberte an meinem linken Ohr.
»Matt?«
»Hm?« murmelte er. »Denkst du nicht, er wird sich ... mir aufdrängen?«
»Alistair wird kaum aufdringlich sein. Er ist mit Freunden hier.«
Matt war wieder an meinem Ohr.
»Was ist mit dir?« fragte ich.
Ich nahm an, Matt würde Thad während der Woche treffen. Konnte ihre Beziehung noch platonisch sein?
»Matt, du benimmst dich wie ein junger Kerl, der geil ist.«
Er schmiegte sich noch fester an mich, faßte mich um Arme und Oberkörper und flüsterte in mein Ohr: »Ficken, ficken, ficken.«
Ich versuchte mich herauszuwinden. »Geh zu einem deiner kleinen Hasen und sag ficken, ficken.«
»Du bist mein offizieller Geliebter. Du mußt es mit mir machen, wann immer ich will.«
»Wer sagt das?«

»So lautet das Gesetz«, bestand er darauf. »Du bekommst Vergünstigungen dafür. Folglich mußt du es machen.«
»Was für Vergünstigungen?« fragte ich lachend.
»Endlose Vergünstigungen. Soziale Stellung. Die tägliche Eifersucht tausender Tunten. Endlose Vergünstigungen und endlose Freude!«
»Du träumst wohl!« sagte ich und merkte in diesem Augenblick, daß die Lichter unter Deck der Yacht, auf der Alistair war, angingen. Sie signalisierten mir, daß er nicht eingeschlafen war, wie ich gedacht hatte, nicht angezogen in halb alkoholisierter Betäubung in seine Koje gefallen war, sondern wach, sogar wachsam, und uns beobachtete und wollte, daß wir wußten, daß er uns beobachtete.
»Laß uns gehen, ja?« meinte Matt.
»Es ist ein weiter, weiter Weg bis Sky Walk«, ärgerte ich ihn.
Eigentlich war der Weg nicht sehr weit, und wir hatten schon einige Sommer lang geübt, so daß es uns geradezu anregte, neue Möglichkeiten zu finden, an jeder Kreuzung miteinander zu spielen, uns zu ärgern und sexuell zu reizen. Als wir es endlich ins Haus geschafft hatten, hätte uns weder ein Wirbelsturm noch das Ende der Welt aufhalten können.
Kurze Zeit, nachdem wir in unserem Schlafzimmer waren, vernahm ich ein merkwürdiges Geräusch. »Hörst du was?« fragte ich Matt.
»Das sind die Pinien. Das Haus schwebt vier Meter über dem Boden auf Holzpfählen«, antwortete er.
»Nein, das ist es nicht. Vielleicht die Vordertür.«
»Patrick und Luis. Die gehen zum Tanzen.«
Und wieder vernahm ich das Geräusch. Natürlich könnte Matt recht haben. In diesen Häusern war jede Art von Geräuschen

zu hören. Vielleicht war es nur Marcy, die aufgestanden und ins Bad gegangen war.
»Was ist, wenn es ein Einbrecher ist?« fragte ich. Matt schien das bei seinem Liebesspiel egal zu sein.
»Wir haben nichts Wertvolles zum Klauen.«
»Was ist, wenn es ein Vergewaltiger ist?«
»Das wäre schlecht für ihn«, antwortete Matt. »Ich habe das Vorrecht.«
»Ich verstehe. Was ist eigentlich los mit dir heute abend?« fragte ich.
»Warte eine Sekunde«, sagte Matt und kam ein zweites Mal. Er küßte mich leicht, hob seinen Körper von meinem und legte sich neben mich.
»So, was genau wolltest du wissen?«
»Du bist die ganze Woche hier auf der Insel. Ich hatte nur angenommen ...«
»Was angenommen? Daß ich den ganzen Tag rumbumse?«
»So in der Art, ja.«
»Gut, das tue ich nicht. Ich habe meine Ansprüche, wie du weißt. Und einen Ruf.«
»Das hast du genau in dem Ton von Little Lulu gesagt.«
»Das heißt?« fragte er.
»Du hast zwar in einem hochnäsigen Ton gesprochen, aber trotzdem nichts erreicht.«
Matt seufzte schwer: »Ahhh! Ich bin todmüde!«
Das war nicht überraschend. Wir hatten bis dahin eineinhalb Stunden rumgevögelt.
»Ich glaube, ich will heute nacht nicht ausgehen«, sagte ich. »Harte ist in L.A., also habe ich Pause. Ich weiß was! Ich werde früh aufstehen und für meinen Liebling und meinen feministischen Gast ein großes Frühstück vorbereiten.«

Matt erhob sich. »Ich muß pinkeln.« Er taumelte leicht nach links, fing sich im Türrahmen, ging aufs Klo und pinkelte laut. Als er wieder herauskam, hielt er einen Rasierer und eine neue Papierfeile in der Hand, die er mir beide in den Schoß warf. »Los, Junge, aufstehen und arbeiten. Deswegen bist du doch da, das weißt du genau. Deswegen und weil du ein gutes Lustobjekt bist.«

Er ließ sich schwer aufs Bett fallen und schob seine Jeans runter. Ich krabbelte an das andere Ende des Bettes und zog sie ihm vollständig aus, ebenso seine Stiefel, den einen richtigen und, weit vorsichtiger, den anderen mit seiner eingebauten Plastikkonstruktion. Dann die Socken. Und den Spezialstrumpf aus Nylon über *dem* Fuß. Er sah heute abend geschwollen aus. Vorsichtig rasierte ich den betroffenen Bereich, damit keine Haare heimtückisch nach innen wachsen und die Stelle eitern lassen konnten. Dann kratzte ich mit der Papierfeile die abgestorbene Haut ab und bedeckte den ganzen Fuß mit antibiotischem Puder.

»Matt?«

»Danke, Baby. Komm her, ja?«

»Ja. Aber zuerst ... wegen Thaddeus ... Du bist nicht ...«

Matt war schläfrig, doch immer noch stark genug, um mich neben sich hinaufzuziehen.

»Was bin ich nicht? ... Ich hab dir gesagt, daß ich mit Thad nicht im Bett war.«

»Du bist nicht dabei ... dich in ihn zu verlieben, oder?«

»Warum sagst du so was?« fragte er, aber eigentlich klagte er mich an. »Wir hatten so eine schöne Nacht miteinander, und du ...«

»Ich habe das Recht zu wissen, ob du es bist«, entgegnete ich.

»Weißt du, das nächstemal, wenn ich mit dir schlafen möch-

te«, murmelte er in sein Kissen, »werde ich deinen Redaktionsassistenten anrufen und einen Termin ausmachen.«
»Schmarotzender Bastard!«

Vier Telefone klingelten gleichzeitig, und alle für mich.
Der Knurrfisch nahm sie entgegen und schrieb Nachrichten auf. Dann sah er mich an, zeigte auf ein Telefon und hielt einen Finger hoch, damit ich Leitung eins abnahm. Keine zwei Meter entfernt saß Sydelle Auslander mit ihren langen, gekreuzten Beinen an ihrem Schreibtisch und telefonierte ebenfalls. Sie hing in der Warteschleife und blätterte währenddessen einen Prospekt durch. Das, dachte ich, ist meine Mannschaft. Gott hilf mir.
»Der Chef will dich sprechen!« informierte mich der Knurrfisch. Und, bevor ich nachfragen konnte: »Ich weiß nicht. Er hat nichts gesagt.«
»Dann behalte es für dich, Bernard«, entgegnete ich, »und ersticke daran! Wer waren die anderen?«
Er ging die Nachrichten durch. »Niemand Wichtiges. Niemand Wichtiges. Und dein Tanzpartner.«
»Jeffrey? Mit dem wollte ich sprechen. Hast du ihm gesagt, daß ich die ganze Zeit versucht habe, ihn zu erreichen?«
»Ja. Er erzählte mir, er sei in der Sauna gewesen und habe Mr. Wrong aus Cincinnati kennengelernt. Er war seit zwei Tagen nicht zu Hause gewesen.«
»Ist er jetzt daheim?«
»Er hat mir drei Nummern gegeben. Gehst du nicht hinein?«
»In ... einer ... Minute!«
»Weißt *du,* worum es geht?« fragte der Knurrfisch.
Nein, ich hatte keinen Schimmer. Aber ich wußte, daß es

immer Ärger bedeutete, wirklichen Ärger, wenn Harte mich zu dieser Zeit am Nachmittag in sein Büro rief.

Ich legte den Hörer auf, erhob mich, drehte mich zur Tür zum Büro unseres Herausgebers – und ging statt dessen geradewegs in das Studio des Art Directors nebenan.

Newell Rose hockte im Lotussitz auf dem Boden. Das Studio sah ungewöhnlich sauber und ordentlich aus, auch für solch einen analfixierten Typen wie Newell. Sein Leuchttisch war leer, unbenutzt und ausgeschaltet. Sein Schreibtisch war aufgeräumt. Klebebandrollen, Bündel zusammengewickelter Gummibänder und Klebstoff waren nach Größe und Farbe auf einer Seite aufgereiht. An den Wänden hing an Tafeln, die genau doppelseitiges Format hatten, die gesamte aktuelle Ausgabe unseres Magazins bereit, um von unserem Drucker in etwa einer Stunde abgeholt zu werden. So hoffte ich jedenfalls – oder sprach etwas dagegen?

Ich dachte, Newell wüßte etwas über den drohenden Ärger oder zumindest, daß er im Anmarsch war. Andernfalls wäre er nicht so damit beschäftigt, sein Zentrum zu suchen. Aber ich war mir nicht sicher.

»Ich will dich ja nicht stören«, sagte ich, »aber Harte hat mich gerade in sein Büro rufen lassen. Deshalb ...«

»Scheiße! Verdammt! Pisse! Nigger! Jude! Spaghettifresser!« sang Newell sein Mantra herunter, ohne seine Lippen zu bewegen.

»... dachte ich, ich sollte dich warnen«, beendete ich den Satz und verdrückte mich schnell wieder aus seinem Büro.

Wenn Harte mich sehen wollte, hieß das, daß in der letzten Minute Änderungen vorgenommen werden mußten, und alle Änderungen in der letzten Minute hießen, daß Newell dableiben und diese unter Qualen an den Tafeln vornehmen mußte, da er bereits in diesem Stadium der Fertigstellung des Magazins ein vollständiges Universum von Ordnung, Schönheit und Perfektion geformt hatte. Um was herum? Um die fertige Ausgabe natürlich! Die Harte – mit mir als seinem Ausführenden – plötzlich, gedankenlos und dämonisch zerstören wollte. Als ich in den überdimensionalen Presseraum mit dem riesigen Fenster zurückkam, hing der Knurrfisch schon wieder am Telefon. Er erspähte mich, riß den Hörer über seinen Kopf und schwenkte ihn hin und her. In der seltsamen und vielleicht auch primitiven Bedeutung der Körpersprache meines Redaktionsassistenten beim *Manifest,* Bernhard Gunzenhausen, bedeuteten das Hochhalten des Hörers und ein derartiges Schwenken Entscheidung und Verzweiflung, bedeuteten, daß nur zwei Personen am anderen Ende der Leitung sein konnten – der Präsident der Vereinigten Staaten, den der Knurrfisch wegen seiner Macht respektierte, obwohl er ihn persönlich verachtete, oder Matt Loguidice, den er uneingeschränkt verehrte und wegen dem er willentlich den demütigendsten und schmerzvollsten Tod sterben würde.

Ich ging zum nächsten freien Telefon an den leeren Schreibtisch eines Werbefachmanns und schaltete auf Leitung vier. Es war nicht Matt. Es war:

»Hallo, Cousin. Ich hoffe, ich erwische dich nicht ungelegen.«

»Alistair? Wo bist du?«

»Im Moment bin ich in der Telefonzelle von Pines Harbour. Der Grund, warum ich anrufe, ist, daß etwas ... Tom und Juerg haben sich entschlossen, mit ihrem Boot nach Bar Harbor weiterzufahren, und meine ... die ... du weißt, die Papiere sind noch nicht angekommen.«

»Warst du auf dem Postamt?«

»Ja, öfter. Ich kann wirklich nichts unternehmen, solange die

Sache nicht erledigt ist. Ich wollte wissen ... Ihr habt ein Gästezimmer. Könnte ich vielleicht bei euch bleiben, bis ...«
Gefahr im Verzug! Matt würde Junge kriegen, wenn ich ihn anrufen und fragen würde.
»Du weißt, was mich betrifft, geht das in Ordnung«, sagte ich.
»Aber ich muß das erst mit den anderen abklären. Luis und Patrick und ...«
»Matt hat sie schon angerufen, und sie haben zugestimmt«, überraschte mich Alistair.
»Tatsächlich?« Mein Matt hat das für Alistair getan?
»Ich habe ihm erklärt, daß es nicht für lange sein wird. Nur bis ich die Papiere bekomme und das Geld von unserer Pariser Bank hier auf der Filiale der Chemical Bank eintrifft.«
Ich war immer noch erstaunt, daß Matt zugestimmt hatte. Er war sonst so übertrieben mit seiner Privatsphäre. Es sei denn ... Hat er es vielleicht wegen mir getan, weil er ein schlechtes Gewissen hatte, daß er so viel Zeit mit Thaddeus verbrachte? (Ich wußte genau, wieviel Zeit. Ich hatte meine Bekannten, meine Freunde, meine Spione am und um den Hafen herum und im Bootel.) Was auch immer der Grund war, ich mußte Matt später anrufen und ihm versprechen, etwas besonders Nettes für ihn zu tun. Falls ich es überhaupt schaffte, an diesem Wochenende hier herauszukommen.
»Nun, wenn das mit Matt und den anderen klargeht ...«
»Er hätte in der Sache nicht großzügiger verfahren können«, versicherte mir Alistair. »Wir sehen dich heute abend, richtig?
»Hängt davon ab, was hier passiert.«
»Ich frage deswegen, weil wir geplant haben, heute abend zusammen zu kochen.«
Matt kochen? Der läßt doch Wasser anbrennen! Aber Alistair scheint in den Jahren als Ehemann und Mitbesitzer eines

französischen Châteaus Kochen gelernt zu haben. Ich sagte ihm, er brauche sich nicht um mich zu kümmern. Oder sie sollten höchstens eine Stunde warten. »Ich werde Matt anrufen, wenn ich weiß, wie hier alles abläuft.«
»Nochmals danke. Du bist ein Lebensretter.«
Dem Knurrfisch, der schamlos gelauscht hatte, sah man all seine Fragen an. Wer war Alistair? Wo wohnte er? Was machte er? Welche Rolle spielte er in meinem Leben?
Das ist einer der Nachteile, wenn man einen wahrhaft guten, einen wirklich engagierten Assistenten hat – sie setzen sich mit ihrem ganzen Leben ein. Sie bewundern den, den du magst, und verachten und verabscheuen den, den du nicht magst. Ihnen ist keine Mühe zu groß, Dinge für jemanden aus deinem Leben zu tun, die du nur tun würdest, wenn du Zeit hättest, und diejenigen zu ruinieren und fertigzumachen, denen du Ärger bereiten würdest, wenn du Zeit dafür hättest. Kurz gesagt, sie helfen dir, dich dein Leben etwas besser, ausgefüllter und zufriedener leben zu lassen. Gleichzeitig allerdings lenken sie die Aufmerksamkeit dadurch auf sich, daß sie immer da sind. Dafür mußte der Knurrfisch wie alle diese guten Redaktionsassistenten ab und zu in seine Schranken verwiesen oder auch niedergeschlagen werden.
»Was ist mit den Säumen an deinen Hosenbeinen passiert?« fragte ich den Knurrfisch unvermittelt. Ich hatte sie gerade bemerkt und konnte es ihm auf diese Art leicht heimzahlen.
»Ist das so etwas wie eine Aufforderung für mich, Harte wegen einer Lohnerhöhung für dich zu fragen?«
Er stand auf und lächelte verlogen. Dies war einer der wenigen Momente, in denen sich der Knurrfisch, wenn auch versteckt, menschlichen Standards für Nettsein annäherte. Er wußte, wir

hatten das Spiel begonnen. Bevor seine grundlegende Unterwürfigkeit zutage trat, antwortete er: »Ausgefranste Hosenbeine an Jeans entsprechen der gegenwärtigen Mode.«
»Vielleicht in Bora Bora! Sicher auch in Lvov oder in Ouagadougou!«
»Was weiß eine Tunte aus den Pines schon von Mode!« konterte er und spritzte sich beim Lispeln selbst mit Spucke voll, dann drehte er sich um und ging zu seinem Schreibtisch zurück.
An ihrem Schreibtisch nebenan tat Sydelle so, als wäre sie zu sehr damit beschäftigt, in ihrer Tasche etwas zu suchen, als daß sie die Verärgerung des Knurrfisches bemerken würde.
Jetzt wagte ich mich in die Höhle des Löwen.
Harte saß am Telefon – natürlich. Er bemerkte mich sofort und winkte mich mit dem jugendlichen Eifer ins Büro, der mich davon überzeugte, daß ich – oder das Magazin – vor einem echten Problem stand.
»Erzähl mir alles! Jede Einzelheit!« sagte Harte zu jemandem ins Telefon.
Ich hing eine Weile meinen Gedanken nach und ließ meinen Blick gerade durchs Büro schweifen, als Harte schrie: »Vollidiot!« Ich wirbelte herum und sah, daß er bereits aufgelegt hatte. Harte hob den Hörer noch mal ab und knallte die Nummer seines Assistenten in die Tasten. »Wenn du ihn noch einmal durchläßt, An-Tho-Nee, werde ich höchstpersönlich Glasscherben an dich verfüttern. Hast du kapiert?« Dann sagte er zu mir: »Was ist das da auf deinem Hals?«
Ich sah an mir hinunter. »Ich nehme an, das sind Knutschflecken.«
Hartes Ärger verschwand, und sein kindhaftes Gesicht leuch-

tete vor Fröhlichkeit. »Schmutz!« rief er. Er sprang auf, rannte zur Tür, öffnete sie einen Spalt und schrie hinaus: »Schmutz! Schmutz! Endlich! Ich habe Schmutz an Roger entdeckt!«
»Beruhige dich, Forrest.« Eine seiner vielen Vorlieben war die, bei seinem zweiten Vornamen genannt zu werden. »Das war mein Freund.«
Stephen Forrest Harte schlug die Bürotür zu und drehte sich zu mir um.
»Dein Freund? Dein Freund, den du schon seit fünf Jahren hast? Matthew der Prächtige?«
»Genau der.«
»Wie absolut grotesk!« Er ging zu seinem Schreibtischstuhl und setzte sich. »Roger, Roger, Roger, wann wirst du das jemals lernen? Tatsächlichen, körperlichen Geschlechtsverkehr im gegenseitigen Einvernehmen mit einem Freund, mit dem man schon fünf Jahre zusammen ist, auch wenn es sich um einen Freund handelt, der zugegebenermaßen aufsehenerregend ist, ist kaum verständlich. Und den Geschlechtsverkehr in der Weise auszuführen, daß der eine notgedrungen den zwiespältigen und krankenhausreifen Beweis an seiner eigenen Person zur Schau trägt! Dies ist in den Augen der Natur, ganz zu schweigen von denen der Kunst, und selbstredend in den Augen aller zivilisierten Menschen, die wenigstens etwas Anstand besitzen, grotesk und nicht akzeptabel!«
»Du meinst, du und Twining, ihr treibt nicht solche Spielchen?«
»Gott bewahre! Twining und ich führen eine ›mariage blanc‹. Darin liegt einer der Gründe, warum wir in die besten Häuser in East Hampton eingeladen werden.«
»Du wolltest mich sprechen?«

»Wollte ich das?« fragte Harte und sah wie ein Kind aus, das dabei erwischt wurde, als es ein Kondom nach Rissen untersuchte.

»Der Knurrfisch hat gesagt ...«

Plötzlich erinnerte er sich. »Ah, richtig! Das hier war's!« Er hielt eine Photokopie des zweiten Hauptbeitrags derjenigen Ausgabe hoch, die in etwa neun Minuten das Studio des Art Directors verlassen und in Druck gehen sollte. Meine Laune sank. Ich hatte bereits vermutet, daß er nicht so gut war. Ich warf einen Blick auf Sydelles Artikel, einen Aufsatz mit dem Titel »Sportlerinnen in der Damentoilette« und meinem Untertitel »Beim Sex werden manche Sportlesben zu richtigen Wölfinnen!«

»Wo liegt das Problem?« fragte ich und versuchte, nicht allzu beunruhigt zu klingen.

»Sie!« Er zeigte auf ein Bild mit einer ziemlich bekannten Athletin. »Wenn wir drucken wollen, daß sie Mösensaft leckt, brauchen wir Beweise.«

»Wir haben gute Beweise. Zwei Mädchen haben gesagt ...«

»Drei! Wir brauchen drei!« forderte er.

»Ach, komm schon!«

»Drei, oder der Tratsch wird nicht akzeptiert!«

»Das Foto ist der Aufhänger für den ganzen Artikel!« argumentierte ich.

»Drei!«

»Gut, dann nimm ihn raus. Mir ist es egal! Du wolltest schließlich, daß sie einen aktuellen Beitrag schreibt«, entgegnete ich verärgert.

»Das will ich immer noch!«

»Ich sage ihr, daß der Beitrag rausgenommen wird«, erklärte ich und wollte gehen.

»Du hörst nicht zu, Rog. Ich *will* den Beitrag! *Du* bringst das dritte Beweisstück! Du mußt mehr als einen Journalisten da mit reinziehen, für den Fall, daß wir gerichtlich belangt werden. Und es wird hilfreich sein, daß du männlich bist.«

»Und wie genau soll ich die Beweise in der Zeit zwischen jetzt und gleich, wenn die Ausgabe in Druck geht, liefern?«

»Hatte Sydelle nicht irgendwas aufgetan? Irgendein Zimmermädchen in einem Motel?«

»Die ist abgesprungen. Ohne Geld sagt sie nichts. Sofort eine postalische Geldanweisung!«

»Du mußt sie anrufen und unter Druck setzen.«

»*Du* setzt sie unter Druck.«

»Du bist der Redakteur.«

»Exredakteur! Zum Teufel mit dir und der da draußen und den ganzen Sportlesben. Weil ich kündige.«

»Du kündigst jeden Monat«, erwiderte Harte, womit er recht hatte.

»Ich bin so erleichtert!« sagte ich, seine Worte übergehend. »Jetzt kann ich etwas mehr Zeit mit meinem Macho-Freund in unserem hübschen Sommerhaus verbringen, anstatt mich in dieser Hölle wie Dreck behandeln zu lassen.«

»Bitte, Roger!« Harte sank plötzlich auf die Knie, griff nach meinen Hosen und bettelte mit der Stimme und dem Gesicht eines kleinen Jungen. »Bitte, bitte, bitte! Du weißt, der Artikel wird toll ankommen. Du weißt, jeder wird über den Artikel sprechen. Du weißt, daß du sie alle in die Tasche stecken wirst.«

Er fuhr noch eine Weile mit seinem unechten Selbsterniedrigungsakt fort und zog meinen sogenannten persönlichen Stolz

beim Magazin mit hinein, wobei er mir Sachen an den Kopf warf, die ich vorher in ganz anderen Zusammenhängen geäußert hatte – kurz gesagt, er ärgerte mich und machte mich wütend, ja, er forderte mich heraus.
Schließlich gab ich nach. »Ich versuch's. Keine Versprechen!«
»Ich weiß, du kannst ...«
»Mir wäre es lieber, wenn der Artikel herausgenommen und sie für *Ms.* arbeiten würde und du mit deinem Freund bumsen würdest!« sagte ich und eilte aus seinem Büro.
Harte streckte sich bis zu seinen vollen ein Meter sechzig und sagte mit äußerster Würde: »Das letzte war unnötig und skurril!«
Ich war bereits durch die Bürotür verschwunden und wünschte, ich hätte eine Handvoll Dolche, die ich dem Grund der Aufregung entgegenschleudern könnte.
»Bernard! Miss Auslander!« rief ich draußen. »Newell! Betty Jean! Krankenschwestern aller Arten und Größen! Zu Hilfe! Das Chaos naht!«
Nur die ersten beiden, die ich gerufen hatte, kamen. Ich hielt den Stein des Anstoßes hoch, aber bevor ich ein Wort über die Lippen brachte, sagte der Knurrfisch: »Er will einen dritten Beweis, richtig?« Er drehte sich zu Sydelle: »Ich hab dir prophezeit, daß du nie mit zwei durchkommen wirst.« Lange genug hatte er sich in der Kunst geübt, Menschen so fertigzumachen, daß sie sich wie Scheiße fühlen.
Sydelle sah aus, als wäre ihr schlecht, aber ich glaubte auch so was wie geheime Freude zu erkennen, mir Ärger zu bereiten. Ich selbst war hin- und hergerissen zwischen dem Wunsch, sie zu trösten, und dem Bedürfnis, sie aus dem Fenster zu stoßen

und zu beobachten, wie sie auf ihrer schicken Mako-Jeans landete.

»Mizz Auslander! Bring das Zimmermädchen aus dem Motel ans Telefon«, befahl ich. »Bernard! Sobald sie sie erreicht hat, übernimmst du das Gespräch.«

»Was hast du vor?« fragte Sydelle.

»Sie weich zu machen. Bernard, du weißt, was zu tun ist. Versprich ihr alles. David Bowies Genitalien auf Toast, wenn es sein muß. Aber nicht zuviel. Schüchtere sie ein. Wenn sie soweit ist, stell sie zu mir durch. Ich werde warten.«

»Einen Moment. Ich verstehe nicht …« begann Sydelle.

Der Knurrfisch war zu seinem Schreibtisch zurückgehastet. Er beugte sich wie eine große haarige Spinne über das Telefon, knackste mit seinen Knöcheln und gluckste vor Freude.

Sydelles Augen weiteten sich. »Was macht ihr …«

»Mizz Auslander! Kein Wort! Einfach wählen!«

Sydelle brauchte eine Viertelstunde, um das unglückselige Zimmermädchen zu erreichen, der Knurrfisch weitere zehn Minuten, um sie in zitterndes Aspik zu verwandeln, und ich noch einmal eine Viertelstunde, um eine Stellungnahme aufzuzeichnen, während zwei andere im Büro – einschließlich Harte lui-même – zuhörten.

Zwei Stunden später, als der neue Teil gesetzt und in den Artikel eingebettet war, war Newell Roses künstlerisches Ego geschlagen und Hartes Herausgeber-Ego gestreichelt worden, der Bote der Druckerei hatte den Raum mit den korrekten Drucktafeln verlassen.

Ich schaute in Hartes Büro und sagte: »Wenn du lieb bist, erwartest du mich Montag nicht.« Schnell schlug ich die Tür zu, bevor er explodieren konnte.

»Sie halten das letzte Wasserflugzeug heute abend für dich

auf«, verkündete der Knurrfisch und gab mir meine Wochenendtasche. »Dein Taxi wartet unten.«
»Bernard, du bist ein Engel. Wenn ich zurückkomme, kriegst du alles von mir, was du willst. Alles!«
»Den Kopf von Sydelle Auslander«, rief er, als er mir in den Treppenflur folgte, wo ich gerade den Aufzugknopf gedrückt hatte, »in einer Hutschachtel von Peck & Peck!« Der Fahrstuhl öffnete sich, und ich stieg ein.

»Hallo! Jemand zu Hause?«
Ich ließ die Wochenendtasche auf den Boden fallen, rollte meine Hosenaufschläge, die nicht naß geworden waren, nach unten und ging in die Küche, wo ich nach etwas zum Trinken, Kauen und Rauchen suchte.
Der Flug war eine Katastrophe gewesen. Die Piloten waren offensichtlich erst bei der Fluggesellschaft angestellt worden, nachdem sie durch alle vorgesehenen psychologischen Tests durchgefallen waren. Auf der Skala waren sie von unverantwortlich bis schizophren einzuordnen. Der Himmelsjockey von heute hatte es amüsant gefunden, alle ruhig fliegenden kleineren Flugzeuge in Sichtweite »im Sturzflug mit Bomben anzugreifen«.
Trotz meiner Rufe antwortete niemand. Ich hatte das Haus zu meiner freien Verfügung. Ich fand, mischte und nippte einen Gin-Tonic, entdeckte einen längeren Stummel aus Matts bestem Michoacán-Gras in einem Aschenbecher und zündete ihn an, zog mich bis auf die Unterhose aus und trat auf die kleine Terrasse vor der Küche.
Als Haus hatte die Wurmhöhe nicht viel zu bieten: Es war eine Hütte aus den frühen Sechzigern auf Pfählen mit Wohnzimmer, Eßzimmer, Küche und einem Schlafzimmer mit Bad.

Einige Zeit später war ein Flügel mit zwei weiteren Schlafzimmern und einem Bad auf der anderen Seite des Wohnzimmers angebaut worden.
Und doch war es als Behausung auch wieder perfekt. Die vordere Terrasse gestattete einen direkten Blick aufs Meer. Die viel breitere Seitenterrasse war durch hohe Pflanzen vor den Blicken der Nachbarn und der Fußgänger verborgen; windgeschützt, war hier der ideale Platz zum Sonnen und Essen. Der schmale Streifen hinter dem Haus nach Norden war sein Geld wert. Er erhob sich so hoch über seine Umgebung, daß wir von hier eine hervorragende Aussicht genießen konnten.
Nun war ich also zurück und schaute in den Sonnenuntergang, der himmlisch vielfarbig zu werden versprach, saß auf einem Geländer etwa fünfzehn Meter über einem steil abfallenden Abhang, rauchte einen Joint, nippte an meinem Gin und fragte mich, wo zum Teufel die anderen steckten.
Plötzlich hörte ich jemanden auf dem Weg zu unserem Haus hinauf schreien:
»Carajo! Das hat mir heute noch gefehlt! Ich bin in einen Nagel getreten!«
Luis und Patrick! Aus ihren Händen fielen zwei braune Taschen voller Lebensmittel zu Boden, während Luis umherhüpfte und Verwünschungen ausstieß und Patrick, groß, braungebrannt und verwirrt, wie er war, hochgestürmt kam.
»Ich brauche den Erste-Hilfe-Kasten!«
»Dein Fuß, Donnerwetter!« sagte ich, als Luis auf die Terrasse hüpfte. »Komm, ich werde ihn schnell verbinden.«
»Oh«, seufzte Luis, »du glaubst mir bestimmt nicht, was das für ein Tag heute war!«
»Rauch einen Joint«, schlug ich vor.

Nachdem ich seinen verletzten Zeh desinfiziert und leicht umwickelt hatte, legte ich mich auf der Seitenterrasse in einen Liegestuhl. Kurz darauf kamen, »My Girl« singend und ein halbes Dutzend Einkaufstüten zwischen sich tragend, Matt und Alistaire nach Hause.
»Du hast es geschafft!« Matt schien überrascht. Er kam zu mir und rieb seine Nase an mir. Sein Atem roch nach Tequila, und er blickte mit sichtlicher Befriedigung auf meine Knutschflecken.
»Rate mal, wo wir waren!« sagte Alistair, der die Tüten abstellte.
»In Harry Belafontes Casa Calypso?«
»Nein, du Dummerchen!«
»Im vollen Barbarella-Fummel bei einer Wohltätigkeitsveranstaltung für Tom Hayden, durchgeführt von Jane Fonda?«
»Beim Tee, und vor dem Tee beim Einkaufen. Komm, ich zeig dir alles.«
Wir marschierten in das Gästezimmer, wo Alistair jedes Stück erklärte und anprobierte. Die Sachen waren erlesen und teuer, wie man sich vorstellen konnte.
Luis und Patrick gesellten sich noch lange genug zu uns, um ausgiebig »Oh!« und »Ah!« zu rufen, zogen dann aber zum Tanztee ab, wobei Luis sich beschwerte: »Nicht so schnell. Mein armer Zeh.«
Nach einer Weile ging auch ich mich zum Tanztee umziehen. Eine Viertelstunde später stiegen wir sauber, angezogen und von Matt, der seine Arme um unsere Schultern gelegt hatte, in der Mitte getrennt, allerdings nicht ganz nüchtern, die drei Stufen zum Blue Whale hinauf.
Als uns Luis kommen sah, drehte er sich auf dem Absatz um und rief mit überlauter und verzweifelter Stimme: »Stop!«

411

»... in the name of love!« sangen wir drei spontan.
Eine Runde Applaus begrüßte diese Ankunft. Patrick begleitete uns zur hinteren Bar, wo Carlton Fuller, auf immer und ewig der »Marlboro-Mann«, obwohl er in seinem Leben noch nie eine Zigarette geraucht hatte, gerade die Spezialität des Hauses mixte. Er winkte Matt zu.
Mein letzter Tanztee war schon eine Weile her, und es war noch länger her, daß ich mit Matt dort gewesen war. Dieser war allerdings ziemlich oft hier.
Jeffrey Roth, mein Tanzpartner, tauchte plötzlich wie aus dem Nichts auf und zog mich von den anderen fort. Wir tanzten mehrere kurze und lange Stücke, dann setzten wir uns auf die Metallstufen, die zu den oberen Stockwerken führten.
»Du darfst mir gratulieren! Ich verspüre ein leidenschaftliches Verlangen«, sagte er.
»Du verspürst ständig ein leidenschaftliches Verlangen«, erwiderte ich.
»Er heißt Lawrence. Nicht Larry, Lawrence! Er ist bei einer Investmentbank, hat einen Waschbrett-Bauch, Augen in der Farbe des Pazifiks im Juli und einen mörderischen Knüppel!«
»Dann wirst du dein Haar also blond färben, deine Eileiter abbinden lassen und dich bei Bendel neu einkleiden, bevor du nach Ohio umziehst?«
»Du bist ja bloß eifersüchtig. Wer ist denn der geile Typ, der mit deinem Freund tanzt?«
Ich stand auf und schaute.
»Das ist kein geiler Typ. Das ist mein Cousin Alistair.«
»Das ist ein geiler Typ, egal, wer das sein soll. Schau doch, seine Arschbacken in den Segeltuchhosen. Ganz zu schweigen von diesem großartigen langen aschblonden Haar und dieser aristokratischen Nase.«

Ich schaute noch einmal. Alles, was ich sah, war Alistair. »Das erfindest du.«
»Ich würde deinen kleinen Cousin vom Lande im Auge behalten«, sagte Jeffrey. »Diese Typen wirken so unschuldig, bis sie ihre Klauen in deinen Mann stoßen. Dann ...«
Ich lachte. »Du liegst weit daneben. Es gibt niemanden, der anspruchsvoller als Alistair Dodge ist. Oder desinteressierter. Er kuriert gerade sein durch die Scheidung von einer der reichsten Erbinnen der Bay Area gebrochenes Herz.«

Niemand ging ans Telefon, also tat ich es.
Ich schleppte meinen Körper aus dem Bett und ins Wohnzimmer. Was für eine Überraschung. Es war nicht drei Uhr morgens. Dazu war es zu hell, zu sonnig, zu ... Was zeigte die Uhr? Zehn? Nein! Unmöglich!
»Du klingst, als ob du noch nicht ganz wach bist«, sagte Marcy am anderen Ende.
»Ich hab total verschlafen. Wo bist du?«
»In der Stadt. Und ich bin grün wie der Nil vor Neid. Ist es bei euch draußen so schön, wie ich vermute?« fragte sie.
»Tolles Wetter. Warte mal, ja? Ich muß mir einen Kaffee holen.«
»Ich ruf dich wieder an, wenn du wach bist«, sagte Marcy und legte auf.
Ich kochte eine Kanne voll, trank einen ganzen Becher in einem Zug und trug einen zweiten Becher voll nach draußen auf die seitliche Terrasse. Dort versuchte ich mein Bewußtsein halbwegs wiederzuerlangen, indem ich mich schüttelte, als ich eine Stimme aus dem Gästezimmer hörte.
»Ist das Kaffee, was ich rieche?« rief Alistair.
»Tonnenweise.«

»Ich glaube, ich kann mich nicht bewegen. Ich hab letzte Nacht so wild getanzt. Kannst du nicht deine Tasse reinbringen und mich einen Schluck trinken lassen?«

Er klang so pathetisch, daß ich tat, worum er mich gebeten hatte. Das Gästezimmer war ziemlich durcheinander. Alistair sah zwar mit dem Haar, das gleichzeitig in sechs verschiedene Richtungen abstand, verschlafen aus, aber insgesamt doch nicht so schrecklich, wie er sich anhörte.

Ich ließ mich auf der Bettkante nieder und reichte ihm den Becher.

»Der Kaffee ist gut. Ich hole mir selbst einen.«

»Das wirst du wohl müssen. Den hier hast du ja fast ausgetrunken.«

Zu meiner Überraschung warf er einen Arm um meine Schulter, zog mich an sich heran und rieb seine Wange an meine.

Ich wich zurück und überdeckte meine Verlegenheit und mein Mißtrauen mit den Worten: »Bitte! Dein Bart kratzt! Was werden die Leute sagen?«

»Ich weiß, was Matthew sagen wird«, erwiderte Alistair und lehnte sich in das Kissen zurück. »Ich hatte ja keine Ahnung. Einfach keine Ahnung!«

Ich wartete.

»Daß Matthew so ein wundervoller Mann ist. Ich meine, ich habe Augen im Kopf, also konnte ich sehen, daß er bezaubernd ist. Aber ... so lebhaft und nett und einfühlsam ..., als ob er deine Gedanken liest und dann genau das Richtige macht ...«

Und Matthews Geschmack! Du mußt ihm in allem vertrauen. In einfach allem.«

»Fast allem«, schränkte ich ein.

Das Telefon klingelte. Es war wieder Marcy: »Wir müssen ein

ernstes Wörtchen miteinander reden. Was hast du mit Sydelle angestellt?«

»Angestellt?« fragte ich.

»Sie hat gesagt ... Ich brauchte eine halbe Stunde, um es aus ihr herauszukriegen, so hat sie sich aufgeregt. Ich konnte es nicht glauben ... Sie hat gesagt ... Ehrlich, Rog. Das habe ich von dir nicht erwartet!«

»Was erwartet?«

»Sie sagte, du hättest sie gedemütigt.«

»Ich habe ihren verdammten Artikel gerettet, der rausgeschmissen werden sollte.«

»Sydelle hat erzählt, sie wisse vom Herausgeber, daß du ihn rausschmeißen wolltest.«

»Marcy, hör zu ...« Ich erklärte ihr die ganze Geschichte.

»Ich kann Sydelle verstehen, daß es sie außerdem aufgeregt hat, wie du das Zimmermädchen aus dem Hotel behandelt hast«, sagte Marcy.

»Wir haben uns ziemlich fies benommen«, gab ich zu. »Journalisten benehmen sich manchmal so fies. Es ist besser, sie gewöhnt sich daran, wenn sie bei uns arbeitet.«

In dem Augenblick hörte ich ein Geräusch. Jemand am anderen Ende nahm einen Hörer ab oder legte ihn auf. Sydelle! Sie hatte die ganze Zeit zugehört.

»Sag Mizz Auslander, wenn sie mit großen Jungs nicht teilen kann, hat sie in der Küche nichts verloren«, rief ich und legte auf.

Ein paar Minuten später klingelte das Telefon wieder, doch ich war noch so wütend, daß ich nicht abnahm. Ich holte mir noch einen Becher Kaffee und ging auf die vordere Terrasse. Luis erschien in der Tür und hielt mir den Telefonhörer hin. Er trug nur weiße Jockeys und hatte einen Steifen.

»Nimmst du?« fragte er.

»Unter keinen Umständen.« Ich schüttelte den Kopf, Luis zuckte mit den Schultern, sagte etwas ins Telefon, legte auf und trottete davon, ohne Zweifel aufs Klo.

Eine Weile, nachdem Luis, Alistair, Patrick und ich gefrühstückt hatten, geruhte Matt aufzustehen. Ich hatte gerade frischen französischen Toast und Eier für ihn zubereitet, als Marcy zum drittenmal anrief. Sie klang, als wäre sie sauer. Wenn ich noch einmal auflegen würde, sei unsere Freundschaft beendet. Ich brauchte fast eine Stunde, um sie zu beruhigen. In der Zwischenzeit hatten die anderen alles aufgegessen, geduscht und waren zum Strand losmarschiert.

Auch Matt war gegangen, obgleich er sich selten in die Nähe des Sandes begab. Es war gefährlich, weil er sich barfuß viele Verletzungen zuziehen konnte. Zu Beginn jeder Saison ging er mit mir in Turnschuhen und Socken hin. Später, wenn es zu heiß war, sie zu tragen, und es dämlich aussah, hielt sich Matt vom Strand fern. Jetzt schien es allerdings, als hätten er und Alistair eine bessere Lösung gefunden. Ein eng gewickelter Verband über die Spitze von Matts Fuß ermöglichte es ihm, beim Sitzen barfuß zu sein. Beim Gehen trug er ein Paar weite Turnschuhe. Es sah natürlich aus und erforderte nur wenige Erklärungen.

Als ich zum Strand hinunterkam, waren Alistair, Luis und Patrick im Wasser. Matt saß allein auf dem Handtuch. Ich ließ meine Strandtasche neben Matt fallen und nahm mein Handtuch, mein Taschenbuch und die Sonnencreme heraus.

»Schmier mir den Rücken ein.«

»Das Zeug hier ist richtig dick! Was ist das?« fragte Matt.

»Dick gewordenes Sperma. Lies das Etikett. Danke übrigens, daß du letzte Nacht mit meinem Cousin ausgegangen bist.

Eigentlich muß ich mich bei dir für alles bedanken, was du für ihn getan hast.«

»Das ist schon in Ordnung. Ich mag ihn«, sagte Matt und schrieb mit seinem Finger R-O-G in ein Herz auf meinem Rücken.

»Er hat mir erzählt, er hält dich für etwas Besonderes. Du hättest einen Kreis Bewunderer um dich versammelt.«

»Sei nicht gehässig«, sagte Matt. »Davon kriegst du diese Linien um deinen Mund, die du so haßt.«

»So, wer ist hier gehässig?« Wir rangen miteinander, bis die anderen kamen und sich über uns das kalte Wasser abschüttelten, so daß ich aufsprang.

Anschließend hielten wir hof für den gesamten Ozone Walk Beach Club einschließlich aller vorbeiziehenden Bekannten.

Nach einer Weile zog Alistair mich hoch und zerrte mich ins Wasser. Auf dem Weg zurück zu unserem Platz sagte er: »Ich hab die Scheidungspapiere erhalten.«

»Oh, Stairs, das tut mir leid!«

»Das ist in Ordnung, Stodge. Auf eine Art bin ich froh. Ich habe hier ein Haus gemietet.«

»Was hast du?«

»Für den Rest der Saison. Du kannst es von eurer hinteren Terrasse aus sehen. Es steht auf dem Floral Walk zwischen dem Fire Island Boulevard und Bay.«

Ich muß überrascht ausgesehen haben.

»Ich habe mir vorgestellt, ich könnte meine Wunden lecken und mich hier genausogut wie woanders erholen«, erklärte Alistair. »Besonders, wenn ich von so lieben und hilfsbereiten Freunden umgeben bin.«

Jeffrey und ich waren für den Abend »verabredet«, wie wir es die letzten beiden Sommer über gewesen waren. Matt war durch seine Behinderung beim Tanzen ziemlich eingeschränkt, und als er durch sein Model-Dasein immer berühmter wurde, wurde er auch immer ledriger – »kunstledriger« spottete Jeff – und genoß öffentliches Ansehen, weswegen Disco-Tanz als »Firlefanz« abgetan wurde. Heute abend allerdings war Matt mit uns als Alistairs Begleitung gekommen, der auch nicht geplant hatte, den ganzen Abend mit Drogen und Tanzen zu verbringen.

Alistair hatte zuvor durch meine Erläuterungen mitgekriegt, worin unsere »abgerundete« Drogenreise normalerweise bestand. Für jeden zunächst einen Trip mit Windowpane Acid, der durch ein paar Joints aus gutem Gras gemildert wurde, bevor wir das Haus verließen, um uns auf den Weg zum Hafen der Pines zu machen. Dort schnappten wir uns eines der Wassertaxis, mit dem wir über das schwarze Wasser der Bucht flitzten. Nachdem wir am Cherry Grove von Bord gegangen waren, zogen wir uns etwas Koks für die »Eintrittsdröhnung« in den Ice Palace rein, eine Art von Aufputsch in letzter Minute.

Während des Abends hielten wir uns mit Poppers auf den Beinen, wann immer es uns geeignet erschien. Kategorisch verzichteten wir auf Angel Dust und Äthylchlorid, zwei ziemlich häufig vorkommende »verzaubernde Drogen« in unseren Kreisen. Aber stets hatten wir ein leichtes Beruhigungsmittel dabei – Quaalude oder Dormidina –, um die Ernüchterung vom Acid angenehmer zu gestalten, das manchmal zu sehr aufputschte, weswegen man die Zähne ordentlich zusammenbeißen mußte.

Der Trick, um sich wieder herunterzubringen, bestand darin,

dies genau im Moment der physischen und geistigen Erschöpfung zu tun (oder eigentlich bevor man soweit war).

Jeffrey und ich waren schon seit kurz nach Mitternacht auf der Tanzfläche des Ice Palace, seit einer Stunde sogar ohne Unterbrechung. Unsere Drogen hatten ihren Höhepunkt mit der erwarteten Perfektion einer Maschine erreicht. Unsere weichen, gebräunten, muskulösen, nackten Oberkörper waren mühelos und rhythmisch entlang sechshundert anderer weicher, gebräunter, muskulöser, nackter Oberkörper von dem einen Ende der langen, oben und seitlich verspiegelten Tanzfläche zum anderen gestoßen, gewetzt und gestreift, und wir waren wieder dort, wo wir angefangen hatten, in der Nähe von Roy in seiner erhobenen Discjockey-Kabine.

Wir waren von Bekannten, ehemaligen Bettgenossen, Liebhabern und Freunden umgeben – nahe, alte, zukünftige, auf jeden Fall Freunde, Menschen, die ich gut kannte und mochte, denen ich vertraute und mit denen ich gerne zusammen war.

Zweimal an diesem Abend hatte ich den speziellen und von mir gewünschten Punkt erreicht, nachdem ich fast bis zum Umfallen getanzt hatte. Diesen Punkt nannte ich »Schritt in die Kiste«. So drückten Jeffrey und ich das nahezu magische, scheinbar unmöglich zu erreichende Gefühl aus, das wir beide erlebt hatten und auf dessen Suche wir uns Woche für Woche auf die Tanzfläche drängten. In den Worten eines Nichtfachmanns war dies der absolut perfekte Ausstoß physischer Energie, die erforderlich ist, um ein hohes Maß an komplexen Rhythmen und Bewegungen ohne sichtbare Anstrengung auszuhalten. In Begriffen des Zen war es das Erreichen eines bestimmten Punktes mentaler und emotionaler Abstraktion und physischer Entkräftung, bei dem unsere Körper ego- und willenlos von selbst tanzten. Getanzt wurden.

Ich war absolut entspannt und vollkommen erfüllt.
Ich schloß die Augen und wirbelte herum, und als ich meine Drehung vollendet hatte, öffnete ich meine Augen wieder. Die hundert Decken- und Wandspiegel, die dem Ice Palace seinen Namen gegeben hatten, waren total vernebelt und tropften von dem kondensierten Schweiß Hunderter männlicher Körper. Die Luft selbst in dem großen Raum schien kondensiert zu sein und schlug sich als feiner, durchdringender Nebel nieder.
Plötzlich war die Fieberhitze verschwunden, und es wurde kühl – kalt, fröstelnd, gefroren, Eis. Jeder Akkord, der aus den aufgehängten Hochtonlautsprechern kam, klirrte unheimlich wie zwei schnelle Gletscher, die heftig aufeinanderstießen.
Als ich darüber verblüfft war und Bestätigung in den Gesichtern der anderen um mich herum suchte, war ich erstaunt, diese gelähmt zu sehen. Ihre Gesichtszüge waren in qualvoller Ekstase oder verzweifelter Befreiung kristallisiert, ihre perfekt modellierten Schultern mit blauweißem Reif bedeckt, ihr aufwendig zurechtgemachtes, nach außen gewirbeltes Haar zu Stalaktiten verfestigt. Jeder trainierte Körperteil stand innerhalb seines eigenen glänzenden, gefrorenen, nicht reflektierenden Lichtes still, und jeder gut ausgebildete Körper war nahezu durchsichtig, umhüllt und hohl. Die Organe waren durch umhertreibende Eiszapfen ersetzt worden, die wie Glas aussahen. Alle mir vertrauten Augen waren zu unerbittlicher Kälte gefroren, geblendet vom absichtsvollen Blick.
Erstaunen stoppte mich.
Entsetzen ergriff mein Herz.
Panik zog mich fort ... fort ... fort ...
Weg von all dem hier und raus! Raus! *Raus!* Durch die Glastüren an die frische Luft. Hinaus in die Nacht, auf die obere Terrasse, die den Pool umgab. Als ich mich umdrehte

und durch die mit Schweiß zugefrorenen Glasscheiben sah, war alles und jeder normal und bewegte sich wieder.
Ich torkelte zum Geländer. Hinter mir hörte ich Stimmen. Eine davon erkannte ich, konnte mich aber noch nicht bewegen, so sehr schmerzte mein Körper von der Zerstörung, deren Zeuge ich gewesen war.
Natürlich eine Halluzination. Das wußte ich. Warum gerade diese Halluzination? Warum solch eine entsetzliche? Warum jetzt? Und, was am schlimmsten war, warum hatte sie nicht aufgehört?
»Rog?«
Matt stand seitlich von mir und faßte mich an der Schulter. Auf der anderen Seite erkannte ich durch die sich wiederholenden Blitze dieser arktischen Vision Alistair, der mich fragte: »Stimmt was nicht, Rog?«
»Leg ihm das Hemd über die Schultern. Sein T-Shirt ist ganz naß. Rog? Bist du in Ordnung?«
»Sind das deine Drogen?« fragte Alistair.
Völlig verwirrt und langsam erzählte ich, was ich gesehen hatte, versuchte zu erklären, wie schrecklich es gewesen und wie allein ich gewesen war inmitten der Bilder derer, die ich kannte. Wie kalt und allein.
Sie hörten zu. Es war wichtig, daß ich sie von dem überzeugte, was ich gesehen hatte, was ich sagte – besonders Matt. Aber ich sah, daß ich ihn nicht überzeugte. Er war nur halb da, dachte an etwas anderes. Oder jemand anderen? An Thaddeus? Das stimmte mich nur noch trauriger.
Sie führten mich zur anderen Seite der Terrasse. Matt organisierte heißen Kaffee. Das half mir etwas. Ich fühlte mich wieder warm, obwohl ich noch immer zitterte. Ich wollte, daß Matt mich festhielt, aber ich hatte Angst, ihn darum zu bitten.

Ich war wirklich überrascht, daß er nicht bemerkte, was ich brauchte. Das hatte er vorher immer.
Die Disco war zu Ende. Menschen strömten durch die Glastüren auf die Terrasse. Jeffrey, Luis und Patrick fanden uns. Natürlich fragten sie, was passiert sei.
»Roger hat ... Panik bekommen«, antwortete Matt, und es klang irgendwie unecht. Dann versuchte er zusammenzusetzen, was ich gesagt hatte, womit er aber keinen großen Eindruck auf sie machte.
Jeffrey nahm Visionen ernst. Er entlockte mir eine vollständige Beschreibung mit Einzelheiten dessen, was ich gesehen hatte. Bevor ich fertig war, unterbrach mich Luis: »Erinnerst du dich an die Flamingo Black Party?« fragte er. »Da hattest du eine andere Vision. Ich habe dich gefunden, als du dich gegen eine Wand gelehnt und dich geschüttelt hast, und du hast mir erzählt, du hättest gesehen, wie der ganze Boden aufbrach und wir alle hineingefallen seien. Nicht nur die eineinhalb Stockwerke nach unten, sondern viel tiefer, in einen Abgrund. Erinnerst du dich?«
Ja, ich erinnerte mich.
»Es ist Zeit, deine Medizin zu wechseln«, erklärte Alistair achselzuckend.
Patrick kam aufgeregt vom Klo zurück, wo er an den Pißbecken den Kerl wiedergetroffen hatte, der ihm zum erstenmal einen geblasen hatte. Dies führte zu einer Diskussion darüber, wann und von wem sie einen geblasen bekommen hatten. Jeder hatte eine Geschichte auf Lager.
Nach einer Weile fragte mich Matt mit ruhiger Stimme: »Bist du wieder in Ordnung? Das letzte Wassertaxi fährt bald ab. Das werden wir nehmen.«
Das galt Alistair. Die Art, wie er es sagte, schloß mich aus.

»Ja, ich bin in Ordnung«, antwortete ich.
»Ich würde ja noch bleiben«, erklärte Matt, »aber der Weg nach Hause ist so anstrengend.«
Er meinte, der Weg sei wegen seines Fußes anstrengend.
Ich fühlte mich nicht wohl. Ich war unglücklich, als sie abfuhren. Luis und Patrick waren in den Ice Palace zurückgegangen, um zu tanzen, und ich hörte Jeffrey sagen: »Weißt du, wer dir hinterherläuft? Schon das dritte Wochenende?«
»Wer?« fragte ich, aber ich konnte mich nicht dazu aufraffen, Interesse auch nur zu heucheln.

»Wach auf! Telefon!«
Jemand war in unserem abgedunkelten Schlafzimmer.
»Alistair?« fragte ich.
»Schhh! Du wirst Matthew aufwecken!« flüsterte er. »Telefon. Dein Chef.«
»Laß mich mit dem in Ruhe«, erwiderte ich und drehte mich im Bett herum. »Ich habe ihm mitgeteilt, daß ich heute nicht komme.«
»Er sagt, es sei ein Notfall«, drängte Alistair. »Ein Feuer.«
»Im Büro?« fragte ich und schaute nach hinten über meine Schulter. Ich stellte mir vor, wie meine Beiträge für die nächsten drei Monate in den Aktenordnern in Rauch aufgegangen waren. Das hatte mir zu meinem Glück noch gefehlt.
»Nein. In der Sauna.«
»Was?«
»Die Sauna. Jetzt red schon mit ihm.«
»Womit habe ich das verdient?« stöhnte ich.
»Beruhig dich! Du weckst Matthew noch auf.«
Matt schlief selbstverständlich wie ein Zweijähriger weiter. Draußen im Wohnzimmer war es kaum hell geworden. Ich

nahm den Hörer. Wenn das wieder einer dieser dummen Witze von Harte ist …
»Da bist du ja endlich!« rief Harte. Er klang aufgeregt. »Nimm das nächste Wasserflugzeug zurück in die Stadt. Am East Side Heliport wartet schon ein Taxi auf dich!«
»Was zum Teufel geht da ab, Forrest?«
»Schlechte Nachrichten. Heute morgen hat es in der Sauna gebrannt.«
Das war ein Schock. »St. Mark's? Der Club?«
»Die Sauna in der 28. Straße. Verstehst du, was das bedeutet?«
»Die absolut schlechteste homosexuelle Sauna für ein Feuer. Die anderen sind alle modernisiert, mit Sprenklern und …«
»Ich seh schon, du verstehst.«
»Was ist passiert?«
»Das wissen wir noch nicht. Wir wissen wirklich nichts. Weder die Feuerwehr noch die Polizei geben überhaupt zu, daß es brennt. Mir hat das jemand erzählt, der gegenüber wohnt.«
»Das kapier ich nicht. Warum …?«
»Schon seit Jahren geht das Gerücht um, daß das Ding im Besitz von Bullen ist«, sagte Harte. »Denk mal an den Skandal, wenn Leute da nicht rausgekommen sind und das bekannt wird.«
»Aber es sind doch alle rausgekommen, oder?« fragte ich.
»Sieht nicht danach aus.«
Jetzt verstand ich langsam. Ich stellte mir einen Haufen bekiffter Typen in diesen kleinen Kabinen mit Holzwänden und die niedrigen Korridore vor. Männer, die sich gegenseitig anmachten oder sich nach dem Sex miteinander unterhielten. Plötzlich gingen die Lichter aus. Die Korridore füllten sich mit Rauch. Menschen schrien. Sie versuchten hinauszugelangen.

In wenigen Sekunden wurde eine Horror-Show daraus. Wen kannte ich, der dort gewesen sein könnte? Armando, Billy Bressow, Jeremy und noch einige andere.
»Wie viele haben es nicht nach draußen geschafft, Forrest?«
»Ich weiß nicht, wie viele, wenn überhaupt welche drin geblieben sind. Aber ich weiß, daß wir einen offiziellen Schwulen brauchen, der dort reingeht, Rog. Dann kann zwischen den Besitzern, den anwesenden Bullen und der Feuerwehr nichts vertuscht werden. Wenn es also Tote gibt, werden wir das herausfinden. Und wer sie sind. Und wie viele. Andernfalls werden die Skelette sprichwörtlich unter den Teppich gekehrt. Deswegen mußt du zurückkommen.«
»Du willst, daß *ich* da hineingehe und das mache?« Ich konnte es nicht glauben.
»Das Feuer ist noch nicht gelöscht, Rog. Vor einer Stunde werden die nicht anfangen, nachzusehen. Ich will, daß du dabei bist, wenn sie reingehen.«
»Warum ich? Warum nicht ein vertrauenswürdiger Reporter? Was weiß ich, vielleicht Joe Nicholson von der *New York Post*.«
»Du sollst da reingehen, Roger, weil mir jemand aus den oberen Reihen bei der Feuerwehr was schuldet. Ich werde dir einen Presseausweis besorgen.«
»Werden die Bullen mich nicht aufhalten, bevor ich …?«
»Sie werden dich nicht aufhalten, weil dein Cousin mir erzählt hat, daß er ein hohes Tier aus der Regierung kennt. Sein Name und meine Beziehungen sollten die Eintrittskarte für dich in die rauchenden Ruinen sein.«
Ich starrte Alistair an, der Grapefruitsaft direkt aus dem Karton trank. »Wen kennst du von der Regierung?« fragte ich ihn voller Zweifel.

»Er war letztes Jahr bei uns im Château. Ich rufe ihn an, sobald du aufgelegt hast.«
»Wird er dir einen Gefallen tun?«
»Er ist ein Heimlicher, aber er wird uns helfen.«
Ich war beeindruckt.
Harte legte auf, und ich ging mich umziehen. Matt ließ sich in seinem Schlaf nicht stören. Ich hätte ihn gern geweckt, damit er mir etwas sagen könnte. Ich weiß nicht, was, vielleicht wollte ich seinen Segen oder ... Ich weckte ihn jedoch nicht. In den achtundzwanzig Stunden, seit er mich im Ice Palace zurückgelassen hatte, um das letzte Wassertaxi zu nehmen, hatten wir kaum ein Wort miteinander gewechselt – zumindest kein unnötiges –, als wäre etwas Wichtiges, etwas Entscheidendes zwischen uns vorgefallen, obgleich doch eigentlich nichts war. Oder etwa doch?
»Ich habe mit dem Freund von mir geredet«, sagte Alistair, als ich aus dem Schlafzimmer angezogen und mit meiner nur annähernd gepackten Wochenendtasche zurückkam. »Hier ist sein Name.« Er reichte mir einen Zettel. »Alles ist bestens. Niemand wird sich trauen, dich aufzuhalten. Los«, drängte er, »ich gehe mit dir zum Flugzeug.«
»Du mußt nicht mitkommen.«
»Ich kann sowieso nicht mehr schlafen.«
Das Wasserflugzeug drehte gerade eine Runde in der Bucht, um die Passagiere einsteigen zu lassen, als ich ankam. Ich quetschte mich auf den dritten Sitz und sah Alistair winken. Dann waren wir am Ausgang der Bucht, beschleunigten auf den Schwimmern und hoben ab. Die Sonne brannte mir durch die Rückscheibe auf Nacken und Haare.
Natürlich konnte ich nur daran denken, was mich erwartete. Eins war sicher, ich kannte die Aufteilung dieser Sauna, die

den Ruf genoß, den heißesten Sex an der Ostküste zu bieten, wahrscheinlich besser als die Feuerwehrleute, die hineingehen würden.

Nicht, daß ich erst vor kurzem als Gast dort gewesen wäre. Früher manchmal, ja, aber in den letzten Jahren nur einmal. Nicht lange nach der Renovierung hatte jemand, für den Matt gearbeitet hatte, eine neue Linie reingebracht und eine große, ziemlich verschwenderische Party komplett mit Essen vom Partyservice geschmissen. Eine echte Toga-Party!

Das Wasserflugzeug landete auf seinen Schwimmern auf dem East River. Ich suchte durch das Fenster nach der vertrauten unförmigen Gestalt des Knurrfisches, den ich hier treffen sollte. Kein Knurrfisch. Aber ich sah ein Billigtaxi von derjenigen Gesellschaft, die unser knickriger Herausgeber immer anrief, wenn ein Auto benötigt wurde. Und von dort kam in Richtung Anlegeplatz ausgerechnet Sydelle Auslander auf mich zu.

»Wo ist Bernard?« fragte ich und ließ sie meine Tasche tragen. Sie zuckte mit den Schultern und überreichte mir einen Umschlag. Ich öffnete ihn und nahm einen offiziell aussehenden Presseausweis heraus. Wir waren noch nicht ganz in das Taxi eingestiegen, als es schon losfuhr.

Mit all den Feuerwehrautos dürfte die 28. Straße unmöglich zu erreichen sein. Ich ließ unseren Fahrer vorher anhalten, stieg aus und bahnte mir meinen Weg durch die vielen Feuerwehrautos. Es waren drei Gesellschaften anwesend, einschließlich einer aus West Village mit den hübschesten Feuerwehrmännern in Manhattan.

»Keine Presse über diesen Punkt hinaus!« hielt mich ein Kriminalbeamter in gestreiftem Trenchcoat zurück. Das Feuer war offenbar gelöscht. Ich mußte mich beeilen.

»Ich muß da rein. Ich kenne jemanden, der da drin war.«
Er sah mir gerade in die Augen. »Niemand war da drin. Das ist ein leerstehendes Gebäude.«
»Leer wie die Hölle!« erwiderte ich. Ich erblickte einen Kerl, der einen Umhang über seiner Feuerwehruniform trug.
»Captain«, rief ich und lenkte seine Aufmerksamkeit auf mich, »ich habe einen Presseausweis, und dieser Plattfuß läßt mich nicht durch.«
Der Captain war ein gutaussehender, gedrungener Mann über fünfzig, deutlich in seinem Element und nicht glücklich mit der Polizei. Er kam zu uns herüber und sah sich meinen Ausweis an.
»Der Ausweis scheint in Ordnung zu sein«, bestätigte er dem Polizisten.
»Keine Presse auf dem Gelände. Ich habe Anweisungen.«
Ich erwähnte den magischen Namen, den Alistair mir genannt hatte. »Er denkt, die Presse sollte Zugang zu dem Gelände haben. Zumindest dachte er das, als ich mit ihm vor einer halben Stunde darüber gesprochen habe«, sagte ich zu dem Polizisten. »Möchten Sie in seinem Büro anrufen und ihm erklären, warum Sie mich nicht durchlassen? Oder sollte ich selber aus der Telefonzelle anrufen und ihm gleich Ihre Dienstnummer geben, wenn ich schon mal dabei bin?«
Der Polizist sah mich nervös an. »Sie bleiben hier.«
Er sprach mit jemandem in Zivil, offensichtlich seinem Vorgesetzten. Als ich wartete, musterte mich der Captain von oben bis unten.
»Sie haben ein paar berühmte Freunde, Mr. ...«
»Sansarc. Roger.«
»Fahey. John Anthony«, gab er mir seinen Namen, aber nicht seine Hand zum Schütteln. »Ich nehme an, es existiert ein

Grund, daß ihr berühmter Freund will, daß Sie da hineingehen.«

»Er will, daß ich nachsehe, ob Leichen da drin sind, um sie zu identifizieren, um sie zu zählen. Er hat Angst, daß die Abteilung für vorsätzliche Brandstiftung falsch zählen könnte.«

Captain Fahey biß sich auf die Unterlippe. »Was für Leichen? Das ist ein leerstehendes Gebäude.«

»Das ist eine offizielle Lüge. Die inoffizielle Wahrheit ist, daß es sich hier um eine gut bekannte und stark besuchte homosexuelle Sauna handelt«, erwiderte ich, »und sie war in Betrieb, als das Feuer ausbrach. Ich nehme an, daß die Angestellten bei der ersten Rauchschwade das Weite gesucht haben und daß die Geschäftsführung in diesem Moment einen langen Urlaub auf den Bahamas bucht. Aber ich werde hineingehen!«

Der Trenchcoat kam zurück. »Wir wissen nichts«, sagte er. Ich sah, daß er sein Abzeichen mit einem Taschentuch verdeckt hatte und daß der Kerl, mit dem er gesprochen hatte, verschwunden war. »Und wir möchten keinen Ärger.«

Also schob ich mich durch die hölzernen Absperrungen, ignorierte seinen schwachen Versuch eines Protestes und wandte mich an Captain Fahey.

»Werden Sie mir helfen?«

»Es wird ... Niemand weiß, wo man nachsehen soll.«

Ich blickte direkt in seine hellblauen Augen und sagte: »Ich kenne den Lageplan des Gebäudes ziemlich gut.«

Ohne zusammenzuzucken, fragte er: »Oben und unten?«

»Das ganze Gebäude. Ich war mehrmals drin.«

»In Ordnung.« Er reichte mir einen Feuerwehrhelm und eine Axt und nahm sich selbst eine.

Der Raum direkt hinter dem Windfang war komplett eingestürzt. Der Boden der Sauna war offen und ausgebrannt.

»Nach unten!« Ich zeigte auf die Treppe. »Die Duschen und das Schwimmbecken.«
»Wer da unten war, hat es nach draußen geschafft. Und auch die Leute vom nächsten Stockwerk. Wenn es ein Problem gab, dann ganz oben.«
Viele Feuerwehrmänner waren dabei, die Überreste der dünnen Wände fortzureißen, als wir hinaufkamen. Der Captain lieh sich ein Sauerstoffgerät von einem der Männer, und wir beide zogen daran.
Die Treppe zum oberen Stockwerk war weg. Wir mußten mit einem Seil hinaufgezogen werden.
Fahey hielt einen Lageplan in seiner Hand, den ich mir ansah. »Den können Sie vergessen! Das Gebäude ist vor ein paar Jahren umgebaut worden.«
Ich erinnerte mich daran, daß hier viele neue Kabinen mit langen Decken bei der Renovierung eingebaut worden waren. Zu einigen gelangte man, wenn man um eine Ecke des Flurs ging. Ich brauchte eine Weile, um sie zu finden, da man durch einen anderen Eingang hindurch mußte. Hier waren die tragenden Wände noch warm, und die Wände der Kabinen standen noch. Es war auch dunkler, da die Decke gehalten hatte, obwohl man es an Stellen hinter uns tropfen hörte. Dies war sicher der am wenigsten verwüstete Bereich der Sauna. Er mußte leer sein.
Es war ziemlich dunkel hier oben, aber dennoch sah ich weit besser, als ich wollte, während wir uns unseren Weg von Kabine zu Kabine bahnten.
Drei Tote. Alle allein. Zwei der Männer hatte ich vorher schon gesehen, kannte sogar den Namen des einen.
Ich wartete vor den Kabinen, als der Captain ging, um einen Gerichtsfotografen und einen Gerichtsmediziner zu holen,

deren Namen ich mir aufschrieb. Ich war Zeuge, als sie die Brieftaschen öffneten und die Opfer identifizierten. Dann machte ich mich mit einem anderen Feuerwehrmann auf die Suche nach weiteren verborgenen Kabinen.
Wir fanden Gott sei Dank keine Toten mehr.
Dies bestätigte ich zusammen mit Captain Fahey und einem Lieutenant der Abteilung für vorsätzliche Brandstiftung. Als wir wieder unten auf der Straße waren, erstattete ich einigen Reportern aus den Lokalredaktionen der großen Zeitungen, die eingetroffen waren, Bericht. Meine Arbeit war damit erledigt.
»Kann ich die zurückhaben?« fragte Fahey.
Ich sah zu der Axt hinunter, die ich noch fest in der Hand hielt. Erst da wurde mir bewußt, daß ich auch meine Zähne während der ganzen vergangenen Stunde zusammengebissen hatte.
»Sie hatten recht«, sagte ich, »ich hätte ein paarmal kotzen können.«

Sydelle Auslander sprang auf. Sie hatte in einem Türeingang gesessen und das Kreuzworträtsel der *Times* gelöst. »Forrest will sofort angerufen werden. Da drin ist ein Münztelefon.«
Wir gingen in eine griechische Imbißstube. Sydelle hatte schon vorher den Hörer abgenommen, damit niemand anders das Telefon benutzen konnte, und für uns einen Tisch reserviert. Als ich unserem Herausgeber alles erzählt hatte, was ich wußte, hatte sie mir auch schon Kaffee und ein Stück Kuchen bestellt, das ich in Sekundenschnelle verschlang.
Natürlich wollte sie mir schöntun mit der ganzen Scheiße, daß sie nicht die Kraft gehabt hätte, in das Gebäude zu gehen wie ich und so.
»Wir hatten Angst, daß da was vertuscht wird. Verdunkelung

zwischen den Ämtern«, erklärte ich. »Du weißt schon, kein Feuer – keine Leichen!«

Ich dachte, gut, sie raucht keine Zigaretten ... Sie trinkt Saft und keinen schwarzen Kaffee ... Ihre Fingernägel sind nicht bis zur Hälfte des Fingers abgekaut ... Ihre Schminke steht nicht millimeterweit ab ... Warum wirkt sie dann trotzdem wie ein totales, nervöses Wrack?

»Ich hatte darum *gebeten,* daß ich heute hierher durfte anstatt Bernard«, sagte Sydelle, und nach einer Weile fuhr sie fort: »Der Grund, warum ich darum gebeten habe, war, daß ich mit dir allein sein wollte, wenn ich dich frage, warum du dich so verhältst ... na ja, nicht wie Marcy Lorimer mir erzählt hat, daß sie dich kennen würde.«

Ich hätte überrascht reagieren können, aber ich hatte die Frage seit einem Monat erwartet.

»Du bist nicht Marcy«, erwiderte ich. »Du bist eine Angestellte. Keine alte Freundin.«

»Ich meine, warum tust du während meiner Anwesenheit so, als würde ich dir was wegnehmen?«

Handelte ich wirklich so?

»Das tust du, das weißt du genau«, beantwortete sie meine unausgesprochene Frage. »Und das solltest du nicht. Du hast alles, was du dir wünschen kannst.«

Das amüsierte mich. »Oh, hab ich das tatsächlich?«

»Du hast eine tolle, gut bezahlte Arbeit und die Macht, Schwule im ganzen Land zu formen und zu beeinflussen. Du hast wahnsinnige Beziehungen in der Kunst- und Medienszene. Du bekommst für alles Eintrittskarten. Ich habe gehört, du hättest eine hübsche Wohnung und ein Haus in den Pines mit großartiger Aussicht. Du hast interessante und talentierte Freunde. Du siehst gut aus und hast einen hübschen Körper. Du bist gesund und relativ wohlhabend. Du hast einen gutaussehenden, berühmten Geliebten, um den dich jeder Schwule in der Stadt beneidet ... trotz der Gerüchte.«

Ich hatte ihr ganz verzückt zugehört und mich gefragt, wie lange sie mir noch Honig ums Maul schmieren und auf was genau sie hinauswollte, bis sie zu dem letzten, intriganten, problematischen Satz kam.

»Welche Gerüchte? Daß wir uns trennen?«

Sie schwafelte herum, bis sie mir nicht mehr ausweichen konnte.

»Na ja ... er soll mit anderen Jungs gesehen worden sein.«

»Thad Harbison ist der einzige andere. Ich weiß alles darüber. Absolut platonisch. Das heißt nicht, daß alle Geschichten von Matt oder von mir ohne Sex abgelaufen wären. Wir sind seit ein paar Jahren zusammen, führen aber eine offene Ehe.«

»Diese Gerüchte betreffen nicht Thad, sondern Matts Hintergrund«, erwiderte sie.

Sein Hintergrund? Meinte sie den Krieg?

»Matt war Geschützoffizier auf einem Marinezerstörer und hat in Südostasien gedient«, sagte ich. »Nach zwei Einsätzen ist er aus medizinischen Gründen entlassen worden.«

»Ich wußte nicht, daß er in Vietnam war oder verwundet wurde. Ich meinte etwas anderes ... seine Familie.«

»Was ist mit seiner Familie?«

»Loguidice Carting ist in drei Countys der größte private Unternehmer im Gesundheitswesen.«

»Und was hat das mit Matt zu tun?«

»Weißt du das nicht? Ich meine, du bist mit ihm jahrelang zusammen und weißt nicht einmal, daß er einer der wichtigsten Mafia-Prinzen ist!«

»Er ist *was?*« Ich mußte lachen. »Warte einen Moment, Mizz

Auslander! Der Grund, warum ich sowenig über Matts Familie weiß, ist der, daß er überhaupt nichts mit ihnen zu tun hat. Er redet etwa einmal im Monat mit seinen Leuten am Telefon und trifft sie vielleicht einmal im Jahr. Er ist wohl kaum ein Nachkomme von Al Capone ... *Falls* das stimmen sollte, daß Loguidice Carting etwas mit der Verbrecherbande zu tun hat ...«

»Es ist wahr. Als ich Reporterin in White Plains war, habe ich alles über die privaten Unternehmen im Gesundheitswesen herausgefunden.«

»... und auch wenn sie Betrüger sind, dann ist das die Sache von Matts Großvater, nicht von Matt. Auch sein Vater hat nichts damit zu tun.«

»Was arbeitet sein Vater?« fragte sie.

Ich hatte nie gehört, daß Matts Vater jemals gearbeitet hätte.

»Er arbeitet nicht. Er hatte in der Vergangenheit irgendwelche gesundheitlichen Probleme ...« Ich ließ es im Ungewissen, da dies alles war, was ich wirklich wußte. »Matts Großvater Loguidice sorgt ziemlich gut für seine Familie. Das bedeutet nicht«, fügte ich schnell hinzu, »daß er was mit der Mafia zu tun hat. Ich habe den alten Herrn vielleicht zweimal in diesen Jahren getroffen. Er hatte mit Mr. Monster überhaupt nichts gemeinsam. Irgendwelche anderen Gerüchte?«

Offensichtlich keine, da sie schwieg. Nach einer Weile sagte sie: »Gut, vielleicht liege ich mit diesen Gerüchten nicht ganz richtig. Laß uns wieder über das Magazin reden. Was ich möchte, ist lediglich eine Chance.«

»Das ist nichts Persönliches«, erwiderte ich, »aber ich glaube nun mal, daß es eine besonders dumme Idee ist, Frauenkram im *Manifest* zu bringen. Es ist eine gönnerhafte Geste für die wenigen weiblichen Leser, die wir haben, und wird von den

vielen männlichen ignoriert. Harte kennt meinen Standpunkt. Ich habe ihm gesagt, er solle noch ein Magazin, ein ganz anderes Heft herausgeben und dich dafür schreiben lassen.«
»Ich verstehe«, sagte sie ruhig.
»Das ist mein Standpunkt.«
»Aber jetzt hast du mich ... am Hals. Warum machen wir nicht das Beste daraus? Ich werde die Grundsätze des *Manifest* in allen meinen Artikeln einhalten: draufgängerisch und ehrfurchtslos!«
»Offensichtlich hast du darüber nachgedacht.«
»Ich habe ein paar Ideen ausgearbeitet. Artikel über Frauen, über die die männlichen Leser entzückt sein werden. Zum Beispiel über die schlechteste Filmschauspielerin. Oder Motorradclubs für Frauen an der Westküste. ›Lesben auf zwei Rädern!‹«
Eine halbe Stunde hörte ich mir ihre Vorschläge an. Ich vermutete, daß sie diese bereits Harte vorgetragen und auch mit Newell Rose besprochen hatte, da sie visuelle Anregungen mit dessen nicht zu übersehendem Stempel von sich gab.
Ich trank meine dritte Tasse Kaffee aus und sagte: »Stell drei Probeartikel zusammen. Kannst du in einer Woche fertig sein?«
»Auf jeden Fall.«
Als wir hinausgingen, war Newell mit seiner alten Hasselblad-Kamera eingetroffen und fiel den Feuerwehrleuten und Polizisten wie üblich auf die Nerven. Ich ließ Sydelle bei ihm in der Hoffnung, daß sie sich gegenseitig davon abhielten, in zu arge Schwierigkeiten zu geraten.
»Ich bin froh, daß wir miteinander geredet haben«, meinte sie, als sie mich ein Stück zum Taxi, das mich ins Büro bringen sollte, begleitete.

Auf der Fahrt dorthin mußte ich wieder an Matts Familie denken und an das, was Sydelle bezüglich der Mafia über sie gesagt hatte.

Ich hatte gehofft, an diesem Wochenende als Ausgleich dafür, daß ich früh in die Stadt gefahren war, auch früh in die Pines zurückzukönnen, aber dann wurde es bei all der Arbeit doch wieder Samstag, bis ich das Wasserflugzeug bestieg.
»Wir haben ihn vielleicht zweimal gesehen«, antwortete Luis, als ich ihn fragte, wo Matt sei.
»Wirklich?« Ich verbarg meine Überraschung nicht. Ich war zehn Minuten zuvor in der Wurmhöhe eingetroffen, hatte meine Tasche fallen lassen, mein Lacoste-Hemd ausgezogen und mich, immer noch mit Turnschuhen und Rugby-Hosen bekleidet, auf eine Chaiselongue in die einladende Sonne auf der Seitenterrasse geworfen, wo sich meine Mitbewohner mitsamt tragbarem Radiorecorder, Zeitschriften, Telefon, Getränken und vorgerollten Joints niedergelassen hatten, um den Nachmittag dort zu verbringen.
»Wir werden diese Woche *alle* Urlaub nehmen«, sagte Patrick.
»Nicht nur wir, sondern du auch. Erinnerst du dich?« fragte Luis.
»Vage.« Natürlich erinnerte ich mich. Wir hatten bereits vorgehabt, die gesamte erste Juliwoche und die dritte Augustwoche miteinander zu verbringen. Dank des verdammten Magazins hatte ich beide Male nicht dabei sein können.
Aber ich war mehr darüber besorgt, was Luis gerade über meinen Freund enthüllt hatte. Dies schien zu bestätigen, worüber ich die ganze Woche gegrübelt hatte. Matt war natürlich hier draußen in den Pines geblieben und nicht in die

Stadt gekommen. Wir hatten zweimal miteinander telefoniert, und jedesmal war das Gespräch kurz wie ein Telegramm gewesen.
»Was du mir also sagen willst, ist, daß Matt die ganze Zeit mit Thad zusammen war?«
»Thad?« schrie Patrick höhnisch. Du hast ja überhaupt keine Ahnung, du bist Wochen hinter dem zurück, was deinen eigenen Partner betrifft.«
»Beleidige mich nicht. Bring mich einfach nur auf den aktuellen Stand.«
»Thad hat vor einer Woche als Oberkellner gekündigt.«
»Was?«
»Wir haben gehört, er sei nach Hause zurückgegangen.«
»Also war das mit Thad, wie ich mir schon gedacht habe, nur bedeutungsloses Gerede. Aber warum ist Matt dann nicht in die Stadt gekommen? Oh, natürlich um bei euch beiden zu bleiben.«
Luis und Patrick tauschten Blicke aus, die ich nicht deuten konnte.
»Doch«, korrigierte ich mich schnell, »ihr habt gerade erzählt, ihr hättet ihn in dieser Woche nur zweimal gesehen.«
»Das Mädchen ist echt spitze!« lobte mich Patrick. »Wir haben ihn zweimal gesehen – kurz!«
»Dann, wo …?«
»Werden wir jetzt unsere Kostüme für die Jungle Red Party zusammenstellen oder was?« fragte Luis, der absichtlich das Thema wechselte. »Das war eins der Dinge, die wir diese Woche erledigen wollten. Du erinnerst dich vielleicht?«
Ich erinnerte mich genau. Und das konnte warten. »Wo *war* Matt dann, wenn er nicht mit euch zusammen war?«
»Als wir Matt danach gefragt haben, hat er gesagt …« Patrick

hörte auf zu reden und sah zu Luis, als suchte er bei ihm Hilfe.
»Er war die ganze Zeit bei deinem Cousin Alistair.«
Jetzt erinnerte ich mich. Während eines unserer kurzen Telefonate hatte Matt mir erzählt, daß Alistair in das neue Haus gezogen sei, das er für den letzten Monat der Saison gemietet hatte. Matt hatte ihm geholfen.
»Ah, gut, ich denke, dann ist ja alles paletti.«
»Dann ist *alles paletti?*« riefen beide gleichzeitig aus, ohne ihren Unglauben zu verbergen.
»Ja, klar. Alistair ist doch kein Fremder.«
»Du vertraust Alistair?« fragte Luis. »Ich meine, ich weiß, daß ich eine hysterische kubanische Tunte sein soll, aber vertraust du ihm wirklich?«
»Matt ist *die ganze Zeit* dort!« betonte Patrick.
Langsam gingen sie mir auf die Nerven. »Er schläft doch hier, oder?«
»Wir prüfen nicht genau nach, wo er schläft«, meinte Patrick.
»Normalerweise schläft er hier«, sagte Luis. »Aber das heißt nicht viel.«
Ich konnte mir schon vorstellen, daß Alistair hinter Matt her war. Aber was ich mir gar nicht vorzustellen vermochte, war, worauf Alistairs Anziehungskraft auf Matt beruhen könnte. Und das äußerte ich auch so.
»Der Reiz des Neuen!« schlug Patrick vor. »Langeweile macht sich in den Pines breit. Jemand Neues trifft ein. Zur Abwechslung hat jemand genausoviel Geld wie Matt, wenn nicht gar mehr. Ganz zu schweigen von Alistairs Reiz, viel gereist zu sein, seine weitgestreuten sozialen Kontakte und …«
»Na ja, vielleicht habt ihr beide recht.« Ich war unschlüssig. Da ich aber der Sache jetzt nicht weiter nachgehen wollte,

entschied ich mich zu einem Themawechsel. Klugerweise wählte ich eines, von dem ich wußte, daß es sie total vereinnahmen würde. »Übrigens, ich glaube, ich habe mein Kostüm für die Jungle Red Party gefunden.«
»O nein, das hast du nicht«, verteidigte Luis sein Terrain. »*Wir* kleiden dich ein.«
Patrick schüttelte nur den Kopf. Ich wußte, er dachte noch über Matt und Alistair nach und hatte durchschaut, was ich tat.
»Ich zieh mir keinen Fummel an«, protestierte ich. »Ich bin nicht der Typ dafür.«
»Du hast bloß Angst, daß es dir auf einmal gefallen könnte«, sagte Luis. »Und daß du mal als Transe enden wirst.«
»Ich meine, schaut euch bloß an, wie ich gebaut bin. Ich sollte dünner sein und ...«
»Oh, biiiee-tte, Marie«, unterbrach mich Luis. »Du bist genau gleich gebaut wie ich. Du mußt es einmal probieren.«
»Vielleicht«, meinte ich vage und ging hinein, um zu duschen. Eine Viertelstunde später tauchte ich mit einem orange gefärbten Armeeunterhemd, das aus meiner waldgrünen- und cremefarbenen Badehose seitlich heraushing, wieder auf.
»Bist du sicher, daß du nicht zu fein angezogen bist?« fragte Luis.
»Jedesmal, wenn du was Gehässiges sagst, Luis, werden die Furchen um deinen Mund etwas tiefer. Ich dachte, ich statte meinem lieben Cousin einen Besuch ab. Wohnt er nicht auf der anderen Seite des Fire Island Boulevard?«
»Ja, aber wir haben gehört ...« fing Patrick an, ohne den Satz jedoch zu beenden.
»Was gehört?« fragte ich.
»Nichts!« antwortete Luis für beide.

»Es ist Sommer. Wir sind in den Pines. Sogar das Hemd ist zuviel«, sagte ich und machte mich auf den Weg.

Alistairs Haus stand hinter einem Zaun, der zu hoch war, um darüber hinwegzusehen. Der Vordereingang lag direkt hinter dem offenen Tor und war ebenfalls unverschlossen.

Als ich eintrat, schien das Haus leer zu sein. Ich sah mich eine Weile darin um, und plötzlich wurde mir bewußt, daß ich einen rhythmischen Klang hörte oder vielmehr mehrere sich vermischende rhythmische Geräusche. Diese kamen von links, wo sich ein weiter Durchgang auf so etwas wie einen Schlafzimmerflügel öffnete. Alle Türen waren angelehnt.

Mir gingen folgende Gedanken durch den Kopf: Zwei Menschen ficken hier miteinander. Da Alistair dieses Haus gemietet hat, muß er es mit jemand anderem sein. Ich sollte besser gehen und später wiederkommen. Aber was ist mit Matt? Wo steckt er?

Bevor ich einen weiteren Schritt machen und zwei und zwei zusammenzählen konnte, hörte ich Alistairs Lachen, aber nicht von links – ergo nicht aus dem Schlafzimmer –, sondern von rechts, und das hieß von draußen.

Erleichtert ging ich durch eine Tür hinaus und befand mich in einem schöngeschnittenen Hof. Ein ungestrichenes Pinienholzdach überdeckte eine große Sonnenterrasse, hinter der das Schwimmbecken lag. Dahinter wiederum, unter einer Segeltuchmarkise, befand sich halb eingeschlossen und abgeschirmt das Eßzimmer, in dem für das Mittagessen gedeckt war. Sechs der acht stark gebogenen Rattanstühle waren von Alistair, Matt und vier Männern, die ich nicht kannte, besetzt.

»Kein Platz! Kein Platz!« schrie Alistair laut, als er mich sah. In seinem plötzlichen Bemühen, aufzustehen und mir entgegenzugehen, warf er ein Glas auf dem Tisch um, in dem sich bis dahin ein Mimosa befunden hatte. Er begrüßte mich mit übertrieben angedeuteten Küssen.

»Endlich!« rief er, warf einen Arm um meine Schulter und schob mich halb unter die Markise.

Dort sah ich, daß die meisten der Männer außer Matt älter waren – Mitte bis Ende Vierzig – und in ihren Hemden, langen oder kurzen Hosen und sogar Schuhen für die Pines sehr untypisch aussahen.

»Diese kleine Angelegenheit, Gentlemen, ist mein allereigenster Cousin zweiten Grades, der ehrenwerte Roger Sansarc. Und auch wenn manche von euch meinen, er sei aufgrund seiner Niedlichkeit körperlich ein Dreikäsehoch, so ist er doch ein wichtiger Redakteur bei einem Magazin.«

»Wir sind beeindruckt«, sagte ein vergnügter, hübscher und dicker Asiate. »Sie angeln nach Interviews, nicht wahr?«

»Barry Wu«, stellte Alistair vor, »die *echte* letzte Herrscherwitwe Chinas.«

»Sehr erfreut!« hörte ich aus nächster Nähe. Die große Schlangenhand, die sich mir näherte, gehörte einer schlanken, langen Person, die eine komplette Safari-Bekleidung trug, allerdings ohne Hut.

»Timothy Childs-Shillito«, stellte Alistair ihn vor, »*nicht* aus den Middlesex-Shillitos!« klärte er mich auf, als ob dies einen großen Unterschied mache oder als ob ich auch nur gewußt hätte, was der Unterschied bedeutete.

»Himmel, nein!« rief der Genannte aus. »Du darfst mich Tante Tim nennen, und du darfst deine reichlich gefüllten Badesachen direkt verkehrt herum auf Tante Tims plötzlich pulsierendem Schoß parken.«

Ich lächelte und zögerte.

»Den Graf von Habenichts kennst du schon«, sagte Alistair und fügte den langen französischen Namen leise hinzu.

»Und dieser Geselle«, Alistair zeigte auf jemanden, der viel jünger und hübscher aussah als die anderen und mir bekannt vorkam, »ist Horace Brecker der Dritte ... mein ehemaliger angeheirateter Cousin. Brecker ist von der Küste in die Stadt gekommen, um Grundstücke zu kaufen.«

Jetzt wußte ich auch, wieso er mir bekannt vorkam. Brecker ähnelte verblüffend Doriot.

»Und natürlich unser wunderbarer Matthew!« rief Tante Tim. Die anderen sahen in schweigender Ehrerbietung in Matts Richtung.

»Wir kennen uns«, sagte Matt leise. Er sieht heute ganz anders aus als sonst, dachte ich. Sein dickes schwarzes Haar, das sich rechts und links lockte, hatte er, was er sonst nie tat, in der Mitte geteilt. Er trug eine Sonnenbrille mit achteckigen grünen Gläsern, die ihm ein gelehrtes Aussehen verlieh. Seine Kleidung bestand aus einem lockeren Hemd mit rundem, tief ausgeschnittenem Kragen, feinen, knielangen, senfgelben Bermudas und Mokassins. Er hätte ein bengalischer Tagesschüler sein können.

Das hatten Luis und Patrick also damit gemeint, wie ich angezogen sei!

»Entdecken wir aufgrund der Art, wie dies gesagt wurde, etwa eine gemeinsame Geschichte?« fragte Barry Wu, der seinen Blick immer wieder zwischen mir und Matt hin und her gleiten ließ. »Dürfen wir auf ... einen Skandal hoffen?«

»Das Allerschlimmste!« versicherte Alistair ihnen. »Schließ deine Ohren, Brecker«, warnte er und erklärte mir daraufhin: »Brecker ist nur auf gut Glück hier. Er ist sich absolut nicht sicher, was er über Männer denken soll, die andere Männer mögen.«

»Ich muß zugeben, bis jetzt habe ich dieser Sache zwischen Männern nicht viel Bedeutung beigemessen«, erklärte Brecker.

»Es sind noch zwei Gäste da.« Alistair zeigte auf die leeren Stühle.

»Ich habe sie gehört, als ich hereingekommen bin«, erwiderte ich.

»... wir haben aber vergessen, wer sie sind.«

Mir wurde ein Mimosa eingeschenkt und ein bröckliges französisches Konfekt zwischen die Lippen geschoben. Ich kaute, trank und beobachtete.

Ich beobachtete Alistair zwischen seinen »alten« Freunden.

Und ich beobachtete Matt, der in seinem unvermutet neuen Kostüm wie eine intellektuelle, extravagante Persönlichkeit aussah.

Ein klingelndes Telefon rief Alistair hinein. Er bestand darauf, daß ich ihn begleitete. Das Telefonat war kurz, lustig und für mich absolut rätselhaft. Hinterher ließ er sich, geschwächt vor Lachen, auf das Sofa fallen, fuchtelte um sich herum und sagte:

»Es wird schon gehen, oder?«

»Ich find's hübsch.«

»Es ist nur für ein paar Wochen. Aber ich fühle mich besser in meiner eigenen Umgebung.«

»Das ist nur natürlich.«

»Nicht, daß ihr alle nicht großartig zu mir als Gast gewesen seid. Außer dir, der du nie da bist. Du Schlimmer!« Er gab mir spielerisch einen Klaps. »Überläßt den armen Matthew seinem Schicksal. Du darfst dich glücklich schätzen, daß ich zufällig vorbeigekommen bin und ihn vor diesem fürchterlichen, blutsaugenden Typen gerettet habe. Wie hieß er noch?«

»Roger Soundso?«

»Nein, Dummerchen! Thaddeus! Sie war im Begriff, ihre Klauen knochentief... Stell dir vor, all die Jahre! Du hast mir nie erzählt, welch ein Prinz er ist«, sagte Alistair und zeigte nach draußen.

»Hattest du vielleicht gehackte Leber erwartet?« fragte ich.

»Übrigens warst du derjenige, der ihn entdeckt hat. Erinnerst du dich? An dem Tag, als er ins Pozzuoli's kam.«

»Ja, natürlich. Er war so ein ungehobelter Bauer. Du hast ihn in die Hand genommen. Du hast einiges mit ihm angestellt. Die Kanten abgerundet, die Oberfläche poliert.«

»Das hört sich an, als wäre ich eine vegbische Töpferin.«

»Was für eine Töpferin?« fragte Alistair. Er sieht großartig aus, dachte ich. Er hat seit Jahren nicht so gut ausgesehen. Entspannt. Glücklich.

»Vegbisch! Vegetarisch und lesbisch! So nennen wir die Lorraines und Elaines, die mit ihren Liebhaberinnen auf ländlichen Pfaden wandeln und sich nur vegetarisch ernähren.«

»Als Junge warst du nicht so witzig, aber schon damals hast du immer irgendeinen Typen dazu gebracht, deinen kleinen rosa Hintern zu küssen«, sagte Alistair.

»Ihr dürft kein Wort davon glauben«, ermahnte ich die anderen, die inzwischen ins Haus gekommen waren und sich zu uns gesetzt hatten.

»Das ist absolut wahr«, sagte Alistair. »Sie kämpften buchstäblich um seine Gunst. Ich bewunderte ihn. Ich beneidete ihn. Es war sinnlos. Sie entschieden normalerweise mit Faustschlägen, wer neben meinem lieben Cousin im Schlamm sitzen durfte. Jahrelang versuchte ich das Geheimnis zu ergründen.«

»Matthew dürfte das Geheimnis kennen«, sagte der Graf, der seine Nase wohl doch nicht so hoch hielt, als daß er nicht erkannt hätte, daß er und ich miteinander gingen.

»Tatsächlich?« fragte Brecker. »Oh, zum Teufel! Ihr werdet doch nicht plötzlich zugeben, daß ihr Jungs heimlich ... oder?«

»Da war kaum etwas heimlich«, erwiderte Barry.

»Nun, Matthew?« fragte Shillito.

»Ja! Erzähl uns Rogers Geheimnis, Matthew!« forderte Alistair ihn auf.

Matthew sah finster drein, weil er die plötzliche Aufmerksamkeit nicht mochte, ganz zu schweigen von dem Druck. Jetzt lächelte er. »Ich wäre glücklich, wenn ich es wüßte.«

»Hypnose«, sagte ich, um sie von ihm und mich von dem Schmerz abzulenken, den seine Worte bei mir ausgelöst hatten. »Du wirst jetzt schlaaaafen ...«

»Bist du sicher, daß es keine Drogen sind?« fragte der Graf.

»Apropos Drogen ...«, warf Barry Wu ein, »hatte man uns nicht einen tödlichen Maui-Wowie angeboten?«

»Ja, wo ist dieser Maui?«

»Hab ich draußen gelassen«, sagte Alistair und stand auf. Wir folgten ihm geschlossen.

Als ich als letzter durch die Tür ging, ergriff Matt meinen Arm und küßte mich stürmisch, ich aber hielt meinen Mund geschlossen. Er ließ meinen Arm nicht los. Ich konnte nicht sagen, ob er wußte, wie sehr mich seine Worte verletzt hatten.

»Ich bin überrascht, dich hier zu sehen«, sagte ich.

»Und ich bin überrascht, daß du es überhaupt auf die Insel geschafft hast«, erwiderte er in vorwurfsvollem Ton.

»Ich verstehe das so, daß du vor einer schnellen Nummer gerettet werden mußtest«, griff ich aus dem Hinterhalt an. »Wir verlieren den magischen Kontakt, oder?«
»Vielleicht steigen meine emotionellen Bedürfnisse«, entgegnete er. »Aber so etwas bemerkst du nicht.«
»Und du bemerkst nicht, daß ich mir darum Sorgen mache.« Ich wollte gehen, aber er hielt mich zurück. »Du glaubst, du seist so raffiniert, weil sich deine Vision bewahrheitet hat.«
»Welche Vision?« fragte ich.
In dem Moment hörte ich »Mari-hu-ana«. Alistair hielt uns einen Joint unter die Nase. »Die tödliche Droge!«
Die zwei anderen Gäste, Bebe und Enrico, tauchten aus dem Schlafzimmer auf. Sie wirkten weder körperlich noch geistig ausgelastet.
Matt setzte sich dorthin, wo er vorher gesessen hatte. Alistair ließ sich neben ihm nieder und wandte ihm seine Aufmerksamkeit zu.
Zuerst dachte ich, ich würde Alistairs Verhalten überbewerten. Aber im Verlauf der Zeit zählte ich, wie oft er etwas aufnahm, worüber jemand am Tisch gerade gesprochen hatte, und etwas hinzufügte wie: »Weißt du, Matthew, Stiletto hat recht!« Oder: »Matthew würde sie mögen. Meinst du nicht, Bebe?«
Nach einer Weile dachte ich: Nein, er ist nicht einfach nur nett, nicht einfach nur bemüht, nicht einfach nur begeistert. Nein, er signalisierte Matt: Werde endlich gescheit, gib meinem Cousin zweiten Grades den Laufpaß, und komm mit mir nach Europa. Sieh. Sei. Lern. Mach. Verwirkliche dich selbst!
Schau ihn an! Und schau Matt an, wie er es aufsaugt. Ihn ermutigt. Bastard!
Mir wurde schlecht. Ich mußte gehen.
»Du willst schon weg? Ah, ist jetzt schon Zeit für den Tanz-

tee?« fragte Alistair und erklärte Brecker: »Du wirst einen Haufen anderer fast splitternackter Männer beim Tanztee sehen. Wir werden auch dorthin gehen. Wir werden alle gehen. Ist das jetzt die beste Zeit, Rog? Mein Cousin kennt die genauen Zeiten, wo man wann erscheinen muß. Das muß man alles sehr genau nehmen, wißt ihr. Die Zeiten. Die Orte. Wahrscheinlich, weil alles andere so unstrukturiert ist.«

Der Tanztee mit Alistairs Clique hätte amüsanter sein können, wenn ich mehr Drogen in mir gehabt hätte. Später fand ich meine Rettung in Form von Pensacola Rick und seinen Freunden, die auf der Tanzfläche erschienen.
Er hieß nicht wirklich so, aber der Name beschrieb ihn ziemlich gut. Rick war einer dieser lockeren, drahtigen Südstaatler, der für einen Mann ein zu hübsches Gesicht hatte, weswegen dieses im Alter von sechzehn Jahren bei Schlägereien im Suff vor den Provinzkneipen mit Narben bedeckt werden mußte.
Matt war mit Shillito und Barry Wu und Konsorten beschäftigt, so daß ich mich unbeobachtet auf die Tanzfläche begeben konnte, um innerhalb weniger Minuten mit dem passenden Rhythmus und der passenden Energie in den Orbit von Pensacola Ricks kleiner Clique zu gelangen. Er erinnerte sich sofort an mich – mein erster Annäherungsversuch lag einige Zeit zurück – und stellte mir seinen Freund Bobby und DeeDee vor, eine Frau, die eher meinem Alter (Mitte Dreißig) als dem der anderen (Anfang Zwanzig) entsprach.
Meine Poppers kamen gut bei ihnen an, ebenso wie die Musik. Die Tanzfläche war voll genug, so daß wir vor den anderen, mit denen ich hier war und die sich sowieso mit der Terrasse zufriedengaben, verborgen blieben. Während einer Pause, in der wir an die Bar hineingingen, um uns mit frischen Geträn-

ken zu versorgen, kündigte Rick hochoffiziell an, er müsse pinkeln gehen. Ich folgte ihm aufs Klo, erkämpfte mir meinen Weg zu den Pißbecken und spielte mit seinem Schwanz, während er pinkelte – und tat, als würde nichts geschehen.

Wir fanden Bobby und DeeDee auf der Tanzfläche wieder und gesellten uns zu ihnen. Zehn Minuten später erkannte ich aufgrund von Tommys Musikauswahl, daß der Tanztee kurz vor seinem Ende stand, und ich fragte Rick, ob er und seine Freunde mit der nächsten Fähre zurückfahren würden.

»Wir sind mit einem Boot da«, sagte er. »Kommst du mit uns?«

Sollte ich? Bis jetzt war ich von Rick total eingenommen und mehr als nur ein bißchen erregt durch Bobby, der, obwohl er tiefschwarz behaart war und blaue Augen hatte, zu ungefähr achtundneunzig Prozent genauso hübsch war wie Rick. Und ich war sogar neugierig auf DeeDee, die mich sowohl durch ihre Attraktivität beeindruckte als auch dadurch, wie locker sie damit umging, daß ich ihre Jungs anbaggerte. Also bugsierte ich wenige Sekunden, bevor der Tanztee offiziell zu Ende war, die drei durch den Seitenausgang des Blue Whale nach draußen, ohne die Aufmerksamkeit von Matt oder der anderen aus Alistairs Clique, die ihn warnen könnten, auf uns zu ziehen.

Wie versprochen, fanden wir auf dem kleinen Segelboot mit seiner spartanisch eingerichteten Koje eine fast volle Flasche Black Label, mehrere Joints und einen Kassettenrecorder mit guter Musik. Nachdem wir in dem engen Raum etwas getanzt hatten, fingen Bobby und DeeDee auf dem Bett an rumzufummeln. Sie zog ihren Badeanzug aus, und plötzlich waren wir drei Jungs auf dem Bett, knieten nackt um sie herum, während sie an unseren Schwänzen rieb und lutschte. Bobby arbeitete sich an ihr herunter, und ich dachte, der Zeitpunkt könnte nicht besser sein. Also zog ich Rick herum und blies ihm einen, während mein Mittelteil weiterhin über DeeDees Mund schwebte. Zehn Minuten später lagen DeeDee und ich auf dem Bett, hatten die Gesichter einander zugewandt und küßten uns, als sie von Bobby und ich von Rick gefickt wurde. »Das ist so geil!« stöhnte Bobby. Er und Rick kamen zum Höhepunkt, und Rick schlug vor, die Plätze zu tauschen. Immer, wenn einer von ihnen kam, grölten sie wie Cowboys in einem Rodeo.

Wie DeeDee und ich gehofft hatten, waren die Jungs bei dem vielen Gras, den Poppers, dem schmutzigen Gerede und dem Sex, den wir so nebenbei hatten, unersättlich. Nach einiger Zeit entschieden DeeDee und ich uns aus Langeweile über die Missionarsstellung, die Sache etwas zu würzen. Wir drehten uns herum und bearbeiteten das, was wir zwischen den Beinen hatten, gegenseitig mit dem Mund.

»Na, was sagst du, Bobby? Das ist doch echt pervers, oder?« fragte Rick seinen Freund. Er hatte gerade aufgehört, DeeDee beim Ablecken meiner Genitalien zu helfen und schob Bobbys Mund beiseite, der DeeDees Klitoris leckte.

»Ja, echt pervers!« stimmte Bobby zu. Daraufhin startete Pensacola Rick einen Überraschungsangriff auf Bobby. Er packte ihn und verpaßte ihm einen lautstarken Zungenkuß. Bobby zog sein rotes Gesicht fort und beschwerte sich: »He! Stopp! So was machen nur Schwuchteln!« Wir mußten lachen. Etwa um halb zwölf ging beiden der Saft aus. Ich befreite mich aus den zwölf Extremitäten der anderen, um zum Pinkeln zu gehen. Als ich zurückkam, hatten sie sich ineinander verknotet und schliefen. Ich deckte sie zu, zog mich an und marschierte den ganzen Weg nach Hause bis in den Sky Walk.

In unserem Haus war es still, nur eine einzige Birne über dem

Spülbecken in der Küche brannte. Ich wußte, daß Luis und Patrick nach ihrem sieben Tage langen Urlaub ein Schläfchen machten.

Ich hatte keinen Schimmer, wo Matt sein konnte. Vage erinnerte ich mich, wie Alistair und seine Clique versucht hatten, Pläne für das Abendessen zu schmieden, bevor ich durch das Erscheinen von Pensacola Rick abgelenkt worden war. Vielleicht sollte ich anrufen und sie wissen lassen, daß ich nicht untergegangen war. Bei nochmaligem Nachdenken entschied ich mich eher für ein Nein. Eigentlich hatte ich schon nicht mehr genügend Kraft, um einen Blaubeerjoghurt zu essen, meine Zähne zu putzen und meinen mißbrauchten Körper auf die Matratze zu schwingen.

Was ich dennoch tat.

Ich schlief zwölf Stunden. Nachdem ich aufgestanden war, trank ich zwei Tassen französischen Röstkaffee. Danach, um halb zwei am Sonntag nachmittag, war ich immer noch kaputt, als mich Patrick und Luis an ein riesiges Brunch setzten. Matt war neben mir aufgewacht und Alistair zehn Minuten vorher eingetroffen.

»Wir werden erst gar nicht fragen, was meinem lieben Cousin gestern abend zugestoßen ist!« sagte Alistair.

Ich war kaum wach, noch hatte ich gedacht, daß ich mich so früh in Auseinandersetzungen begeben müßte. Deswegen stopfte ich meinen Mund mit Pfannkuchen voll, spülte ihn mit Kaffee hinunter und schob neuen Pfannkuchen nach.

»Dein Cousin hat die letzte Nacht in der Gesellschaft von Weißem Müll verbracht«, erzählte Matt Alistair und blätterte nebenbei den Reiseteil der *Times* durch. Also hatte er Pensacola Rick doch gesehen oder daß ich mit ihm fortgegangen war.

»Ich hoffe, du hast dich entlaust!« meinte er zu mir.

»Die Pfannkuchen sind gut!« schwärmte ich Luis vor und verschlang noch mehr.

»Roger will noch nicht einmal darüber nachdenken, sich einen Fummel für die Jungle-Red-Party anzuziehen«, schmollte Luis.

»Eigentlich kann er für sich nicht in Anspruch nehmen, daß bei ihm auch nur eine Spur von Anstand übriggeblieben wäre«, erklärte Matt finster.

»Noch Kaffee!« Ich hielt meine Tasse Patrick hin, der mit einer frischen Thermoskanne ankam.

»Das ist übel«, sagte Alistair. »Ich habe nämlich von Bebe die erlesensten Kleider aus den Astoria Studios heraussuchen lassen.« Er drehte sich zu mir. »Weißt du, die Studios in Long Island City, wo die ganzen Filme der Zwanziger und Dreißiger gemacht wurden. Bebe hat dort Zutritt zu den Kostümräumen.«

»Ich höre niemanden, der darauf besteht, daß Matt im Fummel geht«, meldete ich mich jetzt zu Wort.

»Hast du je von einem hübschen kleinen Bolero für Matts breite Schultern gehört?«

»Ganz zu schweigen von der Größe der Stöckel, die ich brauchen würde«, fügte Matt hinzu.

Ein Punkt für sie.

»Bebe hat für dich einen Sommer-Smoking bekommen, den Johnny Weissmüller 1937 zur Oscar-Verleihung anhatte«, sagte Alistair. »Adrian hat ihn aus italienischer Seide für ihn geschneidert. Die Farbe paßte angeblich zu Weissmüllers Sperma.«

»Hör auf, oder ich falle in Ohnmacht!« warnte Luis.

»Für mich«, fuhr Alistair fort, »hat sie ein Kleid, das für Norma Shearer gemacht wurde. Elfhundert Straßsteine auf

golddurchwirktem Seidenstoff! Und für dich, Rog, ein Kleid, das für die Stanwyck gemacht wurde. Moirierte chinesische Seide in bretonischem Blau mit aufgestickten Perlen!«
»Nicht, daß ich es nicht schätzen würde ...«, fing ich an.
»Er hat Angst, als Mädchen bezeichnet zu werden«, unterbrach mich Luis.
»Nein, das ist es nicht. Aber sind Männer, die Fummel tragen, nicht erniedrigend für Frauen?«
»Wenn sich einer einen Spaß mit Frauen daraus macht, dann glaube ich schon, daß es erniedrigend ist. Aber nicht, wenn man sie damit ehrt. Es hat Tradition unter den Tunten, das weißt du«, antwortete Alistair.
»Und wird auch von den größten Machos unter den Schwulen akzeptiert!« bestätigte Matt.
Ich seufzte schwer. Überstimmt blickte ich zu Matt.
»Und du?« fragte ich.
»Ich ziehe den Smoking von Weissmüller an«, antwortete er, warf den Reiseteil hin und sah die Buchbesprechungen durch.
»Na ja, ich will kein Spielverderber sein!« sagte ich.
Alistair grölte. Luis applaudierte. Patrick gab Ohs und Ahs von sich. Matt sah mich leicht überrascht und schweigend an.
Wir verbrachten den Rest des Tages am Strand, und es war fast wie am Tag zuvor. Alistair gab sich als Verführer, und Matt akzeptierte – und das in der Öffentlichkeit.
Ich hielt es nicht aus. Gleichzeitig wußte ich, daß ich keine Szene machen würde. Alles, was zählte, war, daß Matt und ich in der Nacht im selben Schlafzimmer landen würden. Ich konzentrierte mich darauf, auch wenn es Momente gab, in denen ich meinen Cousin am liebsten rachsüchtig mit einem Kebabspieß durchbohrt hätte.

»Ich bin's«, sagte Alistair, als ich den Hörer abnahm. »Ist Matt da?«

»Er ist im Bootel-Sportstudio.«

»Ich werde gleich da sein. Ich muß dir etwas zeigen.«

»Kann das nicht warten? Ich mach mich gerade fertig zum Gehen.«

»Nimmst du ein Wasserflugzeug?«

»Es wird in einer halben Stunde am Hafen sein. Ich wollte noch bei der Bank vorbei …«

»Ich komme mit. Geh nicht ohne mich los.« Alistair legte auf. Es war Montag und fast Mittag. Ich war allein im Haus, mehr oder weniger angezogen und hatte gepackt. Ohne Matt und Luis und Patrick war die Wurmhöhe leer.

Ich fragte mich, ob ich eine Nachricht für Matt hinterlassen sollte oder nicht. Wir hatten immer noch kaum miteinander gesprochen, obwohl wir früh am Morgen miteinander geschlafen hatten. Es war nichts, woraus man hätte Schlüsse ziehen können oder was auf etwas hindeutete. Es war einfach nur klargeworden, daß der Körperkontakt zwischen mir und Matt ein von allem anderen in unserer Beziehung unabhängiges Leben führte.

»Du hast gewartet!« keuchte Alistair. Er mußte den steilen Hang des Sky Walk hinaufgehechtet sein, um mich nicht zu verpassen. »Hier! Sieh dir das an!« Er warf mir eine Handvoll maschinengeschriebener Seiten hin.

Ich warf einen Blick oben auf Seite eins: Sie trug die Überschrift »sonnenwende«, ohne großen Anfangsbuchstaben, und zwei Zeilen darunter, am linken Rand, folgte die Fortsetzung. »nächtlicher ruf« war die Überschrift auf der nächsten Seite. Die dritte hatte keine Überschrift, sondern begann direkt mit:

zuerst

    mache ich die schuhe auf,
        dann nehme ich die uhr ab.
    knöpfe die hose auf, das hemd fällt herab.
    die zunge kommt heraus.

    und dann die luft.
    ich nehme den teebeutel aus meinem hirn
    und lasse die tasse mit blut erkalten

    ich bin jetzt hinter glas. mir bläst der wind
    scharf ins gesicht wie die stimme,
        die du erhebst
    aus lungen, die ich dir gab. jetzt
    lasse ich sie zurück wie ein vogel
        und fliege.

    wenn fernbleiben keine schatten wirft
    dann bin ich die sonne,
        deren einziger schatten deine haut ist.

»Das muß neu sein«, sagte ich. »Das habe ich vorher noch nicht gesehen.«
Alistair starrte mich mit offenem Mund an. »Du weißt, daß es sie gibt?«
»Klar weiß ich das. Matt hat mir über die Jahre hinweg ungefähr dreißig davon gezeigt.«
»Du weißt, daß es sie gibt?« wiederholte Alistair. »Und du hast deswegen nichts unternommen?«
»Ich habe sie bewundert. Früher habe ich hier und da Vor-

schläge gemacht. Diese hier«, ich schwenkte die anderen Blätter, »waren voller Konjunktionen, bis ich vorgeschlagen habe, sie herauszunehmen. Dadurch sind sie straffer geworden.«
»Das ist alles?« bohrte Alistair weiter.
»Ich habe ihm gesagt, er soll sie wegschicken. Ich habe ihm Adressen gegeben, Namen …«
Ich stand auf und hängte mir meine Wochenendtasche über die Schulter.
»Alistair, ich will nicht zu spät kommen. Ich gehe am Strand entlang.«
»Ich begleite dich.«
Als wir den Zugang zum Strand am Ozone Walk erreichten, sagte ich: »Er will sie nicht dorthin geben, wo sie gelesen werden können. Angst vor Ablehnung, Angst, nicht verstanden zu werden – ich weiß nicht, was noch alles dahintersteckt.«
»Was noch alles dahintersteckt? Fühlst du dich ihm gegenüber nicht verantwortlich?«
»Verantwortlich? Nein. Das sind Matts Arbeiten«, antwortete ich.
»Das glaub ich einfach nicht!« rief Alistair aus.
»Was soll ich denn mit den verdammten Gedichten machen?«
»Sie veröffentlichen! Du bist der Zeitschriftenredakteur!«
»Beim *Manifest*?«
»Warum nicht?«
»Zwischen ›Tips vom Lederknecht‹ und den Nacktfotos eines Neunzehnjährigen?«
»Warum nicht?«
»Das Magazin ist geistig zu anspruchslos für Matts Arbeiten.«
»Dann mach es anspruchsvoller. Gib Kunst in Auftrag. Viel-

leicht Fotos. Wie heißt der Typ, der letzten Monat die tollen Fotos gemacht hat? Mapplethorpe! Nimm ein paar von diesen Fotos! Mach ein Essay aus Fotos und Gedichten! Vier Seiten lang.«

»Meinst du wirklich?«

»Findest du nicht, das bist du Matt schuldig?« fragte Alistair.

Wer wußte überhaupt, was ich Matt schuldig war? Oder er mir? Ich entschied, daß es weit sicherer war, das Thema zu wechseln.

»Habe ich aus verschiedenen Andeutungen gestern richtig erkannt, daß Horace Brecker bei dir bleiben wird?« fragte ich.

»Er sollte das Lustpotential etwas anheben. Findest du nicht, daß er hübsch ist? Eigentlich ist er total hetero.«

»Vielleicht. Aber du kennst meine Definition von hetero: ein Mann, der nicht *regelmäßig* Schwänze lutscht. Egal, nach ein paar Wochen in den Pines wird er entweder einiges mit sich machen lassen oder das erste weibliche Wesen vergewaltigen, das ihm vor die Flinte läuft. Ich war, fällt mir gerade ein, überrascht, wie ähnlich er Doriot sieht. Übrigens hast du mir nie wirklich erzählt, was zu eurer Trennung geführt hat.«

»Eigentlich hat nichts dahin ›geführt‹. Sie hat einfach entgegen meinen Hoffnungen versäumt, Weltklugheit zu entwickeln.«

»Mit anderen Worten, sie wollte nicht, daß du mit dem Gärtner bumst?«

»Eigentlich dachte ich, Frauen seien in diesen Angelegenheiten flexibler. Doriot ist es jedenfalls nicht.«

Wir befanden uns fast in der Mitte der Pines und gingen

schweigend zum Hafen weiter. Kurz davor sagte ich: »Gib mir die Gedichte, Alistair. Ich werde sie veröffentlichen.«
»Du bist ein Schatz!«
»Ich weiß, ich werde es bereuen«, stöhnte ich.

»Ich kann nicht glauben, was da vor sich geht!« Panisch drehte ich mich zum Knurrfisch um. »Sag, daß das nicht wahr ist! Sag doch was!«
Bernard sah mir so gerade in die Augen, wie er es trotz seines Schielens konnte. »Es ist passiert. Ich hatte es geahnt. Es ist dein eigener Fehler.«
»Mein Fehler?«
»Dein Fehler!« bestätigte er.
»Weil ich versucht habe, mit Harte zu kooperieren? Weil ich versucht habe, sie zu akzeptieren und ihr einen Gefallen zu tun?«
Ich konnte noch immer nicht glauben, was in den vergangenen zehn Minuten meines Lebens geschehen war. Ich war in unsere Montagssitzung gerauscht, an der Harte, ich und der Knurrfisch sowie Sydelle Auslander und unser Art Director teilnahmen, dessen wachsendes Interesse an östlicher Mystik uns dazu veranlaßt hatte, ihn als »Swami Powell« oder, einfacher, als »Swami« zu bezeichnen.
Eine Weile war alles gut verlaufen. Harte fand Sydelles Bericht über die Lesben auf zwei Rädern im Zusammenhang mit meinem Leitartikel über das Feuer in der Sauna gut. Danach folgte mein Interview mit Isherwood – der dritte meiner »Schwulen Autoren der Vergangenheit«. Unsere neuen Themen – unter der Rubrik »heiß und aktuell« – waren die Proteste in Greenwich Village über die Dreharbeiten zu *Cruising*, der mit Sicherheit ein negatives Bild von den Schwulen hin-

terlassen würde, der jüngste Erfolg des Kinofilms *Alien, das unbekannte Wesen aus einer fremden Welt,* und Tennessee Williams Überarbeitung seines *Summer and Smoke.* Dann waren wir zum vierseitigen Layout gekommen, das Swami, der Knurrfisch und ich in der Nacht zuvor aus einigen vorrätigen Mapplethorpe-Fotos und sechs von Matts Gedichten entwickelt hatten.

Ich hielt die Schriftartauswahl des Knurrfisches für ausgezeichnet. Ich hielt Swamis Layout für gleichermaßen erstklassig. Alistair hatte recht, die Gedichte und die Fotos sahen so gut zusammen aus, daß die gesamte Ausgabe etwas anspruchsvoller wurde.

»Hoppla«, sagte Stephen Forrest Harte, unser Herausgeber, als er das Layout mit einem ziemlich kindlichen Ausdruck auf seinem bereits kindlichen Gesicht betrachtete, »was ist das?«

»Überraschung!« sagte ich.

»Gedichte?«

»Gute Gedichte«, erklärte der Knurrfisch, Matts größter Bewunderer.

»Schwule Gedichte«, fügte ich hinzu.

»Hübsche Fotos! Gehören die uns?« fragte Harte Swami.

»Wir haben nur die Rechte zur Veröffentlichung.«

Harte hatte immer wieder vor- und zurückgeblättert, Seite um Seite, und die Gedichte gelesen. Er hatte schließlich aufgesehen und wollte gerade sagen: Fein, und weiter!, als Sydelle Auslander loslegte.

»Ich weiß wohl, daß es nicht meine Angelegenheit ist, mich mit den Bildern des Magazins auseinanderzusetzen«, begann sie.

»Natürlich ist es das«, entgegnete Harte, der in die Falle tappte.

»Alles ist die Angelegenheit von jedem. Deswegen halten wir diese Besprechungen ab.«

»Gut, dann ... Ich persönlich glaube, daß das Magazin durch die Veröffentlichung dieser Gedichte angreifbar wird. Vor allem unsere Verlagspolitik.«

Ich traute meinen Ohren nicht.

»Und warum, Miss Auslander?« fragte Harte.

»Es wäre was anderes, wenn wir regelmäßig Gedichte veröffentlichen würden. Aber das tun wir nicht. Diese plötzliche Veröffentlichung, so aufwendig produziert, wobei jeder von der Vetternwirtschaft weiß ...«

Und diese Schlange hatte ich an meiner Brust genährt, sie ermutigt ...

»Wir müssen die Veröffentlichung von Gedichten doch mit den Arbeiten von irgend jemandem anfangen, oder?« Harte spielte den Anwalt des Teufels. »Und die von Loguidice scheinen dafür geeignet zu sein.«

»Sie sind gut. Doch jeder wird wissen, daß sie veröffentlicht wurden, weil der Redakteur der Liebhaber des Dichters ist«, sagte sie.

In diesem Moment platzte unser gequälter Anzeigenleiter, der sich in einer größeren Krise befand, in unsere Besprechung, weil ein wichtiger Kunde mit der letzten Plazierung seiner Anzeige durch unseren Art Director nicht einverstanden war. Swami und Harte stürzten hinaus, um sich dem Anzeigenkunden zu stellen. Und Sydelle, sensibel, wie sie war, entschuldigte sich und zog sich zurück, bevor ich mich von meinem Stuhl erheben und ihr die Gurgel durchschneiden konnte.

»Was schlägst du vor, was wir tun sollen?« fragte ich schließlich den Knurrfisch.

»Alles andere hätte ich ihr verzeihen können«, sagte er finster. »Aber daß sie das Matt angetan hat!«
»Wir werden darüber hinwegkommen, Bernard. Matt weiß nicht, daß ich die Gedichte nehmen wollte. Er braucht das überhaupt nicht zu erfahren!«
»Eigentlich ist es besser so«, fuhr der Knurrfisch fort, »weil ich es jetzt endlich kapiert habe und alles klar und deutlich vor mir sehe, was ich über sie nur vermutet hatte: Sie ist das personifizierte Böse und muß vernichtet werden.«
»Beruhige dich, Bernard. Ich werde das schon regeln. Du mußt überhaupt nichts tun.«
»Ich muß!« beharrte er.
Bevor einer von uns allerdings etwas tun konnte, kamen Harte und Swami ins Büro zurück. Das Unglück, einen Hauptanzeigenkunden zu verlieren, konnte gerade noch einmal abgewendet werden. Zu meiner Überraschung bezog Sydelle ihren Posten nicht mehr. Aber warum sollte sie auch? Den Schaden hatte sie bereits angerichtet, das wurde bald deutlich.
»Gut, dann haben wir die Ausgabe ja fast fertig«, sagte Harte. Weder der Knurrfisch noch ich wollten fragen, was dies in bezug auf Matts Gedichte bedeutete. Also übernahm das Swami. »Und diese Seiten mit den Gedichten?«
Harte sah auf und fragte Swami: »Was hast du sonst noch für die Seiten anzubieten?«
Natürlich konnte dieser das anbieten, was ich beiseite geschoben hatte und was Harte eifrig akzeptierte. Und unsere Besprechung war vorbei.
Zwei Stunden später rief mich Harte in sein Büro.
»Ich mache mir Sorgen über dich, Roger. Über uns.«
»Es ist Freitag. Ich habe nichts zu Mittag gegessen. Ich gehe in fünf Minuten.«

»Du hast nicht rumgebrüllt. Du hast keinen Anfall bekommen. Du hast mich nicht daran erinnert, was du alles für das Magazin jenseits der Anforderung an das Pflichtbewußtsein getan hast. Du hast noch nicht einmal mit Kündigung gedroht, was du immer tust, wenn deine Wünsche kein Gehör finden.«
»In fünfzehn Minuten«, sagte ich, »werde ich meinen Cousin bei Goergette Klinger treffen, wo wir mit den Vorbereitungen für *das* gesellschaftliche Ereignis dieses Sommers beginnen werden, nämlich für *die* aufwendigste Party in der Geschichte von Fire Island Pines. Im Vergleich dazu, Forrest, sind dein Magazin, deine Entscheidungen, deine Belegschaft und du selbst nur Sandkörnchen auf dem Boden des dunklen Meeres.«
»Das ist eine Sache von beruflicher Ethik, Roger. Kennst du so etwas?«
Ich drehte mich auf dem Absatz um hundertachtzig Grad und öffnete schwungvoll die Tür, um hinauszugehen.
»Ich hatte keine andere Wahl!« jammerte er.
»Dennoch«, erwiderte ich, »solltest du wünschen, daß irgend jemand aus deiner Verlagsmannschaft in der nächsten Woche auftaucht, rate ich dir dringendst, die Dienste zweier sehr großer und erfahrener Leibwächter in Anspruch zu nehmen. Einen, um den Knurrfisch einzusperren, den anderen, um Mizz Auslander zu bewachen.«
»Was meinst du mit *irgend jemand* aus der Verlagsmannschaft?« schrie er fast. »Roger! Roger! Tu mir das nicht an!«

»Noch fünf Minuten, Miss Stanwyck!«
Alistair klopfte an die Tür meiner »Garderobe«, des größeren Gästezimmers in seinem Haus im Tarpon Walk.
»Kann ich mal gucken?« fragte ich Bebe, der immer noch mit meinem Haar herummachte.

»Momentino!« Er hielt meinen Kopf fest. »Ich denke immer noch, du solltest die ganze Perücke aufsetzen. Aber …!« Er trat einen Schritt zurück, um mich ansehen zu können, und seufzte. »In Ordnung!«
Er drehte mich herum, damit ich mich im Schminkspiegel sehen konnte.
Ich weiß nicht, was ich erwartet hatte – eine schreckliche oder eine wundervolle Verwandlung. Vermutlich eine Offenbarung. Das sollte ich jedenfalls laut Luis' und Alistairs Behauptung sehen. Statt dessen sah ich mich, gewaltig geschminkt, teuer gekleidet und femininer, als ich es mir jemals vorgestellt hatte. Ich war aber immer noch ich, Roger Sansarc, egal wie geschickt Bebe mein Haar vollgekleistert und gekämmt hatte, damit es am Nacken nach oben stand.
»Du hast Wunder mit meinem Haar vollbracht.«
»Hoch!« befahl er.
Ich stand auf. Ich trug ein hautenges blaßblaues Abendkleid aus Seide mit Lotusblüten, bei dem das Oberteil von Enrico neu angefertigt worden war, so daß das natürliche Dekolleté zwischen meinen eigenen zusammengedrückten, herausgestellten Titten zum Vorschein kam. Meine breiten Schultern wurden kunstvoll durch den schrägen Schnitt der Ärmel kaschiert. Die ganze vergangene Woche über hatte ich nachts in Schuhen mit Keilabsatz gehen geübt und mir beinahe die Knöchel verstaucht, aber diese Pumps waren weicher und niedriger und paßten besser.
»Perfekt!« sagte Bebe abschließend.
Als Bebe gegangen war, griff ich nach meinem glänzenden Täschchen, holte ein silbernes Zigarettenetui heraus, entnahm ihm eine Zigarette, begutachtete meine manikürten und lackierten Fingernägel, steckte die Benson & Hedges zwi-

schen meine mit Cold Carmine angemalten Lippen und zündete sie an – alles, während ich mich sorgsam im Spiegel beobachtete.

Ich sah nicht unnatürlich oder gezwungen aus. Aber das im Spiegel war ich – keine Frau. Ich trat beiseite und versuchte mich mädchenhaft zu verhalten. Ich posierte für mich selbst. Seltsamerweise schienen die einzigen natürlichen Verhaltensweisen trotz der meterlangen Seide und der weich schimmernden Perlen an meinen Ohren, meinem Handgelenk und um meinen Hals diejenigen zu sein, die ambivalent waren: die »Gangsterbraut«, die »witzige Freundin«, die »Karrierefrau« oder die »Göre«.

Eine andere Theorie platzte wie ein Luftballon: Tunten waren keine Frauen in Männerkörpern. Natürlich hatte ich das immer gewußt. Aber jetzt hatte ich den Beweis.

Ich brauchte keine Angst mehr zu haben, mein innerstes Ich zu verlieren oder daß dessen Geschlecht in Frage gestellt werden würde, egal was ich tat oder wie ich mich kleidete.

Es klopfte an der Tür. »Die Vorstellung beginnt!« rief Alistair. »Komm rein.« Ich hatte mich für meine normale, leicht veränderte Stimme entschieden. Ich hatte die Worte weicher ausgesprochen.

Alistair sah phantastisch aus in seinem Kleid, das in stärkeren Farben gehalten war als meins und bei dem einem die Augen herausfallen konnten.

Wir standen da und betrachteten einander. Bebe und Enrico huschten ins Zimmer, sahen uns an und zupften affektiert an unseren Kleidern herum.

»Du schaust so natürlich aus«, sagte Alistair.

»Du bist zum Umfallen!«

»Dreh dich herum«, forderte er mich auf. »Unglaublich!«

Bebe und Enrico umarmten sich voller Freude. Als sie gegangen waren, setzte sich Alistair auf den Schminkstuhl und zog mich zu sich heran.

»So etwas habe ich nur einmal vorher gemacht. Ich wollte es aber immer wieder tun. Seit ich sieben war oder so.«

»Ich nicht«, erwiderte ich. »Gib mir ein Paar Turnschuhe und Jeans, und ich bin glücklich.«

Er hatte uns etwas zum Trinken mitgebracht. »Wir werden viel Spaß haben, oder nicht, Roger?«

»Und ob!«

Da wir soviel miteinander geteilt hatten, war es nur natürlich, daß ich mich dazu entschlossen hatte, ihm zu berichten, was mit Matts Gedichten beim Magazin geschehen war.

»Natürlich«, beendete ich meine Erzählung, »ist Harte voller Angst, daß ich diesmal wirklich gehen könnte. Und das will ich auch. Schon bald. Was Sydelle betrifft, nun, sie hat genauso gehandelt, wie ich es erwartet hatte. Die Arme, ihr ganzes Leben lang wurde ihr gesagt, sie sei dem Manne untertan, auch wenn die Männer falsch oder verkehrt sind. Ihr wurde gesagt, sie dürfe nicht direkt oder vorlaut oder offen wütend sein ... Kein Wunder, daß sie den Männern in den Rücken fällt. Ich bin am Phrasendreschen, oder?«

»Ist schon gut. Es ist nur so, daß ... Also, am selben Tag, als ich zu dir gekommen bin, habe ich die Gedichte per Luftpost zu einem Freund bei diesem Magazin in Europa geschickt – vielleicht hast du von dem gehört, *Paris/Transatlantic* –, und heute hat er angerufen und gesagt, daß er diese und alles andere, was Matt hat, nimmt. Auf eine Art bin ich froh ...«

Paris/Transatlantic war ja lediglich das exklusivste Vierteljahres-Magazin für Literatur. Selbst wenn ich es geschafft hätte, sie im *Manifest* zu veröffentlichen, hätte Matt sie lieber im *P/T* gehabt. Und natürlich kannte Alistair rein zufällig den Redakteur, und rein zufällig konnte er mich ausbooten.

»Du hast nicht geglaubt, daß ich es überhaupt versuche?« fragte ich.

»Natürlich habe ich das. Ich war nur so ... Wie heißt es bei Yeats? ›In meinem Kopf brannte ein Feuer.‹ Das ist alles. Ich mußte sie gedruckt sehen!«

»Weiß Matt schon davon?« fragte ich.

»Heute abend wird er es erfahren, wenn er kommt, um mich – uns – zu begleiten. Ich dachte, daß wir es heute abend feiern. Der gescheite Brecker«, fuhr Alistair fort, »hat jemanden gefunden, der uns in einer Yacht hinbringt.« Er tat so, als sähe er den Rauch nicht, der aus meinen Nasenlöchern quoll.

Wie auf Bestellung klopfte Brecker an die Tür und öffnete sie – welch ein Glück für Alistair.

»O mein Gott, ihr seht ja toll aus!«

»Unser Boot?« Alistair streckte seine Hand mit den parfümierten Handschuhen aus, die der wohlerzogene Horace mit einer Verbeugung leicht küßte, offenbar bevor er merkte, was er tat.

»Sofort. Matthew ist eingetroffen.«

»Er wird sich so freuen!«

Brecker ließ Alistair durch die Tür entweichen (und meinem Zorn entkommen). Nervös zündete ich mir eine Zigarette an. Gleich würden Alistair und Matt zusammen im Wohnzimmer sein, und Matt würde erfahren, wo seine Gedichte veröffentlicht werden sollten und daß er seine Karriere als Dichter schlagartig und mit Alistairs Hilfe »gemacht« habe. Vielleicht umarmte Matt Alistair dann in Dankbarkeit, und sie küßten sich sogar. Ich konnte nicht hier warten, während dies geschah. Und ich konnte auch nicht Zeuge dessen sein.

Ich drehte mich herum, drückte meine plötzlich bitter

schmeckende Zigarette im Aschenbecher auf dem Schminktisch aus und sah mich kurz im Spiegel. In dieser Aufmachung, mit diesem Gesichtsausdruck eines Verratenen, dachte ich, ich fasse es nicht!

Plötzlich war Brecker hinter mir im Spiegel. »Ist alles in Ordnung mit dir?« Eine fleischige Hand streckte sich nach mir aus und klopfte unsicher auf meine Schulter. »Du wirkst ... Frische Luft? ... In den Garten?«

Wir gingen durch die Terrassentür nach draußen. Es schien kein Mond, und die Nacht war glasklar. Eine Unmenge von Sternen hatte sich schamlos gegen mich verschworen.

»Dein Cousin sagt, das sei einfach nur eine Party«, fing Brecker mit einer belanglosen Konversation an. »Dich stört es doch nicht, wenn ich mitkomme?«

»Nein, du schaust perfekt aus«, sagte ich wahrheitsgemäß. Wir näherten uns dem Wohnzimmer, aber ich konnte sie nicht sehen. Dann erblickte ich sie. Matt schenkte Getränke ein. Sie standen nahe beieinander. Er hatte die gute Nachricht erhalten. Er war glücklich. Sie schienen ein Herz und eine Seele.

Brecker versperrte mir die Sicht. »Ich weiß nicht genau, was du vorhast, und natürlich kannst du auch nein sagen, aber ich würde mich sehr glücklich schätzen, heute abend dein Begleiter sein zu dürfen.«

Ich mußte kichern, konnte mich aber sogleich bremsen. Offensichtlich war es so eingefädelt worden, daß er mich das fragte. Alles war eingefädelt worden, die Gedichte, die Party, die Aufmachung, alles! Und jetzt würde ich mehr als nur der Betrogene sein, ich würde ein Spielverderber sein und einfach nicht mitmachen.

»Lieb von dir.« Ich nahm seinen Arm. »Ich werde versuchen, dir zu erzählen, wer wer ist.«

»Gerne.« Er klang, als atmete er schwer.
Wir gingen hinein. Komplimente, Glückwünsche, Getränke – Bebe und Enrico verbeugten sich dankend für den Beifall für ihre Arbeit. Ein Nebelhorn blies. Alistair und Brecker gingen unser Boot suchen. Ich steckte mir eine Zigarette an, drückte sie wieder aus und versuchte es schließlich mit einem Joint aus meinem silbernen Etui. Trotz meiner augenblicklichen Verfassung durfte ich nicht vergessen, daß Alistair und ich MDA geschluckt hatten, deren Wirkung sich in weniger als einer halben Stunde einstellen würde. Es war noch neues Zeug, wer weiß, wie stark. Der Übergang könnte mit Shit leichter sein.
»Darf ich auch mal?«
Matt stellte sich zu mir an die Glastür. Ich gab ihm den Joint.
»Harte hat angerufen«, berichtete er. »Er war entsetzt. Hat etwas von einem Streit gefaselt, den ihr beide *nicht* gehabt hättet …«
»Mit dem bin ich fertig«, sagte ich ruhig.
»Was?«
»Ich gehe vom *Manifest* weg.«
»Einfach so?« fragte Matthew anklagend.
»Ich habe es satt!« sagte ich, zu müde, um Einzelheiten zu erzählen.
»Warum?«
Ich zuckte mit den Schultern.
»Habt ihr über die Geschichte gestritten? Bernie hat gesagt, ihr hattet heute eine Besprechung …«
Wußte der Knurrfisch, daß Matt ihn Bernie nannte?
»War der Streit von Harte und dir über das Feuer, über das du berichtet hast?« fragte Matt. »Du weißt, das Feuer in deiner Vision!«
Die Frage überraschte mich. Ich dachte, ich hätte es erklärt

467

gehabt. »Ich habe in meiner Vision *Eis* gesehen! Alles war gefroren! Es hat nicht gebrannt.«
»Feuer. Eis. Das ist dasselbe!«
»Das ist nicht dasselbe! Die Treppe ist ganz weg ... der absolute Horror mit der Treppe, was ich gesehen habe ... beide Male ... und das Gefühl der Isolierung ... absolut allein zu sein!«
»Was meinst du mit allein?«
»Allein! Allein! Ich war der einzige, der im Ice Palace nicht davon betroffen war. Bei dem Feuer in der Sauna waren nur drei Typen betroffen ...«
»Wenn du allein bist«, fragte Matt schnell, »wo bin dann ich?«
Ich ging die Bilder durch, die sich in meine Erinnerung eingebrannt hatten. Wo war Matt? Ich konnte ihn nicht sehen, nicht finden.
»Bin ich gefallen?« wollte er wissen. »War ich gefroren, so wie die anderen?«
Ich konnte um nichts in der Welt Matt finden. Warum nicht?
»Nun?« fragte er mit einem Klang in der Stimme, die ausdrückte, daß er das Recht hatte zu fragen. »Wo genau bin ich in deinen Visionen, Roger?«
Ich war nicht in der Lage zu antworten.
Er faßte mich am Arm. »Willst du damit sagen, ich bin nicht da?«
»Ich weiß nicht!«
Als er mich am Arm gepackt hatte, hatte er mir den Joint aus der Hand geschlagen. Ich merkte es im selben Moment, in dem mir auch bewußt wurde, daß Alistair und Brecker im Flur standen.
»Es war unser Boot«, verkündete Alistair mit falscher Fröhlichkeit. »Wir werden uns fertigmachen.« Sie gingen.

Ich bückte mich, um den brennenden Joint aufzuheben, wurde aber durch das enge Kleid daran gehindert. Ich hatte vergessen, daß ich es anhatte.

Matt trat den Joint aus. Er war wütender, als ich ihn jemals gesehen hatte. Das erschreckte mich, und ich fragte: »Was ist denn los?«

Er sah mich ungläubig an. »Was los ist? Jesus Maria! Du hättest mich zumindest ... wissen lassen können, daß es vorbei ist! Mir ein Telegramm schicken ... Irgend etwas!«

»Vorbei?«

»Das bedeutet es doch, wenn du mich in der Zukunft noch nicht einmal *sehen* kannst, oder? Egal, wie miserabel diese Zukunft auch sein mag!«

»Das bedeutet es nicht!«

»Nicht?«

Ich wußte nicht, was ich sagen sollte. Matt klang so überzeugt.

In dem Moment kam Brecker zurück. Blind gegenüber dem, was vor sich ging, erzählte er Matt jovial: »Ich begleite die hübsche Dame in Blau. Du hast doch nichts dagegen?«

»Sie gehört dir!«

Matt konnte nicht schnell genug davonkommen.

Die Wirkung des MDA setzte ein, als wir die Landungsbrücke der Yacht hinuntergingen. Der gesamte Schauplatz vor uns wackelte – ich war voll drauf!

Brecker hielt mich jedoch ziemlich fest am Arm und ließ mich nicht los. Eigentlich hatte er mich, sobald wir das Haus verlassen hatten, wie seinen Besitz betrachtet, war darauf bedacht, mich zu unterhalten, mich von den anderen abzulenken, wofür ich ihm dankbar war. Die Bootsfahrt war kurz gewesen, hatte nur zehn Minuten entlang der Bucht von Tarpon bis kurz hinter Beach Hill gedauert, wo die Party stattfand.

Wir betraten einen kleinen Anlegeplatz. Halb hatte ich mich auf den ersten Rausch der Droge eingelassen, halb hielt ich ihn zurück und versuchte abzuschätzen, wie stark und auf welchen Sinneskanälen sich die Wirkung einstellen würde.

Es sollte der visuelle Kanal sein. Als wir festen Boden unter den Füßen hatten, war alles wieder es selbst, die Gegenstände um mich herum hatten nur etwas verschwommene Konturen und waren ein bißchen zu stark dreidimensional.

Brecker führte mich hinauf zu einem der beiden Eingänge zu den Partyräumen. Dieser war für die Gäste, welche in Booten und über den Bay Walk eintrafen, und deswegen privater, obwohl er durchaus nicht frei von Zuschauern war, die sich immer am Rand der größeren Partys in den Pines herumtrieben und um Autogramme baten.

Matt, der weiter vorne mit Alistair war, hatte unsere Eintrittskarten und reichte sie zwei riesigen Kerlen in geliehenen Smokings, die unsere Namen anhand einer Liste überprüften und uns hineinführten.

»Habt ihr gesehen!« schwärmte eine Schwuchtel mit aufgemalten Sommersprossen ziemlich laut ihren Begleitern in der Menge vor. »Kate Hepburn hat ein Rendezvous mit Joel McCrea!«

Ihr fetter Partner mit grün-gelben Zöpfen kreischte: »Ich könnte sterben!«

Der Rest der Menge applaudierte, und wir waren durch den Eingang hindurch.

Zwei große Grundstücke mit Swimmingpools waren vorübergehend für die Party gestiftet worden. Das größere gehörte dem Grafen, Alistairs großnasigem Freund, das kleinere dessen Designerfreund und früherem Geliebten.

Horace Brecker und ich wurden von allen Seiten begrüßt. Der Graf hatte mich soeben in meiner Verkleidung erkannt und zu mir gesagt, ich würde »verführerisch« aussehen und sei es wert, »mit oder ohne Kleid verführt zu werden«, als ich neben mir Eddies tiefe, durchdringende Stimme erklären hörte: »Loguidice. *Das* aktuelle Model, eine Ikone, der Gott der Schwulenszene von Manhattan. Und bei ihm ist ein gewisser ... Alistair Dodge«.

»Den kenne ich. Er hat sich neulich von einer der Spearingtons aus San Francisco scheiden lassen«, sagte seine Begleiterin.

Wir waren gerade an ihnen vorbei, als jemand rief: »Schauen Sie bitte hierher!«, und wir drehten uns zu den Blitzlichtern eines Fotografen um.

Dann hielt ich nach Alistair Ausschau, doch weder er noch Matt waren zu sehen.

Brecker berührte mich leicht am Ohr, als er fragte, was ich trinken wolle.

Die Bar war gegen eine Wand des Hauses vom Designer gebaut. Sie war groß und halbrund, und an ihrer Rückseite hingen Paradiesvögel und Affengesichter auf Kokosnußschalen. Brecker plazierte mich auf einen Fächerpalmenstuhl mit hoher Rückenlehne und bestellte die Getränke bei einem der drei hübschen jungen Bodybuilder-Barkeeper.

Als die Getränke fertig waren, rückte Brecker seinen Barhocker ganz nahe zu mir und murmelte in mein Ohr: »Jetzt möchte ich hören, wer wer ist. Das hast du mir versprochen, erinnerst du dich?«

Es war nicht überraschend, daß Brecker nur von wenigen der berühmtesten Bewohner der Pines gehört hatte, weswegen ich gezwungen war, nähere Erläuterungen zu geben: »Das ist La Putassa, ein berühmter Transvestit. Sie ist Model für Bendel. Das ist Bill Whitehead und sein Freund Tony. Bill ist Redakteur bei Dutton. Er hat das letzte Buch von Edmund White herausgebracht. Diese drei sind Jerry Rosenbaum, Stan Redfern und Al Cavuoto. Sie haben das Shakespeare-Haus im Crown Walk gemietet, das wie das Globe Theater aussieht. Jerry ist Börsenmakler, Stan ist bei einem Verlag und Al ist Schauspieler. Da drüben ist Mel Cheren, Miteigentümer von West End Records und zuständig für Werbung und Vertrieb, einer der heißesten Disco-Produzenten in der Stadt, mit seinem Partner Michael Brodsky ...«

Und so weiter. Als ich sprach, machte ich immer wieder Pausen, um zu sehen und erkennen zu können, wer die anderen waren.

»Das kommt mir bekannt vor.« Brecker meinte die Musik, die bisher nur aus Disco bestanden hatte. »Eine Rumba? Die will ich tanzen.«

Wir standen auf – mein Teil des Duos etwas wacklig –, um Rumba zu tanzen. Natürlich tat das jede auch nur annähernd latinomäßig gekleidete Schwuchtel. Ich zählte auf der Tanzfläche gleichzeitig nur an einer Stelle drei Carmen Mirandas. »Überall falsches Obst!« rief Brecker in mein Ohr. Ich dachte: Nicht so falsch, wie du glaubst, mein Lieber! Mittlerweile hatte Ritchie Rivera den Plattenteller übernommen mit der Absicht, uns eine Lehrstunde mit einer Zusammenstellung aus lateinamerikanischer und schwarzer Musik aufzubrummen.

Erst eine Stunde später schaffte ich es, den halb gelähmten Brecker von der Tanzfläche zurück zur Bar zu zerren. Es bestand kein Zweifel, die Party war ein voller Erfolg. Jeder war da, der jemand war. Sogar die Broadway-Berühmtheiten und Kinostars waren eingetroffen, genossen die Party und fügten sich fast nahtlos in die Reihe der anderen »Stars«.

Vielleicht lag es am MDA, das immer noch wirkte, vielleicht war es lediglich die Nacht selbst und die Aufregung der Party, vielleicht war es alles zusammen, aber die Art, wie Horace Breckers Hand über meine Schultern strich, als er mir mein Getränk reichte, hatte plötzlich eine schrecklich erotisierende Wirkung auf mich. Ich entwich seinem Zugriff so vorsichtig, wie ich konnte. Ein paar Minuten später, als der Himmel über uns ganz hell wurde und gigantische Scheinwerfer ihre Strahlen hoch in der Luft kreisen ließen, um drei Fallschirmspringer einzufangen, die auf die schnell sich leerende Tanzfläche zuschwebten, schien Horaces Hand beharrlicher vorzugehen. Ich schaute ihn an und war überrascht, diesen leeren Ausdruck auf seinem Gesicht zu sehen, den Männer anscheinend immer bekommen, wenn ihr Penis erigiert ist. Ich blickte nach unten. Und wie!

Ach nee, dachte ich. Das kann doch nicht sein. Der ist so erregt, daß er vergessen hat, mit wem er zusammen ist.

Ich entschuldigte mich, weil ich mich frisch machen wollte.

»Oh!« Horace weigerte sich spielerisch, mich gehen zu lassen. »Denk daran, du mußt heute nacht auf mich aufpassen.«

Was genau wollte er damit sagen? fragte ich mich, als ich mich davonmachte.

»Wenn du die Absicht hast, hier auf die Klos zu kommen, kannst du's vergessen«, sagte Mark Glasgow.

Ich hatte gerade das Haus des Designers betreten. Trotz seines dämlichen Thelma-Ritter-Ausdrucks war Mark bezaubernd zurechtgemacht – mit einem über dem Gesicht hängenden Spinnennetz.

»Voll?« fragte ich.

»Schätzchen, in diesem Gebäude sind mehr Reifröcke als in den Goldwyn-Studios '37 und '38 zusammen.« Und noch bevor ich einen Kommentar abgeben konnte, fügte er gehässig hinzu: »Ich habe gerade gesehen, wie dein Herzallerliebster mit irgendeiner Shanghai Lily in Froggies Maison gegangen ist. Warum versuchst du's nicht dort?«

»Ich hoffe, daß sich nicht allzu viele lebende Insekten in diesem Netz verfangen!«

»Fotze!« zischte er, als er herumwirbelte, um von dannen zu stöckeln.

Wenige Minuten später befand ich mich im Innern des gräflichen Hauses und betrat ein Gästezimmer, das für schwer kostümierte Gäste reserviert war. Als ich endlich die Toilettentür öffnete, trat Alistair heraus, der vorletzte im Universum, den ich sehen wollte.

»Cousinchen!« säuselte er. »Mir geht es sooo gut.«

Ich huschte an ihm vorbei, hob meinen Rock und schaffte es gerade noch, mein Pimmelchen aus den schwarzen Seidenhöschen zu reißen, um laufen zu lassen, was die Sintflut zu sein schien. Draußen fragte Alistair: »Wie behandelt dich Brecker?«

»Sekunde«, rief ich. Als ich fertig war, zupfte ich die Illusion wieder zurecht und ging hinaus. Alistair und ich waren allein in dem großen Gästezimmer. Er machte auf der Bank vor dem Dreifachspiegel auf dem Schminktisch Platz für mich.

»Ich hasse diese Spiegel. Mein Profil sieht aus wie von einem Fuchs«, sagte ich.

»Quatsch! Wir müssen uns alle etwas aufpolieren«, tröstete mich Alistair, dann fragte er: »Und?«

»Eigentlich ist Horace Brecker etwas demonstrativer als ...«
Ein Gedanke durchzuckte mich plötzlich. »Hat er etwas genommen?«
»Woher soll ich das wissen?«
»Hat er vorher MDA genommen?«
»Warum? Er macht doch keine Schwierigkeiten, oder? Wenn doch, sagst du mir das sofort.«
Der Klang in Alistairs Stimme verriet mir, daß er geplant hatte, Brecker mit MDA so weit zu bringen, daß er die Kontrolle über sich verlor. Und ich sollte gezwungen sein, ihn zu bemuttern. Warum? Ich wollte das Pferd von hinten aufzäumen.
»Herzchen«, säuselte ich, »hat Brecker schon mal mit einem Mann geschlafen?«
»Man könnte glauben, nein. Ehrlich gesagt, weiß ich das nicht.« Ich war überzeugt, daß er es wußte, und die Antwort war eindeutig nein. »Trotzdem, so scharf wie er auf die Party war, und seine Aufregung, als er uns angefummelt gesehen hat, und wie er dich dazu beschwatzt hat, daß du heute abend seine Begleitung bist ... Laß mich das machen.« Alistair nahm mir den Lippenstift aus der Hand. »Du wirst nie lernen, wie man Lippenstift aufträgt, auch wenn du achtzig wirst ... Das paßt doch alles zusammen, oder?«
»Du erwartest doch sicher nicht von mir, daß ich ihn entjungfere, bloß damit du in der Zukunft etwas in der Hand hast, um ihn damit zu erpressen.«
»Hör auf, rumzuzappeln. Wie du genau weißt, mein lieber Cousin, erpresse ich niemals. Allerdings bin ich der Überzeugung, daß eine gut angebrachte ›Anekdote‹ so wirkungsvoll sein kann wie ein gezogenes Schwert. Und eleganter. Du scheinst jedoch heute abend ein ganz anderes Problem zu haben als das mit dem lieben Horace. Halt doch still! Nicht,

daß ich überrascht wäre. Sieh mal, Rog, du malst genau die Außenlinie deiner Lippen nach und füllst sie dann aus. Erinnerst du dich an neulich, als ich gesagt habe, was für Wunder du bei Matt vollbracht hast? Sicher erinnerst du dich, und ich nehme davon nichts zurück. Ich denke immer noch so. Nur ... Damals wußte ich nicht, was ich jetzt weiß. Nun die Oberlippe. Wir beide wissen, daß ich von Matts fabelhafter Gabe spreche. Er weiß und ich weiß und wir alle wissen, wie schrecklich du dich fühlst, daß du ihm nicht so helfen kannst, wie du es gern tätest. Aber ich rede nicht nur von seinem Talent, es ist die Sache mit dem ganzen amerikanischen Schwulen-Image, womit du ihn aufgehalten hast ...«
»Ich habe ihn aufgehalten?«
»Mach deinen Mund zu, oder ich schmiere dir die Zähne voll. Nicht direkt du natürlich. Aber du hast sicherlich dazu beigetragen, weil du so erfolgreich bist. Welche Möglichkeit hatte der arme Matt denn, außer es dir auf die Art nachzumachen, die er kannte?«
»So war das nicht!«
»Natürlich, *du* kannst das nicht erkennen. Du bist dermaßen eingebunden mit deinem Magazin und so. Und das ist wichtig. Ich spiele das nicht herunter. Es ist einfach das, was für dich gut ist. Wo du groß wirst, kann Matt nicht wachsen. Sieh es ein, Rog, du hast für Matthew alles getan, was du konntest. Du hältst ihn zurück. Niemand ist Schuld daran, daß in ihm mehr steckt, als jeder einzelne von uns gedacht hat. Es ist einfach so. Du weißt es. Ich weiß es. Er weiß es!«
Ja, mir war es in letzter Zeit immer klarer geworden, und ich hatte es heute abend als eine der unausgesprochenen Wahrheiten erkannt, die hinter unserer Auseinandersetzung lagen. Jetzt, aufgeputscht vom MDA, wußte ich es wieder, diesmal

mit einer Sicherheit des Gefühls, einer Endgültigkeit, die ...
Nun lieferte Alistair die Bestätigung dafür.
»Laß mich sehen.« Alistair hielt mein Gesicht und drehte es dann zum Spiegel. »So natürlich! Was denkst du?«
»Worüber?«
»Du siehst, wie gut er sogar mit den verwirrtesten Überresten meines kleinen Gefolges zurechtkommt, auch wenn sie nur Randerscheinungen sind. Ich denke, na ja, wenn ich brutal offen sein will, mein Lieber, ich denke, Matthew ist an einem Punkt angelangt, wo er nur noch den letzten Schliff braucht ...«
Eine Sekunde lang trafen sich unsere Augen im Spiegel, meine dunkel, fast schwarz vor Angst und Drogen, seine heller, klarer und viel glänzender.
»... Der letzte Schliff, der durch ein Leben in Übersee verpaßt wird«, brachte Alistair seinen Gedanken zu Ende.
Das war also der Grund, warum er mir heute abend Horace Brecker aufgehalst hatte – um mich zu beschäftigen, während er hinter Matt her war. »Es ist nicht meine Entscheidung. Rede mit ...«
»Das habe ich. Nicht mit so vielen Worten. Ich habe nur Übersee vorgeschlagen. Ein oder zwei Monate in Paris. Ein paar Abstecher, um Redakteure zu treffen, um Matthew in die richtigen Kreise zu bringen ...«
Als ich dies hörte, wurde mir plötzlich schrecklich kalt.
Es war also schon alles vor dem heutigen Abend zwischen ihnen entschieden worden, und meine Entscheidung war nur schmückendes Beiwerk oder sollte ihnen das Gefühl geben, daß sie das Richtige täten.
Doch Moment mal! Was war, wenn Alistair unrecht hatte? Was war, wenn ich Matt nicht geschadet, sondern geholfen

hatte? Was war, wenn er nicht durch mich und meine Karriere aufgehalten worden war, sondern aufgrund seiner eigenen Bedürfnisse und Wünsche, aufgrund seiner eigenen Entscheidungen?

Obwohl ich high war, dachte ich nach und versuchte eine Möglichkeit zu finden, meine Argumente in Worte zu fassen. Ich wollte von meinem Schminkstuhl aufstehen, aber als ahnte er meinen Sinneswandel, drückte mich Alistair nach unten.

»Du darfst Matthew nicht enttäuschen, Rog. Er braucht dich jetzt mehr als sonst, um das zu tun, von dem du mit deinem Herzen weißt, daß es das Richtige für ihn ist. Ich weiß, er kann auf dich zählen«, sagte Alistair und stand auf, um zu gehen.

Ich mußte ihn aufhalten. Und ich mußte Matt aufhalten fortzugehen!

»Warte noch eine Minute! Ich habe vielleicht Schwierigkeiten mit meinem Freund, und vielleicht bin ich high vom MDA, aber glaub mir, ich erkenne genau, was duausheckst.«

Sein knallroter Mund zog sich vor Überraschung zusammen.

»Was du seit dem Moment ausheckst, in dem du mit deiner Geheimniskrämerei in dem verrotteten alten Kahn auf der Insel aufgetaucht bist.«

»Was mei...«

»Was ich meine ist, daß du trotz des vielen Geldes, das du als Abfindung erhalten hast, trotz all der berühmten Freunde mit und ohne Titel und trotz all der vielen, vielen Erfahrungen, die du auf deinen Weltreisen gemacht hast, in dem Moment deiner Ankunft hier auf der Insel verdammt grün vor Neid geworden bist. Du bist derjenige, der auf die Ehe mit einer Frau bestanden hat, obwohl du wußtest, daß es nahezu unmöglich sein würde, die Sache richtig durchzuziehen. Und jetzt, da es schiefgegangen ist, besitzt du die Unverschämtheit, hierherzukommen und meine Ehe zu zerstören.«

»Wenn sie stabil wäre«, entgegnete Alistair, »würde ich nicht einmal den Versuch machen, sie zu zerstören.«

»Wer zum Teufel hat dir das Recht gegeben, das zu entscheiden? Ich nicht. Ich habe nicht gehört, daß Matt es getan hätte. Von dem Moment an, in dem du hierhergekommen bist und uns zusammen gesehen hast, warst du darauf aus, uns auseinanderzubringen.«

»Du erträgst es nicht, daß Matt mit mir kommen will, oder?« fragte Alistair.

»Ich kann es ertragen!« sagte ich. »Laß Matt mit dir nach Europa gehen, laß ihn mit dir nach Patagonien gehen, auf den Saturn von mir aus! Das bedeutet nichts! Es bedeutet nicht, daß er jemals mit dir schlafen wird.«

»Oh, bitte!« sagte Alistair spöttisch. »Jetzt wirst du infantil.«

»Und auch wenn er zufällig mit dir schlafen sollte, wird es dennoch nie das sein, was Matt und ich einander geben, auch wenn wir uns tagelang nicht gesehen haben oder uns bis aufs Messer bekriegen.«

»Du gibst zu, daß deine Beziehung am Zerbröckeln ist?«

»Ich gebe gar nichts zu. Die Wahrheit ist, Alistair, daß du, egal, was du tust, nie die Vertrautheit kennen wirst, die wir selbst in den schlechtesten Momenten erlebt haben.«

»Sie zerbröckelt! Dies ist dein letzter, pathetischer Versuch, wenigstens eine Spur von Würde zu behalten!«

»Das wirklich Überraschende ist, Alistair, daß du mit deinem IQ und nach all den Jahren keinen Schimmer davon hast, was im Leben wirklich zählt.«

»Pathetisch und nicht wert, einen Kommentar darüber abzugeben.«

»Aber nicht das stört dich, Alistair. Was dich stört, ist, daß du merkst, daß für dich alles vorbei ist. Du hast deinen kümmerlichen, kleinen Höhepunkt, der für dein Leben bestimmt war, schon vor Jahren erreicht. Mit vierundzwanzig? Oder mit sechzehn? Und seitdem geht es nur noch bergab. Stimmt's?«
»Wir werden sehen, was mein Höhepunkt ist, wenn Matthew zu einem weltberühmten Dichter an meiner Seite geworden ist!«
»Vielleicht hast du diesen Punkt auch schon früher gehabt. Mit neun, als du noch etwas käsiger im Gesicht warst. Wann war das mit dem Softballspiel, bei dem du keinen Punkt erzielt hast? 1954?«
»Das werd ich dir zeigen!« schrie Alistair.
»Nicht ins Gesicht! Überall, aber nicht ins Gesicht!« schrie ich immer noch einigermaßen beherrscht zurück. Aber ich sah, wie er eine schwere Bronzedose in die Hand nahm und direkt auf mich zuwarf. Und nicht nur das – das Arschloch schaffte es, aus dem Zimmer zu entkommen, während ich damit zu tun hatte, mich vor seinem Geschoß zu retten. Dieses knallte mit so viel Kraft gegen die Wand, daß es dort einen beachtlichen Kratzer hinterließ und ein Scharnier zerbrach.
Als ich mich dazu beglückwünschte, unbeschadet wieder aufgetaucht zu sein, stürmten mehrere Leute ins Gästezimmer und stürzten vor die Spiegel, zum Schminktisch und aufs Klo.
Ich verließ das Gästezimmer, und als ich kurz darauf aus dem Haus trat, stieß ich auf Horace Brecker, der mich erwartete.
Er schien atemlos und ungeduldig. Ich wußte, daß das MDA, die »Liebesdroge«, die er genommen hatte, die Wirkung bei ihm erzielt hatte, die der Name versprach. Horace war ganz hingerissen von mir – von mir und keinem anderen.

Würde es, fragte ich mich, Alistair aus dem Häuschen bringen, wenn ich diesen »Hetero« rumkriegen würde, was er offensichtlich nicht geschafft hatte? Ja, entschied ich, das würde es. Und Alistair aus dem Häuschen zu bringen war jetzt mein einziges Ziel.
»Ich dachte, du seist gegangen«, sagte Horace.
»Genau das wollte ich dich glauben lassen«, stichelte ich.
»Sei nicht gemein«, beschwerte er sich und nahm mich in den Arm.
»Du bist so stark, so entschlossen!«
Als wir uns von der Tür entfernten, drückte mich Horace plötzlich gegen die Hauswand. Er preßte seinen Körper an meinen, als er mich auf Hals, Nase, Ohren und Mund küßte und leicht hineinbiß.
Er war schon so weit, daß es ihn wenig störte, ein öffentliches Schauspiel aufzuführen.
»Ich habe den Mann vom Boot bezahlt, damit er sofort losfährt, sobald wir an Bord sind«, sagte er.
Ohne auf eine Entgegnung zu warten, gab mir Horace einen leidenschaftlichen und tiefen Zungenkuß, daß ich befürchtete, wegen Sauerstoffmangels ohnmächtig zu werden. Als er schließlich nach einiger Zeit seine Greifzunge zurückzog, nachdem sie jeden Quadratzentimeter meines Mundinnern erforscht und gleichzeitig in Verzückung versetzt hatte, bat er:
»Versprich, daß du nicht nein sagst!«
»Aber Horace!« Mehr konnte ich angesichts seiner funkelnden Leidenschaft nicht stöhnen.
»O Baby!« stieß er aus, und die Anzahl seiner Hände schien sich zuerst zu verdoppeln, dann zu verdreifachen, und sie glitten in jeden möglichen Ein- und Ausgang vorne und hinten meines geliehenen blauen Seidenkleides. »Du hast mich …

so ... O Baby, ich muß dich heute nacht haben. Nichts und niemand kann mich aufhalten.«

»Also hast du die Nacht mit Horace verbracht«, sagte Wally. »Und ich nehme an, du bist stolz darauf.«
»Nicht wirklich«, räumte ich schnell ein.
Das stimmte natürlich nicht, aber in den Monaten, in denen ich mit Wally zusammen war, hatte ich entdeckt, daß er, wie viele aus seiner Generation, über ein ethisches System verfügte, das erstaunlicherweise unbeweglicher war als mein eigenes, ein System, in dem eine Tat wie das Herummachen mit einem Hetero nicht nur nicht toll, subversiv und zum Spaß war, wie ich die Sache betrachtete, sondern auch irgendwie verdächtig. Wenn schon nicht verdächtig für »verinnerlichte Menschenfeindlichkeit«, dann mindestens für das Fehlen von Ernsthaftigkeit.
Wally und ich hatten den Central Park verlassen, überquerten die Central Park West und marschierten eineinhalb Blocks weiter. Wir waren nur noch ein kurzes Stück von Alistairs Haustür entfernt.
»Was ist dann mit Alistair und Matt passiert?«
»Wir sind da«, erklärte ich und ging auf das Foyer zu.
Wally hielt mich zurück. »Sag's mir!«
»Später. Warum erledigen wir nicht erst das hier?«
»Nur eine Antwort! Nein, zwei!« korrigierte sich Wally.
»Gut!« Wally war aus sich herausgegangen und hatte sich auf mein Niveau herabgelassen. »Horace Brecker hat sich als total gut im Bett entpuppt. Wir haben es stundenlang miteinander getrieben, während das Boot östlich von Long Island herumfuhr, und als das MDA nachließ, kippten wir total weg. Sechs-

unddreißig Stunden waren wir unterwegs, und als wir zurückkehrten, packte Horace seine Sachen und flog am nächsten Tag nach San Francisco. Dort machte er der Frau, mit der er vorher seit Jahren zusammengewesen war, nach skandalös kurzer Zeit einen Heiratsantrag. Und sie nahm ihn an. Wir sahen uns nie wieder, obwohl er mir einen Dankesbrief schickte, in dem er mir nicht nur mitteilte, er würde das, was wir getan haben, nie bereuen, sondern auch, daß ihm jene bewußte Nacht den letzten Stoß versetzt habe, der ihn überzeugte, sich ein für allemal häuslich niederzulassen.«

»Jesus!« stieß Wally aus. »Heterosexuelle sind verrückt. Und Matt?«

»Sie sind nach Europa gegangen, genauso, wie Alistair es gesagt hatte. Als Horace und ich zurückkamen, waren die beiden bereits abgereist, ohne auch nur eine Nachricht zu hinterlassen. Natürlich hatte ich erwartet, von einem von beiden irgendwann zu hören. Aber es dauerte zwei Monate, bis der Knurrfisch mich eines Tages um meine Wohnungsschlüssel gebeten hat. Matt hatte ihn beauftragt, seine Sachen zu holen und sie ihm zu schicken.«

»Also hast du beim Magazin doch nicht gekündigt, wie du es angedroht hattest?«

»Doch, habe ich!« verteidigte ich mich. »Gleich nach dem Urlaub, als ich genug zusammengespart hatte. So brauchte ich ein halbes Jahr nicht an Geld zu denken.«

»Hat Alistair Matt wie beabsichtigt zum Literaturfürsten in Europa gemacht?«

»Matts Gedichte wurden in ein paar Magazinen in Paris und London veröffentlicht. Er hat eine Gedichtreihe im *Paris Vogue* herausgebracht mit Fotos von Helmut Newton, die nicht schlecht waren. Und er trat mit einem Dolmetscher in

Apostrophes auf, der sogenannten Fernsehshow für Intellektuelle in Frankreich. Aber das war's so ungefähr. Seine Gedichte überquerten den Ozean erst einige Zeit später.
Ich habe nie herausbekommen, ob sich Alistair und Matt über den nächsten Schritt in Matts Karriere in die Haare geraten sind oder ob persönliche Zwistigkeiten daran schuld waren, ich habe nur von Freunden gehört, daß Alistair und Matt nach etwa einem Jahr nicht mehr zusammen gesehen wurden. Das ist nicht überraschend, wenn man weiß, daß beide dickköpfig sind.
Alistair kam nach L.A. zurück, Matt blieb in Europa, zog nach Italien und war eine Zeitlang Model für Armani in Milano. Man hat sich erzählt, daß er ein anderes Model getroffen hat, irgendeinen Briten, der mir angeblich ähnelte. In dem Jahr darauf konnte ich weder den *Esquire* noch *GQ* aufschlagen, ohne über Matts Fotos zu stolpern, und jedesmal hat es mir noch etwas ausgemacht. Normalerweise war ich den ganzen Tag verärgert, wenn ich ein Foto von ihm gesehen hatte, aber einmal – du wirst lachen – habe ich Matt auf dem Bild zuerst nicht erkannt, weil er anders angezogen war und auch die Haltung anders war, aber ich habe einen Steifen bekommen.«
Wally lachte nicht. Er schien auch nicht entsetzt zu sein. »Und das war's?« fragte er. »Du hast Matt nie wiedergesehen?«
»Doch, einmal, in den Pines. Es war an einem Sonntag am späten Nachmittag, und ich hatte jemanden besucht, der mit seinem Segelboot dort angelegt hatte. Ich war gegenüber vom Restaurant, von den Geschäften und der Disco. Über das Wasser hinweg sah ich drei Typen aus dem Bay Walk neben dem Pines Pantry herauskommen. Zwei von ihnen sahen europäisch aus und waren älter. Ich brauchte eine Minute, um zu erkennen, daß Matt der dritte war. Er hatte langes Haar, bis

über die Schultern, sein Bart war abrasiert, und sein Gesicht sah, ich weiß nicht, härter aus, irgendwie erwachsener. Vielleicht weil er, wie er befürchtet hatte, seinen Fuß verloren hatte.«
»Du meinst, er …?«
»… trug eine Prothese. Ich konnte sie nicht genau sehen, aber er ging am Stock. Ich erkannte es an der Art, wie er ging und sich auf den Stock stützte.«
»Hat er gesagt, daß es stimmte?« fragte Wally.
»Ich … ich konnte nicht mit ihm reden«, gab ich zu.
»Weil er nicht mehr perfekt war?«
»Weil ich überzeugt war, daß er, wenn wir zusammengeblieben wären, seinen Fuß noch gehabt hätte.«
»Medizinisch betrachtet ist das lächerlich!«
»Ich weiß.«
»Und das war das letztemal, daß du ihn gesehen hast? Dann hast du gehört, daß er gestorben war?«
»Nun ja …«, wich ich aus. In der Hoffnung, das Thema wechseln zu können, ging ich weiter. »Als Alistair wieder in die Stadt gezogen war, habe ich ihn getroffen. Wally? Können wir jetzt hochgehen?«
Er tat mir den Gefallen und bohrte nicht weiter.
»Was genau willst du dort oben machen? Was soll ich dabei tun?«
»Ich weiß nicht, Wals, hilf mir mit der Weißen Frau.«
»Ein Kinderspiel! Und danke, daß du mir alles über Matt und dich erzählt hast.«
»Fühlst du dich jetzt besser, was ihn betrifft?«
»Vielleicht klingt das verrückt, aber ich spüre, daß wir uns vertragen hätten, wenn wir uns kennengelernt hätten.«

SECHSTES BUCH

SCHEIDEN TUT WEH
1985 UND 1991

Die äußere Glastür war verschlossen. Wir mußten draußen stehenbleiben, klopfen, gestikulieren und dumme Gesichter machen, um die Aufmerksamkeit des Nachtportiers auf uns zu lenken. Als er sich endlich dazu herabließ, sich lang genug von seiner Zeitschrift loszureißen, um einen Blick auf uns zu werfen, stellte ich fest, daß ich ihn nicht kannte.

»Oh, toll! Ein Fremder!«

Der Nachtportier war weiß, jung, mit einem rechteckigen Kopf, breiten Schultern und dem speziellen dicken Nacken, der offensichtlich nur bei Anhängern von Bodybuilding anzutreffen ist. Seine erste Antwort an uns war das allgemeingültige Achselzucken mit der Bedeutung: »Was ist los?«

Ich machte ihm ein Zeichen, daß er uns öffnen solle. Als er verschwand und mit einem mittelalterlichen Bund mit Schlüsseln verschiedener Größe wieder auftauchte und einige Türen geöffnet hatte, blieb er vor der letzten Glastür stehen und rief: »Was wollen Sie?«

»Dort hinein und jemanden besuchen!«

»Um ...«, er sah auf seine Uhr, »zehn vor fünf morgens?«

»Dazu sind Sie doch da, oder?« rief ich zurück. »Um Leute hereinzulassen.«

»Wen wollen Sie besuchen?« Er sah uns von oben bis unten an, sperrte aber dann doch auf und ließ uns in das äußere Foyer eintreten.

Ich nannte den Namen meines Cousins. Es sei so etwas wie ein Notfall.

Das war genau das Falsche, denn sofort wurde er mißtrauisch.
»Was für ein Notfall?«
Ich hätte angerufen und meinen Cousin die ganze Nacht nicht erreicht.
»Die hatten eine Party«, erklärte er. »Vielleicht haben sie das Telefon rausgezogen.«
»Wir waren auf der Party«, erklärte ich meinerseits, »und sind früh gegangen.«
»Sie ist zu Ende.« Er zuckte mit den Schultern. »Haben Sie einen Schlüssel für die Wohnung?«
»Nicht dabei.«
»Erwarten Sie etwa von mir, daß ich sie aufwecke?«
»Ja.«
»Sie träumen wohl!«
»Da stimmt etwas nicht. Ich weiß es. Mein Cousin und ich sind zusammen aufgewachsen. Ich weiß immer, wenn etwas mit ihm nicht stimmt. Er ist krank. Vielleicht liegt er im Koma.«
»Wenn Sie und Ihr Cousin sich so nahestehen, wie kommt es dann, daß ich Sie noch nie gesehen habe?«
»Normalerweise besuche ich ihn nicht um fünf Uhr morgens. Rufen Sie oben an. Ich verspreche Ihnen, alle Konsequenzen zu tragen. Eigentlich kann ich ihn genausogut selbst anrufen…«
»Ich dachte, er läge im Koma?«
»Ich werde mit seinem Mitbewohner sprechen.«
Er nahm den Hörer ab, zögerte aber noch immer. »Wenn Sie auf der Party gewesen sind, wieso sind Sie so früh gegangen?«
Was glaubte er, wer er war? Hercule Poirot?
»Wir mußten wo hin!« Ich versuchte meinen wachsenden Ärger zu verbergen.
»Wohin?« fragte er mich aus.

»Was tut das zur Sache?«
»Ans andere Ende der Stadt. Zur Demonstration am Gracie Mansion«, antwortete Wally ihm.
Nach einer Minute des schweigenden Unverständnisses sagte der Portier: »Ah, ja! Davon haben sie in den Nachrichten was gebracht. Jetzt verstehe ich, Sie sind schwul und so. Haben Sie gesehen, was ein paar von denen an das Dach gehängt haben?«
»Das hat er gemacht.« Wally klopfte mir auf die Schulter. »Er war einer der Jungs, die das Transparent an das Dach gehängt haben.«
»Macht keine Witze! Ihr habt verdammt Schwein gehabt!« sagte er mit einem leisen Lachen. »Was für ein Glück, daß man Sie nicht geschnappt hat.«
»Man hat mich geschnappt. Ich habe die meiste Zeit heute nacht in den Tombs verbracht.«
»O Mann!« Diese Information schien der Auslöser gewesen zu sein. Aus Sympathie oder aus einem anderen Grund begann er zu wählen. »Entschuldigen Sie die Störung. Hier ist Stanley, der Portier. Jemand möchte Sie besuchen. Er sagt, er sei sein Cousin …« Mich fragte er: »Name?« Ich nannte ihn, er gab ihn weiter und legte auf. »Sie können hinaufgehen.«
»Tatsächlich?«
Bevor ich noch etwas Dummes von mir geben konnte, packte Wally mich an den Schultern und schob mich zum Fahrstuhl. Der Fahrstuhl kam. Wir stiegen ein. Er drückte die Etagennummer. Die Tür ging zu, und wir fuhren hinauf.
Oben angekommen, war ich auf alles gefaßt.
Die Weiße Frau hatte wohl an der Wohnungstür gelauscht, da diese sofort geöffnet wurde. Seltsamerweise sah er nicht im mindesten verschlafen aus, obwohl er doch recht lange gebraucht hatte, um dem Portier zu antworten.

»Ich habe gerade heiße Schokolade gemacht«, sagte er, als er uns durch die große Halle am Arbeits- und Wohnzimmer vorbei in die Küche führte. »Ich konnte nicht schlafen. Ich denke, es war wegen der Party und der vielen Menschen heute abend.«
Ich versuchte durch den Flur auf Alistairs Zimmer zu schielen, aber die Weiße Frau in der Küche versperrte mir die Sicht.
»Ich wette, ihr wollt auch Schokolade.«
»Für mich nicht«, sagte ich. Diese Nacht war eindeutig noch nicht vorbei. Ich brauchte alle meine Sinne. »Wenn du vielleicht den Kaffee noch einmal warm machen könntest ...«
»Klar.« Er reichte uns Becher und die Zuckerdose.
»Wollt ihr, daß ich verrate, was ich weiß?« fragte die Weiße Frau. »Ja, wir haben es alle in den Ein-Uhr-Nachrichten gesehen.«
»Die Demo?«
»Sicher. Weißt du, was Alistair gesagt hat? ›Da geht mein Cousin wieder mit Regenschirmschritten über mich hinweg.‹«
»Regenschirmschritte?« fragte Wally.
Auch ich begriff nicht, was er meinte.
»Anscheinend haben sie zu der Zeit, als der kleine Rog in Long Island aufwuchs, ein Straßenspiel gemacht, das ›Darf ich?‹ hieß«, erklärte er Wally mit einem Blick zu mir als Bestätigung. »Alistair sagte, daß in dem Spiel einer das ›Es‹ gewesen sei. Die anderen Kinder mußten ein Stück von ihm entfernt an einer Linie stehen und sich ihm nähern und ihn fangen. Um sich ihm zu nähern, konnte man Babyschritte oder Riesenschritte oder Scherenschritte oder Regenschirmschritte machen, gerade so lange, wie sie sagten, wie viele Schritte sie machen wollten, und, was entscheidend war, wenn sie auch ›Darf ich?‹ gefragt haben.«

»Bei Scherenschritten«, erinnerte ich mich jetzt, »mußte man bei einem Sprung die Beine grätschen und beim nächsten wieder zusammen machen. Bei Regenschirmschritten mußte man sich drehen, als würde man um den Rand eines Regenschirms gehen, den man am Griff hielt.«
»Offensichtlich hat Rog immer ›Darf ich?‹ mit seinen Regenschirmschritten gewonnen.« Die Weiße Frau goß mir den aufgewärmten Kaffee ein. »Weil sie variabel gewesen sind, hat Alistair gesagt, habe er nie abschätzen können, wie viele Regenschirmschritte er Rog erlauben sollte. Rog hat immer die Gelegenheit dazu benutzt, seine Regenschirmschritte ganz besonders schön zu machen. Er habe jeden Zuschauer damit begeistert, bis er – zack! – plötzlich über die Linie gegangen ist und Alistair gefangen hat.«
»Also ...« Wally war verwirrt. »Heute nacht ...?«
»Weil Rog nicht nur in den Nachrichten war, sondern auch das Transparent ans Gracie Mansion gehängt hat und anschließend vor laufender Kamera verhaftet wurde, hat er wieder einmal allen Sand in die Augen gestreut und ist nach vorne geprescht. Zumindest hat das Alistair gesagt. Er schien zu glauben, daß du das extra für ihn getan hast. Als Zeichen. Oder als Geburtstagsgeschenk.«
»Was meinst du damit? Was hat er gesagt?«
»Nur, daß du wieder Regenschirmschritte gemacht hast. Aber man konnte heraushören, daß du die Schritte in den vergangenen Jahren oft gemacht und ihn dabei an der Nase herumgeführt hast und nach vorne geprescht bist.«
»Hör mal, ich muß ...« Ich brach mitten im Satz ab. »Schläft Alistair?«
»Er macht fast nichts anderes mehr.«
»Braucht er nichts?« fragte Wally.

»Wohl kaum!« sagte die Weiße Frau in spöttischem Ton.
Ich versuchte immer noch, die Sache durchzuziehen, ohne ihn etwas wissen zu lassen. Also fuhr ich fort: »Alistair hat nichts anderes gesagt ... über mich? Was du mir hättest ausrichten sollen?«
»Nein, warum? Hat er erwartet, daß ihr heute nacht zurückkommt?«
»Ich denke nein.«
»Und warum seid ihr dann zurückgekehrt?«
»Wolltest du nicht aufs Klo, Rog?« unterbrach uns Wally.
»Du bist doch legal wieder rausgekommen, oder?«
»Mach dir keine Sorgen. Ich suche keinen Unterschlupf.« Ich erhob mich. »Ich werde aufs Klo gehen.«
All der Kaffee, den ich schon den ganzen Abend über getrunken hatte, strömte aus mir heraus. Dann versuchte ich, leise Alistairs Tür zu öffnen. Verschlossen. Ein klares Zeichen, daß er die Tuinal genommen hatte – oder doch nicht?
Als ich mich zurück an den Tisch setzte, erzählte Dorky Wally gerade, mit welcher Art asiatischer Körperdisziplin er sich beschäftigte. Wally versuchte sich interessiert zu zeigen, aber seine Augen blitzten zu mir herüber und schrien Fragen, die ich nicht nur nicht beantworten, sondern auf die ich in keiner Weise eingehen konnte.
Ich wartete, bis in ihrem Gespräch eine kleine Pause eintrat, und fragte beiläufig: »Ich habe versucht, einen Blick hineinzuwerfen, aber ... Klemmt die Schlafzimmertür?«
»Nicht daß ich wüßte.«
»Ich habe sie nicht aufbekommen«, sagte ich.
Er sah zuerst mich, dann Wally an. »Was geht hier vor?«
Als durch unser verlegenes Schweigen klar wurde, daß wir sehr wohl wußten, was vor sich ging, und nicht antworten

wollten, stand er auf und lief aus der Küche. Wir folgten ihm bis vor Alistairs Schlafzimmer. Er schlug an die Tür und rüttelte am Griff.

»Sie ist abgeschlossen!« schimpfte er mit hysterischem Unterton in der Stimme. »Er sperrt sie nie ab! Hier geht doch irgendwas vor! Warum seid ihr zurückgekommen?«

Als ich zur Tür ging, sagte ich: »Ich war mir nicht sicher, ob er es tut.«

»Was tut?« Seine Stimme wurde lauter. »Was wißt ihr? Warum seid ihr hier? Was habt ihr heute nacht hinter meinem Rücken geplant?«

»Vielleicht ist es am besten so.« Ich versuchte ihn zu beruhigen.

»Was?«

»Alistair und ich haben das lange vor heute nacht bis in alle Einzelheiten ausdiskutiert«, sagte ich. »Monatelang. Und die Möglichkeit war immer da. Du mußt davon auch gewußt haben.«

»Neiiiiiin!« heulte er plötzlich, weil er begriffen hatte, wovon ich sprach. Er drehte sich herum und schlug und trat mit nackten Händen und Füßen gegen die Tür.

»Du wirst dir weh tun!« rief Wally.

»Alistair! Boopsy! Mach auf! Wach auf und schließ die Tür auf!« Er trommelte weiter gegen die Tür. Mit wildem Blick wirbelte er herum. »Ich werde den Schlüssel suchen!«

»Warum läßt du ihn nicht einfach in Ruhe? Warum tust du das, wenn er ...?«

Er verstand das nicht. »Mörder!« schrie er.

»Aber Alistair wollte das so!« rief ich. »Du weißt, daß er nie etwas tun würde, wovon er nicht absolut überzeugt wäre.«

»Das habt ihr hinter meinem Rücken ausgeheckt! Alle drei!«

»Laß mich aus dem Spiel!« sagte Wally.

»Dann ihr beide.«

»Verstehst du das nicht? Mit Alistair wird es nicht besser werden, kann es nicht besser werden. Ihm wird es immer schrecklicher gehen, und er wird grausam sterben.«

»Wir werden es schaffen! Wir haben es bei den anderen Krankheiten auch geschafft!«

»Es kann nur noch schlimmer werden! Glaub mir! Sein Körper wird sich in alle Einzelteile auflösen. Seine Fingernägel werden abfallen. Und da, wo die Nägel waren, wird Blut durch die Finger sickern. Alte Wunden werden aufgehen und bluten. Seine Haare werden ausfallen, und seine Haut wird verfaulen. Ich hab's gesehen. Ich hab das erlebt.«

»Neiiiiiin!« heulte er wieder und rannte ins Wohnzimmer.

»Die Schwuchtel ist total besessen!« schimpfte ich.

»Hast du was anderes erwartet?« fragte Wally.

»Ich glaube nein. Was jetzt?«

»Sind wir überhaupt sicher, daß Alistair die Tuinal genommen hat?« fragte Wally. Er war schrecklich aufgewühlt, aber entschlossen, ruhig zu bleiben.

»Warum sollte er sonst die Tür abschließen?«

Wally sah mich verzweifelt an. Ich wußte, was er als nächstes sagen würde, weswegen ich die Worte für ihn aussprach: »Sieh mal, Wally, ich weiß, ich habe die ganze Nacht über hin und her überlegt. Es geht hier um ein Menschenleben. Nicht um eine Teppichfarbe. Egal, was einer von einem Menschen hält. Das hier ist für ewig. Und um ehrlich zu sein, ich habe wirklich nicht gewußt, was ich hier sollte. Eigentlich habe ich irgendwie erwartet, daß du mir das sagst.«

»*Ich?!!*«

»Ja. Je mehr du gesagt hast, es sei verkehrt, desto mehr dachte

ich, es sei richtig. Ich habe zur gleichen Zeit wie du angefangen zu schwanken. Egal, was wir beide heute nacht tun, Alistair wird in kurzer Zeit von der Bildfläche verschwunden sein. Wegen uns bin ich besorgt. Meinet- und deinetwegen. Heute nacht ... heute nacht haben wir viel durchgemacht, und ich weiß, es ist noch nicht vorbei. Aber ich spüre, daß dies der Test ist. Genau das hier. Verstehst du, was ich meine?«
»Ja.« Er sah wie ein Fünfjähriger aus. »Ich denke schon.«
Ich mußte die Gelegenheit ergreifen für den Fall, daß er doch nicht ganz verstanden hatte: »Einmal habe ich versagt, Wally. Mit Matt Loguidice. Ich habe Matt geliebt. Wirklich geliebt. Und ich habe bei ihm innerhalb unserer Beziehung versagt. Ich habe versagt, weil ich egoistisch und selbstsüchtig und, ach, wer weiß, einfach durchgedreht war, wie die meisten von uns. Und irgendwie habe ich, als Matt am Sterben war, nie verstanden, daß ich eine zweite Chance bekommen hatte, um mich ihm zu beweisen. Vielleicht hatte er es so arrangiert. Ich weiß es nicht. Es wurde allerdings eng. Fast zu spät. Ich möchte nicht, daß es auch mit dir so läuft. Ich möchte, daß du mir sagst, was ich tun soll.«
Wallys Gesicht zeigte Überraschung, obwohl wir beide keinen Zweifel hatten, daß er mich die ganze Nacht über zu diesen Worten getrieben hatte.
»Abgemacht?« Wally hob die Hand. Statt dessen küßte ich ihn. »Abgemacht! Und was? Du hast das Sagen.«
»Wir stehen vor der Wahl. Entweder rastet Dorky aus und hört auf, Alistairs Leben retten zu wollen, oder ...« Wally zeigte mir seine Faust.
»Das ist genau das, was wir brauchen – eine Anklage wegen Körperverletzung.«
»Entweder – oder.«

Wir erblickten die Weiße Frau, als er aus dem Wohnzimmer in den Flur stürzte und etwas in der rechten Hand hielt. Den Schlüssel vielleicht?
In den nächsten Minuten würde sich zeigen, ob Wally und ich wirklich ein Team waren.
»Du oben«, flüsterte ich, »und ich unten.«
Ich schmiß mich an Dorkys Lenden, stieß ihn und warf ihn auf den Rücken. Als er hinterrücks umfiel, konnte Wally ihm den Schlüssel abnehmen.
Dann begann ich in, wie ich dachte, höchst rationalen Worten zu erklären, was wir taten und warum.
Die Weiße Frau war allerdings zäh. Statt endgültig zu Boden zu gehen, konnte er sich in eine halb kniende Position bringen.
»Sieh doch mal«, sagte ich, »du kannst nichts tun, was …«
Unvermittelt sprang er wie ein Panther in die Luft und warf uns gegen die Wand hinter uns. Er und Wally grabschten auf Knien am Rand des Teppichs nach dem Schlüssel.
»Rog! Pack ihn! Er ist … Au! Der Scheißkerl hat mich gebissen!«
Die Weiße Frau stolperte rückwärts, griff nach dem Schlüssel auf dem Boden und floh den Flur hinunter. Als ich ihn einholte und mit meinen Fäusten auf seinen Rücken trommelte, hatte er den Schlüssel bereits in das Loch gesteckt. Wir fielen beide in Alistairs Schlafzimmer, als die Tür sich nach innen öffnete. Ich weiß nicht, was ich erwartet hatte. Alistair lag einfach im Bett. Auf seinem Rücken, das Gesicht nach oben, beide Hände neben dem Körper und das Laken und die leichte Baumwolldecke bis zum Kinn hinaufgezogen.
Wir zwei – und dann, als Wally hereinkam, wir drei – wurden still und seltsam respektvoll.

Dorky kroch zu Alistair und nahm seine Hand. Anscheinend war sie ziemlich kalt. Ich konnte nicht erkennen, ob er atmete. Dorky hielt sein Ohr über Alistairs halboffenen Mund.
»Er lebt noch«, flüsterte er, sprang auf die Füße und zog Alistair aus seinem Bett heraus und über den Fußboden.
»Was zum Teufel machst du da?« schrie ich.
»Ich muß ihn zum Atmen bringen!« erklärte er. Er hatte Alistair bereits halb aus dem Schlafzimmer gezerrt, bevor wir ihn aufhalten konnten.
»Er muß sich bewegen.«
»So bringst du ihn nur noch schneller um!«
»Neun-eins-eins. Ich ruf die neun …« Die Weiße Frau ließ Alistairs Arm mit einem dumpfen Schlag auf den Holzboden fallen und drehte sich zum Telefon auf dem Nachttisch. Aber ich hatte das vorhergesehen, sprang auf die Füße und kam als erster dort an. Als er nach dem Hörer griff, riß ich das Kabel aus dem Telefon und dann aus der Wand.
Die Weiße Frau schoß aus dem Zimmer. Er schlug die Tür hinter sich zu und traf Wallys Nase.
»Du Arschloch!« schrie Wally.
Jetzt war ich wirklich wütend. Ich ging an Wally und an Alistair, der auf dem Boden lag, vorbei, öffnete die Tür und hechtete den Flur hinunter ins Wohnzimmer. Dort war die Weiße Frau, hielt den Telefonhörer in der Hand und wählte. Er war auf meine Wut nicht vorbereitet. Ich warf mich direkt auf den Hörer, riß ihn aus seiner Hand, schleuderte ihn zu Boden, zog auch hier das Kabel aus dem Telefon und dann aus der Wand. Dorky hastete davon, und ich rannte zur Küche, wo ich einen Bruchteil einer Sekunde vor ihm ankam, rechtzeitig, um den Hörer aus dem Wandapparat zu reißen.
»Hier, du Arsch! Nimm das!« Ich warf ihm den Hörer hin.

Er sah ihn an. »Mörder!« rief er. Tränen liefen über seine Wangen.
Er rannte raus – ich vermutete auf den Hausflur, um die Nachbarn zu wecken und zu versuchen, deren Telefon zu benützen. An der Wohnungstür hatte ich ihn erreicht, und wir rangen miteinander. Am anderen Ende des Korridors beugte sich Wally über Alistairs Körper und fühlte seinen Puls.
Endlich schienen die Kräfte der Weißen Frau nachzulassen. Nachdem ich ihn mit einem kurzen Genickschlag an der Flucht hindern konnte, stöhnte er laut auf und brach auf dem Teppich im Hausflur zusammen.
Plötzlich war er wieder auf den Beinen und eilte ins Wohnzimmer. Ich versuchte zu erraten, was er als nächstes tun würde. Ich durfte mich nicht von der Eingangstür fortbewegen. Er ging in die Küche und verschwand aus meinem Blickfeld. Wahrscheinlich wollte er aus dem Fenster rufen und die Nachbarn wecken.
»Wals! Schnapp ihn, bevor er uns ins Kittchen bringt!«
Als Wally die Küche betrat, raste die Weiße Frau an ihm vorbei hinaus über den Flur ins Arbeitszimmer, von dort ins Wohnzimmer, hin und her durch den Flur, wie bescheuert.
Auf einmal war alles still – keine Bewegung, kein Geräusch. Ich schlich von der Wohnungstür ins Wohnzimmer. Wie aus heiterem Himmel kam die Weiße Frau herausgeflitzt, gefolgt von Wally, und ich rannte zurück zur Tür.
Genau dieses Täuschungsmanöver hatte er geplant, um zur Tür zu gelangen, und als ich mit meinem ganzen Körper dagegen fiel, machte er einen Satz zum Sprechapparat für den Portier, der nur ein kleines Stück entfernt, aber dennoch außer Reichweite für mich war. Bevor Wally oder ich etwas sagen oder tun konnten, rief er in den Hörer: »Stanley. Hier ist 16J.

Rufen Sie einen Notarzt. Hören Sie? Es ist ein Notfall. Wir brauchen einen Notarzt hier oben! Sofort!«
Da holte Wally aus und verpaßte ihm einen Aufwärtshaken. Der Kopf der Weißen Frau schnellte zurück, seine Augen flatterten wild, und dann ging er zu Boden.
Ich eilte zu ihm und überprüfte seinen Puls und Atem. Alles schien in Ordnung zu sein. Außer natürlich, daß er k.o. geschlagen war. Ich stand auf und zog den bewußtlosen Körper ins Arbeitszimmer und aufs Sofa.
»Der hätte nie aufgehört«, beschwerte sich Wally.
»Das war schon in Ordnung, Wals! Du hast getan, was getan werden mußte.«
Als ich hinausging, ließ ich die Tür leicht angelehnt, damit wir hören konnten, wenn er wieder aufwachte.
Alistair lag noch immer auf dem Boden in seinem Schlafzimmer. Wir hoben ihn so vorsichtig wie möglich hoch und brachten ihn zurück ins Bett. Plötzlich öffnete sich krachend die Wohnungstür.
Stanley, der Portier, wedelte mit seinem riesigen Schlüsselbund, gefolgt von zwei untersetzten Typen. Trotz meiner Überraschung über ihr plötzliches Erscheinen erkannte ich sie sofort – der Notdienst.
Wir ließen Alistair beinahe fallen.
»O mein Gott! Ihr hattet recht!« rief Stanley. »Ihr habt im richtigen Moment angerufen. Der Krankenwagen fuhr gerade vorbei. Lebt er noch?«
Wally und ich wurden von den beiden Sanitätern von Alistairs Körper weggeschoben. Ich stolperte über ein Bein des Nachttischchens und konnte das Glas Wasser und vier Tuinal gerade noch auffangen!
Der Latino-Sanitäter kniete sich nieder und fühlte Alistairs

Puls. Der jüngere Typ mit dem Spitznamen Clarabelle erblickte die Tuinal ungefähr eine Sekunde nach mir.
»Blau und rosa!« sagte er. »Selbstverschuldet.«
»Er hatte mit Selbstmord gedroht«, erklärte ich. »Er hat AIDS!« fügte ich hinzu, um die Schockwirkung bei ihnen zu erhöhen.
Bei Stanley funktionierte es, der aus menschlicher Neugier herangetreten war und jetzt gegen die Flurwand fiel, als hätte jemand das tödliche Virus in die Luft gesprüht. Bei den Sanitätern funktionierte es nur eine Sekunde. Derjenige, der vor Alistair kniete, zog sich ein Paar Gummihandschuhe über, bevor er zwei Finger in Alistairs Mund schob.
»Er atmet. Aber nur flach. Der Puls flattert. Ich denke, eine Stunde, vielleicht zwei.«
»Wir müssen ihm einen Schlauch einführen und den Magen auspumpen«, meinte der andere.
»Das ist vielleicht keine gute Idee«, sagte ich. »Er hatte vor ein paar Monaten eine Candida-albicans-Infektion an der Speiseröhre. Es sind Schäden zurückgeblieben. Das könnte wieder aufreißen, wenn Sie den Schlauch einführen.«
Der Latino sah auf. »Wenn wir ihn bis zur Notaufnahme am Atmen halten können ...«
Er stürmte aus der Wohnung. Eine Minute später schob er sich wieder an Stanley vorbei und trug ein Metallgerät, das er schüttelte und das sich zu einer Rolltrage öffnete.
Ich wechselte Blicke mit Wally – Verzweiflung.
»Sie scheinen über seine Gesundheit gut Bescheid zu wissen«, meinte Clarabelle.
»Ich bin sein Cousin. Er war schon im Krankenhaus, war fast tot ... Offensichtlich ... wollte er heute nacht ... Wir hatten darüber gesprochen und ... Ich meine, ich weiß nicht, wie

extrem die Behandlung, die Sie vornehmen, sein sollte...« Ich verstummte und fühlte mich unter seinem kalten, starren, urteilenden Blick beschissen vor Schuld.

»Ich verstehe. Tatsache ist, daß wir, wenn wir zu einem Notfall wie diesem gerufen werden, per Gesetz bestimmte Sachen tun müssen. Herz. Lunge. Haben Sie Probleme damit, wenn er besser atmet?«

Was zum Teufel sollte ich antworten?

»Wenn er im Roosevelt ist, können Sie denen erzählen, ob bei ihm was Besonderes gemacht werden soll«, fügte er in weniger anklagendem Ton hinzu.

»Gut, dann komme ich mit.« Ich würde dafür sorgen, daß sie nichts Besonderes unternehmen würden, um ihn zu »retten«.

Er und Nestor, sein Kollege, hoben Alistair auf die Trage. Der Latino schob vorsichtig einen gerippten Schlauch in dessen Mund, den er an eine kleine handbetriebene Pumpe anschloß. Wir gingen den Flur entlang.

»Hört ihr das?« fragte Clarabelle, als wir an der Tür zum Arbeitszimmer vorbeikamen.

Die Weiße Frau hatte offensichtlich das Bewußtsein wiedererlangt und stöhnte.

»Der Hund.« Ich schloß die Tür. »Paßt du bitte auf Dorky auf, solange ich weg bin, Wals?«

Stanley war im Hausflur und hielt die Fahrstuhltür auf. Als er Alistair in besserem Licht sah, war er schockiert und angewidert. Die Trage paßte millimetergenau in den Fahrstuhl.

Wally schloß die Wohnungstür von außen zu. Alle zusammen zwängten wir uns in den Fahrstuhl und fuhren hinab. Ich drückte meine Daumen in der Hoffnung, daß sich der Portier nicht daran erinnern würde, daß noch jemand dort oben wohnte. Er tat es nicht.

Von der Eingangshalle schoben die Sanitäter Alistair zum Wagen hinaus.
Wally faßte mich am Arm. »Was wirst du tun?«
Ich zuckte mit den Schultern. »Die ganze Sache ist zu einem Alptraum geworden. Und du?«
»Ich werde hierbleiben. Sobald es Dorky bessergeht, werden wir ins Roosevelt Hospital rüberkommen.«
»Er hat sie genommen, Wals. Er hat heute nacht die verdammten Tuinal genommen. Er wollte wirklich sterben. Er hat erwartet zu sterben. Was ist, wenn er nicht stirbt? Was ist dann?«
»Sei stark. Tu, was du kannst.« Wally umarmte mich.
»Kommen Sie oder was?« rief Clarabelle mir zu.
»Bin sofort da«, rief ich zurück. »Was sage ich, wenn er aufwacht?«
»Sag ihm, wir hätten versucht ...«
Wir hätten versucht. Genau das waren Wallys Worte. Alistair in diesem Zustand zu sehen hatte ihn dazu gebracht, seine Entscheidung zu akzeptieren und mich in meiner Entscheidung zu unterstützen. Trotz meines Schmerzes und meiner Enttäuschung hatte ich mich ihm nie so nah gefühlt.
Ich stieg in den Notarztwagen, und er fuhr Richtung Westen los. Nestor schaltete die Sirene ein, obwohl es früh am Morgen war und wahrscheinlich nur spärlicher Verkehr herrschte. Ich ging unsere Route im Kopf durch. Wir würden an der Columbus Avenue nach links abbiegen, an der 68. Straße auf den Broadway, dann die Ninth Avenue hinunter und an der 58. Straße in die Notaufnahme des Roosevelt fahren. Es würde zehn, vielleicht zwölf Minuten dauern.
Zuerst schien es auch so, obwohl ich nicht sehen konnte, wohin wir fuhren, da der große Kopf von Clarabelle den Blick

durch das kleine Fenster blockierte. Plötzlich stoppte der Wagen, daß die Reifen quietschten. Gleichzeitig hörte ich einen Lärm, als fielen zwei Hochhäuser gegeneinander. Eines – oder beide – knallte mit einem höllischen, explodierenden Schlag, der die Erde aufzureißen schien, nicht weit vor uns auf den Boden.
»Jesús! María! Y su amor Her-man!« Nestor war mit seinen Flüchen noch nicht fertig, als wir einen weiteren Schlag hörten.
Clarabelle stand auf und schrie durch das Fenster, was zum Teufel da vor sich gehe. Genau in dem Augenblick fuhr jemand von links in unseren Wagen, und gleich darauf ein anderer noch geräuschvoller von rechts. »Oh mein Gott! Der Kran ist umgefallen. Was für ein Chaos! Das ganze Ding ist umgekippt. Zwanzig, fünfundzwanzig Meter!« brüllte Nestor durch das Mikrofon.
»Kannst du drum herumfahren?«
»Er blockiert die Ninth Avenue.«
»Fahr zurück! Fahr zurück!«
»Geht nicht. Da sind überall Autos.«
»Mach die Sirene an und fahr zurück!«
Nestor fuhr ein Stück zurück, bevor er gegen etwas stieß. In Sekundenschnelle war Clarabelle an mir vorbei und öffnete die Tür.
Ich sah, daß sich hinter uns ein Meer von Scheinwerfern erstreckte – nicht nur direkt hinter uns und rechts und links unseres Wagens, sondern bis weit nach hinten, zwei Kilometer weit, waren die Lichter aufgereiht.
Nestor tauchte auf. »Sie bleiben bei ihm«, sagte er zu mir. »Achten Sie auf den Monitor. Sehen Sie? Wenn irgend etwas mit seiner Atmung nicht stimmt, drehen Sie ihn hoch. Sehen

Sie hier? Wenn was mit dem Gerät passiert, drücken Sie den roten Knopf. Der startet den Motor wieder. Verstanden?«
»Wo ...?«
Er hatte bereits eine dicke Decke hervorgezogen. Jetzt griff er nach einem Metallkoffer, dann nach einem zweiten und warf sie aus der hinteren Tür des Wagens.
»Da sind zwei Männer am Kran verletzt«, rief er als Erklärung. »Sieht schlimm aus. Ich habe in der Notaufnahme angerufen. Sie werden uns hier rausholen.«
Ich konnte von meinem Sitz aus direkt auf Alistairs Gesicht blicken. Dieser schreckliche Schlauch!
»Nun, mein lieber Cousin«, sagte ich laut mit zitternder Stimme. »Ich hätte es nicht für möglich gehalten, aber wir scheinen allein zu sein. Was jetzt?«
Ich schaute auf den Kompressor, untersuchte die Verbindungen und fand einen einfachen elektrischen Stecker. Wenn ich diesen herausziehen würde, ginge der Motor des Kompressors einfach aus.
Laut sagte ich: »Ich hätte mir denken können, daß du bei den überirdischen Mächten soviel Einfluß hast!«
Jetzt ist es meine Entscheidung, dachte ich, sein Leben oder sein Tod. Es liegt jetzt in meinen Händen, allein in meinen.
»Warum passiert dasselbe noch einmal? Habe ich es beim erstenmal nicht richtig gemacht?«

»Ich hab genug von dieser Scheiße! Wir alle haben genug von dieser Scheiße!« schimpfte Sal.
Die anderen pflichteten ihm bei.
»Gut, gut«, spornte Blaise sie leise an.
»Das ist unsere Kneipe! Unser Platz!« machte Sal seine An-

sprüche deutlich. »Ihr habt hier nichts verloren. Habt ihr jemals von der Verfassung gehört?«

»Hast du jemals davon gehört, du Schwuchtel?« Sherman schob seinen Schlagstock in Sals Oberkörper, genau dort, wo seine BH-Einlagen herausragten. »Leck das, du Tucke!« Er stieß heftiger zu und drehte sich dann zu Andy und Big Janet um. »Gut, Männer, laßt uns diesen Tuntenhaufen hier ausheben. Worauf warten wir noch?«

Als sie die anderen umzingeln wollten und nach ihnen mit den offenen Handschellen griffen, blieb Sal dort stehen, wo er war, wirbelte seine große Handtasche gegen Shermans Kopf und versetzte ihm einen kräftigen Schlag, der sogar Sherman überraschte, obwohl er auf einen Angriff vorbereitet war.

Alle im Raum erstarrten, dann schlugen auch die drei anderen Andy und Big Janet auf ihre Köpfe. Obwohl sie noch mehr darauf vorbereitet waren, gingen sie zu Boden.

»Was haben wir getan?« imitierte Eric mit heiserer Stimme Bambi.

»Was wir auch tun«, erwiderte Sal, »wir tun es schließlich für uns!«

Das Handgemenge wurde schlimmer. David M. sprang über die Theke, ahmte flink ein paar Karateschläge nach und streckte den sich erhebenden Andy wieder zu Boden. Big Janet kroch im Vordergrund der Bühne nach links und tat so, als öffnete und schlösse er eine Tür. Wieder erstarrten alle, diesmal für länger.

»Einer der Polizisten hat es bis zum Männerklo geschafft«, sagte Caroly, als sie vor das lebende Bild trat, »wo er mit seinem Funkgerät um Hilfe rufen konnte. Ein anderer Streifenwagen aus der Gegend kam, aber die Insassen wurden in die Kneipe gezogen und niedergeknüppelt. Der Polizist auf

dem Klo forderte weitere Unterstützung an. In der Zwischenzeit hatte sich draußen eine Menschenmenge angesammelt, und einige der Fummelkrieger führten eine Schlacht gegen die geparkten Polizeiautos, bis die heulenden Sirenen weiterer Streifenwagen zu hören waren. Die Ereignisse, die die Welt für Lesben und Schwule für immer ändern sollten, haben ihren Anfang im *Stonewall Inn* gehabt.«
»Und ... Vorhang!« rief Blaise Bergenfeld stehend und sagte dann zu mir: »Natürlich werden Cynthias Soundeffekte die Wirkung erhöhen.«
»Natürlich.«
»Hast du ein Problem?« Und als ich nicht antwortete, fuhr er fort: »Was gefällt dir nicht? Ich weiß! Die Rede am Schluß ist zu lang.«
Ich hatte zu sehr Angst, auch nur ein Wort zu sagen.
»Wir werden sie etwas kürzen«, meinte er, »aber sie ist in Ordnung.«
»Blaise«, brachte ich endlich hervor, »es ist nicht die Szene. Es ist alles. Es ist ... schrecklich!«
Die Jungs auf der Bühne schnappten meine Worte auf.
»Nicht ihr!« rief ich schnell hinauf. »Ihr wart großartig.« Und mit wieder gesenkter Stimme sagte ich: »Blaise, das ganze Stück wird eine Katastrophe werden.«
»Was soll denn da eine Katastrophe werden? Meine Inszenierung?«
»Nein, deine Inszenierung ist großartig. Es ist der Text.«
»Den hast du geschrieben!« erinnerte mich Blaise unnötigerweise.
»Ich habe ihn geschrieben, und er ist miserabel! Das habe ich bereits gesagt, als du mich das erstemal gebeten hattest, die Bearbeitung übernehmen zu dürfen.«

Blaise hob eine Braue und eine Schulter. »Du bist einfach deprimiert. Du kommst darüber hinweg.« Er wirbelte herum. »Gut, Kinder, zehn Minuten. Wir treffen uns wieder für die Casement-Gerichtsszene. Sal, du warst göttlich, und wir halten es für die reinste Perfektion, daß ein kräftig gebauter Hetero wie du für die Theatergruppe im Fummel spielen will. Aber versuch doch, deinen Enthusiasmus etwas zu bremsen. Du hast Sherm richtig fertiggemacht!«
»Tut mir leid, ehrlich. Ich habe mich zweimal entschuldigt.«
Als er fort war, sagte Blaise: »Es ist schon toll, daß der führende Weiberheld von Bay Ridge in Brooklyn, Sal Torelli, nicht nur für die einzige offene homosexuelle Theatergesellschaft arbeitet, sondern sogar in vollem Fummel eine der Hauptrollen im schwulsten Theaterstück des Jahrzehnts spielen will.«
»Du bestehst tatsächlich darauf, diese Qual fortzuführen?« fragte ich panisch.
»Ja. Und das Theater ist nicht dazu gedacht, daß sich die Autoren den ganzen Tag darin herumdrücken. Geh nach Hause und schreib was oder hol dir einen runter oder mach sonst was!«
»Warum kannst du nicht zugeben, daß das Stück übertrieben und melodramatisch ist und daß es eine Katastrophe wird?« Ich war verzweifelt. »Ist es so schwierig, das einzugestehen?«
»Das Stück ist großartig. Du wirst sehen. Bei meinem letzten Stück hatten wir eine absolut dumme, aber irgendwie lustige Zeile eine Woche vor der Premiere eingefügt. Während der Spielzeit, egal wie unterschiedlich das Publikum war, brachte diese übertriebene lustige Zeile Abend für Abend einen Lacher. Was dir übertrieben und melodramatisch vorkommt, ist für die Leute bewegend. Also geh jetzt nach Hause, Rog.

Schlaf ein bißchen. Laß dich bumsen. Und komm auf keinen Fall wieder, bevor du nicht bessere Laune hast.«
Er schob mich durch den Mittelgang in das winzige Foyer. Die plötzliche Helligkeit erinnerte mich daran, daß es noch Nachmittag sein mußte. Ich sah auf die Uhr. Erst drei? Das konnte nicht sein. Ich fühlte mich so, als wäre ich tagelang, nein wochenlang im Theater gewesen.
Cynthia Lomax kam aus der Regiekabine, ihrem Revier, und ließ sich auf einer der Sofalehnen nieder. »Blasé hat recht«, sagte sie zu mir. Sie benutzte, wie die ganze Theaterkompanie, Blaises Spitznamen, auf den, wenn man ihn als anspruchsvoll bezeichnen will, unser Regisseur stolz war. »Autoren haben immer Schiß. Ist das dein erstes Stück?«
»Und mein letztes! Ich hätte nie auf ihn hören sollen, als er mit dem Entwurf zu mir kam. Ich hätte ihm die Tür vor der Nase zuschlagen sollen.«
»Blasé hätte es in jedem Fall irgendwie auf die Bühne gebracht. Er hat seit dem Tag, als er dein Buch gelesen hatte, alles daran gesetzt, es als Theaterstück herauszubringen. Wenn du nicht zugestimmt hättest, hätte er das Material gestohlen und es selbst geschrieben. Dann stünden wir wirklich vor einer Katastrophe.«
»Du glaubst nicht, daß es ein Flop wird?«
»Nee. Es ist amüsant und interessant«, sagte Cynthia fröhlich. »Welche Szene wird als nächstes geprobt? Ach ja, die Gerichtsszene. Ich wußte vorher nichts über Casement, und jetzt ... Ich bewundere das Stück und erzähle jedem davon. Meine Freundin hat sogar das Skript gelesen.«
»Ich wünschte, ich hätte dein Gottvertrauen.« Aber ich fühlte mich etwas besser. Cynthia hatte auf alles und jeden diese Wirkung.

»Du wirst sehen, wir werden weit länger spielen als geplant, und dann wird sich Blasé mit der Schauspielergewerkschaft herumzuschlagen haben, weil er uns richtige Gehälter zahlen muß.«
Sie umarmte mich so schnell, daß ich keine Chance hatte, mich umzudrehen. Als Cynthia durch den Vorhang ins Theater entschwand, bemerkte ich einen Typen, der im Foyer herumlungerte. Er sah aus, als wollte er etwas sagen, wandte sich um zum Gehen und hielt wieder inne.
»Sag nichts! Du hast die Proben von der Regiekabine aus verfolgt, und du glaubst auch, daß das Stück miserabel ist.«
»Ich habe die meiste Zeit mit Cynthia geredet. Aber was ich gesehen habe, schien hervorragend zu sein. Du bist Roger Sansarc, der Autor.«
»Schuldig im Sinne der Anklage.«
»Ich glaube, wir hatten einen gemeinsamen Freund vor ein paar Jahren in der Bay Area. Ich heiße Bernard. Bernard G. Dixon. Der gemeinsame Freund ist ...«
Sein Name drehte einen Schlüssel in der Tür des Jahres 1974 herum. Ich hatte mein Büro auf einer Empore mit Blick über die Hauptebene des Pozzuoli's, sah auf die Menschen hinunter, die zur Vernissage kamen, und sprach über Donizettis *Linda di Chamounix* mit ...
»Calvin Ritchie!« sagten wir gleichzeitig.
»Ich erinnere mich an keinen Freund von Calvin, der Bernard heißt. Die meisten seiner Freunde waren weiß. Nur mit denen er zusammen war, waren ... O mein Gott!« Plötzlich hatte ich kapiert. »Du bist Bernard!«
»Das hab ich doch gesagt.«
»Der von Bernard und Antria?«

»Als ich mit Calvin zusammen war ....«
Diese Erscheinung einer kenianischen Schönheit war Calvins Bernard? Kein Wunder, daß Calvin die ganze Scheiße durchgemacht hatte.
»Ich fürchte, ich habe schlechte Nachrichten über unseren Freund«, sagte Bernard.
»Es gibt keine schlechten Nachrichten, die ich nicht schon kenne.« Ich spürte, wie mich die vertraute Bitterkeit wieder überwältigte. »Ich war letzte Woche an der Küste, als er starb.«
»Tatsächlich? Ich hatte eine Show und konnte nicht weg. Wir haben noch bis vor ein paar Wochen miteinander gesprochen ... bis er nicht mehr am Telefon reden konnte. Ich sollte fragen, wie es war.«
»Frag nicht! Ich möchte mich an die Einzelheiten nicht erinnern. Und was machst du? Du lebst an der Ostküste?«
»East Side. Alphabet City. Ich bin Schauspieler und Tänzer und lebe mit einem Typen aus El Salvador zusammen, der hierherkam, ohne irgend jemanden oder unsere Sprache zu kennen. Ich helfe ihm ein bißchen weiter. Weißt du, Calvin hat mir eine Menge über mich selbst beigebracht. Und erst vor kurzem habe ich herausgefunden, wer ich wirklich bin.«
Sieh mal einer an, Calvins Bernard hatte Gefühle!
»Es hat sich rausgestellt, daß Calvin viele Freunde hatte und auch Verwandte, die jetzt hier in der Gegend leben. Es ist heute abend. Um sechs.«
»Ein Gedenkgottesdienst?«
»Ja. Am anderen Ende der Stadt.« Bernard überreichte mir eine Einladung. »Es wäre wirklich nett, wenn du kämst. Ihr seid euch doch so nahe gewesen.« Noch bevor ich etwas erwidern konnte, war er draußen.

Ich starrte auf die Einladung. Ein Gedenkgottesdienst für Calvin – wie viele waren es insgesamt diesen Monat schon gewesen?

Die Adresse auf der Einladung mußte falsch sein, oder? Konnte es die Kapelle hinter der niedrigen welligen Natursteinmauer sein, das niedliche Gebäude auf einem wahrscheinlich verboten teuren Grundstück mitten im East Side?
Doch, das mußte es sein. Ich ging hinein, bekreuzigte mich und entdeckte noch einen freien Platz nicht allzuweit von der Mitte. Musik ertönte aus dem Lautsprecher.
Ich konzentrierte mich auf das Programm, obwohl ich weit mehr daran interessiert war zu erfahren, wer all die Menschen um mich herum waren. Durch den flüchtigen Überblick, den ich mir verschafft hatte, konnte ich sagen, daß sie von der Hautfarbe, vom Alter und Geschlecht her gemischt, aber hauptsächlich weiß, berufstätig, in den Dreißigern und weiblich waren. Seltsam. Woher hatten sie Calvin Ritchie gekannt? Von seiner Arbeit an den Opern von San Francisco und Santa Fe? Von den zwei oder drei Fernsehfassungen dieser Produktionen? Von Calvins wenigen Artikeln, die er in den Jahren seit der Kündigung beim Magazin geschrieben hatte?
Vielleicht gab das Programm einen Hinweis auf die Gruppe der Trauernden und verriet, welche Anerkennung Calvin heute abend zuteil werden würde. Die sorgfältig auf den Bänken ausgelegten Hefte waren im selben teuren Stil wie die Einladungen gehalten. Wer hatte all das bezahlt?
Doch schon bald stellte sich heraus, daß das Programm, statt Erklärungen zu liefern, eher eine rätselhafte Kurzbeschreibung derjenigen war, die bei der Gedenkfeier mitwirkten. Den

einzigen Namen, den ich wiedererkannte, war Signor Dane Bryden-Howard, das Pseudonym eines jungen Countertenors, dessen Karriere Calvin seinerzeit vorangetrieben hatte.
Ich blickte rechtzeitig auf, um Bernard Dixon mit einem kleinen, hellhäutigeren Mann eintreten zu sehen, als aus den Sitzreihen ein Murmeln zu hören war. In der Nähe des Altars war ein sehr großer, sehr glatzköpfiger junger Afro-Amerikaner mit wildem Schnauzbart aus einem bis dahin versteckten, inneren Heiligtum herausgetreten, vermutlich Reverend Foot.
In der Reihe hinter mir drängte sich jemand unter vielen Entschuldigungen zwischen die bereits besetzten Plätze. Die Stimme kam mir verdammt bekannt vor.
Bevor ich mich umdrehen konnte, um nachzusehen, sagte der Reverend: »Unser Bruder und Freund, Calvin Copernicus Ritchie, 1946 bis 1985. Der Herr hat es gegeben, und der Herr hat es genommen.«
»Copernicus?!« fragte die jetzt entsetzlich vertraute Stimme hinter mir. »Ich dachte, er hieß Albert!«
Trotz meines Instinkts, der »nein« sagte, konnte ich die Tatsache nicht länger vor mir verbergen, daß ich die allzu vertraute Stimme erkannte. Mein Instinkt sagte auch, daß ich vor allem vermeiden sollte, mich umzudrehen. Dann legte sich eine Hand von hinten auf meine Schulter und bestätigte, daß es tatsächlich und ausgerechnet mein Cousin zweiten Grades sein mußte, der entsetzliche Alistair Dodge.
»Was ist das für eine Geschichte mit diesem Copernicus?« fragte Alistair.
»Was machst *du* hier?« flüsterte ich.
»Das gleiche wie du, Herzchen«, flüsterte er zurück und beugte sich näher zu mir herüber. »Albert! Ich bin ganz sicher.«

»Woher willst du das wissen?« Calvin und Alistair hatten nur in meiner Gegenwart miteinander gesprochen, eigentlich um mich herum, und normalerweise mit spitzen Worten, die zu erkennen gaben, was sie voneinander hielten.

Irgendwo hinten setzte ein Zupfinstrument zum Vorspiel ein, dann erklang Bryden-Howards Stimme – eine Händel-Arie.

Die Besucher drehten sich herum, erblickten aber keinen Sänger, sondern nur die nackte Natursteinwand. Irgendwo in der Nähe gab es einen versteckten Raum, der sich heimlich zur Kapelle hin öffnete, aber keinen Blick hinein ermöglichte.

Das ist ein Effekt, wie ihn Calvin geliebt hätte, dachte ich und zerbrach mir immer noch den Kopf über den Namen, den Reverend Foot genannt hatte. Wer hätte vermutet, daß Cals zweiter Name Copernicus war?

Jetzt trat Bryden-Howard heraus und in den Teil der Kapelle, von dem aus das Echo am besten war.

»Man sollte doch zumindest bravo rufen«, flüsterte Alistair mir zu, als Bryden-Howard geendet hatte. »Oder ein Rosenbouquet auf die Bühne werfen. Statt dessen müssen wir, aufgeregt, wie wir sind, still sitzen bleiben.«

Vielleicht, wenn ich ihn ignorieren würde ...

Jetzt erhob sich der Reverend und sagte: »Wir sind hier zusammengekommen, um unseres Bruders und lieben Freundes, Calvin Copernicus Ritchie, zu gedenken. Wie Sie vielleicht wissen, wuchs er in einem Vorstadtviertel im Staate Michigan auf.«

»Revisionistengeschichte!« ertönte Alistairs Stimme hinter mir. »Er kam aus Grosse Pointe, nicht aus irgendeinem Slum!« Der Reverend ließ sich davon nur kurz beirren.

»Sarah-Anne, das heißt Miss Schenk, war eine enge Freundin

von ihm und stammt auch aus Michigan. Sie wird nun ein paar Worte an uns richten.«
Sarah-Anne ging nach vorne und nahm das Mikrofon.
In dem Moment, als sie ihren Mund aufgemacht hatte, war es mir unmöglich gewesen, ein langes, tiefes Gähnen zu unterdrücken. Sie schnatterte darüber, wie und wann sie Calvin kennengelernt hatte, und eine fatale Kombination aus Klang und Rhythmus in ihrer Stimme sorgte schneller und sicherer für Schläfrigkeit als der zweite Akt von *Siegfried*. Ich mußte mich wach halten und betrachtete die Menschen um mich herum, die still und steif dasaßen, ohne Zweifel ebenso in den Kampf mit ihren betäubenden Worten verwickelt. Ich kämpfte vergebens, bis ich schließlich wie ein unschuldiges Kind wegdämmerte und erst wieder zu mir kam, als sich Alistair von der Bank hinter mir nach vorne beugte.
»Was meinst du, sollen wir nach der Show zusammen zu Abend essen?«
»Show?« Ich versuchte genügend wach zu sein, um meiner Empörung Ausdruck zu verleihen.
Ich lade dich ein?! Alistairs Augenbrauen tanzten bei dem unausgesprochenen Versprechen.
»... und nach diesem lustigen Vorfall«, schloß Sarah-Anne endlich, »wurden wir Freunde fürs Leben!«
Und schon war Reverend Foot wieder auf den Beinen und verkündete: »Als nächstes wird Calvin Copernicus Ritchies Kollegin, Miss Francine Faces, von seinen Theaterproduktionen zu uns sprechen.«
»Nein! Feee-ceees!« Sie machte einen Schmollmund, griff nach ihrer gewaltigen Handtasche und trat zum Pult.
»In Gedenken an Calvin werde ich ein Gedicht vorlesen, das ich oft in seiner Gegenwart erwähnt und das ich in der Vor-

schule gelernt habe und von dem Calvin sagte, er habe es auch in der Vorschule gelernt.« Und mit breitem Bronx-Akzent fing sie an: »Kekse in Tierform. Und Kakao zum Trinken. Dies, denke ich, sind meine Lieblingssachen zum Essen. Zum Essen. Zum Essen und zum Trinken.« Sie machte eine Pause, lächelte ins Publikum und ging zu Strophe zwei über: »Kekse in Tierform. Mit Löwen und Pandas. Giraffen und ...«
»Was soll der Scheiß!« fragte eine männliche Stimme aus der ersten Reihe.
Hinter mir versuchte Alistair, sein Lachen zu unterdrücken.
Unbeirrt fuhr Miss Faeces fort: »Ich mag sie alle. Ich mag sie alle – essen.«
»Vielleicht willst du lieber was anderes essen, Miss Frenchy«, schlug der Zwischenrufer zweideutig vor. Verärgert über den von mir nicht gehörten Kommentar eines anderen Besuchers antwortete er: »Was meinen Sie damit, hä?« Er drehte sich herum: »Ich bin auch hier drin. Ich stehe nicht draußen vor der Kapelle. Und ich muß mir diesen Scheiß anhören.«
»Lassen Sie sie zu Ende reden!« rief jemand.
»Warum?« wollte er wissen.
»Wir sollten das hier hinter uns bringen. Sonst sitzen wir die ganze Nacht hier.«
Aber die Chance war vertan. Zutiefst beleidigt griff Miss Faeces nach ihrer Handtasche und marschierte aus der Kapelle.
Alistairs Heiterkeit kannte keine Grenzen, er lag seiner Nachbarin fast auf dem Schoß. Sie, dicklich und ordentlich gekleidet wie eine Büroangestellte, unterstützte den exzessiven Ausbruch meines Cousins mit ihrem Kichern.
Bernard Dixon stand auf und ging geradewegs zum Pult. Jetzt war klar, daß seine Stimme Miss Faeces unterbrochen hatte.

»Ich weiß nicht, wer Sie alle sind. Der Reverend und die anderen sagen, Sie sind Calvins Freunde gewesen, auch wenn ich keinen von Ihnen erkenne. Ich wollte nur eine Sache sagen, nämlich daß mein Mann Calvin schwul war, für den Fall, daß Sie das nicht wissen, obwohl Sie das wissen müßten, wenn Sie wirklich seine Freunde waren. Ein ehrlicher, manchmal verrückter Schwuler. Sie wissen schon, einer, der Schwänze lutscht und ihn sich in den Arsch schieben läßt, weswegen er vor allem auch krank geworden und gestorben ist. Und er war stolz darauf, schwul zu sein. Niemand hat davon gesprochen. Deswegen wollte ich das sagen«, fügte er etwas lahm hinzu, da seine Wut mittlerweile verraucht war, bedankte sich und kehrte zu seinem Platz zurück.

Jetzt, verkündete Reverend Foot nun, könne jeder, der wolle, ein paar Worte in Gedenken an den Verstorbenen sagen.

Alistair stieß mich an. »Das ist deine Chance.«

»Hör auf!«

»Gibt es jemanden, der etwas sagen möchte?« fragte Reverend Foot.

Der Reverend selbst brach das Schweigen, indem er stockend einen Nachruf vorlas, den er offensichtlich erst in diesem Moment erhalten hatte und der in winziger Schrift auf kleine Karteikarten geschrieben war.

Danach erklärte er: »Wir werden jetzt einen Psalm aus der Heiligen Schrift singen. Wenn Sie in das Fach der Reihe vor Ihnen sehen, werden Sie … »

»Das ist mein Stichwort. Ich verschwinde!« sagte Alistair. »Los, Roger, ich habe für acht im Demetrios reserviert. Wir sollten nicht zu spät kommen.«

Zum zwanzigstenmal in meinem Leben wieder einmal von Alistair in Verlegenheit gebracht, erhob auch ich mich, und

während sich meine Bankgenossen mit der Suche nach der richtigen Seite in ihren Gesangbüchern plagten, stolperte ich auf dem Weg hinaus über ihre Füße.
Alistair, der sich von nichts durcheinanderbringen ließ, redete ohne Unterbrechung. »Die Hummergnocchi mit schwarzen Engelshaarnudeln schmecken wie Hodensäcke von Zwölfjährigen ... Und die Kellner!«

Draußen blieb ich stehen und sah mich um. Es war in der Zwischenzeit dunkel geworden. Eins war klar, nämlich daß Alistair nicht einfach, wie ich es vorgezogen hätte, verschwinden würde. Er würde an mir kleben, um das zu bekommen, was er wollte. Das bedeutete, daß ich mit ihm zu Abend essen mußte. Es hätte auch schlimmer kommen können.
»Eigentlich kann mich so schnell nichts aus der Fassung bringen«, meinte Alistair, »aber in diesem Gedenkgottesdienst war es beinahe soweit.«
»Er war schon seltsam«, stimmte ich zu.
»Wenn wir näher am Broadway gewesen wären, hätte man Eintrittskarten verkaufen können.«
»Die Händel-Arie war aber nicht schlecht.«
»Laßt die Trompeten erschallen!« Alistair lachte. »Kannst du dir vorstellen, was in Bridey Murphys Programm stehen muß?«
»Die Diva Ihrer Wahl ...«
»... tot oder lebendig!« beendeten wir beide.
Gut, vielleicht ließ ich ihn denken, daß das Abendessen doch nicht so unangenehm werden würde. Auf jeden Fall war Alistair nicht dumm, denn er war sich bewußt, wie wenig er sich mir gegenüber herausnehmen durfte. Und es war schließlich eine lange Zeit, seit wir uns das letztemal

gesehen hatten – sechs, sieben Jahre? Es könnte amüsant werden.

»Wo hat dieser Reverend bloß den falschen zweiten Namen ausgegraben?«

»Wie war noch mal Calvins zweiter Name? Edward oder ...?«

»Albert war der Name, den ich gelesen habe, als ich einmal in seiner Brieftasche nachgesehen habe, während er in der Küche war.«

»Hast du nicht!«

»Doch, um sein Alter nachzuprüfen«, sagte Alistair. »Du glaubst nicht, wie viele damit lügen.«

In sechs Jahren müßte jede Zelle unseres Körpers abgestorben und erneuert worden sein. Aber nicht die von Alistair. Er schien unverändert.

»Und was ist mit ›Kekse in Tierform und Kakao zum Trinken‹«, sang Alistair mit einem Akzent wie aus der Bronx, unterbrach dann aber mit: »Was soll der Scheiß!«

Wir mußten wieder lachen.

»Um die Wahrheit zu sagen, Rog, ich hätte alles dort mit hineingenommen, außer den Bemerkenswertesten unter den Bemerkenswerten, den bekehrten Bernard Dixon ... aber hier habe ich mich getäuscht.«

»Hast du ihn in San Francisco kennengelernt?«

»Früher. In L.A. Er hat eines der berühmteren Sportstudios in Beverly Hills als sogenannter ›Athletentrainer‹ übers Ohr gehauen.«

»Also wußtest du, wie er aussieht?«

Alistair ließ eine Hand durch meinen Arm gleiten und deutete mit dem Kopf auf die Kapelle, wo mittlerweile auch andere Besucher herauskamen. Wir gingen in Richtung Süden los.

»Als ich Bernard das erstemal gesehen habe, sah er aus wie

der zwei Meter hohe Schokoladenhase, der jedes Jahr an Ostern extra für Lilac Chocolates auf der Christopher Street angefertigt wird ... Man hätte einen Monat spachteln können, ohne auch nur auf einen nicht eßbaren Zentimeter zu stoßen.«
Der alte, immer übertreibende Alistair.
»Wieviel hat er dir abgeknöpft?«
Alistair war beleidigt. »Sicherlich weißt du, daß mir niemand etwas stiehlt und dann auch noch weiterlebt, um die Geschichte zu erzählen. Er hat was von einem Freund geklaut, und zwar einen Porsche. Der Freund hat ihn zurückbekommen. Eigentlich hat er bezahlt, um ihn zurückzubekommen. Er mußte ihn irgendwo in Altadena abholen.« Alistair lachte. Wieder ernst, fuhr er fort: »Das war natürlich ein sehr traumatisches Erlebnis für ihn.« Er lachte noch mehr.
»Er ist jetzt Schauspieler. Und Tänzer ... Man sagt, er sei bekehrt.«
»Das macht keinen Unterschied. Der große, böse Bernard ist vom mächtigsten Feind niedergestreckt worden und entzieht sich den Bekehrungsversuchen eines jeden Jesus.« Ich verstand nicht. »Bernard ist in die unversöhnlichen Krallen des Erzfeindes der Menschheit geraten, Eros – in Form von Miss San Salvador 1986.«
Er hielt vor einem schicken italienischen Restaurant.
»Es sieht teuer aus!« Ich schaute im Fenster auf die Speisekarte, die offensichtlich aus Schaflederpergament bestand und mit dünnen Buchstaben und kaum leserlichen Preisen beschrieben war.
»Ich zahle!« Alistair bestand darauf wie erwartet. »Ich habe dich eingeladen. Ich komme oft hierher.«
Wie sich zeigte, besonders wegen eines Kellners.

»Demetrio«, flüsterte Alistair, als wir das typische Ambiente mit weißen Tischdecken und getrockneten Blumen betraten und von einer alten Eichenbar, mehreren gegenüberliegenden Sitzgruppen in ochsenblutfarbenem Leder und, dahinter, von einem Raum mit zu dieser Stunde wenig gedeckten Tischen begrüßt wurden. Halb über die Bar gebeugt, standen drei schlanke, attraktive, olivenfarbene junge Männer in blendendweißen Hemden und Smokinghosen und sprachen mit dem Barkeeper. Einer – er war hübscher als die anderen – sah uns an. »Demetrio«, wiederholte Alistair, als dieser würdevoll zu uns trat, uns zu einem Tisch geleitete, diesen mit einer Serviette von Dämonen befreite und uns zum Sitzen aufforderte, während er die ganze Zeit über mit Alistair flirtete.
Als der Kellner gegangen war – nicht ohne zuvor feierlich gelobt zu haben, unsere Aperitifs selber zuzubereiten –, sah Alistair mich über seine auf den Tisch gestützten Arme und gefalteten Hände hinweg an und seufzte: »Wenn ich an diese Arschbacken denke, und an den geheimen Ort, den sie umschließen, und daß sie niemals in ihrem Leben den Frontalangriff einer wilden Zunge erlebt haben – das kann einen traurig stimmen, Roger! Traurig!«
Die Aperitifs waren perfekt. Alistair zierte sich wie ein schüchternes Schulmädchen, als Demetrio die Spezialitäten des Abends mit dem Hinweis erklärte, sie persönlich verfeinern zu wollen. Mit einer mimischen Vorführung dessen, wie er den Salat Cäsar am Tisch zubereiten würde, endete er.
Als er gegangen war, seufzte Alistair theatralisch.
»Ich muß zugeben«, sagte ich, »dein Geschmack ist über die Jahre gleich geblieben.«
»Ich hatte mit keinem etwas, der ihm auch nur im mindesten ähnelte.«

»Was ist mit Dario? Der sizilianische Gärtner, der wegen dir ausgewiesen wurde?«

Alistair schob den Gedanken beiseite. »Oberflächliche Ähnlichkeiten! Total andere Gestalt!«

Ich zögerte, es zu sagen, tat es schließlich aber doch: »Ich habe ihn am Abend, bevor sie ihn aus dem Land geflogen haben, besucht.«

»Dario? Warum?«

»Er hatte nach seinen Sachen gefragt. Der zweite – oder war es der dritte? – Ehemann deiner Mutter und ich fuhren hin, aber ich sollte sie zu Dario hineinbringen.« Alistair hätte auch weniger Interesse zeigen können. Deswegen fuhr ich fort: »Ich habe es erst vor ein paar Jahren verstanden.«

»Du warst doch nicht so schwer von Begriff. Du wußtest, daß wir miteinander rumgemacht haben.«

»Das wußte ich. Ich habe euch gesehen. Was ich meinte, war, daß ich erst viel später verstanden habe, warum ich das tun sollte.«

»Die Sachen zu Dario hineinbringen?«

»Nein. Ihm meinen Arsch zeigen.«

»Der zweite Mann meiner Mutter wollte, daß du ihm deinen Arsch zeigst?«

»Dario wollte das.«

»Im Besucherraum vom Gefängnis?«

»In irgendeinem Zimmer des Gerichtsgebäudes. Wir waren allein.«

»Roger, du steckst voller Überraschungen.«

»Aber verstehst du, was das heißt? Er war nicht speziell von dir besessen. Es war … Er brachte es kaum über sich, mich darum zu bitten.«

»Und …?« fragte Alistair.

»Das heißt, daß er nicht dir die Schuld dafür gegeben hat, was geschehen war. Er hat die Schuld auf seinen Geschmack geschoben; er hat es sein ›Unglück‹ genannt«, erklärte ich.
Alistair zuckte dazu nur mit den Schultern und strich Butter auf ein Stück offenbar selbstgebackenes Brot.
»Vergiß den alten Beau! Erzähl mir von dir. Nicht, daß ich nichts über dich wüßte, trotz der Entfernung. Zum Beispiel weiß ich, daß du an einer der örtlichen Universitäten unterrichtet hast und daß du ein Buch geschrieben und veröffentlicht hast. Ich kann in letzter Zeit nirgendwo hingehen, ohne daß man mich fragt, ob ich mit dir verwandt sei. Das kratzt schrecklich an meinem Ego.«
»Sehr lustig«, war mein Kommentar. Und, um noch etwas bei dem Thema zu bleiben, fügte ich hinzu: »Das Buch ist einigermaßen gut angekommen. Und ich habe mich vor kurzem dazu überreden lassen, ein Theaterstück aus dem Buch zu machen. Eigentlich bin ich zur Gedenkfeier direkt von den Proben gekommen.« Da ich schon so weit gegangen war und sah, wie Alistairs Augen größer und auch ein bißchen härter vor Neid wurden, erläuterte ich schnell das, was ich gesagt hatte: »Natürlich nur eine kleine, schwule Theatergruppe. Ein winziges Theater. Die Bühne ist so klein, daß wir für den Bühnenassistenten etwas abändern mußten, damit die Leute nicht so gestört werden, wenn er das Bühnenbild wechselt.«
Wie vermutet, hatte Alistair kein bißchen seiner Bühnenbesessenheit, der er als Jugendlicher verfallen gewesen war, verloren. »Du hast wirklich immer noch eine Überraschung auf Lager!«
»Wir sind ganz, ganz abseits vom Broadway«, sagte ich. »In einer der Zwanziger-Straßen auf der West Side. Eigentlich direkt im Hudson River.«

»Ein Autor eines kritisch gewürdigten Buches, das jetzt zu einem erstklassigen Stück umgearbeitet und bald als Film herauskommen wird! Ich bin grün vor Neid. Ich glaube, nilgrün ist die exakte Nuance.« Er tat so, als begutachte er seinen Arm. »Oder ist es russischgrün?«
Ich genoß den bittersüßen Geschmack des Campari. Warum bestellte ich nicht öfter einen Aperitif? Womöglich aus dem gleichen Grund, warum mir Alistair heute abend ganz gut gefiel, ich aber nicht im Traum daran dachte, ihm hinterherzurennen.
»Ist es zu spät, um zu fragen, ob die Rollen schon besetzt sind?«
»Die Proben sind in vollem Gange, Alistair. Premiere ist in zwei Wochen!«
»Nun ja. Aber wenn euer männlicher Naiver einen unglücklichen Unfall hat ... Wie heißt übrigens euer männlicher Naiver?« Er tat so, als schriebe er den Namen auf die Manschette seines Hemdes. »Nein, im Ernst, das hört sich aufregend an. Ich werde natürlich kommen. Ich werde zur Premiere kommen. Ich werde jeden mitbringen und hinschicken, den ich kenne.«
»In Anbetracht der Größe des Theaters werden wir ein Jahr spielen müssen, wenn du nur die Hälfte deiner Bekannten hinschickst.«
Unser Namensvetter des Gladiators aus Ravenna tauchte mit einer riesigen Holzschüssel, Tellern, Essig- und Ölfläschchen, Utensilien und den Eßwaren auf, und vor unseren Augen wurde das Vorgestellte zur Realität – und zu Salat Cäsar. Mein Cousin beobachtete das Geschehen so aufmerksam, daß ich die Möglichkeit hatte, ihn genauer zu betrachten. Er sah nicht schlecht aus, obwohl er immer gesagt hatte, Blonde

würden ab dreißig schneller verfallen. Seine Haut war straff und mit dem Schatten einer Winterurlaubsbräunung überzogen.
Der Salat war angerichtet. Alistair probierte ihn, ich probierte ihn, wir waren einverstanden. Demetrio servierte, verbeugte sich und verschwand.
»Er sieht genau wie Dario aus«, beharrte ich. »Ich wette, du kennst schon Größe und Form seines Schwanzes.«
»Würde ich gern. Wie du ohne Zweifel richtig vermutest, bin ich wieder solo und zu haben. Und du? In deiner Schminktopf-Gesellschaft läuft nicht zufällig was?«
»Da sind ein paar Typen in der Besetzung ... Aber ich bin solo, seit ...« Ich schwieg, um nicht sagen zu müssen, daß ich seit der Trennung von Matt solo sei, was der Wahrheit entsprach. Denn andernfalls würde ich eine Dose Würmer öffnen, die wir in stillschweigender Übereinkunft geschlossen lassen wollten.
»... seit ein paar Jahren. Aus freien Stücken. Und da die Typen um uns herum sterben wie die Fliegen, ist es wohl kaum der richtige Zeitpunkt, sich in eine Romanze zu stürzen.«
»Um so mehr Grund, sich den Glanz einer Romanze am Leben zu erhalten.«
»Da wir vom Mann deiner Mutter gesprochen haben«, wechselte ich das Thema, wie es auch Alistair getan haben könnte, »wie geht es ihr?«
»Gut. Langweilig. Wieder verheiratet. Eigentlich glaube ich, daß sie weiß, wie langweilig sie ist. Deswegen heiratet sie immer interessantere Männer. Der jetzige ist ein dänischer Jude. Auf oberflächliche Art hübsch. Für meinen Geschmack ein bißchen zu mollig. Aber er mag mich. Und er ist pflegeleicht. Er arbeitet mit Steinchen, womit ich nicht Granit und Katzensilber meine.« Alistair zeigte seine rechte Hand, auf der

eine Doppelspirale aus Gold mit einer Fassung verbunden war, in der sich gelbe Diamanten befanden. »Und deine Eltern?«
»Im Ruhestand. Die haben sich eine Zwanzig-Meter-Ketsch gekauft. Heimathafen ist Key Largo. Jetzt schippern sie in der Karibik herum. Mein Vater hat, ob du's glaubst oder nicht, mit sechsundsechzig zu schnorcheln angefangen, und meine Mutter ist die Fischerkönigin vom Golf von Mexiko geworden. Sie sind ewig braun und fit.«
»Wie beunruhigend!«
»Die Entrees!« verkündete Alistair, dann sagte er zum Kellner: »Ich hoffe, du hast schrecklich persönliche Dinge an meins getan, als du sie aus der Küche getragen hast.«
Als Entgegnung ließ Demetrio seine spitze Zunge kurz zucken.
Die nächste halbe Stunde leisteten wir »Aufholarbeit«. Alistair schien seine Erzählungen weit weniger zurechtzustutzen, als er dazu in der Vergangenheit neigte. Weil er nicht mehr länger den Anspruch hatte, etwas anderes als schwul zu sein? Weil er nichts mehr zu verbergen hatte? Oder war der Grund subtiler? Um mich denken zu lassen, er habe nichts mehr zu verbergen? Was auch immer dahinterstand, die Zusammenfassung seiner jüngsten Vergangenheit war praktisch lückenlos. Plötzlich erhob er sich. »Ich muß nur schnell einen Freund in L.A. anrufen und ihm von Bernard Dixon erzählen.«
»Alles in Ordnung?« fragte Demetrio, der am Tisch stehengeblieben war, als ich allein war. Ein guter Zug, dachte ich, zumal er wissen mußte, daß Alistair sowieso Trinkgeld gab.
Er ging erst, als jemand anders aufkreuzte – ein ziemlich großer, völlig kahlköpfiger Mann in geschmackvollem Leinenanzug, der das Lokal keine fünf Minuten zuvor in Beglei-

tung zweier schlanker Frauen betreten hatte – ein sehr nach
»Raumausstattung« aussehendes Trio.
»Jerry Barstow«, stellte er sich vor, als er sich unserem Tisch
schüchtern, aber bestimmt näherte. »Ich habe dich immer in
den Pines gesehen.«
Er war mir irgendwie bekannt vorgekommen. Ich fragte mich,
ob ich aufstehen oder ihn zum Sitzen einladen sollte. Sein
Zögern war verständlich.
»Ich muß zu meinem Tisch zurück«, erklärte Barstow. »Kun-
dinnen.« (Also war er doch Raumausstatter!) »Ich wollte mich
nur nach seinem Zustand erkundigen.«
Absolute Verwirrung – eine Sekunde lang dachte ich, Barstow
sprach von Alistair –, als er sagte: »Ich meine Matt Loguidice.
Scott Rubin hat mir erzählt – O Gott! Habe ich was Falsches
gesagt?«
Mir war bewußt, daß ich automatisch aufstand. Dann verließ
mich meine ganze Kraft, und ich mußte mich am Tisch festhalten.
»Ich dachte, du wüßtest davon, ich dachte, wenn es jemand
wissen müßte ...«
»Wir hatten in der letzten Zeit keinen Kontakt mehr«, hörte
ich mich sagen. »In welchem Krankenhaus?«
Barstow nannte ein Krankenhaus in der Stadt. »Es tut mir leid,
wirklich.« Er ging zurück zu seinem Tisch mit seinen Kundin-
nen.
Ich versuchte das einzige Bild aus meinem Gedächtnis zu
streichen, das dort plötzlich auftauchte: Matts Gesicht, geklebt
über das von Calvin in seinen schrecklichen letzten Momenten
im Hospiz.
Alistair war zurückgekommen, setzte sich und sagte etwas.
»... ich habe eine ausführliche Nachricht auf seinem Anruf-

beantworter hinterlassen. Du wärst stolz darauf gewesen. Bist du in Ordnung, Rog?«

Matt stirbt, und Alistair weiß es nicht, dachte ich. Matt stirbt. Ich kann nicht zulassen, daß Alistair es erfährt. Er konnte es noch nicht wissen, sonst hätte er mir davon erzählt. Oder nahm er wie Barstow an, daß ich es schon wußte? War das alles kompliziert.

Ich geriet in Panik.

»Es muß die Vorstellung gewesen sein und so ...« murmelte ich. Als ich aufgestanden war, fühlte ich mich sicherer. Alistair starrte mich an.

»Warum wartest du nicht eine Sekunde? Ich zahle und sehe, ob du ...«

Alistair wußte es nicht. Oder er wußte es und sagte mir nichts davon. Vielleicht war das Abendessen dazu gedacht gewesen, die einzigartige, schreckliche Tatsache zu verbergen?

»Nein, nein«, sagte ich. »Ich nehme ein Taxi. Mir geht es gut.«

»He, warte. Ich zahle und komme mit dir raus.«

Warum? Hatte er jetzt bemerkt, daß ich es wußte? Hatte er Barstow am Tisch gesehen? Nahm er an, Barstow habe es mir erzählt? Würde er leugnen, es zu wissen, oder ...?

Ich will hier nur raus, dachte ich. Weg von hier!

»Mir geht es gut«, wiederholte ich.

Als ich zur Tür kam, war ich nicht so sehr in Gedanken versunken, daß ich Alistair nicht sagen hörte: »Ich rufe dich morgen an.«

»Dieser Boykott sieht ziemlich krank aus!« stöhnte ich. Entweder brachte das Stück mich um oder ich das Stück.

Auf der Bühne marschierten Eric, David M., Sherman, Big

Janet, Sal und David B. in einem engen Oval, das wegen der schmalen Bühne enger als gewünscht war. Alle sechs hielten Protestschilder in die Höhe mit zahmen Äußerungen wie »Ende der offiziellen Verfolgung von Homosexuellen!« und »Wir fordern die Umsetzung der Grundrechte der Verfassung – Keine Diskriminierung mehr durch die Post!«
»Ich weiß nicht, Blasé! Es ist so lahm!«
»Genau so wurden viele Demonstranten fotografiert«, entgegnete er. »Cynthia! Hast du die Aufnahmen von Mattachine am Postamt?«
Anthony und David J. traten von links auf die Bühne, David als Polizist, Anthony (anachronistisch, da wir die Zeit der Fünfziger spielten) als schwarzer Zeitungsfotograf. Sie sagten ihren Text auf. Die Demonstranten liefen ihr Oval.
»Ich hasse das Stück!« stöhnte ich. »Ich hasse es, ich hasse es, ich hasse es!«
»Cyn-thee ... Ah! Schau, Rog. Sechs Personen auf diesen Fotos. Auf diesem hier fünf.«
»Ich wußte, daß du recht hast. Aber wir haben sowieso keine Spieler mehr.«
»Henry ist auch noch da«, witzelte Cynthia.
Henry war ihr Assistent, der, sobald Premiere war, bereits einen großen Teil seiner Zeit auf der Bühne verbringen würde, um die Gegenstände herumzuschieben, die die kleine Bühnenausstattung darstellen sollten.
»Henry!« riefen Cynthia und Blaise.
Er war der kompakte Kerl, der sich auf der Bühne als »Zuschauer« herumdrückte.
»Vielleicht könnte er ein Anti-Schwulen-Schild tragen?« schlug Cynthia vor.
»Das war der erste Protest durch eine Schwulengruppe über-

haupt. Ein Zuschauer wäre mehr erstaunt als alles andere«, sagte ich.
»Sieh erstaunt aus, Henry!« wies Blaise ihn an. »Näher an Anthony und David J. heran.«
»Ich finde immer noch, daß es zu mager ist«, sagte ich.
»Wenn du die Originalschlacht von Bunker Hill gesehen hättest, hättest du geglaubt, die war zu mager.«
»Laß mich etwas mit den Lichtern ausprobieren«, schlug Cynthia vor. Von ihrer Kabine aus drehte sie das Bühnenlicht herunter und beleuchtete ein Oval in der Mitte, so daß die Demonstranten keine Schatten warfen, während die der anderen riesengroß und bedrohlich waren.
»Fabelhaft! Ich hab eine Idee. Fünf Minuten Pause!« ordnete Blaise an. Die Schauspieler gingen dankbar auseinander. Blaise rannte den Gang hinauf, um sich mit Cynthia zu unterhalten. Die Schauspieler zündeten Zigaretten an, setzten sich schwatzend in die vordere Sitzreihe, aßen Joghurt und gingen pinkeln. David B. und Eric rangelten miteinander und schubsten und küßten sich – Liebe im Frühling.
Das wird ein totales Fiasko werden, dachte ich wieder, und es bleibt nichts anderes übrig, als das Ganze bis zum Ende durchzustehen. Ja, ich werde für Blaise und Cynthia durchhalten, die Guten, die immer noch kreative Ideen hatten. Und für Sal, der dachte, seine Darstellungen von Harry Hay und Roger Casement seien eine Auszeichnung wert. Und für Big Janet und Henry und die drei Davids.
Eineinhalb Tage waren seit Barstows Nachricht über Matt vergangen, und in diesen eineinhalb Tagen war ich praktisch wie gelähmt gewesen. Auf jeden Fall moralisch gelähmt. Als ich endlich im Taxi auf der Flucht vor Alistair gesessen hatte, war ich zusammengebrochen, hatte geweint, gedacht, ich soll-

te mich besser noch einmal testen lassen. Ich hatte mit innerer delphischer Sicherheit gewußt, daß ich nicht infiziert war. Es war wie ein wütendes Feuer über die Ebene gerast, hatte alles um mich herum verbrannt, jeden Zweig und jedes Ästchen und jeden Grashalm, und aus irgendeinem unerfindlichen Grund war ich verschont geblieben. Ich würde nie wie die anderen erkranken, nie daran sterben. Mein Schicksal war anderer Art. Vielleicht war Überleben mein Schicksal. Die Sterbenden allein begreifen, wie die Dinge wirklich sind – damit hatte Calvin bereits alles gesagt. Intuitiv, wie Matt war, würde auch er dies wissen. Vielleicht hatte ich deswegen dem Taxifahrer zugerufen, er solle umdrehen, als wir nahe dem Krankenhaus am K-Y Plaza vorbeischossen. Als das Taxi jedoch am Krankenhaus angekommen war, hatte ich meine Meinung wieder geändert und ließ mich nach Hause fahren, nach Chelsea. Vielleicht hatte ich deswegen nichts unternommen, überhaupt nichts, obwohl ich den größten Teil der vergangenen zwei Nächte wach gelegen hatte und an nichts anderes als an Matt denken konnte, der krank im Krankenhaus lag.
»Ist das deine *New York Post*?« David J. stand auf dem Mittelgang.
»Sie gehört Blaise, aber du kannst sie trotzdem lesen.«
»Ich will nur wissen, was in meinem Horoskop steht.« Der junge Schauspieler blätterte bis Seite sechs, um kurz den Tratsch zu überfliegen, dann weiter bis in die Mitte. »Oh! ... Ah!« Kokettierte er? Wer konnte das sagen? Alle Schauspieler waren in meiner Gegenwart respektvoll, eigentlich zu respektvoll für meinen Geschmack.
»Das scheint sie heute voll getroffen zu haben«, erklärte David. »Was bist du?«
Ich zeigte auf mein Sternzeichen.

David las: »›Ständige Verbesserung bei der Vervollkomm-
nung ...‹«
»Zu spät dafür!«
»›... wichtiger Vorhaben‹«, fuhr David fort. »Das scheint zu
passen. Und ... ›Jemand aus Ihrer Vergangenheit verhält sich
Ihnen gegenüber wunderbarer, als Sie es für möglich erach-
ten.‹«
»Machst du Witze?«
David reichte mir die Zeitung. »Ich hab dir gesagt, sie hat heute
recht.«
Matt. Damit war Matt gemeint. Ich konnte den Besuch nicht
länger hinausschieben. Matt ging es doch nicht so schlecht,
wie ich befürchtet hatte.
»Anruf für Sie, Mr. Sansarc«, rief Sherman hinter der Bühne.
Er ließ den Hörer am Münzgerät hängen.
»Geht hier niemand mehr ans Telefon? Ich hab den gan-
zen Morgen versucht anzurufen«, blökte Alistair am anderen
Ende der Leitung.
»Wir stellen immer die Klingel während der Proben ab.«
»Ich nehme an, daß der Grund, der dich vorgestern vor mir
fliehen ließ, nicht ansteckend und mittlerweile vorbei ist?«
»Wie hast du mich gefunden?« Mehr fiel mir nicht ein zu
fragen.
»Ich habe einen alten Freund bei *Variety* angerufen. Die
wissen alles über jedes Stück, das gerade geprobt wird. Und
zum Glück für uns beide ist dein kleines Theater nur ein paar
Schritte von meinem Lieblingsrestaurant in Chelsea entfernt.
Also notiere dir: ›Mittagessen. Morgen. Zwölf Uhr‹.«
»Da kann ich nicht.«
»Dann morgen um eins. Sag nicht nein. Du entkommst mir
nicht, Roger. Ich habe dich gefunden und werde dich jagen,

bis du mit mir im Claire zu Mittag ißt und mich bei einer Probe zusehen läßt.«

»Ich glaube nicht, daß das so eine gute Idee ist, Alistair.«

»Natürlich ist das eine gute Idee! So wie ich deine jungen Schauspieler kenne – und ich muß sagen, ich habe bereits einige junge Schauspieler kennengelernt –, werden sie richtig erpicht darauf sein, Zuschauer zu haben, egal wie wenige es sind, wenn sie nur glauben, es sei jemand Wichtiges. Und du wirst ihnen sagen, ich sei so jemand. Na ja, eigentlich brauchst du das gar nicht. Sie werden es auch so merken. Und sag ja nicht, das Stück sei noch nicht soweit, um jemanden zuschauen zu lassen. Wie kannst du von mir erwarten, daß ich für dein Stück die Werbetrommel rühre, wenn ich keine Probe gesehen habe? Morgen. Um eins.«

»Bist du fertig?« Big Janet zeigte auf den Hörer, der an meiner Hand herunterhing. »Wenn ja, dann würde ich gerne telefonieren.«

»Sieh dir mal das hier an!« schwärmte Blaise. »Auf eure Plätze, Kinder! Licht!«

Zuerst war unklar, was Cynthia und Blaise ausgeheckt hatten. Die Bühne sah genau gleich aus. Aber sie wirkte lebendiger. Die Demonstranten schienen mehr herausgestellt worden zu sein, isolierter. Die drei im Hintergrund kamen mir sogar wie eine Gruppe vor und bedrohlicher. Warum?

»Es kommt vom Tonband. Eine Gruppenszene. Straßenverkehr? Das ist ganz unterschwellig«, schilderte ich meinen Eindruck.

»Hörbar, aber leise«, bestätigte Blaise. »Cynthia! Von vorne.«

Die Szene wirkte eine Idee weniger schrecklich. Die anderen schienen zufrieden. Blaise ließ sie wiederholen, dann gestattete er eine längere Pause.

Das kleine Theater leerte sich, als die Schauspieler in die umliegenden Delikatessengeschäfte und Imbißbuden ausschwärmten, um ihre Kräfte wieder zu stärken. Blaise belegte das Telefon hinter der Bühne, um mit seinem Freund den unaufhörlichen Streit fortzuführen. Der war ungefähr alles, was von ihrer Beziehung übriggeblieben war. Cynthia und eine Frau hatten in der Regiekabine ihre Arme umeinander gelegt.
Es wurde still.
Ich sprang vom Sitz hoch, den Gang hinauf und in den kleinen Vorraum. Ich mußte Matt anrufen! Anrufen und hören, ob er mich sehen wollte oder nicht. Wie war die Zimmernummer, die ich gestern von der Patienteninformation erhalten hatte?
Ich mußte am Telefon im Theatervorraum warten, da Matt nicht antwortete.
»Vielleicht ist er nicht im Zimmer«, meinte die Telefonistin.
Ich ließ sie es noch einmal versuchen. Cynthia kam mit der anderen, schicker gekleideten Frau aus der Regiekabine geklettert. Sie drehten ihr Profil zu mir. Mir fiel beinahe der Hörer aus der Hand. War das nicht …?
Die modisch gekleidete Frau, die leicht, aber bestimmt Cynthia an den Trägern ihres Kleides hielt, war niemand anders als Sydelle Auslander. Und sie sah schön aus. Nun ja, so schön, wie Sydelle jemals aussehen konnte. Vollschlank, elegant, sinnlich, nicht dünn und abgehärmt. Mir kam der Ausdruck »üppig« von Emily Dickinson in den Sinn. Ihre Haut war klar und cremig, ihre Augen dunkel und träge, ihre Haltung königlich und ruhig.
»Wir …« stammelte ich.
»Roger und ich haben zusammen gearbeitet«, sagte Sydelle gewandt, ohne sich anmerken zu lassen, daß sie früher bloß

mit nägelkauender Ängstlichkeit sprechen konnte. »Nur kurz.«

»Du siehst großartig aus«, brachte ich mühsam heraus. »Da du mit Cyn hier stehst, scheint ihr euch gut zu verstehen.«

»Sie ist die Wunderlesbe!« Sydelle blickte sie liebevoll an. Ohne Ironie versuchte sie es noch mit einer Steigerung: »Die Superlesbe.«

Wir unterhielten uns eine Weile, und Sydelle wirkte so entspannt, ungestreßt und verändert, daß ich ihr kein Stück traute. Sie wirkte aufgesetzt, ja, schien etwas zu übertünchen, aber darunter war sie dasselbe Tier mit den gebrochenen Pfoten – und hungriger denn je.

Ach was! Ich hatte keinen Grund, das zu glauben. Ich war paranoid. Ich war bei Alistair paranoid, war es jetzt und war es bei der Telefonistin im Krankenhaus gewesen, weil ich geglaubt hatte, sie habe das Zimmer eines anderen angewählt. Warum? Ich verlor den Verstand, deshalb. Nun war es doch noch soweit gekommen. Ich mußte raus hier, sonst würden sie es merken. Und ich schaffte es tatsächlich, mit nur etwas kaltem Schweiß aus dem Theater und auf die Straße zu gelangen. Gott sei Dank waren dies hier alles Fremde. Oder doch nicht?

Als ich die Fifth Avenue erreichte, wurde mir klar, daß mich überhaupt niemand beachtete. Ich verhielt mich demnach doch nicht wie ein Verrückter, ganz gleich, wie ich mich in diesem Moment fühlte. Ich sollte einen anderen Häuserblock entlanggehen, vielleicht am Broadway. Das tat ich, und wieder starrte mich niemand an. Und so marschierte ich weiter, und dann war ich plötzlich am Vordereingang des Krankenhauses. Also könnte ich doch genausogut hineingehen, oder nicht?

Am Empfang waren drei Personen. Ich gab die Zimmernummer an, und mir wurde ein großer roter Besucherausweis aus Plastik ausgehändigt, den man nur verlieren konnte, wenn man rechtlich als blind eingestuft wurde. Ich mußte mit anderen Besuchern am Fahrstuhl warten. Alle schienen sie Blumen und Einkaufstaschen voller Karten und Geschenke und Obstkörbe bei sich zu tragen. Ich trug nichts. Ich konnte nicht glauben, daß ich hier war.

In dem Stockwerk angekommen, auf dem Matt lag, ging ich den Flur hinunter zu dem Doppelzimmer mit seiner Nummer. Ich trat ein. Das Bett in der Nähe der Tür war leer. Auf dem anderen Bett lag, als ruhte er gerade für einen Moment auf einer Chaiselongue, in einem fast durchsichtigen blaßgrünen Krankenhausschlafanzug Matt Loguidice und lauschte über Kopfhörer konzentriert und mit geschlossenen Augen einer Musik. Auf seiner Stirn zeigten sich durch die Konzentration leichte Falten. Er war schön wie immer. Nein, schöner – sein Gesicht war nicht viel dünner als früher, nicht abgespannt und skeletthaft, wie ich es bei Calvin und so vielen anderen gesehen hatte, sondern leuchtend und edel. Matts Haar war immer noch dick und dicht und nicht chemo-trocken und absterbend. Seine Beine schauten aus einem Wirrwarr aus Bettlaken hervor. Das falsche war aus teurem, fleischähnlichem Plastik hergestellt und steckte in einem hautfarbenen Netzstoff, der sich sogar ein bißchen wie echte Haut bewegte und Falten hatte.

Ich empfand tiefe Erleichterung und Freude darüber, Matt nicht gräßlich und sterbend vorzufinden, wie ich befürchtet hatte.

Als er seine blaßgrauen Augen eine Sekunde später öffnete, war Überraschung darin zu lesen. Dann lächelte er, nahm die

Kopfhörer ab und drehte am Bett, um sich aufsetzen zu können.

»Mein Held!« sagte ich und ging zum Nachttisch, um den Recorder auszuschalten.

Matt mißdeutete diese Bewegung als Kuß, weswegen ich mich, als ich das Gerät ausgeschaltet hatte, hinunterziehen ließ, um seine kühle, trockene Stirn zu küssen. Diese Augen, die ich so gut gekannt hatte, sahen zu mir auf, waren neugierig, erwartungsvoll, leicht unklar.

Als ich mich wieder aufrichtete, sagte ich: »Ich bin offensichtlich der letzte, der dich besucht.«

»Die Leute waren prima.« War Matts Stimme etwas heiser?

»Einige kamen von außerhalb der Stadt.«

»Ich dachte, ich müßte Schlange stehen.«

»Die meisten können erst nach der Arbeit.«

»Ermüde ich dich nicht? Wenn ja, dann gehe ich.«

»Ich hab hier nur gelegen und Musik gehört. Setz dich. Siehst du das Schachspiel da? Würdest du es bitte herbringen?« Matt zog den Nachttisch zu sich heran. »So ist's gut.« Er stellte zuerst die schwarzen, dann die weißen Figuren auf.

»Hast du vor, ein großer Meister zu werden?« Ich setzte mich Matt gegenüber vor das Brett. Wie immer geriet ich in Erstaunen darüber, wie schön Matt war.

»Damit kann ich verfolgen, wie weit meine Schwachsinnigkeit schon fortgeschritten ist. Du hast weiß. Du fängst an.«

»Es ist Jahre her. Ich erinnere mich an nichts außer an ein paar wichtige Züge.« Dennoch eröffnete ich das Spiel.

Matt zog mit einem Bauern. »Das ist wie Schwimmen oder Autofahren. Du mußt etwas nachdenken, aber die Grundzüge vergißt du nie.«

Während des Schachspiels sprachen wir langsam, und ich

dachte, auch dies entspräche einem Spiel, bei dem man die Grundzüge noch kennt, dessen Verlauf aber etwas schleppend ist. Matt war gelassener, als ich ihn jemals erlebt hatte. Und noch etwas war verändert: In der Vergangenheit hatte Matt seinem kranken Bein und Fuß immer Aufmerksamkeit geschenkt, sie oft berührt oder sich über sie gebeugt. Das machte er nun nicht mehr. Er hatte ein neues Bein – falsch oder nicht, es tat seinen Dienst, es erfüllte die Bedürfnisse.
»Bernard war hier«, berichtete Matt. »Er hat gesagt, er habe dich gesehen.«
»Bernard?« Zum erstenmal, seit ich das Zimmer betreten hatte, geriet ich in Panik. Bernard der Knurrfisch war tot. Er war letztes Jahr gestorben, durch dasselbe Buschfeuer in Brand gesetzt, das Calvin und so viele andere vernichtet hatte. Welche Ironie des Schicksals, daß der Knurrfisch nur das bißchen Sex in seinem Leben gehabt hatte, bis er von diesem Feuer erfaßt wurde.
»Bernard Dixon. Er hat gesagt, du hättest bald Premiere mit einem Theaterstück.«
In der Zwischenzeit hatte Matt seine Königin, einen Läufer und einen Springer zum Zug kommen lassen, um meine Bauern gnadenlos zu jagen. Als Antwort baute ich meine eigene Verteidigung auf und benutzte meine Königin, einen Turm und meine beiden Läufer, um aggressiv gegen Matts Seite des Schachbretts vorzugehen. In der Vergangenheit und trotz seiner Erfahrungen – er hatte das Spiel als Kind gelernt und jahrelang gegen seinen Großvater gespielt – waren wir immer so ziemlich gleich stark gewesen.
»Da wir gerade von Bernard und den Leuten aus unserer Vergangenheit reden«, sagte ich, »du wirst nie erraten, wer heute abend aufgetaucht ist. Sie hat sich verhalten, als

wäre sie in der Betty-Ford-Klinik auf Urlaub – Sydelle Auslander.«

Ich wollte Matt erzählen, wie unsicher ich mir hinsichtlich ihrer Person war, aber Matt erklärte heiter: »Ich habe viele Leute von früher gesehen und von ihnen gehört, seit ich hier bin.«

»Wie mich.«

Matt berührte meinen Arm. »Bei dir ist das anders. Ich wußte, du würdest kommen. Du gehörst hierher. Bei dir muß ich mir nichts vormachen oder aufpassen. Bleib, solange du möchtest.«

Das entsprach am ehesten einer Liebeserklärung im Vergleich zu dem, was Matt diesbezüglich je geäußert hatte. Gerührt fragte ich: »Ist es in Ordnung, wenn ich zu dieser Uhrzeit komme, nach der Probe? Um fünf oder so? Ich rufe vorher an.«

»Du mußt nicht anrufen. Fünf ist gut. Die anderen kommen erst eine Stunde später. So werde ich beschäftigt, aber trotzdem ausgeruht sein. Du brauchst nicht jeden Tag zu kommen. Nur, wenn du möchtest.«

»Wir werden Schach spielen. Und was noch? Ich werde dir ein paar Sachen mitbringen.«

»Vielleicht liest du mir was vor. Meine Augen sind nicht...«

»Aus einem Buch? Oder aus Zeitschriften?«

»Willst du das wirklich?«

»Natürlich will ich das!« erklärte ich, dann sah ich, worüber Matt sprach. Ich hatte nicht bemerkt, daß mein König in der Klemme war. Gut, daß ich einen Turm in der hintersten Reihe als Reserve hatte. Ich bewegte meinen Turm und meinen König in der Rochade und versuchte mich zu konzentrieren.

Doch trotz meiner Konzentration hatte mich Matt in ein paar weiteren Zügen Schach und nach einigen verzweifelten Zügen von mir matt gesetzt.

»Ich werde morgen anrufen, bevor ich komme, um zu hören, ob du was brauchst.« Ich schob den Nachttisch zur Seite und küßte Matts Stirn. Sie war jetzt wärmer und etwas feuchter. War das normal?

Als ich durch die Stadt lief, sah ich zufällig mein Spiegelbild in einer Schaufensterscheibe. Ich sah aus, als wäre etwas Wunderbares geschehen.

Ich war nie über Matt hinweggekommen, hatte nie aufgehört, ihn zu vermissen. Wäre es nicht wunderbar, wenn Matt aus dem Krankenhaus käme und wir irgendwie weitermachen könnten? Als Freunde. Wer weiß, vielleicht auch wieder als Liebende? Natürlich wäre es etwas anderes. Wir müßten sehr vorsichtig sein, um Matts Gesundheit zu schützen. Aber ohne große Ansprüche anderer Bewunderer auf Matts Aufmerksamkeit und mir als endlich Erwachsenem, der wußte, wann, wo und wie er Kompromisse eingehen mußte, könnte es wunderbar werden.

Endlich hielt der Frühling Einzug in Manhattan. Die Kälte, die die Stadt unerbittlich bis zum letzten trostlosen Tag im März ohne Schnee und dennoch ohne Sonne fest im Griff hatte, wurde am 1. April von einem freundlichen Regen gebrochen. Alle Bäume schienen gleichzeitig zu schießen. Gelbe und rosafarbene Krokusse und Magnolien wiegten sich im Wind, der jetzt sanft quer über den Hudson durch die Straßen von Chelsea zog.

Die Proben des Stücks hatten den Punkt erreicht, an dem alles Wesentliche festgelegt war und nur noch etwas an den Charakteren oder den Details der Inszenierung gefeilt werden mußte.

Nach dem ersten überraschenden Wiedersehen vor der Regiekabine sind Sydelle und ich uns fast jeden Tag begegnet, ohne daß wir Probleme miteinander bekamen. Manchmal hatten wir draußen zusammengesessen und geredet. So hatten wir mehr oder weniger das Leben des anderen aufgeholt. Sydelle hatte schon bald, nachdem ich als Redakteur gekündigt hatte, ihre Stelle beim Magazin aufgegeben. Sie war nirgendwo sehr lange geblieben, bis sie Cynthia getroffen hatte, wie sie zugab. Zum Teil machte sie die Astrologie dafür verantwortlich. »Ich bin dreifacher Skorpion«, sagte sie einmal. »Sonne, Mond und Aszendent sind alle im Quadrat zum Pluto.«

Während sich Sydelle als unwilliges Instrument außerweltlicher Kräfte sah, beschrieb Cynthia ihre Geliebte in den langen Gesprächen mit mir als verkorkstes Ergebnis einer typisch patriarchalischen Erziehung in einer scheinheiligen Gesellschaft. Sie breitete Sydelles Vergangenheit wie einen Teppich vor mir aus, den wir untersuchten, kritisierten und auseinandernahmen. Ihre Freßorgien, ihre Magersucht, ihr Rauchen und Trinken, ihre Mißerfolge (bis heute) in Beziehungen, ihre ... Ob ich nicht glaubte, Sydelle sollte es mit dem Schauspielen versuchen? Cynthia glaubte das.

Wenn ich nachmittags durch die Stadt zum Krankenhaus ging, hielt ich jedesmal an dem Teil des Union Square an, der zu dieser Stunde nicht von Preßlufthämmern oder Baggern bei der endlosen Umgestaltung aufgewühlt wurde. Die Geschäfte auf dem Broadway ab der 17. Straße aufwärts waren auch verlockender. Immer, wenn ich Stunden bei Barnes & Noble, China Books oder im großen Discountmarkt verbrachte, war es, um ein Buch, eine Kassette oder eine andere Kleinigkeit für Matt mitzunehmen, die ihm gefallen würde.

Jeden Tag verließ ich das Theater eher, verbrachte Zeit an der frischen Luft und kam früher im Krankenhaus an. Einmal standen sogar die Tabletts vom Mittagessen noch da, und Matt putzte sich die Zähne und gurgelte hörbar. Ich ging wieder, ohne daß er mich bemerkte, und machte im Gramercy Park einen Spaziergang. Ein andermal kam ich, als die Tabletts gerade abgeräumt wurden, und fand Matt schlafend vor. Ich fragte mich, ob ich gehen sollte, aber Matt lächelte im Halbschlaf, nahm meine Hand und murmelte: »Heute ist kein guter Tag.« Als ich anbot, später wiederzukommen, erwiderte er schnell: »Geh nicht! Es ist schön zu wissen, daß du da bist«, bevor er eine Stunde weiterschlummerte. Was hatte er gemeint? Weil er damit weiß, wo ich bin? Daß er sich in meiner Gegenwart beschützt fühlt?

Dem geschäftigen Treiben, als das Mittagessen gebracht wurde, folgte eine ruhige Zeit im Krankenhaus. Die Tabletts wurden von Pflegekräften abgeräumt. Krankenschwestern kamen, um Temperatur und Blutdruck zu messen. Die Patienten lasen oder schliefen.

Immer öfter mußte ich feststellen, daß auch Matt schlief. Er schlief nach dem Mittagessen und manchmal wieder nach unserem täglichen Schachspiel, das immer kürzer dauerte, vor dem Abendessen und der folgenden Besuchszeit.

Eines Nachmittags fand ich auf der Suche nach Matts Hausschuhen unter seinem Bett ein Gedicht, das sorgfältig auf Krankenhauspapier geschrieben und ein paar Tage früher datiert war. Als Matt das Gedicht schläfrig als seines erkannte, fragte ich, ob ich es kopieren dürfe. »Wenn du willst«, sagte Matt.

Das Gedicht war mit »Nächtlicher Ruf« überschrieben.

    das Surren von Leder

    über dem Fluß deiner Stimme
    die Pausen & das Geplapper
    im Telefon   und wieder gleite ich

    so schnell, wie ich mich bewege
    fliegst du unter mir   weiß
    weiß   unsere Leben sinken herab

    auf diese beiden Halme

Wovon handelte es? Ich spürte, obwohl ich nicht sagen konnte, wie oder warum, daß es über uns war. Über Matt und mich. Vor Jahren. In den Pines. Und jetzt.
So wie meine Fragen über das Gedicht unbeantwortet blieben und unsere Schachspiele immer kürzer dauerten, wurden unsere Zeiten des Vorlesens länger. Matt lag in seinem Bett, betrachtete durch das Fenster das Nachmittagslicht (auf der Suche nach seiner Zukunft, wie es manchmal schien), während ich laut die Klatschspalten, Nachrichten und Rezensionen aus der *Times* und der *New York Post* oder einer der Zeitschriften vorlas, die ein Besucher am Abend zuvor liegengelassen hatte. Wenn ich eine Minute mit Lesen aufhörte, sagte Matt jedesmal: »Lies weiter. Ich mag den Klang deiner Stimme. Sie ist so beruhigend!« Und ich tat, worum er mich bat, beruhigte ihn mit meiner Stimme, bis er einschlief. Dann stand ich auf und kontrollierte, ob der kleine Sauerstoffschlauch, den Matt neben sich liegen oder direkt in seinen Lippen stecken hatte,

locker genug war und nicht unbeabsichtigt abgeklemmt wurde. Ich strich mit meinen Lippen über seine Stirn, um zu fühlen, ob er Fieber hatte, knöpfte seine Schlafanzugjacke auf oder zu und rieb ihn leicht mit Alkohol ab, wenn er zu heiß war. Stand neben Matts Bett ein Infusionsgestell mit Intravenösschläuchen, die in sein Handgelenk eingeführt waren und durch die er Anti-Viren-Präparate oder Flüssignahrung zugeführt bekam, kontrollierte ich, ob die Schläuche offen waren und tropften. Dann setzte ich mich hin und las meine eigenen Sachen. Ich saß nahe bei Matt, da er im Schlaf gern nach meinem Schenkel oder meiner Hand griff, manchmal, während eines Traums, so fest, daß ich vor Überraschung und Schmerz zusammenzuckte.

Doch das kam selten vor. Und noch seltener, wenn auch gleichermaßen unerklärlich, waren die Momente, in denen Matt plötzlich aufwachte und sagte: »Ich muß dich um einen Gefallen bitten.« Darauf erwiderte ich: »Natürlich. Um welchen?« Und Matt antwortete rätselhaft: »Wenn es Zeit ist. Alles zu seiner Zeit. Aber es ist sehr wichtig. Niemand außer dir kann das machen.« Und ich versprach auch beim fünften- oder sechstenmal: »Klar! Ich tue alles, was du willst.«

Danach schlief Matt stets wieder rasch ein, und ich war völlig ratlos und hätte nicht sagen können, ob er wirklich im wachen Zustand gesprochen hatte und ob somit seine Frage und auch der Gefallen, um den er mich gebeten hatte, ernst gemeint oder nur eine Art Sicherheit für ihn waren, die er benötigte, um ruhiger schlafen zu können.

Schon als ich das Theater am Morgen betrat, spürte ich, daß etwas nicht in Ordnung war, aber ich hätte nicht sagen können, was.

Auf der Bühne schien alles normal zu sein. Blaise arbeitete fast mit der gesamten Besetzung und versuchte die Übergänge zwischen dem komplexen gesprochenen Text und der choreographischen Handlung des »Kampfes« im »Stonewall Inn« zu glätten. Sie schienen hauptsächlich an Einzelheiten zu feilen, und sie wirkten schrecklich konzentriert, weswegen ich mich mehr den Zeitungen, der *Times,* der *Post* und der *New York Native,* die ich an diesem Morgen gekauft hatte, zuwendete. In der Zwischenzeit waren Henry und Bernard Dixon an einem Ende der Bühne, die momentan frei von Schauspielern war, auf Leitern geklettert und schoben auf Anweisung von Cynthia, die in der Regiekabine saß, Scheinwerfer hin und her oder wechselten Birnen aus und so weiter.

Kaffee schlürfend, ging ich zum Kreuzworträtsel der *Times* über.

»Ist das deine *Post?*«

Es war David J., der im Moment auf der Bühne nicht gebraucht wurde. Er wartete nicht darauf, daß ich ja sagte, sondern blätterte sofort zum Mittelteil der Zeitung, fand das Horoskop und las. Seine Schultern sackten etwas weiter nach unten, und ein Stöhnen kam tief aus seinem Innern.

»Schlechte Nachrichten?«

David J. sah aus, als wollte er etwas sagen. Statt dessen zuckte er mit den Schultern und ging zurück auf die Bühne.

Ich nahm die aufgeschlagene Zeitung und las mein eigenes Tageshoroskop: »Reichlich Chaos. Unerfreuliche Nachrichten am Vormittag, gefolgt von einer Enttäuschung am Nachmittag. Am Abend können Sie nur noch Körper und Seele zusammenhalten. Egal, was geschieht, bewahren Sie einen kühlen Kopf. Dadurch ist Rettung möglich.«

Ich überflog die anderen Horoskope. Einige von ihnen sahen

genauso schlecht aus. Als ich meines noch einmal las, spürte ich ein leichtes Ziehen in meinen Eingeweiden, als ob darin etwas leben würde. Ich erkannte das Gefühl wieder. Ich hatte es zuletzt vor einigen Jahren gespürt, als ich zu den Pines zurückschwimmen wollte und plötzlich merkte, daß ich gegen die Wellen kämpfen mußte, um ans Ufer zu gelangen. Es war Angst gewesen, der Anfang unbegründeter, unaufhörlicher Angst.

War es nur Einbildung oder sahen alle im Theater aus, als hätten sie in der vergangenen Nacht unter einer Nahrungsmittelvergiftung gelitten? Überall waren leicht verwirrte, säuerliche Mienen. Sogar der verliebte Bernard und der ständig kichernde Henry blickten mürrisch drein.

Ich schlich den Gang hinauf bis zur letzten Reihe, um nach Cynthia zu sehen. Auch sie machte einen gezähmten Eindruck. Das war der endgültige Beweis.

Ich klopfte ans Fenster, um ihre Aufmerksamkeit auf mich zu lenken, und gab ein Zeichen, daß ich in die Kabine kommen wolle.

»Wir brauchen noch ein paar blaue Scheinwerferfolien«, sagte Cynthia durch das Mikrofon in die Kopfhörer von Henry und Bernard. Ihre Stimme hatte einen nörgelnden Ton, den ich nie zuvor gehört hatte. Sie blieb am Pult und nahm meine Anwesenheit kaum zur Kenntnis. »Dann versuch die beiden grünen. Verdopple sie, wenn nötig!« beharrte sie. Sie hatte sich immer noch nicht zu dem Stuhl umgedreht, auf den ich mich gesetzt hatte. »Ich denke, das muß reichen.«

Von hier aus der Entfernung und dennoch mittendrin wußte ich, daß etwas nicht stimmte. Ich wartete noch ein paar Minuten, dann forderte ich sie auf: »Sag's mir.«

Als sie sich umdrehte, war klar, daß sie versuchte, ihr Gesicht

unter Kontrolle zu halten und nicht in Tränen auszubrechen.
»Jeffries ist bankrott. Die Theatermiete ist diesen Monat noch nicht bezahlt worden. Das Ensemble löst sich auf.«
»Und ...«, ich hatte Angst zu fragen, »... das Stück?«
Tränen rannen jetzt doch über ihre Wangen. Sie schüttelte ihren roten Krauskopf langsam von links nach rechts.
»Warum proben sie noch? Warum beschäftigst du dich noch mit dem Licht?«
»Blasé hat gesagt, wir sollen weitermachen. Bis wir aufhören *müssen*.«
»Und die anderen wissen davon?« fragte ich, kannte die Antwort aber bereits. Natürlich wissen sie davon, was sonst wäre die Erklärung für die angespannte Atmosphäre. »Warum proben sie noch?« mußte ich noch einmal fragen.
»Die Gagen werden bis morgen nachmittag bezahlt. Wir sind fest engagiert und arbeiten so lange, bis wir es nicht mehr sind.«
Unerfreuliche Nachrichten am Vormittag. Unerfreulich? Das war eine ... ja, Katastrophe war das einzig passende Wort dafür.
»Mein Stück wird nicht aufgeführt?« fragte ich und bemerkte das Zittern in meiner Stimme wie bei einem Kind.
»Es tut mir so leid!« Cynthia umarmte mich.
Das konnte nicht wahr sein. Das konnte es nicht. Warum ich? Ich ließ mich eine Weile trösten, dann entzog ich mich ihrer Umarmung.
»Das will ich nicht akzeptieren, und das werde ich auch nicht. Wenn wir einen kühlen Kopf bewahren«, zitierte ich das Horoskop, »ist immer noch Rettung möglich. Laß Blasé herkommen.«

Fünf Minuten später wurden die Schauspieler in die Pause geschickt. Blaise, Cynthia und ich standen im Vorraum, Blaise hatte bereits seine dritte Zigarette angesteckt.

»Premiere ist am Freitag. Das sind nur noch drei Tage. Das ist lächerlich!« sagte ich. »Wieviel Geld brauchen wir bis zur Eröffnung?«

»Was macht das für einen Unterschied?« stöhnte Blaise.

»Wieviel?« beharrte ich.

»Die Miete für das Theater ist der Löwenanteil.« Cynthia nannt die Summe. »Sie ist seit einem Monat fällig. Über Strom- und Telefonrechnungen brauchst du dir erst Sorgen zu machen, wenn sie überfällig sind.«

»Oder wenn uns Strom und Heizung abgestellt werden«, meinte Blaise. »Es kommt noch die Gage für eine Woche dazu.«

»Meine kann warten«, sagte Cynthia. »Ich brauche sie nicht.«

»Die für mich auch«, meinte Blaise. »Also braucht nur die Besetzung bezahlt zu werden.«

»Henry wird auch ohne auskommen«, mutmaßte Cynthia.

»Steht sonst noch was an?« fragte ich. »Werbung? Prospekte? Was noch?«

Die Gesamtsumme belief sich auf dreitausendzweihundert Dollar.

»Sag dem Vermieter, ich werde ihm morgen einen Scheck bringen.«

»Du wirst auf Jahre hin verschuldet sein!«

»Das Stück muß weiterlaufen«, entgegnete ich. »Wieviel brauchen wir für die gesamte Laufzeit?«

Wir rechneten aus, daß weitere zehntausend Dollar für die sechs geplanten Wochen nötig sein würden, abzüglich der Einnahmen natürlich.

Das dämpfte die aufsteigende Hoffnung wieder.
»Wir werden uns etwas ausdenken«, versuchte ich die beiden aufzumuntern. »Wir geben uns nicht geschlagen.«
»Zumindest die Premiere wird stattfinden!« Damit sprach Blaise das aus, was wir alle dachten. »Ich werd's den Leuten sagen. Wir machen mit den Proben weiter. Premiere am Freitag. Und am Wochenende wird gespielt.«
Als wir auseinandergingen, meinte Cynthia: »Ich dachte, du haßt das Stück.«
»Ich hasse es noch mehr, wenn mir etwas vor der Nase baumelt und dann plötzlich weggezogen wird.«
»Dir scheint es mindestens ein bißchen zu gefallen.«
»Ein bißchen«, gab ich zu. Dann erzählte ich Cynthia die Wahrheit: »Das hat wenig mit dem Stück zu tun. Das ist einfach ein Gefecht in einer langen Schlacht zwischen mir und ... dem Schicksal.«

Als ich in den Theatersaal zurückkam, waren ausgelassene Stimmen zu hören. Cynthia sah ich nicht in ihrer Regiekabine, und die Schauspieler standen um die Bühne herum, sprachen miteinander und lachten. Als ich das andere Ende des Mittelgangs erreichte, rief David J.: »Unser Retter!« und verbeugte sich tief.
Die anderen machten es ihm nach.
»Hebt euch das für die Premiere auf!« Ich wurde von allen Seiten umringt, man klopfte mir auf die Schultern und küßte mich auf die Wange. »Ich meine es ernst. Bis jetzt haben wir die Bühne nur für das Wochenende.«
»Null Problemo«, erklärte David M. »Wir werden nächste Woche ausverkauft sein.«
»Die nächsten zwei Wochen«, stimmte Sherman zu.

»Quatsch! Die gesamte Laufzeit!« fiel Big Janet in den Jubel ein.

Ich ließ zu, daß sie sich um mich scharten und mich und sich aufmunterten. Es überraschte mich nicht, daß mir Sal, der einzige zugelassene Heterosexuelle in der Besetzung, seinen muskulösen Arm um die Schulter legte und mich beiseite nahm, um zu sagen: »Das werde ich dir nie vergessen. Wenn ich groß rauskomme …, was ich ohne Zweifel tun werde, und wenn nicht in dieser Spielzeit, dann bald danach, werde ich dafür sorgen, daß jeder von deinem Engagement und deinem persönlichen Opfer erfährt.«

»Es ist mein Stück, Sal.«

»Ich weiß, ich weiß. Aber du hast das gar nicht nötig. Du hast deine Karriere schon gemacht. Du hast bereits einen guten Ruf. Für uns ist es wichtig. Für mich ist es wichtig. In dieser Rolle wird man mich beachten. Du wußtest, daß ich geeignet dafür bin, die Schlüsselrollen zu spielen. Und ich weiß, daß du deine Hand dabei im Spiel hattest.«

»Blasé und ich waren uns einig, Sal. Sogar Cynthia hatte ein …«

»Aber du warst es! He, Mann, du bist echt ein Heiliger!« Eine starke Umarmung und eine noch stärkere Wolke des Eau de toilette, das Sal zur Vervollständigung seines eigenen männlichen Geruchs benutzte, hielten mich gefangen.

Kurze Zeit später hatten die Proben wieder begonnen, und Blaise beugte sich zu mir herüber: »Habt ihr zwei vor, nächsten Sonntag das Aufgebot zu bestellen?«

»He, Mann, ich bin echt ein Heiliger!« erwiderte ich im gleichen Ton wie Sal.

»Hier ist die Nummer des Vermieters. Er erwartet deinen Anruf.«

»Hast du ihm nicht gesagt, ich hätte einen gedeckten Scheck für ihn?«
»Er möchte es aus deinem Mund hören. Den Scheck eines Theatermenschen würde er nicht akzeptieren.«
»Er muß gute Erfahrungen mit der höheren Bildung gemacht haben«, antwortete ich und begab mich zum Vorraum.
Da dort gerade jemand telefonierte, ging ich zum zweiten Apparat, an der Bühne vorbei, wo irgendeine Szene geprobt wurde, was Blaise, Cynthia, Bernard und Henry von unterschiedlichen Reihen aus beobachteten, und nach hinten durch den Vorhang.
Das Wandtelefon wurde ebenfalls gerade benutzt, und das Kabel schlängelte sich bis zur kleineren der beiden Garderoben, deren Tür angelehnt war. Ich hatte nicht die Absicht zu lauschen, sondern wollte nur kurz hineinschauen, um zu sehen, wer es war – die gesamte Besetzung war vorne –, und fragen, ob er oder sie noch lange brauche.
Als ich auf die Tür zuging, hörte ich die Worte, bevor ich sie verstand oder erkannte, wer da sprach.
»... ein lächerliches Durcheinander, das offenbar verschiedene, Komma, scheinbar wichtige Momente der homosexuellen Geschichte dieses Jahrhunderts miteinander verbinden soll. Punkt. Nächster Absatz. Der Bühnenschriftsteller, Komma, ein Geschichtsprofessor und Autor des Buches, Komma, auf dem dieses absurde Sammelwerk angeblichen Theaters basiert, Komma, hat keinen Schimmer, Komma, wie Dramatik innerhalb einer einzelnen Szene aufgebaut wird, Komma, ganz zu schweigen von einem Akt beziehungsweise einem ganzen Stück. Punkt. Ein uneingeschränktes Versäumnis. Punkt. Neuer Absatz. Die Besetzung ist überraschenderweise gelungen, Komma, trotz des Mangels an Material.

Punkt. Mit Sicherheit hatte der Autor seine Hand dabei im Spiel, Komma, daß die stärksten und empfindsamsten Rollen von einem gewissen Salvator Torelli zerstört werden, Komma, einem Menschen von oberflächlicher Anziehungskraft, Komma, der gerade die Neandertal-Schule für Männlichkeit und die frühe Tony-Curtis-Schauspielschule absolviert hat. Punkt. Zweifellos gibt es an Torelli mehr, als man sieht, Komma, da er während des Stücks oft genug das, Komma, was er zwischen den Beinen hat, Komma, zurechtrückt und deutlich macht, Komma, was es ist. Punkt. Und zweifellos weiß der Autor am besten, Komma, was es ist. Punkt. Nächster Absatz. Die Regie von Blaise Bergenfeld ist gut, Komma, Bühnenausstattung und Licht von Cynthia Lomax sind ausgezeichnet – Gedankenstrich – die einzig herausragende Sache in dieser gräßlichen Produktion. Punkt. Nächster Absatz ...«

Durch den schmalen Spalt konnte ich sehen, wie Sydelle Auslander abwechselnd mit ihrer Zigarette schwungvoll in der Luft wirbelte und daran zog, während sie wild mit einem Bein hin und her schwang. Ihre Freude über das Diktat manifestierte sich bei ihr dergestalt, daß sie lächelte, gluckste und ihr Haar vor dem Spiegel feststeckte. Es war klar, was es war – eine vorgezogene Kritik für die eine Zeitschrift, deren Belegschaft sie noch nicht völlig rausgeekelt hatte. Sie würde zwar frühestens in einer Woche erscheinen, dennoch war es eine niederschmetternd schlechte, eine verletzend schlechte Kritik.

Ich fühlte so etwas wie einen heißen Knoten in meiner Magengrube. Nicht die Angst von vorher, sondern ein Ziehen, das ich in meinem Innern zum erstenmal spürte. Ich versuchte, ruhig zu bleiben, versuchte, mir einzureden, daß niemand

Wichtiges die Zeitschrift oder gar den Artikel von Sydelle Auslander lesen würde und daß es die Spielzeit des Stücks nicht ernsthaft beeinflussen könnte. Aber dennoch begann sich der Knoten zu lösen, und mit ihm eine jahrelang in mir verborgene Wut.
Ich mußte von dieser Stimme fort, von diesem selbstgefällig schwingenden Bein ...
Ich drehte mich herum, um zu gehen, und stand vor Cynthia Lomax.
Sie stützte sich auf eine Wandleiste und starrte mich an – nein, an mir vorbei zur offenen Tür, durch die wir beide deutlich Sydelles Diktat hören konnten: »... Komma, was auf Bob Jeffries Vorliebe für den Mike Todd Room hindeutet, Komma, wo er in letzter Zeit besser bekannt ist als im Theater, Komma, und wo sein Geld auch nicht besser verschwendet wird. Punkt.«
Ich wußte nicht, wie ich den Ausdruck auf Cynthias Gesicht deuten sollte. Er war so vollkommen leer. Und dann hörte ich ein feines, gurgelndes Geräusch in Cynthias Kehle. Das, dachte ich, ist der Klang, den der Rest des Körpers macht, wenn er erkennt, daß sein Herz gerade gebrochen wurde.
Ich entfernte mich langsam. Als ich den Vorhang erreichte, vernahm ich zwei Schläge, und kurz darauf keifte Sydelle: »Dann habt ihr mir *beide* nachspioniert?!«
Es war Zeit, Matt zu besuchen. Er würde zuhören, all den Schrecken und die Schönheit verstehen – und mich beruhigen. Das tat er immer.

Das Zimmer war leer. Joe Valeska war einige Tage zuvor wieder auf die Intensivstation verlegt worden, und Raimundo

war für ein paar Tage eingezogen, dann aber überraschend entlassen worden. Aber auch Matt war nicht in seinem Bett, obwohl sein Bereich des Zimmers belebter und das Licht eingeschaltet war. Etwas enttäuscht setzte ich mich. Dann sah ich, daß die Badezimmertür geschlossen war, und gleich darauf hörte ich Geräusche hinter der Tür. Seltsame Geräusche. So seltsam, daß ...
Matt hatte kein Hemd an, konnte kaum stehen und stützte sich aufs Waschbecken. Sein Kopf war vornübergebeugt, sein Gesicht verzerrt, sein Kehlkopf bewegte sich sichtbar auf und ab, und seine Haut war gleichzeitig trocken und naß, wie marmoriert.
»Hab dich nicht kommen hören ...«
Ihm tropfte Flüssigkeit aus dem Mund. Er drehte sich herum und erbrach sich krampfartig in das Waschbecken.
Ich hielt ihn an den Schultern. Seine Haut brannte, das fleischlose Gelenk fühlte sich an wie das eines Skelettes. Auch in der Toilette lag Erbrochenes.
»Mittagessen?«
»Ich konnte ... am Mittag ... nichts essen.«
Es muß das Frühstück gewesen sein.
Entsetzen packte mich. »Ich bring dich ins Bett.«
Ich mußte meine panische Angst vor ihm verbergen. Noch nie hatte ich Matt oder irgend jemand anders in solch einem Zustand gesehen. Ich mußte eine Krankenschwester suchen, einen Arzt – jemanden, der wußte, was zu tun war. »Du verbrennst ja förmlich! Wie hoch ist dein Fieber? War jemand vor kurzem hier?«
»Ziemlich hoch. Sie sind alle beschäftigt.«
»Das ist mir egal, ob sie beschäftigt sind. Es muß jemand kommen. Ich schau mal draußen nach.«

»Nein, warte! Geh nicht!« Matt hielt mich mit einem überraschend festen Griff.
»In Ordnung, ich werde noch eine Minute bleiben. Aber nur, wenn du dir Fieber messen läßt und wenn ...« Ich fischte vier Eiswürfel aus dem Wasserkrug und wickelte sie locker in eine Stoffserviette, um Matts Stirn damit abzureiben. »Wann hat dich das letztemal jemand gesehen?«
»Vor dem Mittagessen. Das tut gut. Sie waren beschäftigt ... Notfälle und ...« Matt setzte sich halb auf, und sein Hals und Gesicht verzerrten sich krampfhaft bei seinem Versuch, sich zu übergeben. Ich hielt ihm sofort ein Knäuel Papiertaschentücher vor den Mund, aber es kam nichts. Nicht ein Tropfen.
»Du bist heute nicht so gut drauf. Sprich nicht.«
Die Eiswürfel in der Serviette schmolzen auf Matts Haut wie auf einem Bürgersteig im August. Ich nahm noch mehr davon.
»Wo ist dein Sauerstoffschlauch? Ah, hier.«
Er hatte neununddreißigsechs Fieber.
»Das Fieber war heute den ganzen Tag auf fast vierzig«, bestätigte Matt.
»Das ist nicht gut. Wir müssen dich kühl kriegen.« Als das gesamte Eis geschmolzen war, rieb ich ihn mit Alkohol ab. Das schien ein bißchen zu funktionieren, da Matt sich etwas abkühlte und sein Körper sich entspannte, bis er fast einzuschlafen schien. War das gut oder nicht? Ich war mir nicht sicher. Ich mußte jemanden finden, der mir sagen konnte, was zu tun war.
Ein Krankenpfleger kam ein paar Schritte mit einer Rolltrage ins Zimmer, bemerkte seinen Irrtum und ging wieder zurück.

»Halt!« rief ich. »Mein Freund hat Fieber. Er braucht eine Krankenschwester.«

In dem Moment tönte es durch den Lautsprecher: »Dr. Herz! Dr. Herz bitte in den vierten Stock!« Ich kannte den Code – jemand hatte einen Herzanfall.

Der Pfleger sah dort hinauf, von wo die Stimme kam. »O Mann, das geht den ganzen Tag so! Nirgendwo ist eine Krankenschwester!«

»Können Sie mir helfen? Wissen Sie, wo ein Eisbeutel oder ein Kühlverband ist?«

Ich mußte die Situation mit ein paar weiteren Sätzen erklären, aber der Typ schien zu verstehen und machte sich davon.

Matts Augen waren geschlossen.

Ich nutzte die Gelegenheit. Doch leider hatten sowohl Matt als auch der Pfleger recht, das Schwesternzimmer war leer – weder ein Arzt noch eine Krankenschwester waren in Sicht.

Ich kehrte zurück und rieb Matts ganzen Körper nochmals mit Alkohol ein.

Als auch dieser aufgebraucht war und Matt sich immer noch nicht kühler anfühlte oder entspannt schlief, stürzte ich wieder auf den Flur. Noch immer war niemand im Schwesternzimmer. Wo zum Teufel bewahrten sie die Eisbeutel auf? Ich riß Schranktüren auf und alles, was nicht verschlossen war, als eine Frau den Raum betrat.

»Hallo, Dr. ...« Ich konnte ihr Namensschild nicht lesen. »Zimmer 1265. Er hat wahnsinniges Fieber. Ich hab's mit Eis versucht, ihn mit Alkohol abgerieben. Er braucht ...«

»Veselka?« fragte sie verwirrt.

»Loguidice, Matt.«

»Sobald ich kann! Wir stecken bis zum Hals in Arbeit. Halten Sie ihn kühl. Lassen Sie ihn nicht einschlafen.«

»Können Sie ihm nichts geben, um es zu bekämpfen?«
»Um was zu bekämpfen?« fragte sie.
»Das, was sein Fieber verursacht. Ein Antibiotikum?«
»Es ist ... Das Virus selbst verursacht das Fieber«, sagte sie, als erklärte sie eine absolut einleuchtende Angelegenheit. »In diesem Stadium ... ist sein Immunsystem bereits zerstört. Es gibt nichts, was noch helfen würde. Halten Sie ihn kühl. Ich werde da sein, sobald ... Versprochen!«
An der Tür zu Matts Zimmer stand der Pfleger. Aber er hatte keinen Kühlverband dabei, sondern lediglich eine Plastikschüssel voll mit Eis.
»Ich hab nur Eis gefunden«, erklärte der Pfleger und zeigte auf die Duschwanne, was bedeutete, daß wir das Eis in die Duschwanne geben und Matt hineinsetzen sollten.
Das dauerte zehn Minuten. Matt glühte wieder vor Hitze. Er phantasierte und fuchtelte mit den Armen umher. Sein Kopf fiel ständig zur Seite, und ich mußte mich auf den Rand setzen, um ihn festzuhalten. Matt war triefnaß von Schweiß, der auf meiner Hose und meinem Hemd Flecken hinterließ und durch die Haut bis zu meinem wild pochenden Herz sickerte.
»Lieb von dir ... danke«, murmelte er hin und wieder. Ich vernahm seine Stimme wie aus weiter Ferne und beruhigte ihn aus der gleichen Ferne mit: »Ist schon gut.« Alles, was ich klar und deutlich hörte, waren die Worte der Ärztin: »Das Virus selbst verursacht das Fieber. In diesem Stadium ... ist sein Immunsystem bereits zerstört. Es gibt nichts, was noch helfen würde.«
»Hör ... mal ... Roger. Hör ... mal.«
»Ja, ich höre.«
»Hörst ... du? Ge ... fallen, du ... hast ... gesagt ... Ge ... fallen.«

»Ich weiß. Ich habe gesagt, ich würde dir einen Gefallen tun. Ich mach alles, was du willst, Matt. Warum fragst du nicht etwas später? Muß das unbedingt jetzt sein? Kann das nicht warten?«
»Kann ... nicht ... warten! Ge ... fallen ... jetzt.«
»Gut.«
»Bring ... Eltern ... her.«
»Deine Eltern? Ich soll sie ins Krankenhaus bringen?«
Matt sackte etwas in sich zusammen und schloß ermüdet seine Augen, aber er konnte mit seinen Fingern genug Druck auf meine Handfläche ausüben, um mir ein Ja zu signalisieren.
»Sie waren bis jetzt noch nicht dagewesen, stimmt das?« Matt signalisierte ein Nein. »Sie wissen, daß du hier bist?« Ja und Nein. »Das heißt ja, aber sie wissen nicht, warum? Muß ich ihnen erklären ... warum du krank bist? Daß du schwul bist? Wieviel erzähle ich ihnen, Matt?«
»Erklären ... ein ... fache ... Menschen ... Aber sie werden ver ... ste ... hen. Sag ... ihnen ... daß ... ich ... sterbe.«
»Das kann ich nicht. Das werde ich ihnen nicht sagen.«
Matt deutete ein Ja an.
»Wie?«
Keine Antwort darauf.
»Sobald das Fieber abgeklungen ist, werde ich sie holen. Morgen?«
Matt deutete ein Ja an.
Eine halbe Stunde später, als seine Temperatur auf siebenunddreißig Grad gesunken war, fing Matt an zu zittern. Ich hob ihn umständlich aus der Wanne, wickelte ihn in ein Handtuch und brachte ihn irgendwie ins Bett. Kaum lag er darin, kam die Ärztin und maß nochmals Matts Fieber und Blutdruck.
»Er sagt immer nein zum Gerät«, berichtete sie.

»Welches Gerät?« fragte ich.
»Keine eiserne ... Lunge«, sagte Matt.
»Mach dir keine Sorgen, ich werde dich nicht an ein Atemgerät anschließen lassen«, versicherte ich Matt. Seine Hand wurde wieder wärmer. Die Ärztin hatte weiteren Alkohol mitgebracht, mit dem wir Matt abrieben. Ich versuchte einen Blick von ihr zu erhaschen, doch sie sah kein einziges Mal auf. Als wir bei seinen Beinen waren, hielt sie an seinem falschen inne.
»Vietnam. Ehrenmedaille«, erklärte ich.
Sie schüttelte den Kopf. Dann, als wir fertig waren, sagte sie: »Wenn er zu heiß wird, suchen Sie einen Pfleger und legen ihn in die Wanne mit Eis. Bye, Matt.«
Eine halbe Stunde später war seine Temperatur wieder so hoch, daß ich einen Pfleger holte. Zusammen legten wir Matt erneut in die Wanne mit Eis, aber nach einer Weile reichte auch dieses nicht mehr. Der Mann ging, um noch mehr zu holen, doch als er ewig lange nicht erschien, machte ich mich selbst auf den Weg in die Küche.
Als ich mit einer großen Tüte zurückkehrte, war auch der Pfleger bereits wieder da. Er kniete neben der Wanne, die er mit Eis füllte.
Aber nein, das war nicht der Pfleger. Das war Alistair.
»Was machst *du* denn hier?« fragte ich.
»Ich komm immer um ... Wie spät ist es? Halb sieben. Jeden Abend. Nicht wahr, Matt, Darling?« Zu mir sagte er: »Schlenkerst du nur verführerisch mit der Eistüte, oder können wir es für seinen heißen Kopf haben?« Als ich das Eis herausnahm, sagte er: »Ich habe so etwas erwartet. Du weißt, es kann Stunden dauern. Tage.«
»Ich bleibe«, erklärte ich.
»Natürlich bleibst du. Ich auch.«

»Nett ... Danke ...«, murmelte Matt, der total neben der Spur war.

Die Fieberschübe und Schüttelfrostanfälle wechselten sich immer häufiger ab, bis endlich gegen sieben Uhr auch die Nachtwache Matts ernsthaften Zustand erkannte und nach meinen drängenden Bitten und Alistairs nur leichten Drohungen Matt auf eine Rolltrage legte und ihn hinunter auf die Intensivstation brachte. Alistair lief neben der Trage mit Matts Jacke und den wenigen Gegenständen im leeren Plastikeisbehälter auf dem Arm und half, das Gestell mit den Schläuchen zu schieben, die der junge Mediziner in Matts Handgelenke eingeführt hatte: »Septra. Das ist stark genug. Obwohl niemand weiß, wozu es jetzt nützt. Und Zuckerlösung, um seinen Elektrolythaushalt im Gleichgewicht zu halten.«

Woraus die Mischung auch bestand, sie half. Nach einer Stunde senkte sich Matts Fieber. Er war an eine Herzmaschine und ein Elektroenzephalogramm-Gerät angeschlossen, allerdings, außer daß er seinen kleinen Sauerstoffschlauch benutzte, an kein Beatmungsgerät. Nach weiteren drei Stunden kam der Pfleger zu unseren beiden Stühlen an dem einen Ende des Flurs der Intensivstation, der als Aufenthaltsraum diente, und berichtete uns: »Eine aggressive Behandlung macht sich manchmal bezahlt. Das Fieber ist weg. Sein Zustand hat sich stabilisiert. Wir werden ihn die ganze Nacht hierbehalten. Und wenn das Fieber nicht erneut steigt, werden wir ihn morgen früh wieder auf sein Zimmer verlegen.«

Wir könnten gehen, meinte der Pfleger. Aber wir würden nicht gehen, bis man uns rausschmisse. Allerdings war ich überrascht, daß auch Alistair blieb.

»Mußt du gerade keine Heterosexuelle entjungfern?« fragte ich.

»Das ist dermaßen unter deinem Niveau«, erwiderte er, als er von seiner *Amway News* aufsah, »daß ich darauf nicht antworten werde.«

Ich wies ihn nicht darauf hin, daß er bereits geantwortet hatte. Statt dessen stellte ich mich auf eine lange Nacht ein.

»Du siehst nicht gerade so umwerfend aus wie sonst, mein lieber Cousin.«

»Ich hatte einen schweren Tag«, gab ich zu. »Eigentlich bin ich hierhergekommen, um zu entspannen.«

»Falsch gedacht«, sagte Alistair.

Er lauschte meiner Erzählung über Leid und Verrat am Theater, lauschte mit mehr Interesse und Freundlichkeit, als er je für meine Angelegenheiten aufgebracht hatte, und zwar so sehr, daß mein Mißtrauen wuchs und ich meinen schrecklichen Tagesbericht mit der Frage beendete: »Seit wann besuchst du Matt?«

»Seit elf Monaten.«

»Seit elf Monaten!«

»Als er das erstemal ins Krankenhaus kam.«

Mir wurde bewußt, daß ich Matt kein einziges Mal nach seiner Krankheit gefragt hatte. Eigentlich wußte ich überhaupt nichts über seine unmittelbare Vergangenheit. Was ich doch für ein Wichser war. »Hier?« fragte ich.

»In einem anderen Krankenhaus. Der zweite Anfall war vor acht Monaten.«

»Habt ihr zusammengewohnt?«

»Seit Europa nicht mehr.«

»Hättet ihr es mir jemals gesagt?«

»Ich wußte, du würdest es bald herausfinden. Erinnerst du dich an den Abend im Casa Mercadente nach dem gräßlichen Gedenkgottesdienst? Da hast du es erfahren, stimmt's?

Aber du verstehst, warum ich kein Wort davon sagen konnte?«
»Weil Matt es nicht zugelassen hätte?«
»O Darling, bist du denn so schwer von Begriff? Weil ich mich wegen Matts Krankheit so verdammt schuldig gefühlt habe!«
»Wieso ist das deine Schuld?«
»Nun ja ... ich weiß nicht, ob es das ist, ich dachte nur, wenn ich mich nicht ... in eure Beziehung damals in den Pines eingemischt hätte ...«
»Dafür gibt es keinen Beweis, Alistair. Ich habe gehört, daß die Inkubationszeit vielleicht sieben, zehn oder auch zwölf Jahre betragen kann. '76 wurde ein Hepatitis-Test bei vierhundert schwulen Männern in New York und San Francisco gemacht. Sie haben gerade das gefrorene Blut auf HIV getestet. Zwanzig Prozent der Proben waren HIV-infiziert. Gut, wieder zurück zu damals: Du hast gesehen, wie sich die Kerle an Matt rangeschmissen haben. Selbst mit einem Stock hätte er sie sich nicht vom Leibe halten können. Es hätte zu jeder Zeit passieren können.«
»Ich fühle mich immer noch irgendwie schuldig.«
»Gut, dann fühl dich schuldig.«
»Weswegen ich mehr über Bob Jeffries' Bankrott wissen möchte.«
»Ich kann dir nicht folgen.«
»Die Obligationen, die ich gekauft und durch meinen Börsenmakler wieder verkauft habe, haben mir tonnenweise Geld eingebracht. Warum kaufe ich nicht einfach das Theaterensemble und finanziere die Vorstellung während dieser Laufzeit?«
»Ich kann dich nicht bitten, dies zu tun. Und abgesehen davon

gibt es keine Garantie, daß du Geld damit machen wirst oder auch nur den Einsatz zurückerhältst.«

»Roger, Roger! Ich habe dir gerade erzählt, ich schwimme in Geld. Da muß für mich nichts herausspringen. Und außerdem könnte ich einen guten Investitionsverlust brauchen.«

»Wirklich?«

»Ich schwör's bei dem, was von meinem Herzen übriggeblieben ist. Also sag ja, Roger, laß mich das Theaterensemble kaufen.«

»Unter einer Bedingung.«

»Eine Bedingung! Das kann ich nicht glauben! Hier sitze ich, rette deinen Arsch, ganz zu schweigen von deiner gesamten Theaterkarriere, und ...«

»Daß du nicht den männlichen Naiven feuerst und seine Rolle übernimmst, bevor das Stück zwei Wochen läuft.«

»Klar, wenn alle Kritiken geschrieben worden sind.« Alistair kapierte sofort. »Du bist vielleicht verschlagen. Gut, abgemacht. Ich werde die Zeitungen noch einmal kommen lassen, damit sie für mich andere Kritiken schreiben.«

»Eine andere Sache ... keine Bedingung. Es gibt diesen scheinbar heterosexuellen Typen in der Besetzung ...«

»Du wirst mir nicht das Versprechen abringen, meine Hände von ihm zu lassen?«

»Würde ich dir solch eine Versuchung unterstellen? Keineswegs. Ich wollte bloß, daß du von ihm eine Videoaufnahme machen läßt.«

»Videoaufnahmen sind schrecklich. Reicht eine Tonbandaufnahme?«

Danach trat Stille ein, und jeder versank in seine eigene Gedankenwelt – seine, dachte ich, ist wahrscheinlich die gleiche wie meine, nämlich die von Matt Loguidice.

Um kurz vor drei am Morgen war Matt wach genug, um uns hallo zu sagen, und obwohl wir nur einzeln eintreten durften, gingen wir selbstverständlich zusammen hinein.
Matt sah total erschöpft aus. »Ich hab wie wahnsinnig halluziniert«, brachte er heiser zwischen den Eiswürfeln in seinem Mund hervor. »Das war brutaler als auf Acid!« Er versuchte mit seinen aufgerissenen Lippen zu lächeln. Trotz seiner schwachen Stimme waren seine Augen klar, hell und nahezu schelmisch. Zum erstenmal an diesem Tag war er er selbst. Aber er blinzelte schon wieder, als ob ihn der Schlaf übermannte.
In diesem Moment erinnerte mich Matt an mein Versprechen, seine Eltern zu holen.
Kurz danach streckte er sich, gähnte und war im nächsten Augenblick eingeschlafen.

»Nächste Haltestelle: Larchmont!« rief der Fahrer.
Larchmont, Mamaroneck, Rye, Port Chester, dann nach Connecticut hinein – ich kannte die Haltestellen aus den Jahren, in denen ich Teilzeitlehrer in einer Grundschule in New Haven gewesen war. An diesem Nachmittag würde ich schon in Mamaroneck aussteigen und von dort herumirren, bis ich das Haus im Foothill Drive mit der Nummer 172 gefunden hätte, in dem Mr. und Mrs. Loguidice wohnten. Ich würde mit ihnen zurückkehren und sie direkt ins Krankenhaus zu Matt bringen.
Würden sie damit einverstanden sein, mit mir zu kommen? Würden sie begreifen, wie das alles ihrem Sohn passieren konnte? Daß es in der ganzen Stadt passierte? Im ganzen Land? Auf der ganzen Welt?
Matt hatte gesagt, sie würden. »Ich habe so oft von dir gespro-

chen, schon seit so langer Zeit ... Sie vertrauen dir«, hatte er am Morgen erklärt, als der Pfleger ihn ohne all die angeschlossenen Monitore zurück in sein Zimmer und sein Bett gebracht hatte. »Du mußt ihnen alles erzählen.«
»Ich werde ihnen gar nichts erzählen«, entgegnete ich. »Das wirst du tun.«
Matt seufzte. »Ich habe es ihnen bereits erzählt. Ich bin nicht sicher, daß sie mir glauben. Du mußt es ihnen erklären, oder sie werden nicht kommen. Sie hassen Krankenhäuser. Sie haben Angst vor Ärzten, da sie schlechte Erfahrungen gemacht haben. Wenn Großvater noch leben würde ...«
»Nächste Haltestelle: Mamaroneck!«
Matt hatte gesagt, das Haus sei fünf Minuten entfernt. Als ich an ein paar Häuserblocks mit kleinen Geschäften vorbei war, wurde es zu einem angenehmen Frühlingsspaziergang – Forsythien, Magnolien, die Bäume in voller Blüte und ein blaßblauer Himmel mit einem Hauch von Wolken.
Ich kam zum Foothill Drive. Das vierte Haus, dessen Vordereingang inmitten sprießender Rhododendren lag, ein hellgelbes Landhaus, weiß abgesetzt und mit schiefergrauem Dach, umgeben von Birken – das war Nummer 172. Ich blieb eine Minute stehen, doch dann ging ich die Stufe aus dickem, in Beton gesetzten Naturstein hinauf und klingelte.
Der große, dunkelhaarige, kompakte Mann, der die Tür öffnete, trug eine graue Weste über seinem gestreiften Hemd. Innerhalb einer Sekunde hatte ich erkannt, daß die schwerfälligen Bewegungen, die langsamen Augen, das runde Gesicht und der charakteristische Mund auf Mongolismus hindeuteten.
»Hallo! Bin ich hier richtig bei Loguidice?«
»Sind Sie Roger?« fragte er langsam.

»Ja. Sind Mr. und Mrs. Log ...«
Die Fliegenschutztür wurde aufgestoßen und ich mit einer bärigen Umarmung halb über die Schwelle in den Flur getragen.
Ein Bruder, ein Cousin oder ein Freund der Familie, den Matt nicht erwähnt hatte?
»Mama!« rief er, mich noch immer nicht loslassend. »Mama. Es ist Roger. Matts Freund.« Dann sagte er mit ruhigerer Stimme: »Sie sehen genauso aus wie auf den Bildern.« Wieder lauter und zur Seite hin rief er: »Mama!«
Das war nicht sein Bruder. Matt war das einzige Kind.
Da er meinen Gesichtsausdruck sah, ließ er mich los. »Ich bin ein schlechter Gastgeber. Kommen Sie rein und setzen Sie sich. Hatten Sie eine gute Fahrt mit dem Zug?«
Er führte mich in das helle Wohnzimmer. Überall um uns herum, auf allen Tischen, auf dem Schreibtisch, auf den Pyramiden aus Regalbrettern, die in Ecken eingebaut waren, standen Fotos von Matt.
»Sehen Sie?« Der Mann hielt eins davon hoch. Es zeigte mich und Matt in einer Umarmung vor meiner Wohnung in Haight. »Das war, als ihr euch kennengelernt habt. Daran habe ich Sie erkannt.« Und dann rief er wieder: »Mama!«
Sie betrat das Zimmer. Ihr blondes Haar war hinten zu einem ovalen Dutt geflochten. Ihre Augen waren blaßgrau wie die von Matt, doch ihre sonstigen Gesichtszüge waren die einer mongoloiden Frau. Sie lächelte mich schüchtern an und ließ sich dann von ihrem Mann weiter ins Zimmer ziehen, wo ich mich erhob, um ihr die Hand zu schütteln. Ich war überrascht, als sie mir einen Kuß auf die Wange hauchte.
»Haben Sie Durst?« fragte sie. »Es gibt Kaffee.«
»Es ist guter Kaffee«, versicherte mir ihr Ehemann. »Matt hat

uns so eine professionelle Maschine besorgt, die alles abmißt und so.«
»Sie ist einfach zu bedienen«, bestätigte sie.
»Ja bitte, gerne«, sagte ich. In den wenigen Jahren, in denen Matt und ich zusammenlebten, hatte ich seine Eltern nie persönlich kennengelernt und nur selten und kurz mit ihnen am Telefon gesprochen. Matt hatte gesagt, sie seien etwas Besonderes. Es sei eine Liebesheirat gewesen, von der niemand gedacht habe, daß sie halten würde. Sie hätten sich jeder Konvention widersetzt. Ja, aber die Sache war, daß Matt nie gesagt hatte, um welche Konvention es sich handelte.
»Das war vor dem Veteranenkrankenhaus.« Matts Vater zeigte auf ein Foto. Der Kaffee muß schon zubereitet gewesen sein, da Matts Mutter ein Tablett mit einem blaßgrünen Teeservice, flachen Silbertellern und einem größeren blaßgrünen Teller mit verschiedenen Plätzchen hereintrug – wahrscheinlich waren es Geschenke, die Matt von seiner Pazifikreise mitgebracht hatte. »Und das ist Lucky, Matts Hund. Matt hat nach Lucky nie wieder einen Hund gehabt.«
Das Tablett wurde auf dem Tisch abgestellt. Sie setzten sich und tranken Kaffee, und ich wurde gebeten, verschiedene Plätzchen zu probieren. »Diese rötlichen hier sind mit Wein gemacht.« Matts Vater deutete auf die Plätzchen. »Die sollten Sie nicht probieren, wenn Sie auf Diät sind. Sie sind aus dem Norden ...«
»Syracuse«, warf seine Frau ein.
»Mein Cousin schickt sie immer. Die gibt es hier nicht mehr.«
Während sie an ihrem Kaffee nippten und aßen und redeten, wurde meine Verzweiflung immer größer. Wie sollte ich diesen Menschen Matts Zustand erklären? Es war eindeutig,

daß die beiden für ihren Sohn lebten und atmeten – seine Bildung, seine Schönheit, wie nett er war, wie gut er in der Schule war, seine erfolgreiche Militärkarriere trotz dieser schrecklichen Verwundung, wie er Dichter geworden war.
Für den Bruchteil einer Sekunde dachte ich, das sei meine Strafe. Matt zahlt es mir heim. Deswegen hat er mich hierhergeschickt. Doch nein, das ist nicht der Grund gewesen. Matt hat mich hierhergeschickt, weil es für jemand anderen zu hart gewesen wäre und weil man so etwas nur für jemanden macht, den man liebt.
»Nein, danke«, lehnte ich eine weitere Tasse Kaffee ab. Dann stammelte ich: »Glauben Sie ... ich meine ... werden Sie? ... Matt hat gesagt ... Der nächste Zug fährt in einer Viertelstunde, und wenn ...?«
Ich wurde mit absolutem Unverständnis belohnt.
Ich versuchte es noch einmal. »Matt dachte, der Zug um vier Uhr vierundzwanzig nach Manhattan ...«
»Mama?« Matts Vater blickte nervös. »Wenn ich dir aufräumen helfe?«
»Ja, natürlich«, sagte sie und erhob sich.
Es war abgemacht. Ich seufzte beinahe vor Erleichterung. Sie hatten bereits darüber geredet, und ich brauchte sie nur noch hinzubringen und nicht ...
»Aber, Roger«, fragte sie, »warum müssen wir in die Stadt gehen, um Matt zu sehen? Warum können Sie ihn nicht hierherbringen?«
Sie wußten es nicht. Sie verstanden es nicht.
Ich blickte zu Mr. Loguidice, der ebenfalls eine Antwort erwartete.
»Hat Matt nicht ...?« fing ich an. Dann rückte ich damit heraus: »Matt ist viel zu krank, um kommen zu können. Ich

war den ganzen Tag und die ganze Nacht bei ihm. Er hat sich übergeben. Er kann nichts essen und hat viel Gewicht verloren. Er hat oft hohes Fieber, sehr hohes Fieber. Die Ärzte sagen, das nächstemal würde er ins Koma fallen und ...«
Beide sahen mich an. Sie hatten keinen Schimmer.
»Papa hat mit Matt gesprochen«, wandte sie ein. »Das stimmt doch, Papa?«
»Ich habe mit ihm gesprochen. Er hat gesagt, er sei sehr krank, und wir müßten jetzt kommen.«
Es schien eine Ewigkeit zu dauern, bis sie es verstand.
»Ich mag die Stadt nicht«, erklärte sie daraufhin. »Sie macht mir angst.«
»Ich werde die ganze Zeit bei Ihnen bleiben«, versicherte ich ihr.
»Ich mag keine Krankenhäuser«, fuhr sie fort. »Erinnerst du dich, was sie tun wollten?« fragte sie ihren Mann.
»Niemand wird Ihnen im Krankenhaus etwas antun«, beteuerte ich.
»Warum können wir nicht warten, bis es Matt bessergeht? Dann bringen Sie ihn hierher. Das wär doch nett, nicht wahr, Papa?«
Sie sah ihren Mann an, der mich ansah.
Ich starrte auf den Boden. Warum mußte ich das sagen?
»Ihm ... wird es ... *nicht* ... bessergehen!«
Ich konnte ihnen nicht ins Gesicht schauen. »Er ... liegt ... im ... Sterben. Ihr Sohn hat eine furchtbare Krankheit. Aids. Haben Sie schon davon gehört?«
Das hatten sie. Sie murmelten irgend etwas vor sich hin.
»Menschen mit Aids werden nicht wieder gesund. Sie werden kränker. Sie sterben.«
Jetzt, da ich mich dazu überwunden hatte, konnte ich nicht

mehr aufhören. »Matt ist krank, und er wird bald sterben.« Ich konnte nicht glauben, daß ich das sagte.
Sie erstarrten in ihrer Haltung, beide mit dem gleichen Gesichtsausdruck.
»Matt wird nie mehr lebend zurückkommen. Und wenn Sie ihn nicht heute sehen, werden Sie in *nie* wieder sehen.« Konnten sie das nicht verstehen? »Er liegt im Sterben! Er stirbt!«
Von irgendwo aus dem Nichts kam ein Jammern. Sie hob ihre Schürze an den Mund und taumelte gegen ihren Mann. Er fing sie auf und hielt sie an sich gedrückt.
Ich hatte einen schrecklichen Weg eingeschlagen und wollte umkehren, bewußt, daß ich zu weit gegangen war. »Es tut mir … leid«, murmelte ich.
Abwechselnd jammerte sie und stieß Schreie aus. Es klang pathetisch, wie bei einem Kind, das auf dem Spielplatz verletzt wird. Ich konnte es nicht ertragen. Ich entzog mich ihrem Anblick und dem ihres Mannes, der vergeblich versuchte, sie zu trösten. Ich entzog mich dem Anblick des Schadens, den ich angerichtet hatte, entdeckte endlich eine Tür und ging aus dem Haus, hinaus ins Freie. Hier konnte ich sie immer noch hören, aber sie schienen jetzt in der Küche zu sein, da ihre Stimme gedämpft klang.
Würde sie niemals aufhören?
Ich bin der grausamste Bastard, der jemals Gottes Erde betreten hat, dachte ich und setzte mich erschöpft auf eine Betonstufe. Und wenn ich das bin, dann verfluche ich den Gott, der mich gezwungen hat, zu diesen beiden tapferen und liebenswerten Menschen, deren unmögliches Leben ich gerade zerstört habe, so grausam zu sein.
Hinter mir im Haus wurde es still.

Nach einer Weile öffnete sich die Tür. Es war Mr. Loguidice. Ich erhob mich. Er legte seine Hand auf meine Schulter, drückte mich wieder runter und setzte sich schwerfällig neben mich. Dann zog er eine Schachtel Zigaretten und Streichhölzer aus seiner Tasche und klopfte auf die Schachtel, so daß ein paar herausglitten. Als ich ihn überrascht ansah, sagte er: »Auf den Fotos ...«

Ich hatte mit Rauchen aufgehört, aber ich nahm eine. Geschickt zündete er seine und meine Zigarette mit demselben Streichholz an.

Ich machte einen tiefen Zug, den ich sofort im Kopf spürte.

»Mama zieht sich an. Sie wird gleich fertig sein. Dann gehen wir mit Ihnen.«

Wir rauchten.

»Sie ist eine Frau. Frauen sind gefühlsbetont«, erklärte er.

Ich wußte nicht, was ich sagen sollte. »Es tut mir leid, ich hätte nicht ...«

»Matt hat es mir am Telefon erzählt ... Ich habe es Mama erzählt ... Wir dachten ... wissen Sie ... vielleicht besteht die Möglichkeit, daß er unrecht hatte. Bis wir es von Ihnen gehört haben ... Sie würden uns nicht anlügen. Nicht Matts Freund Roger. Deswegen ist Mama so fassungslos ... Sie wird sich schon wieder erholen. Sie zieht sich gerade an.«

Wir rauchten eine Weile schweigend. Dann legte Matts Vater einen Arm um meine Schulter und sagte: »Sie wird Ihnen dankbar sein.«

Ich geriet in Panik. »Mir dankbar sein?«

»Weil Sie mit uns in die Stadt fahren und mit uns im Krankenhaus bleiben.«

»Matt hat erzählt, daß Sie keine Krankenhäuser mögen.«

»Hat er auch erzählt, warum?« fragte Mr. Loguidice. Was für

ein großes Kind er ist, dachte ich. Er versteht nicht wirklich. Wie könnte er auch.

»Er hat es Ihnen nicht erzählt«, sagte er. Dann erklärte er langsam: »Weil sie im Krankenhaus versucht haben, uns Matt wegzunehmen, als er geboren wurde. Sie haben gesehen, daß er nicht ... wie wir war, wissen Sie? Sie haben versucht, ihn von uns wegzunehmen und anderen Leuten zu geben. Aber Mama hielt Matts Bein fest. Sie wollte sein Bein nicht loslassen. Ich hielt es auch fest. Wir wollten ihn nicht loslassen. Als mein Papa gesehen hat, daß wir Matts Bein festgehalten haben und nicht zulassen wollten, daß sie uns Matt wegnehmen, hat mein Papa gesagt: ›Gut, ihr könnt Matt behalten. Aber ihr müßt alles für ihn tun. Ihm darf es an nichts fehlen.‹«

Matts Mutter rief von irgendwo aus dem Innern des Hauses nach ihrem Mann.

»Es war dasselbe Bein, das verletzt wurde«, sagte Mr. Loguidice. »Das Bein, das er verloren hat. Haben Sie sein schlimmes Bein gesehen?«

»Ja, ich habe es gesehen.«

»Papa?« rief Mrs. Loguidice. Ihre Stimme kam jetzt mehr aus der Nähe.

Matts Vater stand unter leichtem Stöhnen auf. Zum erstenmal zeigte er, daß er alt war. (Wie alt war er eigentlich? Sechzig? Oder älter? Lebten Menschen wie er sehr viel länger?)

»Eine Minute. Ich unterhalte mich gerade. Jemand wollte nicht, daß Mama und ich heiraten. Und bei Matts Geburt war es noch schlimmer. Viele haben gesagt, wir hätten ihn nicht haben sollen.«

»Es ist nicht Ihr Fehler. Niemand trägt dafür die Schuld.«

»Nun ... vielleicht haben Sie recht.« Er drückte die Zigarette an der Wand aus. »Ich gehe besser hinein und sehe nach, was Mama braucht.«

Einige Minuten später erschienen Mr. und Mrs. Loguidice, angezogen für die Stadt, lächelnd, ruhig und höflich, als wäre nichts geschehen. Sie verschlossen die Tür und hakten sich bei mir unter. Dann marschierten wir drei Arm in Arm an diesem herrlichen Frühlingsnachmittag durch das herrliche Viertel zu dem malerischen Bahnhof.

»Generalproben sind immer ein Chaos!« versicherte mir Alistair. »Das ist alte Theatertradition. Je schlimmer die Generalprobe, desto besser wird die Premiere.«

»Dann wird der morgige Tag ›My Fair Lady‹ übertreffen!« stöhnte ich. Ich nahm den letzten Schluck meines Margaritas und drehte mich auf dem Barhocker herum. »Noch einmal dasselbe.«

»Bist du dir sicher, daß du das solltest? Das ist der dritte auf leeren Magen.«

»Der Vorhang geht so oder so auf!« Als das Getränk hingestellt und das leere Glas fortgeräumt wurde, sagte ich: »Auf ... auf wen haben wir heute abend bis jetzt getrunken, auf den Komödiendichter oder auf den Tragödiendichter ...?«

»Auf Apollo, den Gott der Dichtung.«

»Wir werden Dionysos dazunehmen, den Gott der chaotischen Generalproben!«

»Ich glaube nicht ...«

»Nein? Dann trinken wir auf Matt Dillon, der gerade an uns vorbei in den anderen Raum gegangen ist. Kellner. Lassen Sie ein Getränk zu Matt Dillon bringen. Auf Mr. Dodges Rechnung.«

»Das ist nicht Matt Dillon.« Alistair folgte ihm mit seinen Augen.
»Natürlich war er das. Und wie hübsch er ist!«
»So hübsch wie Stanley Kowalski in unserem Stück?« fragte Alistair. »Sal Torelli für dich. Sag mal, Sal ist doch der eine Hetero, von dem du erzählt hast?«
»Genau der.«
»Mr. Torelli ist nicht schlecht. Und er ist ein echter Kerl.«
»Ja«, stimmte ich zu und stöhnte in Gedanken an all das, was heute abend noch schiefgehen könnte. Die Generalprobe war bis jetzt unter aller Sau gewesen. Die Schauspieler hatten Zeilen übersprungen, ihren Anschluß verloren, ihre Positionen vergessen, Zeilen verwechselt und waren gegen die Bühnendekoration gestoßen, die laut protestierend in sich zusammenbrochen war.
Alistair rief über die Bar hinweg Chip, einen der weniger anziehenden Kellner, herbei und quetschte ihn über das Quartett aus, dem er gerade einen Tisch zugewiesen hatte. Ich trank den Rest meines Margaritas und fragte: »Warum laden wir Dillon und seine Freunde nicht zum Stück ein?«
»Heute abend?« fragte Alistair zurück.
»Vielleicht wird es nach dem heutigen Abend nicht mehr gespielt.«
»Komm her, Chip!« Dieser lauschte dem, was in sein Ohr geflüstert wurde, und verschwand.
Ich bestellte noch einen Margarita. »Ich bezahle nicht«, warnte Alistair barsch.
»In Ordnung, ich habe auch genug. Wie wär's, wenn wir zurückgehen?«
»Momentino! Du hattest recht, es ist Matt Dillon.«
»Natürlich hatte ich recht.«

»Und er kommt ... Stell dich gerade hin.«
Dillon kam schnurstracks auf uns zu. Seine große, ausgestreckte Hand steuerte plötzlich in Richtung meines Bauchs. Ich griff nach ihr und ließ zu, daß sie meine Hand leerpumpte. »Sie werden das nicht glauben, aber ich schreibe auch Stücke!«
Eine nette, tiefe, männliche Stimme. Aus der Nähe sah er aus wie die große Version eines Kindes, mit dem ich Softball gespielt hatte, abgesehen natürlich von seiner Eine-Million-Dollar-Seidenjacke, seinem Elftausend-Dollar-Hemd aus Eidechsenaugenlidern, seinen dichten Augenwimpern und seinem Teint.
»Dann also, herzlichen Glückwunsch! Danke.« Er nahm das Flugblatt von Alistair. »Ich werde sehen, ob ich es schaffe, solange ich in Manhattan bin.«
Ich mußte Dillon einfach fragen: »Stimmt es, was man so sagt: Je schlechter die Generalprobe, desto besser die Premiere?«
Seine ernsten braunen Augen sahen mich halb amüsiert, halb bemitleidend an. »Das ist Tradition.«
»Ich bin der Produzent, Alistair Dodge. Meine Telefonnummer steht auf dem Flugblatt. Rufen Sie mich an, wenn Sie eine Begleitung brauchen.« Eine Sekunde später fragte Alistair: »Hast du ihn gerochen? Roger? Die reinsten Pheromone. Komm, laß uns gehen.«
Der zweite Akt hatte bereits angefangen, als wir zum Theater zurückkamen. Bei unserem Eintritt herrschte eine seltsame Stille. Im mittlerweile zu drei Vierteln gefüllten Zuschauerraum (wo kamen *die* alle auf einmal her?) lachte niemand. Und eigentlich schien auf der Bühne alles zu klappen. Auf der anderen Seite des Mittelgangs saß Blaise Bergenfeld, der sich

nicht mehr halb die Augen zuhielt, sondern sich über den Sitz vor ihm beugte, auf die Bühne starrte und mit seiner Hand kleine Gesten zu den Schauspielern machte, die ihn höchstwahrscheinlich gar nicht sehen konnten.
Es waren keine Regieanweisungen nötig. Die Szene verlief ohne Komplikationen, genauso wie die folgende.
Ich erhaschte Blaises Blick. Der Regisseur formte mit seinen Lippen die Worte: Das kapier ich nicht.
»Was bedeutet es, Alistair, wenn die halbe Generalprobe schlecht und die andere Hälfte gut ist?« fragte ich.
»Schhhh!« Jemand hatte sich umgedreht.
Auch Alistair war ganz gefangen, besonders, als Sal Torelli in der Schlußszene als Miss Match erschien und die kämpferischen Worte ausstieß: »Ich hab genug von dieser Scheiße! Wir alle haben genug von dieser Scheiße!«
Jedermann erstarrte, dann schlugen die anderen drei Fummeltrinen ihre Stöckel aneinander und griffen Andy und Big Janet an. Wie der kurz zuvor niedergestreckte Sherman fielen auch sie zu Boden.
»Was haben wir getan?« kreischte Eric als eine der Tunten mit der heiseren Stimme von Bambi.
»Was wir auch tun«, rief Sal triumphierend und haute auf den schwankenden Sherman immer wieder mit seiner Handtasche ein, »wir tun es schließlich für uns!«
Seine Worte wurden mit Geflüster der Zuschauer, Ausrufen wie »Richtig so!« und »Gut, Schwester!« und Applaus begleitet. Das Handgemenge auf der Bühne ging weiter.
Ich konnte es nicht glauben. Eine Minute lang sah es so aus, als wollten die Zuschauer die Bühne stürmen und den Schauspielern im Fummel dabei helfen, diejenigen in Uniform zu verprügeln. Am Ende gab es für die Schauspieler, besonders

für Sal und den strahlenden Bernard, tosenden Applaus, und die Zuschauer verließen lärmend das Theater.
Alistair und Blaise gingen mit ihnen hinaus, aber Blaise kehrte einige Minuten später händereibend zurück.
Alistair kam Arm in Arm mit Cynthia.
»Wie wär's, wenn wir Sydelle die Chance als Schauspielerin geben, um die sie gebeten hat?« schlug Cynthia hinterhältig vor, womit sie auch ihren Sinn für Humor bewies. »Morgen abend auf der Bühne als einer der Polizisten. Und wir lassen die Zuschauer auf sie los.«
»Hast du die Begeisterung der Leute geglaubt?« fragte ich.
»Das habe ich. Ich habe sie gesehen und gehört.«
»Wer hätte gedacht, daß wir dermaßen politisch korrekt werden würden?« fragte Blaise. »Nun ja, ich meine, ein Stück, das dem Publikum die Möglichkeit gibt, Stonewall jeden Abend aus der Nähe nachzuerleben, ist ...« Er beendete den Satz nicht.
»Schade, da geht mein Investitionsverlust verloren!« stöhnte Alistair. »Sitz nicht einfach so herum, mein lieber Cousin! Wir sind der Renner!«

Das Telefon klingelte. Ich setzte mich im Bett auf. Fünf Uhr neununddreißig. Telefonklingeln mitten in der Nacht, das nicht aufhörte. Warum mir? Ich war so müde. Ich war schon so müde gewesen, als ich um drei heute nacht ins Bett gegangen war.
Es hörte nicht auf zu klingeln. Ich stand auf, taumelte ins andere Zimmer und nahm, immer noch schlafend, den Hörer ab.
Eine Frauenstimme sagte: »Roger Sansarc?«
»Hmmmmmnnn.«

»Wir haben Sie als nächsten Verwandten auf der Liste.«
»Nächsten …?«
»Von Mr. Log-u-deechee. Hier steht …«
Was? … Könnte sie Matt meinen?
»Load-your-dice. Es ist Matthew Load-your-dice. Er ist um vier Uhr dreißig verschieden. Da Sie als nächster Verwandter auf der Liste stehen, müssen Sie zur Identifizierung ins Leichenschauhaus kommen. Wissen Sie, wo das ist? Ich gebe Ihnen die Adresse. Haben Sie einen Stift? Es ist …«
Ich holte mir schnell einen und schrieb die Adresse auf.
»Was soll das Ganze?«
»Das habe ich Ihnen gerade gesagt. Mr. Load-your-dice ist vor einer Stunde verschieden.«
»Verschieden?«
»Tot«, erklärte sie. »Sie sind als nächster Verwandter angegeben. Sie müssen seine Leiche identifizieren.«
»Doch nicht mein Matt Loguidice? Er war heute noch ganz in Ordnung. Ich war bei ihm, so um elf am Abend. Er hat sich wohler gefühlt als die ganze Woche über.«
»Es tut mir leid. Darüber weiß ich nichts. Ich bin hier nur in der Verwaltung. Mir wurde gesagt, ich solle den nächsten Verwandten benachrichtigen.«
»Da liegt ein Fehler vor. Ja, sicher.«
»Gehen Sie bitte zum Coroner's Office. Dort wird man Ihnen alles erklären. Sie haben die Adresse?«
»Ja. Ich verstehe immer noch ni…« Im Hörer summte es.
Ich sah mich in der Wohnung um. Sie wirkte zu dieser ungewohnten Stunde und in diesem Licht seltsam. Und ich war so müde. Die letzten Tage …! Ich mußte noch etwas schlafen. Ich würde am Morgen anrufen und die Sache klarstellen. Ich war doch erst vor ein paar Stunden dort bei ihm gewesen,

dachte ich. Er hatte gegessen und gelächelt. Er hatte mich geküßt ...
Es mußte ein Schreibfehler sein. Ich wollte später anrufen und die Sache klären.

»Das ist es!« sagte der Taxifahrer.
Das Gebäude, vor das er gefahren war, war das schmalste, weißeste und rechteckigste Bauwerk im Umkreis von zehn Häuserblocks entlang der Second Avenue in den East Twenties, die ich und meine Bekannten in den vergangen Jahren, wenn auch nicht mit Freude, aber vertraut die »Krankenhausreihe« nannten. Dort, an der Außenwand, hing ein Schild, das auf das Leichenschauhaus hinwies. Warum hatte ich das vorher noch nicht bemerkt? Vielleicht weil ich es nicht bemerken mußte.
Der Taxifahrer drehte sich um und kassierte das Fahrgeld.
Weit hinter der vorstehenden Überdachung befand sich die von Glas umgebene Eingangshalle. Ich trat ein und nannte der Empfangsdame meinen Namen. Sie sah auf einer Liste nach.
»Verhältnis zu dem Verstorbenen?« Sie sprach mit einem Akzent, der nicht aus Manhattan kam.
»Freund. Wir hatten eine Beziehung.«
Unbeirrt sagte sie: »Da Ihre Familiennamen unterschiedlich sind, benötige ich zwei Dokumente, die Ihre Identität bestätigen.«
Ich reichte sie ihr. Sie schrieb ein paar Zahlen ab, schob die Papiere wieder zu mir herüber und bat mich, Platz zu nehmen. Dann hob sie den Hörer des pfirsichfarbenen Telefons ab und rief jemanden an. Sie sprach mit weicher Stimme.
»Ich ...« Ich blieb am Empfangstisch. »Ich verstehe immer noch nicht, warum ich hier bin. Warum muß ich das tun?«

»Immer, wenn die Todesursache unklar ist, verlangt die Stadt, daß ein Leichenbeschauer die tatsächliche Todesursache feststellt und daß jemand die Leiche identifiziert.«
»Als ich das Krankenhaus vor einer Stunde angerufen habe, sagte man mir, die Todesursache sei Herz-Lungen-Versagen.« Sie blätterte in der Kartei. »Das ist so ziemlich immer die Todesursache ... Ah, hier!« Sie sah auf. »Es scheint, daß es Unstimmigkeiten gab. Außergewöhnliche Spuren von ...«, sie hatte Schwierigkeiten, den medizinischen Ausdruck auszusprechen, »in seinem Blut. Deswegen haben sie die Leiche hierher überführt.« Sie sah mich mit ihren zu stark geschminkten Augen freundlich an.
»Könnte es etwas sein, was er eingenommen hat? Er hatte Aids, in den letzten Tagen sehr hohes Fieber und war vor kurzem an eine Herzmaschine angeschlossen. Zuerst, als ich gehört habe, daß er gestorben sei, konnte ich es nicht glauben, aber dann ...«
Sie zuckte mit den Schultern, womit sie die Sache nur noch rätselhafter machte.
Ich setzte mich an den großen rechteckigen Tisch, schlug die *Times* auf und sah das Feuilleton durch. Einer der Schauspieler hatte mir erzählt, daß in der letzten Vorstellung ein Kritiker im Publikum gewesen sei. Aber weder Henry am Kartenverkauf noch Cynthia konnten das Gerücht bestätigen. Wenn es stimmte, war die Kritik noch nicht veröffentlicht worden. Die *News* und die *Voice* hatten jeweils einen Kritiker geschickt. Die Kritiken waren großartig ausgefallen und die zweite und dritte Vorstellung ausverkauft gewesen.
Die Dame am Empfang rief ein junges Paar auf, das ebenfalls in der Halle wartete. Dann nahm sie den Hörer ab und winkte mich herüber.

»Mein Freund.« Sie nickte zurück, offenbar in Richtung des Gebäudes. »Er sagt, dieser isolierte Stoff, der in dem Bericht erwähnt wird, stammt von Schlaftabletten.«
Das war nicht überraschend. Matt hatte Schlaftabletten genommen, um die langen Nächte zu überstehen. Wurde das herangezogen, weil sich sonst recht wenig als tatsächlich bestimmender Faktor heranziehen ließ? Weil sie keinen anderen Grund gefunden hatten? Bei Calvin hatte man als Todesursache Herpes angegeben. Das war, als sagte man, er wäre an einem entzündeten Nagelbett gestorben.
Nach einer weiteren endlosen Zeitspanne – in Wirklichkeit waren es bloß zehn Minuten – sagte die Empfangsdame: »Loguidice.«
Nach der doppelten Glastür erstreckte sich ein gebogener Flur vor mir. Eine kleine Asiatin in einem grünen Medizinerkittel führte mich in einen rechteckigen Raum. Drei Stühle standen vor einem Fenster, das wie ein großes, teilweise geschwungenes Schaufenster aussah und hinter dem ein Vorhang zugezogen war. Ich setzte mich und wartete.
Die Frau verließ den Raum, und eine Minute später öffnete sich der Vorhang. Sie stand neben einer Leiche, die auf eine Art mit einem Tuch verhüllten Sockel lag. Sie zupfte das Tuch über dem Körper mit einer zierlichen Bewegung zurecht.
Sie hatten Matts Augen offengelassen.
Unfähig zu widerstehen, stand ich auf und trat an das Fenster. Seine Augen drückten vor allem Überraschung aus, als wären die Gefühle für alle Zeiten darin eingeprägt. Aber auch Erleichterung und Neugier konnte ich darin erkennen. Worauf? Auf den Tod, als er sich ankündigte?
Der Körper war so ausgezehrt, das Fleisch aus dem Innern

heraus so verbrannt, daß Matt wie ein Kunstwerk aussah, wie eine Art römische Begräbnisstatue.
»Er ist es. Es ist Matthew Loguidice.« Ich war überrascht, wie fest und sicher meine Stimme war. Konnte sie mich hören? Offensichtlich konnte sie. Sie schritt nach vorn, um den Vorhang zu schließen.
»Warten Sie!«
Sie sah mich an.
»Seine Augen. Warum sind seine Augen offen? Können Sie sie nicht schließen?«
Sie zog den Vorhang zu und kam eine Minute später zu mir.
»Die Augen«, erklärte sie, »müssen bis zur Identifizierung offenbleiben.«
Sie führte mich aus dem Raum in ein Büro, wo sie mich drei Kopien der Sterbeurkunde unterschreiben ließ, und wir legten fest, daß Matts Leiche zur Beerdigung nach Hause nach Mamaroneck überführt werden sollte, wozu die Loguidices bereits zugestimmt hatten.
»Können Sie nicht seine Augen schließen?« fragte ich.
»Wird der Sarg offenbleiben?« fragte sie.
»Ich hoffe nicht. Ist es zu spät, um seine Augen zu schließen?«
»Ich werde sehen«, antwortete sie. »Manchmal reicht ein kleiner Schnitt in den Muskel ...« Sie machte es mit ihrer Hand vor. »Ich werde mich darum kümmern. Gehen Sie jetzt zur Krankenhausverwaltung, um seine Sachen abzuholen? Die Gegenstände, die in seinem Zimmer waren?«
Das hatte ich ganz vergessen. »Ja. Natürlich.« Ich sah auf der Sterbeurkunde nach der Todesursache. »Man hat mir gesagt ... Schlaftabletten.«
Sie zuckte mit den Schultern. »Die haben dazu beigetragen. Er war sehr krank.«

Mit ihren sanften, heilsamen Worten schaffte sie es, die erschreckende Vision von Matt wegzuwischen, der auf dem Sockel lag, umhüllt von Tüchern, als wäre er ein Dichter aus dem alten Rom, der mit offenen Augen und bedeckt mit Reichtümern verbrannt werden sollte.
Auf dem Weg zurück zur Eingangshalle verlief ich mich. Am Empfangstisch stand Alistair in einer hellen karierten Jacke. Er drehte sich um, sah mich und kam schnell zu mir.
»Möchtest du dich setzen? Du schaust ... Nun, ich weiß nicht genau, wie du ausschaust ... Hast du ihn gesehen?«
»Geh da nicht rein, Alistair. Man hat seine Augen nicht zugemacht. Mir wurde erklärt, sie müßten für die Identifizierung offenbleiben. Geh nicht rein.«
»Das werde ich nicht. Bist du hier fertig?«
»Ich muß noch seine Sachen im Verwaltungsbüro vom Krankenhaus holen. Sie haben gesagt, sie hätten ihn wegen Unstimmigkeiten hierhergebracht. Man hat herausgefunden, daß es Faktoren gab, die dazu beigetragen haben ... Schlaftabletten.«
Alistairs Entgegnung machte deutlich, daß er nicht überrascht war. Ich griff nach seinem Arm. »Hatte er etwa gesagt, daß er ...? Du hast gewußt, daß er Schlaftabletten nehmen wollte?«
»Das habe ich jedenfalls vermutet, als ich gesehen habe, daß er sie sammelte.«
»Sie sammelte?« Ich erinnerte mich, wie ich hinter den Schwestern hergelaufen war und sie gebeten hatte, Matt eine Schlaftablette zu bringen. Er hatte sie nicht genommen. Er hatte sie gesammelt. »Bin ich dumm«, stöhnte ich. »Ich habe ihm auch noch dabei geholfen.«
»Wir alle haben ihm geholfen, sie zu sammeln, Rog. Worauf sonst hätte er sich freuen können? Auf mehr von dem, was er

in den vergangenen Tagen durchgemacht hat? Komm, laß uns hier rausgehen.« Alistair führte mich aus dem Gebäude hinaus in das überraschend funkelnde Tageslicht. »Als du gerade bei ihm warst ... war es schrecklich?«

»Oh, Alistair, es war, als hätte ich genau sehen können, was er dachte, als es passierte – der Moment, in dem er starb, meine ich. Mein Gott, das werde ich nie vergessen, auch wenn ich ewig leben sollte.«

»Bist du sicher, daß du die Angelegenheit mit Matts Sachen jetzt erledigen willst?«

»Ja. Das geht schnell.«

Das Verwaltungsbüro war im ersten Stock des Krankenhauses, und Matts Kleidung war in einen großen Pappkarton gepackt worden.

»Sollen wir das zu seinen Eltern schicken?« fragte Alistair.

»Sie haben gesagt, sie wollten es der Wohlfahrt geben. Könnten Sie das für mich machen?« erkundigte ich mich bei der Angestellten, die das bejahte. Auch das war an jenem Tag bei der Zugfahrt mit den Loguidices in die Stadt bemerkenswert gewesen, wie ruhig und ernst wir drei darüber gesprochen hatten, was zu tun wäre, wenn Matt nicht mehr sein würde.

Die Angestellte reichte mir einen großen Umschlag. »Das gehörte ihm.«

Darin befand sich die riesige Postkarte, die Matt in Sichtweite auf seinem Nachttisch aufgestellt hatte – die sehr mittelalterlich gemalte *Vertreibung aus dem Paradies* mit der Darstellung der Erde als felsige, gebirgige, ungastliche Wüste, umgeben von mehrfarbigen Ringen.

»Was ist sonst noch in dem Umschlag?« fragte Alistair. Er zog den gelben Schreibblock heraus, auf den Matt Nachrichten – und das Gedicht – geschrieben hatte. Halb versteckt im Um-

schlag lagen dreifach gefaltete Blätter. »Sieh mal, Rog, da steht dein Name drauf!«
Ich öffnete den Klebestreifen, und auf den Innenseiten standen zwei Gedichte – das eine, das ich bereits gelesen hatte, und ein zweites.

Strand, North Truro, 1985

Die Sonne läßt ihre Strahlen über dich rollen,
sortiert die Buchstaben deines Körpers zu einem
schönen und dunklen Wort.

Die Wellen wiederholen es,
als zählten sie, als steckte in jedem die Sicherheit,
dich zu finden

dort, bei den süßen Cousins im Gras.

»Wunderschön«, sagte Alistair.
»Doch das Jahr stimmt nicht. Es war ... warte mal, war es '75, als wir am Cape waren?«
»Er hat es letzte Woche geschrieben«, antwortete Alistair, »zwischen zwei Fieberanfällen.«
»Aber es handelt von unseren ersten gemeinsamen Jahren. Ich erinnere mich, daß er so etwas Ähnliches zu der Zeit gesagt hatte ...«
»Ich habe gesehen, wie er es geschrieben hat. Am Abend, bevor er so krank wurde. Er wollte es dir geben.«
»Das verstehe ich nicht. Wie ...?«
»Wie? Weil die Zeit dazwischen ausgelöscht war, Roger, als sich Matt bis über beide Ohren wieder in dich verliebt hat.

Deswegen konnte er das Gedicht schreiben, auch wenn schon zehn Jahre vergangen waren.«
»Aber ... auch ich habe mich erneut in Matt verliebt!«
»Dann ist ja alles wieder so, wie es war«, sagte Alistair. »Siehst du, nach alldem habe ich es geschafft, die Sache doch in Ordnung zu bringen.«
»Was meinst du damit? Was ist wieder in Ordnung?«
»Was ich zerbrochen habe. Die Sache mit dir und Matt. Im Ernst, Roger, das ist das einzige in meinem Leben, was ich jemals getan und danach bereut habe.«
Ich starrte Alistair an.
»Nehmen Sie das mit?« unterbrach uns die Angestellte.
»Ja, natürlich.« Alistair sammelte schnell alles zusammen, als wäre er erfreut, diesem Moment der Aussöhnung entfliehen zu können. Er verstaute alles wieder in dem Umschlag.
Draußen auf der Second Avenue winkte Alistair nach einem Taxi.
»Um diesen scheußlichen Krankenhaus- und Leichenschauhausgeschmack aus unseren Körpern zu vertreiben, habe ich zum Mittagessen im Tavern on the Green reservieren lassen. Sag nicht nein. Du hast keine Wahl. Ich entführe dich. Ich habe meinen alten Tisch zurückbekommen, den ohne die störende Terrasse. Danach sehen wir uns die Wohnung an, die ich vielleicht kaufen möchte. Sie ist ganz in der Nähe, gleich neben dem Broadway, in einem alten Gebäude. Ein Bekannter muß aufgrund fehlgeschlagener Spekulationen verkaufen, und die Scheidung treibt ihn in den Bankrott. Und da dein Stück der Renner wird, bin ich gezwungen, einen anderen Weg zu finden, um mein Geld loszuwerden, so daß ich es genausogut in eine Wohnung investieren und dadurch Vorteile für meine

Einkommensteuer rausschlagen kann, oder nicht? Ist denn keines dieser vorbeifahrenden Taxis frei? Wo fahren die alle zu dieser Stunde vollbesetzt hin? Übrigens, Sal Torelli wird wohl zu einem etwas größeren Projekt, als ich zuerst dachte. Nicht, daß er nicht interessiert wäre. Im Gegenteil. Es ist nur so, daß erst der beträchtliche Einfluß seiner Familie und seiner Heimat umgangen werden muß. Da ist ein Taxi. Schnapp es dir! Laß ja nicht diese alte Vettel vor uns einsteigen. Diese alten Weiber sehen so zerbrechlich aus, aber um ein Taxi zu bekommen, brechen sie *dir* das Bein. Ah, schön! Und mit Klimaanlage. Zum Central Park West, bitte! Tavern on the Green! So, wo war ich stehengeblieben? Das Stück! Blaise und ich haben schon darüber geredet, irgendwo hinzugehen, wo wir mehr Platz haben, in der Nähe vom Broadway, wo wir natürlich auch für Preise nominiert werden können. Wir dachten an das Lortel, aber es ist seit Monaten ausgebucht. Zu schade, da dies der richtige Schauplatz für das Stück wäre. Vielleicht das Perry Street Theater? Natürlich müssen wir schon Wochen vorher Werbung machen. Cynthia hat die Reklametafel auf dem Sheridan Square im Auge, du weißt schon, auf dem Dach von Village Tobacco. Übrigens, hab ich dir erzählt, daß ich diesen göttlichen Typen aus Montpelier getroffen habe? Ach ja, im Tavern on the Green ist dieser neue Kellner, den du dir unbedingt anschauen mußt, mit strohblondem Haar und blauen Augen wie Eis, die man sonst nur bei Huskies und norwegischen Elchhunden sieht und die dich völlig hypnotisieren können. Ich bekomme da jedesmal eine Gänsehaut ....«

Und jetzt war auch Alistair tot.
Ich hatte das Gerät abgeschaltet, das schreckliche Beatmungs-

gerät zum Schweigen gebracht. Alles im Innern des Krankenwagens war still geworden.
Ich hielt seine Hand, bis der flatternde Puls im Nichts erstarb. Ich fühlte seine Halsschlagader, bis ich sicher war, daß das Blut aufgehört hatte zu zirkulieren. Alistairs Gesicht schien auf einmal so entspannt, als wäre er von der Anstrengung des Atmens befreit worden, und eine Sekunde lang dachte ich, seine Lippen hätten sich zu einem leisen Lächeln geformt, oder zu einem Wort, oder …
Als ich absolut sicher war, daß er nicht mehr atmete, zählte ich langsam bis hundertzwanzig und drehte den Sauerstoff wieder an. Er zischte gegen seine unbeweglichen, mittlerweile blauen Lippen, unfähig, noch etwas zu ändern. Als ich auf dieses unnütze Zischen hörte, fiel mir, ganz unvermittelt, eine Situation ein, die sich vor einigen Jahren ereignet und die ich völlig vergessen hatte.
Es war Winter gewesen, Mitte Februar, und alles lag seit Monaten unter Eis. Ich befand mich auf dem Heimweg nach Manhattan, nachdem ich in Connecticut Freunde besucht hatte, und war dermaßen von dem Stoßverkehr genervt, daß ich von der Hauptstraße, die ich gewöhnlich durch die Bronx nahm, abbog und durch Seitenstraßen Richtung Süden fuhr – was ich jedenfalls hoffte. Da ich schon lange Zeit in New York lebte, war ich sicher, eine mir vom Namen oder vom Erzählen her vertraute Avenue ausfindig zu machen, die leer sein und mich auf direktem Weg nach Manhattan bringen würde. Statt dessen umgaben mich endlose Straßen mit leeren Mietskasernen. Dann erblickte ich die Pfeiler einer erhöhten Straße, die mir bekannt vorkam. Entweder war es der Bruckner Boulevard oder der Cross-Bronx Expressway, jedenfalls ein Weg nach draußen, wenn ich nur auf diese Straße kommen würde.

Ich fuhr durch eine verwüstete Gegend mit verlassenen Häusern, die eines nach dem anderen aufgereiht waren. Dazwischen lagen niedergerissene oder halb niedergerissene Gebäude, von denen einige an den Ecken seltsam wie schiefe Kuchenstücke abgeschnitten waren, gefüllt mit Überbleibseln aus den Wohnungen – Rohre, die sich in die Leere schlängelten, Toiletten, die vor dem Nichts standen, oder ein Einbauschrank, der sich vor dem Abgrund öffnete.

Nachdem ich zehn Minuten durch diese verwüstete Gegend gefahren war, sah ich, daß die Straße vor mir tatsächlich und endlich einen Bogen machte und als Auffahrt zu der erhöhten Hauptstraße führte. Ich hatte meinen Weg gefunden und war gerettet. Aber genau in dem Moment mußte ich pinkeln. Ich würde trotz dieser Abkürzung frühestens in einer halben Stunde zu Hause sein, so daß ich anhielt und ausstieg. Ich ging zu einem der verwüsteten Gebäude, zu einem Schutthaufen, der früher ein Feinkostladen im Erdgeschoß gewesen war, und ließ es laufen.

Welch eine Erleichterung! Gleichzeitig hörte ich ein Geräusch, klirrende Rohre und ein plötzliches Sssss. Ich wirbelte herum. Ich wußte, ich war allein und auf zwei Quadratkilometern von nichts außer verwüsteten Wohnungen umgeben, als ich nach der Geräuschquelle suchte.

Keine zwei Meter entfernt stand vor einer ehemals gemusterten Wand eine alte Dampfheizung. Sie war nichts Besonderes, ein Gegenstand, der in New Yorker Häusern jahrzehntelang üblich gewesen und dessen Farbe fast vollständig abgeblättert war. Sie war an einem Ende immer noch an ein Rohr angeschlossen, das seinerseits in einen Boiler mündete, der wiederum selbst unerklärlicherweise noch immer an eine funktionierende Gasleitung angeschlossen war.

Ich stand frierend in der Nacht und Einsamkeit, und diese Heizung hier tuckerte, ratterte und spuckte. Pfeifend und zischend versprühte sie ihren Dampf mit einer Lautstärke und einer Zielstrebigkeit, daß mir langsam klar wurde, daß sie tatsächlich ein Ziel hatte – so lange weiterzumachen, wie sie die Kraft dazu besaß. Und während sie aktiv blieb, mußte sie das tun, was sie am besten konnte, auch wenn es nur den Versuch bedeutete, etwas Wärme in der unendlichen, glasigen, frostigen und bedeutungslosen Nacht zu verbreiten.